Gioconda Belli werd in december 1948 geboren in Managua, de hoofdstad van Nicaragua, in een welgestelde familie. Op haar veertiende wordt ze naar een middelbare school in Spanje gestuurd. Daarna studeert Belli reclame/marketing en journalistiek in de Verenigde Staten. Belli trouwt op haar achttiende. Uit dit huwelijk heeft ze twee kinderen. In 1975, vlak voor haar vlucht uit Nicaragua, scheidde ze.

Als Belli tweeëntwintig jaar is, komt ze in contact met de Sandinistische verzetsstrijders van Daniel Ortega. Ze sluit zich aan bij het FSLN van de Sandinisten, doet gedurende vijf jaar werk in het Nicaraguaanse verzet, maar moet in 1975 naar het buitenland vluchten. Ze verblijft in Mexico en Costa Rica. Bij verstek wordt ze door het regime van Somoza veroordeeld tot zeven jaar gevangenisstraf wegens subversieve activiteiten.

Van 1984 tot 1986 is ze directeur van een reclamebureau in Nicaragua. Maar in 1986 geeft ze haar baan op om zich volledig aan het schrijven te kunnen wijden.

Belli brak internationaal door met *De bewoonde vrouw*. Er werden meer dan een miljoen exemplaren van verkocht. Ook in Nederland was het boek een groot succes.

In 2000 verschijnt een spraakmakend biografisch document *Kroniek van liefde en oorlog*, waarin Belli haar omgang en ontmoetingen beschrijft met politieke figuren als Daniel Ortega, Fidel Castro, de schrijver Gabriel García Márquez als ook haar relatie met de Amerikaanse journalist Carlos / Charles Casteldi, met wie ze sinds 1990 getrouwd is.

Bij De Geus verschenen verder de romans *Dochter van de vulkaan, Waslala*, het kinderboek *De schepping van de vlinders* en *Het geheim van de verleiding* .

Gioconda Belli woont tegenwoordig met haar man en kinderen in Los Angeles.

De bewoonde vrouw

Gioconda Belli

De bewoonde vrouw

Uit het Spaans vertaald door Dick Bloemraad

DE GEUS

Vierde druk

Oorspronkelijke titel *La mujer habitada*, verschenen bij
Editorial Diana S.A., 1989
Oorspronkelijke tekst © Gioconda Belli, 1988
Eerste Nederlandstalige uitgave © Dick Bloemraad en
De Geus bv, Breda 1991
Deze editie © De Geus bv, Breda 2006
Omslagontwerp Mijke Wondergem
Omslagillustratie © Marion Enste-Jaspers
Foto auteur © Dick Granville
Druk GGP Media GmbH, Pößneck
ISBN 90 445 0843 1
NUR 301

Voor Nora Astorga
die steeds opnieuw geboren zal worden

Ik breek dit ei en de vrouw wordt geboren en de man wordt geboren. En samen zullen zij leven en sterven. Maar zij zullen weer geboren worden. Zij zullen geboren worden en weer sterven en opnieuw geboren worden. En altijd zullen zij weer geboren worden, omdat de dood een leugen is.

– Eduardo Galeano
'Mythe van de Makiritare-Indianen'
Kroniek van het vuur I

1

Bij zonsopgang kwam ik boven. Vreemd is alles wat er sinds die dag in het water is gebeurd, de laatste keer dat ik Yarince zag. Tijdens de ceremonie zeiden de ouden dat ik naar Tlalocan zou reizen, de zoele tuinen van het oosten, het land van groene planten en door ragfijne regen gestreelde bloemen, maar ik lag vele eeuwen eenzaam in mijn verblijfplaats van aarde en wortels, en zag verbaasd hoe mijn lichaam zich ontbond tot humus en planteleven. Al die tijd hield ik de herinnering levend aan de rammelende kalebassen, de dreunende paardehoeven, de opstanden, de lansen, de smart van de verloren strijd, Yarince en zijn pezige rug. Al een paar dagen hoorde ik het gemurmel van de regen, de onderaardse stroom die mijn verblijfplaats naderde, tunnels boorde, mij door de poreuze, vochtige aarde omhoog trok. Ik voelde dat ik steeds dichter bij de wereld kwam, ik zag het aan de veranderende kleuren van de aarde.

Ik zag de wortels. De uitgestrekte handen, die mij riepen. En de kracht van het bevel trok mij onweerstaanbaar aan. Zo drong ik binnen in de boom, in zijn bloedsomloop, ik doorliep hem als een lange streling van sap en leven, als een opengaan van bloembladeren, een siddering van gebladerte. Ik voelde zijn ruwe huid, de fijne architectuur van zijn takken, en ik verspreidde mij door de nauwe gangen van deze nieuwe huid, rekte mij na al die jaren weer eens heerlijk uit, schudde mijn haar los en opende mij naar de witte wolken in de blauwe hemel om net als vroeger de vogels te horen zingen.

Zelf zong ik ook, met mijn nieuwe monden, het liefst had

ik willen dansen. Boven mijn stam zat het vol oranjebloesem en in mijn takken hing de geur van sinaasappelen. Ik vraag mij af of ik eindelijk in het tropische land ben aangekomen, in die tuin van rust en overvloed, de kalme, nooit eindigende vreugde die is weggelegd voor hen die sterven in het teken van Quiote-Tláloc, heer van het water… Want dit is niet de tijd van de bloei, het is de tijd van de vrucht. Maar de boom heeft mijn eigen kalender overgenomen, mijn eigen leven, de kringloop van andere schemeringen. Hij is herboren, bewoond door het bloed van een vrouw.

Niemand heeft geleden onder deze geboorte, zoals het geval was toen ik mijn hoofd tussen de benen van mijn moeder naar buiten stak. Deze keer geen onzekerheid, geen hartverscheurende vreugde. De vroedvrouw begroef mijn *xicmetayotl*, mijn navelstreng, niet in de donkerste hoek van het huis, noch nam zij mij in haar armen om tegen mij te zeggen: 'Je zult in het huis zijn als het hart in het lichaam… je zult de as zijn die het haardvuur bedekt.' Niemand weende bij mijn naamgeving, zoals mijn moeder destijds deed, omdat sinds de komst van de blonde mannen met haar op hun gezicht alle wijze mannen bedroefd waren, en zelfs bevreesd het lot te vragen mij een naam, mijn *tonalli*, te geven. Zij waren bang mijn lot te kennen. Arme ouders! De vroedvrouw waste mij, reinigde mij onder het aanroepen van Chalchiuhlicue, moeder en zuster van de goden, en bij die ceremonie noemden ze mij Itzá, dauwdruppel. Zij gaven mij mijn naam van volwassene zonder te wachten tot mijn tijd zou zijn gekomen om die zelf te kiezen, want zij vreesden de toekomst.

Nu daarentegen lijkt alles rond mij rustig: er staan pas gesnoeide struiken, bloeiende planten in grote potten, en een fris windje wiegt mij heen en weer alsof het mij zo wil begroeten, mij welkom wil heten in het licht na die lange duisternis.

Vreemd is deze omgeving. Muren omringen mij. Constructies met brede wanden, zoals de Spanjaarden ons die lieten maken. Ik zie een vrouw. Zij verzorgt de tuin. Ze is jong, lang, mooi, ze heeft donker haar en lijkt op de vrouwen van de indringers, maar loopt zoals de vrouwen van onze stam lopen, met een vastberaden gang, zoals wij ons bewogen en liepen voor de slechte tijden aanbraken. Ik vraag mij af of zij voor de Spanjaarden werkt. Ik denk niet dat zij de aarde bewerkt of kan weven, ze heeft zachte handen en grote, glanzende ogen die stralen met de verbazing van iemand die het leven nog aan het ontdekken is.

Alles verzonk in stilte toen zij weg was gegaan. Ik hoorde geen tempelgeluiden of de bewegingen van priesters. Alleen de vrouw bewoont dit huis en zijn tuin. Zij heeft geen familie, geen heer, en zij is geen godin, want zij is bang: voordat zij wegging, sloot zij deuren en grendels.

•

Op de dag dat de sinaasappelboom bloeide, stond Lavinia vroeg op om voor het eerst in haar leven naar haar werk te gaan.

Slaperig zette zij de wekker af. Zij haatte dat scheepshoorngeloei dat de vredige ochtend wreed verstoorde. Ze wreef zich in de ogen en rekte zich uit.

De doordringende geur van oranjebloesem vulde de hele kamer. Geknield op haar bed leunde zij uit het raam en keek naar de bloeiende sinaasappelboom. Het was een oude boom, die recht voor het raam van haar slaapkamer stond. De tuinman van haar tante Inés had hem lang geleden daar geplant en had gezworen dat hij het hele jaar vrucht zou dragen omdat deze enting het produkt was van zijn zorgzame handen, de handen van een hovenier, kruidenkenner en genezer. Haar tante was van de boom gaan houden, ook al gaf hij, zolang zij leefde, geen enkel teken te willen bloeien.

Het kwam zeker van de late decemberregens, dacht Lavinia. Regen buiten het seizoen belooft goede oogst, zei haar grootvader altijd.

Traag liep zij naar de badkamer, zette in het voorbijgaan de radio aan en raapte de kleren van de grond op, die zij de vorige avond achteloos had laten vallen toen zij laat was thuisgekomen en direct naar bed was gegaan. Zij hield van haar kamer, die zij met rieten manden en kleurige doeken had aangekleed. Met haar salaris als architect zou zij hem nog beter kunnen inrichten, bedacht zij onder de douche, en werd enthousiast bij het vooruitzicht op haar eerste werkdag.

De geur van de oranjebloesem regende met het douchewater op haar neer. Het was een goed voorteken dat de boom juist op deze dag was gaan bloeien, zei ze bij zichzelf, terwijl ze haar lange, bruine haar droogwreef en er vervolgens een kam doorhaalde om het uit de war te halen. Zich met de enorme badhanddoek afdrogend kwam zij uit de badkamer. Ze maakte zich voor de spiegel op, waarbij zij haar ogen en de lijnen van haar expressieve gezicht accentueerde. Zij had er niet als Sara, haar beste vriendin, willen uitzien, met die trekken van een porseleinen pop. De imperfectie had zijn aantrekkelijke kanten. Haar gezicht, dat in een andere tijd misschien weinig opvallend zou zijn geweest, paste uitstekend bij de rockmuziek, de hippiemode, de minirokken, de aanhoudende opstandigheid van het vorige decennium en de moderne zorgeloosheid van het begin van de jaren zeventig.

Ja, zei zij bij zichzelf, terwijl zij zorgvuldig haar kleren koos en haar hoofd heen en weer schudde om de krullen goed te laten vallen – je haar niet kammen was het geheim van de smid – zij paste bij deze tijd. Ruim een maand geleden had zij het ouderlijk huis verlaten en het huis van haar tante Inés betrokken. Zij was een alleenstaande vrouw, jong en onafhankelijk.

Tante Inés was degene die haar had grootgebracht. In dit huis had zij lange periodes doorgebracht, omdat haar ouders het te druk hadden met jong zijn, zich in het uitgaansleven bewegen en succes hebben. Pas toen het hun opviel hoe groot zij was geworden, toen zij zagen dat ze de borsten, het schaamhaar, de rondingen van een jonge vrouw had gekregen, lieten zij de ouderlijke macht gelden en stuurden haar naar Europa om te studeren, zoals dat in die tijd in de betere kringen de gewoonte was.

Tante Inés had haar het liefst bij zich gehouden, maar ze zwichtte voor de ouderlijke rechten van haar broer en ze beperkte zich ertoe haar dringend voor te houden dat zij zich in geen geval moest laten overhalen voor tweetalige secretaresse of opticien te gaan studeren. Zij wilde architect worden en daar had zij recht op, zei ze. Zij had er recht op de huizen die zij in de tuin had bedacht, in het groot te bouwen, de magische steden die zij minutieus met luciferhoutjes en oude schoenendozen had aangelegd. Zij had er recht op ervan te dromen iets te worden, onafhankelijk te zijn. En voordat zij stierf, effende zij de weg naar dat doel. Zij liet haar het huis met de sinaasappelboom na met alles wat erin stond 'voor wanneer zij alleen wilde zijn'.

Lavinia kleedde zich verder aan en ademde diep de sterke geur in zonder stil te staan bij deze gril van de natuur, deze bloei midden in januari, zonder te beseffen dat het lot met zijn lange, onzichtbare vinger naar haar wees.

Zij deed de slaapkamerdeur achter zich dicht en maakte

een ronde door het huis om sloten en grendels te controleren. Het was een prachtig huis, een verkleinde versie van die enorme, koloniale landhuizen die naar binnen zijn gericht, naar een ruime binnenplaats. Toen zij het betrok, was het verwaarloosd en raakte het al in verval. De deuren kraakten, het dak lekte, door vochtigheid en geslotenheid leed het aan reumatiek. Zij herstelde het met de opbrengst van de verkoop van een aantal antieke meubelen en met haar kennis van de architectuur en vulde het met planten, bonte kussens, kastjes, boeken en platen. Zij maakte een eind aan de orde, waarin oudere, alleenstaande mensen plegen te wonen. De wanorde was vandaag al heel duidelijk, na een weekend zonder Lucrecia, haar dienstmeisje, de enige die opruimde, want Lavinia was gewend aan een geriefelijk en makkelijk leventje. Alleen wanneer Lucrecia kwam, drie dagen in de week, werd er stof afgenomen en warm gegeten. De rest van de tijd stelde Lavinia zich tevreden met sandwiches, kaas, jam, salami en pinda's, want koken kon zij niet.

De wind blies blaadjes door de goot en maakte haar haar in de war toen zij naar buiten kwam en over de brede trottoirs van haar wijk liep. Haar buren zag zij bijna nooit. Het waren oudere mensen, leeftijdsgenoten van haar tante. Zwijgend wachtten zij op de dood, koesterden hun herinneringen achter de muren van hun villa's en doofden langzaam uit in het halfdonker van hun kamers. Het maakte haar treurig, wanneer zij hen soms 's middags in hun witte schommelstoelen achter de open deur van een oude zitkamer zag zitten. De ouderdom leek haar een afschuwelijke, eenzame toestand. Zij draaide zich om en keek naar haar huis, wat weemoedig denkend aan haar tante Inés. Misschien was het maar beter geweest dat zij was gestorven zonder aftands te zijn geworden, ook al zou zij het nu fijn gevonden hebben haar lange, slanke gestalte, wuivend naar haar, in de deur te zien staan, zoals wanneer zij 's morgens, gewassen en gestreken, naar school ging. Zij was er zeker van dat haar tante deze keer als vrouw tegenover vrouw afscheid van haar zou hebben genomen en in haar de dromen zou beleven die haar eigen tijd haar niet had laten verwezenlijken. Al jong weduwe geworden, had zij zich nooit over de verschrikking van de eenzaamheid heen kunnen zetten. Weinig had het haar geholpen dat zij zich had opgeworpen als beschermvrouwe van dichters en kunstenaars, rusteloze mecenas in een tijd van hoepelrokken en ingetogenheid. Het laatste beeld dat zij van haar bewaarde was het afscheid op het vliegveld Fiumicino. Samen hadden zij twee maanden vakantie doorgebracht. Zij had haar bekend dat zij haar zo miste, dat zij doodging van droefheid. Lavinia had haar niet geloofd, had geen vermoeden van de dodelijke ziekte die haar verteerde, door haar altijd aanwezige glimlach en haar aandringen dat zij haar tijd zo goed mogelijk moest gebruiken – je wist maar nooit wat het leven voor je in petto had – en nog maar een paar maanden moest blijven om Frans te leren. Ze was mager en ze huilde. De twee huilden in elkaars armen voor de ontroerde blikken van de met een dergelijke gemoedstoestand meelevende Italianen. Lavinia beloofde haar lange brieven. Zij zou spoedig terugkeren en dan zouden zij weer bij elkaar en gelukkig zijn. Zij had haar nooit meer gezien. Toen zij stierf, wilde zij de vreselijke rouwceremonie niet bijwonen. Zij wilde zich haar tante Inés levend herinneren. Ze wist dat zij het daarmee eens zou zijn geweest.

Op dit uur waren de straten leeg. Ze versnelde haar pas om de hoofdstraat te bereiken die de grens van haar wijk vormde. Op de hoek hield zij een taxi aan. Een prachtige Mercedes, glanzend gepoetst, kwam naast haar tot stilstand.

Elke keer verbaasde ze zich weer over de paradox van de Mercedes-taxi's. In Faguas gaf de Grote Generaal aan zijn officieren vergunningen voor de belastingvrije invoer van Mercedessen cadeau. De militairen verkochten de gebruikte wagens aan taxibedrijven, die zij zelf hadden opgericht, en kochten voor zichzelf het nieuwste model. De taxi's in het arme, hete, stoffige Faguas waren van het merk Mercedes Benz.

Nauwelijks had zij zich in de naar leer geurende kussens geïnstalleerd of haar aandacht werd getrokken door de radio-uitzending. Het was het verslag van het proces tegen de directeur van de La Concordia-gevangenis. De afgelopen dagen was dat het gesprek van de dag geweest en ze was het beu, ze wilde die gruwelijkheden niet meer horen, maar ze zat gevangen in de taxi. De taxichauffeur liet zich geen woord ontgaan, terwijl hij met een sigaret in zijn mond scherp op het verkeer lette.

Zij concentreerde zich op het raampje. Vanaf dit hooggelegen deel zag je de stad liggen, met in de verte het silhouet van de vulkanen, grazend aan de oever van het meer. Een prachtig landschap. Des te onvergeeflijker was het dat het meer de functie van riool had gekregen. Ze stelde zich voor hoe het zou zijn als de stad dat uitzicht over het meer niet de rug zou toekeren, als er een boulevard langs de oever zou lopen, waar 's middags verliefde stelletjes en kindermeisjes met blauwe kinderwagens wandelden. Maar aan esthetiek hadden de grote generaals zich nooit veel gelegen laten liggen. De stad was een aaneenschakeling van tegenstellingen: ommuurde villa's en vervallen huizen.

Maar zij kon niet ontsnappen aan de stem van de militaire arts, de lijkschouwer en de belangrijkste getuige in het proces. Met vaste stem beschreef hij de littekens van de folteringen die hij op het lijk van de gevangene had aangetroffen. Hij zei dat de gevangenisdirecteur de broer van de dode, die ook van samenzwering was beschuldigd, in de vulkaan de Tago had geworpen. Een werkende vulkaan met kokende lava in de krater, die je in de avondschemering vanaf de rand kon zien gloeien. De Spaanse conquistadores hadden ooit geloofd dat het vloeibaar goud was. De arts beschreef de botbreuken en wonden van de vermoorde man alsof het het rapport betrof van een ingenieur die verslag deed van de gevolgen van een aardbeving. De getuigenis zat vol technische uitdrukkingen. Ik had in Bologna moeten blijven, dacht zij, en in haar herinnering zag zij haar appartement naast de klokketoren voor zich. Zo reageerde ze iedere keer als zij met de donkere zijde van Faguas werd geconfronteerd. Maar in Europa had zij zich tevreden moeten stellen met interieurs, de herinrichting van oude gebouwen met instandhouding van de gevels, overblijfselen van een beter verleden. In Faguas daarentegen had je te maken met andere uitdagingen, daar ging het erom de natuur – vulkanisch, seismisch, weelderig – te bedwingen, de gretigheid van planten die ontembaar door het asfalt omhoog steken aan banden te leggen.

Faguas prikkelde haar poriën, haar levenslust. Faguas betekende sensualiteit, een breed golvend, open lichaam, van aarde gemaakte vrouwenborsten ordeloos uitgestrooid over het landschap. Dreigend. Betoverend.

Zij wilde niet langer over doden horen praten, leunde met haar hoofd tegen het raampje en keek aandachtig naar buiten. Wat Faguas nodig had was leven, zei zij bij zichzelf, daarom droomde zij ervan gebouwen te maken, sporen na te laten, warmte en harmonie aan het beton te geven, de ingekorte imitaties van Newyorkse wolkenkrabbers in de Trumanlaan, waarlangs de taxi in het verkeer langzaam vorderde, te vervangen door ontwerpen die in de omgeving pasten. Hoewel dat een bijna onmogelijke droom was, bedacht ze, toen haar blik op het reclamebord van het pas geopende warenhuis viel. Vanaf de straat kon je de roltrappen zien, de nieuwste aanwinst, de enige in het hele land. De directie had bewakers bij de ingang moeten zetten om de haveloze krantenjongens tegen te houden, die de eerste dagen het genoegen hadden verstoord van de elegante dames die elektronisch naar hun inkopen omhoog werden gevoerd. De stad wilde tot iedere prijs modern zijn en maakte van ieder hulpmiddel, hoe belachelijk ook, gebruik om dat doel te bereiken.

De doden waren leden van de Nationale Bevrijdingsbeweging. Het zijn de enigen die nog lef hebben, zei Adrián, de man van Sara. 'Het is de enige manier om een eind aan de subversie te maken', zei de officier van justitie toen de taxi stilhield.

Lavinia keek op haar horloge. Het was acht uur, stipt op tijd. Zij betaalde de chauffeur, terwijl zij zag hoe hij naar haar lange benen keek. Sarcastisch lachend wenste hij haar 'een goede dag', en dat na haar verplicht te hebben naar de gedetailleerde beschrijving van een Latijnsamerikaanse Golgotha te luisteren.

Ze stapte de hal binnen. Het was een modern gebouw, type lucifersdoos, rechthoekig, grijze wanden met rode details. Het had een lift, nieuw statussymbool, weer zo'n kunstgreep om de moderniteit te bevestigen. In heel Faguas waren vijf of zes liften. Ze werden geïnstalleerd om op te scheppen, soms in gebouwen van twee verdiepingen, waar alleen de hoogste bazen ze mochten gebruiken. Hier waren tenminste vier verdiepingen. De lift bracht je naar de elegante kantoren van ingenieurs, advocaten en architecten.

Toen ze er voor haar sollicitatiegesprek was geweest, was ze op elke verdieping uitgestapt. Het was steeds hetzelfde, grote houten deuren met namen in gouden letters.

Zij duwde de deur van het architectenbureau open en stond in de sobere, moderne ontvangstruimte. De modieus geklede, groenogige receptioniste verzocht haar plaats te nemen. Mijnheer Solera zou haar dadelijk ontvangen.

Ze pakte een tijdschrift en stak een sigaret op. Ergens in het kantoor ging het radioverslag van het proces verder. Gelukkig kon zij geen woorden onderscheiden.

Om een professionele indruk te maken, deed zij net alsof zij het tijdschrift aandachtig doornam: interieurs waarin je je nauwelijks de aanwezigheid van mensen kon voorstellen. Je zou zeggen dat ze waren gemaakt voor etherische engelen, aan wie elementaire behoeften als je voeten op tafel leggen, een sigaret roken of pinda's eten volkomen vreemd waren.

Tijdens het onderhoud was Julián Solera uitgebreid ingegaan op alle moeilijkheden van het architectenbestaan in Faguas. Het was heel anders dan in Europa, had hij gezegd. Hier kwamen de dames met hun knipsels en gaven opdracht ontwerpen te maken uit *House and Garden* of *House Beautiful*. Zij werden verliefd op een Zwitserse berghut en besloten dat ontwerp toe te passen op een zomerhuis aan het strand. Je moest hen ervan overtuigen dat ze in een ander land woonden. De warmte. De materialen. Maar zij was een vrouw, had hij gezegd, zij zou makkelijker met hen kunnen communiceren. Vrouwen begrepen elkaar beter. Zij lachte bij de herinnering, hoe zij hem er glimlachend van had overtuigd dat het inderdaad zo was. Aanvankelijk had hij met enige scepsis naar haar gekeken. Toen zij vorige week zijn kamer was binnengegaan voor het gesprek, dat dank zij hun wederzijdse vriendschap met Adrián tot stand was gekomen, had hij haar van hoofd tot voeten opgenomen en haar duidelijke afkomst, haar minirok en haar ongeordende haardos in zich opgenomen. Hij was een veertiger met heldere ogen en een pragmatische aanpak, maar met de verleidingsbehoefte eigen aan Latijnsamerikaanse mannen van die leeftijd. Maar korte tijd na de eerste begroeting, toen zij haar map opensloeg en haar voortreffelijke academische tekeningen, ontwerpen, enz. liet zien, trots haar universitaire projecten toonde, haar opvattingen over wat Faguas nodig had naar voren bracht en haar liefde voor de architectuur met de heftigheid van haar drieëntwintig jaar verdedigde, gaf Julián zich gewonnen. Als een jongetje dat allerlei toeren uithaalt op zijn fiets maakte hij haar wegwijs in de plaatselijke complicaties van hun beroep en hij was er al snel van overtuigd dat zij een goede aanwinst voor het bureau zou zijn. Het knaagde niet aan haar geweten dat zij alle oeroude wapens van de vrouwelijkheid in stelling had gebracht. Dat zij gebruik maakte van de indruk die een gepolijste buitenkant op mannen maakt, was niet haar verantwoordelijkheid, maar hun erfenis.

Het wachten duurde voort. Een lange, stevig gebouwde man met grijze ogen liep naar de deur van Solera en ging diens kamer binnen. De receptioniste met de groene ogen zei tegen Lavinia dat zij kon komen.

De kamer was modern ingericht. Leren fauteuils, abstracte tekeningen in aluminium lijsten aan de wand. Door het brede raam op de vierde verdieping keek je uit over het hele meer met zijn dampende vulkanen als reusachtige zoogdieren. De heer Solera kwam naar voren om haar te begroeten. Zij mocht zijn wat ouderwetse voorkomendheid wel, hoewel de formaliteit ervan haar stoorde. Het gebruik van de u-vorm leek haar eerder gepast voor haar oude buurvrouwen dan voor haarzelf.

'Ik stel u voor aan Felipe Iturbe', zei Solera.

De man stond in het midden van de kamer, als een stevig op zijn fundamenten rustend gebouw. Hij gaf haar een krachtige handdruk. Lavinia keek naar zijn gespierde onderarm, de duidelijk zichtbare aderen, de dichte, zwarte beharing, bijna zo dicht als schaamhaar. Hij was jonger dan Solera en keek haar plagend aan, terwijl deze hem inlichtte over haar opleiding en over de voordelen van het opnemen van een vrouw in hun team, en aan haar de positie van Felipe omschreef als die van coördinerend architect, belast met de verdeling van alle opdrachten en de supervisie daarover. De heer Iturbe, zei Solera, zou haar vertrouwd maken met alle regels en procedures van het bureau.

Beide mannen schenen plezier te scheppen in hun vaderlijke houding. Lavinia voelde zich in het nadeel tegenover deze mannelijke medeplichtigheid en wenste dat er een eind kwam aan de introductie. Zij hield er niet van het gevoel te hebben dat zij in een etalage stond. De situatie herinnerde haar aan haar terugkeer uit Europa, toen haar ouders haar opgedoft naar feestjes meenamen en haar daar loslieten, zodat jonge dieren met stropdas en colbert haar konden besnuffelen. Jonge huisdieren op zoek naar iemand die hun gezonde, stevige kinderen gaf, hun eten klaarmaakte en hun huis inrichtte. Onder kristallen kroonluchters en schitterende lampen werd zij als een stuk porselein uit Limoges of Sèvres tentoongesteld op die Perzische huwelijksmarkt die naar een veiling riekte. Zij haatte het. Dat wilde ze niet meer. Om eraan te ontsnappen was zij hier. Ze voelde zich ongemakkelijk. Eindelijk werd de introductie door Solera beëindigd en verliet zij met Felipe de kamer.

Zij gingen door de gang naar de lichte tekenzaal. Een hoog raam liep van het ene eind tot het andere, zodat de ruimte in een zee van natuurlijk licht baadde. Ook hier een moderne inrichting. Met jute bespannen schermen vormden de afscheiding tussen de afzonderlijke werkruimten van de architecten. Omdat zij een vrouw was, zei Felipe, had zij het voorrecht haar kamer aan de kant van het brede raam te hebben. Hij opende de deur om haar het vertrek even te laten zien en nam haar toen mee naar zijn eigen kamer. Die was wat groter. Aan een van de wanden hing een eenvoudige poster in pastelkleuren, de aankondiging van een tentoonstelling van grafische kunst.

Op het kastje achter zijn bureau stond een oude, zwarte radio. Lavinia vroeg zich af of hij het was geweest die naar de radio-uitzending had geluisterd, maar ze zei niets. Ze nam plaats in de zandkleurige buizenstoel voor het bureau, terwijl hij opzij op de hoge kruk bij de tekentafel ging zitten.

'Je hebt een vreemde naam', zei hij, haar tutoyerend.

'Het gevolg van mijn moeders voorkeur voor Italiaanse namen', antwoordde zij met een spottend gebaar over moederlijke bevliegingen.

'En heb je ook broers met zulke namen? Romulus, Remus…?'

'Nee, ik heb geen broers. Ik ben enig kind.'

'Aah!' riep hij uit en in zijn stem liet hij de obligate bijgedachten doorklinken: enig kind, rijke ouders, verwend…

Zij liet zich niet intimideren, maakte ook een grapje door te zeggen dat er niets aan te doen was, geboren worden was een toevalstreffer. Het liefst had zij hem gevraagd of hij net zo grappig zou hebben gedaan als zij een man was geweest met een naam als Apollo of Achilles, iets heel gewoons in Faguas, maar zij gaf er de voorkeur aan niet tegen hem in te gaan, althans niet vandaag. Haar tijd kwam nog wel, zei zij bij zichzelf. Zij leidde het gesprek naar het werkterrein. Felipe kende zijn vak. Hij vertelde haar dat hij een paar jaar in Duitsland had gestudeerd. Naast zijn werk overdag gaf hij avondlessen aan de universiteit. Al pratend ontdekten zij gemeenschappelijke opvattingen over de harmonie tussen beton, bomen en vulkanen, de samenhang van landschappen en het menselijke element in bouwwerken. Professioneel zouden zij het goed met elkaar kunnen vinden, meende zij. In de loop van het gesprek voelde zij hoe hij met andere ogen naar haar ging kijken. De minirok leek hij uit zijn hoofd te zetten. Zij werden onderbroken door de telefoon. Felipe nam de hoorn op en voerde een éénlettergrepige conversatie, zoals wanneer je niet wilt praten in het bijzijn van anderen. Lavinia probeerde te doen alsof ze er niet was en keek wat om zich heen, tot hij ophing, zei dat hij weg moest en haar met een stapel bouwtekeningen in de deuropening van haar kamer achterliet.

Eenmaal alleen in haar kamer ging zij aan haar tekentafel zitten, van plezier draaide ze een paar keer rond op haar kruk. Ze voelde zich voor het eerst echt architect. Buiten was het heet. De lucht trilde boven het asfalt. De vochtige lucht steeg omhoog om tegen de avond enorme stapelwolken te vormen. Een oranje en violetkleurige cumulus nimbus, die de hemel zou kleuren tot het licht verdween om haar eerste werkdag met zich mee te voeren.

Zij spreidde de tekeningen uit en deed haar best weer vertrouwd te raken met deze taal. Dit was de praktijk. In de praktijk veranderde de theoretische terminologie. Geleidelijk aan zag zij het winkelcentrum voor zich, de kleine rijtjeshuizen van de nieuwe buurt. Het ontwerp was even standaard als vervelend. Alles had net zo goed in een Amerikaanse buitenwijk als in Faguas kunnen staan. De topografie leek veelbelovend. Jammer van die rechte, fantasieloze lijnen. Zij begon cirkels te tekenen, liet zich door haar impulsen leiden. Ik zou je oordeel willen horen, had Felipe gezegd.

Ze verlangde naar een kop koffie, stond op en ging haar kamer uit. Mercedes, de secretaresse, een weelderige, donkerharige jonge vrouw, was haar behulpzaam. 'Ik breng het u wel even' zei zij, en heupwiegend verdween zij onder de aandachtige blikken van de tekenaars. Lavinia bleef even in haar deuropening staan en glimlachte naar de ogen die van de tekeningen naar haar opkeken. Mercedes keerde terug met de dampende koffie.

'Alstublieft, juffrouw Alarcón', zei zij.

'Zeg maar Lavinia. Dat juffrouw Alarcón klinkt zo formeel. Weet je ook of Felipe gauw terugkomt?' vroeg zij.

Mercedes lachte ondeugend. 'Je weet nooit wanneer hij terugkomt als hij rond het middaguur weggaat', zei zij.

Vroeg in de middag was hij terug en Lavinia stortte een hele serie ideeën over hem uit.

'Je zou de plek eens moeten gaan bekijken', zei Felipe.

*

2

Tegen de avond kwam zij thuis en zette deuren en ramen open. Zij leek gelukkig. Even gelukkig als ik, die de dag heb doorgebracht met het verkennen van de wereld, ademend door alle blaadjes van dit nieuwe lichaam. Wie had ooit gedacht dat dit zou gebeuren! Wanneer de ouden van tropische paradijzen spraken voor hen die in het water stierven, onder het teken van Quiote-Tláloc, stelde ik mij transparante streken voor, gemaakt van de substantie van dromen. De werkelijkheid is vaak nog fantastischer dan de verbeelding. Ik dwaal niet door tuinen. Ik ben een deel van de tuin. En deze boom leeft weer met mijn leven. Hij was totaal verkommerd, maar ik heb sap in al zijn takken gebracht en wanneer de tijd daar is zal hij vrucht dragen en dan begint de kringloop opnieuw.

Ik ben benieuwd hoeveel de wereld veranderd is. Zonder twijfel is er veel veranderd. Deze vrouw is alleen. Zij woont alleen. Zij heeft geen familie, geen heer. Zij gedraagt zich als een hoogwaardigheidsbekleder die alleen zichzelf dient. Zij kwam in haar hangmat liggen, dicht bij mijn takken. Zij strekt haar lichaam uit en denkt. Zij heeft de tijd om te denken, om zo te liggen en niets te doen, om na te denken.

Hoge muren omringen mij en ik hoor vreemde geluiden, het lawaai van honderden karren, alsof er vlakbij een heerbaan loopt.

Vreemd, deze luidruchtige vrede. Ik vraag mij af wat er van mijn volk is geworden. Waar zou Yarince zijn? Bewoont hij misschien een andere boom of doorloopt hij als een heldere ster de hemel of is hij veranderd in een kolibrie?

Nog steeds lijk ik zijn kreet te horen, die lange, wanhopige kreet die als een gifpijl de lucht doorboort. Wat is er van ons geworden, wat is er van mijn moeder geworden, die ik nooit meer heb teruggezien nadat ik met Yarince was weggegaan? Zij heeft nooit begrepen dat ik niet gewoon thuis kon blijven. Zij heeft het Citlalcoatl nimmer vergeven dat hij mij het gebruik van pijl en boog heeft geleerd.

•

Toen Lavinia de huisdeur opende, rook zij opnieuw dat aroma, de geur van oranjebloesem, de geur van een schoon huis. Alles blonk. Lucrecia was geweest. Zij vond het briefje in haar ruwe handschrift, waarin zij vertelde dat zij woensdag vroeg zou komen om haar te zien voordat zij naar haar werk ging en om het ontbijt voor haar klaar te maken. Zij glimlachte bij de gedachte hoe Lucrecia haar verwende, hoe haar aanwezigheid driemaal per week haar leventje regelde. Ze ging naar de keuken, schonk zich een glas rum in, liep ermee naar de hangmat op de veranda en liet zich op het zachte henneptouw vallen dat zich soepel om haar lichaam plooide. De veranda vervaagde in de avondschemering. Stil daalden schaduwen op de roerloze dingen neer. De witte bloesem in de sinaasappelboom leek wel lichtgevend in de schemering. Zachtjes wiegde ze zich met haar voet. Het was goed daar te zijn, in deze rust. Alleen met zichzelf. Hoewel zij het nu leuk zou hebben gevonden de dag met tante Inés door te nemen, bedacht zij. De blijdschap te zien in haar lieve, heldere ogen, de liefde die in haar blik opwelde wanneer zij haar de successen van haar schooldag vertelde. Of misschien had zij Sara moeten bezoeken. Maar Sara zou niet begrijpen dat zij zich zo tevreden voelde, dacht zij. Zij begreep niet hoe plezierig het is jezelf te zijn, beslissingen te nemen, je leven onder controle te hebben. Sara was overgestapt van de vader-vader naar de vader-echtgenoot. Adrián ging er in haar bijzijn prat op dat hij de baas in huis was en Sara kon daar glimlachend naar luisteren. Voor haar was het heel 'natuurlijk'. De feesten waar zij getoond werd, waren ook heel 'natuurlijk', een noodzakelijk onderdeel van het paringsritueel, net als de balts in het dierenrijk. Bij haar trouwen had Sara kaartjes van bristolkarton verstuurd, met een door Emily Post aanbevolen tekst en lettertype. Lavinia herinnerde zich hoe zij als een doorschijnende wolk tule met een ruiker witte orchideeën in haar hand uit de kerk was gekomen. Lange handschoenen. Door de eeuwen heen zou zij zich voortplanten in drukke, dikke kleinkinderen. Dat was haar leven, haar zelfverwezenlijking. Dat hadden haar eigen ouders ook voor haar gewild. Maar de clubfeesten verveelden haar. Zij gaf de voorkeur aan ander vermaak.

Misschien zou zij ooit wel willen trouwen. Maar nu niet. Trouwen betekende je beperken, je onderwerpen. Er moest wel een heel bijzondere man op haar weg komen. En misschien zelfs dan nog niet. Je kon samenwonen. Om de liefde te legaliseren waren geen papieren nodig.

Het werd koeler. De maan scheen met een gelig licht. Het geluid van de stilte leek haar af en toe bijna bedreigend. Misschien had zij Sara toch moeten opzoeken, dacht zij, terwijl zij naar de in de takken van de sinaasappelboom verborgen stilte luisterde. Sara hield van haar en zij hield van Sara. Al van jongs af aan waren zij vriendinnen, boezemvriendinnen. Zij accepteerden elkaar, ook al waren zij verschillend. Een kort ogenblik speet het haar dat zij de eenzaamheid had gekozen. Maar zij had zich voorgenomen te leren alleen te zijn. Het was haar manier om tante Inés eer te bewijzen. Je moet leren goed gezelschap te zijn voor jezelf, placht zij te zeggen.

Zij stond op en deed de tv aan. Op het kleine zwartwit scherm verscheen het proces. De gevangenisdirecteur was veroordeeld. De bewakers in de rechtszaal keken naar de arts die zo onomwonden tegen hem had getuigd. Een Pyrrusoverwinning van justitie. Enkele maanden later zou de directeur wegens goed gedrag van verdere straf worden ontslagen en de arts op een verlaten weg vermoorden.

Er was een tijd geweest dat Lavinia dacht dat de dingen ook anders zouden kunnen zijn. Een periode van gisting en agitatie toen zij achttien was en haar vakantie bij haar ouders doorbracht. De muren waren overdekt met affiches van de oppositiepartij. De mensen zongen met echt enthousiasme het lied van de blauwe kandidaat. Men had de illusie dat de verkiezingscampagne in een overwinning voor de oppositie zou kunnen resulteren. Op de laatste zondag van de verkiezingsstrijd werd alle hoop de bodem ingeslagen. Een grote betoging trok door de straten en eiste het aftreden van de regerende familie en de intrekking van de kandidatuur van de zoon van de dictator. De oppositieleiders zweepten die mensenvloed op. Niemand moest wijken. Niemand moest naar huis gaan. Passieve weerstand tegen de tirannie. Tot gehelmde soldaten de boulevard afkwamen en op de bonte, door de redevoeringen opgewonden massa afgingen. Niemand kon achteraf zeggen wanneer het schieten was begonnen of waar de honderden schoenen vandaan kwamen die Lavinia her en der op de grond zag liggen, terwijl zij in een wilde vlucht van op hol geslagen paarden naar de plek rende waar haar tante Inés wild stond te zwaaien en te roepen.

Die avond zaten vele families te wachten en naar de schoten van de scherpschutters te luisteren. De ochtend brak aan in een drukkende stilte. De radio riep om dat de blauwe kandidaat en zijn medewerkers hun toevlucht in een hotel hadden gezocht en de bescherming van de Amerikaanse ambassadeur hadden gevraagd. Er werd gesproken over driehonderd, zeshonderd en nog meer doden. Men zou nooit precies weten hoeveel mensen er die dag stierven en de laatste hoop van velen op een bevrijding van de dictatuur met zich mee in het graf namen.

De repressie nam toe.

Toen waren de vlugschriften gekomen. 'Alleen de weg van de gewapende strijd staat voor ons open.' Vlugschriften die heimelijk onder deuren werden doorgeschoven. Groepen die in de dorpen in het noorden, ver van de grote steden, kazernes innamen, studenten die op de universiteit vlammende redevoeringen hielden, de macht die steeds harder optrad, de dood van 'subversieve elementen' die aan de orde van de dag was.

Gekkenwerk, we kunnen alleen maar berusten, had haar vader als commentaar geleverd, terwijl haar moeder instemmend knikte.

Zelfs tante Inés verloor de moed. Lavinia kon er slechts met een huivering aan denken hoe dicht zij bij een nutteloze dood was geweest.

Het nieuws werd afgesloten met een reclamespot voor nylon kousen. 'Uitdagende vrijheid voor slechts negen peso.' Zij glimlachte bij de gedachte dat de moderne tijd in Faguas nu de vrouwenbenen had bereikt en pantykousen tegen populaire prijzen 'voor de gewone vrouw' aanbood, bevrijding via de kousen. Ze zette de tv af en ging naar bed met een boek, tot de slaap haar overmande en haar grootvader weer verscheen en haar uitnodigde haar vleugels aan te doen.

*

Het is nacht. De vochtigheid van de aarde trekt in mij op door deze lange, houten aderen. Ik ben wakker. Zal ik nooit meer slapen, mij nooit meer overgeven aan mijn dromen, nooit meer hun ontraadselde voorspellingen kennen? Er zullen zeker heel veel dingen zijn die ik nooit meer zal ervaren. Toen ik naar de in gedachten verzonken vrouw in de tuin keek, had ik graag willen weten waarover zij nadacht, en er waren ogenblikken dat ik haar nabij voelde, alsof haar gedachten zich met het gemurmel van de wind vermengden.

Maar ach, al snel werd ik afgeleid door de maan, die ver weg opkwam. Zij was groot en geel, een rijpe vrucht die zich in het firmament verhief en helderder werd en steeds witter schitterde naarmate zij hoger aan de hemel klom. En opnieuw de sterren en hun mysterie. De nacht had voor mij altijd iets magisch. Haar weer te beleven na zovele *katunes* (hoeveel, vraag ik mij af) was voldoende om de droefheid van mij af te werpen die mij begon te bekruipen bij al die 'nooit meers' die mij wachtten. Ik zou de goden dankbaar moeten zijn dat ik weer boven ben gekomen en door zoveel takken adem in dit ruime, groene kleed dat zij mij voor mijn terugkeer hebben gegeven.

Ik begon mijzelf in de nachtlucht te wiegen, heen en weer te bewegen, en voelde mij heel licht. Ik had al vaker bedacht dat bomen er zo recht en slank uitzagen, ondanks hun stevige stammen, alsof die niets wogen. Het komt door wortels je een heel ander gevoel geven dan voeten, het zijn hele kleine, zich in de aarde uitstrekkende benen. Een deel van mijn lichaam steekt in de grond en geeft mij een krachtig gevoel van evenwicht, dat ik nooit heb gevoeld toen ik alleen maar voeten had en over het aardoppervlak liep. Het is nacht, glimwormpjes dartelen rond de slapende vogels. Het leven woelt in mij als een zwanger zijn, als een weefgetouw van vlinders, als de trage groei van vruchten in de bloemkronen van mijn oranjebloesem. Het is grappig te bedenken dat ik moeder van vele sinaasappels zal zijn. Ik, die mij kinderen moest ontzeggen.

•

De volgende dag ging Lavinia vroeger van huis en liet zich naar de op de tekeningen aangegeven bouwplaats van het winkelcentrum brengen. Het was een hete dag. De januariwind blies het stof op. De taxi reed omlaag naar de omgeving van het meer. Toen zij bij de bouwplaats aankwamen, zag zij door het raampje het deel waar het werk al aan de gang was, de fundamenten van ontelbare huizen van hetzelfde model. Ze stapte uit en begon midden over de pas uitgezette straten te lopen, terwijl zij de kalk van zich afsloeg die, vermengd met stof, onophoudelijk haar broek wit maakte. Hier en daar waren groepjes arbeiders bezig blokken te plaatsen waar later de muren zouden worden opgetrokken. Wanneer zij hen passeerde, lieten zij het werk even rusten om haar na te fluiten of iets toe te roepen. Die overlast waaraan vrouwen op straat blootgesteld stonden moest bij de wet verboden worden, dacht Lavinia. Het beste was er geen acht op te slaan, maar zij nam zich voor een keer naar ze toe te gaan en hen iets over het werk te vragen. Zij stond stil om de tekeningen te raadplegen. Ze kon de plek waar het winkelcentrum zou komen niet vinden. Pas toen zij ze nog eens goed bekeek, drong het tot haar door dat zij aan de andere kant van de weg moest zijn. Nu richtte zij haar blik op de lange rijen huisjes van houten schotten en karton. Zulke wijken lagen er rond de hele stad en ontstonden soms zelfs in meer centraal gelegen buurten.

Er moesten zeker vijfduizend mensen wonen, dacht zij.

Het zag er rustig uit. De rust van de armoede. Naakte kinderen. Kinderen in korte broeken, die emmers vulden bij een gemeenschappelijke kraan. Blootsvoetse vrouwen, die verbleekt, dun geworden wasgoed aan de lijn hingen. Daar maalde een vrouw maïs. Op een hoek stond een dikke man voor een vulcanisatiewerkplaats.

Volgens de bouwtekeningen zou die werkplaats door een kant van het winkelcentrum worden weggevaagd en door een ijssalon worden vervangen. De muren van het nieuwe gebouw zouden dwars door de tuinen met bananen- en amandelbomen lopen.

En de mensen? Wat gebeurde er met de mensen, vroeg zij zich af. Meer dan eens had zij in de krant over ontruimingen gelezen, maar ze had nooit gedacht dat ze er zelf bij betrokken zou raken.

Ze keek om zich heen. De wind bewoog het onkruid dat in de halfvoltooide trottoirs opschoot. Een groep arbeiders stortte cement in de bekisting van de fundamenten van een van de nieuwe huizen. Ze ging op hen af.

'Weet u dat er aan de overkant een winkelcentrum zal worden gebouwd?' vroeg zij.

De arbeiders namen haar op. Een van hen veegde het zweet van zijn voorhoofd met een vuile, blauwe zakdoek die hij om zijn nek droeg. Hij knikte.

'En die mensen dan?' vroeg Lavinia.

Het groepje keek haar uitdrukkingsloos aan. Een blank meisje, goed gekleed, dat rare vragen stelde. Zij waren arbeiders, sterk, ontbloot bovenlijf, bruin en bezweet, blootsvoets. Hun handen en voeten waren wit van de kalk.

De man die zojuist had geknikt maakte een geringschattende beweging met zijn hoofd. Met een veelzeggend gebaar haalde hij zijn schouders op: wie zal het zeggen, wie kan het wat schelen. 'Ze worden ergens anders naartoe gebracht', doorbrak een arbeider met een rode zakdoek om zijn voorhoofd de stilte. 'Ze moeten daar weg want ze zijn er zomaar gaan wonen.'

'En hoelang wonen zij daar al?' vroeg zij.

'Oei!', riep de man met de rode zakdoek, 'al jaren. Sinds de overstroming van het meer.'

'En wat vinden ze ervan?'

Weer dat zelfde gebaar. Nu van de hele groep, eenzelfde, gelijktijdige reactie.

'Vraag het henzelf maar', zei hij nog. 'Wij weten er niets van.'

'Dank je', antwoordde zij en liep weg, omdat zij wist dat ze niets meer zouden zeggen. Toen zij de straat overstak, voelde zij de ogen van de man met de rode zakdoek in haar rug priemen.

Zij transpireerde. Het zweet liep langs haar benen en plakte haar broek aan haar huid, het rode T-shirt aan haar rug. Haar make-up gaf af op het papieren zakdoekje, waarmee ze haar gezicht afveegde. Lavinia liep naar de houten schuur van de vulcanisatie-inrichting. De dikke man hield een binnenband in een ton met water en keek waar de belletjes het lek aangaven. Zij groette hem. Meer naar binnen trok een magere man een binnenband tussen de velg en de buitenband uit.

'Weet u dat er plannen zijn op dit terrein een winkelcentrum te bouwen?' vroeg Lavinia aan de dikke man.

'Ja', antwoordde deze, terwijl hij zich oprichtte. Uit de band stegen overal luchtbelletjes op. Hij keek haar scherp aan, op zijn hoede.

'En u bent het daarmee eens?'

Weer hetzelfde gebaar als bij de arbeiders. Lavinia vroeg zich af waarom zij die vragen eigenlijk stelde, wat zij wilde weten.

'Ze zeggen dat we ergens anders naartoe worden gebracht, dat we een ander terrein krijgen. Ik zit hier al vijf
jaar. Daar staat mijn huis', en hij wees in de richting van
de onverharde straten van de wijk. 'We hebben met de
bouwonderneming onderhandeld, maar zij beweren dat de
grond niet van ons is. Alsof wij niet wisten dat niets van ons
is! We zijn hier gekomen toen we daar verderop weg moesten vanwege de overstroming', en hij wees naar een onduidelijke plek in de richting van het meer. 'Vijf jaar lang heeft
niemand ons lastiggevallen. We hebben hier heel wat tijd en
geld ingestopt. Met zijn allen hebben we zelfs een schooltje
gebouwd. Maar wat kan hun dat schelen! Niemand luistert
naar ons. Als we niet weggaan, sturen ze de nationale garde
op ons af, dat is ons al gezegd. En u, wie bent u?' wilde de
man weten, terwijl hij haar opeens wantrouwend aankeek,
alsof hij er spijt van had dat hij misschien teveel had gezegd.
'Bent u journaliste?'

'Nee, nee,' antwoordde Lavinia, niet op haar gemak, 'ik
ben architect. Ik moet de bouwtekeningen controleren. Ik
wist niets van deze situatie af.'

'In dit land weet niemand iets af van wat hem niet uitkomt', zei de dikke man met een blik op de tekeningen onder haar arm en ging weer aan het werk.

Lavinia ging weg en liep nog een poosje over de weg langs
de krottenwijk met zijn onverharde straten, geflankeerd
door huisjes en hutten van planken en schotten met daken
van palmbladen, dakpannen, golfplaten en stukken hout.
Variaties op de armoe. Smerige, naakte kindertjes met dikke
buikjes in deuropeningen, broodmagere honden, bananen-
bomen, rondlopende kippen. Verderop het afdak van de
school, de kinderen zitten op de grond, de onderwijzeres
met plastic sandalen en een versleten jurk staat bij het
schoolbord. Zij voelde medelijden en onbehagen. Dit was

niet de prettigste manier om de praktijk te leren kennen, bedacht zij, je onderdeel voelen van het destructieve apparaat dat deze eeuwige zigeuners tot weer een nieuwe verhuizing zou dwingen. Waarom had Felipe haar hier niet voor gewaarschuwd, vroeg zij zich af, terwijl zij in de hitte en het stof in de richting van de boulevard liep.

Een Mercedes-taxi bracht haar naar kantoor.

Achter de grote houten deuren blies de airconditioning haar tegemoet. Silvia, de receptioniste, zag dat zij bezweet was en zei haar dat de grote overgang gevaarlijk was. Ze zou verkouden worden.

Ze ging naar het toilet en waste zich. Het stof op haar armen veranderde door het water in rode modder. Haar spiegelbeeld zag er bleek uit. Ze haalde haar rouge uit haar tas en maakte zich op alvorens met Felipe te gaan praten.

Ze klopte op zijn deur. 'Binnen', zei zijn stem. Lavinia ging naar binnen. Plotseling werd zij zich bewust van haar nog natte T-shirt dat aan haar huid kleefde en van haar tepels die zich oprichtten door de koude lucht van de airconditioning.

'Hebben ze een emmer water over je heen gegooid?' vroeg hij met een brede lach, die zijn wat onregelmatige tanden liet zien.

'Een emmer koud water, ja', zei Lavinia. 'Waarom heb je me niets gezegd over het terrein van het winkelcentrum?'

'Ik dacht dat die dingen meisjes zoals jij niet interesseerden', antwoordde Felipe met een spottende blik.

'Nou, dan heb je het mis. Je bent behoorlijk bevooroordeeld door mijn geboortebewijs. Natuurlijk houden die arme mensen mij bezig. Het bevalt mij niets dat ik de praktijk begin met het ontwerpen van gebouwen die bijna vijfduizend zielen, zoals de pastoor dat noemt, zullen verjagen.'

Ze trok haar T-shirt van zich af en blies erin om haar borsten koelte te verschaffen. Zij was verhit en voelde hoe haar wangen en haar huid rood werden door het contrast tussen de temperatuur van haar lichaam en de omgeving van kunstmatige koude. Zij leunde achterover. Felipes houding ergerde haar.

'Ik denk dat het goed is dat je een paar van je romantische ideeën over architectuur kwijtraakt', zei hij.

'Je had me wat meer tijd kunnen gunnen…'

'Misschien. Maar ik vind, hoe later hoe moeilijker, de klap komt harder aan… Ik zal een kopje koffie voor je vragen. Je bent erg bezweet en die kou is niet goed voor je.'

Lavinia keek hem aan. Zijn gezicht stond nu vriendelijker. Hij liep zijn kamer uit en kwam met het dampende kopje in zijn hand terug. De koffie smaakte goed. Zij bedankte hem en verwonderde zich over het mengsel van felheid en vriendelijkheid dat Felipe ten toon spreidde en de abrupte manier waarop ze elkaar afwisselden.

'Wat mij nog het meeste trof was de berusting van de mensen', zei Lavinia, terwijl zij met kleine slokjes van haar koffie dronk en aan de gebaren van machteloosheid dacht.

'Ze hebben geen keus', zei Felipe. 'Of ze gaan weg of de nationale garde jaagt hen weg.'

'Dat zei een van hen ook.'

Zij bleven praten tot de middagpauze. Felipe nodigde haar uit voor de lunch in een nabijgelegen cafetaria.

'Een andere keer graag', zei zij. Nu ging zij naar huis om zich om te kleden. Zij wilde geen kou vatten met haar natte T-shirt en deze poolkou op kantoor.

Een wonderlijke man, Felipe, dacht zij onderweg naar huis. Hij had haar langdurig onderhouden over de 'realiteiten van het vak'. Hij zei dat hij had geprobeerd de eigenaren van het terrein te overreden om het winkelcentrum op een andere plek te bouwen, maar zonder succes. De voor een spotprijs van de gemeente gekochte grond was 'nationaal bezit'. De burgemeester verdiende ook aan de transactie. En de bouwtekeningen waren al klaar. Ik wilde alleen je oordeel weten, had hij gezegd. Zij zou niet de muren hoeven ontwerpen die de dikke man en zijn werkplaats zouden wegvagen. Hij wilde haar alleen laten 'landen'. Het was beter dat zij met beide benen op de grond stond, zei hij.

3

*

Langzaam begin ik deze tijd te begrijpen. Ik stel mij erop in.
Ik heb de vrouw geobserveerd. De vrouwen lijken niet meer
ondergeschikt te zijn, maar voorname personen. Zij hebben
zelfs bedienden voor zichzelf. En zij werken buiten het huis.
Zij bijvoorbeeld gaat elke ochtend werken. Ik weet niet of
dat een voordeel is. Onze moeders werkten tenminste alleen
in het huishouden en daar hadden zij genoeg aan. Ik zou
bijna zeggen dat het beter was, omdat zij kinderen hadden
waarin het geslacht werd voortgezet en een man die hen de
engte van hun wereld liet vergeten wanneer zij 's nachts in
zijn armen lagen. En zij kent die vreugden niet.

Er schijnt in deze tijd geen enkele godenverering te zijn.
Zij steekt nooit dennetakken aan, noch buigt zij zich in ceremonie. Het lijkt of zij er nooit aan twijfelt dat Tonatiuh
haar 's morgens zijn licht zal schenken. Wij leefden altijd in
de angst dat de zon voor altijd onderging, want welke ga-
rantie hebben wij dat hij de volgende dag weer zal schijnen?
Misschien hebben de Spanjaarden een manier gevonden om
dat te garanderen. Ze zeiden dat zij uit een land kwamen
waar de zon nooit onderging. Maar niets was zeker, toen,
en hun vreemde, kleverige taal sprak leugens. Al snel kenden
wij hun zonderlinge obsessies. Zij waren in staat te doden
om glanzende stenen of om het goud van onze altaren en
gewaden. Toch meenden zij dat wij goddeloos waren, omdat wij krijgers aan de goden offerden.

Hoe leerden wij die taal te haten die ons van onze grond
verjoeg en kapotmaakte wat wij tot hun komst geweest waren!

En deze tijd heeft een taal die op die van hen lijkt, alleen zachter, met intonaties zoals wij die gebruikten.

Mijn sap gaat naarstig voort met zijn werk mijn bloesem in vruchten te veranderen. Ik voel reeds hoe de embryo's zich met het gele vlees van de sinaasappel bedekken. Ik weet dat ik mij moet haasten. Zij en ik zullen elkaar spoedig ontmoeten. De tijd van de vruchten, van de rijping, zal aanbreken. Zal het pijn doen wanneer zij ze plukt?

•

Gedurende haar eerste maand op kantoor was Lavinia bezig te 'landen' in de alomtegenwoordige aanwezigheid van Felipe, die met veel genoegen de rol op zich had genomen haar met beide benen op de grond te zetten.

Zij was gewend geraakt aan de dagelijkse routine van naar haar werk gaan, van vroeg opstaan, hoewel het haar iedere ochtend moeite kostte zich uit de zachte lakens los te maken. Nooit zou zij begrijpen waarom de werktijden niet werden veranderd om de ochtend, de behaaglijkste fase van de slaap, te eren. Bovendien had het doorslapen, terwijl de stad ontwaakte, voor haar de attractie van een inbreuk op de regel. Doorslapen, terwijl bestelauto's, bussen en taxi's op straat hun lading melk, brood en mensen beginnen rond te brengen. Doorslapen, ondanks de zon die onbarmhartig door de kieren naar binnen dringt.

Maar de slaperigheid viel snel van haar af. Nu zij deel uitmaakte van de bedrijvigheid, van het geratel van de kantoorschrijfmachines, begreep zij waarom de mensen veel voldoening vonden in hun bezigheden, in de strakke tijdsgrenzen voor het ondertekenen van contracten, in het afsluiten van projecten. Het was een manier om je belangrijk te voelen, meende zij, om een reden te hebben je eigen thuis-wereldje te verlaten en de wereld van de balansrekening te betreden, waar het risico, het gevaar van verlies en winst bestond. Op die manier veranderde het leven in een interessante transactie, een voortdurende weddenschap, en je kon de illusie koesteren dat de tijd je niet door de vingers glipte, dat je iets deed met die opeenvolgende uren, met die dagen die elkaar onverbiddelijk opvolgden.

Zij stond op en volgde het ritueel: water opzetten voor de koffie; uit het raam kijken om te zien hoe de sinaasappelboom die bezig was zijn bloemen om te zetten in vruchten, er bij stond, de toekomstige sinaasappels hingen al als kleine, groene bolletjes tussen de takken; de badkamer ingaan en haar gezicht in de spiegel bekijken. Ze bedacht hoe haar gezicht haar 's morgens vreemd, bijna lelijk voorkwam. Gelukkig wist je dat het even later weer het vertrouwde gezicht zou zijn. Ze zette de douche aan en voelde hoe het water de slaap verdreef, de dag aankondigde. Ze hield ervan zich in te zepen tot het schuim in slierten over haar naakte lichaam liep, te zien hoe haar schaamhaar wit werd, dat lichaam, dat haar op mysterieuze wijze voor haar hele leven was toegewezen, haar antenne naar het universum, weer te ontdekken. Je moet van je lichaam houden, had Jerome gezegd terwijl hij haar lichaam liefhad tussen de knoestige olijfbomen tijdens een van de escapades uit het Italiaanse studentenhuis, waar zij nu aan moest denken. Het douchen bracht Jerome in haar gedachten, de ontdekking van het mannelijk lichaam met de textuur van een onrijpe vrucht, de gespannen spieren die tegen haar zachte dijen wreven. Zo had zij ontdekt dat zij een huid had, gemaakt voor strelingen, dat zij in staat was geluiden voort te brengen die haar aan een verwantschap met katten, met de panters en jaguars van tropische wouden, deden denken.

Zij sloot haar ogen. Heel duidelijk zag zij het beeld van Felipe voor zich, door dat van de gelegenheidsvriendjes heen. Er was meer dat hen in elkaar aantrok dan hun belangstelling voor de architectuur. Zij speelden een spelletje van kat en muis, waarbij zij elkaar opzochten en veinsden elkaar te ontlopen, en denkbeeldige meningsverschillen construeerden, die het voorwendsel waren voor lange gesprekken van de een in de kamer van de ander. Sinds hij haar er onvoorbereid op uit had gestuurd om achter de ontruiming te komen die de bouw van het winkelcentrum met zich mee bracht, discussieerde zij voortdurend. Ook al onderkende zij met het voorbijgaan van de weken de grenzen van haar romantische ideeën, zij hield vol dat zij uiteindelijk de macht over het tekenbord en het ontwerp hadden, en niet degenen met het geld, die nu niet bepaald humanisten konden worden genoemd. Het kostte haar veel moeite zich erbij neer te leggen dat zij de simpele, rechtlijnige of de bombastische, van slechte smaak getuigende opdrachten van de cliënten moest accepteren. Felipe hielp haar bij het vinden van compromissen, waarbij hij een groot geduld betoonde tijdens de lange discussies. Maar af en toe, wanneer het duidelijk werd dat iedere discussie zinloos was, schoot hij uit zijn slof en verweet haar bijna schreeuwend haar eigenwijsheid van verwend meisje en hield haar dan opnieuw voor dat zij een salaris verdiende om de cliënten ter wille te zijn en niet om met hen in discussie te treden.

Zij was er zeker van dat Felipe van de discussies genoot, ook al trok hij een wanhopig gezicht wanneer hij haar met een strijdlustige uitdrukking in haar ogen in zijn deuropening zag verschijnen. Tijdens de groepsbesprekingen gingen hun blikken naar elkaar toe en gleden weer weg. Bij het werk wendden beiden professionele afstandelijkheid voor en verschansten zich achter gebouwen, huizen, materialen voor daken en muren, om pratend over deze dagelijkse dingen, persoonlijke onderwerpen te vermijden.

Meer dan eens was zij in de verleiding gekomen hem bij haar thuis uit te nodigen, maar zij was er nog niet eens in geslaagd aan de lunchuitnodiging van een van de eerste dagen gehoor te geven. Ze voelde zich gevangen in een wedijver tussen magneten en ijzervijlsel.

Felipe leek een van die mannen te zijn die met de wederzijdse aantrekkingskracht koketteren, maar terugdeinzen voor de mogelijkheid in de maalstroom van de verlating onder te gaan. Hoewel je je moeilijk kon voorstellen dat er niets ging gebeuren. Op een dag moest er aan het spel een eind komen. Allebei droegen zij in hun ogen de nacht van de ontkleding, waarin zij hun meertouwen zouden losgooien om samen schipbreuk te lijden. Maar misschien hield hij er meer traditionele opvattingen op na, bedacht Lavinia, schepte hij genoegen in het uitstel, het flirten, het broodkruimels naar elkaar werpen als naar de duiven op het plein en het slaan met de vleugels wanneer hun onontkoombaar samenzijn zich naar het tijdstip van vijf uur bewoog, het moment van uit elkaar gaan. Of was zij soms het slachtoffer van haar romantische denkbeelden, vroeg zij zich af terwijl zij haar kousen over haar benen schoof, en onderhield Felipe in werkelijkheid een heimelijke liefdesverhouding met die geheimzinnige vrouw die in spanning op het vertrek van haar man wachtte om die mysterieuze telefoongesprekken te houden die hem halverwege de ochtend of de middag bliksemsnel het kantoor deden verlaten. Of was hij misschien een stiekeme Don Juan met verschillende vrouwen, die verantwoordelijk waren voor de 'studiebijeenkomsten' in de avond, de studenten die hem 'nodig hadden', want geen enkel normaal mens had zoveel te doen, niemand leek het buiten de kantooruren zo druk te hebben als hij.

Het geluid van de telefoon haalde haar uit deze verontrustende bespiegelingen. Het was Antonio, die haar uitnodigde 's avonds met hem te gaan dansen. Zij nam de uitnodiging onmiddellijk aan. Ze had behoefte aan afleiding.

Toen zij haastig de hal van het gebouw binnenliep, stond Felipe op de lift te wachten. Naast elkaar stapten zij naar binnen en gingen zwijgend tussen mannen en vrouwen met ernstige gezichten staan. Wat zijn liften toch een merkwaardig verschijnsel, dacht Lavinia. De gespannen stilte die er hangt. De mensen in de lift lijken op stomme vissen, bang voor elkaars nabijheid, die schuw naar open deuren zwemmen op weg naar uiteenlopende bestemmingen, verdiepingen. Wanneer zij uit de kleine ruimte tevoorschijn treden, zuigen zij hun longen vol lucht als iemand die na een diepe duik weer boven water komt. Liften. Viskommen. Voorwerpen van eenzelfde familie.

Toen zij op de vierde verdieping uit de lift stapten, vertelde zij Felipe haar ingeving. Hij moest er om lachen. Silvia zat al achter haar bureau en begroette de laatkomers. Lavinia maakte een grapje over de gemene manier waarop de lakens die ochtend aan haar lichaam waren blijven kleven. Zij voelde zich nu helemaal thuis in de vriendschappelijke, creatieve sfeer van het bureau. De formaliteit van de eerste dag lag ver achter haar. De heer Solera was nu Julián. Haar mannelijke collega's respecteerden haar, zij was de enige vrouw met een zelfstandige functie, alle anderen waren secretaresse, assistente of werkster. Makkelijk was het niet geweest, bedacht zij, terwijl zij Felipe in de gang groette en haar gezellige kamer binnenging, waar zij planten had neergezet en affiches had opgehangen. In het begin luisterden zij met enig wantrouwen naar haar mening. Wanneer het haar beurt was projecten of ontwerpen te presenteren, onderwierpen ze haar aan een stortvloed van vragen en bezwaren. Maar zij liet zich niet intimideren. Zij besefte het voordeel van haar afkomst: het was toch ergens goed voor in een sociale laag geboren te zijn, waar ze als meesteres van de wereld was opgevoed.

De houding van Julián naar haar toe droeg ertoe bij de pogingen van de anderen om hun mannelijk overwicht te laten gelden wat af te zwakken. Herhaaldelijk maakte hij opmerkingen over haar creativiteit en haar vakkennis en stelde hij haar zorg voor het bereiken van een beter kwaliteitsniveau, ook als dat langere besprekingen met de cliënten betekende, tot voorbeeld.

Zij legde haar tas op haar bureau, schoof het gordijn opzij en pakte haar potloden om die in de elektrische puntenslijper aan te scherpen. Mercedes kwam binnen met de koffie en de kranten. Er waren weinig dingen waar Lavinia zo van genoot als van dat eerste uurtje op kantoor, waarin zij zich 'psychologisch' op de werkzaamheden van die dag voorbereidde. Zij keek de kranten door terwijl zij van haar koffie slurpte. Even later kwam Felipe binnen om het werk van die week met haar door te nemen. Het was vrijdag en 's middags zouden zij hun gebruikelijke bespreking met Julián hebben om het werk van de volgende week te bespreken en te plannen. Op een gegeven moment bracht zij haar voornemen voor die avond ter sprake.

'Hou jij niet van dansen?' vroeg zij hem.

'Natuurlijk wel', zei hij. 'Als kind won ik op school al prijzen.'

Hij keek haar vrolijk lachend aan. Lavinia vond dat hij in dagen niet in zo'n goed humeur was geweest.

Die avond, terwijl zij met Antonio op de dansvloer van de Roze Olifant ronddraaide, zag zij Felipe met een drankje aan de bar naar haar staan kijken. Voor een ogenblik was zij van haar stuk gebracht, verbaasd hem daar in die rook en het lawaai van de muziek te zien, een grijnzende kater die opdook en verdween tussen de op de kleine dansvloer opeengehoopte paren.

Zij danste door, liet zich meevoeren door het ritme van bekkens en slagwerk. Felipe uit de verte naar haar te zien kijken prikkelde haar benen. Zij gaf zich helemaal over aan het gevoel bekeken te worden. Zij zag Felipe door de rook en de lichten heen, zijn grijze ogen die haar doorboorden, die haar kietelden. Ze danste voor hem, terwijl zij net deed alsof ze hem niet zag, zich ervan bewust dat zij het deed om hem te provoceren, genietend van haar exhibitionisme, van de sensualiteit van de dans, euforisch bij de gedachte dat zij elkaar eindelijk buiten kantoor zouden ontmoeten. Ze droeg een van haar kortste minirokken, hoge hakken, een blouse die een schouder bloot liet, een toonbeeld van de zonde had zij van zichzelf gedacht voordat zij haar huis verlieten. Zij had een beetje hasj gerookt. Af en toe vond zij het lekker. Hoewel zij in Italië het vluchtige genot van de roes had beleefd en weer verworpen, waren haar vrienden hier in Faguas bezig die te ontdekken en zij deed met hen mee.

Toen er andere muziek kwam, had zij al besloten het initiatief te nemen en niet het risico te lopen dat Felipe gewoon aan de bar bleef staan en verschanst als altijd naar haar bleef kijken. Antonio was niet verbaasd toen ze hem zei dat zij haar 'chef' even ging begroeten. Hij keerde terug naar de tafel van de groep vrienden, terwijl Lavinia naar de bar liep.

'Nou, nou,' zei Lavinia spottend tegen Felipe, terwijl ze op de lege barkruk naast hem ging zitten, 'ik dacht dat je veel te *nice* was om je in dit oord van zonde en verderf te vertonen.'

'Ik kon mijn nieuwsgierigheid niet weerstaan om je in deze omgeving te zien functioneren', zei Felipe. 'Je beweegt je als een vis in het water en je danst heel goed.'

'Vast niet zo goed als jij,' antwoordde zij plagend, 'ik heb nog nooit een prijs gewonnen.'

'Omdat meisjes zoals jij niet aan dat soort dingen meedoen', zei hij, terwijl hij zich van zijn kruk liet glijden en zijn hand naar haar uitstrekte. 'Zullen we dansen?'

De D.J. had een langzame bossa nova op de draaitafel gelegd. De meeste paren verlieten de dansvloer. Er bleven maar een paar omstrengelde lichamen over. Geamuseerd accepteerde zij. Ze praatte aan één stuk en haatte zichzelf omdat zij zich zenuwachtig voelde. Felipe legde haar tegen zijn brede borst en drukte haar stevig tegen zich aan. Zij kon zijn weelderige borsthaar door zijn hemd heen voelen. Ze begonnen te wiegen, huid tegen huid, haar benen tegen Felipes broek gedrukt.

'Is dat je verloofde?' vroeg hij, toen zij langs hun tafeltje dansten.

'Nee,' zei Lavinia, 'verloofd zijn is uit de mode.'

'Je vriend dan', zei hij, terwijl hij haar nog dichter tegen zich aandrukte.

'Het is een vriend,' zei Lavinia, 'en van tijd tot tijd helpt hij mij uit de nood.'

Zij voelde de vibraties in Felipes lichaam als reactie op haar intentie hem te shockeren. Hij hield haar zo stevig vast dat het bijna pijn deed. Hoe zou het met de getrouwde vrouw gaan en met de avondlessen op de universiteit? Ze kreeg bijna geen adem. Met haar mond kon zij de knoopjes van zijn overhemd halverwege zijn borst aanraken. Deze dans begon serieus te worden. De remmen gingen los. De dijken braken. De harten klopten sneller. De warme adem van Felipe in haar nek. De muziek die hen in het donker voortbewoog. Alleen de spiegelbol in de lichtbundel van de schijnwerper verlichtte de ruimte, de rook, de zoetige geur van de verborgen rokers die uit de toiletten kwam.

'Je rookt graag hasj, hè?' fluisterde Felipe boven haar hoofd zonder haar los te laten.

'Af en toe,' zei zij, 'maar die fase heb ik al gehad.'

Hij omarmde haar nog krachtiger. Zij begreep niets van deze bruuske verandering. Plotseling leek hij elke vorm van onverschilligheid van zich te hebben afgeworpen om zich openlijk in een haast dierlijke verleiding te storten. Zij voelde zich niet op haar gemak. Hij straalde oervibraties uit. Het was iets dat uit zijn binnenste kwam. Anders dan de anderen, dan haar vrienden. Een intensiteit in zijn hele lichaam, in zijn grijze ogen waarmee hij haar nu aankeek, haar bijna van zich afduwde.

'Je zou geen hasj moeten roken', zei hij. 'Jij hebt die kunstmatige middelen niet nodig. Je hebt genoeg leven in jezelf en hoeft het niet ergens anders te lenen.'

Lavinia wist niet wat zij moest zeggen. Ze voelde zich duizelig en bewoog zich als gebiologeerd door zijn ogen, gevangen in die rookgrijze blik. Ze zei iets over gewaarwordingen. De hasj versterkte je gewaarwordingen.

'Ik geloof niet dat er bij jou ook maar iets hoeft te worden versterkt', zei hij.

De rustige muziek was afgelopen en de heavy rock begon weer. Felipe liet haar niet los. Hij danste op door hemzelf bedachte muziek en bewoog zich op het ritme dat zijn lichaam wilde en dat ver van de harde muziek af stond. Het leek Lavinia of hij zelfs ver van haar af stond. Hij drukte haar tegen zich aan met de kracht waarmee een schipbreukeling midden in de oceaan een stuk hout omklemt. Hij maakte haar zenuwachtig. Uit de verte gebaarde Antonio naar haar. Zij deed haar ogen dicht. Ze vond Felipe aantrekkelijk. Ze had gewild dat dit zou gebeuren. Steeds weer had zij tegen zichzelf gezegd dat het op een dag moest gebeuren. Ze konden niet hun leven lang op kantoor blikken blijven uitwisselen. Er was iets tussen hen als van twee dieren die elkaar besnuffelen, de uitstralingen van het instinct, de elektrische aantrekkingskracht, het was er onmiskenbaar.

Antonio vond dat hij haar moest komen redden. Hij naderde hen om de ban te breken. Jaloers. Felipe keek hem aan. Lavinia vond Antonio er breekbaar uitzien naast Felipe. Geamuseerd, opgewonden, afwezig, en zich heel vrouwelijk voelend, hoorde zij Felipe tegen Antonio zeggen dat zij weggingen, dat zij een afspraak hadden en dat Antonio zich om haar geen zorgen hoefde te maken. Toen zei hij haar dat ze haar tasje moest gaan halen en zij gehoorzaamde, gefascineerd door zijn gezaghebbende houding, Antonio verbijsterd achterlatend.

Zij gingen het huis binnen zonder het licht aan te doen. Alles gebeurde heel snel. Felipes handen gingen omlaag en omhoog over haar rug, gleden verveelvoudigd in snelle bewegingen langs alle grenzen van haar lichaam, verkenden het, baanden zich een weg door de hindernissen van haar kleding. In het donker hoorde zij zichzelf reageren, zich nog net bewust van het feit dat een deel van haar hersens probeerde te begrijpen wat er gebeurde zonder daarin te slagen, verdoofd door de golven van sidderingen die door haar huid gingen.

In het zilveren maanlicht vonden zij de weg naar de slaapkamer, waar hij haar blouse helemaal uittrok, de rits van haar minirok opende – de sluitingen van de naaktheid – en zij het territorium van de matras, van het bed onder het raam bereikten. Lavinia begroef zich in Felipes borst, ze liet zich met hem gaan in de zee van warmte die uit zijn buik stroomde, verdrinkend in de elkaar opvolgende golven, wijkende onderaardse gangen, hun lichamen die zich spanden, kromden, openden, jaguars, naar de top van de golf, de boog die de pijlen loslaat, bloemen die zich openen en sluiten. Zij spraken weinig tijdens de rustige momenten. Lavinia deed een poging een sigaret te roken, onder de kussen van Felipe een gesprek te beginnen, maar hij liet dat niet toe. Opnieuw had zij het gevoel dat zij hier niet was. Ze zei het hem.

'Kijk mij aan,' zei zij, 'zie je mij?'

'Natuurlijk zie ik je', zei Felipe. 'Eindelijk zie ik je. Ik geloof dat ik ziek was geworden als ik je vandaag niet zo had gezien. Ik had al bedacht dat ik mijzelf koude douches moest gaan voorschrijven om de kantooruren door te komen.'

Hij lachte mee met de schaterlach van Lavinia, die eindelijk besloot van hem te genieten en zich niet langer te verwonderen over de mateloosheid van die hartstocht, die zich in één uitputtende nacht, waarin zij de tel was kwijtgeraakt, zo volledig had bevrijd. Ze viel in slaap met de gedachte dat Lucrecia hen de volgende morgen zou vinden, allebei gestorven aan een hartaanval.

•

Vandaag is er een man gekomen. Hij ging met de vrouw naar binnen. Zij leken bevangen door liefdesdrank en bedreven de liefde buitensporig, als hadden zij zich lang ingehouden. Het was alsof ik het zelf opnieuw beleefde, opnieuw de laaiende vlam van Yarince beleefde, die zich in mijn herinnering, in mijn takken, mijn bladeren, het zachte vlees van mijn sinaasappels boorde. Zij maten elkaars krachten als strijders voor het gevecht. Daarna was er tussen hen nog slechts één huid. Uit haar buik groeiden handen om het lichaam van de man boven haar te omarmen, haar buik ging tekeer alsof zij hem daarin wilde nestelen, hem naar binnen halen en hem daar laten rondzwemmen om

49

hem opnieuw te baren. Zij bedreven de liefde zoals Yarince en ik dat deden wanneer hij van lange verkenningstochten van vele manen terugkeerde. Een en andermaal tot wij ons uitgeput, tot rust gekomen op de zachte slaapmat strekten. Er stromen krachtige vibraties uit zijn lichaam. Er hangt om hem een halo van verborgen zaken. Hij is lang en blank als de Spanjaarden. Maar ik weet nu dat zij noch hij dat is. Welk ras mag het wel zijn, dit mengsel van indringers en Nahuatl-Indianen? Zijn het misschien kinderen van de vrouwen van onze stammen, die werden weggevoerd naar promiscuïteit en dienstbaarheid? Zijn het kinderen van de ontzetting over de verkrachting, over de onuitputtelijke wellust van de conquistadores? Aan wie behoren hun harten, de ademhaling van hun longen?

Ik weet alleen dat zij de liefde bedrijven als gezonde dieren, zonder nachthemd of remming. Zo deden ook onze mensen het voordat de vreemde god van de Spanjaarden de genietingen van de liefde verbood.

•

Om acht uur werd zij wakker. Zij opende haar ogen en voelde Felipes lichaam, vervlochten met het hare in het slordige bed. Zij bewoog zich niet uit angst hem wakker te maken. Het duurde even tot het tot haar doordrong hoe laat het was, dat er niemand zou komen en dat zij niet naar kantoor hoefden omdat het zaterdag was. De vorige avond had zij van geen tijd of dag meer geweten.

Gerustgesteld glimlachte zij bij de aanblik van de vredigheid van Felipes slaap. Het was leuk naar slapende mensen te kijken, dacht zij. Hij zag eruit als een kind. Zij stelde zich hem voor als jongetje, spelend met een tol, en viel weer in slaap tot Felipe haar wakker maakte.

'Het is erg laat!' riep hij uit. 'Ik moet meteen weg!'

'Maar we hoeven niet te werken, we kunnen samen ont-bijten', zei zij.

'Ik kan niet,' zei hij op weg naar de badkamer, 'ik heb een bespreking met mijn leerlingen. Ik heb beloofd ze te helpen voor een examen.'

Hij kwam weer naar buiten en kleedde zich haastig aan.

'Je hebt het altijd druk…'

'Nee, niet altijd', zei hij met een knipoog.

In de deur nam zij afscheid van hem. Zij keek hem na terwijl hij gehaast wegliep en in de verte verdween, en keerde terug naar de slaapkamer. Met zichzelf alleen, bekeek zij zich in de spiegel. Zij zag eruit als een goed beminde vrouw. Zij rook naar hem. Het liefst had zij zich niet gewassen, had zij zijn geur de hele dag bij zich gehouden. Zij hield van de geur van zaad, van seks. Maar zij ging onder de dou-che om de loomheid, de aandrang om weer in bed te gaan liggen, van zich af te schudden. Sara wachtte op haar voor het ontbijt.

4

*

Vandaag is zij zingend opgestaan. Zij zingt terwijl zij zich wast. Ik ben blij dat zij gelukkig is. Ik ben het ook. Ik draag vruchten. De sinaasappelen zijn nog klein en groen. Over een paar dagen zullen zij rond en geel zijn. Ik ben blij dat ik deze boom gevonden heb. Een van de weinige goede dingen die de Spanjaarden hier hebben gebracht. Wij pakten de sinaasappelen wanneer wij langs hun plantages kwamen. Niet iedereen vond ze lekker. Maar wij verslonden ze, omdat hun sap fris is en je dorst lest, heel anders dan de mango, die je nog dorstiger maakt. Hoewel ik ook wel een mangoboom had willen zijn. Maar ik heb het getroffen. Ik weet niet wat ik had gedaan als ik in die cactus daar was bovengekomen. Ik houd niet van cactussen, zij herinneren mij aan de schrammen op mijn benen.

De sinaasappel heeft een lastig te maken, vlezig vruchtvlees. Het zijn duizenden omhulseltjes, dunne huidjes om het vruchtvlees te omsluiten, een andere huid om de partjes van elkaar te scheiden, dan de schil en veel pitten, kleine ontwerpen voor kinderen die overgelaten zijn aan het toeval van grillige lotsbeschikkingen. Ik hoop dat mijn zaden goed terecht komen.

Van heel dichtbij kan ik de binnenkant van de vrucht zien, kan ik in haar zijn, in haar afgeplatte uiteinden, in haar rondheid. De aarde is rond en afgeplat als een sinaasappel. De grote ontdekking van de Spanjaarden. Ik moet erom lachen. De aarde is zoals ik.

Toen zij er arriveerde, maakte Sara haar dagelijkse ronde door de tuin. Adrián en zij waren nu zes maanden getrouwd en Sara vervulde haar rol van huisvrouw perfect. Ze woonden in een oud huis met vier veranda's en ruime slaapkamers met spitsboogvensters. Op de patio stond een malincheboom, die tot boven het dak reikte en veel schaduw gaf. Rond de boom, die één keer per jaar vuurrood bloeide, had Sara varens opgehangen en allerlei begonia's, hortensia's en rozen geplant. De tuin dankte haar voor haar zorg met prachtige bloemen.

Beide vriendinnen hadden het tot een gewoonte gemaakt 's zaterdags samen te ontbijten. De tafel was al gedekt: warme koffie, geroosterd brood, marmelade die glansde in de kristallen kom, boter in een zilveren bakje, nieuw servies, nieuw tafellinnen. In het huis hing nog de sfeer van huwelijksgeschenken.

'Mevrouw,' zei Lavinia schertsend, terwijl zij naar de tafel liep, 'ik zie dat u alles in gereedheid heeft voor ons ontbijt.'

'Ik heb deze keer geen pannekoekjes gemaakt', zei Sara. 'En omdat je altijd op tijd bent, vallen mijn voorbereidingen nooit in het water. De koffie wordt niet koud, het geroosterde brood niet slap, zoals bij Adrián, die juist wanneer we aan tafel gaan zijn boek niet opzij kan leggen of in de badkamer eindeloos "zijn handen staat te wassen".' Lachend gingen zij zitten en terwijl Sara de koffie in witte porseleinen kopjes schonk, keek Lavinia naar haar verfijnde gelaatstrekken als van een 18e eeuwse dame. Porseleinteint, zei Sara zelf met enige ironie. Het blonde haar droeg zij opgestoken. Alles aan haar was licht en zacht.

'Hoe gaat het op je werk?' vroeg Sara.

'Goed', antwoordde Lavinia. 'Ik moet er nog steeds aan wennen dat dromen dromen zijn. Ik denk nu dat Felipe gelijk had met zijn spelletje met het winkelcentrum. De zakenwereld is hard. Er viel niets te doen voor die arme mensen. De eigenaars wilden het terrein dat zij net gekocht hadden natuurlijk niet afstaan. Het zijn echt geen filantropen.'

'Zo is het leven', zei Sara. 'Maak je geen zorgen, die lui zijn eraan gewend. En wat ben je nu aan het ontwerpen?'

'Een huis', antwoordde Lavinia en nam een slokje van haar koffie terwijl ze bedacht hoe natuurlijk alles voor Sara was. 'Het is gebeurd', voegde zij eraan toe, zij kon zich niet langer inhouden. 'Met Felipe.'

Sara's gezicht lichtte op. Sinds de naam Felipe was gevallen en zij wist dat hij vrijgezel was, speelde zij de koppelaarster, wat Lavinia gedecideerd afwees met de woorden dat zij moest ophouden haar te willen uithuwelijken, zoals haar ouders dat bij haar hadden gedaan. Maar Sara gaf het niet op en vroeg haar altijd naar Felipe.

'En, hoe was het?' vroeg zij, terwijl zij probeerde haar nieuwsgierigheid te onderdrukken en haar vriendin niet boos te maken.

'Prima. Maar ik wil niet te hard van stapel lopen. Het is allemaal erg snel gegaan. Ik ben bang om verliefd te worden voordat ik precies weet waar ik aan toe ben.'

'Jij doet altijd zo moeilijk', zei Sara. 'De liefde is toch de natuurlijkste zaak van de wereld! Ik zie niet in waarom je daar bang voor moet zijn.'

'Nou ja, maar Felipe heeft ook zijn eigenaardigheden. Hij krijgt vaak rare telefoontjes en dan gaat hij er opeens vandoor. Hij heeft het altijd druk. Voor mij is het een getrouwde vrouw... Ik weet het ook niet. Misschien verbeeld ik het mij maar.'

'Jij hebt altijd een rijke fantasie gehad.'

'Kan best', zei Lavinia nadenkend, boos op zichzelf omdat zij zich net zo voelde als bepaalde jaloerse getrouwde vrouwen door zo te denken over Felipes 'lessen' op zaterdagmorgen. 'En jij, hoe gaat het tussen jou en Adrián?'

Met een ingetogen gezicht begon Sara aan een onduidelijk portret van haar relatie met Adrián, een gesproken portret van het volmaakte huwelijk. Alleen op intiem gebied hadden zij nog steeds wat problemen, erkende Sara. Adrián was erg 'bruusk'. Hij begreep niet hoe belangrijk tederheid was.

Het had Lavinia altijd moeite gekost zich Sara vriend voor te stellen. Ze was zo etherisch, bijna mystiek. Er was zelfs een tijd geweest dat zij zei dat ze in een klooster wilde treden om zich te wijden aan de liefde voor God.

'Misschien ben ik wel te romantisch of te veel beïnvloed door de liefdesscènes in films', zei Sara en leunde naar voren om een sneetje toast te besmeren.

Lavinia lachte. 'Liefde in films is pure illusie,' zei zij, 'in werkelijkheid moet het verschrikkelijk zijn. Stel je voor, in het licht van de schijnwerpers, voor de camera, en op ieder moment de mogelijkheid van *cut*! Steeds de dreiging van een coïtus interruptus als je niet precies doet wat de regisseur wil…'

Ze schoten allebei in de lach. Dat van die tederheid kon je leren, zei Lavinia. Het was waar dat die bij mannen in het algemeen flink onderdrukt was. Je moest het ze leren. En zij bedacht dat zij er zelf ook het een en ander aan zou moeten doen, maar gaf er de voorkeur aan dat voor zich te houden. Het begin was meestal moeilijk, zei zij. Onhandige pogingen tot iets wat later vanzelf ging wanneer de lichamen ontcijferd waren. Zo was het haar tenminste met Jerome vergaan. Hoewel Sara en Adrián al zes maanden bij elkaar waren, bedacht zij. Ze zei haar dat het belangrijk was dat

ze haar schroom aflegde en Adrián de weg wees in haar on-
derhuidse wegennet, hem een kompas in handen gaf.

Zo praatten zij tot het eind van de ochtend. Adrián zou
nu wel gauw komen en Sara zei dat ze een bad ging nemen.
Zij hield er niet van dat haar man haar net zo aantrof als hij
haar had achtergelaten.

Lavinia maakte van de gelegenheid gebruik om afscheid
te nemen, ondanks de uitnodiging om te blijven lunchen.
Ze was niet in de stemming voor het sarcasme en de ver-
handelingen van Adrián. Ze wilde die middag slaap inhalen,
lezen, nadenken.

De week ging voorbij met de verbazingwekkende snelheid
waarmee de tijd verloopt wanneer zich bijzondere gebeurtenissen voordoen.

De dagen op kantoor hadden sinds het begin van de relatie met Felipe vage contouren gekregen. Het viel haar
moeilijk zich op haar werk te concentreren, omdat hij erin
doordrong met opmerkingen en gebaren die het haar onmogelijk maakten de pas ontstane vertrouwelijkheid te negeren. Hoewel zij elkaar maar één avond hadden ontmoet
om naar de bioscoop te gaan en daarna wat te drinken, doken zowel die avond als de enige nacht van tomeloze liefde
steeds weer in haar gedachten op, naast de dagelijkse vluchtige liefkozingen die zij op kantoor uitwisselden.

Felipe sprak graag over zijn verleden. Van zijn heden
scheen hij een paar dingen te verzwijgen. Voor haar geestesoog had zij hem de lange oversteek over de Atlantische Oceaan op weg naar Duitsland zien maken, net zo gekleed als de
matrozen op oude foto's, of hem door de straten van Ham-
burg zien lopen, de beroemde haven waar de publieke vrouwen naakt in etalages zaten, op de Reeperbahn, om aan de
hoogste bieder te worden verkocht. Haar verbeeldings-

kracht had zich vooral op Ute gericht, de vrouw die, naar de woorden van Felipe, waarvan zij de betekenis niet helemaal doorgrondde, hem onder andere had geleerd dat hij naar Faguas moest terugkeren. Zij stelde zich haar voor als een rijzige walkure met een lange, blonde haardos en doorkneed in de dingen van het leven, in de liefdeskunst. Zij zag bijna voor zich, door het raam van het huis van rode baksteen en met een schoorsteen, hoe Ute Felipe onderwees in de liefde. Op zeventienjarige leeftijd had Felipe in Puerto Alto, waar zijn vader havenarbeider was, op een schip aangemonsterd. Het avontuur werd een nachtmerrie. Vastbesloten om op de terugreis niet opnieuw overgeleverd te zijn aan de genade van een kapitein met de ziel van een slavenhandelaar, bleef hij achter in Duitsland en kwam bijna om van honger en kou. Ute redde hem, moeder en minnares in een en dezelfde vrouw, had hij gezegd. Zij gaf hem onderdak, ontcijferde zijn taal. Wat Lavinia niet goed begreep was de dankbare toon waarop Felipe vertelde hoe zij hem tot het besef had gebracht dat hij moest terugkeren. Het leek wel of zij Odysseus over zijn terugkeer naar Ithaca hoorde praten. Zij begreep niet waarom Ute, die toch geen Penelope was, er bij hem zo op scheen te hebben aangedrongen dat hij naar zijn land terugkeerde. Waarom had zij hem ervan overtuigd dat hij terug moest gaan, als zij van hem hield?

Nog zo'n mysterie, dacht Lavinia, terwijl zij boeken rangschikte in de nieuwe boekenkast, net als de telefoongesprekken en zijn avondlijke bezigheden, waarvan hij volhield dat het 'verantwoordelijkheden' op de universiteit waren.

Die zaterdag ging Lavinia niet bij Sara ontbijten. Een dag eerder had zij haar salaris ontvangen en zij besloot die ochtend meubels en wandversieringen te gaan kopen voor haar huis. 's Avonds zou zij met haar vriendengroep uitgaan en voor zondag had Felipe beloofd 's middags langs te komen.

Zij liep naar het raam dat op de tuin uitzag en keek naar de lente van de sinaasappelboom. Zijn bladeren glansden in de zon en zijn vruchten waren bijna rijp. Iedere dag leken zij wel groter en geler te worden. Zij hield van de boom, had het gevoel dat hij net zo energiek bezig was als zijzelf, een vrolijke boom, midden in het leven, trots op zijn bloeikracht. Daarom had zij Bologna met zijn klokketoren en zijn arcades verlaten. Van kinds af aan had zij van het frisse groen gehouden, van de opstandige tropische vegetatie, de koppigheid waarmee de planten de hete zomers weerstonden, wanneer de zon de aarde verschroeide. De sneeuw was heel wat anders: wit, koud en onherbergzaam, vond zij, terwijl zij terugliep naar de boekenkast. Zij had zich nooit met de Europese winters kunnen verzoenen, maar zodra de lente aanbrak voelde zij zich weer de oude. 's Winters sloot zij zich op in haar eigen vlees, werd zij zwijgzaam, dan had haar zwaarmoedige, droefgeestige kant de overhand. Maar in Faguas werden haar botten niet door sneeuw gekweld. De warmte deed haar uit zichzelf tevoorschijn treden om het geluk te vinden in de landschappen die in haar ogen waren gevangen als in een broze porseleinen vaas. Daarom waren de tropen, dit land, deze bomen van haar, zoals zij van hen was.

Zaterdagen duren lang, dacht zij, en voelde zich eenzaam.

*

Ik span mij in. Ik werk in dit laboratorium van sappen en kleuren. Ik moet mij haasten. Een diep in mij verborgen weten spoort mij aan. Het zegt dat zij en ik op het punt staan elkaar te ontmoeten.

Vanmorgen kwamen de kolibries en de vogels. Zij stoeiden tussen mijn takken en kietelden mij wanneer zij over mijn houten nerven trippelden. Zij spelen een liefdesspel, een plantaardige liefde. Wie weet huist de geest van Yarince wel in de rapste van hen, die met hooggeheven snaveltje stuifmeel puurt uit mijn bloesem. Iedereen weet dat krijgers als kolibries terugkeren om door de zoele lucht te vliegen.

Ach, Yarince! Hoe goed herinner ik mij je krachtige, door de zon gebrande lichaam, na de jacht, wanneer je met de pracht van een vermoeide poema beschutting zocht op mijn schoot. Stil zaten wij bij het vuur en keken naar het spel van de vlammen, naar hun blauwe hart en hun rode tongen die naar de rook sprongen en de warme lucht geselden. Lang waren die stille nachten, waarin wij ons ineengedoken diep in het woud schuilhielden voor de hinderlaag. De Spanjaarden durfden ons niet te volgen. Zij waren bang voor onze bomen en dieren, wisten niets van slangengif, kenden de jaguar of de tapir niet, zelfs niet de vlucht van de nachtvogels die hen angst aanjoegen, omdat zij dachten dat het dolende zielen waren. Zij ontlaadden de donder van hun stokken en verschrikten daarmee de papegaaien en joegen zwermen vogels de lucht in. De apen, die in troepen boven onze hoofden door de bomen trokken, zetten het op een schreeuwen. De vrouwtjes droegen hun kleintjes met zich mee, die sindsdien een verschrikt gezicht hebben.

Maar te midden van al dat kabaal nam jij mij in je armen. Je legde je handen over mijn oren, vlijde mij neer in het dichte struikgewas en kalmeerde mij met het gewicht van je lichaam. Je liet mij de nabijheid van de dood vergeten door mij de nabijheid van de harteklop van het leven te laten voelen. Je lichaam zocht een toevlucht in het mijne tot het gebons van onze harten elk ander geluid in het woud overstemde.

Ach, Yarince! Misschien was alles wel vergeefs, is zelfs de herinnering aan onze strijd verloren gegaan.

•

De volgende morgen werd Lavinia lange tijd tussen waken en slapen heen en weer geslingerd. De gewoonte van het vroege opstaan had zich als een onzichtbaar horloge in haar hoofd vastgezet, maar het besef dat het zondag was liet haar wegzinken in zachte kussens en slaperigheid. Het was bijna elf uur toen de honger het won van het bed en de luiheid. Ze stond op en trok haar zeegroene kimono aan. Op zondagen voelde zij zich overbodig in de wereld. Het was een dag voor uitstapjes met het hele gezin in de auto, de kinderen en de hond met hun gezicht voor het achterraampje, of om laat op te staan, vader die in zijn gestreepte pyjama aan tafel de krant zit te lezen en de kinderen die op het zondagse ontbijt zitten te wachten. Haar gedachten gingen naar de volle koelkast van haar ouders en even was er een gevoel van heimwee.

Sinds die lunch, waarop zij had aangekondigd dat zij haar eigen leven ging leiden en in het huis van haar tante ging wonen, had zij hen niet meer gezien. De donderslag aan de tafel met glazen water, kippeborst in witte saus en vlekkeloos tafellinnen stond haar nog helder voor de geest: de gezichten van haar vader en haar moeder, terwijl zij schande, geroddel en kwaadsprekerij voorspelden en de verschrikkingen van de wereld buiten de vier muren van hun huis afschilderden (terwijl zij toch jarenlang in haar eentje in Europa was geweest). Het gevaar van vreemde mensen. Mannen die zouden proberen haar te verkrachten, die misbruik van haar zouden maken. De slechte indruk die alleenstaande vrouwen maakten. Uit ter plekke bedachte hoge hoeden hadden zij alle opofferingen tevoorschijn getoverd, die zij zich getroost hadden om haar een goede opvoeding te geven en haar gelukkig te laten zijn als een fatsoenlijk, zichzelf respecterend meisje. Aan het dessert deden zij een poging tot verzoening, trachtten zij haar te overreden toch niet te gaan verhuizen. Het werd tijd dat zij elkaar leerden kennen en leerden van elkaar te houden.

Veel te laat voor Lavinia. Tante Inés en grootvader waren haar moeder en haar vader geweest. Voor haar ouders bewaarde zij een strikt biologisch gebonden genegenheid. De afstand werd weer groter toen zij inzagen dat zij haar niet konden overhalen. Overreding maakte plaats voor bedreiging en ten slotte dwongen zij haar al haar spullen te pakken en dan maar meteen te vertrekken als zij het zo zeker wist. Terwijl haar vader zich terugtrok in zijn kamer om het conflict uit de weg te gaan, stond haar moeder met het zwaard van de engel des doods bij de deur en verdreef haar met woedende ogen uit het aards paradijs.

Zo verdwenen de rijkgevulde koelkasten en de overvloedige zondagse ontbijten uit haar leven. En zo verloor zij de laatste voorrechten van haar positie als enig kind en ook de kans op eersteklas huwelijkspretendenten. Ze had het gevoel van heimwee van een weeskind. Bijna elke zondag overkwam het haar.

Om het van zich af te zetten, besloot zij zichzelf te verwennen en een zondags gezinsontbijt voor haar alleen klaar te maken. De keuken zag er leeg uit. Nu speet het haar dat niemand haar ooit in de culinaire kunst had ingewijd. Noch haar moeder noch tante Inés hadden zich, om verschillende redenen, voor de keuken geïnteresseerd en zij zelf dus ook niet. Maar het kon geen kwaad als een vrouw leerde koken, bedacht zij.

Op de kastplanken stond alles netjes geordend. Allerlei blikjes sliepen de slaap van de roerloosheid en het pak Aunt

Jemina pannekoekmeel stond er nog even ongeopend bij als toen het er was neergezet. Ze keek in de koelkast om te zien of er voldoende melk, boter en eieren waren. Ze mengde de ingrediënten en begon ze in een kom om te roeren tot er een mooi beslag was ontstaan. Ze zette de koffiekan op het fornuis, deed een paar sneetjes brood in de broodrooster en legde een roodgeblokt tafellaken op tafel, zette een leuke plaat op en begon plezier te krijgen in haar activiteiten. Het enige wat ontbrak was sinaasappelsap. Jammer. Maar waarom zou ze het niet proberen met een paar nog niet helemaal rijpe sinaasappels? Het zou heus wel smaken, ook al was het een beetje zuur. De gele kleur in het glas zou dat compenseren en bovendien was het menu dan compleet: een zondagsontbijt voor het hele gezin voor haar alleen. Ze pakte de sleutels van de deur, deed hem open en liep de tuin in. De sinaasappelboom schitterde in de bijna loodrecht aan de hemel staande zon, die op de intens groene, glanzende bladeren scheen. Ze keek naar de boom, liep op hem af en gaf hem een klapje tegen zijn stam. De laatste tijd praatte zij tegen hem als tegen een kat of een hond. Het zou goed voor planten zijn als je tegen ze praatte. Ze keek omhoog en zag een paar sinaasappels hangen die al begonnen te rijpen, met gele strepen over hun groene schil.

Met een lange stok haalde zij een, twee, drie, vier vruchten naar beneden, die met een plof op de grond vielen. Ze liep terug naar de keuken, en pakte het gepolijste, scherpe keukenmes. Ze legde een sinaasappel op de ronde snijplank, bekeek hem, verschoof hem een beetje om hem precies middendoor te snijden en liet het mes in het vruchtvlees zinken. Het oranje binnenste van de vrucht vouwde zich open, gele gezichten die haar aankeken. Ze zagen er sappig uit. Ze sneed de andere drie ook door en perste ze uit. Het sap liep geel in het kristalheldere glas.

Het is gebeurd. Ik voelde dat ik werd geknepen. Vier duidelijke, ronde knepen. Het gevoel in mijn vingertop, wanneer ik de scherpe punt van de pijlen beproefde. Meer niet. Geen bloed, geen sap. Ik voelde angst toen ik haar met die duidelijke bedoeling in haar ogen en bewegingen de tuin in zag komen. Mijn bladeren beefden. Een klein beetje maar, ze merkte het niet. In haar lineaire tijd rijgen de gebeurtenissen zich aaneen door middel van de logica. Zij weet niet dat mijn bladeren beefden voordat zij ze met de lange, houten stok deed schudden. Ik dacht dat alles afgelopen was toen de sinaasappels op het gras vielen. Maar nee, plotseling bevond ik mij in twee dimensies, voelde mij op de grond en in de boom. Pas toen haar handen mij aanraakten, begreep ik dat ik in de sinaasappels was en ook nog steeds in de boom.

De gave van de alomtegenwoordigheid! Net als de goden! Ik was buiten mijzelf van verbazing. Er was geen mijzelf. Ik was dat allemaal. Eindeloze voortzettingen van het zijn. Een meer. Een steen. Eindeloze concentrische cirkels die ontstaan en verdwijnen. Wonderlijk leken mij de wegen van het leven.

Zij opende ons met één enkele snee, een korte haal, bijna pijnloos. Dan de vingers, die de helften grepen, en het vloeien van het sap. Aangenaam, als het breken van een tere innerlijke spanning, als huilen. De partjes die zich openen, de huidjes die hun zorgvuldig in die ronde wereld vastgehouden tranen prijsgeven. Zij zette ons op tafel. Vanuit het doorzichtige glas kijk ik naar haar. Ik hoop dat zij mij naar haar lippen brengt. Ik hoop dat de riten zullen worden vervuld, de cirkels zich zullen verenigen.

Buiten schijnt de zon op mijn bladeren, op zijn reis naar de avond.

De warmte van de gerechten deed haar goed, de luchtige pannekoeken, de koffie, het geroosterde brood. Ook de muziek deed haar goed. Het glas sinaasappelsap stond nog op tafel. Tegen haar gewoonte in dronk zij het sap het laatst om de smaak ervan in haar mond te bewaren. Meestal at zij heel vlug, maar op zondag, vond zij, moest je het ritme van deze dag aanhouden: *allegro ma non troppo*.

Zou zij Felipe vandaag nog zien? In principe zou hij er om vijf uur zijn, maar als hij niet kon komen zou hij haar bellen. De vorige avond had Antonio haar een paar vragen gesteld. Ze had hem verboden verliefd op haar te worden, maar het onvermijdelijke was gebeurd, hij was jaloers. Hij was altijd haar trouwe begeleider geweest. Ze vertelde hem niet meer dan het meest essentiële.

Tijdens de herrie in Florencia's huis was zij verschillende keren niet met haar gedachten bij de rockmuziek en het gezelschap. Antonio slaagde er niet in haar te overreden om te blijven. Na Felipe zou ze het met Antonio niet leuk vinden. En ze wilde het contrast niet voelen, hem niet met een mindere cadans overdekken.

Als ze nu een auto had gehad, zou ze Felipe die zondagmiddag graag meegenomen hebben om 'haar' heuvel met hem te delen. Over de weg omhoog naar de koelte, de bergen, het uitkijkpunt. Langs schaduwrijke paden door de koffievelden wandelen. Naar het landschap kijken vanaf die plek van haar, dicht bij de top. De wolken voeden vanuit de palm van je hand. Zien hoe zwermen parkieten het blauw van de hemel groen kleuren. Terugdenken aan haar jeugd. Deze plek deed haar altijd denken aan de prachtige afbeelding in een van haar meest geliefde kinderboeken: het meisje met de strohoed en het doorschijnende, gebloemde jurkje, dat met haar ellebogen op de grond over de velden, de akkers en de slingerende paadjes uitkijkt. En het onderschrift: 'De wereld was van mij, met alles wat erin was.'

Wanneer zij haar vakantie op de haciënda van haar grootvader doorbracht, ging zij vaak de heuvel op en de associatie van het landschap met de afbeelding was er onmiddellijk. Sindsdien hadden die woorden zich in haar geheugen gegrift.

In die tijd begon zij ook een wereld te zoeken die welwillender tegenover haar dromen stond. Las Brumas was een groot, oud huis met dikke leemwanden, enorme kamers, wasbakken in de badkamer en een tuin vol viooltjes met een fontein in het midden. 's Avonds dronken zij chocolademelk tegen de kou. Met Sara en haar neven en nichten speelde zij luidruchtige spelletjes. Gillend van plezier en van angst gingen zij op een fiets de helling af die naar het huis voerde.

Toen kwam haar grootvader met de boeken van Jules Verne tevoorschijn. Die bladzijden, met de tekst in twee kolommen afgedrukt, namen haar volledig in beslag en boeiden haar meer dan al het fietsen, pandverbeuren en krijgertje spelen bij elkaar. In het voorwoord van de boeken stond dat Jules Verne Frankrijk nooit verlaten had, maar dat zijn verbeeldingskracht hem in staat stelde naar de maan te reizen en vele uitvindingen en ontdekkingen van de mensheid te voorspellen. Dat wilde zij ook, reizen naar waar haar fantasie haar heen mocht brengen. Als kind zocht zij vaak de eenzaamheid om die reizen te maken.

Dan daalde zij de steile helling achter de haciënda af om naar de rokende vulkaan in de verte te kijken, ging naar haar heuvel of wandelde in haar eentje naar het waterbekken en de bron. Daar kon zij uren doorbrengen en naar het ronde gat kijken waaruit onvermoeibaar het water om-

hoogkwam, peinzend over de oorsprong van het kristalheldere water dat in ronde bewegingen, die op een ademhaling
of getijden leken, uit het gat opwelde. Zij stelde zich een
onderaardse oceaan voor, in het middelpunt van de aarde
en met hoge golven, waarvan het bestaan werd verraden
door dit ongelukkige gaatje in de grond.

Opnieuw ging er een vlaag van heimwee door haar heen.
Terwijl zij langzaam, verstrooid, van haar sinaasappelsap
dronk en van de zuurzoete smaak genoot, riep zij in gedachten het beeld van haar grootvader op. Zij zag hem weer voor
zich, de lange, magere man met zijn scherpe neus en zijn
kleine, heldere, doordringende ogen, zijn doorschijnende
huid met de fijne adertjes als kleine delta's van grote, on-
derhuidse rivieren. Hij droeg altijd een wijde, kaki broek en
een wit overhemd met lange mouwen. Aan een soort horlo-
geketting droeg hij een wonderbaarlijk zakmes met allerlei
instrumenten erin, waarmee hij houten vorken placht te
snijden, katapulten waarmee de jongens op vogels jaagden
of oorlogje speelden.

Zij had liever dat hij rustig in zijn schommelstoel zat en
met haar praatte. Hij wist ontzettend veel, vooral van het
heelal, van de sterrenbeelden, de planeten en de sterren.
Daar staat Mars, zei hij, of hij wees het sterrenbeeld Orion
aan, het Zuiderkruis, de Weegschaal... Hij kende de stan-
den van de maan, de dag-en-nachtevening, de getijden, en
oude legenden over stamhoofden en Indiaanse prinsessen.
Hij was dol op boeken. Door zijn fotografisch geheugen kon
hij hele passages uit het hoofd opzeggen.

Hij was weduwnaar vanaf zijn vijfendertigste en woonde
alleen, maar zijn liefdesavonturen waren wijd en zijd bekend. Nooit zou zij de talloze ooms en tantes vergeten, die
op de begrafenis van grootvader opdoken, terwijl haar moeder toch zijn enige wettige kind was. Bij die gelegenheid

kwamen voor de eerste en enige keer broers en zusters bijeen, die elkaars bestaan niet kenden. Nog steeds wist zij hun
juiste aantal niet.

Kort voor zijn dood had haar grootvader zijn testament
gemaakt met betrekking tot de weinige dingen die hij bezat.
Haar liet hij een tekst na, die hij op haar laatste verjaardag
uit het hoofd had voorgedragen: 'Het begin en het einde
noemden de Grieken Alfa en Omega. Nu ik mijn Omega
nader, geef ik je dit legaat mee: Geen enkele inspanning
voor de universele cultuur gaat verloren. Daarom moet je
het boek, het heiligdom van het woord, eren. Het woord,
dat het verhevene van de homo sapiens is.'

Hij stierf in een oudejaarsnacht, begeleid door voetzoe-
kers, vuurpijlen en feesten, die behalve van het oude jaar
ook van hem afscheid namen. Hij overleed aan een vreemde
aandoening van het middenrif, die hem deed niezen tot hij
doodging. Zijn begrafenis werd een politieke manifestatie.
Zij herinnerde zich de warme middag, de bloemen op het
kerkhof en het grote aantal arbeiders dat achter de baar liep,
want haar grootvader, die een aanhanger van liberale en so-
cialistische ideeën en een verwoed tegenstander van het dy-
nastieke stelsel van de grote generaals was, had nog eerder
dan de Arbeidswet de achturige werkdag, de sociale uitke-
ringen en de arbeidszekerheid ingevoerd. En ook had hij de
ruïnes van het oude Tenoztle ontdekt.

Voor haar betekende hij haar jeugd en de schittering van
de verbeelding. Nog steeds ontmoette zij hem in een vaak
terugkerende droom. Zij stonden op een hele hoge berg met
sneeuw op de top en lente op de hellingen. Grootvader be-
vestigde een paar enorme vleugels van witte veren op haar
rug, dezelfde die zij in een paasprocessie had gedragen toen
zij als engel verkleed meeliep, blies heel hard en gaf haar een
duwtje om haar te laten vliegen. En in haar dromen vloog

zij echt. Zij was gelukkig, voelde zich vogel, en zij voelde zich zeker, omdat haar grootvader daar hoog op de berg op haar wachtte en ervan genoot haar te zien vliegen. Maar de laatste tijd begon zij nachtmerries te krijgen, waarin de vleugels in aluminium veranderden en zij met veel geraas ter aarde stortte.

De tijd ging voorbij. De muziek stopte. Zij keerde terug naar de lege borden, het lege glas en het sinaasappelsap. Zij stond op om de tafel af te ruimen en een douche te nemen om het heimwee van zich af te schudden.

*

Ik passeerde een roze holte. Als een amberkleurige waterval ging ik Lavinia's lichaam binnen. Boven mij zag ik het klokje van het gehemelte voorbijgaan, voordat ik door een nauwe, donkere tunnel naar de smidse van de maag afdaalde.

Nu zwem ik in haar bloed. Ik doorstroom deze weidse ruimte van haar lichaam en hoor haar hart als een echo in een onderaardse grot. Alles beweegt hier ritmisch, uitademing en inademing. Wanneer zij inademt, wijken de wanden uiteen. Ik kan de fijne aderen zien, die op de strepen lijken die een bundel in de ruimte geschoten pijlen trekken. Wanneer zij uitademt, sluiten de wanden zich en worden zij donker. Haar lichaam is jong en gezond. Haar hart klopt regelmatig, onvermoeibaar. Ik heb de machtige binnenkant ervan gezien en de kracht gevoeld waarmee het mij door zijn holtes van de ene kleine ruimte in de andere stuwt. Zo klopten de harten van de krijgers wanneer de priester die uit hun borst haalde. Wild klopten zij, tot zij uitdoofden. Het deed mij altijd verdriet wanneer ik zag hoe zij uit hun verblijfplaats werden weggerukt. Ik vond dat de goden dit levensgeschenk op prijs dienden te stellen. Wat konden wij hen meer geven dan het centrum van ons universum, onze beste, meest geharde harten?

En toch…, je zou zeggen dat wij hulpeloos stonden tegenover de paarden en de vuurstokken van de Spanjaarden. Misschien hadden de goden ook liever ons goud willen hebben. Zij schenen niet geroerd door onze jammerklachten, maar leverden ons uit aan de razernij van de wreedaards. Al die rode harten hadden tot niets gediend. Zij schenen te wijken voor de god van de vreemdelingen, die, zo zeiden zij, door het water in de geest trad.

Yarince liet zich dopen om het woord van de Spanjaarden op de proef te stellen en ook om uit te vinden welke bedrevenheden hij van hun god kon leren, die ons volk van pas konden zijn. Maar de god van de Spanjaarden beroerde zijn geest niet. Wij zagen in dat wij die god ook niet welgevallig waren. Misschien vroeg hij de Spanjaarden offers van 'Indianen'.

Lavinia draagt grote ruimten van stilte in zich. Grote delen van haar geest slapen. Ik heb mij in haar heden gedompeld en zag beelden van haar verleden. Koffieplanten, rokende vulkanen, waterbronnen, gehuld in de dikke nevel van het heimwee. Zij probeert zichzelf te begrijpen, deze ingewikkelde fontein van echo's en projecties. Ik slaag er niet in enige orde te ontdekken in de opeenvolging van beelden die uit deze zachte, witte cellen oprijzen. Zij verwarren en vermoeien mij. Ik moet rusten. Mijn geest is in beroering.

•

In de verte sloeg de klok van de kathedraal vijf uur. Zij leunde uit het raam om te kijken of Felipe er aan kwam en zag haar oude buren in hun gebruikelijke bewegingloosheid in hun deuropening zitten om een luchtje te scheppen.

Haar huis zag er schoon en gezellig uit. Niet voor niets had zij het weekeinde doorgebracht met het op de juiste plaats zetten van de nieuwe meubels, stof afnemen, planten water geven, papieren uitzoeken. Zij vroeg zich af of de liefde je soms huiselijk maakte, maar voelde zich toch voldaan over haar inspanning. Ze trok een spijkerbroek, een wijde blouse en sandalen aan en moest glimlachen om de gedachte aan dit jeugdbeeld van een huiselijk meisje, inclusief paardestaart.

Felipe kwam niet. Om zes uur werd zij ongeduldig. De telefoon ging ook niet over. Ze voelde een slecht humeur opkomen, maar probeerde haar ongeduld in te tomen door aan vervoersproblemen en andere mogelijke vertragingen te denken. Hoewel hij haar op zijn minst had kunnen bellen om te zeggen dat hij wat later kwam. Zoveel moeite kostte het toch niet om een hoorn op te nemen en een nummer te draaien, vooral voor hem niet die zo aan telefonische contacten verslingerd was. Zij pakte een boek en ging in de hangmat liggen. Lezen zou haar helpen de tijd door te komen, maar zij kon zich niet concentreren. Om zeven uur kwam zij slecht gehumeerd uit de hangmat en begon als een opgesloten haas door het huis te lopen zonder te weten wat zij moest doen. Misschien zou ze er even uit moeten gaan, bedacht zij. Niet langer op hem wachten. Zij draaide het nummer van Antonio en kreeg geen gehoor. Hij was zeker nog niet terug van het tochtje, waarvoor hij haar had uitgenodigd. Sara en Adrián waren ook niet thuis. In de stilte groeide de eenzaamheid van deze dag. Zij zette muziek op. Hoewel zij zich de vorige week had voorgenomen niet over Felipes bezigheden te speculeren, kon zij het nu niet meer vermijden. Zou zij dan toch het slachtoffer zijn geworden van een Don Juan, of op zijn minst van iemand met een moeilijke relatie, waarvoor zij misschien als plaatsvervangster of verlossende figuur was uitgekozen? Dat zou niets bijzonders zijn, het kwam wel vaker voor. Maar Felipes houding jegens haar leek haar oprecht. Ze schonk zich een glas rum in. Ze zou niet langer wanhopen, zei zij tegen zichzelf, ze moest niet langer op hem wachten. Morgen zou zij proberen alles voorgoed op te helderen. Zij zou niet langer net doen alsof zijn geheimzinnige gedrag haar niet kon schelen, maar hem er rechtstreeks naar vragen. Hoewel er eerlijk gezegd tussen hen geen enkele afspraak was gemaakt, er niets was dat haar het recht gaf haar neus in zijn zaken te steken. Maar zo te denken was een valkuil, de valkuil waarin vrouwen altijd vielen wanneer zij bang waren ervan beschuldigd te worden dominant of bezitterig te zijn. Ze kon niet verhinderen dat haar blik naar het raam dwaalde en haar oren gespitst waren op zijn voetstap.

Het sloeg negen uur. Het was duidelijk dat Felipe niet meer zou komen, zei zij voor de zoveelste keer tegen zichzelf. Tante Inés zei altijd dat mannen wispelturig en ondoorgrondelijk waren, stikdonkere nachten met een paar sterren. De sterren waren de kieren, waardoor de vrouwen naar binnen keken. Mannen waren het hol, het vuur, te midden van de mastodonten, de zekerheid van de brede borst, de grote handen die de vrouwen tijdens de liefdesdaad vasthouden, wezens die het voordeel genieten dat zij geen horizonten kennen of de begrenzingen van een beperkte ruimte, de eeuwige bevoorrechten. Hoewel zij allemaal uit de buik van een vrouw kwamen en van haar afhankelijk waren om te groeien en te ademen, om zich te voeden, de eerste contacten met de wereld te leggen, woorden te leren kennen, leken zij later met uitzonderlijke wildheid tegen die afhankelijkheid in opstand te komen om de vrouwelijke soort te onderwerpen, te overheersen, en de macht te onthouden aan degenen die hen door de pijn van opengesperde benen het universum, het leven hebben gegeven.

Zij zette de tv aan. Er draaide een slechte film. Op het andere net een saaie serie. Er waren maar twee tv-kanalen in Faguas. Ze zette hem weer af, deed de lichten in het huis uit, deed het hangslot op de traliedeur van de tuin, kleedde zich uit en ging in bed liggen lezen. Het was elf uur, ze had hoofdpijn en voelde zich diep treurig, verraden, en boos op zichzelf met haar romantische ideeën en haar aanleg om luchtkastelen te bouwen. Ten slotte deed de stilte van de eenzaamheid haar in slaap vallen. Enorme, witte wolken met het gezicht van dikke, vrolijke kinderen. Haar grootvader, ontzettend lang, die haar de grote vleugels van witte veren aandeed. Vliegen over reusachtige bloemen: heliotropen, gladiolen, ontzaglijk grote varens. Dauwdruppels. Prachtige, enorme dauwdruppels, waarin het zonlicht brak in wonderschone caleidoscopen. De baard en het grijze haar van grootvader met dauw overdekt. Haar zware vleugels, die bij het slaan in de wind een luchtstroom veroorzaakten. Zij worden vochtig, zij worden doornat van de dauw. De natte vleugels worden zwaar. Zij moet zich steeds meer inspannen om zich boven de afgrond van reusachtige bloemen in de lucht te houden. Steeds weer probeerde zij naar grootvader terug te vliegen, wanhopig sloeg zij haar vleugels uit, tot zij wakker werd van haar krachtsinspanning en alles donker was. Alleen het silhouet van de sinaasappelboom tekende zich in het maanlicht tegen het venster af.

*

De nacht omhult mijn takken en de krekels zingen hun monotone lied te midden van de dansende vuurvliegjes. Met moeite kon ik haar in haar slaap bereiken. Ik bracht mijn naam, Itzá, dauwdruppel, in haar droombeelden van bloemen en vliegen. Ik droomde er ook van te kunnen vliegen, toen ik de vogels in zwermen zag opvliegen bij de komst van de paarden en de troepen stinkende, ruigbehaarde mannen. Zo klein, de vogeltjes, en met zo'n groot voordeel op ons!

Ik ben verward door alle gebeurtenissen. In haar bloed zijn was als binnen in mijzelf zijn. Zo zal ook mijn lichaam zijn geweest. Ik verlang naar aderen, ingewanden en longen. Maar haar gedachten waren een zwerm papegaaien, die in cirkels rondvliegen, luid schreeuwen en met veel kabaal boven op elkaar klimmen. Voor haar hadden zij ongetwijfeld een zekere orde, denk ik. Het ene beeld hing samen met het andere, als een spiegel die zich eindeloos in een andere spiegel voortzet. Ik dacht aan de betovering van de spiegels, waarmee de Spanjaarden onze aandacht wisten te vangen. In het begin dachten wij dat het bedrog was, dat beeld dat al onze bewegingen herhaalde. Tot het tot ons doordrong dat wij voor de eerste keer onszelf zagen. Heel duidelijk, helder, niet zoals de vluchtige, golvende weerspiegeling van het water in de rivier. Wij werden erdoor gefascineerd. Wat is er fascinerender dan jezelf voor het eerst te zien, te weten hoe je er uitziet. Yarince werd woedend toen hij mij betrapte terwijl ik mijzelf in het spiegeltje bekeek. Maar tot dat moment wist ik niet dat ik mooi was. En ik vond het leuk mijzelf te bekijken.

5

*

Haar ogen vielen weer dicht, toen zij opeens het geluid hoorde. Zij hield zich stil in het donker. Buiten blies de wind door de bomen. Eerst dacht zij dat een windvlaag aan de deur rammelde. Maar het geklop was ritmisch, krachtig, dringend. Verschrikt en plotseling waakzaam sloeg zij snel haar zeegroene kimono om zich heen en ging naar de zitkamer. Ze deed het licht aan toen zij Felipes stem hoorde die hees klonk, de stem van iemand die zich inspant niet te schreeuwen.

'Doe open, snel, doe open', zei hij.

Zij duwde de grendels terug, terwijl zij dacht: Felipe, op dit uur, de haast, de onderdrukte klank van zijn stem..., wat kon dat zijn? Ze moest een stap achteruit doen, want de ontgrendelde deur werd van buitenaf opengeduwd door het gewicht van een lichaam. Een voorovergebogen man kwam, door Felipes arm ondersteund, binnen.

Zij kreeg geen tijd om te vragen wat er was gebeurd. Een kort moment zag zij Felipes ontdane gezicht, toen hij haar voorbij liep en de vreemdeling zonder aarzelen, zonder achterom te kijken, naar de slaapkamer bracht.

'Sluit alles goed af, doe overal de dwarsbalken voor en doe alle lichten uit', zei hij tegen haar.

Zij sloot af en deed verdwaasd de lichten uit. Wat is er aan de hand, vroeg zij zich af. Wat had dit plotselinge binnenvallen midden in de nacht te betekenen? Zij roken raar, naar gevaar, naar wanhoop.

Met kloppend hart liep zij naar de slaapkamer. In het weinige licht dat uit die kamer viel zag zij de grote, rode vlekken op de vloer. Ze ging de slaapkamer in, voelde zich zwak, haar knieën knikten. Felipe was met de man bezig.

'Heb je lakens, iets wat we als verband kunnen gebruiken, iets voor een drukverband?' vroeg Felipe, terwijl hij een handdoek, die rood werd, tegen de zij van de gewonde hield.

Zonder een woord te zeggen ging zij naar de badkamer, waar zij ontsmettingsmiddelen, watten en andere elementaire middelen voor eerste hulp bewaarde. Ze kwam terug met lakens, meer handdoeken, een schaar, die zij op het bed legde.

De man maakte een vreemd geluid bij het ademhalen. Hij hield de handdoek om zijn arm en drukte die tegen zijn zij. Lavinia zag de straaltjes bloed over zijn broek lopen en voelde hoe haar ogen zich opensperden.

'Hij is gewond. Heeft hij een ongeluk gehad? We moeten hem naar het ziekenhuis brengen, we moeten een dokter roepen', zei zij, over haar woorden struikelend.

'Dat kan niet', antwoordde Felipe kortaf. 'Morgen misschien. Help me. We moeten de bloeding stoppen.'

Ze kwam dichterbij. De man haalde de handdoek weg, zodat Felipe het drukverband kon aanleggen. Ze zag de huid van de arm, even boven de elleboog, het ronde gat, het rode vlees, het bloed dat er rood, intens, onstuitbaar uit vloeide. Allerlei beelden schoten door haar hoofd, oorlogsfilms, schotwonden. De donkere zijde van Faguas die opeens onverwacht, ongevraagd, in haar huis opdook. Nu begreep zij eindelijk ook Felipes geheimzinnige telefoongesprekken, de keren dat hij plotseling vertrok. Iets anders kon het niet zijn, dacht zij, terwijl zij de angst in haar lichaam omhoog voelde kruipen en tegelijkertijd probeerde zichzelf gerust te stellen met de gedachte dat zij geen overhaaste conclusies moest trekken. Maar als het niet zo was, waarom zou Felipe deze man dan naar haar huis hebben moeten brengen? Angst en verwijten gingen in golven door haar heen, terwijl zij als gehypnotiseerd naar de wond en het bloed keek en haar best deed de misselijkheid, de aandrang om over te geven, te onderdrukken.

Felipe rolde het stuk laken om de arm van de man en begon het stevig aan te draaien. Lavinia probeerde de vochtige, rode vlekken die het witte laken kleurden, niet te zien maar concentreerde zich op de krachtige gelaatstrekken van de man, zijn olijfkleurige huid, zijn bleekheid, de samengeperste lippen.

Wie zou het zijn?, dacht zij. Hoe was hij gewond geraakt? Zij had haar gedachten stil willen leggen. Ze had 't gevoel in de val te zitten. Ze kon niets anders doen dan naar hen kijken, hen helpen. Een andere weg was er niet. Haar hoofd klopte als een groot, losgebroken hart.

'Er is op hem geschoten', zei zij, zonder Felipe aan te kijken. Ze zei het uit een behoefte het te zeggen, het eruit te gooien. Felipe draaide het drukverband nog steviger aan. Het witte doek werd rood, een fel, beangstigend rood. De man ademde bijna normaal. Zijn gezicht was naar Felipes hand gekeerd, uitdrukkingsloos. Hij keek naar de behandeling alsof het niet om zijn eigen arm ging. Hij was jong, van gemiddelde lengte, had enigszins amandelvormige ogen en dikke lippen. Zijn haar was bruin, een lok viel over zijn voorhoofd. Hij was stevig gebouwd, je zag duidelijk de spieren en de krachtige, dikke aderen. Toen hij haar stem hoorde, wendde hij zich tot haar.

'Maakt u zich geen zorgen, compañera,' zei hij, voor het eerst iets zeggend, 'ik zal heus niet in uw huis doodgaan', en hij glimlachte bijna droevig.

Felipe transpireerde flink terwijl hij het verband aandraaide en weer losser maakte. Ten slotte scheurde hij nog een stuk laken af en wond het stevig om de arm. Hij veegde het bloed weg met een handdoek, die hij vervolgens gebruikte om het zweet van zijn voorhoofd te wissen.

'Nou,' zei hij tegen de man, 'ik geloof dat je het redt. Hoe voel je je?'

'Alsof ze net een kogel door mijn arm hebben geschoten', antwoordde de ander opgewekt en rustig, en voegde eraan toe: 'Ik ben oké, maak je geen zorgen. Geef je aandacht aan de compañera hier, ze lijkt me nogal geschrokken.'

'Dat komt dadelijk', zei Felipe. 'Ik denk dat je voor het moment hier moet blijven. De compañera is 'schoon'. Het is beter dat je je rustig houdt. Je zou iets moeten drinken en dan gaan slapen. Je hebt flink wat bloed verloren.'

'Nou, dat zien we nog wel. We weten niet eens wat zij ervan vindt', en hij keek haar aan.

Alleen de gewonde man scheen haar aanwezigheid op te merken. Felipe was bijna klaar met het schoonmaken van het bed. Nu was er geen twijfel meer mogelijk, dacht Lavinia, nu zij Felipes bezorgdheid over de veiligheid van die onbekende had aangehoord. Hij had haar er buiten kunnen houden, dacht zij, in plaats van haar onvoorbereid, zonder enig waarschuwingsteken met een dergelijke situatie op te zadelen.

'Heb je iets dat wij hem kunnen geven?' vroeg Felipe, zich naar haar wendend. Zijn gezicht stond hard, uitdrukkingsloos, beheerst door één enkele gedachte.

'Ik kan sinaasappelsap voor hem maken. Ik heb ook melk', antwoordde zij onder de dwang van Felipes gezag. Ze voelde zich opgelaten, vernederd.

'Melk is beter', zei de gewonde man. 'Van sinaasappelen krijg ik het zuur.'

Felipe volgde haar de keuken in. 'Ik denk dat het beter is de melk een beetje op te warmen', zei hij.

'Ik denk het niet', zei Lavinia. 'Ik heb ergens gelezen dat warme dingen niet goed zijn voor bloedingen. We kunnen het hem beter koud geven... Wat is er gebeurd? Wie is het?'

'Hij heet Sebastián', antwoordde Felipe. 'Kom, we geven hem zijn melk en dan zal ik het je uitleggen.'

In de kamer liep hij naar het raam. Het woei nog steeds, straathonden blaften. Af en toe reed er een auto voorbij. Zij zag dat hij zich ervan overtuigde dat de grendels op de deur zaten, het kettinkje in de gleuf. Sebastián dronk de melk op, gaf het glas aan Lavinia terug en liet zich achterover zakken. Hij sloot zijn ogen.

'Dank je,' zei hij, 'dank je, compañera.'

Iets in zijn kalmte deed haar aan omgevallen bomen denken.

Samen verlieten zij de slaapkamer. De zitkamer was schemerig. De lampjes in de tuin verspreidden een zwak, wit licht. De schaduw van de sinaasappelboom bewoog tegen de bakstenen. Felipe liet zich op de bank vallen, legde zijn hoofd achterover en sloot zijn ogen. Hij wreef met zijn handen over zijn gezicht in een gebaar van grote vermoeidheid, van iemand die zich wil voorbereiden op een nieuwe episode.

'Lavinia', Felipe deed zijn ogen open en beduidde haar dat zij naast hem moest komen zitten. Zijn gelaatsuitdrukking was wat vriendelijker geworden, ondanks zijn gefronste voorhoofd en de autoritaire blik.

Zij ging naast hem zitten en wachtte zwijgend af. Zij wilde niets vragen. Ze was bang. Ze dacht dat het maar beter was niets te weten. In Faguas was het beter als je niets wist, maar Felipe ging verder: 'Sebastián werd ontdekt door de Nationale Garde. Ze doorzeefden het huis waar hij zat. Hij ontkwam over tuinhekken en muren. Drie andere compañeros zijn dood...'

Stilte. Wat kon zij zeggen?... dacht Lavinia. Er lag behoedzaamheid in Felipes blik. Zij kon niet reageren. Het liefst was zij weggerend. Het idee dat de garde hen was gevolgd, joeg haar angst aan. Hun methoden waren maar al te bekend: foltering, de vulkaan... En zij was een vrouw. In gedachten zag zij zich al verkracht in de kerkers van de Grote Generaal. De geluiden van de nacht klonken haar kwaadaardig in de oren, leken haar geladen met voorboden, de wind...

Felipe had dit niet mogen doen, dacht zij, zomaar haar huis binnenvallen. Misschien kon hij niet anders, maar hij had niet het recht haar op die manier in het gevaar te storten, in de schaduw van de drie dode compañeros... en de gewonde die daar in haar bed sliep... Wat kon zij doen?... dacht zij vertwijfeld.

'Nu weet je waarom ik niet kon komen en wat mijn bezigheden zijn, mijn telefoongesprekken', zei Felipe, terwijl hij haar zacht aankeek en zijn hand op die van haar legde. 'Het spijt me dat je er zo achter moet komen. Ik zou hier nooit zijn gekomen als het niet een noodgeval was geweest. Ik kon Sebastián niet naar mijn huis brengen. Daar wonen nog andere mensen. Die zouden het gemerkt hebben en een aangifte zou fataal zijn... Het spijt mij,' herhaalde hij, 'ik kon niets beters bedenken dan hem hiernaar toe te brengen. Hier is hij veilig.'

In het donker zag zij Felipes bleekheid, het zweet op zijn gezicht. Het was warm.

'En wat gaan we doen?' vroeg Lavinia, ook op fluistertoon, net als hij had gedaan.

'Ik weet het niet. Ik weet het nog niet', prevelde Felipe, terwijl hij een hand door zijn haar haalde.

Lavinia voelde zijn verwarring in de zware ademhaling, in zijn lichaam dat languit in de kussens hing, zijn lange benen uitgestrekt op de grond alsof ze heel zwaar waren. Opeens ging Felipe rechtop zitten en begon in een automatische handeling zijn bril te poetsen, terwijl hij zonder haar te zien, als tegen zichzelf zei: 'Je went nooit aan de dood, je went er nooit aan.'

Hij kende de drie dode compañeros, zei hij. Met een van hen had hij zelfs op school gezeten, Fermín heette hij.

Die middag was hij naar een vergadering geroepen. Daarom was hij niet op de afspraak met haar verschenen, voegde hij eraan toe, alsof dat nog belangrijk was. De vergadering duurde tot 's avonds negen uur. Fermín had nog grapjes gemaakt over de rustige buurt. Ze voelden zich veilig in het huisje, dat kort geleden uit de spaarzame middelen van de organisatie (en hij praatte over de organisatie, alsof zij wist waar het over ging) was gehuurd. Het was een arme buurt, meer een sloppenwijk, huizen van planken, latrines in de achtertuin, er woonden naar de stad getrokken boeren, op zoek naar een beter leven. Wie zou hen hebben verraden? vroeg Felipe, terwijl hij haar aankeek zonder haar te zien. Om negen uur was hij naar huis gegaan.

'Ik heb niets gemerkt. Ik heb niets gemerkt' zei Felipe, alsof hij zichzelf de schuld van iets heel ergs gaf. Hij deed zijn best de details van de normale aanblik van de straat te reconstrueren: mannen en vrouwen die in de deuropening van hun huizen zaten, straathonden, oude bussen die rammelend voorbij reden. 'Ik heb niets gemerkt' zei hij steeds weer, terwijl hij haar vertelde wat Sebastián hem had gezegd, hoe de Garde er opeens was: Zij hoorden de jeeps remmen en bijna op hetzelfde moment het 'u bent omsingeld, geeft u over'. En zij hadden weinig wapens, twee machinepistolen. En terwijl zij rennend positie kozen en hun wapens laadden, besloten zij dat Sebastián zich moest zien te redden, hij moest zien te ontkomen, overleven om de strijd voort te zetten.

En zij schreeuwden 'we komen' om tijd te winnen. Het was het laatste dat Sebastián hoorde voordat hij over de tuinmuur klom.

'Om negen uur leefden zij nog', zei Felipe, terwijl hij zijn bril afnam en met zijn vingers tegen zijn ogen drukte.'En nu kunnen wij niets meer voor ze doen', voegde hij eraan toe, niemand kon hen terugbrengen. Hun dromen zouden voortleven, maar zij niet.

Felipe zweeg. Hij strekte zijn arm uit om haar te omhelzen, alsof hij zijn hart had uitgestort en de nabijheid van een ander menselijk wezen nodig had om niet weg te glijden in het diepe, zwarte gat van de wanhoop.

Ontroerd, zonder een woord uit te kunnen brengen, nestelde zij zich aan Felipes borst, streelde hem, omarmde hem, zonder te weten hoe zij hem moest troosten. Zij zou hem willen beschermen, hem de beschutting van haar vrouwenlichaam willen geven. Zij liet haar hoofd tegen zijn borst rusten, voelde zijn rustige ademhaling, de warmte van zijn stevige, gespierde lichaam, dat toch zo makkelijk doorboord kon worden, een stukje lood dat met een bepaalde snelheid werd weggeschoten en Felipe zou breken. Deze huid die zij aanraakte, alles wat zijn huid omspande, zou buiten zijn oevers treden, de stuwdam zou in duizend stukken uit elkaar springen, het water zou wegstromen, het geruis zou verstommen. Een huivering ging door haar heen bij de gedachte aan een dood die zo nabij gekomen was. Nog maar om negen uur had Felipe dat huis verlaten. En als hij gebleven was? Zij drukte zich tegen hem aan, dacht aan zijn vrienden, die zij nooit meer zou leren kennen. Zij wilde huilen om wat zij zich voorstelde dat hij nu moest voelen, de doffe pijn van de dood, de onmacht.

En ze zouden allemaal dood kunnen gaan, dacht zij. Zijzelf kon doodgaan. De angst nam weer bezit van haar, verdreef haar andere gevoelens. En Felipe had tegen zijn vriend gezegd dat ze hier zouden blijven. De volgende dag zouden ze pas weggaan. Zij kneep haar ogen dicht. Ze wilde dat het al morgen was, hen weg zien gaan, alleen zijn, vergeten dat dit was gebeurd. Maar ze schaamde zich ervoor Felipe te laten merken dat zij hem met zijn vriend wilde zien vertrekken. Ze keek hem niet aan, leunde tegen zijn borst, terwijl hij met zijn handen door haar lange haar woelde en zij de spanning in zijn armen, in de harde spieren kon voelen. Zullen ze hen komen halen? vroeg Lavinia zich af. Wat moet ik doen als ze hen komen halen?

Het begon licht te worden. Felipe liep naar het raam. Buiten kraaiden hanen in de verte. 'We zijn van de Nationale Bevrijdingsbeweging', zei hij, daarmee Lavinia's veronderstellingen bevestigend. 'Je weet wat dat is, hè?' vroeg hij.

'Ja', zei Lavinia. 'Ja,' herhaalde zij, 'de gewapende strijd.'

'Juist', zei Felipe. 'Precies. De gewapende strijd. Wij konden niet alleen maar in de bergen blijven zitten. Wij groeiden, we beginnen ook in de steden te opereren. Ze kunnen ons niet tegenhouden. Berusting is de verkeerde weg, Lavinia. Wij kunnen niet blijven toestaan dat de Nationale Garde het land in zijn macht heeft. Herinner je je de sloppenwijk en het winkelcentrum? Zulke dingen mogen niet langer gebeuren. Tegen geweld helpt alleen geweld, het is de enige manier.'

Tegen de deurpost van de tuindeur geleund, sprak hij zonder haar te zien. Lavinia keek naar zijn profiel, zijn ogen die vastbesloten op een punt in de ruimte waren gericht. 'Het is de enige manier, de enige manier', herhaalde hij, terwijl hij met gebalde vuisten heen en weer liep.

Langzaam keerden zijn krachten terug. Het proces was

bijna zichtbaar, alsof je een zieke zag opstaan, vastbesloten verder te leven na de verschrikkelijke mededeling. Zij had het moeten raden, dacht zij. Hoewel, als je Felipes houding naging, kon je niet zeggen dat het duidelijk was dat hij erbij hoorde, ondanks zijn veelvuldige bezigheden. Zij zou hem zijn blijven verdenken van overspelige liefdesrelaties of het toegeschreven hebben aan de traditionele angst van de mannen voor gebondenheid. Het was zonde hem in gevaar verwikkeld te zien, zei zij bij zichzelf. Zij keek naar dat gezicht van een intellectueel, de bril met het dunne montuur, de grote, grijze ogen... Hij was gek om zijn leven zo in de waagschaal te stellen, hij die een probleemloze toekomst kon hebben, die met zoveel inspanning zijn architectenstudie had volbracht. Het was waanzin dat ze hem ervan hadden overtuigd dat de enige uitweg de gewapende strijd was.

'Maar jullie hebben geen enkele kans, Felipe', zei zij. 'Ze schieten jullie allemaal dood. Het is irreëel. En jij bent een rationeel iemand. Ik had nooit gedacht dat jij in dat soort dingen geloofde...'

Hij keerde zich naar haar toe, op het punt iets te zeggen. Nooit zou zij die blik van een donderende Zeus, gereed zijn bliksem naar de aarde te slingeren, vergeten. Hij moet de angst in haar ogen gelezen hebben, want hij hield zich in.

'Laten we maar koffie gaan zetten', zei hij.

Toen zij op de houten banken van de keuken zaten en de geur van versgezette koffie uit de kopjes opsteeg, nam hij haar hand.

'Lavinia,' zei hij, terwijl hij haar recht in de ogen keek, 'ik wil je niet in moeilijkheden brengen. Ik wil je rust niet verstoren. Integendeel, ik houd ervan. Ik houd van dit vrolijke huis, van deze rust. Op een egoïstische manier houd ik ervan', zei hij als tegen zichzelf. 'Ik vraag niet dat je ons begrijpt of dat je het met ons eens bent. Je mag het onzinnig vinden, maar voor ons is het de enige manier. Het enige wat ik vraag is dat Sebastián hier kan blijven tot we hem ergens anders heen kunnen brengen. Jouw huis is veilig. Niemand zal hem hier zoeken. Sebastián is erg belangrijk voor de Beweging. Ik zweer je dat we je nooit meer zullen vragen iets voor ons te doen.'

'En jij, wat ga jij doen?' zei Lavinia.

'Ik wil vandaag bij hem blijven om te zien hoe het met hem gaat. Daarna neem ik hem mee. Ik ben het probleem niet, ik ben betrekkelijk schoon. Het probleem is dat wij bijna geen hulpmiddelen hebben, zoals huizen, auto's en dat soort dingen. We moeten goed bekijken waar we hem heen brengen.'

'Dus de Beweging is niet erg groot?' vroeg Lavinia.

'Hij groeit', antwoordde Felipe met een vernietigende blik. 'Wat vind je, ben je 't ermee eens?'

Het viel hem zwaar, bedacht ze, terwijl zij hem aankeek, dit te moeten doen, haar iets te vragen, er bijna om te smeken. Zijn ogen glansden. Hij had haar hand losgelaten en keek haar afwachtend aan of zij iets zou zeggen.

Ik zit in de val, dacht zij, ik kan geen nee zeggen. Maar zij mocht nu niet romantisch zijn, zei zij tegen zichzelf, er was geen enkele reden waarom haar relatie met Felipe haar hierin zou moeten betrekken. Het was geen spelletje, het was bloedige werkelijkheid en dood. Ze had nooit gedacht dat juist haar zoiets zou overkomen, nog niet in haar stoutste dromen of zwaarste nachtmerries. 'Guerrillero's' waren voor haar een vaag begrip, iets dat ver van haar afstond, wezens van een andere soort. In Italië had zij, net als alle anderen, Che Guevara bewonderd en zij herinnerde zich haar grootvaders fascinatie voor Fidel Castro en de revolutie. Maar zij had dat niet in zich, dat stond voor haar vast.

Tegen de dictatuur te zijn was één ding, maar het was nog heel iets anders met de wapens te vechten tegen een leger dat erin getraind was koelbloedig, meedogenloos te doden. Daarvoor moest je uit ander hout gesneden zijn. Haar persoonlijke rebellie tegen de status quo, je onafhankelijkheid opeisen, uit huis gaan, een beroep uitoefenen, was allemaal één ding, maar je blootstellen aan dit onzinnige avontuur, deze collectieve zelfmoord, dit radicale idealisme, was heel iets anders. Zij kon niet ontkennen dat zij moedig waren, een soort tropische Don Quijotes, maar zij waren niet rationeel, ze zouden hen blijven doodschieten en zij wilde niet sterven. Maar zij kon Felipe ook niet in de steek laten, noch zijn vriend. Ze kon hen niet het huis uitzetten. Ook al voelde zij de behoefte om te vluchten, de wens dat alles voorbij was, deze nacht uit haar geheugen te wissen.

'Je zegt niets,' zei Felipe, 'je hebt me nog geen antwoord gegeven.' Zijn stem had weer de autoritaire toon van de afgelopen nacht aangenomen.

'Ik weet dat ik geen nee kan zeggen,' zei Lavinia eindelijk, 'ook al zou ik dat willen. Ik begrijp dat jullie je redenen hebben om te doen wat jullie doen. Ik wil alleen heel duidelijk stellen dat ik die ideeën niet deel, ik ben niet uit dat hout gesneden. Sebastián kan blijven, maar ik verzoek je hem zo spoedig mogelijk ergens anders heen te brengen. Ik weet dat dit je afschuwelijk in de oren moet klinken, maar tot iets anders voel ik mij niet in staat. Ik moet eerlijk tegen je zijn.'

'Ik begrijp het', zei Felipe. 'Dit is voorlopig alles wat we van je vragen.'

'Nee, alsjeblieft', zei Lavinia. 'Niks voorlopig. Ik heb respect voor jullie moed, net als veel andere mensen, maar dat wil nog niet zeggen dat ik het ermee eens ben. Ik denk dat jullie een vergissing maken, dat het een heldhaftige zelfmoord is. Ik vraag je om mij alsjeblieft nooit meer in dit soort dingen te betrekken.'

'Oké, oké', zei Felipe, terwijl hij opnieuw zijn bril schoon poetste.

Lavinia boog zich over de tafel, legde haar hoofd op haar armen en sloot haar ogen. Zij voelde zich moe, uitgeput. Uit donkere kieren kroop een schuldgevoel in haar omhoog. Vreemde beelden van dorpen in vlammen, donkere mannen vechtend met woeste honden, angstaanjagende schrikbeelden spookten door haar hoofd.

'We kunnen beter wat gaan rusten,' zei zij tegen Felipe, haar hoofd oprichtend, 'ik begin zelfs stemmen te horen.'

6

•

Ach! Ik had haar wel door elkaar willen schudden om haar ogen te openen. Zij was net als zoveel andere vrouwen die ik heb gekend. Bevreesd. Denkend dat zij zo in leven zouden blijven om te eindigen als uitgemergelde keukenmeiden, of onthoofd wanneer zij onderweg niet verder konden, of op de schepen die met onze mannen uitvoeren om verre steden te bouwen, met haar voor het plezier van de matrozen.

'Vrees is een slechte raadgever', zei Yarince altijd wanneer de stoutmoedigheid van zijn krijgsplannen werd aangevallen. Felipe straalt de kracht van de moed uit, zij zwemt in een zee van verwardheid. Haar beelden waren slap, het bloed loste in haar op zoals wanneer je je in het water verwondt. Zij klampt zich vast aan haar wereld alsof het verleden niet bestond en de toekomst niets anders was dan een in schitterende kleuren geweven doek. Zij is als degenen die zich lieten dopen in de mening dat het water het hart reinigt, dat zij niets konden uitrichten tegen de paarden, de vuurstokken, de harde, blinkende zwaarden, dat er niets anders opzat dan zich over te geven en te hopen, omdat hun goden sterker schenen te zijn dan de onze.

Nog steeds meen ik zijn klaagzang na het gevecht op vijf dagmarsen van Maribios te horen... Wij hadden bericht ontvangen over de expeditie van de Spaanse aanvoerders. Zij wilden de dorpen veroveren rond de plaats, waar zij hun huizen en tempels aan het bouwen waren. Een stad wilden zij bouwen om zich vast in ons gebied te vestigen. Het was een tijd van grote vertwijfeling. Dag en nacht vielen wij hen bij verrassing aan, gebruik makend van onze kennis van het terrein en zijn schuilplaatsen. Maar wij verloren vele krijgers. Na de eerste aanval kwamen zij terug met hun paarden en schoten vuur met hun stokken. Zij stortten zich op ons en dwongen ons ons te verspreiden.

Toen kwam Tacoteyde, de oude priester, met een krijgsplan dat de Spanjaarden zeker zou doen wijken. Twee dagen en nachten lang discussieerden wij rond de kampvuren diep in het woud. Ik was het er niet mee eens. Het leek mij een zinloos offer, ook al dacht ik voortdurend aan het effect dat het op de Spanjaarden zou hebben. Maar onze ouden verdienden een beter lot. Yarince, Quiavit en Astochimal gingen luidkeels tegen elkaar tekeer, de een voor, de ander tegen. Ten slotte kwam Coyovet, de door ons allen gerespecteerde oude met zijn grijze haar, met het voorstel het lot te laten beslissen.

Nu nog zie ik de dicht opeengedrukte krijgers in een kring in de nacht om de drie hoofdmannen zitten, de harsfakkels in de gevorkte takken van de bomen geklemd, Coyovet en Tacoteyde die op de grond zitten en hun tabak roken.

De pijlen werden afgeschoten, de lucht trilde in de pezen. Die van Yarince en Quiavit kwamen ver, Astochimal verloor. Hij boog zijn hoofd en stootte een luide jammerklacht uit.

Die nacht kozen de krijgers in de gemeenschappen veertig oude mannen en vrouwen uit en brachten hen, gehuld in hun poncho's en met de slaap nog in hun ogen, naar ons kamp. In een cirkel gezeten kauwden zij tabak. Tacoteyde sprak hen toe. Hij zei dat de Heer van de Kust, Xipe Totec, hem in een droom was verschenen en hem had gezegd dat er een offer van wijze mannen en vrouwen moest worden gebracht om de indringers te verjagen. Daarna moesten de krijgers zich in de huid van de geofferden hullen en zich in de voorste gevechtslinie opstellen. Dan zouden de Spanjaarden bang worden en op de vlucht slaan. Zo zouden zij ervan afzien hun steden in Maribios te bouwen. Zij waren voor het offer uitgekozen, zei hij hen. Bij het aanbreken van de dag zouden zij worden geofferd.

Ik keek toe, verborgen in het struikgewas, want onze vrouwen is het niet toegestaan bij de handelingen van de priesters aanwezig te zijn. Ik had in de tent moeten blijven, maar ik had al lang getart wat passend is voor de vrouwen door met Yarince ten strijde te trekken. Ik werd voor een *texoxe*, een tovenares, gehouden, die Yarince met de geur van haar geslacht had betoverd.

En zo zag ik deze scène in de nevel van de dageraad. De oude mannen en vrouwen in hun poncho's naast elkaar, met hun doorgroefde gezichten, luisterend naar Tacoteyde. Toen hij uitgesproken was, zwegen zij. Maar dan wierp de een na de ander zich ter aarde onder het slaken van luide jammerklachten. 'Zo geschiede, zo geschiede', zeiden zij. 'Zo geschiede, zo geschiede', tot hun stemmen een klaagzang leken.

Mijn hart voelde als een gebroken kruik. Ik zag de gestalten van onze ouden die de volgende dag moesten sterven. Met hen zouden jaren van ons verleden, wijsheid, geschiedenis van ons volk sterven. Velen van hen waren ouders of verwanten van onze krijgers, die dat alles met stalen gezichten aanschouwden.

Hoe leden wij onder deze offers! Toen Tacoteyde in het ochtendgloren van de volgende dag op het geïmproviseerde altaar voor Xipe Totec een voor een hun harten uitrukte, droegen wij allemaal een zware last op onze rug en gloeide de haat jegens de Spanjaarden als een vuur in ons bloed.

Tacoteyde ontdeed hen van hun huid. De een na de ander trokken veertig van onze krijgers dat verschrikkelijke kleed aan, waarbij sommigen van hen, ten slotte, een diep gekreun lieten horen. Toen allen zo gekleed waren, bood dat een aanblik die onszelf deed huiveren.

Ons verdriet week, toen wij ons de Spanjaarden voorstelden wanneer zij zouden zien wat wij zagen. Dat zouden zij ongetwijfeld niet kunnen verdragen. Hun paarden zouden schrikken, wij zouden overwinnen en het offer van onze ouden zou niet vergeefs zijn geweest.

Maar wij rekenden niet op de hardheid van hun inborst. Zij schrokken zeker, wij zagen hen terugdeinzen, en in deze fase vielen velen van hen onder onze giftige pijlen. Maar toen schenen zij door woede te worden gegrepen. Schreeuwend dat wij ketters en onreinen waren, vielen zij ons aan en richtten met hun paarden, hun stalen tongen en hun vuurstokken een afschuwelijk bloedbad aan. Die nacht, weer verscholen in de bergen, wilden wij elkaar niet aankijken. Het was de nacht dat velen zeiden dat hun *teotes*, hun goden, machtiger waren dan die van ons.

Yarince wierp zich met zijn gezicht ter aarde. Hij besmeerde zijn gezicht met modder en stond mij niet toe hem ook maar te naderen. Hij was een gewond dier. Zoals Felipe, denkend aan zijn doden. Maar ook verhief hij zich weer uit de instorting van zijn lichaam.

Ik herken mijn bloed, het bloed van de krijgers, in Felipe, in de man die in de bescherming van zijn kalmte en met de houding van een stamhoofd in Lavinia's slaapkamer ligt. Alleen zij is onbestendig als de pit in de olie en ik kon mij niet inhouden in haar bloed, ik moest haar roepen, mij in het labyrint van haar oorschelp verbergen en haar toefluisteren. Nu voelt zij zich schuldig.

·

Even voor zeven uur schrok Lavinia wakker van het plotselinge besef dat het maandag was. Het werk, de dagelijkse dingen van de week gingen verder, ongevoelig voor de vertraagde tijd in het huis. Lucrecia kon elk moment komen. Zij moest haar tegenhouden, een excuus bedenken om haar weer terug te sturen. Zij kwam overeind op de matras met de geur van oude kleren. Felipe had haar gezegd te gaan rusten in de kamer die zij van plan was als werkkamer in te richten, maar die voorlopig alleen maar een rommelkamer was. Zij had alleen wat kunnen dommelen. Door de halfopen deur had zij hem in de late nacht door het huis zien lopen, uitkijkend over de straat en wakend over de gewonde.

Zij hoorde het gedempte geluid van zijn stem in de aangrenzende kamer. Hij praatte met Sebastián. Zij trok haar benen op, legde haar hoofd op haar knieën, die ze tegen zich aan trok. Overdag was de werkelijkheid nog erger, bedacht zij. Alles was nu anders. Haar leven, zo rustig tot gisteren, zou niet meer hetzelfde zijn. Het liefst was zij in deze foetushouding gebleven, had zij een beschutte plek gezocht waar zij zich veilig kon voelen, ver van het gevaar van die stemmen, die door de wanden en de deurkieren tot haar doordrongen. Maar zij stond snel op. Zij kleedde zich aan en ging bij het raam staan. Het was zeven uur. De dauw glinsterde op het gras. Buiten zag alles er rustig uit.

Stipt op tijd kwam Lucrecia er aan. Zij kwam vroeg om het ontbijt voor haar klaar te maken. Lavinia opende de deur en deed net of zij de tuin bekeek. Zij bedacht en verwierp excuses, uitvluchten. Eindelijk leek zij de naderende Lucrecia op te merken. Zij begroette haar en terwijl zij haar best deed zelfverzekerd te klinken, legde zij haar uit dat er die dag mensen van kantoor bij haar thuis kwamen werken aan een speciaal project. Het had geen zin schoon te maken, want ze zouden allerlei papieren op de grond leggen en alles toch maar vuil maken. Het was beter als ze woensdag terugkwam. Lucrecia hield aan en zei dat ze intussen toch koffie kon zetten en wat kon opruimen. Het had geen zin, herhaalde zij. Over een half uur waren ze er al. 'Tot woensdag' lachte Lavinia. 'Ik moet nog onder de douche.' Met een uitdrukking van onbegrip moest Lucrecia het nu wel accepteren en ging weg.

Lavinia liep terug naar de deur. Ze was niet erg overtuigend geweest, dacht zij, maar Lucrecia zou niet al te verbaasd zijn. Zij zou denken dat het bij de eigenaardige kanten van haar werk hoorde. Nog net zag zij Felipes verborgen gestalte, terwijl hij door het raam naar buiten keek. Hij was vast geschrokken toen hij de deur open hoorde gaan. Toen zij in de zitkamer kwam, was hij er niet meer.

En nu, wat moest zij nu doen? Naar haar werk gaan? Dat moest ze met hen bespreken. Zij ging de badkamer in om zich te wassen. Met haar handen gooide zij een paar keer water in haar gezicht.

Moest ze naar haar werk gaan? vroeg zij zich opnieuw af, terwijl zij de angst weer voelde opkomen. Het was moeilijk je voor te stellen dat buiten alles nog hetzelfde was. Er zou niets veranderd zijn: de bussen, de taxi's, de mensen in de lift, op kantoor, terwijl zij zich naakt en breekbaar voelde, bang voor de blikken, bevreesd dat de afgelopen nacht, het geheim, het bloed aan haar te zien zouden zijn.

Ze gaf er de voorkeur aan thuis te blijven. Het terugsturen van Lucrecia was geregeld, maar er kon iemand aan de deur komen. Wat zou er gebeuren als Felipe opendeed... en de gewonde Sebastián in haar bed?

In de spiegel zag zij de wallen onder haar ogen. Haar gezicht, hetzelfde gezicht, alleen wat moe, als na een nachtje feesten. Als je haar zo zag, zou je niet weten in wat voor moeilijke situatie zij terecht was gekomen, dacht zij.

Zij ging terug en besloot op de deur van haar slaapkamer te kloppen.

'Binnen', hoorde zij Felipe zeggen, die haar onmiddellijk vroeg wie degene was met wie zij had staan praten. Lavinia legde het uit.

De gewonde man zat rechtop in bed. Hij had een schoon verband om zijn arm. Het bloeden was gestopt. Zijn gezicht was nog bleek.

'Goeie morgen, compañera!' zei hij. (Hij bleef haar compañera noemen.)

'Goeie morgen!' antwoordde zij. 'Hoe gaat het?'

'Beter, dank u.'

'Ik wilde jullie vragen of jullie vinden dat ik naar kantoor moet gaan of beter hier kan blijven.'

Vragend kruisten de blikken van beide mannen elkaar.

'Het zou beter zijn als ze bleef, vind je ook niet?' zei Felipe en keek Sebastián aan.

'Nee', zei Sebastián. 'Ik denk dat het beter is als zij gaat. Het is niet goed als jullie allebei niet op kantoor komen.'

'Maar als er iets nodig is,' zei Lavinia, 'als er iets gebeurt…'

'Verwacht u vandaag nog iemand anders?' vroeg Sebastián.

'Nee, niemand.'

'Maakt u zich dan geen zorgen. Wij zijn hier betrekkelijk veilig. Het is beter als u naar kantoor gaat. Als ze je zouden komen halen, krijgen ze wat in de gaten. En zij kan ons informeren', zei hij, zich tot Felipe wendend. 'Zij kan de kranten meebrengen en uitvinden wat de mensen zeggen. Als het huis gesloten blijft, zal het lijken dat er niemand is. Het is beter dat ze gaat,' en zijn blik weer op Lavinia richtend, voegde hij eraan toe: 'het is niet goed als uw afwezigheid met die van Felipe in verband wordt gebracht.'

Sebastiáns toon was bedaard, kalm. Hij praatte alsof het om dagelijkse dingen of een zondags uitstapje naar het strand ging en niet om wat hij had gezegd: de kranten meebrengen (de foto's van de dode compañeros, dacht Lavinia), uitvinden of ze Felipe waren gaan halen (en als ze dat hadden gedaan, wat moest zij dan doen?), luisteren naar geruchten, commentaar.

Lavinia bleef liever thuis. Zij achtte zich niet in staat 'dat' uit te vinden. Het zou op haar gezicht te lezen staan. Haar gezicht was zo transparant als glas. Het was heel makkelijk door haar heen te zien. Zij werd een beetje zenuwachtig. Maar ze zei niets. De blik, de kalmte van Sebastián maakten haar beschaamd.

'Je mag ook naar een apotheek gaan om een antibioticum te kopen, een of ander sterk antibioticum. De wond kan ontsteken', zei Felipe.

'En laten jullie vandaag ook geen dokter komen?' vroeg Lavinia.

Ze begreep hen niet, zei zij. Ze konden toch een ongeluk voorwenden?

Zij stelden haar gerust. Ze zouden een dokter zoeken, maar dat kon niet zomaar elke dokter zijn. Wanneer zij terug was, zouden ze het er verder over hebben.

Sebastián vroeg haar om de radio om naar de nieuwsberichten te luisteren.

Lavinia nam haar kleren mee en ging de kamer uit.

Op straat was het al heet. De vochtige, hete adem van de aarde, een mengsel van stof en wind, kwam van alle kanten op je af. Elk jaar werd het erger. Elk jaar werd er meer gekapt. De bomen in de straat waren asgrauw. Lavinia versnelde haar pas en keek in het voorbijgaan naar de huizen van haar buren. In de verte hield een tuinman met zijn machete het gras kort. Alles was nog precies hetzelfde, dacht zij. Alleen zij was anders in de rustige sfeer van een gewone werkdag. Zij, die al wat laat naar kantoor liep, snel, die haar benen voelde bewegen alsof ze aan iemand anders toebehoorden.

De angst gaf haar ogen in haar hele lichaam. Als een kwade droom herinnerde zij zich de zin die Felipe de vorige nacht zo vaak had herhaald, toen hij de omstandigheden van Sebastiáns vlucht had verteld: Ik heb niets gemerkt, ik heb niets gemerkt. En als ze er al waren? Als de agenten van de veiligheidsdienst al bij het huis waren en alleen maar op het juiste moment wachtten om het te omsingelen?

De lift kwam en zij ging alleen omhoog. Op dit uur was de hal van het gebouw leeg. Zij zag zich weerspiegeld in de metalen wanden. Niemand zal het zien, verzekerde zij zichzelf, ik ben dezelfde, dezelfde van altijd. Maar zij was er niet erg van overtuigd, van binnen golfde haar bloed in een adrenalinestorm van de ene kant naar de andere.

Zij begroette Silvia, liep door naar haar kamer en knikte de tekenaars in het voorbijgaan toe. Alles gewoon. Doe gewoon, had Felipe gezegd. Hij had haar omhelsd voordat ze de deur uitging. Hij herhaalde nog eens dat het hem speet dat hij haar erin betrokken had. Maar, dacht zij, ze bleven haar erin betrekken door haar te vragen de geruchten na te gaan, het verschrikkelijke vooruitzicht dat de veiligheidsdienst Felipe kwam ophalen (zo goed als uitgesloten, verzekerde Sebastián), haar te vragen kranten mee te brengen, medicijnen te kopen.

Het liefst was zij niet naar huis teruggegaan, maar bij Sara of Antonio gebleven tot zij vertrokken waren. Niet meer verantwoordelijk, humanitair zijn, niet meer die kracht voelen die haar dwong te doen wat zij vroegen, die innerlijke stem die tegen haar zei: je kunt ze niet in de steek laten, je mag niet het risico lopen dat ze worden doodgeschoten, de kracht van haar liefde voor Felipe…, hoewel het nog iets meer was, dacht zij, iets meer dan haar liefde voor Felipe. Eigenlijk wist zij niet eens of die liefde wel bestond, of je een relatie die net was begonnen en die je na alles wat er was gebeurd misschien beter niet moest voortzetten, wel liefde kon noemen.

Zij riep Mercedes en vroeg om de kranten. Verbaasd hoorde zij zichzelf tegen haar liegen. 'Felipe komt vandaag niet. Hij belde me op en vroeg me door te geven dat hij maagpijn had.'

Mercedes keek haar veelbetekenend aan. Zij liep weg om de koffie en de kranten te halen, als altijd koket heupwiegend op haar hoge hakken. Was zij op de hoogte, vroeg Lavinia zich af. Wie waren er nog meer op de hoogte? Wie van de ogenschijnlijk zo normale, alledaagse personen leidde eveneens een dubbelleven?

Het meisje kwam terug, zette het kopje op haar bureau en legde de kranten ernaast. 'Hebt u al gehoord wat er is gebeurd?' vroeg zij.

'Nee', zei Lavinia zonder haar aan te kijken, omdat zij bang was zich te verraden (de vraag deed haar hart overslaan) en sloeg een krant open.

'U woont er ook ver vandaan,' zei Mercedes, 'maar bij mij kon je de schoten horen. U had het moeten zien, vliegtuigen, tanks… het leek wel oorlog. De gardisten werden compleet gek! En het waren er maar drie! Stel u voor, drie jongens…' Zij draaide zich om en deed de deur achter zich dicht.

Zij leunde achterover in haar stoel en sloot de ogen. Het tekort aan slaap gaf haar een gevoel of zij onder water was. Met grote slokken dronk zij haar koffie op, dankbaar voor de bescherming die deze kleine kamer haar bood, het lezen van de kranten nog even uitstellend.

Wat moest zij hier de hele dag doen, vroeg zij zich af. Net doen alsof zij aan het werk was? Dit was niets voor haar, herhaalde zij nog eens, zij kon deze spanning, de steen in haar maag, de vuist midden op haar borst, dat gevoel van benauwdheid, niet verdragen.

Ten slotte boog zij zich over de krant en bekeek de foto's van de voor het huis geposteerde soldaten en de kop 'Terroristennest ontdekt. Succesvolle zuiveringsactie van de Nationale Garde' en daaronder de foto van de drie dode guerrillero's. Wie van hen zou Fermín zijn, dacht zij, terwijl zij de lijken bekeek: twee mannen en een vrouw, jong, kapotgeschoten, overal bloed en kogelgaten, het huis op de foto vol kogelinslagen.

Felipes vrienden, dacht zij. En Sebastián was bij hen en zat nu in haar huis. Een van hen. In haar huis. Haar ogen vlogen over de tekst om te zien wat er over hem werd gezegd. Niets. Helemaal niets. En toch was hij over de tuinmuren van de aangrenzende huizen geklommen, had hij over de binnenplaatsen gerend. Maar niemand had hem verraden.

Afstanden vielen weg. Zij voelde niet meer het verre verdriet dat die foto's van neergeschoten jongeren altijd bij haar opriepen, dit waren nabije doden, gevaarlijk dichtbij. Deze onbekende, misvormde, vertrokken gezichten waren haar leven binnengetreden, hun spookbeeld was werkelijkheid geworden. De afgelopen nacht had zij in Felipes armen om deze doden getreurd en alleen de angst had haar ervan weerhouden om hen te huilen. Net als eerder kwam weer het verwijt, het stilzwijgende protest tegen de doden dat zij zich lieten doden, dat zij stierven, dat zij geloofden dat zij het met hun jonge gezichten tegen het leger van de Grote Generaal konden opnemen. De armzalige wapens naast de lijken tegenover de helmen, de radio's, de machinegeweren, de vliegtuigen en de tanks van de Nationale Garde.

En nu hadden ze haar ook in die zichzelf vernietigende dapperheid verwikkeld.

Doña Nico, de vrouw die voor de verfrissingen en het schoonmaken zorgde, kwam binnen met het glas wortelsap met sinaasappelsap dat Lavinia halverwege de ochtend altijd dronk. Toen zij het glas op haar bureau zette, wierp zij een blik op de kranten.

'Arme kinderen', zei zij zacht, bijna onhoorbaar. 'Het was bij ons in de wijk', voegde zij eraan toe, als om haar commentaar te rechtvaardigen.

'Hoe is het gebeurd?' vroeg Lavinia, zonder goed te weten hoe zij het moest aanleggen, hoe zij dat 'geruchten opvangen' moest doen.

'Ik weet het niet,' zei de vrouw zenuwachtig, met haar handen over haar schort strijkend, 'ik weet niet hoe het is gegaan. Ik stond thuis rustig wat kleren te wassen, toen ik schoten hoorde. Het was een verschrikkelijke schietpartij. Het duurde bijna tot middernacht. Wij dachten dat er een hele hoop mensen in dat huis zaten, maar het waren er maar drie. Dat is alles wat ik weet.'

'En kende u ze?' vroeg Lavinia.

'Nee, ik had ze nog nooit gezien.'

'En hoe was de garde te weten gekomen dat ze daar zaten?'

'Dat weet ik niet. Geen idee', zei de vrouw, die langzaam achteruit liep en dan snel door de deur verdween.

Dat is de dictatuur, dacht Lavinia, de angst. De vrouw die zei dat ze het niet wist. Zijzelf die zei dat ze er niet in betrokken wilde worden. Van niets weten was het beste, het veiligste. De donkere kant van Faguas negeren. Weglopen, zoals doña Nico was weggelopen, duidelijk te kennen gevend dat zij niet over het onderwerp wilde praten, de behoefte tot overleven sterker dan het verdriet in haar stem, toen zij 'arme kinderen' zei. En hoe zou ze het haar kunnen verwijten, als zij zelf hier kinderen had en alleen stond?

Maar Sebastián was ontsnapt en niemand had iets gezegd.

Toen zij de kranten gelezen had, probeerde zij aan het werk te gaan, zich te concentreren op de tekeningen van het luxueuze huis dat zij aan het ontwerpen was, de betegelde badkamers, de binnentuinen. Maar zij kon de foto's van de doden niet uit haar hoofd zetten. Zij doken op tussen de lijnen van het ontwerp, in de ruime slaapkamers, tussen de dakbalken, in de gevel. Zij stelde zich de reactie van Felipe en Sebastián voor wanneer zij ze zouden zien, wanneer zij de krant opensloegen en de foto's van hun dode vrienden zouden zien.

Ondanks alles voelde zij zich rustiger. De kalme sfeer van het kantoor, waar niets bijzonders gebeurde, gaf haar langzamerhand het gevoel van normaliteit terug. Niemand kwam Felipe halen. Alles is in orde, zei zij bij zichzelf, er is niets veranderd. Maar de wijzers van haar horloge gleden langs de uren. Al gauw zou het vijf uur zijn. Dan moest zij naar buiten, naar de apotheek lopen, het antibioticum kopen, naar huis gaan, naar haar huis terugkeren met de kranten.

Een van de architecten stak zijn hoofd om de hoek van de deur en vroeg of ze wist wanneer Felipe zou komen.

'Wat is er?' vroeg zij, terwijl zij de spanning weer voelde opkomen en tegelijkertijd probeerde haar schrik te verbergen.

'Niets bijzonders. Ik wilde hem over iets raadplegen.'

'Hij heeft mij gebeld om door te geven dat hij maagpijn had', zei Lavinia, nu weer zelfverzekerd. 'Hij dacht dat hij iets had gegeten dat verkeerd is gevallen', voegde zij er met een glimlach aan toe.

Zij loog spontaan, bijna zonder na te denken.

*

Haar angst laat niet na mij zachter te stemmen, nu ik erin slaag het verleden van het heden in de witte duinen van haar brein te onderscheiden. In het begin was dat moeilijk. Om door haar verwerkt te worden, doorloopt een gebeurtenis een reeks referenties aan het verleden. Die voortdurende vergelijkingen brachten mij in verwarring tot ik mij bewust werd van de kleur. Wanneer zij een onmiddellijke ervaring ondergaat, is de kleur helder, stralend, ongeacht of hij licht of donker is. Het zwart van het heden is een kraaievleugel in het maanlicht, het rood is bloed of de zon van sommige avonden. Het verleden, daarentegen, is mat, het zwart van lavasteen, het rood van onze heilige schilderingen. In het verleden geven voorwerpen en personen een doffe, ronde echo, die over elkaar heen gelegen heimweegevoelens en holle kleuren bevat. In het heden zijn klanken en beelden plat en glad en hebben de heldere kleur van lanspunten vóór het gevecht. Zo heb ik geleerd de sporen te lezen en mijn weg te vinden in haar labyrint van klanken en voorstellingen.

Veel daarvan is voor mij onbegrijpelijk als gevolg van de tijd, die de wereld heeft doorlopen. Maar vele samenhangen zijn onveranderlijk, het fundamentele is in wezen gelijk gebleven. Onbevreesd mij te vergissen begrijp ik kalmte en onrust, liefde en bezorgdheid, verlangen en onzekerheid, levenskracht en droefenis, vertrouwen en wantrouwen, hartstocht en instinct. Ik begrijp warmte en koude, vochtigheid en ruigheid, het oppervlakkige en het diepgaande, droom en slapeloosheid, honger en verzadiging, geborgenheid en weerloosheid.

Het is het onaantastbare landschap. De mens kan met zijn werken de uiterlijke lijnen ervan veranderen, hij kan bomen planten of kappen, de loop van rivieren verleggen, die brede, zwarte banen aanleggen die zich erdoorheen slingeren, maar hij kan de vulkanen niet verplaatsen, het laagland omhoog brengen, zich inlaten met de hemelkoepel, de vorming van wolken verhinderen, de stand van zon of maan beïnvloeden. Eenzelfde onaantastbaar landschap draagt Lavinia in zich mee. Daarom kan ik haar angst begrijpen en die met kracht doordrenken.

•

In de apotheek hing de zoetige geur van vitaminetabletten, alcohol en waterstofperoxyde. Op de houten planken stonden kleine doosjes met vreemde opschriften. De glazen potten met hun blikken deksels toonden hun buiken vol koekjes, snoepjes en Alka-Seltzer. De apotheker, met gepommadeerde snor, een Mexicaanse strohoed en een witte stofjas, zat suffig in de avondschemering in een rieten schommelstoel de krant te lezen.

Lavinia vroeg hem een krachtig antibioticum onder het voorwendsel van een buurvrouw met een flinke snee van een snoeischaar.

'Is zij tegen tetanus ingeënt?' vroeg de apotheker, zijn snor opstrijkend.

Zij antwoordde bevestigend, het ging alleen maar om het voorkomen van een mogelijke infectie. Omdat het een diepe wond was, dacht zij dat het een sterk antibioticum moest zijn.

In Faguas fungeerden apothekers vaak als dokters. De mensen gaven aan hen de voorkeur, omdat zij niets voor hun consult rekenden, alleen voor de medicijnen. Met grote waardigheid oefenden zij hun macht tot het uitschrijven van recepten uit.

Zij zag hem naar de schuifladen achterin de zaak lopen en een puntzakje met een groot aantal zwart met gele capsules vullen, terwijl hij zijn bewegingen met de aan zijn beroep eigen bedachtzaamheid uitvoerde.

Hij overhandigde haar het zakje en zei dat haar vriendin gedurende minstens vijf dagen elke zes uur een capsule moest innemen. Hij had haar de complete dosis gegeven.

Met de medicijnen in haar tas ging zij naar buiten. De middag ging langzaam over in de avond: elk van die tropische avondschemeringen was een schouwspel van roodgetinte wolken, oranjekleurige stralingen, vreemde kleurschakeringen.

Op de boulevard stapte zij uit een taxi. Naargelang haar voetstappen haar dichter bij huis brachten, spande zich haar lichaam, verstijfden haar spieren, sloeg haar hart nerveus, alert. Wist zij maar zeker dat alles achter de rug zou zijn, dacht zij, dat zij met de medicijnen thuiskwam en Sebastián en Felipe klaar stonden om weg te gaan, om bij de deur afscheid van haar te nemen en haar aan de vertrouwde rust van haar avonden terug te geven. Maar zo zou het niet gaan. Zij rekende erop dat zij nog minstens twee dagen zouden blijven en dat zij nog twee of misschien wel drie dagen met deze dubbele persoonlijkheid moest rondlopen. Misschien wel drie.

En toch, zei zij bij zichzelf, was zij weer een grens gepasseerd. Haar tante Inés zei altijd dat groeien in het leven een kwestie was van het passeren van persoonlijke grenzen, het beproeven van capaciteiten waarvan je dacht dat je ze niet had. Zij had nooit gedacht dat zij een dag als deze zou kunnen overleven. Liegen zonder schuldgevoel, met verrassende koelbloedigheid. Zonder er lang over na te denken, pats, alsof de woorden opgeborgen waren, gereed voor gebruik. Op kantoor of in de apotheek had niemand er iets van gemerkt.

Liegen was voor haar altijd een probleem geweest. Als kind beschuldigde zij zichzelf bij de biecht altijd van leugens. Het had haar veel moeite gekost er mee op te houden. Liegen vond ze leuk. Het gebeurde altijd in een opwelling. Zij wist zelf niet hoe zij die leugens bedacht, ze kwamen uit haar mond als kleurige vissen die binnen in haar een eigen leven leidden, onbetekenende leugens die er uitkwamen louter voor het prettige gevoel dat zij met de wereld van de volwassenen kon spelen, die op subtiele manier in de war kon brengen. Pas later, wanneer de leugen al buiten haarzelf leefde en uit de mond van haar moeder of van het kindermeisje kwam, voelde zij zich ongemakkelijk. Liegen is een zonde, zeiden de nonnen op school. Gij zult geen valse getuigenis afleggen noch onwaarheid spreken, luidde een van de geboden. Uit angst hield zij op met liegen. Angst voor de kwellingen in de hel, die zuster Teresa tot in de meest lugubere bijzonderheden beschreef: zij liet hen een lucifer aansteken en hun vinger eventjes in de vlam houden. Dat was de hel, maar dan over je hele lichaam, dat vuur dat zonder je te doden tot in alle eeuwigheid over je hele lichaam brandde. Later verloor de leugen haar gevoelswaarde van zonde en werd voor haar een negatieve waarde; eerlijkheid werd een noodzakelijke waarde in het leven van volwassene. Daarom had het schuldgevoel haar gehinderd, wanneer zij na haar terugkeer bij haar ouders thuis loog. Het had haar gestoord dat zij hen moest bedriegen, hen een ander, acceptabeler gezicht moest voorhouden.

Maar dit was anders, dacht zij, terwijl zij de sleutel in het slot omdraaide en het donkere huis binnenging.

Het duister rook naar zware stilte. Een afwachtende stilte. Ineengedoken tijgers. Op de veranda kon zij Felipe zien staan, rechtop, een hand aan zijn riem, waakzaam bij het geluid van de deur die open en dicht was gegaan. Een bleke maan wierp de schaduw van de sinaasappelboom op de tegels van de veranda.

Zij stak de lichten aan. Felipe kwam naar haar toe om haar te begroeten.

'Hoe is het gegaan?' vroeg hij heel zacht.

'Goed, denk ik', antwoordde zij en reikte hem de kranten aan, terwijl zij hem aankeek en aan die gezichten dacht, zijn vrienden die hij nooit meer zou zien.

Felipe nam de kranten met een bruuske beweging van haar aan en daar, naast haar, las hij de koppen en de berichten op de voorpagina en keek hij zonder een woord te zeggen naar de foto's.

Lavinia zweeg en wist niet wat zij moest doen, naast hem blijven staan of zich discreet terugtrekken.

'Moordenaars! Schoften!' zei Felipe ten slotte in een onderdrukte, naar binnen gerichte schreeuw. Lavinia zag in gedachten zijn schreeuw zich vanuit zijn longen door zijn borst, zijn armen en zijn benen verspreiden.

Zij omhelsde hem van achteren, zonder iets te zeggen, en dacht hoe arm de taal was tegenover de dood.

Sebastián verscheen in de deur van de slaapkamer. Deze keer groette hij haar niet. Hij zag er opgeknapt uit, met een schoon verband en in een van de mannenhemden die zij vaak droeg. Hij liep naar Felipe en ging naast hem staan om met hem mee in de kranten te kijken.

'Ze zeggen niet dat er iemand is ontsnapt', zei Felipe, terwijl hij hem de krant gaf, die losliet, hem die pagina's met de foto's van de dode compañeros gaf. Zwijgend ging hij naar de keuken en kwam terug met een glas water, dat hij met grote slokken opdronk terwijl Sebastián in stilte verder las.

Lavinia voelde zich overbodig en trok zich terug. Zachtjes ging zij naar de tuindeur en keek naar buiten, naar de avond, de tuin, de kalme, vreedzame sfeer van de planten, de sinaasappelboom die zijn citrusgeur aan de avond gaf.

Zij hoorde Felipe naderen.

'Is er niets bijzonders gebeurd op kantoor, hebben ze nog naar me gevraagd, heb je niets vreemds gehoord?' hij sprak gedempt om Sebastián niet te storen.

'Nee, er is niets bijzonders gebeurd. Iedereen wist wat er was gebeurd, maar er werd niet veel over gepraat. Ze hadden het over het machtsvertoon van de garde tegen maar drie personen. Doña Nico vertelde me dat het in haar wijk was, maar veel meer wilde zij niet zeggen. Ze zei alleen "arme kinderen" toen ze de foto's zag, maar het leek of zij bang was om te praten. Ik heb Mercedes gezegd dat je maagpijn had', zei Lavinia fluisterend.

Hij gaf geen antwoord en liet haar staan om naar Sebastián terug te keren. Zij zeiden iets tegen elkaar. Toen zei Sebastián pardon, compañera, en verdwenen ze allebei in de slaapkamer, terwijl ze de deur achter zich dichtdeden.

Natuurlijk huilen mannen niet, dacht Lavinia, terwijl zij tegen de deurpost geleund strak naar de stam van de sinaasappelboom keek. Zij voelde de tranen in haar ogen branden. Zij, die de doden niet eens had gekend! Tenslotte was zij een vrouw, zei zij ironisch bij zichzelf. De twee mannen konden de krant met droge ogen bekijken, hem ondanks de foto's aandachtig lezen.

Felipe scheen zich hersteld te hebben van zijn moment van verdriet van de vorige nacht. Je went nooit aan de dood, had hij in de kwetsbaarheid van zijn vermoeidheid gezegd. Nu zag zij hen de dood zonder dramatiek, zonder ophef, met woede aanvaarden. Wat voor hen klaarblijkelijk telde was hoe ze nu verder moesten, nu zij wisten dat niemand de 'andere' had genoemd, die gewond, vluchtend, over de tuinmuren was geklommen.

Hen zo vastberaden te zien, zo gepantserd alsof de dood of de droefheid van hun huid terugkaatste zonder tot hen door te dringen, deed haar huiveren. Zij herinnerde zich een gesprek met Natalia, een Spaanse vriendin, over de rechtmatigheid van de acties van de Basken tegen het Franco-regime. Beide partijen schoten in koelen bloede mensen dood. Waarin onderscheidden zij zich van elkaar? Waarin onderscheidden mannen in de oorlog zich van elkaar? Welk wezenlijk verschil was er tussen twee mannen, allebei met een geweer, die bereid waren elkaar dood te schieten ter verdediging van motieven die zij beiden rechtvaardig achtten?

Natalia was woedend geworden over haar filosofische, metafysische vragen. Maar zij kon niet nalaten die aan haar te stellen, ook al was zij zich bewust van de verschillen tussen aanvallers en aangevallenen, tussen de nazi's en de Franse 'maquis' bijvoorbeeld. In de maatschappij, evenals tussen individuen, had je ook de zogeheten 'zelfverdediging' als rechtvaardiging voor het toepassen van geweld. Er bestonden verschillende menselijke handelwijzen, mensen die voor de dood en mensen die voor het leven doodden, ter verdediging en instandhouding van de humaniteit tegenover de beestachtigheid van de brute kracht. Maar het was verschrikkelijk dat de mensheid altijd weer naar de wapens moest grijpen, de ene partij tegen de andere, het ene volk tegen het andere. In al die eeuwen was het niet gelukt enige verandering te brengen in de brute manier waarop de mensen zich met elkaar meten.

In Faguas was het niet moeilijk de jonge guerrillero's te rechtvaardigen. Het onrecht, het diepgaande verschil tussen wat beide partijen verdedigden, de totale afwezigheid van enig alternatief voor de Grote Generaal, waren overduidelijk. Door alleen maar de krant van vandaag in te kijken bijvoorbeeld, kon iemand partij kiezen tussen brute kracht en idealisme, een keuze maken, al was het op abstract niveau, voor de doden.

Maar zij kon haar twijfels niet van zich afzetten. Afgaand op wat zij bij Felipe en Sebastián had gezien, dacht zij aan de gevaren van de ongevoeligheid, van de verharding. Hoewel zij hen misschien zwak zou hebben gevonden als zij waren gaan huilen. En waarom eigenlijk, zei zij bij zichzelf. Zij had altijd gevonden dat het verschrikkelijk en absurd was het huilen van mannen als een zwakheid aan te merken. Maar in de praktijk had zij er nog nooit één zien huilen. Misschien zou zij er in dit geval niet tegen kunnen, zou het haar gevoel van hulpeloosheid alleen maar versterken. Misschien was het niet echt nodig dat zij huilden, maar dat zij tenminste iets deden. Iets om de hardheid te vermijden. Die hardheid, waarover zij zich zorgen maakte, het besef van een wankel evenwicht, dat, als het werd verstoord, de wereld aan de wilde dieren zou geven.

Op dat moment hoorde zij vanuit het halfopen raam van haar slaapkamer dat verschrikkelijke geluid, dat zij zich altijd zou blijven herinneren, de schorre stem van Sebastián die stokte en toen in korte, droge snikken brak en het geluid voortbracht van een smart die zij nog nooit had gekend.

*

Ik zie haar naar mij kijken. Ik voel haar denken. Daar zweeft zij als een vuurvliegje in de nacht tussen ons in zonder de plek te kunnen vinden waar zij thuishoort. In het huis praten de mannen. Ik hoor het gemurmel van hun stemmen, zoals ik vanuit het donker zo vaak naar de beraadslagingen van Yarince en zijn krijgers heb geluisterd. Die beraadslagingen, waaraan het mij niet was toegestaan deel te nemen, ook al namen zij mij mee ten strijde.

Na de slag bij Maribios, de slag van de Gevilden zoals de indringers hem noemden, waren er momenten dat ik mijn vrouwzijn als een vloek voelde. Dagenlang bespraken zij hoe zij nu verder moesten handelen, terwijl ik door de omgeving zwierf, belast met de jacht en het bereiden van hun maaltijd.

Wanneer ik afdaalde naar de rivier om water voor hen te halen, wachtte ik met gespreide benen onbeweeglijk tot het wateroppervlak glad was om naar mijn geslacht te kijken. De spleet tussen mijn benen kwam mij mysterieus voor, hij leek op sommige vruchten, de vlezige lippen en daartussen een zachte, roze zaadkorrel. Daar ging Yarince naar binnen en wanneer hij in mij was, vormden wij één enkel beeld, één enkel lichaam: samen waren wij compleet.

Ik was sterk en meer dan eens hebben mijn voorgevoelens ons van een hinderlaag gered. Ik was hartelijk en dikwijls kwamen de krijgers met hun gevoelens bij mij om raad. Ik had een lichaam dat in staat was in negen maanden leven te schenken en de pijn van de bevalling te verdragen. Ik kon vechten, net zo bedreven zijn met pijl en boog als wie dan ook, en bovendien kon ik koken en op kalme avonden voor hen dansen. Maar zij schenen die dingen niet op prijs te stellen. Zij lieten mij terzijde, wanneer er over de toekomst gedacht moest worden of beslissingen over leven en dood genomen moesten worden. En dat alles vanwege die gleuf, die kloppende, mispelkleurige bloem die ik tussen mijn benen droeg.

•

Lavinia stond nog een poosje naar de door de wind bewogen schaduwen van de tuin te kijken. Het gesnik was overgegaan in het gemurmel van een waterachtig gesprek, het geluid van de zacht pratende mannen, de conversatie van twee vissen, een geruis van luchtbelletjes.

Het geluid van dat huilen had een beklemd gevoel bij haar achtergelaten. Zij had er spijt van dat zij aan de gevoelens van die twee vreemde wezens had getwijfeld, die indringers in de rust van haar huis, de actieve dromers, die 'dapperen' zoals Adrián zei.

Het nu zo nabije leed riep beschermende gevoelens in haar wakker. Wat zou zij voor hen kunnen doen, dacht zij. Weinig. Bijna niets. Zij bedacht dat ze niet hadden gegeten. Zij kon iets voor hen klaarmaken. Zelf had ze geen honger. Tot dat moment had zij niet aan eten gedacht. Zij ging naar de keuken, intussen bedenkend wat zij voor hen drieën kon koken. Ondanks hun verdriet moesten Sebastián en Felipe eten, leven, zich voeden.

In de gootsteen vond zij een geel sardineblikje. Arme jongens! dacht zij en schaamde zich voor haar slecht bevoorrade keuken.

Zij maakte het enige klaar, dat zij een beetje fatsoenlijk kon maken: spaghetti met saus. Ze was bezig de borden op tafel te zetten, toen Felipe in de keukendeur verscheen.

'Hoe gaat het met Sebastiáns arm?' vroeg Lavinia, veinzend dat zij niets had gehoord, terwijl zij de spaghetti afgoot om er vervolgens klontjes boter op te doen.

'Hij is ontstoken', zei Felipe.

'Hij zou naar een dokter moeten', zei Lavinia, terwijl zij de saus over de spaghetti goot.

'Dat is precies wat we je wilden vragen' zei Sebastián, die achter Felipe opdook en toekeek hoe zij het eten op de borden schepte. Hij was weer even kalm, alleen zijn ogen waren nog een beetje rood. 'We wilden je vragen een compañera te halen die verpleegster is. Met haar gaan we ook mijn vertrek voor morgen regelen.'

'Waarom leg je het mij niet uit terwijl we iets eten', zei Lavinia. 'Jullie moeten eten.'

Zij was blij een lachje op Sebastiáns gezicht te zien, terwijl zij aan tafel gingen.

Flor, zo heette de compañera, had een auto. Lavinia hoefde alleen een taxi naar haar toe te nemen en met haar terug te komen. Dat was alles. Daarna zou zij van hen af zijn.

'Tenminste, van mij', zie Sebastián, terwijl er opnieuw een lachje om zijn lippen speelde.

Zij aten zwijgend. Sebastián en Felipe schenen geen trek te hebben. Lavinia wierp een steelse blik op Sebastián. Zonder dat zij kon weigeren had hij met zijn vriendelijke, vaste stem, zijn boom-voorkomen, bereikt dat zij dingen deed die zij niet had gedacht ooit te zullen doen. Hij trad op met een soort diepe overtuiging dat zij het er mee eens zou zijn en niet zou weigeren. Zijn vertrouwen was gebiedender dan een uitdrukkelijk bevel.

Morgen zou haar leven naar de dagelijkse zekerheid terugkeren, zei zij bij zichzelf. Dan kon zij de angst, de ongerustheid, die verwarrende gevoelens vergeten. Het vooruitzicht 's avonds laat in een taxi door de stad te moeten rijden trok haar niet erg aan, maar zij was bereid het te doen. Ze zou ik weet niet wat hebben gedaan om weer een normale situatie in haar huis te hebben.

'Is je angst al voorbij?' vroeg Sebastián.

'Zo'n beetje', antwoordde zij.

'Dat is heel gewoon', zei hij. 'Het maakt ons allemaal bang. Wat belangrijk is, is niet dat je bang bent, maar dat je je angst overwint. En jij hebt hem heel goed overwonnen, je bent moedig geweest.'

'Ik kon niet anders', zei Lavinia met een glimlach.

'Zo vergaat het ons ook', zei Sebastián ernstig. 'Wij kunnen niet anders.'

'Dat is niet hetzelfde', zei zij, enigszins verlegen met deze vergelijking. 'Jullie weten waarom jullie het doen. Dat is wat anders. Het spijt mij erg van jullie compañeros.'

'Zij stierven als helden,' zei Sebastián, terwijl hij haar ernstig en vriendelijk aankeek, 'maar zij waren mensen zoals jij en ik.'

'Ik denk dat het beter is als Lavinia Flor gaat halen,' onderbrak Felipe, 'het wordt laat.'

7

Negen uur 's avonds. De heldere maarthemel pronkte met zijn gele maan. De taxi bewoog zich snel door het schaarse verkeer. De straten, leger dan normaal op dit uur, waren het enige zichtbare teken van het effect van de recente gebeurtenissen.

Achterover leunend in de hoek van de achterbank, keek Lavinia door het achterraam, zoals Sebastián haar had gezegd, om zich ervan te overtuigen dat zij door geen enkele auto werd gevolgd. Zij reden in de richting van het oostelijk stadsdeel. De spaarzaam verlichte buurten gleden aan het raampje voorbij in een opeenvolging van roze, groene en gele huizen. Eenvoudige, gelijkvormige woningen, slechts gesierd door de felle kleuren van hun muren en een enkele tuin.

De chauffeur rookte en luisterde naar een sportprogramma op zijn autoradio.

Lavinia herkende zichzelf niet in deze oplettende, waakzame vrouw. Met een beetje geluk was deze nachtmerrie morgen afgelopen. Zij beet op haar nagels. Als zij 's avonds in een taxi zat, gaf haar dat altijd een gevoel van onbehagen, van naderend gevaar. Maar deze keer was zij niet bang voor de taxichauffeur, maar voor het donker dan hen op de slecht verlichte boulevards omgaf, de mogelijkheid dat zij werd gevolgd... Zij bad in stilte dat haar niets zou overkomen, dat zij die Flor zou vinden en gezond en wel weer thuis zou komen.

De taxi sloeg linksaf, ging over een brug en reed een onverharde straat in. Aan beide kanten stonden huizen, gemaakt van onregelmatig boven elkaar geplaatste planken met hier en daar openingen voor deuren en ramen. Aan het eind van de straat zag zij een paar huizen van beton. In een daarvan woonde Flor. Vanuit de taxi bekeek zij het pannendak, de rustieke constructie en de ruwe muur die Felipe haar beschreven had. Toen zij de straat ingereden waren, had zij goed rondgekeken. Felipe en Sebastián hadden haar gewaarschuwd voor ogenschijnlijk onschuldige voorbijgangers, dronken kerels die op het trottoir hun roes lagen uit te slapen, geparkeerde auto's met vrijende paartjes, zulke dingen konden gevaar betekenen, veiligheidsagenten die een huis in de gaten hielden. Maar zij zag niets. (Felipe had ook niets gezien, bedacht zij, en smeekte dat er niets abnormaals zou gebeuren.)

'Hier is het', zei de taxichauffeur. Zij betaalde en stapte uit.

De bel gaf een schril geluid. Even later hoorde zij het getik van naderende slippers. Van de andere kant van de traliedeur keek een vrouw haar aan. Lavinia zag hoe haar ogen de taxi volgden, die in een stofwolk terugreed naar de geasfalteerde boulevard.

'Ja. Wie zoekt u?' vroeg de vrouw en kwam een stap dichterbij.

'Flor', zei Lavinia.

'Dat ben ik', zei de vrouw. 'Wat kan ik voor u doen?'

Lavinia stak haar de brief toe die Felipe aan de eettafel had opgesteld en vervolgens op een curieuze manier had opgevouwen. Hij had gezegd dat Flor het alleen al aan die manier van opvouwen zou begrijpen. Maar toch deed zij hem eerst open en las zij de inhoud, voordat zij de deur voor haar opendeed. Bij het zwakke licht van het lampje onder het afdak kon Lavinia haar goed opnemen. Zij had donker, golvend haar, dat tot op haar schouders hing, haar gelaatstrekken waren fijn, zij had een donkere huid, liep tegen de dertig en zag eruit als een strenge verpleegster. Zij had haar witte uniform nog aan. Zij had alleen haar kousen en schoenen uitgetrokken en liep op plastic slippers.

'Kom binnen', zei zij met een glimlach die haar gezichtsuitdrukking bijna als bij toverslag verzachtte.

Het hek ging open met het piepende geluid van scharnieren die om een druppeltje olie schreeuwen.

'Neem me niet kwalijk dat ik je liet wachten', zei Flor. 'In deze dagen kun je niet voorzichtig genoeg zijn.'

Zij gingen over een veranda met veel plantenbakken. De varens, begonia's en viooltjes gaven het oude, vervallen huis een vriendelijk gezicht. Flor liet haar binnen in een gezellige, vrolijk ingerichte zitkamer, die Lavinia aan het twijfelen bracht over haar eerste indruk van een streng iemand. Er waren boeken, platen, schommelstoelen, nog meer planten, schilderijen en een affiche van Bob Dylan. Voor het raam dat op de veranda uitkeek hing het warnet van een klimplant. Alleen een paar dikke medische boeken en het anatomisch model van een vrouw herinnerden aan het beroep van de bewoonster.

'Eén moment', zei Flor. 'Ik trek even mijn schoenen aan, pak mijn spullen en we gaan.' Zij beduidde Lavinia te gaan zitten en verdween achter een gordijn van gebloemde stof. Lavinia wiegde zich in de schommelstoel en trommelde ongeduldig op de armleuning. Zij had hoofdpijn.

Even later kwam Flor, gekleed in een eenvoudige, ruime blauwe jurk en met een dokterskoffertje in haar hand weer tevoorschijn. Zij keek bezorgd. Zij sloot de vensters en deed de lichten uit. Lavinia volgde haar naar een kleine garage, waarin een oude Volkswagen stond.

'Heb je jezelf dubbelgecheckt, toen je hierheen kwam?' vroeg Flor, terwijl zij de deur van de auto opende.

'Wat?' vroeg Lavinia, die haar niet begreep.

'Heb je gecheckt of niemand je volgde?' lichtte Flor toe.

'Ja, ja. Ik heb niemand gezien.'

Overstelpt door de opeenhoping van indrukken van de laatste uren reageerde zij, een buitenstaander in deze vreemde, gevaarlijke wereld, erg traag. Zij leek in niets op alle anderen, die zo ervaren in het samenzweren waren, bedacht zij. Zij keek toe hoe Flor de auto naar buiten reed en de garagedeuren sloot. Net als Sebastián had ze de kalme uitstraling van een boom.

Het deed haar onwerkelijk aan plotseling met deze wezens in contact te staan. Zij had hen zich altijd met scherpgesneden gezichten, van hersenschimmige visioenen gloeiende ogen en een fanatieke blik voorgesteld, een soort samoerai's. Belachelijke bioscoopclichés, verweet zij zichzelf nu beschaamd. Ze had nooit gedacht dat het gewone, normale mensen waren. Niemand minder dan Felipe was een van hen. Misschien was het alleen maar haar romantiserende aard die Sebastián en Flor een sfeer van rust, vastberadenheid en evenwicht toeschreef, haar verbeelding die hen een doordringende blik toedichtte, hoewel zij het kameleontische aspect van Flor, die nu, terwijl zij instapte en de motor startte, in niets meer leek op de verpleegster achter de deur, niet kon ontkennen.

Zij verlieten de donkere straten van het oostelijk stadsdeel en kwamen op de boulevard die naar Lavinia's buurt van oude mensen voerde.

'Wat een geluk dat er niets ernstigs met Sebastián is', zei Flor. 'Ik maakte mij veel zorgen. We hoorden niets van hem.'

'Ken je hem al lang?' vroeg Lavinia.

'Nogal', zei Flor ontwijkend. 'En jij, je bent een vriendin van Felipe, hè?'

'Ja, we werken samen.'

'Maar hier wist je niets van.'

'Nee.'

'Je bent zeker geschrokken...'

'Ik had het nooit verwacht.'

'Zo gaat dat', zei Flor. 'Wanneer je het 't minst verwacht...'

Ja, dacht Lavinia, wanneer je het 't minst verwacht ga je door de spiegel, stap je een andere dimensie binnen, een onder de oppervlakte van het dagelijkse leven bestaande wereld, waar dit gebeurt, dat je in een auto met een onbekende vrouw zit te praten die de vuurlinie van de rebellie heeft overschreden. Voor Flor was haar rebellie tegen een huwelijksbestemming, ouders, maatschappelijke conventies, een volkomen irrelevant hoofdstuk uit een kindersprookje. Flor schreef geschiedenis met een hoofdletter G, terwijl zij niet meer geschiedenis zou maken dan die van een rebellerende jeugd zonder concreet doel. Zij keek naar haar, terwijl ze de auto bestuurde.

Flor praatte, over het verkeer, over de verkeerslichten. Banaliteiten. Zij leek helemaal niet zenuwachtig. Lavinia voelde een vlaag van bewondering voor haar door zich heen gaan. Hoe zou zij zich voelen, vroeg zij zich af, hoe zou het zijn de heroïsche kant van het leven te leven? Zij herinnerde zich haar vroegere, uit de boeken van Jules Verne voortgekomen bewondering voor heldendaden. De bewondering van een puber. In de werkelijke wereld was het niet zo gemakkelijk mensen te vinden die je kon bewonderen. Daarom zou je hen makkelijk in mythische wezens kunnen veranderen en hen, net als Adrián, om hun moed kunnen bewonderen. Daar moest zij voor oppassen, bedacht zij, vooral met Felipe zo dicht bij haar. En zij moest niets hebben van het idee dat zij ook een van hen zou kunnen worden. Ze had gewoon niets gemeen met die moedigen, die, zoals Flor nu, rustig 's avonds in een auto door donkere straten konden rijden, waar voortdurend jeeps van het Terrorisme Bestrijdingswapen (de zogenaamde TBW's) rondreden, op weg naar het behandelen van een gewonde guerrillero in gezelschap van een haar totaal onbekende vrouw, die haar een opgevouwen vel papier had gegeven.

Flor stelde haar vragen en Lavinia gaf toe aan de verleiding over zichzelf te praten met iemand die zo aandachtig naar haar luisterde, met een vrouw die, net als zijzelf, aan een aloude programmering was onderworpen en toch in zo'n ongewoon gebied van de werkelijkheid leefde en zich in de samenzwering bewoog als in een natuurlijke omgeving, ver van elke al van tevoren vastgestelde lotsbestemming van de vrouw. Misschien zou zij haar kunnen vragen hoe het was zo'n leven te leiden, maar de rit was te kort.

'Daar is het huis' zei zij, terwijl zij het aanwees.

Flor reed het huis voorbij en parkeerde een paar blokken verderop, terwijl zij aan Lavinia uitlegde dat het niet verstandig was de auto voor het huis te zetten. Je mocht niet het risico lopen ontdekt te worden. Zij liepen terug. Hun voetstappen weerklonken op het lege trottoir. De aristocratische schimmen verborgen zich in de ingeslapen herenhuizen. Een paar honden snuffelden rond bij een vuilnisemmer. Lavinia keek naar de zwijgende, in gedachten verzonken vrouw, die met het zwarte koffertje in haar hand naast haar liep. Zij wist niets van Flor. Heel handig had zij ontweken over zichzelf te praten. Zo werkte dat zeker, dacht zij. Toen zij de zitkamer van haar huis binnengingen, waar de beide mannen zaten te wachten, vroeg Lavinia zich af of zij de andere drie, de doden die in de sfeer van haar huis rondzweefden, zou hebben gekend. De krant lag netjes opgevouwen op de eettafel. Ze omhelsden elkaar. Eerst omhelsde Sebastián haar, daarna Felipe. Een omhelzing van schipbreukelingen die het hebben overleefd, Flor met haar ogen dicht. Toen doorbraken de drie de ijle cirkel van genegenheid en stilte en begonnen zij over Sebastiáns arm te praten. Flor zei dat zijn hand er een beetje gezwollen uitzag. Zij gingen met het artsenkoffertje naar de slaapkamer.

Lavinia liep met hen mee. Zij wilde niet alleen blijven, apart, buitengesloten. Als voorwendsel bedacht zij dat ze haar misschien nodig zouden hebben voor de watten of de waterstofperoxyde, maar zij schenen geen bezwaar tegen haar aanwezigheid te hebben. Zij bleef staan, terwijl Flor het geïmproviseerde verband van Sebastiáns arm haalde.

'Het is flink ontstoken', zei zij. 'Hebben jullie hem een antibioticum gegeven?' vroeg zij, zich tot Felipe wendend.

'Ja,' zei deze, 'ampiciline', en lichtte haar in over de dosis.

Flor opende het zwarte koffertje en haalde er watten en verband uit. Lavinia kreeg een schok toen zij tussen de ampullen, injectienaalden en doosjes medicijnen twee zwarte pistolen zag liggen. En met die vrouw was zij in de auto de hele stad doorgereden, bedacht zij, met die alleen maar door verbandgaas en watten bedekte pistolen!

'Ah, heel goed. Je hebt ze meegebracht', zei Sebastián zonder een spier te vertrekken. Hij had ze ook gezien.

Lavinia werd opnieuw door twijfel en verwijten besprongen. Ze had zin hen voor de voeten te werpen dat zij haar in dit alles hadden betrokken. Zij dacht terug aan de kalme, onschuldige houding van Flor toen ze in de auto zaten en zij haar van alles had gevraagd, over Italië, resten van het fascisme, waar de studenten over discussieerden. En zij, onbekend met de inhoud van het koffertje, had het de hele weg bij haar voeten gehouden en Flor zelfs aangeboden het voor haar te dragen toen zij naar haar huis liepen. Het beeld van de twee zwarte pistolen riep de angst weer bij haar op, een angst die was weggezonken achter de nieuwsgierigheid waarmee zij hen gadesloeg.

•

Het is een hele inspanning haar angst aan banden te leggen, niet toe te staan dat hij zich vrijelijk door haar bloed verspreidt. De angst is donker en tegelijkertijd glanzend. Hij omgeeft haar gedachten als een net dat wordt aangetrokken tot het haar onbeweeglijk maakt, net als de beet van de gele slang in ons oerwoud. Ik heb vaak angst gevoeld. Ik herinner mij de eerste keer dat ik de dieren zag waarop de Spanjaarden waren gekomen. In het begin dachten wij dat zij samen één enkel lichaam vormden. Wij meenden dat zij goden uit de onderwereld waren. Maar zij gingen dood. Zij en hun dieren gingen dood. Wij waren allemaal sterfelijk. Toen wij dat ten slotte ontdekten, was het te laat. De angst had ons parten gespeeld.

*

Flor had de wond schoongemaakt, het ronde gat in de huid. De kogel was zijn arm van achteren binnengedrongen, waar het gat kleiner was, en had deze even boven de elleboog weer verlaten, een onregelmatige wond achterlatend. Het hele omringende gebied, inclusief de hand, had een donkere kleur aangenomen.

Nadat zij Sebastián had gevraagd een serie bewegingen met zijn arm uit te voeren, iets wat hij deed zonder de pijn die dat veroorzaakte te verbergen, zei Flor, die er nu van overtuigd was dat de kogel de bewegingsvrijheid van zijn arm niet ernstig had aangetast, dat zij de wond moest hechten, zodat deze beter zou helen en het gevaar van een infectie met ernstige gevolgen zou worden vermeden.

'Lavinia, zou je wat water voor me willen koken?' vroeg zij.

In het kokende water werden de kromme hechtnaalden gesteriliseerd. Flor haalde ze er voorzichtig uit.

'Kun je me helpen?' vroeg zij aan Lavinia, 'in dit soort dingen kan ik beter met een vrouw overweg, mannen worden zenuwachtig.'

Zij knikte. Toen zij moest beslissen wat zij zou gaan studeren, was de medicijnenstudie een van de mogelijkheden. Toen zij op school zat, had zij de romans over dokters en ziekenhuizen verslonden. Maar haar vader had er zich vierkant tegen verzet. Een veel te lange studie, was zijn argument. En ze zou een oude vrijster worden of in het gunstigste geval zou haar man haar verlaten vanwege het helpen in noodgevallen midden in de nacht.

Zij hielp Flor alles wat zij nodig zou hebben op een schone handdoek op het bed uit te leggen. De fijne, goed verzorgde handen van de verpleegster werkten efficiënt en haalden de draad van de ene kant van de wond naar de andere, waarbij de huid werd samengetrokken. Het moest hem veel pijn doen, dacht Lavinia, maar Sebastián vertrok zijn gezicht nauwelijks. Alleen aan zijn nek was de spanning te zien: de aderen lagen er als kleine kabels op. Felipe keek toe en maakte af en toe een grapje om Sebastián af te leiden.

Terwijl zij de handdoek met de instrumenten vasthield, had Lavinia de gewaarwording dat zij een leven leefde, dat niet van haar was. Het is onwerkelijk, zei zij bij zichzelf. Het was onvoorstelbaar dat zij zich in haar eigen slaapkamer bevond (de platen, de matras op de grond, de kleurige dekens opgevouwen in een hoek) en Flors handen het hechtdraad keer op keer door Sebastiáns huid zag halen.

Met uitzondering van Felipe waren deze mensen haar volkomen vreemd. Zij hadden elkaar op straat tegen kunnen komen en ze zou hen niet hebben aangekeken, hoogstens zouden zij dat voorbijgaande moment hebben gedeeld, waarin je ogen die van een ander menselijk wezen in de menigte ontmoeten en blikken elkaar kruisen als verre schepen in de mist. De gezichten verdwijnen zonder een spoor na te laten, voor altijd verloren wanneer je de hoek omslaat en je oog op de zoete kleuren in de platte mand valt, die op de knieën van de snoepvrouw steunt.

Nooit had zij zich deze avond met hen in de verste verte kunnen voorstellen, dacht zij, de zware maartwarmte, de stilte van kameraadschap, van bezorgdheid om Sebastiáns arm, om Sebastiáns pijn. Er was iets tussen hen ontstaan, een intimiteit, alsof ze hen al heel lang kende. Het weefsel van gevaar, de dood die buiten bij de donkere, stille ramen op de loer lag, maakte hen tot één familie, een groep mensen die elkaar nodig hadden om te overleven, holbewoners die in het duister elkaars aanwezigheid voelden en buiten het gesnuif van de bizons hoorden. Zij richtte haar hoofd op, alert op het geluid dat van de straat kwam. Het was slechts een auto. De vier keken elkaar even aan en volgden daarna weer Flors bezige handen. Het was niet nodig veel van elkaar te weten, dacht Lavinia. Hun bezorgdheid maakte conventies overbodig, hun ogen hadden dezelfde frequentie, kwetsbaarheid en kracht stonden zij aan zij, wisselden elkaar af in eb en vloed, getij van een zee waarin zij samen zwommen, schipbreukelingen van dit ogenblik, van deze zeepbel.

Flor was klaar. Sebastián bekeek zijn arm, de zwarte kruissteken van de hechtingen. Felipe nam Lavinia zachtjes bij haar schouder en loodste haar de slaapkamer uit.

'Je kunt beter wat gaan slapen in het andere kamertje', zei Felipe, toen zij de kamer hadden verlaten. 'Je hoeft je geen zorgen meer te maken. Wij moeten het overbrengen morgen van Sebastián nog bespreken. Het zal laat worden.

Het is beter als je wat slaapt.'

'Felipe,' zei Lavinia, 'als het nodig is kan Sebastián blijven. Ik zou niet graag willen dat hem iets overkwam doordat hij hier weg moest…'

'Dank je,' glimlachte Felipe, 'maar ik denk niet dat dat erg verstandig is. In dit soort situaties is mobiliteit erg belangrijk. Wij weten niet echt of niemand Sebastián heeft aangegeven, wij weten niet of ze naar hem op zoek zijn. Misschien hebben ze er niets over gezegd om te bereiken dat wij onvoorzichtig zouden worden en onszelf verraden… Maak je geen zorgen.' Hij gaf haar een vaderlijke kus op haar voorhoofd en verdween achter de slaapkamerdeur.

In de andere slaapkamer strekte zij zich, in het donker, geheel gekleed op haar rug uit op de matras, die naar oude slaap rook. De schaduwen van de dingen die in het kamertje werden bewaard, omgaven haar als stille iconen, de onderwaterstemmen uit de andere kamer drongen onverstaanbaar door de spleet licht onder de wc-deur tot haar door.

Zij bedacht dat zij moest gaan slapen, niet langer aan hen denken, niet aan de mogelijkheid denken dat Sebastián haar aanbod om te blijven zou aannemen. Ze wist niet waarom ze het had aangeboden, hoe de woorden uit haar mond waren gekomen, misschien wel omdat ze het jammer vond dat ze weggingen, dat ze dit eiland gingen verlaten, dit eiland waar zij bijeen waren geweest alsof zij elkaar al heel lang kenden. Daarom had ze het gezegd, dacht zij, ook al was dat niet verstandig, ook al zou zij er morgen ongetwijfeld spijt van hebben en er weer angst door krijgen. Maar ze zou aan niets meer denken, hield zij zichzelf voor, ze zou gaan slapen, ze had bijna niet geslapen.

Zij voelde zich alleen. Felipe was bij hen, hoorde bij hen, de drie hoorden bij elkaar. Alleen zij lag daar in het lege kamertje, ondergedompeld in een dichte damp van beelden en gedachten die haar niet naar de slaap lieten wegglijden. Zij probeerde ze uit haar hoofd te zetten door aan de zee te denken. Wanneer zij niet in slaap kon komen, dacht zij altijd aan de zee.

Zij liep langs het strand en hoorde de meeuwen krijsen, de golven lieten hun witte kopjes schuimen, in een licht gazen kleed wandelde zij daar langs het stille strand. En de vleugelslag, het vliegen. Zij vloog weer. Haar grootvader gebaarde naar haar, terwijl de onmetelijke zee in de oneindige ruimte kleiner en kleiner werd.

Toen zij de volgende dag haar ogen opendeed, viel het daglicht door het hoge raam. Naast haar rookte Felipe geheel gekleed een sigaret.

'Ze zijn al weg', zei hij.

Lavinia kwam overeind en wreef zich in de ogen. Ze zijn al weg, dacht zij, de angst is voorbij en ze had zin om te huilen.

'We zouden nu een douche moeten nemen en dan naar kantoor gaan', ging Felipe verder. 'Ze vroegen mij je te bedanken. Ze zeiden dat je erg dapper bent geweest.'

Ze zei niets. Ze stond op, haalde de lakens af en vouwde ze zorgvuldig op zonder te weten waarom. Ze zouden weer naar hun werk gaan. Sebastián en Flor waren weggegaan. Alles zou nu weer normaal worden. Er was niets gebeurd. Iedereen gezond en wel. Zij haalde diep adem om de aandrang om te huilen onder controle te krijgen.

Felipe keek haar afwachtend aan. Hij zal denken dat alles nu uit is tussen ons, dacht zij, terwijl zij alleen de badkamer inging. Onder de douche deed zij haar ogen dicht en liet het water in een krachtige straal op haar hoofd vallen. Zij had het gevoel dat zij bezig was van een lange ziekte te herstellen.

Toen zij weer terugkwam, had Felipe de slaapkamer opgeruimd. De bebloede lakens lagen netjes opgestapeld op het bed.

'We kunnen ze beter weggooien', stelde Lavinia voor, terwijl zij zich aankleedde. Felipe stond naast het raam een sigaret te roken.

'Dat is gevaarlijk', zei Felipe. 'Iemand zou ze kunnen vinden en er een aanwijzing door kunnen krijgen. Het is beter ze ergens te verbergen en ze te wassen wanneer je alleen bent. Ik zal je wel helpen.'

Zij verborgen ze in het bovenste deel van de kleerkast, achter een paar oude koffers.

Voordat zij weggingen, liep Lavinia door het huis om de deuren en ramen te sluiten.

'Ik hoop dat Sebastián geen problemen meer krijgt', zei zij tegen Felipe, in een opwelling van wroeging over de heftigheid waarmee zij had gewenst dat hij wegging om de rust in haar huis, de kalmte van haar dagen, de gezegende routine terug te krijgen.

'Ik hoop het ook. Dank je', en hij omarmde haar.

Lavinia drukte zich stevig tegen hem aan. Het deed haar pijn die bezorgde blik in zijn ogen te zien, de vrees dat zij zou zeggen dat ze hem niet meer wilde zien.

'Ik houd van je', fluisterde zij. En dacht dat zij hem, ondanks alles, niet kon laten gaan.

Lavinia bracht de dag in een vreemde, kalme blijdschap door. De routine van de tekeningen, de over hun tafels gebogen tekenaars, Mercedes die door het kantoor heupwiegde, de geurige koffie op haar bureau, het leken haar stuk voor stuk gebeurtenissen. Zij had het gevoel van een lange reis te zijn teruggekeerd. In de loop van de dag dacht zij verschillende keren aan Flor en Sebastián. Ze leken haar zo ver weg, dat de herinnering al overging in nostalgie. Zij moest aan de woorden van de vos in *De kleine prins* denken, over de vriendschapsband. In heel korte tijd was zij van hen gaan houden. Ze wilde niet dat hen iets zou overkomen. Als er iets met hen zou gebeuren zou ze daar veel verdriet van hebben, zei ze bij zichzelf. Niet het verdriet dat je voelt voor twee bijna onbekende mensen. Want tussen hen had zich een of andere chemische reactie voorgedaan: een bepaalde medeplichtigheid in hun blikken, een zich verwant voelen, de solidariteit van het gevaar.

Maar het zou beter geweest zijn als de tijd een hoek was omgeslagen, dat je aan dat moment kon denken in de wetenschap dat het tot het verleden behoorde. Zij voelde zich niet bij machte nog eens zoiets te moeten beleven.

Toen zij thuis kwam, trof zij het huis schoon aan. Het was woensdag. Lucrecia was geweest. Zij stak het licht van de tuin aan en keek naar de sinaasappelboom vol vruchten. Zij schonk zich een glas rum in en liet zich in de hangmat vallen.

Zo bleef zij een hele poos liggen, luisterde naar de muziek, genoot van de koelte van de avond, koesterde zich in de rust. Alleen toen zij opstond om Sara op te bellen, had zij even een gevoel van onbehagen. Hier was nu de normale toestand waar zij zo naar had verlangd, en toch had zij het gevoel of haar huis en haar leven opeens leeg waren. Met de hoorn in haar hand, traag een sigaret rokend, stelde zij zich de onbeduidende conversatie voor die zij op het punt stond te gaan houden en vroeg zich af wat haar nu echt aantrok in deze 'rust'. Hield zij er echt van of was dat idee van onafhankelijkheid, van alleenstaande vrouw met een baan en een eigen huis, een incomplete keus, een halfslachtige rebellie, een vorm zonder inhoud?

Nu zou er niets meer gebeuren, dacht zij, haar dagen waren weer voorspelbaar, de een na de ander. Deze ruimte was een eiland, een grot, een genadige opsluiting als van een blind standbeeld in een Romeinse tuin: de beheersing van de eenzaamheid, haar grootste verworvenheid. Hier kon zij verblijven, terwijl de wereld in wolkbreuken losbarstte en Sebastián en Flor en Felipe en wie weet hoeveel anderen daarbuiten met hun air van kalme bomen tegen windmolens aan het vechten waren.

·

Zij staat stil op de drempel van de vragen. Zij geeft zichzelf geen antwoord. Alleen ik, die hier zit, goed verborgen, kan wegen die samenkomen en zich vertakken dromen, ze in het verschiet zien. Alleen ik voel de geboden van het erfgoed, terwijl zij opwellingen van haar hart ondergaat zonder die te kunnen benoemen.

De Spanjaarden beweerden dat zij een nieuwe wereld hadden ontdekt. Maar onze wereld was voor ons niet nieuw. Vele generaties hadden op deze grond gebloeid sinds onze voorouders, aanbidders van Tamagastad en Cipaltomal, zich er hadden gevestigd. Wij waren Náhuatl-Indianen, maar wij spraken ook Chorotega en de Niquirano taal. Wij konden de beweging van de sterren meten, wij schreven op stroken herteleer, wij bewerkten de grond en woonden in grote nederzettingen aan de oever van meren, wij jaagden, weefden, hadden scholen en gewijde feesten.

Wie zal zeggen hoe dit hele gebied er nu uit zou hebben gezien als de Chorotega's, de Cariben, de Dirianen, de Niquirano's niet waren uitgemoord?

De Spanjaarden zeiden dat zij ons moesten 'beschaven', ons uit de 'barbaarsheid' moesten halen. Maar op barbaarse wijze heersten zij over ons, decimeerden zij ons. In enkele jaren maakten zij meer mensenoffers dan wij ooit in de hele geschiedenis van onze gewijde feesten hadden gedaan.

Dit land was het dichtst bevolkt. Maar in de vijfentwintig

jaar van mijn leven werd het van alle mannen beroofd. In grote schepen stuurden ze hen weg om een verre stad te bouwen, die zij Lima noemden, ze maakten hen dood, de honden verscheurden hen, ze hingen hen aan bomen op, ze hakten hun hoofd af, ze executeerden hen, ze doopten hen, ze misbruikten onze vrouwen.

Zij brachten ons een vreemde god die onze geschiedenis, onze oorsprong, niet kende en die wilde dat zij hem aanbaden op een manier die wij niet kenden.

En wat voor goeds is er van dat alles gekomen, vraag ik mij af.

De mannen vluchten nog steeds. Er zijn bloeddorstige heersers. Het vlees wordt nog steeds uiteengereten, er wordt nog steeds oorlog gevoerd.

Ons erfgoed van slaande trommels moet blijven kloppen in het bloed van deze generaties.

Het is het enige van ons, Yarince, dat is gebleven: het verzet.

*

8

Lavinia sloeg haar ogen op van de tekening en keek naar buiten, naar het landschap in het avondlicht van april, de door het afbranden van de velden roodgekleurde hemel.

Zij had buikpijn en was moe. Zo voelde zij zich altijd wanneer zij ongesteld was, lusteloos, prikkelbaar. Zij zou op een andere plaats, in een andere tijd willen zijn, bedacht zij, een dame uit de 18e eeuw, de vriendin of de minnares van een van de romantische dichters, languit, vederlicht neergevlijd bij de open haard in een winterse aprilmaand. Maar de laatste tijd gebeurde er weinig romantisch in haar leven.

Zij was in een slecht humeur. Even eerder was Felipe binnengekomen om haar uit te leggen waarom hij de vorige dag niet naar haar toe had kunnen komen. Een dringende bespreking, hij had haar niet kunnen waarschuwen, er was daar geen telefoon.

Zij had de hele avond op hem gewacht. Eerst gekleed, verzorgd, haar haar goed gekamd, haar ongeduld weglezend in een of ander boek. Toen in bed, tot diep in de nacht wakker uit angst dat zij zou inslapen en zijn geklop op de deur niet zou horen, tot de slaap haar ten slotte overmeesterde.

Sinds de dagen met Sebastián vermeed Felipe met haar over de Bevrijdingsbeweging te praten. Het was tussen hen een taboe-onderwerp geworden. Op Lavinia's vragen, een verlangen hen te begrijpen, zwakke pogingen tot toenadering, reageerde hij ontwijkend en paternalistisch. In het begin kwam dat haar wel goed uit. Zij wist niet wat er zou zijn gebeurd als Felipe onmiddellijk daarna had geprobeerd haar bij de Bevrijdingsbeweging te betrekken. Het had haar weken gekost zich van de schok te herstellen, haar twijfels te overwinnen of zij haar relatie met hem moest voortzetten of niet, haar huis weer vol, haar eenzaamheid weer produktief en haar vriendschap met haar vaste kennissen weer bevredigend te vinden, haar relatie met Felipe weer op te vatten, ondanks...

Maar diep van binnen lukte het haar toch niet zijn houding te begrijpen; die riep afwijzing op. Felipe had het te makkelijk, te gedwee geaccepteerd: haar angsten, haar argumenten dat het beter was de zaken gescheiden te houden, hun relatie niet met woorden en daden te besmetten die bij individuele keuzes behoorden. Hij was ontvankelijk gebleven voor de stortvloed van redenen die zij had aangevoerd, toen zij de avonden na het vertrek van Sebastián met hem op de veranda, dicht bij de sinaasappelboom, had gezeten en hem, bang dat hij de kwetsbaarheid van haar twijfels zou aanvoelen, met het ene argument na het andere had bestookt om hem te laten afzien van een onderneming, waartoe hij nog niet eens een poging had gedaan.

Ze herinnerde zich hoe Felipe zwijgend, instemmend, naar haar had geluisterd, het in alle door haar naar voren gebrachte punten met haar eens was geweest.

'Ik weet dat wij niet samen kunnen zwemmen', had hij ten slotte gezegd. 'Jij bent de oever van mijn rivier. En als wij samen gaan zwemmen, welke oever zal ons dan ontvangen?'

Tot Lavinia's wanhoop gaf hij toe dat hij de oase van haar huis, van haar lach, van de rustige zekerheid van haar dagen nodig had.

'Dat met Sebastián was een noodgeval, dat heb ik niet gedaan om je erbij te betrekken, geloof me', zei hij tegen haar.

Hem ervan te laten afzien was uitzonderlijk gemakkelijk geweest, bedacht Lavinia. Het was duidelijk dat Felipe haar absoluut niet bij de Bevrijdingsbeweging betrokken wilde zien en zonder het te vermoeden had zij de weg voor hem geëffend. Het was niet logisch. Logisch zou zijn geweest dat hij had geprobeerd datgene, wat zin en doel aan zijn leven gaf, met haar te delen. Dat hij het had geprobeerd, ook al zei zij keer op keer dat zij het juist niet wilde.

Eigenlijk gaf zij Felipe de schuld van haar eigen angst, dat hij haar niet hielp tegen de acute angst te vechten die bij haar opkwam bij de gedachte aan de mogelijkheid zich aan te sluiten (hoewel Sebastián had gezegd dat zij dapper was en zij het graag had willen geloven), en dat hij haar angst juist aanwakkerde met verschrikkelijke verhalen over achtervolgingen en folteringen. Of was het de tegenstrijdigheid in hem, dacht zij, want zij was er ook niet zeker van of een poging van Felipe haar te recruteren niet een verwijdering zou hebben veroorzaakt, haar niet op de vlucht zou hebben gejaagd, niet alleen voor de Bevrijdingsbeweging, maar ook voor hemzelf.

De laatste tijd begreep Lavinia zichzelf niet. Zij begreep niet waarom het haar een onaangenaam gevoel gaf dat Felipe niet met haar over de Beweging praatte. Zij wilde er niet bij horen, herhaalde zij voor zichzelf. En toch had het erover praten, het ernaar vragen een irrationele aantrekkingskracht voor haar gekregen, was het een voortdurende verleiding, een onverklaarbare prikkel geworden. En zij had nooit gedacht dat Felipe haar zou remmen, zou tegenhouden, haar die kennis zou ontzeggen.

De enige zekerheid was haar onzekerheid. Zij voelde zich alleen, ook in zijn gezelschap, alleen in een existentiële eenzaamheid, in een vacuüm. Zij had een vriend, die tot een wereld behoorde die in niets op de hare leek. Een man, die haar kennelijk alleen maar beschouwde als een aangenaam rustpunt in zijn leven. Een man, die iedere dag, opgeslokt door de samenzwering, kon verdwijnen. Zij zou hem moeten verlaten, hield zij zichzelf voor, maar dat kon ze niet. Zoals hij haar eerder had aangetrokken, zo trok hij haar nu dubbel zo sterk aan. Ondanks zichzelf werd zij aangetrokken door het aureool van geheimzinnigheid en gevaar. Zij wilde niet aan de zijlijn blijven staan, maar zij durfde ook de dodensprong niet te wagen. Misschien zou zij het overwegen als hij erop aandrong. Soms wilde ze dat hij het deed. Ze vroeg zich af of ze niet meer aan het leven diende te geven dan persoonlijke onafhankelijkheid en een eigen huis. Maar Felipe ontweek iedere toespeling en de laatste tijd zag ze hem nauwelijks.

In de stad gistte het van woedende protesten. De Grote Generaal had een prijsverhoging voor het openbaar vervoer en voor melk afgekondigd. Aangespoord door groepen studenten en arbeiders ging de bevolking de straat op, hield manifestaties en kwam 's avonds in de wijken naar protestbijeenkomsten. Ook eisten de mensen de vrijlating van een leraar die van samenwerking met de Bevrijdingsbeweging werd beschuldigd en die in de gevangenis in hongerstaking was gegaan.

Op het universiteitsterrein werden bussen in brand gestoken en 's avonds werden er grote vuren aangestoken. De Grote Generaal had perscensuur ingesteld. In de straten was de sfeer oproerig en licht ontvlambaar.

Zij was er zeker van dat Felipe aan de rellen deelnam, terwijl haar die dagen niets anders overbleef dan op hem te wachten, vechtend met zichzelf, proberend niet te voelen hoe haar liefde in zorg en beklemming veranderde.

Zij wilde van Felipe niet het centrum van haar leven maken, geen Penelope worden, wevend aan het nachtelijk kleed. Maar tegen haar wil zag zij zich toch gevangen in een duizendjarige traditie: de vrouw in het hol, die wacht tot haar man terugkeert van de jacht of de strijd, doodsbang is voor het onweer, hem in haar verbeelding omringd ziet door reusachtige wilde dieren of geraakt door de bliksem of een pijl, de vrouw zonder rust, die waakzaam opspringt wanneer zij het gegrom hoort waarmee hij haar in het donker roept, zelf ook gromt en vreugde voelt in haar hart wanneer zij hem heelhuids terug ziet keren, blij dat zij eindelijk zal eten en warm zal zijn tot de volgende dag, tot de man weer op jacht gaat, tot de volgende schrik, de volgende angst, de foto in de krant, het snuiven van de wilde beesten.

Zij had nooit veel met Penelope opgehad. Misschien omdat alle vrouwen zich eens in hun leven met haar konden vergelijken. In haar geval hoefde zij niet bang te zijn dat Odysseus zijn oren niet zou dichtstoppen voor het gezang van de sirenen, zoals bij bijna iedere moderne Odysseus het geval was. Felipes probleem waren niet de sirenen, maar de cyclopen. Felipe was Odysseus in zijn gevecht tegen de cyclopen, de cyclopen van de dictatuur. En haar probleem van moderne Penelope tegen haar wil, was zich opgesloten te voelen in het vakje van de minnares, zonder recht op andere kennis van de wereld dan de kennis van haar eigen lichaam, de overvloedige gedeelde sensualiteit, de bloem van schaamte waarvan Felipe de blaadjes een voor een verwijderde naar gelang hij dieper en dieper in haar intimiteit doordrong, voor haar knielend om haar benen te openen en naar haar vochtige geslacht te kijken, de kelk nectar leeg te drinken, bij de rand van de bloemkroon, het zilte aroma op te zuigen, tot zij de scharnieren van de deur losser maakte en hem toegang gaf tot de onderaardse gangen, tot de slotgrachten rond het torentje van genot dat zijn mond met een leger van lansen belaagde, en hij al haar huiden overmeesterde en in haar buik drong tot de laatste golf hen hijgend, overwonnen, onder het gekreun van de overgave aan land wierp.

Maar zij wist niet tot hem door te dringen. Zij kon hem niet eens zijn houding verwijten, zijn wens haar op te sluiten, haar voor zichzelf te bewaren om zich de illusie van een oase met palmbomen te scheppen. Zij kon hem niet verwijten dat hij haar gebruikte om zijn behoefte van doorsneeman aan enige ruimte voor een normaal bestaan in zijn leven te bevredigen in de vorm van een vrouw die op hem wacht. Dat te doen, zou betekenen een beslissing nemen waarvoor zij noch de overtuiging noch de rijpheid had, of hem verlaten. Uit deze beide alternatieven kon zij geen keuze maken en het uitblijven van een beslissing dwong haar tot wachten.

Tevergeefs hadden de eeuwen een eind gemaakt aan de verschrikkingen van de holen, dacht Lavinia. De Penelopes waren ertoe veroordeeld voor altijd hun leven gevangen in geluidloze netten door te brengen, als slachtoffer van hun eigen onvermogen, teruggetrokken zoals zij, in ieders eigen Ithaka.

Zij was woedend op zichzelf. Dat was de laatste tijd de sterkste emotie die zij onderging. Zij had niet eens zin Antonio, Florencia en de anderen te zien, die er genoeg van hadden haar nog langer te bellen. Hun wereld was kleiner geworden, hij was op de achtergrond geraakt door de conflicten die zij niet durfde op te lossen.

Om haar heen was het avond geworden. Het kantoor was donker en stil. Het geluid van de rust doorbrak haar gepeins. Zij schrok ervan daar zo laat nog alleen te zijn. Zij pakte haar tas en ging snel naar buiten, liep geschrokken door de gangen tot zij de lift bereikte en even later op straat stond, waar ten slotte die vreemde gewaarwording van in de val te zitten van haar afviel.

Het is pas zeven uur, dacht zij, op haar horloge kijkend terwijl zij naar de parkeerplaats liep, naar haar kort geleden gekochte auto. Zij wilde niet naar huis gaan, maar had ook geen zin Sara of iemand anders van die vriendenkring te bezoeken. De onmogelijkheid om haar twijfels met hen te delen versterkte haar gevoel van eenzaamheid. Ze herinnerde zich hoe vervelend zij zich de vorige zondag had gevoeld op het tochtje naar het landgoed van Florencia's vader. Opeens had zij zich niet op haar gemak gevoeld onder de blikken van de boeren, die naar de groep rijke jonge mensen uit de stad stonden te kijken. Zij kon het beeld van Sebastián en Flor niet uit haar gedachten verdringen, ze kon niet om de vraag heen wat zij ervan zouden vinden als zij haar temidden van de luidruchtige jool van verwende rijkeluiskinderen zouden zien.

En dat overkwam haar vaker. Ze zag Sebastián en Flor als in een film, alsof het binnendringen van die episode in haar leven een breuk teweeg had gebracht, die de orde in een ogenschijnlijk zo onveranderlijke wereld had opengespleten. Waarom bracht het haar zo in de war, vroeg zij zich af. Tot in haar dromen was het doorgedrongen. Zij droomde van oorlogen en donkere mannen en vrouwen. Het begon een obsederend onderwerp voor haar te worden, een draaikolk tegen de aantrekkingskracht waarvan zij zich verzette.

•

Zij worstelt met haar innerlijke tegenstrijdigheden. Dag in dag uit heb ik gevoeld hoe zij heen en weer geslingerd wordt zonder zich eraan te kunnen onttrekken, zonder te kunnen vluchten, als iemand die in een diepe afgrond kijkt. Ik weet niet of ik aan moet houden. Ik weet niet of ik dat kan doen. De samenhang is mij nog niet duidelijk. Ik weet dat bepaalde beelden uit mijn verleden in haar dromen zijn doorgedrongen, dat ik haar angst kan verjagen door er mijn weerstand tegenover te zetten. Ik weet dat ik haar bloed bewoon zoals ik het sap van deze boom bewoon, maar ik voel dat het mij niet gegeven is haar essentie te veranderen noch dat ik mij haar leven mag toeëigenen. Zij moet haar eigen leven leiden, ik ben slechts de echo van een bloed dat ook haar toebehoort.

*

Het ergste was dat zij met niemand over dat alles kon praten, dat zij haar gevoelens, haar twijfels met niemand kon bespreken. De gesprekken met Sara hadden iets etherisch gekregen, gingen over een halve werkelijkheid. Lavinia kon tegen haar niet eens iets zeggen over haar ontevredenheid over de relatie met Felipe zonder uit te leggen wat haar redenen waren. Anderzijds kon zij ook geen antwoord geven op Sara's vragen over de gebruikelijke plannen en verwachtingen van een stelletje, ook al viel dat aspect gemakkelijker te omzeilen met 'moderne' opvattingen. Lavinia bedacht hoe paradoxaal het was dat zij nu zekerheid en stabiliteit, het traditionele, verlangde van een relatie die niet meer toekomst bood dan het volgende ogenblik. Felipe had haar op de mogelijkheid gewezen dat hij op een bepaald moment ondergronds zou moeten gaan. Zij had erop gereageerd met het citeren van enkele dichtregels van Vinicios de Morais, de Braziliaanse dichter en musicus, over de liefde 'die niet onsterfelijk is omdat hij vlam is, maar laat hij eeuwig zijn zolang hij duurt', als verdediging van de schoonheid van het moment, van het leven in het heden. Maar zij moest erkennen hoe moeilijk het was te leven met een in onzekerheid gedompelde toekomst zonder zelf deel uit te maken van die onderneming, zonder haar onzekerheden met iemand te kunnen delen.

Er bleef haar niets anders over dan haar twijfels voor zich te houden, dacht zij, terwijl zij in haar nog nieuw ruikende auto stapte. Zij startte de motor zonder te weten in welke richting zij zou rijden, gewoon wat rondrijden of de grote weg op, dat gevoel van een afgrond, van eenzaamheid, van een onontkoombaar niemandsland, verdrijven.

Zij reed door straten en over boulevards en verlangde naar haar tante Inés, naar een menselijk wezen dat haar begreep, met wie zij kon praten.

Het beeld van Flor, het golvende haar, de bruine gelaatstrekken, het begrip van vrouw tot vrouw, dat zij had gevoeld in de nacht die zij samen hadden doorgebracht, kwam bij haar op met de helderheid van de lichtflits van een verre vuurtoren.

Maar zou zij wel naar haar toe kunnen gaan, dacht zij. De nacht dat zij in haar huis was geweest hadden zij niet eens afscheid genomen. En Flor was ook niet een van die ongecompliceerde mensen die je kende en die je naar believen kunt bezoeken zonder van tevoren op te bellen. Zij behoorde tot een andere wereld. Maar waarom ook niet, zei zij bij zichzelf, als zij vindt dat een bezoek haar niet uitkomt, zal ze me dat ongetwijfeld zeggen.

Resoluut zwenkte zij naar rechts, weg van de straatweg die zij juist op zou rijden, en probeerde zich te herinneren waar zij ook weer woonde. Zij sloeg de richting in van het oostelijk stadsdeel. Oude, gammele bussen stopten bij elke halte, mensen stapten in en uit, mannen en vrouwen van wie de gezichten in de avond moeilijk te onderscheiden waren, stonden vermoeid bijeen in de wachthuisjes die aan de buitenkant met felgekleurde reclamebiljetten waren beplakt. Zij sloeg linksaf en vond de brug, de ingang van de straat waarin Flor woonde.

Opnieuw kwam de twijfel bij haar op, twijfel over de ontvangst die Flor haar zou bereiden. Maar zij was nu zo dichtbij, vond ze, dat ze de twijfel geen bezit van haar mocht laten nemen, niet al haar handelingen mocht laten verlammen. Zij mocht niet het zelfvertrouwen verliezen, waarop zij sinds haar jeugd zo trots was.

De wielen reden nu op de onverharde weg. Zij herkende de houten huizen. Door sommige open deuren zag je het hele huis: de enige kamer, het fornuis achterin, de familie op houten stoelen voor het huis, genietend van de avondkoelte, blootsvoetse spelende kinderen.

Zij parkeerde de auto naast de ruwe muur van Flors huis. In de garage zag zij haar auto staan en er brandde licht in het huis. De bel liet zijn schrille geluid horen en opnieuw hoorde Lavinia het getik van de slippers naderen. Flor kwam naar de deur en haar gezicht was blij verrast, toen zij haar zag.

'Hallo,' zei zij, terwijl zij de grendel van het traliehek deed, 'wat een verrassing!'

'Hallo', zei Lavinia. 'Voordat ik binnenkom, wilde ik je vragen of het goed is dat ik je kom bezoeken... Ik wist niet of ik dat kon doen of niet...'

'Je bent nu toch al hier, wees niet zo formeel en kom binnen', zei Flor met een warme glimlach.

Zij gingen de zitkamer met de poster van Bob Dylan binnen.

'Wil je koffie?' vroeg Flor. 'Hij is al klaar.'

'Ja, graag', zei Lavinia.

Flor verdween achter het gebloemde gordijn. Lavinia ging in de schommelstoel zitten en stak een sigaret op. Zij bekeek de boekenplanken. Madame Bovary, De verdoemden der aarde, Rayuela, Walging, Vrouw en sexualiteit… bekende en onbekende titels, ongebruikelijke literatuur voor een verpleegster. Wie zou deze vrouw zijn, vroeg zij zich af. Deze vrouw, die nu terugkwam met twee emaille koppen die zij op tafel zette.

'En hoe kwam je er zo bij mij te komen bezoeken?' zei Flor, terwijl zij in haar kopje roerde en haar met haar boom-blik aankeek.

'Dat weet ik eigenlijk niet,' antwoordde Lavinia een beetje beduusd, 'ik had een enorme behoefte met iemand te praten… ik dacht dat het misschien niet zo handig was hier zomaar te verschijnen, maar ik dacht ook dat je het me wel zou zeggen…'

'Het is natuurlijk beter dat je niet zomaar onaangekondigd langskomt', zei Flor. 'Maar je kon me ook nergens waarschuwen, nietwaar? Dus laten we ons daar nu maar niet mee bezighouden. Je bent hier en ik vind het fijn je weer te zien.'

En wat moest ze nu zeggen, dacht Lavinia, hoe moest ze beginnen, wat was het waarover zij zo graag wilde praten?

'Hoe gaat het met Sebastián?' vroeg zij, om iets te zeggen.

Flor zei dat het goed met hem ging. Hij had zich beter hersteld dan zij had verwacht. Hij kon zijn arm goed bewegen, de wond was niet ontstoken.

'Om je de waarheid te zeggen,' zei Lavinia, 'weet ik niet waarom ik ben gekomen. Ik voelde me alleen. Ik dacht aan jou, dat jij me zou begrijpen.'

Flor keek haar vriendelijk aan, haar met haar blik aanmoedigend om verder te gaan, maar zonder haar in het gesprek echt te helpen.

'Ik heb het gevoel dat ik in een niemandsland zit', zei Lavinia. 'Ik ben in de war.'

'En praat je dan niet met Felipe?'

'De laatste tijd zie ik hem erg weinig. 's Avonds doe ik niets anders dan op hem wachten of hij misschien nog komt. Ik voel mij als Penelope.'

Flor lachte. 'Hij zal het wel druk hebben, niet?' zei zij.

'Met andere woorden,' zei Lavinia, 'of de man met wie je bent nu guerrillero of verkoper van koelkasten is, de rol van de vrouw is op hem wachten?'

'Niet per se,' zei Flor, opnieuw lachend, 'dat hangt ervan af wat je als vrouw voor je eigen leven beslist.'

'En jij, hoe heb jij beslist wat je bent?' vroeg Lavinia.

Onderbroken door slokken koffie, nostalgische stilten en met expressieve gebaren vertelde Flor haar geschiedenis. Zij had ook een voor haar ontwikkeling bepalende persoon gehad, een oom, zei zij, maar niet in de positieve zin van de tante Inés van haar verhaal. Haar oom had haar van de afgelegen boerderij gehaald, waar zij in de bergen met haar moeder en haar analfabete broers en zusters leefde, om haar in de stad 'op te voeden'. Hij was een man die zijn fortuin in de bloeiperiode van de koffie had gemaakt, vrijgezel en verloederd. Hij nam haar mee op reizen naar het buitenland om musea en rusteloze, excentrieke mensen te leren kennen. 'Hij adopteerde mij praktisch,' zei Flor, 'maar niet met goede bedoelingen.' Zij had al opgemerkt hoe hij naar haar keek, wanneer zij, als opgroeiend meisje, naar de rivier ging om zich te wassen. 'Hij wachtte tot ik wat ouder was om mij tot zijn minnares te maken. En in San Francisco ben ik ontmaagd', zei Flor, terwijl zij met een onverzettelijk gezicht aan haar sigaret trok.

Zij haatte hem, vervolgde zij. En om zijn wellust te dwarsbomen ging zij naar de universiteit, waar zij met iedereen flirtte en naar bed ging die maar bereid was dat te doen. 'Daar ontbrak het nooit aan', voegde zij eraan toe, terwijl zij Lavinia bijna uitdagend aankeek. De enige die dat niet had gewild was Sebastián geweest. Flor vertelde hoe hij haar met zichzelf had geconfronteerd, hoe hij haar geestelijk door elkaar had geschud zodat zij het proces van zelfdestructie zou zien, waarin zij zich had gestort, en hoe zij haar diepgewortelde woede tegen haar oom voor een vorm van zelfhaat had ingeruild.

'Ik verzette mij,' zei zij, 'maar ik begon na te denken en te huilen.' En in die tijd van botsingen en huilbuien met Sebastián, vervolgde Flor, was de Nationale Garde op een dag de universiteit binnengevallen. Stop dit pistool in je tas, had Sebastián tegen haar gezegd op het vreselijke ogenblik waarop zij de sirenes hoorden naderen toen de bijeenkomst in een vechtpartij tussen groepen studenten was ontaard. 'Ga snel naar buiten. Ga direct naar huis. Vanavond kom ik naar je toe', had hij tegen haar gezegd. Verdwaasd was zij weggelopen, vertelde Flor, verbijsterd over het feit dat hij haar had kunnen vertrouwen, dat hij niet had gedacht dat zij hem zou kunnen verraden als ze haar met het pistool in haar tas hadden gepakt. 'Hij vertrouwde me en liet me een van de moeilijkste momenten van mijn leven doormaken', voegde zij er aan toe. Een paar uur later was Sebastián bij haar langsgekomen alsof er niets aan de hand was en had hij het pistool teruggevraagd, dat zij in een la met ondergoed had verstopt. Zonder veel omhaal had hij haar ervan overtuigd dat zij uit het huis van haar oom moest gaan, met haar spaargeld dit huis, waar zij nu woonde, moest kopen en zich volledig voor de Bevrijdingsbeweging moest gaan inzetten.

'Zijn vertrouwen overtuigde mij', zei Flor. 'Of ik accepteerde het of ik bleef het belachelijke wezen dat ik was, zogenaamd om mij op mijn oom te wreken.'

Daarna had zij talloze vuurproeven moeten doorstaan,

moeten leren inzien dat de Beweging, zoals Sebastián het voortdurend uitdrukte, geen psychologische groepstherapie was, dat zij niet uitsluitend gezien moest worden als een mechanisme om iets te hebben om voor te leven. Ten slotte slaagde zij er niet alleen in zich met zichzelf te verzoenen, maar ook een collectieve verantwoordelijkheid op zich te nemen. 'Al was het maar om ervoor te zorgen dat geen enkele moeder op het platteland haar kinderen aan rijke verwanten weg moet geven met het idee dat het haar alleen op die manier zal lukken 'iemand' van ze te maken', zei zij.

Flor leunde achterover, met haar hoofd tegen de rugleuning. Zwijgend, ontroerd, had Lavinia naar haar relaas geluisterd, verbaasd dat Flor haar in vertrouwen genomen had.

'Het was niet makkelijk', voegde Flor eraan toe. 'Deze beslissingen zijn nooit makkelijk. Alleen gebeuren de dingen soms op het voor jou juiste moment... maar beslissen moet je zelf doen. Jouw probleem is niet Felipe.'

'Dat weet ik,' zei Lavinia defensief, 'maar ik vind dat hij, door wie hij is, degene die het dichtst bij mij staat, een bepaalde verantwoordelijkheid heeft.'

'Het is duidelijk dat hij een "rustplaats voor de vermoeide strijder" wil' lachte Flor, 'de vrouw die op hem wacht en zijn bed warm maakt, gelukkig in het besef dat haar man voor een goede zaak strijdt, en die hem in stilte steunt. Zelfs Che Guevara zei in het begin dat vrouwen geweldige kooksters en koerierster waren, dat dat hun rol was... Deze strijd zal nog lang duren.'

'Maar ik wil niet alleen de oever van zijn rivier zijn', zei Lavinia.

'Als je wilt kan ik je wat materiaal geven, zodat je beter begrijpt wat de Bevrijdingsbeweging is en wat zij wil', zei Flor. 'Dan hoef je dat niet aan hem te vragen, als het dat is waar je moeite mee hebt, en kun je je eigen beslissingen nemen. Dan kun je hem aan die oever van zijn rivier met pijl en boog opwachten.'

Lavinia lachte en lachte tot de tranen haar uit de ogen liepen. Zijzelf kon niet eens zeggen waar die plotselinge lachbui, die onstuitbaar uit haar borst opborrelende lach vandaan kwam: visioenen van een vrouw die vrolijk, speels haar boog spant in afwachting van het uit het water oprijzende hoofd van de man.

Met moeite kwam zij weer tot rust. Zij wist niet of zij haar antwoorden in het materiaal zou vinden, zei Lavinia, maar heel goed, ze zou het lezen. Felipe had wel een goed gerichte pijl verdiend.

'Pas op', zei Flor. 'Dit is iets van jou, niet van Felipe.'

Met het materiaal in haar tas verliet zij Flors huis. Was dat wat zij was komen zoeken, vroeg zij zich af. Zij had op het punt gestaan nee tegen Flor te zeggen, dat ze het haar maar niet moest geven. Zij was daar niet geschikt voor, voelde zich er niet toe in staat, de angst, maar zij kon het niet weigeren. Zij was al te ver gegaan. Zonder te weten waarom had zij al een tijdje met het idee gespeeld, het in haar hoofd achterna gezeten als een kat zijn staart. Per slot van rekening moest zij met zichzelf in het reine komen, te weten komen of haar onrust echt was of alleen haar manier om haar teleurstelling te maskeren over het feit dat Felipe haar niet opnam in iets zo fundamenteels in zijn leven.

Zij moest voorzichtig met het materiaal omgaan. Als ze haar ermee aantroffen kon zij gevangengenomen worden, had Flor gezegd, terwijl zij haar verschillende stencils had gegeven: de geschiedenis van de Bevrijdingsbeweging, het programma en de statuten, de veiligheidsvoorschriften (het zou niet gek zijn als ze die kende, zei zij, vooral gezien haar recente ervaring met Sebastián). Wanneer zij ze gelezen had, moest zij ze weer teruggeven.

Zij drukte de tas tegen zich aan en in de auto legde zij hem onder handbereik, op de handrem. In de deur nam Flor zwaaiend afscheid. Lavinia moest weer aan bomen denken. Aan het eind, toen zij haar instructies gaf over het materiaal, had haar stem een beetje gekraakt, als het geluid van iemand die over droge bladeren loopt. Zij startte de motor en reed naar de boulevard. Op weg naar huis door het nachtelijk donker zag zij opeens op een hoek een politieauto staan. Haar hart stond stil, het bloed steeg naar haar hoofd. Zij greep het stuur steviger vast, minderde vaart en smeekte alle heiligen dat ze haar niet zouden aanhouden. Wat heb ik gedaan, dacht zij opgewonden. En als de politie de papieren in haar tas zou zien, terwijl zij er haar rijbewijs uithaalde? En als zij zagen dat zij zenuwachtig was? Rustig, zonder naar ze te kijken, reed zij de agenten voorbij. Zij hadden haar niet aangehouden. Terwijl zij verder reed, kon zij het trillen van haar benen, de opwelling om te huilen nauwelijks de baas.

Dit is geen spelletje, dacht zij, terwijl zij haar tas met de papieren aanraakte en opnieuw aanraakte om zich ervan te overtuigen dat er niets onherstelbaars was gebeurd. Het is geen pop die ik bij mij heb, dacht zij, verder terugkerend naar haar jeugd en de opgekomen angst met losse gedachten kalmerend.

Zij herinnerde zich hoe zij de poppen uit de door tante Inés keurig ingerichte kast haalde en ze naar haar liefste schuilplek bracht om ze nauwkeurig te onderzoeken en uit te vinden waar hun hart zat. Ze vernielt alles, zei haar moeder, omdat zij ze waste tot hun kleuren flets waren geworden en hun mond bleek of het ene oog blauw en het andere bruin, en ze kamde ze tot ze geen haar meer over hadden. Zij onderzocht ze van onder tot boven op zoek naar een menselijke trek, iets wat zin gaf aan het geknuffel, aan de liefkozingen van een kind alleen, van enig kind op zoek naar gezelschap van haar eigen leeftijd. En zij herinnerde zich haar teleurstelling, wanneer haar ogen bij pop na pop een lege borst zagen, toen zij begreep dat zij haar lieve woordjes en wiegeliedjes verspilde, dat geen enkele pop een hart had.

Wat zou haar moeder wel zeggen, als zij haar nu kon zien, dacht Lavinia, terwijl zij versnelde bij het groene stoplicht, ernaar verlangend weer thuis te zijn omdat zij opeens het gevoel had dat de hele stad wist dat zij met haar lading clandestiene documenten door zijn straten reed.

Toen zij thuiskwam vond zij Felipe slapend voor de tv. Ze had hem niet verwacht. Kort geleden had zij hem een stel huissleutels gegeven om een eind te maken aan het nutteloze wachten 's avonds, aan de angst dat zij zijn geklop op de deur niet zou horen. Maar het was de eerste keer dat hij er gebruik van had gemaakt. Stilletjes liep zij naar de slaapkamer om hem niet te wekken en overwoog op welke plek zij de papieren zou kunnen verbergen. Zij keek rond en haar oog viel op haar oude pop boven op de kast. Haar herinneringen in de auto brachten haar op een idee. Zij pakte de pop, haalde het hoofd eraf, stopte de papieren in de holte en zette het hoofd er weer op. Nu heeft ze een hart, dacht zij en keerde terug naar de woonkamer die zwak werd verlicht door het schijnsel van de tv.

Zij keek naar Felipe. Hij leek een omgevallen standbeeld, weerloos. Zij hield ervan hem te zien slapen. De slaap was een merkwaardige toestand, vond zij, een weggaan, een uitdoven, een 'kleine dood'. In oosterse landen geloofde men dat de geest tijdens de slaap het lichaam verlaat en naar andere bestaansniveaus reist. Waar zou Felipe nu zijn, vroeg zij zich af. Zij liet zich in de kussens zakken en genoot van het hem gadeslaan. De tv gaf het laatste nieuwsbulletin. De

Grote Generaal gaf het startsein voor een nieuw landhervormingsprogramma voor de boeren. Hij had het over een 'revolutie' op het platteland. Hij probeerde het woord zijn betekenis te ontnemen door het zich toe te eigenen, door het te 'zuiveren'. Het was een weerzinwekkende man met een gedrongen gestalte en een dikke buik, blank, met zwart haar, weke handen en altijd een kunstmatige lach die zijn zorgvuldig gepolijste tanden liet zien. Hij bewoog zich met een air van macht en minzame oppervlakkigheid te midden van zijn gevolg van gedienstig glimlachende ministers.

Geen woord over de protestbijeenkomsten in de buurten, de in brand gestoken autobussen.

Lavinia dacht aan de stencils in de pop en keek naar Felipe. Ze zou niets tegen hem zeggen, besloot zij. Zij zou hem buiten het terrein van haar beslissingen houden, hem naar de marge van de pagina verwijzen, net als hij bij haar deed, hem tot afwezigheid in een van de kernpunten van haar leven veroordelen, tot de onschuldige onwetendheid die zo algemeen was in de geschiedenis van het vrouwelijk geslacht. Want ook al was het zo dat zij zonder hem, zonder dat hij Sebastián naar haar huis had gebracht, niet deze twijfels zou hebben gehad, het was ook duidelijk dat het gebeurde voor Felipe niet meer dan een toevallige episode was geweest, een voorbijgaande verandering in de dagelijkse gang van zaken zonder verdere consequenties. Zonder dat het zijn bedoeling was, dat stond wel vast, had hij haar naar de drempel van die andere werkelijkheid gebracht, om vervolgens zijn best te doen haar daaruit te weren. Jouw probleem is niet Felipe, had Flor gezegd. En juist om die reden moest zij haar beslissingen zelf nemen, niets tegen hem zeggen, hem buiten haar deelname houden.

Wat denk ik daar eigenlijk, vroeg zij zich opeens, geschrokken van zichzelf, af. Welke deelname? Het ging er toch alleen maar om beter geïnformeerd te zijn, zei ze bij zichzelf, zonder erin te slagen zichzelf helemaal voor de gek te houden.

Felipe sliep door. Lavinia keek, in deze gedachten verzonken, naar de door de wind gewiegde sinaasappelboom. De nacht vervolgde zijn weg. In het hart van de pop straalden de papieren hun aanwezigheid uit, die rondzweefde in de stilte van het huis.

•

Zij keek naar mij. In haar ogen zag ik de kracht van het in haar longen en ingewanden ontketende gevecht. De wind wiegt mij heen en weer. Weldra zal het regenen. De aarde is begonnen de herinnering aan de geur van de regen los te laten, met het in haar binnenste bewaarde water roept zij Quiote-Tláloc.

Ik denk nu dat mijn verre voorouders, zij die voor de uitbuiting door Ticomega en Maguatega zijn gevlucht, misschien ook deze streken zijn komen bevolken en tijdens mijn leven de grond, de vruchten en de planten hebben bewoond. Misschien was het een van hen die mijn bloed met echo's bevolkte, misschien leefde een van hen in mij, deed hij mij mijn huis verlaten, voerde hij mij naar de bergen om met Yarince te strijden.

Het leven kent wegen om zichzelf te vernieuwen.

9

*

De volgende dag werd Lavinia wakker in de warmte van de zaterdag. Het zou wel gauw gaan regenen, dacht zij, en verlangde naar de frisheid van de regentijd, de zachte ochtenden, de geborgenheid van de bewolkte dagen. Felipe was al weg. Op het nachtkastje vond zij zijn briefje: 'Ik wilde je niet wakker maken. Ik heb werk te doen. Ik zal proberen vanmiddag terug te komen. Kusjes. Felipe.' Vaag herinnerde zij zich dat zij hem naar bed had gebracht. Hij was alleen wakker geworden om zijn schoenen uit te trekken en viel naast haar weer meteen in slaap, als een echtpaar in een saai huwelijk.

Zij rekte zich uit en wreef haar voeten in het frisse uiteinde van de lakens. Haar blik bleef rusten op de pop boven op de kast: ronde, blauwe ogen, een wipneus, donkere krullen. De enige fatsoenlijke overlevende van de vernieling als gevolg van de uitoefening van haar kinderlijke moederliefde. Haar glazen ogen weerkaatsten het raam, waarin de sinaasappelboom zijn takken uitstrekte. Naar één kant leunend zag zij er schaamteloos uitgezakt uit.

Ze moest de papieren lezen, bedacht Lavinia. Deze morgen zou zij niet bij Sara gaan ontbijten. Ze zou thuis blijven om te lezen. Zij belde haar vriendin op om haar te zeggen dat zij aan een dringende opdracht moest werken. Opnieuw loog zij heel zelfverzekerd. Sara toonde begrip en ontsloeg haar van verontschuldigingen.

Zonder zich te wassen, maar met een kop koffie, een glas sinaasappelsap en een stuk brood, ging zij in bed zitten, trok het hoofd van de pop af en haalde de papieren tevoorschijn.

Het was kwart over twee toen zij het laatste blad omsloeg. De gestencilde clandestiene pamfletten met hun primitieve tekeningen lagen als zwartwitte insekten over het bed verspreid. Zij sloot haar ogen en leunde met haar hoofd tegen de wand. Was het geoorloofd zo te dromen, vroeg zij zich af, de wereld te herscheppen, hem uit het niets over te maken? Erger nog, dacht zij, hem over te maken vanuit de vuilnisbelt, vanuit het trieste braakland waar het oudroest en het afval worden gestort? Was het rationeel, dat er mensen in de wereld bestonden die in staat waren hem met zoveel vastbeslotenheid opnieuw uit te vinden, die de ellende in vele paragrafen minutieus beschreven en de hoop punt voor punt uittekenden zoals in het programma van de Bevrijdingsbeweging, waarin met zoveel zekerheid werd gesproken over al die onbereikbare dingen die moesten worden bereikt: alfabetisering, kosteloze, menswaardige gezondheidszorg voor iedereen, woningbouw, landhervorming (de echte, niet die uit het tv-programma van de Grote Generaal), vrouwenemancipatie (en Felipe? dacht zij, en de mannen zoals hij, revolutionair èn macho?), einde van de corruptie, einde van de dictatuur... einde van alles, zoals wanneer het licht aangaat in de bioscoop en er een eind is gekomen aan een slechte film, dat wilden zij, het licht aansteken, dacht zij. Ze zeiden het zelf: einde van de duisternis, tevoorschijn treden uit de lange nacht van de dictatuur. Het licht aansteken, en dat niet alleen, maar rivieren van melk en honing, prachtig, die bijbelse taal, de utopie van een betere wereld, Don Quijote die er weer met getrokken lans op uittrekt. De regels voor de nieuwe Don Quijotes: de statuten, de ontelbare verplichtingen, de beperkte rechten... de statuten van een nieuwe mens, onbaatzuchtig, broederlijk, kritisch, verantwoordelijk, verdediger van de liefde, in staat zich te vereenzelvigen met hen die lijden. Moderne Christus-figuren, dacht Lavinia, bereid om zich te laten kruisigen voor het verspreiden van de goede boodschap... maar niet bereid elkaar in de steek te laten. Er waren sancties, straffen voor verraders, zelfs fusillering werd overwogen (zouden zij dat werkelijk doen vroeg zij zich af, in haar bed gezeten, haar ogen op het hoofd van de pop naast haar gericht, op de ronde, open ogen, de pikzwarte oogharen, zonder die te zien).

Maar je kon de pijn en de hoop van de meerderheid gemakkelijk vergeten, dacht zij. Hier in haar huis, met de kussens, de planten, de muziek, in de discotheek met haar vrienden, in bed met Felipe, op kantoor met de airconditioning. Er waren er zoveel die het deden. Al haar kennissen deden het. De collectieve armoede maakte de schittering van de kristallen lampen van de club of de dancings niet dof en deed geen enkele afbreuk aan het luchtige, aangename leventje van Sara of aan het rusteloze uitgaansleven van haar ouders.

Zij kon ervoor kiezen in deze parallelle wereld, waarin zij geboren was, te leven en die andere wereld slechts in het voorbijgaan, vanuit de auto te zien om vervolgens de blik van de sloppenwijken van houten planken en onverharde straten af te wenden naar de mooie wolken aan de horizon, naar de vulkanen aan de oever van het meer.

Er waren er zoveel die het klaarspeelden de ellende te negeren en die de ongelijkheid als een levensbeginsel accepteerden.

En zo waren de dingen altijd geweest, dacht zij. Wie waagde het ervan te dromen dat alles te veranderen? Wie haalde het in zijn hoofd te denken dat die moeizaam gestencilde wensen de – 'natuurlijke' zou Sara zeggen – stand van zaken zouden kunnen veranderen?

En hoe lang bleef zij nog met zichzelf delibereren, vroeg

Lavinia zich af. Het zou beter zijn als zij eindelijk eens accepteerde dat haar romantische aard haar niet mocht inkapselen. Het is waar dat zij ook van dromen hield. Dat deed zij al sinds haar kinderjaren, sinds Jules Verne. En wie deed het niet? Wie droomde niet van een betere wereld? Het was logisch dat ze werd aangetrokken door het idee een compañera te zijn, zich in samenzweringen verwikkeld te zien, als de romantische heldin van een roman, zich omringd te weten door die wezens met hun heldere, doordringende blik en hun boom-kalmte. Maar dat had allemaal niets te maken met haar werkelijkheid van rijke jonge vrouw, van luxueuze architecte met de pretentie van onafhankelijkheid en een eigen huis à la Virginia Woolf. Zij moest eindelijk eens ophouden zichzelf voortdurend ter discussie te stellen, zei zij bij zichzelf, die slingerbeweging tussen haar rationele ik en haar andere ik dat gloeide van rechtvaardigheidsijver, het gevolg van een jeugd die een opeenhoping was van heldhaftige verhalen, onmogelijke dromen, en grootvaders die haar uitnodigden om te gaan vliegen.

•

Ah! Wat twijfelt zij! Haar positie laat het toe. Zij denkt te veel. De blinddoek voor haar ogen is te dik. In onze tijd waren er heel wat vrouwen die wakker moesten worden toen de oorlog kwam, die moesten erkennen welk een nadeel het was geweest dat zij zo lang hun tijd aan het onderhouden van ledigheid en gedweeheid hadden besteed.

Ik had geluk. Hoewel het mijn moeder woedend maakte, had ik altijd een hang naar de spelletjes van de jongens, de pijlen en de bogen. Zij kon zich niet indenken dat vrouwen konden strijden, aan de zijde van de mannen konden staan.

Die middag, toen Yarince met zijn mannen in Taguzgalpa aankwam, de dag dat onze ogen zich voor altijd in elkaar vasthaakten, besefte zij het. Zij besefte dat ik bij het aanbreken van de dag met hem mee zou gaan om de indringers te bestrijden.

Zij wachtte op mij bij het vuur. Toen ik op haar toeliep, keek zij mij aan met een droevige blik, die in haar ogen was gekomen sinds de gevechten met de Spanjaarden geen verre tijdingen meer waren. Haar sterke handen kneedden het deeg, gaven er een ronde vorm aan. Je bent bij de krijgers geweest, zei zij tegen mij. En haar stem zei: Je hebt een fout begaan, het is geen plek voor vrouwen, zij hebben je bloed opstandig gemaakt.

'Zij komen van ver,' zei ik, 'het zijn Cariben. Zij zeggen dat wij ons moeten verheffen, dat wij moeten vechten. Als wij dat niet doen, zal alles afgelopen zijn. Zij zullen ons doden om onze grond, onze meren, ons goud in bezit te nemen. Zij zullen ons verleden, onze goden vernietigen. Vele mannen zullen morgen met hen ten strijde trekken. Wij zullen de oude vijandschappen bijleggen. Wij zullen ons verenigen tegen de blonde mannen. Ik wil ook gaan.'

'Ik heb je gezegd dat het gevecht geen plaats voor vrouwen is. Wijs is de wereld ingericht. Je navelstreng is onder de vuurplaats begraven. Hier is je plaats. Hier ligt je kracht.'

'Yarince, de aanvoerder, heeft gezegd dat hij mij mee zou nemen.'

'Ja', zei mijn moeder. 'Ik heb gezien hoe hij op het plein naar je keek. Ik zag hem naar je kijken.'

Ik sloeg mijn ogen neer. Niets bleef verborgen voor het hart van mijn moeder.

'De vrouw is voorbestemd de man te volgen', zei zij. 'Dat is geen vloek. Als hij je liefheeft, zal hij met je vader de ceremonie moeten regelen. De geschenken aanbieden. De zegen van de stam verkrijgen.'

'Wij zijn in oorlog. Dat is nu niet mogelijk. Morgen moeten wij bij het eerste licht vertrekken. Vervloek mij niet, moeder. Geef mij uw zegen', zei ik, en knielde voor haar neer.

'Je laat je slechts door je instinct leiden', zei zij. 'Itzá, is het mogelijk dat je mij nog meer reden geeft de Spanjaarden te vervloeken?'

'Er staan ons maar twee wegen open, moeder,' zei ik, terwijl ik rechtop ging staan, 'hen vervloeken of hen bestrijden. Het is noodzakelijk dat ik vertrek. Niet alleen om Yarince. Ik kan met pijl en boog omgaan. Ik verdraag de rust van de lange dagen, het wachten op wat komen moet niet langer. Diep in mij voel ik dat het mijn bestemming is dat ik vertrek.'

Ik herinnerde mij dat zij haar handen naar mij uitstrekte, de palmen wit van het kneden van het deeg en van het maken van de ronde tortilla's. Zij hief ze omhoog en liet ze weer omlaag zakken. Zij boog het hoofd, wilde niet meer praten. Zij liet mij neerknielen en riep Tamagastad en Cipaltomal, onze scheppers, aan en Quiote-Tláloc, de god van de regen, aan wie ik opgedragen was.

Ik zie haar nog voor mij, sterk als een vulkaan in de dageraad, haar zachte lijnen afgetekend in het tegenlicht van de deur, op die laatste vroege ochtend van mijn vertrek, toen zij afscheid van mij nam met haar gestrekte hand, een hand als een droge, wanhopige tak.

Zij was mijn enige twijfel. Zij, die mij de liefde had geleerd.

*

De telefoon ging over.

'Hallo? Met wie?' zei Lavinia.

'Lavinia?'

'Ja, ik ben het', zei zij. Zij herkende de stem aan de andere kant niet, hoewel hij haar op een of andere manier bekend in de oren klonk.

'Lavinia, ik ben het, Sebastián.'

Zijn naam bracht haar in één klap terug naar de wanorde op haar bed. Wat wilde Sebastián, vroeg zij zich af. Wat was er gebeurd?

'Is Felipe bij jou?'

Haar hart bonsde. Nee, Felipe was niet bij haar, hij was gaan werken en had een briefje voor haar achtergelaten.

'Werken? Op zaterdag? En ik heb met hem afgesproken dat wij elkaar meer dan een uur geleden zouden ontmoeten om een biertje te drinken!' antwoordde Sebastián op vrolijk klinkende toon.

Felipe die Sebastián laat zitten? dacht Lavinia, terwijl de angst haar in verwarring bracht.

'Hij zei dat hij ging werken', hield Lavinia aan, zonder dat de pogingen van de ander om het gesprek te camoufleren tot haar doordrongen, omdat haar hersens bezig waren allerlei verschrikkelijke veronderstellingen te bedenken.

Zij begreep niets van Sebastiáns lach over de telefoon, van zijn commentaar op 'die Felipe die het nooit zou leren'. Wie haalde het nu in zijn hoofd om vandaag te gaan werken. Alsof ze door de week al niet genoeg werkten.

Lavinia begon te begrijpen dat zij een normaal gesprek moest voorwenden. Het lukte haar niet. De woorden kwamen er niet vloeiend uit.

Sebastián scheen het eindelijk in de gaten te krijgen.

'Wind je niet op', zei hij tegen haar. 'Luister. Ik sta hier in een telefooncel bij het Centraal Ziekenhuis. Kom mij daar ophalen en dan praten we wat. Ik verwacht je over tien minuten. En denk eraan dat ik niet lang in de zon mag staan', voegde hij er ironisch aan toe.

Lavinia stond te trillen op haar benen toen zij de hoorn neerlegde. Verwarde beelden troffen haar in haar buik en legden een tranenfloers over haar ogen. Ik moet niet denken, zei zij bij zichzelf, maar ze raakte het beeld van een krant met foto's van doorzeefde lijken niet kwijt. Zij stond snel op en trok haar gekreukte kleren van de vorige dag weer aan. Ik moet kalm worden, zei zij, terwijl zij een borstel door haar haar haalde, haar tas en de sleutels pakte en naar haar auto liep.

Toen zij in haar pogingen om te kalmeren geen andere argumenten voor zijn vertraging en geen andere gebreken van het openbaar vervoer, waarmee zij probeerde zichzelf gerust te stellen meer kon bedenken, reed zij weg. Zij dacht aan de paragraaf over de stiptheid als onaantastbare stelregel voor clandestiene contacten. Zij had het zojuist nog in de veiligheidsvoorschriften gelezen: de wachttijd mocht de vijftien minuten niet overschrijden. En Sebastián had een uur gewacht.

Zij gaf gas in de lege zaterdagmiddagstraten. Het ritmisch geluid van haar ademhaling was de enige onderbreking van de stilte van de angst.

Zij zag Sebastián op de hoek staan, met een krant onder zijn arm en een pet op. Hij stond rustig met een dikke fruitverkoopster met een wit schort te praten. Het trottoir was vol voetgangers met pakjes en tassen, ziekenbezoek.

Zij zette de auto tegen het trottoir en riep hem: 'Sebastián', schreeuwde zij. Het was haar verboden te claxonneren.

Hij keek op. Hij nam afscheid van de vrouw en stapte met een ernstig, verstoord gezicht in.

'Dat mag je nooit meer doen', zei hij, terwijl hij ging zitten.

'Wat', vroeg Lavinia verbaasd en vergat voor een ogenblik haar ongerustheid over Felipe.

'Mij op straat, in het openbaar, bij die naam noemen. Je weet niet of ik echt zo heet.'

Ze herinnerde zich de stencils, de schuilnaam. Sebastián heette dus niet Sebastián, het was een schuilnaam. Misschien heette Flor geen Flor, was Felipe niet Felipe... Misschien zou zij morgen in de krant, onder de foto ontdekken dat Felipe Ernesto of José heette. Wat vreemd was haar dat allemaal! Zij was daar helemaal niet geschikt voor! dacht zij, waardoor haar bezorgdheid toenam.

'Het spijt mij', zei zij berustend. 'En Felipe heet ook geen Felipe?'

Want er waren 'legalen' en 'clandestienen', zoals zij die ochtend had geleerd. Zij vroeg aan Sebastián of zij hem naar haar huis moest brengen. Hij knikte. Hij zag er bezorgd uit.

'Wat denk je dat er is gebeurd?' vroeg Lavinia.

'Ik weet het niet, ik weet het niet', antwoordde Sebastián. 'Het is vreemd. Felipe is altijd erg punctueel. Dat is ook een van onze regels, stiptheid. Daarom weet ik ook niet wat er gebeurd kan zijn. We zullen naar je huis gaan en nog een uur wachten. Als hij er dan nog niet is, zal ik je zeggen wat we gaan doen. Probeer te kalmeren', zei hij en legde een hand op haar arm.

Terwijl Lavinia zich op het verkeer concentreerde (we moeten ervoor zorgen dat de politie ons niet aanhoudt voor een verkeersovertreding, had Sebastián gezegd) en probeerde zijn bezorgdheid, die haar verlamde, niet te voelen, begon Sebastián met kalme stem met haar te praten.

Het was noodzakelijk de angst onder controle te houden, zei hij, hem niet de vrije teugel te geven. Zo was het hem gelukt de jaren van ondergronds werken bij de Beweging te overleven. Je moest optimist zijn, vertrouwen hebben, hoop. Dat hield hen in leven. Want hij begreep heel goed dat zij bang was. Hij kende het bange wachten. En ook nog verborgen, zei hij, zonder mobiliteit, vermomd als hippie of artsenbezoeker naar een punt in de stad gaan. Je moest eens zien hoe goed ik er in sommige vermommingen uitzie, zei hij om haar aan het lachen te brengen. En hij bedoelde niet dat ze niet bang mocht zijn, ging hij verder, alleen dat zij kalm zou blijven. Aan dit soort gevoelens viel net zomin te ontkomen als aan andere. Sterker nog, het was van belang, zeker voor hen, niet toe te staan dat de verdedigingsmechanismen hen ongevoelig maakten, hen in mechanische, koude wezens veranderden, hen verhardden. De gevaren, de dood mochten van hen geen onkwetsbare wezens maken. Ook al betaalde je een hoge prijs voor het behouden van de gevoeligheid. Maar het was noodzakelijk je niet van je dagelijkse gevoelens te verwijderen, dat zou betekenen je van de mensen, van het volk verwijderen, zei hij.

Lavinia luisterde zwijgend naar hem. Sebastián leek besloten tegen haar te praten alsof zij al een compañera was. Zij was geen compañera. Ze wilde niet lijden. Ze wilde niet dat Felipe werd gedood. Als Felipe iets zou overkomen, zou ze hen haten, dacht zij, hem, Flor, de hele Bevrijdingsbeweging, omdat zij dromers waren, omdat zij hun levens weggaven, erover beschikten alsof die niets betekenden.

Zij naderden haar huis. Sebastián vroeg haar een paar rondjes te rijden, voordat zij de auto in de garage zette. Zij moesten er zeker van zijn dat zij door niemand waren gevolgd.

En zij volgde zijn aanwijzingen op. Zij werd heen en weer geslingerd tussen haar woedende opstandigheid tegen dat offer en dat gevoel van nabijheid, dat zij ook al op die laatste dag dat de gewonde Sebastián in haar huis was, had gehad, het gevoel erbij te willen zijn, erbij te willen horen.

De hele weg, onder deze stormloop van tegenstrijdigheden, had zij de heiligen van tante Inés gesmeekt dat zij Felipe thuis zou vinden als zij de deur opendeed. En nu, terwijl zij de sleutel in het slot stak, sloot zij haar ogen met de gedachte dat zij hem, als zij ze weer opende, in de schaduw van de sinaasappelboom op het terras zou zien zitten. Maar de tuindeur was dicht, het huis stil, net als toen zij het had verlaten. De dingen onbeweeglijk. Niemand wachtend in de schaduw.

Zij gingen naar binnen. Zij vroeg Sebastián te gaan zitten terwijl zij naar de badkamer ging. Ze wilde niet dat hij haar van teleurstelling vochtige ogen zou zien, ze wilde de opkomende tranen onderdrukken. Ze voelde zich gespannen, had de aanvechting de straat op te gaan om Felipe te zoeken. Als Sebastián er niet was geweest, dacht zij, was zij door de straten gaan rennen om Felipe overal te zoeken.

Zij kwam uit de badkamer, nadat ze haar gezicht gewassen had. Zij had zichzelf niet toegestaan te huilen, want als ze eenmaal begon zou ze niet meer kunnen ophouden, dan zou ze aan één stuk huilen. En daar schaamde zij zich voor, ondanks wat Sebastián in de auto tegen haar had gezegd. Ze was bang dat de tranen vergezeld zouden gaan van boze woorden, dat zij hen zou veroordelen voor hun zelfmoordroeping. Zij liep door naar de keuken met de mededeling dat ze een glas water ging halen.

'Neem er voor mij ook een mee, alsjeblieft', hoorde zij Sebastiáns stem uit de kamer zeggen.

Lavinia kwam terug met de twee glazen, die zij op tafel zette.

'Ga zitten', zei hij. 'Je moet je best doen om te kalmeren. Felipe kan opgehouden zijn. Deze vertraging betekent niet noodzakelijkerwijs dat hij gevangengenomen of dood is.'

Zij knikte en ging zitten. Ze vroeg zich af of ze niet iets

kon doen, iemand opbellen, iemand met connecties die kon nagaan waar Felipe zat.

'Je zou je radio kunnen halen,' zei Sebastián, 'om te horen of er iets op het nieuws is.'

Hij is ook zenuwachtig, dacht Lavinia.

Zij zette de radio op de tafel in het midden van de kamer. Radio Nationaal, de officiële zender, waarop de communiqués over subversieve acties werden voorgelezen, zond een jazzprogramma uit. Louis Armstrong en zijn meesterlijke trompet.

Buiten reed af en toe een auto voorbij, die de stilte doorbrak die zij, achterover geleund in de kussens die als bank fungeerden, allebei bewaarden.

Vrienden met connecties, dacht Lavinia. Zij dacht aan één man in het bijzonder, een vriend van haar ouders. Iedere kerstmis stuurde hij dure, extravagante cadeaus: miniradio's, ballpointpennen met digitaal uurwerk. Die man zou ongetwijfeld iets kunnen doen, dacht zij. Hij deed zaken met de regering en was bevriend met de Grote Generaal. Maar hoe? vroeg zij zich af. Het zou betekenen dat ze haar ouders moest opbellen en hen de situatie uitleggen. Ze verwierp het idee. Ze kon hen niets uitleggen. Zij wilde niets te maken hebben met dat soort mensen, zou haar moeder zeggen.

En Julián? dacht Lavinia, die het niet opgaf. Misschien kende Julián iemand. Felipe en Julián waren op elkaar gesteld. Bovendien vermoedde zij dat hij op de hoogte was. Wanneer Felipes geheimzinnige uitstapjes te vaak voorkwamen, riep hij hem bij zich.

Soms word ik wanhopig van hem, zei Felipe, als hij met haar praatte over Julián, die hij al sinds zijn jeugd kende. Samen gingen zij af en toe naar de stad om er familie te bezoeken. En samen hadden zij het avontuur van hun eerste vrouw beleefd. Na elkaar waren zij de schemerig verlichte kamer van de Moulin Rouge binnengegaan, een bordeel met een rode lamp en geheimzinnige hoge muren, waar Lavinia vanaf de straatweg altijd nieuwsgierig naar had gekeken. In levendige kleuren had Felipe haar de muffige geur en de vrouw, die haar jurk dicht maakte toen hij na Julián was binnengestapt, beschreven. Een jonge, aantrekkelijke vrouw, die er plezier in scheen te scheppen om te zien hoe hij, zenuwachtig, zijn broek losknoopte, alsof zij zich in het bezit van een oeroude macht voelde. Zij keek naar hem met de gezichtsuitdrukking van iemand die naar een kind kijkt dat zijn eerste haaltjes in een schrift zet. Hij had zich altijd voorgesteld dat de vrouwen in een bordeel er triest en verwelkt uit zouden zien, maar Terencia lachte heel lief en zei dat je in dit werk gevoel voor humor moest hebben. Pas toen hij op haar lag en hij, bij de gedachte alleen al dat hij tussen de benen van een vrouw lag, terwijl hij haar warme, vochtige tunnel als een web om zijn pik voelde, een mysterieuze hand die uit Terencia's buik was gegroeid, een zaadlozing kreeg, had hij gevoeld hoe zij zich spande, agressief werd en met een verborgen woede had gegromd. Hij vertelde Lavinia dat zij hem van zich af had geduwd met de woorden 'nu weet je hoe het is, nu kun je je een man voelen' en Felipe herinnerde zich dat Julián en hij, ook al was het een treurige manier om man te worden, trots en zelfvoldaan uit dat bordeel naar buiten waren gekomen.

Julián zou iets kunnen doen, dacht Lavinia.

'Felipe heeft een vriend, de chef van het kantoor, Julián. Misschien kan hij iets te weten komen', zei zij, terwijl zij zich naar Sebastián overboog, die op zoek naar nieuwsberichten aan de knop van de radio draaide.

'Het is niet verstandig om argwaan te wekken en je misschien in een wespennest te steken voordat het nodig is', zei

Sebastián. 'In dit soort dingen moet je niet impulsief te werk gaan, dat is gevaarlijk... Er is niets op het nieuws', zei hij, en stemde weer af op Radio Nationaal met de muziek van Duke Ellington.

'Die neger speelt goed. Een geweldige trompettist. Hou je van deze muziek?' vroeg hij, terwijl hij zich naar Lavinia keerde.

Hij probeert mij af te leiden, dacht Lavinia, terwijl zij instemmend antwoordde, ja, zij hield wel van die muziek.

'Heb je die film *Woodstock* nog gezien?' vroeg Sebastián.

'Ja, samen met Felipe', zei zij.

'Oh, dan was jij het... Felipe vertelde me dat hij hem met een meisje had gezien, dat hij erg aardig vond. Dat was toch een paar maanden geleden? Ik had zelf moeten bedenken dat jij het was. Hoe lang gaan jullie al met elkaar om?'

'Van kort voordat jij die kogel in je arm kreeg.'

'Dus mijn kogel betekent iets voor jullie?' lachte Sebastián, terwijl hij zijn nu genezen arm beklopte. (Hij droeg een overhemd met lange mouwen om het litteken aan het oog te onttrekken.)

'Ja,' zei Lavinia, 'zo is het. Ik zou zelfs willen zeggen dat mijn leven wordt verdeeld tussen voor en na de kogel.'

'Een hele eer,' zei Sebastián, 'maar ik was niets anders dan een voorbijgaande schrik.'

'Nee,' zei Lavinia met nadruk, 'dat was het niet alleen. Sinds die dag stel ik mijzelf vragen over het leven, ben ik aan het twijfelen...'

'Waarover?' vroeg Sebastián.

'Ik weet het niet..., het is allemaal erg verwarrend. Soms haat ik jullie om jullie dapperheid. En soms wil ik net als jullie zijn. Wat ik dacht dat mijn rebellie was, lijkt mij nu ontzettend onbelangrijk. Jullie lijken zo vastbesloten, zo zeker van wie jullie zijn en waarheen jullie gaan... Maar ik ben bang om erbij betrokken te raken. Zo ben ik niet.'

'Niemand is iets bepaalds. Iemand maakt zich tot wat hij is. Ik zie jou als behoorlijk betrokken' zei Sebastián met een glimlach, die haar lichtelijk ironisch voorkwam. 'Het doet er niet toe dat je eerst op jouw manier in verzet komt. Voor veel mensen is het de eerste stap. In Faguas kun je je ogen niet gesloten houden, hoe graag je dat ook wilt. Hoe graag je ook het geweld niet wilt zien, het geweld zoekt jou op. Op grond van onze nationaliteit zijn wij hier allemaal verzekerd van onze portie. Je krijgt het of je geeft het. En als jij het niet krijgt, dan krijgen anderen het in ieder geval... en dan gaat het bewustzijn een woordje meespreken. Want als je toelaat dat anderen hun portie geweld krijgen, word je zelf mede-plichtig, expliciet of impliciet.'

Duke Ellington beëindigde een solo. De lange noot hing in de kamer. Hij had gelijk, dacht Lavinia. Zij was aan het twijfelen tegenover een al lang voldongen feit. Want in wer-kelijkheid beleefde zij al de angsten van de betrokkenheid, terwijl zij dacht dat zij nog in twijfel verkeerde of zij mee moest doen of niet. Het geweld was reeds tot haar huis doorgedrongen, welwillend thuisbezorgd door de Grote Generaal en Felipe.

•

In tijden van oorlog woont niemand in afgelegen streken. Het kan enige tijd duren tot de indringers ze bereiken, maar vroeg of laat zullen zij er komen. Dat zei Yarince. Dat zeiden wij overal waar wij kwamen. Wij zeiden het tegen hen, die geloofden dat hun wereld buiten schot zou blijven. Ach, ve-len luisterden niet naar ons! Sebastián spreekt wijs. Zijn woorden dringen door de opgetrokken verdedigingswer-ken, door de verzwakte muren heen.

'Gisteren ben ik bij Flor geweest', zei Lavinia. 'Ze heeft mij wat materiaal over de Bevrijdingsbeweging gegeven. Vandaag heb ik het gelezen.'

Sebastiáns gezicht toonde verbazing. Zij vroeg zich af of zij Flor in problemen bracht.

'En is het de eerste keer dat je materiaal over de Beweging leest?' vroeg Sebastián.

'Ja', antwoordde Lavinia.

En het gesprek kwam onherroepelijk weer op Felipe terecht, de cirkel was weer rond. Sebastián begreep niet waarom hij haar niet op zijn minst met de literatuur van de Beweging in contact had gebracht. De terugkeer naar de oever van de rivier was onvermijdelijk.

Op dit moment zou het mij niets kunnen schelen als ik altijd de oever van zijn rivier was, dacht Lavinia. Voor eeuwig zijn rivieroever, als hij maar terugkwam. Zij rechtvaardigde het zelfs.

'Ik begrijp dat hij behoefte heeft aan een stukje normaal leven', zei zij, op haar horloge kijkend.

Er waren vijfenveertig minuten voorbijgegaan. Het kostte haar steeds meer moeite zich op iets anders te concentreren dan op de wijzer van haar horloge.

Sebastián begon iets te zeggen over de problemen van de compañeros, toen hij opeens zweeg. Hij richtte zijn hoofd op, als een dier dat zijn oren spitst. Zij hoorde de voetstappen ook naderen, de voetstappen die zij zo goed kende van het 's avonds erop wachten, de hak die stevig op de tegels werd neergezet. Zij bewogen zich niet tot de sleutel in het slot werd gestoken en Felipe gezond en wel in de deuropening verscheen.

Niet begrijpend keek hij van Sebastián naar Lavinia.

'Wat doe jij hier?' vroeg hij Sebastián.

Hij keek naar Lavinia alsof zij niet bestond. Zij was sprakeloos, niet in staat zich te herstellen van zijn plotselinge aanwezigheid.

'Dat vraag je aan mij,' zei Sebastián, die zich duidelijk ergerde aan Felipes toon, 'terwijl jij niet op het afgesproken uur op komt dagen? Ik wacht een uur op je. Ik bel je op met het idee dat je bij Lavinia bent en daar ben je ook niet. We dachten dat je iets was overkomen!'

'Maar ik was er, op het afgesproken uur', zei Felipe. 'Ik heb ook op je gewacht. Ik was ook ongerust. Ik heb een hele omweg gemaakt om hier te komen, omdat ik dacht dat er wat gebeurd zou kunnen zijn.'

De twee mannen begonnen verhit te discussiëren over het ontmoetingspunt dat zij hadden afgesproken. Felipe beweerde dat het op de hoek bij het park was geweest en Sebastián hield vol dat zij bij de ingang van het ziekenhuis hadden afgesproken. Bij Lavinia, onzichtbaar, van het toneel verdwenen, loste de spanning op in een verward mengsel van huilen en lachen.

Een misverstand en de wereld stond op zijn kop. Zo was het leven op de rand van de afgrond. Iemand vergiste zich, blijft langer weg dan verwacht en de geur van de dood dringt in elke ademtocht. Maar Felipe leefde. Er zou geen foto in de krant staan. Het was alleen maar een misverstand geweest.

Zij hadden het nog steeds over het briefje dat Sebastián aan de koerier had meegegeven.

'Ik weet zeker dat je me 'op de hoek bij het park' hebt geschreven. Jammer dat ik het verbrand heb', zei Felipe.

Maar langzamerhand kalmeerden de twee, tot zij ten slotte begonnen te lachen en elkaar omarmden en gelukkig maar zeiden, ze waren flink geschrokken en kijk Lavinia eens, geef haar gauw een zoen.

Uren later lag Lavinia in de armen van de vredig slapende Felipe, maar kon zelf niet slapen.

Na het lange wachten en na het maar gedeeltelijk ophelderen van het misverstand (het werd niet duidelijk wie zich had vergist en het evenwicht van de wereld had verstoord), had Felipe Sebastián nog weg moeten brengen. Zij was thuis gebleven. En toen zij alleen was, meende zij dat zij zich Felipes terugkeer had verbeeld. De angst had haar weer in zijn greep, tot hij terug was.

Zij vrijden lang en teder. Eindelijk kwamen de tranen om die drukkende gedachte, die mogelijkheid van zijn dood die rond hun kussen en strelingen waarde. Zij huilde om zichzelf, om het zorgeloze meisje dat zij tot een paar maanden geleden was geweest en dat uit het gezicht was verdwenen en haar als jonge vrouw had achtergelaten, die nog geen identiteit, nog geen doel, nog geen zekerheid had gevonden. Zij huilde om haar weerloosheid tegenover de liefde, tegenover het dilemma van het geweld, haar verantwoordelijkheid als staatsburger die zij niet langer kon ontlopen. En onaangekondigd was daar, op het hoogtepunt van hun eenwording, toen hun bezwete lichamen zich in de draaikolk van het orgasme stortten, in haar buik dat verlangen naar een kind. Met een wanhopige kracht wilde zij voor het eerst in haar leven een kind, wilde zij Felipe in zich vasthouden, zodat hij in haar zou ontkiemen, zich in haar bloed zou vermenigvuldigen.

Tot rust gekomen, maar zonder te kunnen slapen, riep zij die dierlijke gewaarwording bij zich op, het instinct dat zich dwingend meester had gemaakt van de rede en dat het beeld van dat kind – zij had het voor zich gezien – voor haar geestesoog had opgeroepen. Waarom was dat bij haar opgekomen, vroeg zij zich af. Voor haar was het moederschap altijd een in het verschiet van een nog onbepaalde toekomst liggend begrip geweest. En met de richting die haar leven nu insloeg, werd dat begrip nog onbepaalder. Haar bestaan leek zich van dag tot dag meer in onvoorspelbare gebeurtenissen te verliezen. Ochtend en avond waren onzeker terrein geworden, verdwijning en dood een dagelijkse mogelijkheid. In die situatie bleef er geen andere keus dan ervan af te zien zich voort te planten. Een kind paste niet in een dergelijke onzekerheid, het was gewoon een absurde gedachte. Zolang zij van Felipe hield was het niet mogelijk, zij moest er niet eens aan denken. Zij moest ervan afzien, zoals zoveel vrouwen voor en na haar, zolang Felipe die opduikende en verdwijnende figuur, dat knipperlicht, was.

Haar buik deed pijn. De pijn ging langzaam over in woede, een onbekende woede die voortkwam uit het beeld van een kind dat nooit zou bestaan.

Hoeveel kinderen, aan wie om deze reden het leven was ontzegd, zwierven er door de ether. Hoeveel in Latijns Amerika? Hoeveel in deze wereld?

Zij keek om zich heen om te proberen terug te keren in de werkelijkheid. Felipe ademde zwaar. In de donkere kamer tekenden zich schaduwen af in het maanlicht dat door het raam naar binnen viel, buiten wiegden de doorbuigende takken van de sinaasappelboom in de wind. Ergens had zij gelezen dat het verlangen een kind ter wereld te brengen het sterkst was bij natuurrampen, wanneer de dood zijn grimassen trok.

Dat was het zeker bij haar, dacht zij. Het was niet rationeel dat die gedachte onder deze omstandigheden bij haar was opgekomen en toch had zij het beeld van het lachende kind gezien en voelde zij in haar binnenste dat in de nachtelijke rust ontketende instinct, die losgebroken woede.

Sebastián had gelijk. Zij was er al bij betrokken. Waarom

jezelf nog langer met die innerlijke strijd of zij al of niet met Flor moest gaan praten of haar de papieren gewoon teruggeven alsof je een geleend boek teruggeeft, voor de gek houden? Zij moest alleen maar om zichzelf lachen, om haar onzekerheid, haar angst, haar dwaze vergissing te denken dat zij nog kon kiezen. De werkelijkheid was dat de klanken van de dood haar nachten reeds bevolkten, het geweld van de grote generaals haar directe omgeving als een reusachtige, kwaadaardige schaduw was binnengedrongen. Zij kon er niet meer aan ontkomen, zij was al in het bezit van haar dosis woede, van haar portie geweld, zoals Sebastián het had uitgedrukt.

Zij zou de oversteek beginnen, zei zij tegen zichzelf. De oever van de rivier tekende zich vaag af in de nevel van haar slaap. Tot rust gekomen, sliep zij aan Felipes zijde in.

•

Wij weigerden zwanger te worden.

Na maanden van hevige gevechten gingen onze krijgers de een na de ander dood. Wij zagen hoe onze dorpen werden verwoest, onze velden aan nieuwe meesters werden gegeven, onze mensen werden gedwongen als slaven voor de heersers te werken. Wij zagen hoe onze knapen van hun moeders werden gescheiden, dwangarbeid moesten verrichten of naar de schepen werden gesleept, waarvan zij nooit meer terugkeerden. De gevangen krijgers werden aan de wreedste kwellingen onderworpen, zij werden door de honden verscheurd of door paarden gevierendeeld.

Mannen deserteerden uit onze kampementen. Heimelijk verdwenen zij in het duister, voor altijd berustend in het slavenlot.

De Spanjaarden verbrandden onze tempels: zij maakten reusachtige brandstapels, waarin de gewijde codices van onze geschiedenis in vlammen opgingen. Ons erfgoed was een net vol gaten.

Wij werden gedwongen ons terug te trekken in het bergachtige oerwoud in het noorden, in de grotten op de flanken van de vulkanen. Daar trokken wij door het gebied om mannen te vinden die met ons wilden strijden, maakten wij lansen, bogen en pijlen, kwamen wij weer op krachten om opnieuw ten strijde te trekken.

Ik ontving een bericht van de vrouwen van Taguzgalpa. Zij hadden besloten niet meer bij hun mannen te slapen. Zij wilden geen slaven voor de Spanjaarden baren.

Die nacht was het volle maan, een nacht om zwanger te worden. Ik voelde het aan de gloed in mijn buik, aan de zachtheid van mijn huid, aan het diepe verlangen van Yarince.

Hij keerde met een grote, lichtbruine leguaan van de jacht terug. Het vuur brandde en de grot werd door het rode schijnsel verlicht. Na het eten kwam hij bij mij. Hij streelde de zijkant van mijn dij. Ik zag zijn vurige ogen waarin de vlammen weerkaatsten.

Ik nam zijn hand weg van mijn dij en schoof van hem af, naar de achterkant van de grot. Yarince kwam naar mij toe, denkend dat het een spelletje was om zijn verlangen nog meer aan te wakkeren. Hij kuste mij, omdat hij wist dat zijn kussen als krachtige pulque op mijn lippen waren, zij bedwelmden mij.

Ik kuste hem. Beelden kwamen in mij op, water in heldere vijvers, tedere scènes, terugkerende dromen: een kind, een jonge, opstandige, onbuigzame krijger, in wie wij ons voortzetten, die op ons beiden zou lijken, die een enting van ons beiden zou zijn en onze zachtste blikken met zich mee zou dragen.

Ik trok mijn gezicht terug voordat zijn lippen mij zouden overmeesteren.

Ik zei: 'Nee, Yarince, nee.' En nog eens zei ik 'nee' en zei hem wat de vrouwen van Taguzgalpa, van mijn stam, mij hadden bericht: wij wilden geen kinderen baren voor de landerijen van de heersers, voor hun bouwwerken, voor hun schepen, geen kinderen om, verscheurd door de honden, te sterven als zij dapper en krijgers waren.

Met verdwaasde ogen keek hij mij aan. Hij ging achteruit. Hij keek mij aan en liep achteruit de grot uit met een blik als had hij een verschrikkelijke verschijning gezien. Toen rende hij weg en was het stil. Alleen het geknetter van de takken in het vuur, die brandend stierven, was te horen.

Later hoorde ik het wolvengehuil van mijn man.

En nog later keerde hij vol schrammen van de doornen terug.

Die nacht huilden wij in elkaars armen, het verlangen van onze lichamen terugdringend, omhuld door een zwaar kleed van droefheid.

Wij ontzegden onszelf het leven, de voortplanting, het kiemen van het zaad.

Welk een pijn in de aarde rond mijn wortels doet mij alleen al de herinnering!

Ik weet niet of het regent of dat ik huil.

*

10

Het regende in Faguas. Het regenseizoen, de winter van de tropen, was begonnen. De week liep ten einde. Sinds de vorige zondag had Lavinia het in praktijk brengen van haar besluit om naar Flor toe te gaan, uitgesteld.

Aan haar bureau gezeten bekeek zij het brede venster, nat van de regen. De druppels gleden omlaag, duwden elkaar voort en vormden kleine riviertjes, hele watervallen op het glas. In de regentijd trok de hemel 's middags dicht met zware wolken, waaruit hevige slagregens neerplensden. De aarde gaf zich over aan het genot van het noodweer. Uit de grond steeg een doordringende geur op, aankondiging van geboorten. Het landschap vertoonde intense schakeringen groen, de bomen schudden hun zware kronen, hun natte manen. Het was de tijd waarin de vogels hun orgieën hielden en de stad door de waterstromen zijn gebruikelijke uiterlijk verloor en het rijk moest delen met de modder, de vliegende mieren en de lekkende daken. De oudjes foeterden op de reumatiek in hun vochtige botten en 's morgens waren de bedden nog fris, de lakens koud en alleen het plekje van het lichaam warm.

Zij kon de zaak niet op de lange baan blijven schuiven, dacht zij, dat was nog vervelender. Het beïnvloedde haar werk en verminderde haar concentratievermogen.

Niets was erger dan besluiteloosheid. Het was donderdag. Flor had haar het telefoonnummer van haar afdeling in het ziekenhuis gegeven. Zij belde haar op. Zij spraken af elkaar na het werk te ontmoeten.

Toen de kerkklok in de verte vijf uur sloeg, pakte zij haar

tas en ging op weg om de laatste rite te vervullen.

Vanaf de mistige heuvel van haar jeugd, die de winterse vochtigheid met nevel en motregen omgaf, keek zij uit over het wazige, melkwitte silhouet van de stad, zijn meren en vulkanen. Daar, alleen, rechtop, verwierp zij elke gedachte aan een stap terug, ademde zij diep de frisse, vochtige berglucht, de vrede van het herboren groene landschap in. Zij zag de dag van die onopvallende donderdag ten einde lopen en stak ten slotte, tot rust gekomen door de geur van natte aarde, de brug over die haar naar de hangmat bracht, waarin zij nu lag te schommelen en naar de vochtige bladeren in de stem van Flor lag te luisteren.

Zij sprak zacht. Ze zag er moe uit, met diepe kringen onder haar ogen. Het werk in het ziekenhuis was erg zwaar, zei zij. Er waren heel veel mensen die aandacht vroegen en er was te weinig personeel.

Zij had respect voor Flor. Felipe vond haar 'hard'. Toen Sebastián hem over zijn ervaring met haar had verteld, had hij zich met een visser vergeleken die zijn mes in de oester stoot om de daarin verborgen parel tevoorschijn te halen. Naar haar kijkend, stelde Lavinia zich haar binnenkant van paarlemoeren schelp voor. Het zal niet makkelijk voor haar zijn geweest, dacht zij, die oom die met een passie als van Lewis Carroll voor Alice van haar hield. Het zal littekens hebben achtergelaten, wantrouwen. Zij vond Flor niet 'hard', ook al droeg zij de sfeer van afweer met zich mee, die mensen die geleden hebben en zich kwetsbaar weten eigen is. Maar Lavinia kon haar tederheid voelen in de manier waarop zij tegen haar sprak, probeerde haar gerust te stellen door te zeggen dat zij stap voor stap te werk zouden gaan. Eerst moest Lavinia meer lezen. Haar overtuiging mocht niet blind of zwak zijn, zei zij. Zij wilde dat zij zich bewust was van het waarom van de mogelijkheden van het programma, dat zij begrip had voor wat Lavinia hun dromen noemde. Het was noodzakelijk dat zij de instrumenten kon bedienen, zei Flor, om de wereld op een andere manier te begrijpen, de zekerheden te doorzien die haar altijd hadden omgeven, het bedrog te onderkennen van bepaalde universele waarheden, het negatieve en het positieve van de werkelijkheid te leren zien en hoe die al naar gelang de verschillende belangen van plaats verwisselen.

Daarna kwamen zij op de praktische details. Flor zei haar dat zij het stencil over de veiligheidsvoorschriften weer mee moest nemen.

'Nu zul je ze uit je hoofd moeten leren,' voegde zij eraan toe, 'net als op school. In het begin zullen ze je overdreven klinken, lijken het vreemde, extreme voorzorgsmaatregelen, maar ze zijn heel essentieel, niet alleen voor je eigen veiligheid, maar voor de veiligheid van ons allemaal. Vandaag begint voor jou de tijd dat je het ik door het wij moet vervangen. Je moet vooral rekening houden met de veiligheid van de ondergrondse compañeros, zoals Sebastián bijvoorbeeld. En je mag met niemand over je activiteiten praten, absoluut met niemand die niet door het werk in de organisatie met jou verbonden is.'

'En met Felipe?' vroeg Lavinia.

'Met Felipe ook niet', zei Flor.

'Des te beter', zei Lavinia. 'Ik wil niet dat hij mijn beslissing te weten komt.'

'Of je hem van je betrokkenheid op de hoogte stelt of niet is jouw zaak,' zei Flor, 'maar dat is alles wat hij mag weten. Als je wilt, kun je het hem zeggen.'

'Dat wil ik niet', zei Lavinia.

Flor lachte.

'En nu moeten we je een schuilnaam geven. Hoe wil je heten?'

'Inés', zei Lavinia, zonder er een tweede keer over na te denken.

'Voor speciale opdrachten nemen we soms andere schuilnamen aan', zei Flor. 'En je weet dat hij alleen onder ons of voor wat je wordt opgedragen wordt gebruikt. Noem hem nooit in het openbaar.'

Lavinia vertelde Flor van de keer, dat zij Sebastián op straat luid bij zijn naam had geroepen.

'Ik voelde me zo stom', zei zij.

'Het went wel', zei Flor. 'Het is een leerproces. In de loop van de tijd worden je zintuigen scherper. De adrenaline werkt bij ons beter dan heel wat hormonen. En je ziet het, ondanks alles worden er fouten gemaakt, zoals zaterdag bij Sebastián en Felipe. En dat zijn er nog twee met ervaring.'

Flor bleef praten, uitleggen. De wind blies door de klimplant voor het raam. Bob Dylan keek peinzend op hen neer. Er zat regen in de lucht. In de verte werd de hemel door bliksemflitsen verlicht. Flor was al een poosje stil en Lavinia werd zich bewust van haar moeheid.

'Je bent moe', zei Lavinia.

'Ja', zei Flor, terwijl zij haar haar naar achteren streek.

Voordat zij haar in de deur uitzwaaide, draaide Flor zich om en omhelsde haar. 'Welkom bij de club, Inés', zei zij lachend, terwijl het heldere licht van een verre bliksemflits over haar gezicht viel.

•

Ik voel het bloed van Lavinia en een volheid van stuwende sappen, van pas gevallen regen, gaat door mij heen. Op een vreemde manier is zij mijn schepping. Zij is niet ik, een tot het leven teruggekeerd ik. Ik heb geen bezit van haar genomen, zoals de geesten die mijn voorouders schrik aanjoegen. Nee. Maar wij leven samen in haar bloed en de taal van mijn geschiedenis, die ook de hare is, is in haar aderen gaan zingen.

Zij is nog bang. 's Nachts voel ik nog de felle kleuren van haar angst. Doodsbeelden belagen haar. Maar ook hoort zij nu bij ons, staat zij op vaster bodem, schiet zij haar eigen wortels. Zij flakkert niet meer als de vlam van het olielampje.

Het is moeilijk zich los te maken van de as van het haardvuur, van de handen die het vuur verzorgen, de maïskorrels fijn wrijven, de slaapmat van de krijgers uitspreiden.

In het begin wilde Yarince dat ik in het kampement op hen bleef wachten. Ik kon eraan ontkomen door gebruik te maken van de list van mijn zwakheid. En als de Spanjaarden komen? zei ik. Wat zou er van mij worden? Wat kon mij, alleen, tijdens het lange wachten niet overkomen?

Ik wilde liever sterven in de strijd dan door de mannen van ijzer verkracht te worden of door de jaguars verscheurd te worden.

Ik overtuigde hen. Ik kreeg gedaan dat zij mij een beschermde plaats in hun formatie gaven, vanwaar ik mijn giftige pijlen afschoot.

Ik was een goede schutter. En zo werd mij, na enige tijd, een commandopositie in de gevechten toegewezen, hoewel ik daarna ook moest koken en de gewonden verzorgen. Later, toen wij ons hadden teruggetrokken in de noordelijke grotten om weer op krachten te komen en de strijd te hervatten – verschillende stamhoofden hadden zich reeds als rietstengels in de stroomversnelling van de rivier voor de indringers gebogen – zond Yarince mij naar verschillende streken om er in de gemeenschappen met de mannen te praten, hen ertoe te bewegen zich bij de strijd aan te sluiten. Breng geen vrouwen mee, zei hij. Hij beval het mij, hoewel ik woedend werd. Hij zei dat het voor de mannen moeilijk was om te vechten met de gedachte dat hun vrouw zich blootstelde aan de vuurstokken. Daar had ik nooit aan gedacht. Hij had mij nooit gezegd dat hij tijdens het gevecht bezorgd om mij was. Het roerde mij zijn bezorgdheid te kennen. Ik gaf toe.

Maar mijn zending werd een mislukking. De mannen stelden geen vertrouwen in mij. Ik kreeg alleen wat maïs om een keer tortilla's te bakken.

De vrouwen verzamelden zich om mij heen en luisterden naar mijn verhalen. Zij wilden alles weten over de oorlog tegen de Spanjaarden. Maar er was er niet één, die vroeg of zij zich bij ons kon aansluiten. Ik denk dat het niet eens bij hen opkwam dat dat mogelijk zou kunnen zijn. Voor hen was ik een *texoxe*, een tovenares.

Ik sprak hen over het besluit van de vrouwen van vele stammen om geen kinderen ter wereld te brengen om de Spanjaarden geen slaven te geven. Zij sloegen hun ogen neer. De jongsten onder hen lachten en dachten dat ik wartaal uitsloeg.

Het waren moeilijke tijden. Triest keerde ik naar de grotten terug. Het kwam zover dat ik dacht, dat ik van een vreemde substantie was gemaakt, dat ik niet uit de maïs voortkwam. Of misschien was mijn moeder wel betoverd, toen zij mij in haar buik droeg. Misschien was ik wel een man met het lichaam van een vrouw, half man, half vrouw.

Yarince lachte toen hij mij dat hoorde zeggen. Hij nam mijn borsten in zijn handen, rook aan mijn geslacht en zei 'je bent een vrouw, je bent een vrouw, je bent een dappere vrouw.'

*

Het onweer brak los toen Lavinia naar huis reed. Een met elektriciteit geladen onweer met helle zweepslagen en een dreunen dat de hemel scheurde en lang voortrolde. De wind rukte aan de bomen en stofwolken maakten de nacht nog donkerder. Zij zag mensen hard lopen om een schuilplaats te zoeken voor de dreigende regen. Zij daarentegen, in wie zich na het gesprek met Flor, na de bekroning van haar besluit, een storm zou moeten hebben ontketend, zat merkwaardig rustig achter het stuur, onberoerd door het natuurverschijnsel. De regen begon op de voorruit te vallen, eerst losse, dikke druppels, aanvankelijk nog voorzichtig, dan opeens met volle kracht met het geluid van kiezelstenen op het dak neerkletterend.

In de afgeslotenheid van haar auto dacht zij aan haar rust, de kalmte na de storm, het eindpunt van haar twijfels, de aanvaarding van haar eigen beslissing, het eindelijk achter zich hebben gelaten van de weken van onzekerheid. Als zij er later niet tegen opgewassen zou blijken te zijn, bleef haar niets anders over dan dat te erkennen, te zeggen dat zij zich had vergist. Iedereen had recht op zijn vergissingen.

Hoe zou haar leven nu veranderen, vroeg zij zich af, wat zou er nu gaan gebeuren? Het was heel moeilijk je dat voor te stellen. Met niemand van haar kennissen kon zij haar speculaties over wat haar te wachten stond delen. Zij stond alleen. Zij kon Flor niet steeds overladen met haar vragen. En Sebastián ook niet. Zij mocht hen niet lastig vallen of hen de indruk van een naïef, aarzelend iemand geven. Het was het soort vragen, waarop de tijd antwoord zou geven, onzekerheden waar zij in haar eentje mee klaar moest zien te komen. Zou zij de verleiding kunnen weerstaan het tegen Felipe te zeggen, vroeg zij zich af. Ze zou het prettig vinden als hij het wist, als hij het te kwaad kreeg bij het idee dat niet hij het was geweest die haar erbij betrokken had, dat hij had gedacht dat zij er niet toe in staat was. Je moet er niet een soort wraakneming van maken, had Flor gezegd en zij had ontkend dat dat het motief was om niets tegen Felipe te zeggen. Maar iets waars zat er wel in, zij kon zichzelf niet voor de gek houden. Eigenlijk wilde zij zelfs dat Flor en Sebastián het tegen hem zouden zeggen, zodat hij zich zou schamen.

Volgens haar zouden mannen, die het handwerk van revolutionair beoefenen, zo niet mogen handelen. Zou Che Guevara zo gehandeld hebben? Flor zei dat Che had geschreven dat vrouwen ideale kooksters en koeriersters waren, hoewel hij later in Bolivia met een guerrillera optrok die Tania heette. Hij was veranderd, zei Flor. Wie zou Tania zijn? Zou Che van haar gehouden hebben, vroeg zij zich af, terwijl zij in de stortbui een hoek omsloeg. De straten waren plotseling in modderstromen veranderd. Zij moest voorzichtig rijden om te voorkomen dat het hoog opspattende water de motor nat zou maken en zij zou blijven steken.

Wie interesseerde zich nu voor Che's liefdesleven? De geschiedenis stond niet stil bij dergelijke kleinigheden, die interesseerde zich niet voor het intieme leven van de helden. Het was 'vrouwelijk' altijd naar de liefde te vragen. Waarom kostte het de mannen zoveel moeite de noodzaak, het historische belang van de liefde te erkennen, vroeg zij zich af, terwijl zij midden op de weg twee gammele taxi's stil zag staan, die de chauffeurs naar de kant probeerden te duwen. Door het water had de stad plotseling een heel ander aanzien gekregen.

Felipe zou te zijner tijd wel erkennen dat hij zich in haar had vergist, dat hij zich egoïstisch had gedragen. Zij bewonderde zijn intelligentie en zijn eerlijkheid. Zij kon niet ontkennen dat hij zijn best deed zijn mannelijke weerstand tegen het toekennen van een plaats aan de liefde te overwinnen, ook al stopte hij die in het traditionele hokje. Soms was hij de gelukkige, speelse kwajongen, hij had een vriendelijke, vrolijke kant waarvan zij hield. Daarom stemde het haar treurig te zien hoe hij gevangen zat in dissonante schema's en gedragingen, die in tegenspraak waren met wat hij op andere gebieden van zijn leven had ontwikkeld. Het zou goed voor hem zijn een lesje te krijgen. Het deed haar goed zich in het bezit van een geheim te weten waar hij geen toegang toe had, tenzij zij het hem toestond.

Maar zij wilde niet langer aan hem denken. Zij had het niet om Felipe gedaan, herhaalde zij nog eens, terwijl zij de bomen in haar wijk zag doorbuigen onder de regen. Nee, zij had het niet om Felipe gedaan. Dit was ook haar land. Ook zij stelde het zich anders voor. Zij hield van zijn bloesems, zijn grote, witte wolken, zijn hevige regens. Faguas verdiende een beter lot.

Nee, het was niet alleen om Felipe, zei zij nog een keer terwijl zij bij haar huis aankwam, de auto in de garage zette en onder de paarse paraplu in de regen naar haar voordeur rende.

'Waarom ben je zo stil?' zei Felipe op de veranda tegen haar. Hij was een paar minuten na haar gearriveerd en had haar zwijgend, in gedachten verzonken, in de hangmat aangetroffen. Nu zat hij tegenover haar in de witte, rieten stoel en keek naar haar, terwijl hij verstrooid met de blaadjes van de sinaasappelboom speelde, die zijn zilvergroene, van de regen zware takken dicht bij hen uitstrekte.

'Ik weet het niet. Ik denk dat ik moe ben', antwoordde zij. Zij was inderdaad moe, gespannen. Zij zag Felipe ver weg, achter een glazen koepel.

'Ik vind je al een tijdje erg afwezig', zei hij. 'Het lijkt of je niet hier bent, of je geest ver weg is. Je kunt me toch ten minste zeggen wat je hebt? Misschien kan ik je helpen.'

'Ik geloof niet dat het om helpen gaat', zei zij en voelde dat zij het liefst alleen was geweest, alleen was gebleven om aan het idee te wennen dat zij 'Inés' heette en om bij zichzelf na te gaan of zij de juiste beslissing had genomen.

'Wanneer je in een crisis zit, is het altijd goed er met een ander over te praten', zei hij.

'En waarom denk je dat ik in een crisis zit?' vroeg zij, in het defensief. Zij ergerde zich aan Felipes zelfingenomen, vaderlijke houding.

'Je lijkt wel een tijger,' zei hij, 'ik beschuldig je nergens van. We hebben allemaal wel eens een crisis.'

'Ik kan me moeilijk voorstellen dat jij er een hebt gehad. Het lijkt erop of jij vanaf je geboorte alles al wist', zei zij, terwijl zij een blaadje van de sinaasappelboom trok en erop kauwde tot zij de bitterzure smaak proefde en de geur zich uit de nerven losmaakte.

'Wees niet zo onredelijk. Je hebt er verschillende van mij meegemaakt... toen met Sebastián, toen de compañeros doodgeschoten waren...'

'Dat is precies wat ik bedoel', zei zij. 'Jij komt in een crisis wanneer er dingen buiten jezelf gebeuren, maar wat je eigen gevoelens betreft lijk je alles onder controle te hebben.'

'Ik kan ze nu eenmaal goed verbergen,' zei hij, terwijl hij haar strak aankeek, 'maar ik kan je verzekeren dat ik ook mijn innerlijke strijd voer. En vaak zou ik openhartiger willen zijn, het met iemand willen delen, maar ik ben erin getraind mijn overstromingen alleen te doorstaan en mijn zwakheden alleen te dragen.'

'Het vervelende is dat er door die training een soort onafhankelijkheid aan de oppervlakte komt, die ons van elkaar verwijdert', zei Lavinia. 'Het is erg moeilijk een relatie te onderhouden met perfecte mensen of met mensen, die zich voordoen alsof ze het zijn.'

Felipe ging naar haar toe en boog zich over haar heen.

Lachend streelde hij haar hand.

'Maar jij weet toch wel dat ik niet perfect ben?'

'Niemand is perfect. Daarom hindert het me juist. Ik erger me aan die pretentie van je dat je altijd overal zo zeker van bent. Het lijkt of je nooit twijfelt. Altijd geef je me maar raadgevingen, maar vragen doe je ze nooit', zei zij nors. Zij voelde de behoefte tegen hem in te gaan, hem te bestoken. De frustratie, de boosheid over het feit dat zij haar salto mortale niet met hem kon delen moest er op een of andere manier uit.

'Dat kan. Misschien komt het omdat ik altijd voor mijzelf heb moeten opkomen. Misschien is het ook wel een consequentie van de aangeleerde gewoonte om zoveel dingen geheim te houden', zei Felipe.

'In het leven kom je niet alleen voor jezelf op, Felipe, dat zou jij beter moeten weten dan ik. De anderen spelen ook een belangrijke rol. Ze beïnvloeden je. Er zijn voorbeelden die wij volgen.'

'Oké, het is waar dat je referentiepunten hebt. We zijn tenslotte sociale wezens, zoals je zelf al zegt. Maar ik bedoelde dat de crises in mijn leven meer te maken hadden met handelen dan met denken. Ik heb niet erg veel kans gehad over het bestaan na te denken. Ik heb steeds de problemen die zich voordeden op mijn manier moeten oplossen... en dat waren eerder praktische problemen.'

'Maar heb je dan nooit je onzekerheden over jezelf gehad, heb je je nooit afgevraagd wat je wilt, wie je bent, wat je in de wereld doet?'

Felipe zweeg. Lavinia zag hoe hij zich inspande het zich te herinneren, die vragen in zijn herinnering te zoeken.

'Om je de waarheid te zeggen, nee', zei hij ten slotte. 'De werkelijkheid heeft mij steeds antwoorden gegeven, zonder dat ik er vragen over hoefde te stellen. Ik wist wie ik was, ik wist ook dat ik wilde studeren, en later, door de invloed van Ute, werd ik mij ervan bewust dat ik terug moest keren en ervoor moest strijden om de situatie van het land te verbeteren… en dat is wat ik in de wereld probeer te doen. Het is voor mij nooit erg ingewikkeld geweest.'

Het kan zijn dat het mij alleen overkomt, dacht Lavinia, omdat ik keuzes heb. Ik kan kiezen.

'Maar je had in Duitsland kunnen blijven', zei zij. 'Had je niet je twijfels of het de moeite waard was terug te keren, over de uitvoerbaarheid van dat strijden om de situatie van het land te verbeteren? Leek het je niet een romantisch, een utopisch idee?' vroeg zij provocerend.

'Het leven in Duitsland was afschuwelijk. Naast mijn architectuurstudie moest ik ook nog als tuinman werken. In die landen is de concurrentie bij het vinden van werk heel hard. Het enige wat mij daar had kunnen houden was mijn relatie met Ute, maar zij was ervan overtuigd dat het voor mij belangrijker was naar mijn land terug te keren om er te gaan werken en 'iets te gaan doen'. Zij kende daar compañeros van de Beweging die rondreisden om steun en geld te vragen en die politieke contacten zochten om bekendheid te geven aan de strijd. Ik was het met haar standpunt eens en dus was het voor haar niet moeilijk mij te overtuigen. Uit eigen ervaring wist ik hoe slecht het in het land ging. Ik weet niet of je het romantisch vindt, maar een van de meest overtuigende motieven was een soort geloof dat zich in je vastzet. Je leest de geschiedenis van de strijd in Faguas, en je voelt de steeds groeiende energie, het sluimerende vermogen tot verzet. Je raakt ervan overtuigd dat het er is, dat het alleen een kwestie is van het wakker te maken en in goede banen te leiden…'

'Houd je het niet voor bijna onmogelijk?'

'Nee. Ik denk dat het moeilijk is, maar ik denk niet dat

het onmogelijk is. Ik ben er absoluut van overtuigd dat wat wij doen het juiste is en dat er geen andere manier is...'

'Maar volgens mij is de menselijke aard niet zo edelmoedig. Hoe komt het dat je je zo onbaatzuchtig aan de strijd kunt wijden? Denk je nooit aan jezelf?'

'Nee, want er is nog iets. Je blijft niet alleen gemotiveerd door het besef dat waar je voor strijdt rechtvaardig is, je hebt ook je persoonlijke voldoening. Bijvoorbeeld, wat je zei over wat je in de wereld doet. Je weet dat je niet al je energie gebruikt om op een dag in een huis te zitten, met een auto, een goeie baan en een mooie vrouw, om vervolgens te denken en wat nu? Ik geloof dat het feit alleen al dat je bestaat, een bepaalde verantwoordelijkheid voor de toekomst, voor hen die na ons komen, met zich meebrengt. Als wij in staat zijn vliegtuigen, onderzeeboten en ruimtesatellieten te bouwen, zouden wij ook in staat moeten zijn de wereld om ons heen zo te veranderen, dat wij er allemaal op zijn minst waardig in kunnen leven. Het is bijna onvoorstelbaar dat er in dit tijdperk van de technologie mensen zijn die doodgaan van de honger, die nooit een dokter hebben gezien.'

'Maar jou trekt het idee een normaal leven te leiden toch ook aan? Zei je laatst niet dat je jaloers was op de gewone doorsneemensen, die in het leven geen andere zorg hebben dan thuis te komen en voor de tv te gaan zitten?' zei Lavinia scherp.

'Ja, soms heb ik het gevoel dat deze manier van leven, dit flirten met de dood, dit samenzweren, onnatuurlijk is. En dat is het ook. Zo zou het niet moeten zijn. Het zou niet zo moeten zijn dat wij moeten sterven of moeten riskeren te sterven, omdat wij willen dat er geen ellende meer is, dat er geen dictators meer zijn. Het onnatuurlijke is dat die dingen bestaan, maar omdat zij bestaan zit er niets anders op dan er tegen te strijden. Je moet je eigen aard geweld aandoen, je moet je toevlucht zoeken tot geweld, omdat het leven voortdurend geweld wordt aangedaan en niet omdat je het een leuk idee vindt om te lijden of voor je tijd te sterven.'

'Dus je wilt zeggen dat het idee van een normaal leven je niet aantrekt?'

'Dat zeg ik niet. In tegenstelling tot wat ik eerder heb gezegd, zou ik mijzelf soms graag willen wijsmaken dat ik mij nergens zorgen over hoef te maken, dat ik een normale man ben met een baan en een veilig leven, dat ik omringd door kleinkinderen oud zal worden, maar dan ga je de straat op, kijk je om je heen en weet je dat dat alleen mogelijk zou zijn als je geen gevoelens had. Ik geloof niet dat het voor iemand met een minimum aan menselijkheid mogelijk is van een diner te genieten met honderden hongerige kinderen om zich heen. De mensen die het wel kunnen, hebben zich ervan overtuigd dat zij niets kunnen doen, ze vinden het normaal dat er hongerige kinderen zijn. Zij aanvaarden dit soort geweld en kunnen niet begrijpen dat wij ons verplicht zien naar de wapens te grijpen, dat wij het niet aanvaarden, dat wij het niet normaal vinden.'

'Maar om op het normale leven terug te komen,' zei Lavinia, 'geloof je niet dat het onjuist is dat jij het voor elkaar hebt om van beide werelden te profiteren? Met mij heb je het normale leven en met je vrienden kun je de voldoening hebben dat je iets bijzonders doet.'

'Ik zie niet in waarom dat onjuist zou zijn', zei Felipe, oprecht verbaasd over haar vraag. 'Als ik het geluk heb gehad jou te ontmoeten en een relatie met je te hebben, zie ik niet in waarom ik mij die zou moeten ontzeggen. Het is ook weer geen masochistische roeping. Wij zijn allemaal normale mensen die van het leven houden, die er recht op hebben iemand lief te hebben en door iemand liefgehad te worden…, enfin, ik begrijp niet goed wat je bedoelt.'

'Misschien moet ik de vraag anders stellen,' zei Lavinia, 'en je vragen of het je niet hindert dat ik, die mijn leven met jou deel, een van die normale mensen ben die voor het oog van hongerige kinderen gaat dineren.'

'Maar ik denk helemaal niet dat jij een van die mensen bent', zei hij, terwijl op zijn gezicht de verwarring was te zien, de wil om te begrijpen waar Lavinia heen wilde zonder dat het hem lukte. 'Ik denk dat jij, als mijn vriendin, mijn gevoelens deelt. We hebben het er al vaak over gehad sinds we elkaar kennen.'

'Het kan zijn dat ik ze op een bepaalde manier deel, maar het is een totaal passieve manier van delen. Hindert dat je niet?'

'Als ik mij niet vergis heb je, sinds die keer dat ik Sebastián gewond bij je binnenbracht, gezegd dat je ons begreep, maar dat je je niet wilde binden, dat je je er niet toe in staat voelde, dat het je bang maakte. Je was het niet eens met onze 'heldhaftige zelfmoord'. Als ik het mij goed herinner, was dat wat je hebt gezegd.'

'En jij, die de werkelijkheid zo graag wilt veranderen, hebt er nooit aan gedacht dat je mij zou moeten proberen te veranderen, hè? Je was er juist steeds op uit het met mij eens te zijn, en zelfs om mijn angst te versterken, wanneer je mij mijn meningen hoorde geven en mijn onzekerheid over mijn eigen opvatting en over mijn passiviteit onder woorden hoorde brengen. Denk je niet dat dat misschien onbewust met jouw verlangen te maken heeft om een bepaald deel van je leven normaal te houden?'

'Lavinia,' zei hij geamuseerd, 'ik denk, zoals Juárez zei, dat het respecteren van het recht van de ander de vrede betekent. Jij bent een intelligent persoon en je hebt het recht te denken zoals je denkt. Ik kan je niet dwingen je bij de Bevrijdingsbeweging aan te sluiten, dat zou van mijn kant niet correct zijn. Ik kan niet tegen je zeggen dat je niet bang moet zijn, want wat wij doen is gevaarlijk en jaagt zeker angst aan. Ik kan je niet iets op de mouw spelden zodat je met ons mee gaat doen en je uitnodigen alsof het om een feestje ging. De Bevrijdingsbeweging is geen stuk speelgoed... Ik denk niet dat het feit dat ik jouw manier van denken heb gerespecteerd iets te maken heeft met dat zogenaamde verlangen naar een normaal leven dat je in mij schijnt te zien.'

'Maar zou je het goed vinden als ik mij bij de Beweging aansloot of niet?'

'Wat een vraag!'

'Ben je vergeten dat je me hebt gezegd dat ik de oever van je rivier ben, dat als we samen in de rivier gingen zwemmen er geen oever meer zou zijn om je te ontvangen?'

'Maar dat heb ik alleen maar gezegd om je een beetje steun te geven tegenover je eigen besluiteloosheid..., om je te laten voelen dat je in ieder geval, door van mij te houden, iets nuttigs kon doen...'

'Nee, Felipe, dat moet je niet zeggen. Je weet dat het niet zo is. Elke keer dat ik het over de mogelijkheid had dat ik mij zou aansluiten, en ik geef toe dat ik het altijd met veel twijfels heb gezegd, werd je opeens heel lief voor me en zei je dat van de oever van de rivier...'

'Maar dat was voor de grap, meisje, zodat je je niet schuldig zou voelen, omdat ik weet hoe moeilijk het idee om je aan te sluiten voor je is...'

'Je hebt gelijk. Het is moeilijk', zei zij en nam een nadenkende, zwijgende houding aan, wachtte af of Felipe zou proberen haar ertoe te brengen tot de Bevrijdingsbeweging toe te treden, zodat zij hem haar recente besluit kon onthullen. Als hij er ooit over had gedacht het te doen, was dit het moment. Zij had het hem opzettelijk op een presenteer-blaadje aangeboden. Zij zou het hem niet vertellen tot hij de weerstand, die hem ervan weerhield het haar voor te stellen, had overwonnen.

Maar Felipe zei niets. Hij ging naar haar toe, omarmde haar, streelde haar haar. Hij zei dat het al laat was. Het was de tijd waarop normale stellen met elkaar naar bed gingen. Dat zei hij.

Lavinia liet niets merken van haar teleurstelling over het zojuist vastgestelde contrast tussen zijn mooie woorden en zijn ontwijken van de gelegenheid haar te vragen 'de verandering van de wereld' met hem te delen. Zij zou dit soort trucs niet meer gebruiken, dacht zij. Ze voelde zich dood-moe en viel direct in slaap, nadat ze nee had gezegd tegen Felipe, ze was te moe.

Op het juiste moment zou zij het hem onthullen, zei zij tegen zichzelf. Het zou een genoegen zijn de verbazing op zijn betwetersgezicht te zien.

In haar dromen vloog Lavinia ver weg van Felipe.

•

In stilte weeft het leven het linnen. Ik hoor het geruis van de draden die uitgroeien tot vreemd gekleurde weefsels. Gebeurtenissen die ik slechts kan vermoeden komen naderbij.

*

11

Maandag. Lavinia ontwierp een luxueuze slaapkamer. Het werk begon routineuze trekjes te krijgen. Zoals zij daar op haar kruk rustig vertrekken zat te tekenen en kleuren en stoffen bedacht, leek het haar volkomen onwerkelijk deel uit te maken van het ondergrondse leven in deze stad, alleen zichtbaar voor enkele ingewijden.

De tegenstellingen, dit gevoel van onwerkelijkheid, benauwden haar soms.

Zij had het weekeinde met haar oude vrienden doorgebracht. Zaterdagochtend had zij met Sara ontbeten en 's avonds was zij met Antonio en de rest van de groep naar een feest geweest. Op een bepaald moment had zij opeens zichzelf gezien en zich niet op haar plaats gevoeld. Onder het voorwendsel dat zij naar de wc moest, was zij uit de groep weggelopen. Het liefst wilde ze naar huis. In de badkamer waste zij eindeloos haar handen, terwijl zij naar de witte tegels met ingewikkelde okergele patronen, de bloempotten met geraniums langs de verzonken badkuip en de spiegels aan de wanden keek. Terwijl zij naar de herrie van de muziek luisterde, bedacht zij dat deze wereld boven de echte wereld zweefde, maar ze vroeg zich tegelijkertijd af of dat soms niet de echte was. Of niet zij het juist was die, opgesloten in deze badkamer, in een ballon zonder vaste koers zat, op zoek naar bedreigende monsters en wilde dieren.

'Sinds je met Felipe omgaat, ben je totaal veranderd', had Florencia gezegd.

Zij vroeg zich af of zij niet bezig was een andere persoon te worden. Of zij niet langzaam ophield te zijn wie zij vroeger was. De tijd van onbezorgd genieten lag ver achter haar. Zij was ongetwijfeld bezig te veranderen. Het probleem was dat zij niet wist wat zij zou worden. Voorlopig moest zij zich eraan gewennen dat zij drie personen was. Eén voor haar vrienden en op haar werk, een tweede voor de Bevrijdings-beweging en een derde voor Felipe. Op sommige momenten was zij bang dat zij niet wist welke van de drie zij echt was.

Op kantoor oogstte zij tenminste nog steeds professione-le successen. De werkroutine werd vaak onderbroken door de komst van de 'echtgenotes', die zij er op verzoek van Julián van moest overtuigen dat zij niet die smakeloze stof-fen en tapijten uit Miami moesten laten komen of dat zij niet moesten vasthouden aan een Zwitsers chalet in een tro-pisch klimaat.

Die vrouwen bezorgden Lavinia werk en hoofdpijn, maar zij kon niet ontkennen dat hun grillen haar ook vermaakten en haar steeds weer nieuw materiaal voor grappen en anek-dotes opleverden, pathetische schilderingen van de onge-rijmdheden van deze tijd.

En op die meidag kwamen twee van die vrouwen op kan-toor om Lavinia's routine voor altijd te doorbreken.

Mercedes kondigde hen aan. Zij opende de deur, ging met een boos gezicht voor haar bureau staan en zei: 'De chef laat u roepen. Ik waarschuw u maar vast dat er twee van die mummies bij hem zijn.' En vertrok zonder verder commentaar.

Het waren inderdaad twee magere vrouwen met rode wangen en toneelgezichten van de zware make-up. Om hun dunne armen rinkelden de armbanden, die de indruk gaven dat zij zich moesten inspannen om te gebaren, om hun armen met het vele goud op te heffen. Een van hen praatte ononderbroken, terwijl de ander steeds instemmend knikte.

Toen Lavinia binnenkwam, keken zij haar aan met de onverschillige uitdrukking die bepaalde vrouwen gebruiken voor exemplaren van de eigen soort die zij ondergeschikt achten. Zij denken vast dat ik de secretaresse ben, zei Lavinia bij zichzelf. Voor dit soort vrouwen is dat de vijand, degene die hun mannen inpikt.

'Goedemorgen', zei zij tegen hen.

Zij beantwoordden haar groet.

Julián stelde haar aan hen voor.

'Lavinia is een van onze beste architecten', voegde hij eraan toe.

Bij het horen van haar naam en haar beroep veranderde hun gelaatsuitdrukking als bij toverslag in een brede glimlach.

'Ik stel je voor aan mevrouw Vela en haar zuster, juffrouw Montes', zei Julián nu tegen haar.

Zij gaf hen een hand, zei het formele 'aangenaam'. Het waren dunne, slappe handen die zij haar op geaffecteerde wijze reikten. Weinig sociale bedrevenheid, die de armbanden niet konden verhullen.

De naam Vela klonk Lavinia bekend in de oren, maar zij kon hem niet thuisbrengen.

Om haar duidelijk te maken waar het om ging, legde Julián haar uit dat de familie Vela wilde gaan bouwen op een pas verworven stuk grond, dat op een van de heuvels aan de zuidkant van de stad lag.

'Het terrein is geaccidenteerd,' zei hij, terwijl hij een plattegrond uitvouwde, 'maar het biedt zeer aantrekkelijke mogelijkheden.'

'Het heeft een prachtig uitzicht', zei mevrouw Vela. 'Ik zie niet in hoe je daar een huis kunt bouwen, maar mijn man zegt dat het kan. Ik had graag gewild dat hij mee was gekomen, maar hij heeft het erg druk en daarom heeft hij mij gevraagd de mogelijkheden voor een huis na te gaan', zuchtte de vrouw berustend.

'Zij zou blij moeten zijn dat haar man haar die vrijheid geeft, nietwaar?' glimlachte juffrouw Montes met een blik naar Julián en Lavinia, in een poging het klagende in de woorden van haar zuster te verdoezelen.

Lavinia bekeek hen geamuseerd. Mevrouw Vela was jonger dan haar zuster, die eruit zag als een kokette vrijgezellin van het soort dat altijd een mening heeft en zich overal mee bemoeit. Ze zou ook wel voor de kinderen zorgen.

'Hoeveel mensen zullen er in het huis wonen?' vroeg Lavinia.

'Mijn man en ik, de twee kinderen en mijn zuster… en het personeel natuurlijk. Maar wij willen een groot huis met veel ruimte.'

'Generaal Vela is zeer gesteld op sociaal verkeer', zei de dik, opzichtig opgemaakte juffrouw Montes.

Generaal Vela! zei Lavinia bij zichzelf. Daarom had de naam haar bekend in de oren geklonken! Niemand minder dan de pas benoemde chef van de generale staf van het leger! De kranten hadden zijn onvoorwaardelijke trouw aan de Grote Generaal geprezen. Voor zijn bevordering was generaal Vela hoofd van de politie geweest, een post die de Grote Generaal zijn getrouwen toeschoof voordat hij hen op de militaire ladder bevorderde, om hen in staat te stellen hun zakken te spekken met de handel in nummerborden, boetes en vergunningen. En nu moest zij zijn huis ontwerpen! Net op dit moment!

'Wij hebben behoefte aan verschillende zitkamers, verschillende eetkamers en andere ruimten', zei mevrouw Vela. 'Ook willen wij een zwembad voor de kinderen, en een speelkamer. Bovendien zou mijn man een ruimte willen hebben om er te biljarten…'

Lavinia stelde meer vragen en bekeek hen nu met andere ogen. De zusters struikelden over hun woorden bij hun opsomming van eigenschappen en kamers die het huis moest hebben. Al snel openden zij hun tas en haalden er knipsels uit tijdschriften uit, waarbij zij hun voorkeur voor geïmporteerde materialen te kennen gaven, omdat de afwerking van wat er in Faguas te krijgen was niet aan hun verlangens voldeed. Lavinia boog zich over de tafel om de knipsels van de zusters te bekijken. Ze waren tenminste van het zomerhuis van Raquel Welch en niet van de berghut van Julie Andrews.

De actrice poseerde op smetteloos witte meubelen en in een slaapkamer met een rond bed met een tijgerachtig gestreepte beddesprei eroverheen.

Mevrouw Vela sprak over haar droom een groot, ovalen Jacuzzi-whirlpool te hebben en juffrouw Montes had het over de voorliefde van de opgroeiende zoon voor vliegtuigen, vogels en alles wat er verder vloog. 'Generaal Vela wil die dromen van de jongen in goede banen leiden en hem stimuleren piloot te worden', zei zij.

'Mijn man maakt zich zorgen over de afwezigheid van de jongen. Wij dachten dat in het ontwerp van zijn kamer motieven van oorlogsvliegtuigen zouden kunnen worden verwerkt', zei mevrouw Vela.

Verder wilden zij fonteinen in de tuin, wenende rotswanden, spiegelwanden in de badkamers… Lavinia en Julián keken elkaar af en toe aan en deden alsof zij de stortvloed van ideeën van de twee zusters aandachtig volgden.

Zij wisten dat het veel geld zou kosten, maar geld was niet het belangrijkste. De generaal had zijn hele leven hard gewerkt en had het verdiend. En bovendien zouden de kinderen het huis erven.

Ten slotte maakte Julián, steeds hoffelijk en voorkomend,

voor de volgende week een afspraak om hun een eerste schets te laten zien en verder te praten. Onder het gerinkel van hun armbanden verlieten de twee vrouwen de kamer.

Lavinia liet zich op de bank in Juliáns kamer vallen, totaal uitgeteld door het gesnater van de vrouwen en hun nouveau riche vertoon. Vroeger zou zij zich alleen professioneel aangesproken hebben gevoeld, maar nu, na haar toetreding tot de Bevrijdingsbeweging, vroeg zij zich af of dit niet de gelegenheid was een eerste bewijs van haar pas verworven bewustzijn te leveren.

'Niemand minder dan generaal Vela', zei Julián, terwijl hij de deur sloot.

'Ongelofelijk!' zei Lavinia.

'Ze weten gewoon niet wat ze met hun geld moeten doen', zei Julián.

'Gaan we dan voor ze werken?' vroeg Lavinia aftastend, 'nemen we hun smerige geld aan?'

'Doe niet zo romantisch,' antwoordde Julián, terwijl hij de plattegrond van het stuk grond oprolde, 'het grootste deel van het geld dat wij ontvangen is niet schoon. Het enige verschil is dat het hier veel duidelijker is. En het lijkt erop of de Grote Generaal zijn getrouwen nog meer wil verrijken om er zeker van te zijn dat zij tevreden zijn en hem verdedigen. Zo kan hij, stel ik mij voor, de ontevredenheid en de opstandigheid van de mensen beter het hoofd bieden. Na deze opdracht komen er waarschijnlijk meer.'

'Dus jij bent bereid aan ze te verdienen?' vroeg Lavinia, die nog steeds niet had besloten welke houding zij zou aannemen.

'Word je nu ook al moralistisch?' zei Julián. 'Als zij hun geld uit willen geven, dan helpen wij ze daarbij. Het is tenslotte beter dat wij het verdienen. Wij zijn eerlijker. In dit geval zal ik je niet eens vragen hen ervan te overtuigen dat zij de kitsch en de slechte smaak uit hun hoofd moeten zetten. Dus maak je geen zorgen.'

'Daar maak ik me geen zorgen over', zei Lavinia, die rechtop ging zitten. 'Ik weet niet of ik wel zin heb hen aan ideeën te helpen om dat geld uit te geven.'

'Dat geld wordt toch uitgegeven. Als wij de opdracht niet aannemen zijn er genoeg anderen die het willen doen. Wij kunnen niet tegenhouden dat het wordt uitgegeven. Bovendien, in het zakenleven tellen deze principes niet mee.'

'Ik vind het geen prettig idee. Zou je niet willen overwegen de opdracht aan een andere architect te geven?' vroeg Lavinia, die opstond om weg te gaan, omdat de gedachte bij haar opkwam dat de principes bij haar begonnen te werken.

'Nee, Lavinia', zei Julián en keek haar ernstig aan. 'Ik zou hem niet aan iemand anders kunnen geven. Voor deze opdracht is niemand beter dan jij. Als wij ons door onze principes laten leiden, kunnen we beter thuisblijven.'

'Heb je er al aan gedacht dat zij het misschien helemaal niet zo prettig vinden dat ik de opdracht uitvoer?' zei Lavinia, die haar toevlucht nam tot een meer overredende tactiek. 'Met mijn naam moeten ze weten dat ik uit een blauwe familie kom. Blauwer kan het niet.'

'Integendeel', zei Julián. 'Ze zullen het prachtig vinden. Die lui worden geïmponeerd door aristocratische namen en het kan hun niet schelen of ze tot de oppositie horen of niet. Het is hun droom om net zo te worden als jullie. Ik wil je niet beledigen, maar het is zo dat de enige oppositie die zij respecteren de guerrillero's zijn…'

Julián sloeg een map op zijn bureau open en begon erin te bladeren, daarmee aangevend dat het gesprek afgelopen was. Lavinia pakte haar blocnote en liep naar de deur. Zij had de deurknop al in haar hand, toen Julián zich oprichtte.

'De supervisie van deze opdracht zal ik persoonlijk doen.

Jij en ik gaan samenwerken. Felipe heeft al teveel projecten onderhanden.'

Julián was op de hoogte, dacht zij. Hij wilde hem niet dwingen met generaal Vela te maken te hebben. Hij wist dat hij zou weigeren erbij betrokken te zijn. Terug in haar werkkamer, pakte Lavinia de telefoon en draaide Felipes toestelnummer. Zij wilde niet het risico lopen dat Julián haar zijn kamer binnen zag gaan en haar van indiscretie zou verdenken.

'Felipe?'

'Ja.'

'Ik ben het, Lavinia.'

'Ik ken je stem heus wel', zei hij weinig vriendelijk, met zijn aandacht bij zijn werk.

'Ik heb zojuist een bespreking gehad met de vrouw van generaal Vela. Wij moeten hun huis ontwerpen. Julián wil dat ik het doe.'

Stilte.

'Felipe, ik denk dat ik het niet moet doen.'

Stilte.

'Ik denk dat je het wel moet doen', zei de stem aan de andere kant. 'Ja, je moet het zeker doen', de nadruk in de stem nam toe.

'Maar…'

'Waarom praten we er straks niet over, ik heb het druk', zei hij.

Lavinia legde de hoorn neer en keek uit over het landschap in de verte. Het zou haar een grote voldoening geven Juliáns kamer binnen te stappen en hem te zeggen dat zij niet bereid was het huis te ontwerpen. Zij stelde zich de reactie van de andere architecten en van de tekenaars voor, hoe het gerucht door het kantoor zou gaan. De jongeren die de regering heimelijk bekritiseerden zonder dat zij het waagden de corruptie en de redeloze decreten aan de kaak te stellen, zouden beseffen dat de weg naar de rebellie openstond. Zij was er zeker van dat Felipe het zou begrijpen, wanneer zij het hem later zou vertellen. En zij twijfelde er niet aan dat Sebastián haar zou steunen. Met zichzelf ingenomen stond zij op, ging op de kruk bij de tekentafel zitten en werkte neuriënd verder.

'Maar waarom ben je er zo zeker van dat ik het moet doen?' vroeg Lavinia aan Felipe. 'Ik weet bijna zeker dat Sebastián het met mij eens zou zijn.'

'Wees niet zo naïef', antwoordde Felipe. 'Jouw rebellie wordt binnen de kortste keren van tafel geveegd. De opdracht wordt gewoon aan iemand anders gegeven of je wordt ontslagen. Ik vind het al vreemd dat hij het aan jou heeft opgedragen. Hij weet van ons af…'

'Ik begrijp je niet', zei zij, hem aankijkend.

Toen Felipe kwam lag zij al in bed. Hij trok zijn kleren uit en kwam naast haar liggen. Hij verontschuldigde zich dat hij zo laat was en vroeg haar hem alles over de opdracht van mevrouw Vela en haar zuster te vertellen.

Dat deed zij. Zij legde hem haar idee uit om te protesteren, om te weigeren de opdracht uit te voeren. Hij bleef erbij dat het belangrijk was het wel te doen.

'Besef je dat het om de chef van de generale staf van het leger gaat?' herhaalde hij.

'Natuurlijk besef ik dat', zei Lavinia. 'Daarom juist.'

'Besef je dan niet dat je toegang zou kunnen hebben tot een enorme hoeveelheid informatie over zijn gewoontes, zijn routines, zijn gezin? Besef je dan niet dat je zijn huis, zijn slaapkamer, zijn badkamer zou ontwerpen?' riep Felipe ten slotte geïrriteerd uit.

Lavinia zweeg. Het begon tot haar door te dringen. Door haar hoofd schoten beelden van aanslagen, Aldo Moro, dode mannen in slaapkamers. Het gaf haar een beroerd gevoel.

'Gaan jullie hem doodschieten?' vroeg zij, en slaagde er niet in het anders te formuleren.

'Daar gaat het niet om', zei Felipe. 'Maar het is van het grootste belang informatie te hebben over die lui, hun vertrouwen te winnen, begrijp je dat dan niet?'

Zij begreep het. Maar het was een verward begrijpen, waar huiveringwekkende beelden doorheen flitsten. Zij dacht aan de ongetrouwde, verzoenende zuster en zag de bom haar in stukken scheuren.

'Ik begrijp het', zei Lavinia. 'Ik begrijp dat het nuttige informatie is om ze af te kunnen maken.'

'Lavinia, wij vinden niet dat het erom gaat mensen dood te maken. Als dat zo was, hadden wij ons allang met de Grote Generaal beziggehouden. Wat wij willen zijn veel verder strekkende veranderingen dan alleen maar een wisseling van een paar personen.'

'Maar waar zou al die informatie dan voor moeten dienen?'

'Een van de gulden regels van de oorlog is je vijand te kennen, hoe hij denkt, wat hij doet, hoe hij leeft. Wat er met die informatie wordt gedaan is niet jouw zaak. Wat jij zou moeten doen is aan die informatie komen, het vertrouwen van de familie winnen, hun huis kunnen binnengaan, documenten meenemen.'

'Maar dat zou toch gevaarlijk zijn?' zei zij, hem polsend.

'Dat zou het kunnen zijn', zei hij, 'dat is waar. Maar het is belangrijk en wij zouden je beschermen.'

'Dan zou ik mij bij de Bevrijdingsbeweging moeten aansluiten', zei Lavinia, terwijl zij hem recht aankeek.

'Of alle informatie aan mij doorgeven', zei Felipe.

'Dat zou bijna hetzelfde zijn.'

'Niet per se', zei hij. 'Je enige verantwoordelijkheid zou zijn de informatie aan mij door te geven.'

'En als ik je zei dat ik mij al bij de Beweging heb aangesloten?'

'Dan zou ik je niet geloven.'

'Het spijt me, maar het is zo.'

Lavinia wachtte op Felipes reactie. Zij zag hem haar ongelovig aankijken. Zwijgend namen zij elkaar op. Zij sloeg haar ogen niet neer.

'Ik vind het vervelend dat je dat voor mij verborgen hebt gehouden', zei Felipe ten slotte.

'Ik had het je heus wel gezegd, maar ik wist nog niet wanneer.'

'Maar wanneer dan? Wanneer heb je het besloten? Hoe dan?' vroeg Felipe.

Lavinia vertelde hem in het kort haar overwegingen en haar gesprekken met Sebastián en Flor.

'En waarom heb je niets tegen me gezegd?' wilde Felipe weten.

'Dat heb ik geprobeerd,' zei Lavinia, 'maar jij werkte niet mee. Ik had het gevoel dat jij niet wilde dat ik meedeed, dat je steeds weer tegen mij zou zeggen dat ik er nog niet klaar voor was.'

En zo was het ook, zei hij, nu duidelijk boos. Naar zijn mening was zij nog steeds niet rijp om formeel toe te treden. Zij had nog teveel twijfels, ze wist nog niet goed wat ze wilde.

Lavinia erkende de twijfels, maar konden dan alleen degenen die niet twijfelden lid van de Bevrijdingsbeweging zijn? Alleen Felipe scheen dat te denken. Sebastián en Flor dachten er kennelijk heel anders over.

'Omdat ik je beter ken dan wie dan ook!' zei Felipe met stemverheffing. 'Ga je me nu soms zeggen dat je ons geen zelfmoordenaars vindt, dat je daarnet niet geschrokken bent bij het idee dat je informatie over de generaal moest gaan doorgeven, omdat het zijn leven in gevaar zou kunnen brengen, alsof zijn leven belangrijker zou zijn dan dat van veel compañeros? Alsof onze levens hen ook maar iets kunnen schelen?'

'Dat is toch wat ons van hen onderscheidt?' zei Lavinia, 'dat levens voor ons geen wegwerpartikelen zijn?'

'Natuurlijk', zei Felipe geraakt. 'Maar het is ook niet de bedoeling om mensen als Vela te beschermen.'

'Ik geloof dat je noch mij noch mijn zorgen begrijpt', zei Lavinia, die kalm bleef, op zachte toon. 'Je zou altijd blijven vinden dat ik nog niet rijp ben voor de Beweging. Dat komt je goed uit. Jij wilt je hoekje 'normaal leven', de oever van je rivier, voor eeuwig behouden, je vrouwtje dat onder jouw leiding meewerkt zonder zichzelf te ontwikkelen. Gelukkig denken Sebastián en Flor er anders over.'

Lavinia begon zich nu ook op te winden. Er kwamen scheuren in haar zelfbeheersing, die de weg vrij maakten voor haar opgehoopte frustraties: de nachten die zij wakend had doorgebracht terwijl zij op hem wachtte, de uitingen van zijn superieure, vaderlijke houding.

'Het kan me geen reet schelen wat zij denken!' zei hij woedend. 'Ze mogen denken wat ze willen. Zij leven niet met jou samen. Zij hoeven je bevliegingen van rijkeluiskind niet te verdragen! Dat is wat je bent, een rijkeluiskind dat denkt dat het alles maar kan doen. Je ziet je eigen beperkingen niet eens.'

'Niemand heeft me gevraagd waar ik geboren wilde worden!' zei Lavinia woedend. 'Daar kan ik niets aan doen, heb je dat begrepen?'

'Wil je dat de hele buurt ons hoort?'

'Jij begon te schreeuwen.'

Zij was aan de andere kant van het bed gaan zitten. Naakt, haar benen uitgestrekt op de lakens, zat zij zwijgend naar haar voeten te kijken. Altijd wanneer zij niet wist wat zij moest doen, keek zij strak naar haar voeten, dan was het alsof je op afstand naar jezelf keek, of je een ver en vreemd deel van jezelf zag, de lange tenen die geleidelijk in het kleine teentje eindigden. Ze leken op de voeten van haar moeder... wat kon zij aan die moeder doen, aan die aristocratische voeten, of aan die bevliegingen van rijkeluiskind... Zij had geen bevliegingen van rijkeluismeisje, zei zij bij zichzelf. Het enige waar zij niet tegen kon was het reizen in de bus of per taxi. Zij had graag haar eigen auto. Maar wie niet? Verder kon zij geen bevliegingen bedenken. Zij at weinig en ze at alles... Ze hield niet van de feesten op de club.

Zij bewoog haar voeten, strekte haar tenen. De gespannen stilte verdikte zich tussen hen als een fysieke aanwezigheid, neergehurkte tijgers, naakt op de lakens, wachtend op wie de volgende haal zou uitdelen. Zij wilde niet opkijken, zij wilde hem niet zien, zij zou niets meer zeggen, zij zou wachten.

'Heb je je tong verloren?' zei Felipe heel wat rustiger.

Peinzend bleef zij naar haar tenen kijken.

'Wie heeft je erbij gehaald, Sebastián?'

'Flor', zei zij, zonder haar hoofd op te heffen.

'Natuurlijk', zei hij. 'Dat had ik zelf ook kunnen bedenken', voegde hij eraan toe.

Van sommige nagels was de lak een beetje geschilferd, die moest ze er afhalen. De stilte keerde terug, groeide. Buiten begon het harder te waaien, de wind bewoog de takken van de sinaasappelboom, waarvan de schaduw door het raam viel en donkere vormen op de wand tekende.

Onmerkbaar kwam haar blik iets omhoog, tot net boven haar grote teen. Felipe lag languit op het bed met zijn handen achter zijn hoofd en keek strak omhoog.

Hoe lang zouden zij dat nog volhouden, vroeg Lavinia zich af. Hoe lang had Felipe nodig om in te zien dat hij zich had vergist? Zij zou niets doen, dacht zij. Er was geen enkele reden waarom zij het gesprek weer op gang zou brengen. Zij zou niets tegen hem zeggen. Hij was het die iets moest zeggen.

'Dus het is al een voldongen feit', zei hij als tegen zichzelf.

'Ja,' zei zij, 'ik ben niet van plan weg te lopen wanneer ik net ben begonnen. En nu nog minder.'

'Ik denk dat je gelijk hebt', zei hij. 'Ik zou het niet vervelend moeten vinden, juist het tegenovergestelde, maar ik kan het niet helpen.'

Hij steunde op een arm en keek haar aan. Hij strekte zijn hand uit en raakte even haar arm aan.

'Je zou blij moeten zijn', zei zij. 'Vind je het niet gek dat je het vervelend vindt?'

'Daar zat ik ook net aan te denken', zei hij. 'Wat ik vervelend vind is niet dat je hebt besloten je aan te sluiten, maar dat je het hebt gedaan zonder het tegen me te zeggen.'

'Maar ik zei je toch al…'

'Ja, ja,' onderbrak hij haar, 'het is best mogelijk dat je gelijk hebt en dat ik je er niet bij heb willen betrekken, dat ik je te veel wil beschermen en je niet aan gevaar wil blootstellen… Maar niet om wat je zo vaak herhaalt, dat van mijn verlangens naar een normaal leven.'

Zij keek hem aan zonder iets te zeggen.

'Goed,' zei hij, 'jij wint. Ik zal proberen eraan te wennen en je te helpen.'

'Dus ik heb bevliegingen van een rijkeluiskind?' zei zij tartend.

'Stapels', zei hij, leunde half over haar heen en keek haar ondeugend in de ogen.

De gemoederen waren bedaard. Zij streelden elkaar. De spanning was nog niet helemaal verdwenen, maar werd gecamoufleerd door kussen en lieve woordjes.

Felipe beet in haar schouder. Onder de beten, de kussen en de hand tussen haar benen bedacht Lavinia hoe Felipe zijn zin weer gekregen had, hoe hij plotseling omgeslagen was en zei dat hij haar zou helpen. En zij koos ervoor hem te geloven en zich gewonnen te geven, koos voor de verzoening, die weg van gekreun en harde tepels en vleugels die in haar oren ruisten.

Zij spraken af dat zij met Flor en Sebastián zou overleggen. Zij zou het huis van generaal Vela ontwerpen, als haar contactpersoon het ermee eens was.

*

12

Woensdag waren Sebastián en Flor het er niet alleen mee eens, maar droegen haar op al haar aandacht aan het project te geven, zoveel mogelijk in die kring door te dringen en alles wat zij van de familie Vela zag en over hen te weten kwam aan hen te rapporteren.

'Alles', hadden zij gezegd. Geen enkel detail mocht haar zonder betekenis voorkomen.

Zij hadden dezelfde gedachte als Felipe. Hun argumenten overtuigden haar ten slotte. Zij had zich niet nog langer onwillig durven tonen.

Bovendien legden zij de nadruk op de noodzaak dat zij weer aan het uitgaansleven ging deelnemen, haar kennissen zag, de club bezocht, dat zij bij het volgende bal aanwezig zou zijn. Zij moest zich niet isoleren, zeiden zij. Het was van essentieel belang dat zij gezien werd. Wanneer generaal Vela navraag naar haar zou doen, mocht hij er niet de minste twijfel over hebben dat zij iemand was die gewend was zich in de kringen te bewegen, waartoe zij naar geboorterecht behoorde.

Het was paradoxaal, dacht Lavinia na de bijeenkomst, dat haar werk voor de Beweging, waarvan zij had gedacht dat het haar bestaan grondig zou veranderen, nu juist zou zijn de rol van haar eigen leven te spelen.

Toen zij thuiskwam, was het huis niet schoongemaakt. Het rook muf. Lucrecia was niet gekomen. De koffiekopjes stonden nog op de ontbijttafel en de bedden waren niet opgemaakt. De regen was door de halfopen ramen binnengekomen en lag in minuscule, glinsterende druppeltjes op de vloer toen zij het licht in de slaapkamer aanstak. De sinaasappelboom wiegde heen en weer en krabbelde met zijn takken aan de vensters.

'Hallo,' zei zij, 'je bent flink nat geworden!'

Het was een gewoonte van haar geworden tegen de boom te praten. Nu zij hem zo groen en vol sinaasappels zag, was zij ervan overtuigd dat degenen die zeiden dat het goed voor planten was om tegen ze te praten, zich niet vergisten. Deze boom tenminste leek haar dankbaar te zijn voor haar begroetingen.

Zij deed haar schoenen uit en trok haar sloffen aan, bracht de lege kopjes en het glas water naast het bed naar de keuken en begon af te wassen.

Hoe zou het worden met de familie Vela, vroeg zij zich af, terwijl zij het sponsje door de glazen en kopjes haalde, en wat zou er met Lucrecia, die altijd zo trouw was, aan de hand zijn. Zou ze ziek zijn ? Zij werkte door tot het huis op orde was. Zij had nu geen zin in wanorde. Hopelijk komt Lucrecia morgen weer, dacht zij, en is er vandaag alleen iets tussengekomen.

Maar Lucrecia kwam de volgende dag niet. En de daaropvolgende ook niet.

'Je zou naar haar toe moeten gaan om uit te zoeken wat er is', zei Felipe 's morgens op kantoor.

'Daar heb ik ook al over gedacht', zei Lavinia. 'Na het werk ga ik naar haar toe.'

Zij had het papiertje waarop Lucrecia haar adres had geschreven in haar tas gedaan. Haar krabbels waren moeilijk te lezen (zij had maar twee jaar lagere school kunnen doen), maar Lavinia had de naam van de buurt en van de straat kunnen ontcijferen. Zij dacht dat dat wel genoeg zou zijn. De buren zouden haar wel kennen.

Vanaf de hoofdweg kon zij de wijk met zijn onregelmatige straten, de huisjes van houten schotten en het silhouet van een kerk in de avondschemering zien liggen. Zij verliet de hoofdweg en reed een onverharde weg op. Waar de huizen begonnen was de straatverlichting opgehouden. De open deuren van de armoedige, dicht opeen staande huizen verschaften de enige verlichting in de smalle straten. Op de erfjes stonden amandel- en bananebomen. Zij kwam uit bij het pleintje van de kerk, het enige stenen gebouw in de omgeving, en reed een weg achter de kerk in. Alle kinderen keken naar haar, toen zij voorbijkwam. De auto hotste en botste over de kuilen, varkens en kippen renden opgeschrikt over de modderige weg. Door de deuropeningen keek zij in de kleine, smerige woningen van één kamer. In die kleine ruimte leefden gezinnen van zes, zeven mensen, boven op elkaar. Het kwam vaak voor dat dronken vaders hun jonge dochters verkrachtten. Hoe hielden ze het uit zo te moeten leven? vroeg zij zich ontdaan af en voelde zich schuldig.

Op nauwelijks een paar kilometer afstand van parken en goed verzorgde en verlichte residentiële wijken kwam je hier in deze treurige, ellendige wereld. Zij stelde zich voor hoe Lucrecia in alle vroegte over deze aarden straten naar de hoofdweg liep om er de bus te nemen. Oude, volle bussen, betastende handen, zakkenrollers. Opnieuw moest zij aan de onrechtvaardigheid van de geboorte denken. De dood was veel democratischer. In de dood waren allen gelijk: familiegraf of in de grond, elk lichaam ging tot ontbinding over. Maar waar diende de democratie dan nog voor?

Zij hield stil bij een groepje jongens die op een hoek stonden te praten, en vroeg naar de straat waar Lucrecia woonde. Zij kenden haar. Ze moest nog een eind doorrijden, zeiden ze, het was het huis naast de winkel, aan het eind.

Het daglicht was nu geheel verdwenen. Een vrouw op

blote voeten duwde moeizaam een kar met brandhout met verschillende kinderen er bovenop tegen de helling van de weg omhoog. Zij reed hen voorbij. De kinderen keken verbaasd naar haar. Op dat tijdstip kwamen daar maar weinig auto's voorbij, dacht Lavinia.

Zij kwam bij het huis van Lucrecia. Toen zij uitstapte, zag zij de vrouw van de kar uit de verte naar haar kijken. Zij voelde zich niet op haar gemak in haar linnen broekpak en op haar schoenen met hoge hakken. Zij klopte op de deur.

Een meisje van ongeveer twaalf jaar deed hem half open. 'Woont Lucrecia Flores hier?' vroeg Lavinia.

'Ja', zei het meisje, dat zich achter de deur verschool en naar binnen keek alsof zij bescherming zocht. 'Die woont hier. Het is mijn tante.'

'En is zij er?' vroeg zij.

'Tante, er is iemand voor je', riep het meisje, dat weer naar binnen ging.

De deur ging een stukje verder open, zodat Lavinia het zinken dak kon zien, de elektrische draden die erlangs liepen, en een enkel peertje dat aan een balk hing. Over een dwarsbalk hingen matrassen, die 's avonds wel zouden worden uitgespreid. In een hoek stond een oude stoel.

'Wie is dat?' zei de stem van Lucrecia.

'Ik ben het, Lucrecia, Lavinia', riep zij vanuit de deur.

'Laat haar binnen, laat haar binnen', klonk haar stem opnieuw.

Gehoorzaam deed het meisje een stap opzij. Lavinia ging het kleine vertrek binnen, dat zowel woonkamer als slaapkamer leek te zijn. Aan één kant, achter een schot, hoorde zij Lucrecia zeggen dat zij verder moest komen. Het vertrek rook muf, naar vieze doeken.

Lavinia schoof het gordijn opzij en zag Lucrecia op een

canvas veldbed liggen, met haar hoofd in een handdoek gewikkeld die sterk naar kamfer geurde.

'Ach, juffrouw Lavinia,' zei de jonge vrouw, 'wat erg dat u me bent komen opzoeken. Ik kon niet komen, omdat ik ziek ben. Als u eens wist wat een koorts ik heb gehad!'

Lavinia ging naar haar toe en zag haar rode ogen. Zij zag er bleek uit en haar lippen waren erg blauw.

'Maar wat heb je dan, Lucrecia?' vroeg zij. 'Je ziet er slecht uit. Is er al een dokter bij je geweest?'

Lucrecia bedekte haar gezicht met haar handen en begon te huilen.

'Nee,' zei zij snikkend, 'er is niemand bij me geweest. Ik wil niet dat er iemand bij me komt. Rosa, breng eens een stoel', zei zij tegen het meisje.

Lavinia ging naast haar op de stoel zitten, dezelfde die zij al bij het binnenkomen had zien staan en waarschijnlijk de enige in het huis.

'Maar waarom wil je niet dat er iemand bij je komt?' zei zij tegen de snikkende Lucrecia. 'Kom, niet meer huilen. Wanneer is het begonnen?'

De jonge, maar door de armoede veel ouder lijkende vrouw bedekte haar gezicht met het laken en zei tegen het meisje dat zij haar moeder moest gaan halen.

'Lucrecia,' hield Lavinia aan, 'vertel me toch wat er met je is, dan kan ik je naar een dokter brengen. Hou op met huilen. De dokter kan je beter maken. We kunnen er meteen heen, als je wilt…'

'Ach, juffrouw Lavinia, u bent zo goed!' zei Lucrecia, 'maar ik wil niet dat er iemand naar me komt kijken!'

'Ze wil niet dat er iemand naar haar komt kijken en ze gaat nog dood van die koorts', zei een stem achter Lavinia.

Zij draaide zich om en zag een dikke vrouw met een schort om haar middel bij het gordijn staan, Lucrecia's zuster en de moeder van het meisje.

'Vertel het haar toch,' ging de vrouw verder, 'zo gaat het niet langer, je hebt hoge koorts, je ligt alleen maar te huilen en zo ga je nog dood. Als jij het niet zegt, doe ik het.'

Lucrecia huilde nog harder.

'Ik heb haar gezegd dat ze het niet moest doen,' zei de zuster, 'maar het hielp niets.'

Ten slotte vertelde Lucrecia onder gesnik de details van de abortus aan Lavinia. Zij wilde het kind niet, zei zij, de man had gezegd dat zij op hem niet hoefde te rekenen en het werk kon zij ook niet missen. Er was niemand die ervoor kon zorgen. En zij wilde verder leren. Een kind kon zij onmogelijk onderhouden. Zij wilde niet een kind, dat zij onverzorgd en slecht gevoed alleen moest laten. Ze had er goed over nagedacht. Het was geen gemakkelijke beslissing geweest. Maar een vriendin had haar een verpleegster aanbevolen die het goedkoop deed. En die had het gedaan. Maar het probleem was dat het bloeden niet wilde stoppen. En ze stonk helemaal, naar verrotting en dan die hoge koorts. Het was een straf van God, zei Lucrecia. Nu zou ze ook moeten sterven. Ze wilde niet dat er iemand naar haar kwam kijken. Als er een dokter bij kwam zou hij haar vragen wie het had gedaan en de vrouw had haar gedreigd dat ze haar niet aan mocht geven. De dokters wisten dat het verboden was. En die zouden het meteen zien. Als ze naar een ziekenhuis ging kon ze zelfs in de gevangenis terechtkomen, zei zij.

Lavinia probeerde zich niet te laten overweldigen door de situatie, de twee vrouwen met hun strakke gezichten, het gehuil van de tussen de lakens weggedoken Lucrecia, de onwetendheid, de angst, het benauwde kamertje, de kamferlucht, het meisje dat verschrikt om de hoek van het gordijn keek.

'Vooruit, ga spelen, Rosa. Ik heb je gezegd dat je moest

gaan spelen', zei haar moeder, die haar geduld verloor en het meisje met een dreigend gebaar wegduwde, zodat het hard wegliep.

Zij moest iets bedenken, zei Lavinia tegen zichzelf, niet toegeven aan dat misselijke gevoel in haar maag, aan de drang om met Lucrecia mee te huilen, die eindelijk tot bedaren kwam en af en toe nog snikte.

'Ik heb een vriendin, die verpleegster is', zei Lavinia. 'Ik zal haar gaan halen.'

Ze zou Flor erbij halen, dacht zij. Flor zou tenminste kunnen zeggen wat er moest worden gedaan.

Zij stond op, zette zich over de geur van de kamfer en van de koorts, over haar medelijden en haar woede om de armoede heen.

'Dank u wel, juffrouw Lavinia, dank u wel', zei Lucrecia, die weer begon te huilen.

Toen zij buiten stond, haalde Lavinia diep adem. De avond was over de sloppenwijk neergedaald. De door de regen schoongewassen hemel stond vol sterren. Geen enkel licht deed afbreuk aan hun schittering. Lucrecia's zuster stond in de deur en haalde een hand door haar haar.

'Ik kom direct terug,' zei Lavinia tegen haar, 'ik ben zo terug', en stapte in haar naar nieuw ruikende auto.

Op de straatweg hield Lavinia stil, omdat zij huilde. Door de tranen in haar ogen kregen de lichten van de tegemoetrijdende auto's een kleurige stralenkrans.

Twee uur later verdween Flor met Lucrecia achter de deur van de afdeling eerste hulp. Zij zag hen door het glas weglopen. Zelf liep Lavinia vermoeid naar de wachtkamer.

Het was een hoge ruimte en de aan het plafond opgehangen tl-buizen, waarvan de meeste uit waren, gaven een zwak licht. Zij ging op een van de houten banken zitten. Als er

niet die typische ziekenhuisgeur, dat mengsel van medicijnen en angst, had gehangen, had je de wachtkamer voor de
ruimte van een protestantse kerk kunnen houden. Rijen stevige houten banken stonden in het midden en langs de muren van de zaal. Vrouwen met vuile, zieke kinderen, andere
vrouwen die alleen waren en enkele manen zaten zwijgend te
wachten. Lavinia leunde met haar elleboog op de leuning
van de bank en wreef in haar ogen. Ze had hoofdpijn en
pijn in haar nek.

Gelukkig had Flor met haar gewone kalmte de situatie in
handen genomen. Zij had vrienden in het ziekenhuis, artsen
die gewend waren aan gevallen zoals Lucrecia. Er zijn honderden van deze gevallen, had Flor gezegd.

Zij zat een poosje met haar ogen dicht in de hoop dat zij
wat zou kunnen wegdoezelen om de tijd te korten. Maar de
slaap kwam niet. Zij opende haar ogen en keek de zaal rond.
Zij merkte dat de anderen naar haar zaten te kijken. Zij
hadden hun blik afgewend zodra zij haar ogen had geopend,
maar zij hadden naar haar zitten kijken, alsof zij in een spot-
light op het toneel zat.

Zij voelde zich niet op haar gemak. Om afleiding te zoeken keek zij naar de grond en liet haar blik langs de rij voeten tegenover haar gaan. Er lag vuil onder de banken. De
voeten van een oudere vrouw bewogen. Ze waren dik. Boven het grove, zwarte leer kwamen spataderen uit. De punt
van de schoenen was opengeknipt, zodat de te kleine maat
de tenen van de nieuwe eigenares niet zou beknellen. De
paarsgelakte, afgebroken teennagels zagen er grotesk uit.
De voeten ernaast waren van een jongere vrouw, hoogstens
dertig. Sandalen die ooit wit waren geweest. Bruine benen,
droge huid. Op de nagels een oude, afgeschilferde, bijna
purperen lak. Duidelijk zichtbare aderen. En verderop de
versleten zolen van mannenschoenen. Korte sokken, waar-

van het elastiek al slap geworden was. Bij de hiel zat er een gat in. Als gehypnotiseerd liet zij haar ogen langs de rij voeten gaan. Ze keek op. Ze keken haar aan. Zij sloeg ze weer neer, zag haar eigen voeten, fijne, witte voeten in lichtbruine, open schoenen van Italiaans leer en met hoge hakken, de rode nagels. Ze waren mooi, haar voeten, aristocratisch. Ze sloot opnieuw haar ogen.

Zij had zich verbonden om voor de eigenaren van die ruwe voeten te strijden, dacht zij. Om een van hen te zijn, in haar eigen vlees het hun aangedane onrecht te voelen. Die mensen waren het volk waarover in het programma van de Bevrijdingsbeweging werd gesproken. En toch werd zij daar in de smerige, halfverlichte wachtkamer van het ziekenhuis door een diepe kloof van hen gescheiden. Het beeld van de voeten kon niet welsprekender zijn. Hun wantrouwende blikken. Ze zouden haar nooit accepteren, dacht Lavinia. Hoe zouden ze haar ooit kunnen accepteren, niet wantrouwend staan tegenover haar tere huid, haar glanzende haar, haar fijne handen, haar rode teennagels? Hoe kon zij denken dat zij zich met hen zou kunnen identificeren?

Flor haalde haar uit haar overpeinzingen, toen zij opeens met de dokter, een stevig gebouwde man van middelbare leeftijd met een vriendelijk gezicht, voor haar stond. Met Lucrecia ging het goed, zeiden zij. Ze hadden haar een bloedtransfusie gegeven en een curettage uitgevoerd. Het was een geluk dat ze haar vandaag naar het ziekenhuis hadden gebracht. Een dag later en zij zou niet meer te helpen zijn geweest.

Zij ging met Flor naar de afdeling gynaecologie. Zaal J was lang en smal, met een rij bedden aan elke kant. Vrouwen met sombere gezichten volgden haar met de ogen, terwijl zij door het middenpad naar Lucrecia's bed liep. Ze keken naar haar kleren, haar tas, weer werd zij van boven tot onder bekeken. Zij liep op haar tenen en had wel door de grond willen zinken. Ze voelde zich verlegen, schuldig, een indringster in dit lijden van andere mensen.

Alleen Flor glimlachte, terwijl zij haar aanmoedigde om dichterbij te komen, zich over Lucrecia heen te buigen en met een hand over haar voorhoofd te strijken. Zij zei haar dat ze het nummer van het bed moest noteren om het aan Lucrecia's zuster door te geven. Morgen zou zij zich al veel beter voelen en konden ze haar van drie tot vijf bezoeken.

Gedurende de volgende dagen, terwijl zij ontwerpen voor het huis van de familie Vela tekende, streed Lavinia tegen de neerslachtigheid en de tegenzin. Zij had het gevoel dat haar bestaan op een niet meer te controleren wijze in haar twee parallelle levens verstrikt raakte, dat die met elkaar botsten en dreigden ieder spoor van een eigen identiteit uit te wissen. Zij kon de avond in de wachtkamer maar niet uit haar gedachten zetten, zij werd erdoor achtervolgd. Het beeld werd nog verscherpt door het bezoek aan het ziekenhuis op de drie eerstvolgende middagen, waarop zij met de zuster en haar dochtertje aan Lucrecia's bed zat in de grote zaal met de hoge ramen van de afdeling gynaecologie. Zij kon de vrouwengezichten die haar, bevreemd over haar aanwezigheid op die zaal, vanuit de witte lakens ongemakkelijk aankeken, maar niet vergeten.

Het was heel moeilijk met niets meer dan goede bedoelingen je plaats in deze zo willekeurig verdeelde wereld te vinden, een bevoorrechte baan te hebben tegenover al het onrecht, je door de rijkdom gebrandmerkt te voelen, gescheiden van de eigenaren van die ruwe handen en voeten, van die vrouwen die daar met hun door een slecht uitgevoerde abortus verscheurde buiken in de bedden lagen of baby'tjes koesterden die, evenmin als zij hadden uitgekozen waar zij geboren werden, en die door het lot van hun geboorte en door de sociale ongelijkheid met hun vaders en moeders en broers en zusters en ooms en tantes opeengehoopt in donkere, stinkende kamertjes zouden opgroeien.

Lavinia's potlood tekende niet langer deuren en bogen, maar handen en voeten. Zij hief haar hoofd op en luisterde naar het gezoem van de tekenlampen, het gepraat van de leerling-tekenaars, het gerinkel van de koffiekopjes, het geluid van de airconditioning. Om deze tijd zou Lucrecia weer thuis zijn, blij dat zij het had overleefd. Zij zou een beker bouillon drinken, de kamfer uit de lakens wassen en wachten tot haar zuster van haar marktkraam terug zou keren om de tortilla's te bakken, die haar dochtertje Rosa later op de middag in de buurt zou gaan verkopen met de kreet van haar hoge meisjesstem 'tortillaaaaa's, tortillaaaaa's'.

In haar herinnering bewaarde Lavinia flitsen van die andere werkelijkheid die zich in de loop van haar leven stiekem en beschaamd in haar hoofd hadden genesteld, roerloze beelden van waaruit de pijn haar aanstaarde. Het waren onduidelijke, vergeelde, tot nu toe in stilte bewaarde ogenblikken, die als in zee geworpen flessen in haar bewustzijn begonnen rond te drijven, berichten op de stranden van haar geest die haar schokten.

Als ik een van hen was, zou ik niets geloven van iemand als ik, iemand die eruit zag zoals ik, zei zij bij zichzelf. Tenminste niets goeds.

13

Terwijl ze uitkeek over haar tuin met varens en hortensia's, praatte Sara zonder ophouden over hoe druk zij het had met de inkopen op de markt, het op orde brengen van de kamers, het opnieuw overtrekken van meubels... 'Ik ben een goede echtgenote', zei zij. 'En ik vind het leuk om het te zijn. Het geeft net zoveel bevrediging als andere dingen: het huis netjes houden, je man ontvangen.' Het vreemde was, vond zij, dat ze zich opgenomen voelde in een soort rust, in een eigen tijdsruimte, waarin Adrián nauwelijks een plaats had. Wanneer hij 's avonds met zijn verhalen over zijn werk en over wat er in de wereld gebeurd was thuiskwam, kostte het haar moeite van rol te veranderen en een interessant gesprek te voeren. En het kostte haar nog meer moeite, ging zij verder, om naar bed te gaan en het verleidingsspel te spelen dat hij zo leuk vond, iedere avond uit de pop te komen, die rustige wijkplaats van huishoudelijke bezigheden, en als een vlinder uit te vliegen, een sensuele vrouw te zijn.

'Ik heb bijna het gevoel dat ik moet doen alsof. Ik moet mijn best doen om de rust te doorbreken, het ritme te versnellen en met een geïnteresseerd gezicht te luisteren naar wat hij zegt.' Het was veel makkelijker, zei zij, wanneer hij de deur uitging en zij veilig in haar stille wereld, haar tuin en haar huishouden, achterbleef.

Soms dacht zij dat haar wereld haar rust en zin liet vinden in haar dagelijkse, ogenschijnlijk zo onbelangrijke en eenvoudige taken, of was het misschien zo dat zij werkelijk van dat heerlijke leventje in slow motion in haar eigen koninkrijk hield: het rijk van de huiselijkheid. Wat haar vooral was opgevallen, voegde zij eraan toe, dat het alle vrouwen in haar situatie net zo leek te vergaan: ogenschijnlijk brachten zij de dag geheel toegewijd aan het geluk van hun man door, maar diezelfde mannen, die 's avonds verschenen en 's morgens weer vertrokken, pasten niet in die sfeer.

Zouden de huisvrouwen, zo vroeg Sara zich af terwijl zij Lavinia aankeek, al niet eeuwenlang in een persoonlijk universum leven, de avondlijke indringers een ander gezicht tonen om de volgende dag naar hun domein terug te keren?

'Ik weet niet of je begrijpt wat ik bedoel', zei Sara. 'Voor mensen zoals jij is het huishouden een woestijn. En de mannen zien het ook zo. Maar je bedenkt je eigen oase. Je hebt plezier in wat je doet. Ik vind het leuk om met de slager te praten en op de markt over de prijs te discussiëren, om de tuin te verzorgen, de begonia's groter te zien worden. Ik geniet van de dagelijkse dingen. En wat je op een bepaald moment vreemd begint te vinden, is dat je het bed, de wc en de douche deelt met iemand die 's avonds komt en 's morgens weer weggaat, die een heel ander leven leidt…'

'Precies,' zei Lavinia, 'daar gaat het nu net om. De vrouwen krijgen de dagelijkse dingen toegewezen, terwijl de mannen de wereld van de grote gebeurtenissen voor zichzelf reserveren.'

'Wat ik je probeer uit te leggen, Lavinia, is dat de vrouwen op hun manier ook de mannen verbannen, ook al lijkt het niet zo. De mannen worden indringers in het huiselijke leven.'

'Je moet jezelf niets wijsmaken, Sara', zei Lavinia. 'Als er geen echtgenoot was, zou er ook geen vrouw des huizes zijn en zou die wereld, waar jij het over hebt, er heel anders uitzien…'

'Ik zeg niet dat er geen echtgenoten meer moeten zijn.

Begrijp me goed. Zij bestaan nu eenmaal. Wat ik bedoel is dat, net zoals de mannen bevrediging vinden in hun werk, wij huisvrouwen onze eigen manier hebben om te functioneren.'

'Ik twijfel er niet aan,' zei Lavinia, 'geen salaris, geen sociale erkenning…'

'Alle mannen in de buurt vinden mij aardig', zei Sara. 'Ze kennen me en ze respecteren me. Bij mijn kennissen vind ik genoeg sociale erkenning…'

'Als een echte huisvrouw', zei Lavinia.

'Dat doet me niets', zei Sara. 'Huisvrouw zijn is een respectabele taak. Ik probeer je niet te vertellen dat ik houd van wat ik doe, maar juist dat ik ontdekt heb…'

'Het enige wat je ontdekt hebt is de arbeidsverdeling', onderbrak Lavinia haar wanhopig.

'Nee, Lavinia. Je zou ervan opkijken als je de huisvrouwen onder elkaar over hun mannen hoorde praten. Zij worden als vreemde wezens beschouwd, alsof ze niets met ons te maken hebben, met onze gesprekken over de vlekken in het tafellaken, de braadtijd van het vlees of de verzorging van de tuin. Het gekke is dat de mannen denken dat het een wereld is die voor hen bestaat en eerlijk gezegd geloof ik niet dat er een plek is waar zij minder belangrijk zijn, ook al lijkt alles om hen te draaien. In tegenstelling tot wat iedereen denkt, komt de wereld van de huisvrouw pas weer in zijn normale doen, wanneer de man 's morgens naar zijn werk gaat. Zij zijn de indringers.'

'En de reden van bestaan van die wereld', zei Lavinia. 'Iedere feministe die jou hoorde praten, zou woedend worden.'

'Zie jij het dan niet als een manier voor vrouwen om een terrein af te bakenen?'

'Nee', zei Lavinia categorisch. 'Ik vind dat die rust, waarover jij het hebt, en het als een indringer zien van de man niets anders dan vormen van onbewuste rebellie zijn.'

'Maar geloof je niet dat wij vrouwen macht hebben op een heel belangrijk gebied, een onvoorstelbaar grote macht... die wel de "macht achter de troon" wordt genoemd?'

'Dat is een uitvinding van de mannen...'

'Het enige is dat wij die macht nooit als macht hebben uitgeoefend, maar als onderwerping. En ik ben mij gaan realiseren dat het rijk van de huiselijkheid, onder zijn buitenkant van onderwerping, een solide structuur heeft. Ik verzeker je dat de mannen er alleen maar onvermijdelijke elementen zijn.'

'Best mogelijk', zei Lavinia. 'Maar ik denk dat jij bezig bent in contact te komen met de vrouwelijke werkelijkheid van de huisvrouwen, met hun verdedingsmechanismen. Dat is altijd zo geweest. En ook is het zo dat we niets in ons voordeel hebben veranderd in de wereld...'

'Jij hebt jouw ideeën, ik heb de mijne', zei Sara.

Lavinia gaf er de voorkeur aan niet verder met Sara te discussiëren. Zij had andere zorgen. Een andere keer zou zij er nog eens dieper op ingaan. Misschien begon Sara zich bij Adrián ongelukkig te voelen en was zij bang om het te erkennen.

Het begon te schemeren. Het avondlicht viel over de tuin en de malinche-boom. De twee vriendinnen dronken van hun ijsthee uit de hoge glazen, ieder verzonken in haar eigen gedachten.

'En hoe staat het met het uitgaansleven?' vroeg Lavinia na een poosje.

'Veel afscheidsfeesten van het vrijgezellenbestaan', zei Sara. 'Het lijkt wel of al onze vriendinnen binnenkort gaan trouwen..., en over twee weken wordt het jaarlijkse feest op de Club gehouden. Heb je nu eindelijk besloten om te komen of blijf je erbij die zalen niet meer te betreden en je uit het wereldse vertier terug te trekken?'

'Ik denk dat ik kom', antwoordde Lavinia. 'Ik heb me de laatste tijd nogal alleen gevoeld. Ik denk dat een beetje sociaal verkeer mij geen kwaad zou doen.'

'Natuurlijk zou je dat geen kwaad doen', zei Sara. 'En ze zeggen dat de Club dit jaar de bloemetjes buiten gaat zetten. Er doen meer dan twintig debutantes mee. Je zult je best amuseren. Het is anders dan de discotheek, maar het is ook leuk.'

'Het is één grote show', zei Lavinia. 'Dat heb ik er altijd op tegen gehad. Het gevoel dat je in een etalage staat, te koop voor de hoogste bieder.'

'Dat heb ik nooit zo gevoeld', zei Sara. 'Het is de gewone, normale manier voor jonge mensen om elkaar te leren kennen en een partner te vinden. Maar nu zul je je heus niet zo voelen, je zult er meer van genieten. De mensen vragen steeds waar jij gebleven bent.'

Als ze het wisten, dacht Lavinia, dan vielen ze om van verbazing. Na haar ervaring met Lucrecia, het kamertje, de voeten in het ziekenhuis, zou het niet gemakkelijk zijn om van het bal te genieten. Maar het had geen zin dat tegen Sara te zeggen. Het zou zelfs onverstandig zijn voor het beeld dat Sebastián haar had gezegd naar buiten te bewaren met de nadrukkelijke boodschap hoe belangrijk het was dat zij zich in de bekakte kringen van de Club bewoog. En niet alleen met het oog op haar dekmantel als uitgaande vrouw waar niets op aan te merken viel, in die kringen zou zij waardevolle informatie voor de Beweging kunnen opdoen. Wij willen graag weten wat die lui denken en wat voor plannen ze hebben, had hij gezegd.

'Ik denk dat ik me nu beter op mijn gemak zal voelen,'

zei Lavinia, die probeerde overtuigend te klinken, 'omdat ik er meer afstand van kan nemen en me niet als het koopje van het jaar zal voelen.'

'Als je wilt kunnen we er samen heen gaan', zei Sara. 'Ik weet zeker dat Adrián het prachtig zal vinden om ons allebei mee te nemen... En Felipe, zal die het niet vervelend vinden? Ik denk niet dat hij met ons mee kan...'

Nee, natuurlijk niet, dacht Lavinia. Felipe zou niet worden toegelaten. Om te worden toegelaten moest je door een hele procedure. Je moest niet alleen het geld hebben om het hoge intredebedrag te kunnen betalen, je moest ook de ballotage van het clubbestuur passeren. De bestuursleden kwamen bijeen en bespraken langdurig de stamboom van de kandidaten. Dan werd er met zwarte en witte bolletjes gestemd. Zelfs de hoge officieren van de Grote Generaal werden niet toegelaten. De meeste aristocraten waren van de Blauwe Partij. De leden van de partij van de Grote Generaal werden als 'uitschot' beschouwd, onontwikkelde gardisten en nieuwe rijken. In het sociale verkeer hadden de blauwen tenminste de macht behouden. Meer schenen zij niet te willen. En denkend aan de absurde toelatingsprocedure, zei Lavinia lachend: 'Geen denken aan. Felipe zou alleen maar zwarte bolletjes krijgen als hij zich zou aanmelden. Maar dat is hij ook helemaal niet van plan. Ik denk dat het hem absoluut niet interesseert', en zij lachte bij de gedachte aan zijn commentaar.

'Je weet nooit,' zei Sara, 'mensen van eenvoudige afkomst zoals Felipe, die een opleiding hebben genoten en een positie in de maatschappij hebben bereikt, hebben er meestal alles voor over om lid te worden. Zelf zou hij dat natuurlijk nooit toegeven, omdat hij ook wel weet dat hij geen enkele kans maakt. Maar het zou anders worden als jullie zouden trouwen...'

'Jij denkt dat iedereen graag lid van de Club wil worden, hè Sara?' zei Lavinia, zonder de ergernis te kunnen verbergen die de woorden van haar vriendin bij haar hadden gewekt.

'Ik zie niet in waarom ze dat niet graag zouden willen,' zei Sara, 'maar in Felipes geval zou het voor hem, als jonge architect, heel gunstig voor zijn carrière zijn. Niemand kan ontkennen dat iedereen die in dit land meetelt, tot de Club behoort.'

'Wie weet vraagt hij mij wel ten huwelijk als ik hem ervan weet te overtuigen dat hij tot de Club kan worden toegelaten door met mij te trouwen', zei Lavinia.

'Je kunt niet ontkennen dat het goed voor hem zou zijn', zei Sara. 'Voor hem veel meer dan voor jou.'

Sara was onverbeterlijk, dacht Lavinia, en ze wilde niet langer naar haar luisteren, haar niet langer zichzelf zien verkleinen.

'Ik moet gaan', zei zij, terwijl zij opstond. 'Het is bijna zes uur en ik moet nog langs de supermarkt. Ik heb niets in huis.'

'Spreken we dan af dat je met ons meegaat naar het bal?' vroeg Sara.

'Ik weet niet of ik een geschikte jurk heb', zei Lavinia sarcastisch. 'Wat ik heb, kennen ze allemaal al.'

Sara liep met haar mee tot de deur. Om haar jurk moest zij zich geen zorgen maken, zei zij, zonder iets van Lavinia's sarcasme gemerkt te hebben. Dat was van minder belang. Zij kon het zich permitteren, omdat iedereen zo blij zou zijn haar te zien dat ze daar niet eens op zouden letten.

Ja, dacht Lavinia neerslachtig, toen zij de supermarkt binnenging, zij kon het zich permitteren: Sara en Flor, twee levens, twee werelden.

Zij keek rond in de helder verlichte, steriele ruimte van

de supermarkt. De recente opening was een sociale gebeurtenis geweest. 'De grootste sortering van de hoofdstad.' 'Doet in niets onder voor een Amerikaanse *super*', stond er in de kranten. Zij pakte het nieuwe, glimmende wagentje, liep door de gangpaden en liet de vloedgolf van aantrekkelijk uitgestalde waren over zich heen komen, de blikjes met Franse en Engelse opschriften, de glazen jampotten met hun prachtige kleuren, de gerookte oesters, inktvis, rode kaviaar, zwarte kaviaar.

Zij kocht brood, kaas en ham. Op dit uur waren er weinig mensen. In het gangpad met baby-artikelen stonden een paar vrouwen over kindervoeding te praten.

De vrouwen van Sara, dacht zij, terwijl zij zich de theorieën van haar vriendin herinnerde.

De caissière was vlug met haar klaar en maakte een opmerking over hoe weinig zij had gekocht. Zij zei niets terug. Zij had haar kunnen zeggen dat zij moe was, dat zij terneergeslagen was door het gevoel dat zij zich steeds sneller van Sara en van wat zij altijd normaal had gevonden verwijderde, zonder te weten waar zij zou eindigen en door het gevoel dat de mensen voor wie zij nu wilde strijden, haar ook niet zouden accepteren. Maar dat kon natuurlijk niet, zei zij bij zichzelf. De vrouw zou haar alleen maar bevreemd aankijken zonder te weten wat zij moest zeggen en zou haar vertrouwelijkheid overdreven, misplaatst gevonden hebben.

Zij ging naar buiten. Een jongetje op blote voeten en met een opgelapte broek kwam naar haar auto gerend. 'Ik heb op uw auto gepast', zei hij en hield zijn hand op. Lavinia haalde een paar muntstukken uit haar portemonnaie en gaf ze hem. Het jongetje had donkere, levendige ogen. Misschien krijgt hij de kans om arts of advocaat te worden, dacht Lavinia en voegde dit beeld bij de andere. Zij begreep niet goed wat haar overkwam. De hele straat schreeuwde, het landschap was aan het veranderen. Maar dat was er allemaal geweest sinds haar kinderjaren, dacht zij, die hele stand van zaken. Zij had het altijd gezien. Zij herinnerde zich zelfs hoe haar tante Inés haar vanuit haar christelijke liefdadigheid op de tegenstellingen had gewezen. En zij was in het luidruchtige gezelschap van haar vrienden onverschillig door diezelfde straten gegaan, op weg naar of terugkerend van feestjes en uitstapjes. Als zij de feesten in de Club en de salons had geminacht, was dat vanuit een houding van leve het schandaal geweest. Maar nu waren haar gevoelens anders, scherper, feller. Het was alsof zij in het reusachtige theater de gemakkelijke fauteuil van de toeschouwer had verruild voor het plankier van de acteurs, de hitte van de lampen, de verantwoordelijkheid van het besef dat het stuk met succes, met applaus bekroond moest worden.

De duisternis daalde neer op de bomen in haar straat. Zij ging het donkere huis binnen met haar gedachten bij alle nieuwe gewaarwordingen die zij had gekregen sinds zij deel uitmaakte van het onzichtbare, ondergrondse netwerk van mannen en vrouwen zonder gezicht, van waakzame, ineengedoken wezens. Zij dacht eraan hoe anders het nu zou zijn om aan het bal deel te nemen, hoe paradoxaal het was dat haar nu was opgedragen erbij te zijn, onder haar eigen mensen te infiltreren.

Zij zette de draagtas van de supermarkt op de keukentafel. Voordat zij haar inkopen in de koelkast wegzette, maakte zij een boterham met ham en kaas voor zichzelf klaar. Zij ging naar de veranda om hem op te eten en de krant te lezen.

Felipe zou vandaag niet komen. Zij voelde het in de lucht en aan de bladeren. Zij vertrouwde op haar voorgevoelens, op haar vermogen komende gebeurtenissen aan de luchtdruk, het bewegen van de bloemen en de windrichting af te lezen.

Felipe zou vandaag niet komen en dat was maar beter ook. Ze was moe.

Heel hoog twinkelden de sterren, ondeugende ogen die de gaatjes van het heelal openden en sloten. Ik ben alleen, dacht zij, in de eindeloze ruimte van de duisternis starend. Ik ben alleen en niemand kan mij met zekerheid zeggen of het fout of goed is wat ik doe. Dat was het verschrikkelijke van je eigen leven leiden, dacht zij, die substantie in clair-obscur die voortglijdt in een tijd, waarvan de individuele duur net als al het andere louter toeval was.

•

Zij zal de aarde nu niet meer verlaten zonder een spoor achter te laten, zoals bloemen die verwelken. Verborgen in het donker waarin zij naar mij kijkt, zijn voortekenen en, eindelijk het obsidiaan ontblotend en haar kracht tonend, treedt zij naar voren. Er is nog maar weinig over van die slaperige vrouw, die door de geur van mijn oranjebloesem uit haar zware sluimer van nietsdoen werd gewekt. Langzaam maar zeker heeft Lavinia vaster bodem in zichzelf gevonden, heeft zij de plek bereikt waar de edele gevoelens rusten, die de goden aan de mensen geven voordat zij hen naar de aarde zenden om die te bewonen en er de maïs te zaaien. Mijn aanwezigheid is een mes geweest om door de onverschilligheid heen te snijden. Maar binnen in haar lagen de gevoelens verborgen, die nu naar boven komen en eens een gezang zullen aanheffen dat niet zal vergaan.

14

*

De volgende dag waren de dames Vela op kantoor.

Lavinia snoot haar neus. In de regentijd niesde zij vaak.

'Bent u verkouden?' vroeg de ongetrouwde zuster.

'Ik ben allergisch', antwoordde zij en legde haar blocnote op haar bureau.

'Mijn man is ook allergisch', zei mevrouw Vela. 'Allergische mensen moeten in deze tijd van het jaar voorzichtig zijn. Er zit veel stuifmeel in de lucht.'

Generaal Vela was allergisch voor stuifmeel.

'En hoe staat het met al die ideeën?' vroeg de zuster, die Azucena heette.

Lavinia haalde de eerste schetsen tevoorschijn.

'Ik heb een beetje gewerkt vanuit ons gesprek de vorige keer. Dit zijn een paar basisontwerpen, niet meer dan wat ideeën om mee te beginnen. Het huis zou drie niveaus krijgen door gebruik te maken van de helling van het terrein en om zo weinig mogelijk grond te hoeven verzetten. Het hoogste niveau is het woongedeelte, dan komt het slaapgedeelte en dan het gedeelte voor het personeel. Op de tekening wees zij de hoofdingang aan en het trappenstelsel tussen de verschillende niveaus. Alle niveaus zouden een mooi uitzicht over het landschap hebben, inclusief het personeelsgedeelte.

Mevrouw Vela had een bril met een zwaar montuur opgezet, waarin hele kleine steentjes schitterden. Zij fronste haar voorhoofd, terwijl zij met haar wijsvinger de lijnen van de ontwerptekening volgde alsof zij in gedachten door het huis wandelde.

Juffrouw Azucena keek beurtelings aandachtig naar de

tekening en naar haar zuster. Af en toe keek zij op en glimlachte. Zij was een van die mensen, die zich inspannen tegen
iedereen vriendelijk te zijn. Zij scheen geen eigen belangen
te hebben en alleen te leven om het leven van anderen ge-
smeerd te laten verlopen en wrijving en geknars te voorkomen. Lavinia voelde een mengsel van medelijden en sympa-
thie voor haar.

'Ik zie dat u de werkkamer van mijn man naast de zitkamer hebt gezet', zei mevrouw Vela.

'Ja, zodat hij een mooi uitzicht heeft', antwoordde Lavinia.

'Maar het lijkt mij beter als u daar de muziekkamer
maakt, die nu meer naar achteren ligt. Mijn man leest niet
veel. Hij luistert liever naar muziek. Als hij een boek leest,
doet hij dat in bed of in de zitkamer.'

'Hij is geen grote lezer', voegde juffrouw Azucena er verklarend aan toe.

'En kan het biljart ook niet aan de kant met het uitzicht
staan?' vroeg mevrouw Vela.

'Maar er is praktisch geen ruimte meer aan de kant van
het uitzicht', antwoordde Lavinia.

'En het hele gedeelte voor het personeel dan?' zei mevrouw Vela. 'Dat is toch een verspilling. Waarom zouden
de dienstmeisjes uitzicht moeten hebben?'

'Als wij de kamers voor het personeel meer naar binnen
brengen, krijgen we problemen met de ventilatie', legde Lavinia uit. 'En in de regentijd zal het wasgoed niet goed drogen', voegde zij er nog aan toe om niet al te bezorgd over
het personeel te lijken.

'Dat geloof ik niet. Er zijn ramen aan de zijkant.'

'Maar de lucht zou niet voldoende circuleren', hield Lavinia vol.

'Het zou een beetje warm worden, dat is niet zo'n probleem. Het wasgoed kunnen ze buiten ophangen en weer binnenhalen als het begint te regenen.'

'En als we het personeelsgedeelte naar de achterkant van het tweede niveau verplaatsen?' vroeg Azucena.

'We kunnen het proberen', zei Lavinia. 'Zoals ik al zei, dit is pas een eerste schets.'

'Laten we dat dan proberen', zei mevrouw Vela.

Het slaapgedeelte was nauwelijks uitgewerkt, legde Lavinia uit, omdat zij daarvoor wat meer over de gewoontes van het gezin moest weten.

Op dat moment kwam Julián binnen.

De vrouwen leunden achterover in hun fauteuils en lachten ingetogen. De armbanden van mevrouw Vela rinkelden, toen zij een lok opzij streek.

Zij vonden Lavinia aardig, maar Julián was een man.

'Hoe gaat het?' vroeg hij vriendelijk.

'Wij zijn net begonnen,' zei Azucena, 'maar het ziet ernaar uit dat alles heel goed zal gaan. Juffrouw Alarcón heeft interessante ideeën.'

'Heel interessant', zei mevrouw Vela.

'Daar twijfel ik niet aan', lachte Julián, terwijl hij zich over de tekening boog.

'Ik heb de dames het idee van de drie niveaus uitgelegd', zei Lavinia. 'Zij zouden graag zien dat er een manier gevonden wordt om de biljartkamer aan de kant met het uitzicht te situeren. Het probleem is de ventilatie van het gedeelte voor het personeel.'

Julián bekeek het ontwerp aandachtig, terwijl Lavinia hem de mogelijkheden voor de wasruimte, de strijkkamer en de kamers voor de dienstmeisjes aanwees. Zij zag hoe de vrouwen oplettend naar de gezichtsuitdrukking van Julián keken, alsof hij een god was die op het punt stond een oordeel te vellen.

Het gesprek met Sara kwam haar weer in gedachten. Hoe kon zij menen dat de mannen niet belangrijk waren voor de huisvrouwen?

'Al vanaf zijn kinderjaren houdt generaal Vela van biljarten', zei Azucena.

'Het is zijn manier om zich te ontspannen', viel mevrouw Vela haar bij. 'Het eerste wat hij doet wanneer hij thuiskomt is een partijtje biljart spelen.'

Lavinia zag hem voor zich in zijn hemdsmouwen, mikkend op de kleurige ballen, om de zaken van die dag achter zich te laten: de razzia's, de pelotons die in de bergen de guerrillero's achterna zaten, de met napalm in brand gestoken dorpen. Waar zou hij aan denken wanneer hij aan het biljarten was?

'Ik vind het ook een goed idee om brede ramen met een goed uitzicht over het landschap te hebben', zei Julián. 'Ik denk niet dat het zo moeilijk zal zijn. Het personeelsgedeelte kan op het eerste of het tweede niveau worden ondergebracht of we zouden een andere verdeling van de ruimte kunnen bekijken. Zoals Lavinia u ongetwijfeld zal hebben gezegd, is dit pas een eerste schets. Wat ons in deze fase het meest interesseert, is te weten wat u van de stijl van het ontwerp vindt, deze oplossing om op verschillende niveaus te bouwen.

'Ik vind het een goed idee,' zei mevrouw Vela, 'en ik weet zeker dat het mijn man ook zal bevallen.'

'Wilt u soms een kopje koffie?' vroeg Lavinia, terwijl zij al naar de deur liep.

'Nee, dank u wel', zei Azucena. 'Wij drinken alleen 's ochtends koffie. Wij gaan vroeg naar bed. Als wij nu koffie drinken kunnen we niet slapen. Dank u zeer.'

'Ik wel, graag', zei Julián.

Nadat zij Silvia om twee kopjes koffie had gevraagd,

kwam zij weer terug. Zij had een gedetailleerde lijst met vragen over het gezin opgesteld om de ligging en de grootte van de kamers te kunnen bepalen.

'U zei dat de jongen dertien en het meisje negen is, nietwaar?' vroeg zij.

'Jazeker, zo is het', zei mevrouw Vela. 'Weet u nog wat ik tegen u zei over de jongenskamer, over de aankleding met luchtvaartmotieven? Dat is belangrijk.'

'Ja,' zei juffrouw Azucena, 'het is een erg etherische jongen. Mijn zwager vindt zijn aandacht voor vogels maar niets. Hij zegt dat als hij zo geïnteresseerd is in alles wat vliegt, hij aan vliegtuigen zou moeten denken.'

'Hij houdt heus wel van vliegtuigen', zei mevrouw Vela met de nadruk op heus, terwijl zij haar zuster bestraffend aankeek. 'Het zijn de helicopters waar hij bang voor is.'

'Ja, ja, dat is zo', corrigeerde juffrouw Azucena haar woorden. 'Een kamer met luchtvaartmotieven zou hij zeker leuk vinden.'

'Wij willen niet dat het meisje en de jongen dicht bij elkaar zitten', zei mevrouw Vela, een einde makend aan de vreemde discussie over vogels en vliegtuigen. 'Door het leeftijdsverschil maken ze veel ruzie. Bovendien is het niet geschikt voor de toekomst, wanneer het meisje groter is.'

'En zij moeten allebei een eigen badkamer hebben', voegde juffrouw Montes eraan toe.

'En heeft u nog een bepaald idee voor de kamer van het meisje?' vroeg Lavinia.

'Ik denk dat die wat groter moet zijn. U weet dat wij vrouwen meer ruimte nodig hebben', lachte mevrouw Vela samenzweerderig. 'De inrichting mag heus wel wat vrouwelijk koket zijn.'

'En wil uw man de tekeningen niet zien?' vroeg Lavinia, met een instemmend glimlachje.

Julián keek haar van terzijde aan zonder iets te zeggen.

'De schetsen niet', zei mevrouw Vela. 'Hij wil het volledige ontwerp zien.'

'Hij wil dat wij ons met de details bezighouden. Hij is een drukbezet man en reist veel door het land', voegde Azucena eraan toe. 'Het is beter om hem dat werk te besparen.'

Lavinia glimlachte nog steeds onmerkbaar, toen zij naar haar kamer terugliep na afscheid van de twee zusters genomen te hebben. Het was werkelijk ongelofelijk wat je al niet over mensen te weten kon komen wanneer je een huis voor hen ontwierp.

Zij moest Sebastián op de hoek bij een buurtbioscoop oppikken. Om precies zes uur, had Flor gezegd, geen minuut later en geen minuut eerder.

De autoradio had zij op Radio Minuut afgestemd. Van minuut tot minuut gaf deze zender de tijd aan, die zij als de 'officiële' tijd voor de Bevrijdingsbeweging aanhielden. Op de achtergrond van de muziek hoorde je voortdurend het getik en iedere minuut onderbrak de omroepster de muziek om met een mechanische stem, die aan het tijdsein op de bandopname van de telefooncentrale deed denken, te zeggen hoe laat het was.

Overeenkomstig haar instructies reed zij een poosje doelloos rond om er zeker van te zijn dat zij niet werd gevolgd. Het kostte haar moeite eraan te wennen doorlopend in de achteruitkijkspiegel te kijken. Zij had het gevoel dat het niet nodig was. Wie zou haar verdenken? Maar Flor was zeer nadrukkelijk geweest over de noodzaak de veiligheidsvoorschriften letterlijk op te volgen. Nooit ergens op vertrouwen. En zij had niet in gebreke willen blijven. Zij deed haar best geen details te missen, zich ervan te verzekeren dat de rode auto afsloeg en niet achter haar aan bleef rijden.

Zij had haar tijd niet goed berekend. Ze was vijf minuten

te vroeg op de afgesproken plek. Sebastián zag zij niet, alleen een paar mensen bij een kraampje.

Op de radio zong Janis Joplin, met het getik op de achtergrond, *Me and Bobby McGee*. Het getik gaf de muziek iets dwingends. Zij sloeg een paar hoeken om. De avond begon over de stad te vallen. Vrouwen zaten voor hun huis in schommelstoelen van de frisse avondlucht te genieten. Het leven, met zijn honden en katten en hinkelende kinderen, ging zijn dagelijkse gang en er scheen geen eind aan die vijf minuten te komen.

Eindelijk kondigde de stem van de omroepster aan: 'Het is precies zes uur.' Zij sloeg de hoek om en reed de straat van de bioscoop in. Sebastián stond op de afgesproken plek. Hij had een pet met een klep op. Zij reed naar hem toe en hield naast hem stil. Zij stak haar hoofd door het raampje en deed net of zij een bekende zag, die zij begroette. Sebastián kwam naar haar toe en deed ook net alsof het een toevallige ontmoeting was.

'Waar moet je naar toe?' vroeg zij.

Hij noemde een willekeurige naam.

'Als je wilt breng ik je een stuk in de richting.'

Sebastián stapte in en zij reden weg.

'Heb je jezelf goed gecheckt?' vroeg hij.

'Veel te goed. Ik rij al zo'n vijftien minuten rondjes. Ik was te vroeg.'

'Beter te vroeg dan te laat', zei hij. 'Je went er wel aan om de tijd goed te berekenen. Het is niet goed te vroeg of te laat te zijn. Veel rondjes rijden kan verdacht zijn. Als je te vroeg bent, is het beter om een flink stuk buiten de directe omgeving van de afspraak te gaan en twee of drie minuten voor het tijdstip terug te komen. Je moet de werkelijke betekenis van kilometers per uur nog onder de knie krijgen en de stad goed leren kennen. Maar dat leer je allemaal nog wel. In het begin is zo'n verschil heel gewoon. Nu neem je de zuidelijke hoofdweg en vergeet niet in je spiegel te kijken. Hoe gaat het met het huis voor Vela?'

'We hebben de eerste schetsen al doorgenomen. Ik stelde zijn vrouw voor naar hun huis te komen om ze aan de generaal toe te lichten, maar ze zei dat het beter was daarmee te wachten tot het hele ontwerp klaar is. Kennelijk reist Vela op het ogenblik door het land.'

'Hij staat aan het hoofd van de anti-guerrilla acties', zei Sebastián. 'Hoe lang gaat de bouw van het huis duren?'

'Dat hangt ervan af', antwoordde Lavinia. 'Vanaf het moment dat de tekeningen zijn goedgekeurd, kunnen er nog zes, acht maanden verlopen. Dat hangt van de aannemer af.'

'Dus als de tekeningen volgende maand worden goedgekeurd kan het huis in december klaar zijn?'

'Ja.'

Sebastián zweeg.

'Generaal Vela is allergisch voor stuifmeel', zei Lavinia, trots op haar informatie. 'Hij speelt een partij biljart na zijn werk, hij houdt niet van lezen en luistert liever naar muziek. Het schijnt dat zijn opgroeiende zoon veel van vogels houdt en dat hij dat maar niets vindt. Maar de jongen is bang voor helicopters… De familie gaat vroeg naar bed.'

'Heel goed, heel goed', zei Sebastián lachend. 'Blijf niet te dicht achter die auto voor je zitten. Je moet altijd een redelijke afstand bewaren om in geval van nood de ruimte te hebben om te manoeuvreren, vooral als je iemand die ondergronds is in je auto hebt.'

Lavinia gehoorzaamde. Zij voelde weer die golf van angst, de stijging en daling van het adrenalinegehalte van haar bloed. Het was zo makkelijk om te vergeten dat Sebastián ondergronds was. En dan te bedenken dat hij zonder enig probleem met iemand als zij meereed. Zij keek in haar spiegel, kreeg haar gevoel voor waakzaamheid terug en verbaasde zich erover dat zij het was die een 'ondergrondse' in haar auto had.

'Van nu af aan,' zei Sebastián, naar het onderwerp van gesprek terugkerend, 'schrijf je een rapport over iedere bijeenkomst die je met hen hebt. Probeer het zo snel mogelijk na afloop te doen. Als je er veel tijd overheen laat gaan kun je gemakkelijk belangrijke details vergeten. In enkelvoud, geen doorslag, geen namen noemen, en iedere week lever je het bij mij in. Zoals Flor tegen je heeft gezegd, ieder detail is belangrijk. Wanneer het project verder gevorderd is, moet je op een bespreking met de generaal bij hem thuis aandringen. Je zou ook kunnen proberen wat meer tot de schoonzuster door te dringen, de vrijgezellin, contact met haar te leggen, haar vertrouwen te winnen… En ben je al klaar voor het bal?'

'Ja, maar ik weet niet goed wat ik er moet doen.'

'Aardig zijn.'

'Plaag me niet, Sebastián.'

'Nee, ik meen het serieus. Je moet de indruk geven dat je blij bent dat je aan het bal meedoet, dat je weer terug bent in die kringen. Het is belangrijk dat je kennissen denken dat je opstandige kuren voorbij zijn. Dat is het belangrijkste. Voor de rest moet je attent zijn op waar de mensen het over hebben, alles wat je maar nuttig lijkt. Dat moet je zelf bepalen wanneer je er eenmaal bent. Je zult een apart oor moeten ontwikkelen om je informatie te verzamelen.'

De straatweg voerde omhoog. Een frisse wind, die de bomen aan weerszijden heen en weer liet bewegen, woei door de open raampjes naar binnen.

'En hoe voel je je?' vroeg hij haar op heel andere toon, terwijl hij zijn pet afzette.

Iedere keer verraste Sebastián haar weer. Hij was een mengsel van hardheid en tederheid, hoewel het misschien niet echt hardheid was. Het was meer, in de dingen die met de Beweging te maken hadden, een zakelijke, precieze, leidinggevende toon, die merkbaar zachter werd wanneer het gesprek op een persoonlijk onderwerp kwam.

'Het gaat me goed', antwoordde zij.

'Dat weet ik', zei hij. 'Dat kun je aan je zien. Maar hoe voel je je? Hoe is het met je verwarde gedachten?'

'Het gaat wel', zei zij, terwijl zij aan Sara dacht, aan het bal, de opmerkingen van haar vrienden, de voeten in het ziekenhuis, Lucrecia, dingen die hij waarschijnlijk onbelangrijke details zou vinden, die hem zouden vervelen.

'En hoe reageerde Felipe, toen hij hoorde dat je je bij ons had aangesloten?'

'Eerst slecht. Hij zei dat ik er nog niet rijp voor was, dat ik via hem moest blijven meewerken, maar uiteindelijk moest hij het wel accepteren.'

'Het zou mooi zijn als hij een rijpheidsmeter kon uitvinden. Misschien zouden we wel allemaal uit de Beweging worden gegooid...'

Zij lachten hartelijk.

'Nu moet je ervoor oppassen dat je niet in de verleiding komt om hem over je taken te raadplegen. Het is goed dat hij in het algemeen op de hoogte is van de kwestie van Vela's huis, maar jullie moeten een duidelijke scheiding van jullie activiteiten in acht nemen. Op die manier zal hij leren je te respecteren en in te zien of je al of niet rijp bent. Het kost ons mannen over het algemeen nogal moeite sommige dingen met vrouwen te delen. Dan gaan onze concurrentie-gevoelens meespelen. Het geeft een bepaalde voldoening je belangrijk te voelen tegenover de vrouw van wie je houdt. Je weet het, het machistische gedrag.'

231

'Jij lijkt niet zo erg machistisch te zijn', lachte Lavinia, terwijl zij naar hem keek.

'Natuurlijk ben ik machistisch. Maar ik kan het beter verbergen dan Felipe. Ik zou ook wel graag mijn vrouwtje hebben dat op mij wacht', zei hij op enigszins schertsende toon.

Lavinia vroeg zich af of hij een vrouw had. Zij wist niets van hem en zou ook nooit iets van hem weten, dacht zij. Alleen uit sommige details van zijn gedrag kon zij zijn eenvoudige afkomst afleiden, dingen die hij zei, de uitspraak van bepaalde klanken, zoals dat op het platteland gebruikelijk was. Persoonlijke vragen werden altijd door Sebastián ontweken.

'Die indruk heb ik niet. Flor heeft me verteld hoe je haar in de Beweging hebt gehaald...'

'Wij zijn allemaal machistisch, Lavinia, jullie vrouwen ook. Waar het om gaat, is dat je beseft dat je het niet moet zijn. Maar zeggen en doen zijn twee. Ik probeer...'

'Ik ben het niet met je eens dat wij vrouwen machistisch zijn', onderbrak Lavinia hem. 'Het is zo dat ze ons aan een bepaald soort gedrag hebben gewend..., jullie, de mannen.'

'Het is de eeuwige vraag van de kip en het ei, wat was er het eerst, het ei of de kip? Maar het is wel zo dat de vrouwen hun zoons leren machistisch te zijn. Dat zeg ik je uit eigen ervaring.'

'Dat ontken ik niet, maar het is niet zo dat wij vrouwen machistisch zijn, maar dat de mannen de wereld zo hebben ingericht... en dan willen ze ons ook nog de schuld geven... Zou je je raampje dicht willen doen, ik heb het koud.'

'Ik weet het niet, ik weet het niet', zei Sebastián, terwijl hij het raampje dicht draaide. 'Als ik vrouw was geweest, denk ik dat ik zou hebben geprobeerd mijn kinderen een ander gedrag in te prenten, al was het maar uit eigenbelang.'

'Ik denk dat je precies hetzelfde zou hebben gedaan als je moeder.'

'Dat is mogelijk. Daar kun je eindeloos over discussiëren. Het enige dat voor mij vaststaat, is dat je moet proberen die situatie te veranderen. De Beweging heeft de bevrijding van de vrouw in haar programma opgenomen. Voorlopig probeer ik discriminatie van de compañeras te vermijden, maar dat is moeilijk. Zodra je mannen en vrouwen op een onderduikadres bij elkaar zet, nemen de vrouwen het huishoudelijk werk op zich zonder dat iemand het hen heeft opgedragen, alsof het de natuurlijkste zaak van de wereld was. Ze vragen de compañeros om hun vuile was… Je moet die weg daar rechts in', voegde hij eraan toe.

Zij reden over een smalle, onverharde weg, die zich tussen koffievelden en weilanden door slingerde. De vochtigheid van de lucht deed de ramen beslaan. Waar gaan wij heen, dacht Lavinia, die het gebied van de koffieplantages niet ver van de streek van haar grootvader herkende.

'Laat me er hier maar uit.'

Zij remde hard, verrast. Er stonden daar geen huizen, er was niets.

'Moet je hier zijn?' vroeg zij verschrikt.

'Maak je niet bezorgd, ik ben er vlakbij. De rest van de weg loop ik.'

'Moet ik je niet op komen halen?'

'Nee. Ze brengen me weer terug.'

'Hier' was nergens. Misschien stond er verderop een huis, dacht Lavinia, die het nog steeds geen prettig idee vond hem daar op die eenzame, smalle, koude weg achter te moeten laten.

'Daar kun je keren', zei Sebastián, naar een verbreding wijzend. 'Ik zal uitstappen om je te helpen.'

Hij stapte uit en gaf haar aanwijzingen voor het keren op de smalle weg.

Toen de auto weer met zijn neus de andere kant op stond, kwam hij naar het raampje.

'Tot ziens', zei hij en gaf haar een paar klopjes op haar hoofd. 'Bedankt.'

'Wees voorzichtig,' zei Lavinia, 'het is hier erg eenzaam.'

Sebastián lachte, terwijl hij tot afscheid zijn hand omhoog bracht en haar gebaarde dat zij moest gaan rijden.

'Dans maar flink op het feest', hoorde zij hem nog zeggen.

Op de terugweg verhoogde zij de snelheid. De bochten volgden elkaar op. Zij hield ervan 's nachts te rijden, het gaf haar een gevoel van vrijheid. Zij was blij, tevreden met zichzelf. Eindelijk voelde zij zich nuttig. Nuttig waarvoor? dacht zij opeens, toen zij zich het gezicht van Azucena herinnerde, de levendige, vriendelijke ogen, steeds bezig de scherpe woorden van haar zuster glad te strijken, de familie Vela en de wereld dichter bij elkaar te brengen.

Waar zou de Beweging de informatie over hen voor gaan gebruiken, vroeg zij zich lichtelijk verontrust af, terwijl zij dacht aan het gemak waarmee het ene detail na het andere uit de monden van de beide zusters vloeide en het wereldje van de familie schetste, hun gewoontes, hun eigenaardigheden, hun allergieën, de conflicten met de opgroeiende zoon. Zij zou hem wel graag leren kennen, dacht zij. En zij zou alles in haar hoofd opslaan en doorgeven... Felipe verweet haar dat zij bezorgd was voor het leven van de generaal en zijn gezin, maar dat was onvermijdelijk, dacht zij. Het geweld was niet iets natuurlijks. Zij had moeite zich Sebastián, Flor of Felipe schietend voor te stellen. Kalme bomen die een wapen richten. Het lukte haar niet zich daarvan een beeld te vormen. Hij zou vast wel anders over generaal Vela denken, wanneer hij hem zou leren kennen. De gardisten hadden een andere gezichtsuitdrukking. Zij werden afgericht om de bevolking als een vormeloze, gezichtsloze massa te zien. Hoe speelden zij het klaar om te vergeten dat zij zelf uit die massa waren voortgekomen? De meeste gardisten waren van eenvoudige komaf, boerenjongens. Generaal Vela zelf was ook geen aristocraat. Zijn vrouw en zijn schoonzuster waren waarschijnlijk de dochter van een onderwijzer, een ambtenaar.

Misschien doorliepen mensen als de familie Vela het proces dat zij doormaakte in omgekeerde richting en vatten zij haat op voor hun afkomst, voor alles wat hen aan hun ouderlijk huis en aan de zorgen van de karigheid herinnerde. En wanneer ze boven aan de ladder stonden, haatten ze de herinnering aan hun eigen mensen en voelden zij de behoefte duidelijk de afstand, die hen van de anderen scheidde, te laten zien.

Toen zij bij de bocht van de helling kwam, die haar weer naar de warmte zou brengen, zag zij de lichtjes van de hele stad in de verte twinkelen. Er ging een plotseling gevoel van ongerustheid door haar heen. Zij zou willen terugkeren om zich ervan te overtuigen dat alles rustig was op de weg, waar zij afscheid van Sebastián had genomen. Zij wilde er niet aan denken dat een of andere generaal Vela die glimlach zou doorzeven, hem voor altijd op zijn gezicht zou laten bevriezen.

•

Ik stel mij die man, die zij vreest, voor als de Aanvoerder van de indringers. Hij zal willen dopen, het geloof in andere goden willen verspreiden.

Mijn moeder vertelde hoe onze *calachunis*, onze stamhoofden, in het begin karavaans organiseerden om de Spanjaarden tegemoet te treden. Zij brachten hen geschenken, en *taguizte*, goud, dat hen fascineerde. Zij had haar man op een van die afvaardigingen vergezeld. Zij zei dat het een heel schouwspel was. Er liepen meer dan vijfhonderd mensen mee, die vogels en andere offergaven meedroegen. Er waren tien baldakijnen van witte veren. De vrouwen, zeventien in getal, behangen met sieraden van *taguizte*, liepen naast de *calachunis*.

Mijn moeder herinnerde zich de Aanvoerder. Hij stond rechtop in de tent waar zij hun offergaven aanboden. Hij was lang en had goudblonde krullen. Hij sprak met onze oudste *calachuni*. Hij vroeg hem meer goud. Hij zei hem dat zij zich moesten laten dopen en dat zij zich van hun heidense goden moesten afkeren. Onze mensen beloofden dat zij over drie dagen terug zouden komen.

Zodra zij op enige afstand van het kampement van de Spanjaarden waren gekomen, riep de oudste *calachuni* de mannen bijeen. De indringers waren gering in aantal en zagen er zwak en weerloos uit wanneer zij niet op hun viervoetige dieren zaten.

Drie dagen later keerden de *calachunis* met een macht van vier- tot vijfduizend krijgers terug, niet om gedoopt te worden zoals de indringers wilden, maar om hen slag te leveren. En zo gebeurde het dat zij op hen neervielen en grote verwarring zaaiden en vele doden en gewonden veroorzaakten. En andere *calachunis* achtervolgden hen eveneens wanneer zij op de vlucht door hun gebied kwamen, om hen de geschenken die hen waren aangeboden, af te nemen, omdat zij geen goden waren en geen eerbetuiging of aanbidding verdienden.

De indringers sloegen op de vlucht. In lange dagmarsen, waarbij velen van hen door onze pijlen omkwamen, slaagden zij erin hun schepen, hun enorme drijvende huizen, te bereiken. Zij voeren weg. De overwinning werd gevierd, zei mijn moeder, er werd pulque gedronken, er werd gedanst, vliegers werden opgelaten.

Maar enkele maanden later keerden de Spanjaarden terug, met meer schepen, meer mannen met haar op hun gezicht, meer lastdieren en meer vuurstokken.

Onze mensen begrepen dat het winnen van één gevecht niet voldoende was.

*

Uit de kleerkast kwamen de feestjurken tevoorschijn. Zij herinnerde zich het blije gezicht van haar moeder, terwijl zij haar op hun reis door Europa met bezoeken aan Spaanse, Engelse en Italiaanse warenhuizen op haar terugkeer naar Faguas en de presentatie in de society voorbereidde. Voor Lavinia, die pas haar architectenstudie had voltooid, was het vanuit een professioneel gezichtspunt interessant om te zien hoe haar moeder gevangen raakte in het web van deze gebouwen boordevol koopwaar, de rekken met honderden jurken, zonder afleiding, zonder uitweg, en te zien hoe zij bezweek voor het architectonische basisconcept van moderne winkels en winkelcentra. Waarheen je je ogen ook wendde, zij bleven rusten op jurken en nog meer jurken, rijen schoenen, smetteloze cosmetica-eilanden, knappe verkoopsters met volmaakte make-up, die op beweeglijke etalagepoppen leken. Er was een zorgvuldige studie gemaakt van de visuele omgeving.

'U heeft stapels mooie jurken', zei Lucrecia die haar hielp ze op het bed uit te spreiden. 'Met elke jurk kunt u wel naar het bal.'

Lavinia wist niet door welke associatie zij aan Scarlett O'Hara in een van de eerste scènes van *Gejaagd door de wind* moest denken. Lucrecia was de zwarte meid die de feestjurk van Scarlett op het bed uitspreidde. Alleen was Lucrecia niet zwart en niet dik. Haar donkere huid vertoonde nog de bleekheid, die het gevolg was van de bloeding waaraan zij bijna was gestorven. Haar brede heupen verhulden haar magerte.

'Ik moest aan een film denken, die ik heb gezien', zei Lavinia.

'Ik ook,' zei Lucrecia, 'een film die *Sissi* heette, over een prinses die met een koning trouwt. Zo zult u er ook uitzien als u een van deze jurken aantrekt.'

De twee lachten. Lavinia herinnerde zich de film ook, een sprookjesidylle die furore had gemaakt, toen zij nog op school zat. Alle meisjes wilden in die tijd op Romy Schneider lijken.

'Het moet wel prachtig zijn om prinses te zijn', zei Lucrecia, terwijl zij bewonderend naar de glanzend rode peau de soie jurk keek, die zij zojuist uit de kleerkast had gepakt.

'Geloof dat maar niet,' lachte Lavinia, 'ik geloof dat de koning van die film in werkelijkheid is doodgeschoten.'

'Echt waar?'

'En je weet toch ook wel dat het leven nog wel wat anders is dan een mooie jurk aantrekken. Er zijn belangrijker dingen…'

'Wanneer je mooie jurken hebt…' zei Lucrecia, 'maar je mag niet jaloers zijn en niet willen hebben wat je niet hebt', voegde zij eraan toe, terwijl zij naar het bed liep om de jurk bij de andere te leggen.

'Jij denkt dat arm of rijk zijn een door God opgelegd lot is, hè', vroeg Lavinia.

'Ja', zei Lucrecia. 'Sommigen worden arm geboren, anderen rijk. Het leven is een tranendal. Wanneer je arm bent, maar fatsoenlijk, weet je dat je meer kans hebt om naar de hemel te gaan wanneer je doodgaat.'

Lavinia ging op het bed zitten en praatte met Lucrecia over hoe verdovend de christelijke berusting was en hoe onrechtvaardig het was dat iedereen, hoeveel slechts die persoon ook in zijn leven had gedaan, kon worden gered door alleen maar op een bepaald moment berouw te tonen. Het was niet zo dat zij haar geloof in God niet respecteerde, zei zij, maar de godsdiensten werden door mannen gemaakt. Vond zij het ook niet onrechtvaardig dat de armen altijd maar berusting werd voorgeschreven?

'Vind je niet dat iedereen in het leven en niet alleen in de hemel de kans op een beter leven zou moeten hebben?' vroeg Lavinia.

'Misschien wel', zei Lucrecia nadenkend. 'Maar de wereld is nu eenmaal zoals hij is en er zit niets anders op dan te berusten en te denken dat je het in de hemel beter zult hebben…'

'Maar hier op de aarde zou je ook iets kunnen doen', zei Lavinia.

'Nou, ja, studeren, werken…' zei Lucrecia.

'Of strijden', zei Lavinia wat zachter, omdat ze eraan twijfelde of ze het wel moest zeggen, maar hopend op een reactie van Lucrecia.

'Om doodgeschoten te worden? Ik blijf liever arm in leven dan dat ik doodga. Deze jurk is aan de onderkant door de muizen aangevreten', wees Lucrecia.

'Ik heb er een andere uitgehaald, waar ze ook aan gezeten hebben', zei Lavinia, die zich een beetje belachelijk voelde door deze conversatie midden tussen die mooie jurken.

'Ik kan ze innemen,' zei Lucrecia, die de jurken ophield, 'dan kunt u ze nog best dragen.'

Lavinia legde de jurk op het bed en liep naar Lucrecia toe in een plotselinge behoefte haar te laten voelen dat er in ieder geval iets kon veranderen, hoe onbetekenend ook.

Al waren het maar de symbolen.

'Lucrecia,' zei zij, 'ik wil je iets vragen.'

'Wat dan, juffrouw Lavinia?' zei zij verbaasd.

'Ik wil niet meer dat je juffrouw Lavinia of u tegen me zegt.'

'Maar dat heb ik altijd tegen u gezegd... daar zal ik nooit aan wennen, dat kan ik niet, dat kan ik niet over mijn lippen krijgen...' stotterde zij, terwijl zij haar ogen neersloeg en verlegen bloosde.

'Ook al kun je het niet over je lippen krijgen, dan moet je het toch proberen', zei Lavinia. 'Alsjeblieft, Lucrecia, ik vind het niet prettig dat je me als een deftige dame aanspreekt.'

'Maar u bent mijn mevrouw... Hoe kan ik nu Lavinia en jij tegen u zeggen, dat is toch niet beleefd? Vraagt u me dit alstublieft niet...'

'Nou goed, als je het nog eens tegen me zegt, zal ik jou ook zo behandelen. Dan zeg ik juffrouw Lucrecia en u tegen je.'

Zij keken elkaar aan en schoten in de lach. Lucrecia lachte zenuwachtig.

'Ik kan het niet, ik kan het echt niet,' zei zij, 'en hoe kunt u nu juffrouw Lucrecia tegen mij zeggen', en lachte opnieuw.

'Wacht maar...'

'Nee hoor, lieve God, hoe komt u erbij!'

'Vanaf nu zullen wij vriendinnen zijn', zei Lucrecia. 'Ik wil dat wij vriendinnen zijn.'

Lucrecia keek haar met onuitsprekelijk droevige ogen aan. Vriendinnen? zeiden haar ogen, vriendinnen?

'Zoals u wilt', antwoordde Lucrecia, die haar ogen neersloeg, niet wist wat zij moest doen, en haar handen in haar schort wrong alsof ze nat waren en zij ze wilde drogen. 'Ik ga de was binnenhalen,' zei zij, 'voordat het weer gaat regenen', en liep snel de slaapkamer uit naar de tuin.

Ze zullen mij nooit accepteren, dacht Lavinia, terwijl zij afwezig op de jurken ging zitten en naar de schaduwen van de namiddag keek. Ik had niets tegen haar moeten zeggen, dacht zij. Wie ben ik om zoiets tegen haar te zeggen.

Een week voor het bal werd de vermoorde lijkschouwer gevonden, die de sleutelgetuige was geweest in het proces tegen de directeur van de La Concordia-gevangenis. Lavinia herinnerde zich precies hoe zij het radioverslag had gehoord, toen zij in de taxi op weg was naar haar eerste werkdag. Tijdens het proces had zij, net als vele anderen, de moed van de lijkschouwer bewonderd. En ook vreesde zij, met velen, voor zijn leven. In Faguas was het ondenkbaar je een eerlijke militair voor te stellen, die zijn eerlijkheid vroeg of laat niet met ballingschap of met de dood moest bekopen.

Aan kapitein Flores was de rekening zeer snel gepresenteerd.

De verontwaardiging lag als een deken van ingehouden woede over de stad. Het aantal waakzaam patrouillerende agenten werd verdubbeld.

Hij was doorzeefd bovenop zijn auto aangetroffen op de straatweg naar San Antonio, een provinciestad, waarheen dokter Flores op weg was om enkele familieleden te bezoeken. De autoriteiten gaven geen enkele verklaring voor de veronderstelde moord. Majoor Lara, de gevangenisdirecteur, mocht wegens goed gedrag zijn cel voor het weekeinde verlaten. Niemand twijfelde eraan dat hij de dader was. Hij werd ook genoemd in de extra editie van het ochtendblad van de oppositie, die op de tekenkamer van hand tot hand ging.

De begrafenis van de arts zou de volgende morgen plaatsvinden. Er zouden heel veel mensen aan deelnemen. De Grote Generaal kon niet verhinderen dat honderden mensen bereid waren als teken van protest achter de baar te lopen. Hoe zou hij dat kunnen, nu het om een officier ging? Zelfs de dode kon niet verhinderen dat alle tekenen erop wezen dat zijn begrafenis de grootste manifestatie zou worden sinds de beroemde zondag van de verkiezingscampagne van de oppositie, de dag van het bloedbad.

Felipe zat aan de telefoon, toen Lavinia zijn kamer binnenkwam. Nadat hij met iemand had afgesproken elkaar de volgende morgen op 'het punt' te ontmoeten, hing hij op en keek haar aan.

'We wisten het allemaal, al vanaf de rechtszaak,' zei Lavinia, 'we wisten dat majoor Lara hem zou vermoorden zodra hij uit de gevangenis kwam.'

'Maar terwijl we het wisten konden we het niet verhinderen', antwoordde Felipe.

'Ga je er morgen heen?' vroeg Lavinia.

'Ja', zei Felipe. 'Ik ga er met studenten van de faculteit heen.'

'Ik weet niet met wie ik zal gaan,' zei zij, en vervolgde vastbesloten, 'maar ik ga er in ieder geval heen.'

Deze keer zou zij niet vanuit de verte naar de mars naar de begraafplaats hoeven blijven kijken. Nu was het anders, dacht Lavinia, en hoorde in gedachten weer de arts met kalme stem zijn getuigenis afleggen. De Grote Generaal moest op de hoogte zijn van de afschuw over deze misdaad, die zonder enige twijfel met zijn goedvinden was begaan. En nu zou zij deelnemen aan het tonen van die afschuw.

'Daar had ik het net over met Sebastián. Hij zei dat je in geen geval naar de begrafenis moest gaan. Je moet 'schoon' blijven, vooral nu.'

'Maar…' zei Lavinia ongelovig.

'Dat zeg ik niet', zei Felipe. 'Sebastián heeft het me zojuist gezegd. Hij vroeg mij het aan je door te geven.'

'Maar waarom niet?' vroeg zij, terwijl zij op Felipes bureau ging zitten. 'Ik begrijp het niet.'

'Het is heel eenvoudig, Lavinia, als je een beetje moeite doet, begrijp je het zelf ook. Alle media zullen erbij zijn, massa's veiligheidsagenten, legerpatrouilles..., misschien komt zelfs Vela wel. Hij mag je daar niet zien en ook niet iemand die het hem kan vertellen. En het zou al helemaal niet goed zijn als je op de tv of op een foto in de krant te zien zou zijn.'

Zij knikte. Dat was duidelijk. Zij had het zelf moeten begrijpen, zei zij bij zichzelf. Maar het was wel wreed. Sinds zij bij de Bevrijdingsbeweging zat, probeerde zij zich vertrouwd te maken met het idee zich van haar status quo los te maken, zich in een ander soort persoon te veranderen, het beperkte, slechts op zichzelf betrokken leven van haar kringen achter zich te laten, en verlangde zij naar het moment waarop zij actief met de anderen mee kon doen, de angst kon doorbreken en de directe in plaats van de theoretische consequentie van haar beslissing kon aanvaarden. Maar het leek wel of alles precies omgekeerd gebeurde. Zij kreeg de opdracht haar positie als architect voor de familie Vela te gebruiken om inlichtingen te verzamelen, terug te keren naar het leventje in de vertrouwde kringen, op het bal aanwezig te zijn en niet aan de mars deel te nemen. Dat had ze nooit verwacht, dacht zij, zo had ze het zich niet voorgesteld. Kennelijk was zij alleen nuttig voor de Beweging als degene die zij was.

'Dit is erg frustrerend', zei zij en liet zich op een stoel vallen. 'Ik dacht dat mijn leven radicaal zou veranderen, dat ik mee zou kunnen doen en niet, zoals altijd, aan de kant zou blijven staan.'

Zij bleef aan de kant staan, met Sara en Adrián. Met één oor bij de nieuwsberichten zat zij bij hen thuis op de veranda aan de tuinkant. Op straat liep de zwijgende menigte tussen twee rijen gehelmde soldaten met de bajonet op het geweer, die deden alsof zij aan de begrafenis deelnamen, naar de begraafplaats.

De stilte nam bezit van de stad. Kantoren en winkels hadden hun deuren gesloten. Niemand was naar zijn werk gegaan, met hoeveel nadruk de officiële media ook op het normale van de situatie hadden gewezen en de bevolking hadden opgeroepen zich naar het werk te begeven en niet in handen van 'provocateurs' te vallen, die probeerden 'misbruik te maken van deze betreurenswaardige gebeurtenis'.

Al heel vroeg was veel militair vertoon zichtbaar. Toen Lavinia naar het huis van Sara en Adrián reed, zag zij de olijfgroene vrachtauto's vol soldaten al naar de boulevard rijden, waar de begrafenisstoet langs zou komen. Als teken van rouw stelden zich op de hoeken bij de begraafplaats tanks op. Tanks met een rouwkrans om hun metalen slurf. Militair eerbetoon aan de dode voorwendend, vlogen de hele morgen vliegtuigen over de stad.

De officiële radiozender en het officiële televisienet zonden de begrafenis uit en brachten het als de welverdiende laatste eer aan een vooraanstaand militair. De camera's vermeden de menigte, die af en toe heel even in beeld kwam, en concentreerden zich op de lijkwagen en de betraande gezichten van zijn vrouw en kinderen.

Aan weerszijden van de straat waren de twee rijen stram in de houding staande soldaten met de bajonet op het geweer te zien, die de deelnemers aan de begrafenis flankeerden. Eén kreet, één opstandige beweging van de menigte en het zou een bloedbad van onvoorspelbare omvang worden.

De mensen waren ingesloten en tot onbeweeglijkheid, tot een stil protest veroordeeld. Ieder ander gedrag zou zelfmoord betekenen.

Zwijgend, bijna bewegingloos, door de spanning verenigd keken Lavinia, Sara en Adrián naar het kleine scherm.

'Ik hoop maar dat niemand iets doet', zei Sara.

Lavinia dacht aan Felipe en zijn studenten, die nu zwijgend meeliepen en op een gunstige gelegenheid wachtten.

'Niemand gaat iets doen', zei Adrián. 'De Grote Generaal heeft het goed gepland. Niemand kan wat doen.'

'Kijk, Lavinia,' zei Adrián, 'dat is generaal Vela.'

De generaal stond bij de grafsteen. Een grote man met een vooruitstekende buik en zorgvuldig gekamd, glanzend zwart haar. In het voorbijgaan nam de camera hem in beeld. Hij had een walkie-talkie in zijn hand. Er kwam een gevoel van afschuw in haar op. Ongetwijfeld stond hij aan het hoofd van de hele operatie.

De kist werd in het graf neergelaten. Een militaire band speelde het volkslied. De doodgravers legden de steen op het graf. De menigte begon zich al te verspreiden, toen de stilte van de begrafenisplechtigheid werd doorbroken. Van achter de grafmonumenten klonken kreten en leuzen: Moordenaars! Gardisten moordenaars! Weg met de Grote Generaal! Nationale Bevrijdingsbeweging! Schoten in de lucht. Rennende soldaten, een uiteen rennende menigte. Het televisiebeeld viel weg. Op het scherm verscheen een foto van de dode, terwijl de stem van de omroepster zei: 'Geachte kijkers, hiermee besluiten wij onze uitzending van de laatste eer aan kapitein Ernesto Flores.'

Adrián zette de tv af. Alle drie liepen zij naar de huisdeur, bewogen zij zich om maar iets te doen. In de verte waren schoten te horen.

'Oh, mijn God', riep Sara uit. 'Wat zal er nu gebeuren?

Doe maar gauw de deur dicht, Adrián.'

Zij keerden naar de zitkamer terug. Lavinia ging naar de keuken om zich een glas water in te schenken. In haar geest zag zij beelden van bloedige achtervolgingen. Zij probeerde de afstand die hen scheidde te overbruggen en Felipe een boodschap te sturen om hem te waarschuwen dat hij voorzichtig moest zijn, dat het niet de moeite waard was zich aan gevaar bloot te stellen. Er waren teveel soldaten op straat. Ze zouden het geheid verliezen. Hoewel Felipe er waarschijnlijk anders over zou denken, zei zij bij zichzelf. Zij dachten anders, zij maten het gevaar op een andere manier.

Zij ging terug naar de kamer. Adrián en Sara zaten in hun schommelstoelen afwezig, zonder iets te zien, naar de tuin te kijken. Onbeweeglijk als op een foto zaten zij daar in hun mooie, goed gesneden kleren temidden van de zorgvuldig geplaatste meubelen, asbakken en siervoorwerpen, de planten met hun glanzende bladeren, de kleine binnentuin met de begonia's in grote plantenbakken. Hiervoor had zij ook kunnen kiezen, dacht Lavinia, terwijl zij als gehypnotiseerd, als vanuit een andere dimensie, naar hen keek: dit had ook haar leven kunnen zijn. Alles was erop gericht geweest dat zij uiteindelijk ook in zo'n huis terecht was gekomen, met een echtgenoot als Adrián, die peinzend zat te roken. Maar op een bepaald moment had haar weg zich in tweeën gesplitst en nu stond zij aan de andere kant en keek naar hen als door een spiegel, die haar beeld nooit meer zou weerkaatsen, bevangen door angsten die zij moest verzwijgen, die deze andere, onbeweeglijke wereld niet binnen mochten.

'Ik ga weg', zei zij opeens.

'Wat zeg je,' schreeuwde Adrián bijna, 'ben je gek geworden?'

'Er zal me niets overkomen', zei Lavinia en pakte haar tas. 'Bij mijn huis is niets aan de hand.'

'Maar waarom zou je alleen naar huis gaan?' zei Sara, terwijl zij verontrust opstond.

'Dat weet ik niet', zei Lavinia. 'Ik weet alleen dat ik het hier niet meer uithoud, zonder iets te doen.'

'Maar je bent toch bij ons', zei Sara. 'Maak je niet zo druk.'

Zij wist dat dat het verstandigste was, zich niet druk te maken, maar zij kon het niet. Zij kon daar niet langer blijven. Zij moest er weg.

'Dit is geen kinderspel, Lavinia', zei Adrián. 'Zolang ik hier ben, ga jij dit huis niet uit.'

'Jij bent mijn man niet,' antwoordde Lavinia, 'en je kunt niet beslissen wat ik wel of niet doe. Ik ga weg. Laat me eruit.'

Er klonken meer schoten. Woedend probeerde Lavinia naar buiten te gaan, maar Adrián ging tussen haar en de deur staan. Hij was sterk. Hoewel hij niet erg groot was, had hij een stevig, gespierd lichaam.

'Laten we erover praten, Lavinia, alsjeblieft', zei Adrián. 'Waarom wil je naar buiten?'

Daar kon zij geen antwoord op geven. Zij had gewoon de behoefte daar weg te gaan. Hoe moest zij dat aan hun uitleggen? Hoe moest zij hen uitleggen dat zij niet in die wereld wilde blijven, waar zij naar haar gevoel al niet meer bij hoorde? Maar geleidelijk aan moest haar opwelling voor haar verstand wijken. Waarom wilde zij naar buiten? Zij kon zich niet bij de demonstranten aansluiten, die op dit tijdstip wel door de straten zouden trekken en misschien autobussen in brand staken om uiting te geven aan hun woede dat zij zwijgend tussen de rijen soldaten door in de lijkstoet mee hadden moeten lopen. Zij kon niets anders doen dan wachten. Net als zij.

Waarom heb ik haar aangezet? Wat bracht mij ertoe haar te bewegen naar buiten te gaan, naar waar geluiden van strijd klonken? Ik weet het zelf niet. Voelde ik de diepe behoefte mijn krachten te meten? Of kwam het omdat de herinneringen aan de vuurstokken in mij weerklonken?

Het had niet mogen gebeuren. Ik zit in haar gevangen. Ik ken deze wereld niet, ik ken zijn praktijken, zijn wetten niet. Ik kan de omvang van deze onbekende gevaren niet beoordelen.

Ik meende dat ik deze heftige impulsen ver achter mij had gelaten, maar zo is het niet. Wanneer mijn verlangen heel intens is, voelt zij het met de kracht waarmee ik eraan denk.

Ik moet voorzichtig zijn. Ik zal mijzelf tot zwijgen brengen in haar bloed.

*

'Ik weet niet wat mij overkwam', zei Lavinia later.

15

*

Enkele dagen later was de 'normale' toestand in het land teruggekeerd. De kortstondige opwinding maakte plaats voor gespannen rust. Zo ging het in Faguas. Energie hoopte zich op, kwam plotseling tot ontlading en dan herkreeg het landschap, net als de aarde wanneer hij beeft, zijn bekende contouren.

Er was niets spectaculairs gebeurd, op een paar aantekeningen voor de donkere kant van het land na. Drie doden. Een paar dozijn gewonden. Een onbekend aantal mensen opgepakt. In brand gestoken autobussen. Ingeslagen winkelruiten. Bemiddeling door de bisschop. 'De Nationale Garde handhaaft de orde in het hele land'.

Felipe en zijn studenten hervatten hun avondlessen. Geen van hen was geslagen of gearresteerd. Zij hadden zich niet in de rijen van de meest strijdlustigen geschaard. Deze keer hadden zij het risico tot het minimum beperkt.

Het zou zelfmoord zijn geweest, had Felipe gezegd, terwijl hij Lavinia voor één keer gelijk gaf. Voor ieder van ons, totaal onbewapend, waren er wel tien tot de tanden gewapende soldaten. Degenen die leuzen riepen waren provocateurs.

De voorbereidingen voor het bal gingen verder. Lavinia haalde haar jurk op bij de dry cleaning. 'Fris als de dageraad in slechts één uur' was de slagzin van de zaak, de enige die zo'n snelle service bood. De eigenaren waren welgestelde, aardige immigranten uit een van de kleine buurlanden. Een perfect ondernemerspaar, zoals het zich ijverig tussen de rijen zorgvuldig in lange plastic zakken verpakte kleren bewoog. Op de plastic zakken waren in ontelbare herhaling een rode bloem en de naam van de stomerij te zien.

Terwijl zij bij de toonbank stond te wachten, keek zij naar die overdaad van avondjurken en smokings, die op de nadering van het bal wezen en de manifestaties, de kogels en de doden deden vergeten. Lavinia kwam die op stijve kleerhangers aan lange, metalen buizen hangende kleding plotseling vreemd voor. Terwijl de bediende het reçu met haar gegevens in ontvangst nam en in het woud van kleren verdween om haar jurk er tussenuit te halen, bedacht zij hoe snel die levenloze stoffen tot leven zouden komen, hoe snel zij slanke en gezette lichamen zouden omhullen, een ijverig met amandelcrème en andere verfijnde cosmetica verzorgde huid, die zorgvuldig uit de zon was gehouden om er even wit als melk en paarlemoer uit te zien. Het zou interessant zijn om het bal met andere ogen te zien, erbij te zijn en er tegelijkertijd buiten te staan.

'Hier is hij', zei het meisje en haalde haar uit haar overpeinzingen.

Toen zij thuiskwam rinkelde de telefoon. Zij holde er naar toe, bevreesd dat hij al lang had staan bellen, dat het Felipe was en dat hij haar niet thuis trof.

'Lavinia?' De onmiskenbare stem van haar moeder bracht haar in verwarring.

'Lavinia?'

'Ja. Ik ben het.'

'Lavinia, vandaag heb ik Sara ontmoet en zij vertelde mij dat je van plan bent naar het bal te gaan…'

'Ja?'

'Nee, niets, ik wilde alleen weten of je echt gaat…'

'Ja, ik ga erheen.'

'Ach, meisje, als je eens wist hoe fijn we het vinden… Als

je eens wist hoe fijn we het zouden vinden als je met ons meeging...'

'Dat gaat niet, mama, ik heb al met Sara en Adrián afgesproken.'

'Maar ik denk dat zij het niet erg zouden vinden. Geloof je ook niet dat je beter met ons mee kunt gaan in plaats van met een pasgetrouwd stel...? Dat zou toch een veel betere indruk maken?'

'Ze zijn al meer dan een jaar getrouwd, mama.'

'Ja, dat weet ik, maar dat is toch nog niet zo lang? Ze zijn nog steeds pasgetrouwd... Er wordt vast over gepraat als wij apart komen en er is al genoeg geklest toen jij uit huis ging... Je bent nog steeds een ongehuwd meisje.'

Zij had het kunnen weten. Het was een moment door haar hoofd gegaan, maar zij had de gedachte van zich afgezet. Ondanks alles, ondanks het feit dat zij veronderstelde dat haar moeder zich zorgen zou maken om haar verschijning in haar eentje op het bal, had zij niet gedacht dat ze haar zou opbellen. Zij had Sara moeten zeggen er niet over te praten. Elke keer verbaasde zij zich weer over de zorgen van haar moeder.

'Je moet niet zo bezorgd zijn, mama, ik ben toch meerderjarig... Wat kunnen de mensen nu zeggen wat ze al niet gezegd hebben?'

'Je vader en ik zouden je heel graag meenemen. Het is niet normaal dat wij elkaar zo weinig zien, dat maakt een slechte indruk...'

Na al die maanden van verwijdering kwam het nu opeens bij haar op dat het 'niet normaal' was.

'Maar zo is het nu eenmaal, mama, en het bal zal daar geen verandering in brengen.'

'Misschien kun je nu naar ons luisteren. Wij zijn tenslotte je ouders. We kunnen niet ons hele leven zo doorgaan.'

Het bal, de terugkeer van de verloren zoon. Van het een kwam het ander.

'Ik kan niet met jullie meegaan, mama. Ik heb het al aan Sara beloofd. We kunnen elkaar daar ontmoeten. Ik kan een poosje bij jullie komen zitten.'

Het zou geen kwaad kunnen een poosje bij hen te zitten. Het zou haar image verbeteren.

'Maar dat is niet hetzelfde, meisje.'

'Mama, hou nu op, alsjeblieft.'

'Goed, goed. Maar je komt een poosje bij ons zitten, hè?'

'Ja, mama, echt waar. Hoe gaat het met papa?'

'Nog even druk als altijd. Hij is nog niet terug van kantoor.'

'Doe je hem de groeten van mij?'

'Dat zal ik doen. Weet je zeker dat je niet met ons naar het bal kunt gaan? Ik weet zeker dat Sara het goed zou vinden...'

'Nee, mama, ik heb toch gezegd dat het niet gaat. Laten we het nu plezierig houden.'

'Goed, meisje, goed. Dus je komt bij ons zitten?'

'Ja, mama.'

'Dus dan zien we elkaar daar?'

'Ja, mama.'

'Tot ziens, dan.'

'Tot ziens, mama.'

Zij keek naar de hoorn zonder eraan te denken hem neer te leggen. De scherpe toon ging in lange spiralen door haar hand.

Haar moeder was lang en mooi. Haar te zien had haar als kind een vaag gevoel van verbazing en trots bezorgd. Wanneer de moeders van haar vriendinnen tijdens de schoolbijeenkomsten de rijen vulden, dacht zij er altijd aan hoe goed haar moeder er tussen hen uit zou zien, hoeveel groter en mooier. Maar de bijeenkomsten verveelden haar en zij ging er nooit heen. Ze zijn nutteloos, zei zij, het is verloren tijd.

Haar schoonheid nam al haar vrije tijd voor en na het kaarten met haar vriendinnen en het bedienen van haar man en zijn vrienden in beslag.

Het dichtst waren zij nog bij elkaar geweest, toen zij naar Europa was gekomen om haar dochter van de juiste uitzet voor haar terugkeer naar Faguas te voorzien. Bij die gelegenheid had zij haar op lange kooptochten meegesleept, waarbij zij onvermoeibaar over de laatste mode en de juiste omgangsvormen, over hotels en restaurants had gesproken.

Zij was voor Lavinia altijd een verre, onbereikbare figuur geweest. Wanneer zij als klein kind, bang geworden van een of ander angstaanjagend verhaal van het kindermeisje, haar armen had gezocht, had zij altijd die onverdraagzame blik in haar ogen en dat 'wees toch niet zo'n huilebalk' gevonden. Al heel jong voelde zij dat haar moeder niet van haar hield.

Gelukkig maar dat tante Inés er was geweest, dacht zij, terwijl zij de tranen, die de omtrekken van de meubels wazig begonnen te maken, wegveegde. Want haar tante Inés vond het wel fijn haar in haar armen te nemen, haar te knuffelen en snoepgoed voor haar mee te nemen. Zij vond het fijn haar in bed te leggen en haar verhaaltjes te vertellen, terwijl zij haar haren streelde. Net als Lavinia had zij een enorme behoefte aan affectie.

Zij verwent haar veel te veel, placht haar moeder te zeggen en dan werd zij door paniek overvallen bij de gedachte dat haar ouders zouden besluiten tante Inés weg te jagen. Maar haar vader kwam dan voor zijn zuster op. Ze is erg alleen, de arme vrouw. Het kind is het enige wat haar nog wat vreugde geeft.

'Je tante heeft je van de verwaarlozing gered', zei Natalia, haar Spaanse vriendin. Maar niemand redde haar van de afwezigheid van haar moeder. En dat was wat haar moeder was, een eeuwige afwezigheid.

Zij had kunnen weten dat ze haar over het bal zou opbellen. Het was ondenkbaar dat ze zich geen zorgen zou maken om wat haar vriendinnen zouden zeggen. En toch was het niet te geloven dat ze haar alleen daarom had opgebeld. Alleen daarom.

Plotseling drong het tot haar door dat zij de hoorn nog steeds in haar hand hield. De lange toon was overgegaan in korte tonen. Zij legde hem neer en bleef huilen. Zij huilde zo hard zij kon.

Zij werd gedeprimeerd wakker. En zij werd nog neerslachtiger nadat zij 's middags met Sara naar de kapsalon was geweest. Het enige dat het lange wachten en het schouwspel van al die vrouwen met hun sierlijke, welverzorgde voeten in de ontvangstkamer had goedgemaakt, was het gelukkige toeval dat zij daar de zusters Vela had ontmoet. Zij waren met een air van deftige dames binnengekomen om zich op het bal voor te bereiden, dat de Grote Generaal diezelfde avond in de officiersclub van de strijdkrachten zou geven. 'Mijn man heeft het lidmaatschap van de Sociale Club al aangevraagd, maar omdat hij dat nog maar kortgeleden heeft gedaan, kunnen wij pas volgend jaar naar het bal', had mevrouw Vela met een zekerheid die zij in het geheel niet voelde gezegd, terwijl Sara haar geringschattend had aangekeken. 'De Grote Generaal houdt geen maat', had Sara later geoordeeld, terwijl zij zich naar haar overboog en haar stem liet zakken. 'Omdat zijn officieren niet in onze club worden toegelaten, organiseert hij nu voor hen op dezelfde dag een bal in de officiersclub, zodat ze zich niet achtergesteld zullen voelen.'

Lavinia dacht er alleen aan dat deze ontmoeting perfect was. Hen te kunnen zeggen dat zij naar het bal ging, met hen in de duurste kapsalon van de stad te zitten.

Toen zij van haar werk thuiskwam, schonk zij zich een groot glas sinaasappelsap met ijsblokjes in en ging naar de slaapkamer om wat te rusten voordat zij zich voor het bal ging kleden. Zij strekte zich uit op het bed, rekte haar spieren en stelde zich voor dat zij onder een stralende zon op een vlot in het water dreef. Zij moest rustig worden, zij was gespannen en opgewonden. Als op een scherm zag zij zichzelf in het rood de zalen van de Club betreden, de blikken die op haar bleven rusten, het getinkel van de glazen, de klanken van het orkest op het terras. Zij zou het op een afstand aanzien, de macht van het anders-zijn voelen. Zij stelde zich haar bewegingen voor, hoe haar voeten de zoom van haar jurk met het uitdagende elan van een flamencodanseres vooruitwierpen, hoe de soepele stof boven de glanzende marmeren tegels langs haar hielen streek, hoe de nu in mannen veranderde jeugdvriendjes haar ongemakkelijk omarmden met de geur van aftershave en van de stomerij op de revers van hun smoking. Zij zou koket glimlachen en over haar leven als architect vertellen, waarbij zij de benodigde dosis verveling in het gesprek zou laten doorklinken om hen te laten denken dat het plezier van het nieuwe speelgoed van de rebellie en de onafhankelijkheid er voor haar af was.

Zij draaide zich om in bed. Haar lichaam voelde warm en klam aan. Deze middag hield de eenzaamheid niet bij haar bed op. Aan niemand zou zij de vreemde opwinding kunnen uitleggen, die het idee zich weer in die rode avondjurk met het diepe decolleté te steken bij haar teweegbracht. Zich er nu in te laten zien was een genoegen, bijna een wraakneming. Zich erin te laten zien, nu niemand haar kon aanraken, in haar intimiteit kon doordringen, haar met levenslange huwelijken, met een als goede partij vermomde slavernij kon bedreigen. Het was een prikkelend en tegelijkertijd tegenstrijdig gevoel. Zij kon niet ontkennen dat de gedachte sommige van haar vriendinnen terug te zien haar genoegen deed, maar het was een bijna machiavellistisch genoegen, dat zij ook voelde wanneer zij zich de gezichten van de jonge academici voorstelde, die tegenover haar hun hoffelijke terughoudendheid, het respect dat zij voor kuise maagden toonden, opzij zouden zetten en zich door haar berekende verleidelijkheid zouden laten inpakken, alleen om ten slotte te bemerken dat er geen enkele hoop was, dat het slechts een spelletje was geweest. Het moest allemaal niets te betekenen hebben. In de wateren van loopbanen en bestemmingen waren zij in tegengestelde richting gezwommen. En al was dat een aangename zekerheid, hij was ook verontrustend.

Maakte zij zichzelf iets wijs? bedacht zij. Was zij bezig voor zichzelf een pose van romanheldin te creëren, die even dom was als die van haar vriendinnen die de kuise maagd speelden? Nee, dacht zij. Het was niet hetzelfde. Naar het bal gaan was voor haar een laatste terugkeer, een terugkeer om er vanuit de kern uit weg te gaan: als een vreemde haar milieu binnengaan om het totaal te verlaten, het te verraden, samen te zweren, zodat er een eind zou komen aan die wereld van klatergoud.

En zo moest het ook zijn. Zij voelde geen berouw. Zij wilde niet dat alles bleef zoals het was, maar kon niet verhinderen dat zij zich de klanken van die wereld, die haar haar hele leven hadden omgeven, nog goed herinnerde, een wereld die eens uit elkaar moest springen, moest verdwijnen… en wanneer dat zou gebeuren, zou zij aan de andere kant staan, aan de kant van het zwarte kastje waarin het ontstekingsmechanisme zou worden ingedrukt, waar de handen de lont zouden aansteken.

Zij sloot haar ogen, er ging een vlaag van wanhoop door haar heen. Zij wilde huilen, zo alleen voelde zij zich, zo verlaten in dat niemandsland, omdat zij noch het een noch het ander was, omdat zij niets anders dan een verlangen was, een wil, een abstracte gloed die haar met zekerheid doortrok, de zekerheid dat de naald in haar magnetische veld naar een definitieve pool wees, waar zij zich al struikelend naartoe bewoog, terwijl zij zich geleidelijk van haar oude kleren ontdeed, voortgedreven door een mysterieuze, ongewone kracht.

Zij dronk de laatste slok sinaasappelsap. Felipes sleutel opende de buitendeur.

'Joehoe…, hallo…, Lavinia?' hoorde zij hem haar zoeken.

'Ik ben hier, in de slaapkamer.'

Felipe kwam verhit binnen, zweetvlekken op zijn overhemd. Hij boog zich naar haar over en gaf haar een zoen. Zij snoof de geur van zijn hals op. Zij hield van zijn zweet, er was iets primitiefs en sensueels in een bezwete huid, de zilte smaak, de geur van zeewater.

'Je haar ruikt lekker', zei Felipe en liet zijn hand over haar hoofd glijden.

'De duurste kruidenshampoo', zei Lavinia met een glimlach. 'Het vervelende is dat de meeste vrouwen vanavond op het bal precies hetzelfde ruiken! Als je een hondje was en je zou me vannacht op mijn geur komen zoeken, dan zou je wel eens bij de haardos van een van de zusters Vela uit kunnen komen. Zij waren in dezelfde kapsalon. De Grote Generaal heeft, ook voor vanavond, zijn eigen debutantenbal voor zijn mensen georganiseerd, in de officiersclub.'

'Dus de Grote Generaal geeft ook een bal…' zei Felipe,

terwijl hij op de rand van het bed ging zitten.

'Ja. Volgens Sara is het zijn manier om de officieren te compenseren voor de 'historische' minachting van de zijde van het bestuur van de Sociale Club.

'Het is een goeie zet... hen amuseren zodat ze zich niet door de aristocraten afgewezen zullen voelen, ze hun eigen sociale leven geven. De Grote Generaal is niet dom. Hij weet wanneer er circus nodig is.'

'En volgens de verhalen van de gezusters Vela wordt het een uitgebreid circus.'

'Dat wordt vast een sappig gespreksthema op jouw feest. Bovendien interessant. Goed om te weten wat de aristocratie ervan denkt. Werk aan de winkel.'

'De aristocratie zal ze nooit accepteren. Zij hebben ze nodig, maar ze verachten ze. Dat weet iedereen.'

'Maar tot nu toe is er nooit sprake geweest van concurrentie. Hun gebieden lagen duidelijk vast. Naarmate de Grote Generaal zich meer bedreigd voelt, versterkt hij de positie van zijn mensen. De laatste tijd laat hij hen handel drijven, waarmee zij de aristocratie concurrentie aandoen. Dat zal je vrienden niet erg bevallen. Ik ben ervan overtuigd dat de Grote Generaal door zijn steun aan de militaire kaste tegenstellingen schept, die hijzelf niet eens kan overzien. Tegenstellingen die wij moeten peilen om ze te benutten.'

'En denk je dat de Grote Generaal zich echt bedreigd voelt?'

'Ik denk dat hij niet op zijn gemak is. Hij dacht dat hij gemakkelijk een eind aan onze aanwezigheid in de bergen kon maken, zoals hij dat met de militaire pogingen van de oppositie heeft gedaan, maar zo is het niet gegaan. Wij groeien. Hij heeft heel wat troepen naar de bergen moeten sturen en die hebben aanzienlijke verliezen geleden. En dan de manifestatie van een paar dagen geleden... Ze zijn zenuwachtig.'

'Maar toch geloof ik niet dat hij zich bedreigd voelt.'

'Nee, nog niet. Maar zijn mannen lopen nu meer risico en hij voelt dat hij hen daarvoor compensatie moet geven. Het wordt steeds belangrijker voor hem het leger tevreden te houden.'

'Ik zou wat graag door een sleutelgat naar dat bal in de officiersclub willen kijken,' zei Lavinia, 'om te zien hoe het juffrouw Azucena vergaat.'

'Ik geloof niet dat zij er erg onder lijdt', zei Felipe. 'Ze lijkt tevreden met haar rol van zuster van mevrouw Vela, dat maak ik tenminste op uit wat jij vertelt.

Je zou meer toenadering tot haar moeten zoeken... Als zij ontevreden is zouden we zelfs een vriend voor haar kunnen zoeken', zei Felipe met een ondeugende knipoog.

'Is dat de jurk die je vanavond gaat dragen?' voegde hij eraan toe, terwijl hij naar de kast liep en door de plastic zak van de stomerij keek.

'Ja. En het wordt tijd dat ik mij ga aankleden, het is al half zeven.'

'Maar ze komen je toch pas om acht uur ophalen?'

'Jawel, maar ik moet nog douchen en me opmaken... en ik heb er een hekel aan mij te haasten.'

In een opwelling liep Lavinia naar hem toe en legde haar hoofd tegen zijn borst. Zij had die omhelzing van Felipe nodig.

'Ik ben zenuwachtig', zei zij, nu opeens ernstig.

'Waarvan?' vroeg Felipe, terwijl hij haar van zich afhield en haar in de ogen keek.

'Ik weet het niet... dat ik weer naar de Club ga. Ik voel me zo vreemd. Ik weet nog niet wat ik ben', zei Lavinia.

'Je bent een compañera van de Beweging', zei Felipe.

'Je zegt toch dat je dat zeker weet?'

'Ja, je hebt gelijk. Het is onzin van mij.' Zij maakte zich van hem los en liep naar de kast om er een schone handdoek uit te halen. Zij kon er met niemand over praten, dacht zij. Niemand zou haar begrijpen. De ene kant niet en de andere ook niet. Zij moest haar onzekerheden alleen dragen.

'Hoe laat moet jij weg?' vroeg zij aan Felipe.

'Straks,' antwoordde hij, 'wanneer ik je aangekleed heb gezien. Ik wil zien hoe je er in die vermomming uitziet', en hij liep naar de keuken om iets klaar te maken. Hij had honger, zei hij.

Hij vond het geen vermomming meer toen hij haar gekleed en opgemaakt zag, toen zij met Adrián en Sara het huis verliet.

Hij had naar haar zitten kijken terwijl zij zich mooi maakte, en had de hele tijd grapjes gemaakt in een poging zijn gevoel van ongemak achter een air van onverschilligheid te verbergen. Naarmate het beeld verscheen, dat de gasten op het bal te zien zouden krijgen, bemerkte zij steeds duidelijker zijn stiltes, de twijfel in zijn blikken.

Lavinia vond zichzelf mooi in de spiegel. Zij was slanker geworden en de jurk viel soepel om haar lichaam. De rode kleur van de stof stak helder af tegen haar blanke huid en het donkere haar dat over haar schouders viel. De hoge hakken versterkten haar voorkomen en lieten haar mooie figuur nog beter uitkomen.

Je bent een getrouwe weergave van de rijke bourgeoisie, had Felipe met een glimlach gezegd. Zij had zonder veel enthousiasme teruggelachen, omdat zij in zijn woorden de vijandigheid had gevoeld, die haar mondaine uiterlijk bij hem opriep. Ook hij had zijn tegenstrijdigheden, had zij gedacht. Hij keek op dezelfde manier naar haar als de mensen die op de banken in de wachtkamer om haar heen hadden gezeten op de avond dat zij met Lucrecia naar het ziekenhuis was gegaan. Misschien stond zijn argument dat zij nog niet rijp was daar wel mee in verband.

Zwijgend, achterover geleund op de achterbank van de auto, langs de boulevard met hun rijen palmen op weg naar het bal, dacht zij terug aan de geamuseerde uitdrukking op Felipes gezicht toen Adrián en Sara haar waren komen ophalen, aan de manier waarop hij naar hen had gekeken, in het bijzonder naar Adrián in zijn smoking, en beleefd afscheid van hen had genomen. Zij had de afstand in het afscheid gevoeld, het had haar geleken of hij dat 'tot straks' vanaf de andere kant van een onoverbrugbare kloof had gezegd, als in een filmscène, waarin de aarde zich opent en een man en een vrouw die van elkaar houden door een enorme spleet worden gescheiden.

'Zit je goed achterin?' vroeg Adrián. 'Zal ik de airco hoger zetten?'

'Nee hoor', zei Lavinia. 'Ik zit goed, dank je.'

Zij reden langs krottenwijken met huizen van planken en stukken karton en onverharde, slecht verlichte straten. De mensen die zich zonder toestemming op de hoger gelegen terreinen hadden gevestigd, zouden daar blijven tot hen weer een ander, 'geschikter', meer aan het oog onttrokken stuk grond zou worden toegewezen, waar zij geen overlast bezorgden met het ongepaste vertoon van hun armoede, of tot de gemeente die terreinen verkocht en hen verjoeg.

Ten slotte reden zij de brede, verlichte boulevard zonder krotten aan weerszijden op en even later sloegen zij de particuliere toegangsweg naar de Club in. Bij de ingang stond een lange rij auto's te wachten om de controle te passeren. De auto's hielden er stil, toonden hun uitnodiging en de slagboom ging, net als bij een spoorwegovergang, omhoog zodat er niemand binnenkwam die niet in die exclusieve wereld thuishoorde.

Het golfterrein was met vele lampen die in de bomen hingen overvloedig verlicht, evenals de tennisbanen, waar de schijnwerpers waren ontstoken. Adrián groette de bewaker en de slagboom ging omhoog. In de bocht voor de overdekte ingang hielden de chauffeurs van glimmende Mercedessen, Jaguars, Volvo's, enorme Amerikaanse sleeën en moderne Japanse modellen het portier open om hun passagiers in smoking en avondjurk te laten uitstappen. Bij het zwembad speelde het orkest een bossa nova. Zij stapten uit. Sara zag er opgewonden vrolijk uit, Adrián zette een grotere borst op dan gewoonlijk. Zij waren zenuwachtig, net als zij, dacht Lavinia, die een hand door haar haar haalde en haar jurk gladstreek. Adrián gaf hen allebei een arm en liep trots tussen hen in.

Wat zou Adrián denken? vroeg Lavinia zich af. Vaak verweet hij haar haar rebellie. Hij was een merkwaardige verdediger van de status quo, hoe vaak hij het ook over de dapperheid van de guerrillero's had. Haar streven naar vrouwelijke onafhankelijkheid accepteerde hij niet, evenmin als haar informele relatie met Felipe. Net als haar moeder, beschouwde ook hij het feit dat zij naar het bal was gegaan als een teken van verzoening, een teken dat zij haar plaats in de werkelijkheid innam.

De salon baadde in het licht van de enorme, met bloemslingers versierde kristallen kroonluchters, die hun schijnsel uitstrooiden over dat veelkleurige geheel van avondjurken, decolletés en juwelen, dat in afwachting van de officiële opening van het bal in golven heen en weer bewoog. Van de plek waar de tafeltjes stonden klonk gelach van de gasten, vermengd met het getinkel van de champagneglazen en de ijsblokjes in de whiskyglazen. De salon ging over in een terras langs een enorm, door onderwaterschijnwerpers verlicht zwembad, waarover een brug was aangelegd voor het defilé van de debutantes. Op het wateroppervlak dreven reusachtige, speciaal uit Miami overgevlogen, echte lotusbloemen.

Adrián had een tafeltje aan het zwembad gereserveerd, zodat zij het defilé van de debutantes goed zouden kunnen zien. Toen zij, begeleid door een maître die de gasten hun plaatsen wees, naar hun tafeltje liepen, kwamen zij veel bekenden tegen. Uitroepen als 'dat is lang geleden, je ziet er goed uit, ik hoop dat je een dans voor mij zult reserveren' en 'Lavinia! Eindelijk ben je er weer!' hadden haar vergezeld.

'Het lijkt wel of je populairder bent dan ooit', zei Sara, terwijl zij gingen zitten.

'Ik begin je ervan te verdenken dat je afzondering onderdeel was van een plan om de vraag te verhogen en meer bewonderaars aan je voeten te krijgen', zei Adrián geamuseerd.

'Je hebt een goed plaatsje uitgekozen', zei Lavinia met een raadselachtige glimlach, terwijl zij de koele avondlucht inademde en naar de lotusbloemen in het water en de brug voor de debutantes keek.

Toen zij eenmaal zaten, keek zij de zaal rond, die vol tafeltjes met linnen tafelkleden en bloementuiltjes stond. De meeste waren al bezet, op andere stond nog het kaartje 'gereserveerd'. Tussen de tafeltjes gingen blikken heen en weer die kapsels en jurken inspecteerden. De vrouwelijke aanwezigen waren geheel verdiept in het spel elkaar vanuit de verte te groeten en elkaars, in telefoongesprekken of in het commentaar van gemeenschappelijke naaisters aangekondigde, avondjurken te herkennen. Haar ouders zag zij niet. Zij waren er nog niet of zij zaten verscholen achter de brede, met bloemen en planten versierde pilaren. Misschien zou zij hen straks kunnen vinden, wanneer het defilé begon en iedereen ging zitten.

Uit de verte herkende en groette Lavinia verschillende schoolvriendinnen, velen van hen aan de arm van hun jonge echtgenoot. Antonio en Florencia maakten vanaf de nabije tafel van de vriendengroep brede begroetingsgebaren. Zij stond op om hen te begroeten en bewoog zich sierlijk in haar rode avondjurk naar hen toe.

'Het schijnt dat we je tegenwoordig alleen nog maar in dit soort verachtelijke gelegenheden zien', zei Antonio ironisch, toen zij aan hun tafeltje stond.

'Je hebt ons totaal in de steek gelaten', zei Sandra.

'Nee hoor, helemaal niet,' verzekerde Lavinia, blij hen weer te zien, 'mijn serieuze periode gaat al weer over.'

'En je periode met die Felipe?' vroeg Antonio.

'Je moet niet zo nieuwsgierig zijn', zei Lavinia met een knipoog.

De president van de club liep door de zaal naar de microfoon.

'Het gaat beginnen', zei Florencia met de stem van een schoolmeisje. Lavinia keerde terug naar de tafel met Sara en Adrián en ging net zitten toen de toespraak begon.

'Goedenavond, geachte clubleden', dreunden de luidsprekers en veroorzaakten een druk geloop naar de tafeltjes. Het algemene geroezemoes van opwinding over de aanvang van het spektakel stierf langzaam weg om plaats te maken voor de vereiste stilte voor de woorden van de president, die op plechtig feestelijke toon verder ging: 'Zoals ieder jaar in de geliefde traditie van onze Club zijn wij vanavond weer voor het jaarlijkse bal bijeengekomen om een aantal schone jongedames, dochters van onze achtenswaardige medeleden, die vandaag hun intrede in onze gemeenschap doen, hartelijk welkom te heten.'

In zijn toespraak zong hij de lof van de jongedames, wier namen, samen met die van de ouders, met applaus werden ontvangen.

Nu gaat hij ze één voor één oproepen, zei Lavinia bij zichzelf en herinnerde zich de dag dat zij een van hen was geweest: het wachten in de verfrissingsruimte voor dames boven aan de trap, tot haar naam werd afgeroepen en zij de trap afdaalde, terwijl het orkest *La vie en rose* speelde. Gelukkig was er toen geen brug over het zwembad geweest.

Nu kondigde de president met theatrale stem en ondersteund door tromgeroffel uit het orkest de eerste debutante, de 'bruid' van de Club aan: Patricia Vilón, die zij zich nog goed als een druk meisje van een paar klassen lager in de gangen van haar school herinnerde. Het meisje verscheen op de loopbrug in een met lovertjes en pareltjes bezette jurk van wit brocaat met een roos in haar kastanjebruine haar en schreed over de brug alsof ze Miss Universem was. Het orkest zette onder luid applaus van de aanwezigen de grote mars uit Aïda van Verdi in.

Met uitgestoken hand wachtte de president de bruid aan het eind van haar defilé op. Met een glimlach van voldoening en gewichtigheid bood hij haar zijn arm en plaatste haar naast zich in de door de vaders van de andere meisjes gevormde halve kring. Geroezemoes en applaus begeleidden het verschijnen van die luchtige, witte wolken met bloemen in het haar, die de een na de ander naast de president en de bruid gingen zitten.

Sara en Adrián klapten en leverden commentaar. Lavinia klapte ook, Sebastiáns instructies indachtig dat zij zich gelukkig moest tonen, 'als een vis in het water'. Dit was tenslotte haar eigen omgeving geweest, ook al voelde zij zich er nu niet meer op haar plaats. Er kwam een gevoel van absur-

diteit over haar, dat haar lachlust opwekte over de inwij-
dingsrite van die aan de luxe en de instandhouding van de
soort gewijde vestaalse maagden.

Innerlijk voelde zij zich bemoedigd door haar besluit
zich bij de Beweging aan te sluiten, afstand te nemen van
dit spektakel: het was onmogelijk hier te zijn en zich geen
rekenschap te geven van het lot van dit land, waar de weelde
zo ongestraft naast de ergste ellende kon bestaan en men dat
geheel negeerde, waar men niets wilde weten van de boeren
die uit helicopters werden gegooid omdat zij met de guerrilla hadden samengewerkt, of van het gegil van de gemar-
telden in de kelders van het presidentiële paleis.

Het bal begon. De president liep met de bruid aan zijn
arm naar de dansvloer, waar hij met haar de draaiingen en
wentelingen van een wals inzette, waar de vaders van de
andere debutantes zich onder applaus en glimlachjes van
roodgeverfde lippen, goedkeurend gefluister en opmerkingen over wie de mooiste was en wie de elegantste jurk droeg,
bij aansloten. De genodigden stonden op van hun tafels en
vormden een kring rond de dansvloer, waar de hoofdrol-
speelsters van de belangrijkste sociale gebeurtenis van het
jaar ronddansten. Ook Adrián, Sara en Lavinia gingen met
de anderen in de kring staan.

'Weet je nog,' zei Sara naast haar, 'toen het onze beurt
was? Ik geloof dat ik alleen op mijn trouwdag net zo zenuwachtig ben geweest.'

Zij wist het nog precies. Af en toe keek zij het fotoalbum
in en schaamde zich dat zij het was, die daar aan de arm van
haar vader stond, met dezelfde uitdrukking op haar gezicht
als zij nu bij de dansende meisjes zag.

'Ik herinner me jullie allebei nog', zei Adrián. 'Jullie keken als twee verschrikte hertjes. Ik dank God op mijn blote
knieën dat ik geen vrouw ben.'

'Daar staat je moeder', wees Sara opeens, weer ernstig. 'Zij wuift naar ons.'

Zij zag haar moeder aan de andere kant van de zaal tussen de toeschouwers staan en haar arm heffen bij wijze van groet. Haar vader haalde zijn bril tevoorschijn om haar beter te kunnen zien.

'Zij is ouder geworden', merkte Lavinia op, terwijl zij haar arm opstak om de groet te beantwoorden.

Over hoofden en haardossen heen keek zij naar hen. Haar moeder was wat dikker geworden, waardoor haar voorkomen van grijze matrone nog werd geaccentueerd. Haar vader daarentegen, leek magerder, maar zag er verder nog net zo uit als de laatste keer dat zij hem had gezien. Op dat moment werd de kring gebroken, toen de aanwezigen zich op een teken van de president ook op de dansvloer begaven. Haar vader en moeder legden een arm om elkaar heen en staken al dansend de dansvloer over naar de andere kant, waar zij stond. Het grote ogenblik was gekomen. Verschillende mensen aan de aangrenzende tafeltjes gingen er goed voor zitten om deze ontmoeting bij te wonen, deze openbare hereniging op het ritme van de merengue.

'Lieveling, hoe gaat het met je?' zei haar moeder en gaf haar een kus op haar wang alsof zij samen van huis waren gegaan. 'Hoe gaat het?' vroeg zij aan Sara en Adrián, die naderbij kwamen om haar te begroeten.

'Hoe is het?' zei haar vader, terwijl hij haar van boven tot onder bekeek. 'Je ziet er goed uit', en hij drukte haar stevig tegen zich aan.

Zij maakte zich los uit zijn omarming, waarbij zij aan het 'cut' in een slechte Mexicaanse film van verloren zonen en berouwvolle ouders dacht. Het was haar in deze omgeving onmogelijk enige emotie te voelen, haar vaders poging zijn affectie te tonen te beantwoorden. Het speet haar voor hem.

Hij had haar in loop van de afgelopen maanden tenminste af en toe opgebeld om haar te vragen of zij geld nodig had en of het goed met haar ging.

'Waarom gaan jullie niet naar onze tafel?' stelde Adrián voor om de stilte, die op de begroeting was gevolgd, te doorbreken en een eind te maken aan de ongemakkelijke, gespannen scène, die door de luide merenguemuziek van het orkest belachelijk dreigde te worden. 'Sara en ik gaan dansen', zei hij.

Zij liepen naar de dansvloer. Lavinia zag Sara praten. Zij stelde zich voor dat zij Adrián verweet dat hij haar juist op het moment dat hun aanwezigheid de spanning van de ont-moeting met haar ouders zou hebben weggenomen, had weggehaald.

'Je ziet er erg goed uit, meisje,' zei haar moeder, toen zij aan het tafeltje zaten, 'en je jurk lijkt nog nieuw. Weet je nog dat ik je zei dat het de moeite waard was merkartikelen te kopen? Je ziet dat ik gelijk had.'

'Je ziet er erg mooi uit', zei haar vader.

'En hoe gaat het met jullie?' vroeg Lavinia.

'Met ons gaat het goed', zei haar vader, die kennelijk van plan was zijn best te doen het gesprek naar zich toe te trek-ken om haar moeder de pas af te snijden.

'Je hebt heel wat opschudding op het bal veroorzaakt,' viel haar moeder hem in de rede, 'al mijn vriendinnen vroe-gen mij of je weer thuis komt wonen.'

'Ik hoop dat je hen hebt uitgelegd dat dat niet het geval is', zei Lavinia, die weer de typische reactie bij zich voelde opkomen die haar moeder bij haar opriep.

'Hoe gaat het op je werk?' vroeg haar vader, snel tussen-beide komend.

'Heel goed,' zei Lavinia, 'en hoe gaat het met de fabriek?'

'Zoals altijd. Ik moet een goede bedrijfsleider zien te vinden, die mij bijna geheel kan vervangen. Ik word oud en moe. Maar de zaken gaan goed, hoewel ik nog niet weet hoe het zal worden wanneer de nieuwe fabriek, die verschillende officieren van de Grote Generaal aan het bouwen zijn, opengaat.'

'Zijn ze een fabriek aan het bouwen?'

'Ja. Ze zijn bezig in verschillende sectoren van de industrie, in het bankwezen en in de handel in onroerend goed door te dringen. Heb je van de Banco Unido gehoord? Nou, die is opgericht met kapitaal van de Grote Generaal en van een paar van zijn generaals. Ze beginnen ons te beconcurreren waar ze maar kunnen. En het is oneerlijke concurrentie, want zij krijgen belastingontheffing, ze bouwen met machines van de staat… ze willen ons ruïneren.'

'Wanneer kom je bij ons langs, Lavinia?' zei haar moeder. 'We zouden een lunch met je vriendinnen kunnen organiseren.'

'Wat ga je met je leven doen, weet je dat al?' vroeg haar vader, die de bezorgdheid van haar moeder deelde.

'Mijn leven is rustig en goed geregeld', zei Lavinia. 'Ik heb werk, thuis doe ik de huishouding, jullie hoeven je nergens zorgen over te maken.' En zij glimlachte zonder verder in details te treden en met een uitdrukking die een punt achter het onderwerp zette.

'En die architect, die niemand kent, met wie je omgaat?' vroeg haar moeder verder.

'Dat is een collega van mijn werk, die ik af en toe zie. Er is niets serieus tussen ons… En gaan jullie niets doen tegen de concurrentie van de Grote Generaal?' vroeg Lavinia, die terug wilde naar wat haar vader daarover had gezegd.

'Wij hebben er wel over vergaderd, maar wij zien geen enkele oplossing.'

Nadat ze een poosje naar het dansen hadden zitten kijken, haar moeder commentaar had geleverd op de jurken en de laatste roddelpraatjes had doorgenomen en haar vader nog wat over zijn vergaderingen had gepraat, stond deze op en zei dat je door het lawaai bijna niet kon praten en dat Lavinia hen maar eens moest komen opzoeken.

Alle drie stonden ze nu op, kennelijk opgelucht dat de ontmoeting voorbij was, waarbij geen van hen had gezegd wat hij had willen zeggen en dat verborg achter de conventies van het afscheid, de kus op de wang, het 'tot gauw'. Zij keek hen na, haar vader en haar moeder, beiden boven de anderen uitstekend, twee menselijke wezens die veel op elkaar leken: haar vader kaarsrecht, met overvloedig, grijs haar, krachtige gelaatstrekken, grote ogen, die zich ernstig voortbewoog en met een flauw glimlachje reageerde op degenen die hem in het voorbijgaan groetten, en haar moeder met haar voorkomen van rijzige dame, haar dichte, glanzende, grijze haar, de lange handen die zij had geërfd en de gekunsteld vrolijke uitdrukking op haar gezicht.

Terwijl zij hen zo nakeek, kregen de kroonluchters en de andere lampen de glanzende, wazige contouren, die tranen teweegbrengen. Zij had een gewaarwording alsof zij door een omgekeerde verrekijker keek. Haar vochtige ogen zagen hen ver weg en in een flits besefte zij dat zij al aan de andere kant stond, dat zij er ten slotte in was geslaagd tegen de stroom op te zwemmen en dat zij zich op de andere oever bevond. Er was alleen nog huilen, water, tussen hen, water dat alles uitwiste.

'Wil je niet dansen? Je zit zo alleen...'

De hand op haar naakte schouder schrikte haar op. De tafeltjes, de dansende paren, de klanken van het orkest keerden in haar blikveld terug. Zij keek op en zag Pablo Jiménez, een vriend uit haar debutantentijd, die van boven zijn smoking en zijn zwarte vlinderdasje op haar neerkeek. Hij was een stille, schuchtere jongen. De kleur van zijn huid, van zijn haar en van zijn ogen leek wel verbleekt door het krachtige vruchtwater van zijn moeder, een drukke, dominerende vrouw. Iedereen noemde hem Pablito. De meisjes zeiden dat hij 'ongevaarlijk' was.

'Hallo, Pablito', gaf zij ten antwoord.

'Hallo,' zei hij, terwijl hij zijn hand naar haar uitgestrekt hield, 'zullen we gaan dansen? Kom, blijf hier toch niet zitten.'

Zij stond op en dacht dat zij voor haar eerste dans geen betere partner had kunnen vinden dan deze aardige, transparante, ongevaarlijke jongeman. Ook de bolero vergemakkelijkte het betreden van de dansvloer. Zij maakten wat ruimte voor zichzelf. De paren bewogen zich in elkaars armen en benutten de muziek om hun lichamen tegen elkaar aan te drukken en elkaar lieve woordjes in het oor te fluisteren.

Pablito rook naar aftershave. Hij legde zijn arm zachtjes om haar middel en wiegend op het ritme van de muziek begonnen zij te dansen.

'Ik hoor dat je bij Julián Solera werkt', zei hij tegen haar. 'Bevalt het je?'

'Ja hoor, het bevalt me uitstekend. Het is interessant werk.'

'Maar je was verdwenen… Je werd alleen nog in de discotheken gezien.'

'Ja, dat is zo. Maar na het jaar van mijn debuut had ik een beetje genoeg van dat soort feesten. Nu ben ik daar weer overheen.'

Zij vleide zich dichter tegen hem aan en wenste dat hij even niets zou zeggen om van de muziek en het dansen te genieten. Zij hield van dansen en Pablito danste goed. Dit mag ik eigenlijk niet doen, dacht zij, ik zou moeten praten, dingen moeten vragen... Maar zij was nog in de war. Het kostte haar moeite haar aandacht erbij te houden, haar ouders te vergeten. Zij wilde dat de armen die haar omsloten, Felipes armen waren, dan had zij haar ogen kunnen sluiten en de zwaarte van de ongemakkelijke verhouding met haar ouders in de muziek kunnen vergeten.

'En jij, wat doe jij tegenwoordig?' vroeg zij.

'Ik werk bij de Centrale Bank, op een onderzoeksafdeling die pas is ingesteld. Wij doen sociaal-economisch onderzoek, dat in naam apolitiek en onafhankelijk is. Het schijnt dat de president van de bank de Grote Generaal heeft overtuigd van de noodzaak van een team, dat gegevens produceert die niet zijn vervalst. De regering begint zich een beetje meer bezig te houden met wat er eigenlijk echt in het land aan de hand is. Ik geloof niet dat het veel uithaalt, maar je hebt ten minste het gevoel dat ze misschien besluiten sommige dingen te verbeteren, al was het maar uit angst.'

'Maar geeft het je geen naar gevoel om daar te werken?'

'Nee. Ik denk dat het enige dat je in dit land kunt doen, is van binnenuit het regime te werken en omdat we er nog heel wat jaren mee zullen moeten leven, is 't het meest praktische te kijken wat je kunt doen om ten minste een paar dingen beter te laten functioneren. Bovendien, zoals ik al zei, zijn wij een onafhankelijke groep. Geen politiek. Wij zijn technici...'

Niet politiek zijn was een gemakkelijke manier om medeplichtig te zijn, stond Lavinia op het punt om te zeggen, maar zij herinnerde zich bijtijds dat zij hier was om zichzelf een dekmantel te verschaffen en niet om haar image van rebelse vrouw op te poetsen. Bovendien had haar opmerking geen enkele zin. In deze kringen behoorden de meesten tot de oppositie. Het was heel normaal kritiek op het regime uit te oefenen en zich erover te beklagen, ook al wist men er zich stilzwijgend mee verbonden. Laten we het bekritiseren, maar laten we het niet veranderen, was het parool. En dat was tot voor kort ook haar houding geweest.

De bolero was afgelopen en het orkest ging over op het ritme van een cumbia, die een eind aan het gesprek maakte.

'Ik zal je naar je tafel terugbrengen,' zei Pablito, 'dit is geen dans voor mij.'

Sara en Adrián waren ook teruggekomen. Zij wuifden zich koelte toe met hun servetten.

'Die dansvloer lijkt wel een oven... Hoe gaat het, Pablito?'

'Heel goed, dank je. Jullie zien er ook goed uit.'

'Met de gymnastiek die we net achter de rug hebben...' lachte Adrián.

De dans met Pablito bracht het bezoek van vrienden en vriendinnen in de korte pauzes van het orkest naar hun tafeltje op gang. De verdere avond volgden de praatjes met korte informatie over loopbanen en andere ontwikkelingen elkaar op, allemaal verpakt in een sfeer van beminnelijkheid en wellevendheid. Je wist absoluut niet wat die vriendelijke, glimlachende gezichten, die even aan haar tafeltje kwamen, werkelijk dachten.

Zij danste met haar vrienden van de oude groep, met Antonio, die hardnekkig doorvroeg over Felipe, met Jorge, die zijn grappen vertelde. Met hen had zij plezier en viel het haar niet moeilijk haar wimpers te laten wapperen en met haar charme te koketteren.

Af en toe kwam dat vreemde gevoel terug. Dan riep haar geest de beelden van Sebastián, Flor en Felipe op, of van de begrafenis van de arts, die iedereen vergeten scheen te zijn. Een enkeling maakte een opmerking over het feit dat het bal gelukkig niet was geannuleerd, over de angst die ze hadden gehad dat zij in de ellende betrokken zouden raken.

Haar oude schoolvriendinnen praatten met haar over hun trouwplannen, hun verloofden, de mode en de nieuwste voorbehoedsmiddelen. Soms ving zij de blik van Adrián, die nieuwsgierig en geamuseerd naar haar zat te kijken. Zij was er zeker van dat Adrián doorhad dat zij acteerde, maar nooit zou weten waarom zij dat deed. Hij wilde met haar dansen, maar Lavinia, die besefte dat hij haar zou ondervragen, veinsde dat zij hem niet tussen de vele verzoeken kon inpassen.

'We moesten maar eens naar huis gaan', zei zij ten slotte. 'Ik kan niet meer. Mijn voeten zijn kapot.'

Sara, die al begon te gapen, sloot zich bij haar aan.

'Ja, laten we maar gaan. Ik val om van de slaap.'

Zij gingen via het terras langs het zwembad naar buiten om de drukte in de balzaal te ontlopen. Op de parkeerplaats zag zij in de verte haar ouders instappen en wegrijden. Zij hadden steeds naar haar gekeken, wanneer zij in de buurt van hun tafeltje danste, en niet te ontcijferen blikken naar haar geworpen.

'Je was betoverend', zei Adrián op weg naar huis.

'Ik heb mij sympathiek gedragen, hè?' zei Lavinia, die zich van de domme hield.

'Je bent ook sympathiek,' zei Adrián, 'wanneer je bent wie je bent en niet probeert je als de bevrijde, onafhankelijke vrouw voor te doen.'

'Ik ben bevrijd en onafhankelijk', zei Lavinia. 'Vergis je niet.'

'Nooit zal ik vrouwen begrijpen', antwoordde Adrián.

Zij zwegen en luisterden naar de regelmatige ademhaling van Sara, die op de achterbank zat te slapen.

Is het heimwee wat ik voel? Ik heb vaak heimwee gehad naar het leven van mijn stam. Maar in mijn geval was terugkeer onmogelijk. Wat ik achterliet loste op als een stuk linnen dat uiteen valt. Nooit meer heb ik de stille vreugde genoten van de *calmeac*, waar onze leermeesters ons de kunst van het dansen en het weven leerden. Nooit meer heb ik mij mooi gemaakt voor de gewijde feesten, waarmee wij na de laatste dagen van het jaar de terugkeer van de zon begroetten, die verschrikkelijke dagen, wanneer wij allen binnen bleven en vastten en het ons jongeren niet was toegestaan in de rivier te zwemmen of ons in het meer met de jacht op vissen te vermaken.

Vreemd zijn de gevoelens van Lavinia. Scherp als een werppijl. Een mengsel van gif en honing. Alles aan haar is verward weefsel, een arm die afscheid neemt, die liefheeft en haat. En verwarrend is deze tijd zeker, waarin ongelijksoortige gebeurtenissen elkaar opvolgen alsof er naast elkaar twee werelden bestonden, die elkaar niet raken. Ongeveer zoals zij en ik, die samen dit bloed bewonen.

*

Zij trok haar rode avondjurk uit, wierp hem op een stoel en zag hoe hij in de lichtstraal, die uit de badkamer viel, in een vormeloos hoopje plooien en schitteringen veranderde. Zij veegde de mascara van haar ogen en waste haar gezicht.

Zij moest lachen toen zij Felipe in bed op haar zag liggen wachten, terwijl hij net deed of hij sliep. Zij was er zeker van dat hij door zijn oogharen naar haar keek. Daarom speelde zij een beetje toneel. Ontdaan van alle sporen van het feest bleef zij naakt voor de spiegel in de badkamer staan, voordat zij op blote voeten naar het bed liep. Zij herinnerde zich een passage uit een boek van Cortázar, waarin de man de vrouw observeert, die naakt voor de spiegel naar zichzelf kijkt.

'Hoe was het?' vroeg Felipe met slaperige stem, alsof hij wakker werd, zodra zij het laken optilde om in bed te gaan liggen.

'Goed, heel goed', antwoordde zij, terwijl zij naast hem ging liggen en hem een zoen op zijn wang gaf.

'Is dat alles? Ga je me niet vertellen hoe het is geweest?'

'Je moet me even laten nadenken over hoe ik het voor je samenvat. Er waren zoveel mensen, veel prachtige jurken met lovertjes en pareltjes, een brug over het zwembad waar de debutantes overheen liepen, uit Miami overgevlogen lotusbloemen die in het water dreven, veel lege conversatie, twee orkesten, een volle balzaal... ik heb heel wat gedanst. Ik heb mij sympathiek gedragen, zoals Sebastián mij had opgedragen. Ik heb mijn ouders ontmoet.'

'En waar hadden de mensen het over?'

'Over van alles.'

Zij had altijd de indruk dat die mensen praatten om zichzelf te horen praten, dacht Lavinia. Zelfs voordat haar nieuwe bewustzijn haar dit soort dingen duidelijker liet zien, had zij opgemerkt hoe zij voortdurend doorpraatten, alsof zij zichzelf veel moesten horen om zich tegen hun eigen eenzaamheid te beschermen. Zij schenen alleen maar naar de woorden van de anderen te kunnen luisteren als naar de tweede violen in de symfonie van hun zelfgenoegzaamheid. Misschien was het een kwestie van opvoeding, van klasse, dacht zij. Wij zijn allemaal grootgebracht met het idee onszelf als een centrum van de wereld, het begin van het universum te zien.

'Je bent erg vaag', zei Felipe, die op een elleboog steunde en tegen haar lachte. 'Wat zeiden ze?'

'Wat jij wilt weten is of ik nog nuttige informatie heb gekregen, hè? Want als ik moet gaan herhalen wat ze zeiden, zijn we tot morgenochtend bezig.'

'Ja, je hebt gelijk. Wat hebben ze gezegd dat nuttig kan zijn?'

Zij vertelde hem wat haar vader en Pablito hadden gezegd, losse opmerkingen over het gebrek aan goede smaak van de Grote Generaal om op dezelfde avond in de Officiersclub van de Strijdkrachten een feest voor de Garde te geven.

'Dus zij zijn geïrriteerd omdat ze in hun territorium beginnen door te dringen... interessant', zei Felipe. 'Wij hadden er al een vermoeden van.'

Zij zag hoe hij, tevreden over de bevestiging van zijn vermoedens, in gedachten verzonk. Maar zij wilde het feest vanuit een heel ander perspectief analyseren. Met betrekking tot de politiek had zij niets bijzonders gehoord. Wat zij echter interessant vond, was dat zij dat alles had kunnen bekijken met het waarnemingsvermogen, dat voortkwam uit het feit dat haar leven nu een ordelijk ritme had gevonden, zij de loop der dingen in haar leven duidelijk voor zich zag en die dingen voor haar een zin, een bestaansreden hadden. Zij wilde haar gedachten met Felipe delen, hem zeggen hoe zij het gevoel had veranderd te zijn sinds zij 's morgens niet meer opstond met het idee tegenover een vormeloos gat te staan, een brok klei dat op een ontstaan wachtte om zich met vissen te vullen of in een boom of een appel te veranderen. Nu zij het waarom van haar plichten kende. Nu zij het gezag over haar uren in handen had genomen en dacht dat zij eindelijk de volwassenheid had bereikt, in staat was om zich heen te kijken en het andere en de anderen in een ander licht te zien, zonder de kinderlijke behoefte de wereld om zichzelf heen te laten draaien.

'Het is interessant te zien hoe mensen van mijn afkomst zich gedragen', zei Lavinia peinzend. 'Zij willen allemaal de aandacht op zichzelf richten. Het is een verschrikkelijke concurrentiestrijd. Ze gebruiken ieder middel om in het middelpunt te staan, om de schijnwerper, het licht te monopoliseren. En ze zijn natuurlijk amusant. Ik heb veel gelachen. Maar moet je nagaan, mij hadden ze bijvoorbeeld een hele tijd niet gezien, maar ze stelden mij alleen oppervlakkige vragen, de gebruikelijke dingen... Hoe gaat het? Wat heb je gedaan? Er was niemand die nog iets anders vroeg. Ik interesseerde hen niet. Het enige wat hen interesseerde was pronken, grappig zijn, eindeloos hun verhalen vertellen... Mij kwam het wel goed uit dat het zo ging, maar het geeft wel goed weer hoe zij zijn.'

Felipe haalde zijn schouders op. Het was duidelijk dat zij wat hem betreft niets nieuws had ontdekt.

'En met wie heb je gedanst?' vroeg hij.

Zij vertelde hem hoe de mannen naar haar tafeltje waren gekomen, over hun vragen of zij een vaste vriend had. Het was interessant zijn reactie waar te nemen. Hem scheen het ook niet veel te kunnen schelen wat zij had gedacht, hij had niet eens naar haar ouders gevraagd. Buiten de politieke zaken had hij alleen nog maar een macho-belangstelling voor wie er naar haar toe was gekomen. Er ging onzekerheid verscholen achter de ogenschijnlijke onverschilligheid waarmee zijn gezicht weer de zachte zinnelijkheid van de slaap aannam om haar te verleiden, onstuimig en heftig met haar te vrijen en te voelen dat hij haar bezat en om zich zo op de bolero's en andere ritmes te wreken.

*

16

Flor deed haar aan tante Inés denken. Zij waren erg verschillend en toch waren er momenten waarop Lavinia de zekerheid had dat zij iets gemeen hadden, een bepaalde, ernstige manier om over het leven te spreken, het vermogen om intieme plooien in de dingen waar te nemen.

'Je maakt je te veel zorgen over je acceptatie,' zei zij, 'of over je identiteit. Ieder van ons draagt zijn last tot het eind van zijn dagen met zich mee. Maar hij bouwt ook. Als architecte zou je dat moeten weten. Bij de geboorte geven ze je het terrein, maar wat je bouwt is jouw verantwoordelijkheid.'

'Juist als architecte weet ik wat een invloed het terrein heeft', glimlachte Lavinia. 'Maar het is waar wat je zegt. Ik weet niet waarom ik mij zoveel zorgen maak.'

'Precies. Je moet er niet zo over in zitten. Zorg er liever voor het beste van jezelf te geven. De acceptatie komt heus wel. Het belangrijkste is eerlijk tegenover jezelf te zijn. Dat is wat de anderen leren respecteren.'

Zo was Flor. Geen grote woorden, geen uitersten. Lavinia leerde haar steeds beter leerde kennen, maar was toch iedere keer weer verrast de diepte en de tederheid te ontdekken die achter haar ernstige, beheerste, soms strenge uiterlijk schuilgingen. De twee vrouwen hadden tijdens de vele uren van studie en de lange avonden waarop zij 'worsten' – materiaal en post die in onschuldige voorwerpen verpakt naar de bergen werden gestuurd – naaiden, een oprechte, zusterlijke vriendschap voor elkaar opgevat. Zij praatten over dromen en verlangens, over nieuwe relaties tussen mannen en vrouwen en wisselden feministische literatuur uit.

Nu, terwijl zij op haar hoge kruk aan de bouwtekeningen voor het huis van de familie Vela zat te werken, miste zij Flor. Al wekenlang zag zij haar erg weinig. Zij had het kennelijk ontzettend druk, net als Sebastián en Felipe. Zelf besteedde zij bijna al haar tijd aan het voltooien van het voorontwerp van het huis. Julián had haar van andere verplichtingen ontheven en haar gevraagd haar talent en energie te concentreren op een optimaal gebruik van de grootheidswaan van de generaal en zijn familie.

Zij stond op van de tekentafel en liep naar haar bureau, dat overdekt was met Amerikaanse tijdschriften. Naast de telefoon lagen de ansichtkaarten van het huis van William Hearst in Californië: het met goud en lapis lazuli ingelegde Griekse zwembad, de zalen in de stijl van middeleeuwse paleizen, veertig kamers… Het kon geen kwaad de smaak van een pompeuze mentaliteit te kennen. Ook als je met het schaalverschil rekening hield, hadden Hearst en Vela veel gemeen.

Zij schreef zichzelf een korte pauze voor en ging in de fauteuil zitten. De inspanning van het tekenen, waarbij zij de beginselen van de eenvoud en zelfs van de ethiek voortdurend geweld moest aandoen om aan de smaak van de gulzige mevrouw Vela tegemoet te komen, vermoeide haar. Zij stak een sigaret op, inhaleerde de rook en blies witte kringetjes uit, die als ijle wolken in het licht van de neonlampen aan het plafond oplosten. Door het grote raam keek zij naar de lichte meiregen, die het felle daglicht verzachtte.

De telefoon ging. Het was mevrouw Vela. Nu haar aanvankelijke terughoudendheid over het soort terrein dat haar man had uitgekozen was geweken en nu zij de mogelijkheden van het bouwen op verschillende niveaus had begrepen, kende haar enthousiasme geen grenzen meer. Zij belde haar bijna dagelijks op met nieuwe ideeën voor het huis. Nu had zij bedacht haar naaikamer naast de muziekkamer af te staan om haar man een verrassing te bereiden.

'Hij heeft een verzameling wapens, weet u', zei mevrouw Vela over de telefoon. 'En ik dacht dat het een mooi gezicht zou zijn als die langs de wanden van die kamer worden uitgestald. Wat vindt u daarvan?'

'Maar dan heeft u geen naaikamer meer', zei Lavinia. 'U moet niet vergeten dat hij al zijn muziekkamer heeft met de bar en een biljart.'

'Dat hindert niet, dat hindert echt niet', zei mevrouw Vela. 'Om u de waarheid te zeggen, ik naai zelf nooit. En de naaister kan ergens anders wel een plaatsje vinden om te werken.'

Terwijl zij met mevrouw Vela sprak, zocht zij tussen de ansichtkaarten van het Hearst-huis. Zij herinnerde zich dat zij in een van de kamers een wapenverzameling had gezien. Zij vond de afbeelding in kleuren. *Secret chamber* stond er op de achterkant van de kaart. Terwijl zij nog steeds naar de woordenstroom van mevrouw Vela luisterde, begon zij in haar hoofd al aan de mogelijkheden te denken.

'Dat kan, dat kan', zei Lavinia. 'U heeft gelijk. De generaal zal ingenomen zijn met uw idee, daar twijfel ik niet aan. Ik zal een voorstel uitwerken en dan kunnen wij dat volgende week bekijken, akkoord?'

Zij hing op en bleef nadenkend zitten. Het ontwerp van de kasten zou de toegang tot de generaal vergemakkelijken. Zij zou de details over de wapens nodig hebben om de maten, het gewicht en de verdeling over de planken te bepalen. Het zou nu logisch zijn het belang van een werkvergadering met hem te bepleiten. Zij draaide de kaart verschillende keren in haar hand om. Een geheime kamer voor zijn wapens zou ongetwijfeld heel verleidelijk voor generaal Vela zijn. Enthousiast ging zij aan haar tekentafel zitten. In de late namiddag zat zij nog berekeningen te maken.

Kort voor het eind van de werkdag verscheen Mercedes in de deur van haar kamer en vroeg of zij koffie wilde. Zij kwam verder de kamer in en keek over haar schouder.

'Waarom tekent u geweren en pistolen?' vroeg zij.

'Omdat mevrouw Vela een wapenkamer wil', antwoordde zij. 'Een kamer voor de collectie vuurwapens die haar man sinds zijn intrede in het leger heeft verzameld.'

'Zij wil iedere dag wat anders, hè? Daarom belt zij u steeds op.'

'Ja.'

Mercedes zweeg. Zij liep langs de tekentafel en verlegde verstrooid potloden en penselen.

'U houdt van dit werk, hè?'

'Ja hoor, het is leuk werk.'

'Ik vind mijn werk ook leuk, maar vandaag niet.'

'Wat is er dan?'

'Ik heb problemen.'

'Alweer?' zei Lavinia die zich niet kon inhouden. Mercedes nam haar van tijd tot tijd in vertrouwen. Iedereen op kantoor kende Manuel, die haar bezocht en met wie zij eindeloze telefoongesprekken voerde. Hij was getrouwd. Hij beloofde haar voortdurend dat hij zijn vrouw zou verlaten. Volgens Mercedes beloofde hij haar dat al twee jaar.

'Manuels vrouw is in verwachting. Hij zei dat hij om de kinderen bij haar bleef. Volgens hem spraken ze nauwelijks met elkaar. En vandaag belt een vriendin van mij op en vertelt dat zijn vrouw zwanger is.'

'Ik had je toch al gezegd dat ik het een slap verhaal vond.'

'Dat vond ik ook,' zei zij, terwijl zij door het raam naar

het door wolken overdekte landschap keek, 'maar ik wilde hem geloven. En ik dacht dat hij het echt voor zijn kinderen deed... ik weet zeker dat hij erg veel van ze houdt. Maar nu weet ik niet wat ik moet doen...'

'Je bent een jonge vrouw, Mercedes, je bent knap, intelligent. Je verdient beter dan op de tweede plaats te komen. Waarom laat je hem niet helemaal los? Hij is echt niet de enige man op de wereld.'

'Alle mannen zijn hetzelfde.'

'Dat kan best, maar sommige zijn ten minste ongetrouwd.'

'Maar ik ben "bevlekt". En een vrijgezel wil graag een maagd trouwen. Het enige waar ik nog op kan hopen is een andere minnaar. Daarom zitten de getrouwde mannen steeds achter mij aan.'

In zekere zin had zij gelijk, dacht Lavinia. Het soort mannen waarmee Mercedes omging, wilde opklimmen op de sociale ladder. Daarom namen zij de waarden, die in de hoogste kringen van de maatschappij aanvaardbaar werden geacht, tot in het overdrevene over. Een vrouw, die een verhouding met een getrouwde man had gehad, zou het op die huwelijksmarkt zeker niet makkelijk hebben. De mannen zouden haar wel als minnares nemen, maar als echtgenote verkozen zij een onschuldig, gedwee en makkelijk kneedbaar jong ding. Om tot bepaalde kringen door te dringen, werd een 'onberispelijke' vrouw noodzakelijk geacht. Mercedes' verleden zou hen 'lastig' kunnen uitkomen. Maar toch...

'Vergeet niet dat maagden een uitstervend ras zijn', zei Lavinia.

'Maar er zijn er nog genoeg', zei Mercedes lachend.

'Dan blijf je toch alleen, Mercedes? Je kunt beter alleen zijn dan in slecht gezelschap. Als je met Manuel niet gelukkig bent, dan zie ik niet in waarom je met hem door zou gaan.'

Met afwezige blik keek Mercedes naar de tijdschriften op haar bureau. Ogenschijnlijk zocht zij een oplossing voor haar probleem, dacht Lavinia, maar in wezen zat zij in het web van verliefdheid gevangen. Zij zag Mercedes naar de deur lopen.

'Ik hou nou eenmaal van hem', zei Mercedes. 'Ik ga maar, ik houd u alleen maar op', en ging snel weg.

Peinzend zag Lavinia door het raam hoe de avondschemering de grijzige wolkenlucht roze en violet kleurde. Zij had medelijden met Mercedes. Het was bijna een vloek, dacht zij, om je zo aan de liefde vast te klampen. En zo vrouwelijk. Hoe deden de mannen dat, vroeg zij zich af, om die zorgen buiten hun dagelijkse leven te houden, althans om hun concentratie niet te verliezen, niet het gevoel te hebben dat de aarde onder hun voeten bewoog wanneer het met hun gevoelens verkeerd zat? Zij schenen over het vermogen te beschikken hun gevoelsleven af te scheiden, het achter stevige, onwrikbare dijken op te sluiten, die verhinderden dat het met de rest van hun bestaan in aanraking kwam. Voor de vrouwen leek de wereld om liefde te draaien. Ontstond er een deviatie, dan smolten de poolkappen en brak de overstroming, de storm, de chaos los.

Zij luisterde naar de geluiden van het einde van de werkdag, de schakelaars van de lampen boven de tekentafels, de sleutels en het 'tot morgen'. Zonder te weten wat zij deed had zij mechanisch, afgeleid door de vochtige grotten van het leven, het ene vel papier na het andere volgekrabbeld. Zij bekeek ze nog eens voordat zij ze in de prullenmand deed: vuurwapens, pistolen, geweren en, hoe vreemd, zij had gestileerde oude, strakgespannen haakbussen getekend en ontelbare pijlen en bogen…

Lavinia denkt aan haar mispelkleurig geslacht en stelt zich vragen over de liefde.

De tijd verstrijkt niet: zij en ik, zo ver uiteen, zouden in de maannacht rond het vuur kunnen praten en elkaar begrijpen. Ontelbaar zijn de vragen zonder antwoord. De man ontsnapt ons, glijdt ons door de vingers als een vis in kalm water. Wij vormen hem, raken hem aan, blazen hem adem in, verankeren hem tussen onze benen en nog staat hij ver van ons af, alsof zijn hart uit ander materiaal was gemaakt. Yarince zei dat ik zijn ziel wilde, dat mijn diepste verlangen was hem een vrouwenziel in het lichaam te blazen. Hij zei dat, toen ik hem mijn behoefte aan liefkozingen uitlegde, toen ik hem om zachte handen op mijn gezicht en mijn lichaam vroeg en om begrip op de dagen dat het bloed uit mijn geslacht vloeide en ik mij droevig, zacht en gevoelig als een pasgeboren plantje voelde.

Voor hem was de liefde pulque, bijl, orkaan. Hij bracht haar tot bedaren om zijn verstand niet in lichterlaaie te zetten. Hij vreesde haar. Voor mij daarentegen was de liefde een kracht met twee kanten: één van vuur en zwaard en een andere van katoen en bries.

Mijn moeder zei dat de liefde alleen aan de vrouw was gegeven, de man kende slechts het noodzakelijke. De goden hadden zijn kracht niet willen afleiden. Maar ik had mannen gezien die dol geworden waren van de liefde en kon zeggen dat zelfs Yarince, om mij aan zijn zijde te houden, zich de vermaningen van priesters en wijze mannen op de hals had gehaald. Ik kon niet, als mijn moeder, accepteren dat zij alleen het voor de krijg noodzakelijke obsidiaan in zich droegen. Het scheen mij toe dat zij de liefde verborgen uit angst vrouwen te lijken.

*

Zij spraken af elkaar in het Katoenboompark te ontmoeten. Al een paar weken, sinds zij het allemaal zo druk hadden, had zij Flors huis niet meer bezocht. Zij zag haar weinig, meestal in openbare gelegenheden, parken, restaurants, of wanneer zij haar in haar auto van de ene plek naar een andere bracht. Flor liet zich ook over de weg langs de koffieplantages wegbrengen.

In het park ontmoetten zij elkaar altijd onder een enorme katoenboom. Op een stenen bank in een stil hoekje deden zij met boeken en schriften of zij studenten waren. Lavinia vond het fijn haar daar te ontmoeten. De wijd uitstaande kroon van de boom vormde een schaduwcirkel, een groen kantwerk met blauwe strepen. Vanaf die plaats konden zij de jongetjes op de locomotief van een oude, afgedankte trein zien spelen en in de stilte van de middag in de verte het gelach van kinderen horen.

Zij was er op de afgesproken tijd. Flor was nog niet gearriveerd. Zij parkeerde haar auto, pakte de boeken en schriften voor haar dekmantel als studente en liep rustig naar de bank. Het was warm. De dagen zonder regen in het winterseizoen konden uitzonderlijk heet en vochtig zijn. Deze middag speelden er maar een paar kinderen op de oude trein. Het waren allemaal kleintjes in oude, verschoten en ontelbare keren verstelde kleren. Met hun kleine beentjes probeerden zij op de hoge locomotief te klimmen. Opzij, op het gras, lagen de manden en kistjes met snoepgoed, sigaretten en kauwgom, waarmee hun moeders hen naar het park stuurden om wat bij te verdienen. Later, wanneer de rijke kinderen met hun in keurige uniformen en hagelwitte schorten geklede kindermeisjes kwamen, konden zij niet meer op de trein spelen. Dan moesten zij zich ermee tevreden stellen vanaf de wandelpaden naar de spelende kinderen te kijken, terwijl zij met hun schrille stemmetjes hun koopwaar aanprezen: 'zuuuuuuuuuuurtjes, zuuuuuuuuuuurtjes, kauwgooooooom, kauwgom, siiiiiigaretten.'

Enkele minuten later kwam Flor aanlopen. Zij droeg de tas, waarin zij haar verpleegstersuniform deed wanneer zij uit het ziekenhuis kwam. Onder haar verbleekte spijkerbroek staken de dikke, witte kousen in de stevige werkschoenen uit, die een contrast vormden met de gebloemde blouse. Zij zag er moe uit, met kringen onder haar ogen. Toen zij haar een paar dagen geleden had ontmoet, had zij al gevonden dat Flor was afgevallen, maar nu nam het scherpe gezicht elke twijfel weg, zij was magerder geworden. Haar ogen schitterden, haar bewegingen waren nerveus, het ritme van haar lichaam veranderd door de haast.

'Hallo,' zei zij, terwijl zij zich voorover boog om haar een kus op haar wang te geven en een paar klopjes op haar schouder, 'neem me niet kwalijk dat ik een beetje laat ben. Mijn auto is weer stuk en er kwam geen bus. Ik denk dat hij het nu definitief heeft begeven.'

De auto van Flor, 'Bultje', zoals hij werd genoemd, had een vervallen, aftandse ouderdom bereikt, die hem voortdurend in het 'ziekenhuis' deed belanden.

'Heb je hem naar het ziekenhuis gebracht?'

'Ik denk dat ik het niet meer doe. Het heeft geen enkele zin. Hij wordt gemaakt en een paar dagen later laat hij het weer afweten. Misschien brengt hij nog wat op als oudroest. Het doet me pijn, want ik ben op hem gesteld, maar hij is echt oud.'

'We kunnen in ieder geval mijn auto blijven gebruiken', zei Lavinia.

'Daar hebben we het nog over' zei Flor, die een sigaret uit het pakje haalde en in haar tas naar een aansteker zocht.

Lavinia zweeg en wachtte gespannen tot zij de aansteker had gevonden en eindelijk een grote rookwolk uitblies.

'Goed', zei Flor op de toon van iemand die een belangrijk gesprek begint. 'Je zult wel gemerkt hebben dat wij het drukker hebben dan gewoonlijk.'

Lavinia knikte. Zonder te weten waarover het ging, had zij de toegenomen activiteit om haar heen waargenomen. Zij vond het niet leuk dat zij er geen deel aan had, maar zij begreep dat de Beweging haar ongeschreven regels, haar inwijdingsriten had.

'Er is het een en ander aan de hand…' zei Flor. Plotseling hief zij haar hoofd op en keek haar strak aan. 'Heb je de eed al afgelegd?'

'Nee', zei Lavinia, die zich herinnerde dat zij in de papieren die tegelijkertijd mooie en retorische taal van dat symbolische pact, de formele verbintenis van de toetreding tot de Beweging, had gelezen.

Flor rommelde opnieuw in haar tas (hij leek op zo'n doos vol schatten die jongens onder hun bed verstoppen) en haalde er de brochure uit, die Lavinia herkende als die van de statuten, terwijl tegelijkertijd de angstreflex haar hoofd snel heen en weer deed gaan om om zich heen te kijken. De kinderen speelden rustig door en zij werd weer kalm.

'Leg je hand hier op de brochure', zei Flor, nadat zij die op het boek, waarin zij zogenaamd zat te lezen, had gelegd.

'Til je andere hand op…, een klein beetje maar,' zei zij met een lachje, 'en zeg mij na…'

Zacht pratend herhaalde zij de woorden die Flor uit haar hoofd kende, de tekst van de eed. Fluisterend spraken zij die prachtige, hoogdravende zinnen uit, park en boom veranderd in de kathedraal van deze ceremonie. Lavinia's gevoelens waren een verward mengsel van ontroering, angst en onwerkelijkheid. Alles gebeurde zo snel. Zij probeerde zich op de betekenis van de woorden te concentreren, tot zich door te laten dringen dat zij zwoer dat zij haar leven in de vuurlinie zou stellen opdat de dageraad van de bevrijding niet langer een verlokking zou zijn, de mens geen wolf meer zou zijn, opdat allen gelijk zouden zijn zoals zij geschapen waren, met gelijke rechten op het genot van de vrucht van hun arbeid... voor een toekomst van vrede, zonder dictators, waarin het volk heer en meester over zijn eigen lot was; zij zwoer de Beweging trouw te zijn, geheimen zonodig met haar eigen leven te bewaren, te accepteren dat de straf voor verraders de schande en de dood was...

Zij dacht aan zichzelf alsof zij iemand anders was en raakte ontroerd, aangestoken door de vaste, hartstochtelijke fluisterstem van Flor, die nu met lichte stemverheffing eindigde met het 'Een vrij vaderland of de dood'.

'Een vrij vaderland of de dood', herhaalde Lavinia, waarna Flor haar snel omhelsde en de brochure weer in haar tas opborg, terwijl zij waakzaam het park rondkeek, zoals zij dat ook tijdens het afnemen van de eed had gedaan.

De snelle, stevige omhelzing liet bij Lavinia het gevoel van een ingehouden genegenheid achter. Zij bedacht dat het een normaal gebaar was, deel van de rite, de bezegeling van het pact, maar iets in Flors nerveuze gedrag, dat zij niet kon definiëren, riep een vreemde droefheid in haar op.

'Zo, nu heb je de eed afgelegd. Ik wilde het zelf doen', zei zij, terwijl zij even de ogen neersloeg en met die woorden Lavinia's vage droefheid nog aanscherpte.

'Ik ben blij dat jij het hebt gedaan', zei Lavinia, die zin had haar nog eens te omhelzen en misschien wel om te huilen.

Flor ging met haar handen door haar haar en streek de losse slierten langs haar gezicht naar achteren, naar de met een sjaaltje bijeengehouden paardestaart.

'Zoals ik al zei,' ging Flor, die zichtbaar haar emotie de baas moest worden en naar de gebruikelijke vergadertoon terugkeerde, verder, 'zijn er belangrijke dingen aan de hand. De laatste dagen hebben we gezamenlijke vergaderingen van de leiding in de stad en die in de bergen gehad. Er zijn beslissingen genomen die van grote betekenis voor onze Beweging zijn. Daar hadden wij het zo druk mee', voegde zij er verklarend aan toe. (Zij moet gevoeld hebben dat ik mij buitengesloten voelde, dacht Lavinia, die opnieuw een opwelling om haar te omhelzen moest onderdrukken.) 'Ik kan geen details geven, maar er is besloten aan mensen zoals jij een eerste militaire training te geven. Dat heeft te maken met dingen, die je te zijner tijd te horen zult krijgen. Gezien het belang van je werk aan het huis van generaal Vela, waaraan in jouw geval de hoogste prioriteit wordt toegekend, is besloten de mogelijkheid van een minimale training in een weekend aan je voor te leggen.'

Zij knikte, onder de indruk. (Geweren, pistolen, machinegeweren, haakbussen, pijlen en bogen...)

'Zoals je weet,' ging Flor verder, 'bevindt de Beweging zich in een proces van "in stilte kracht verzamelen", dat wil zeggen dat wij alleen in de bergen actief zijn geweest, als een manier om het verzet in stand te houden in afwachting van betere omstandigheden. Wij moeten ons erop gaan voorbereiden de druk op de compañeros in de bergen te verlichten. En in de steden moeten wij een groter bewustzijn creëren en meer mensen inschakelen. Alles bij elkaar betekent het dat er een serie veranderingen en reorganisaties zal komen. Ook moeten wij de training en de kwaliteit van alle leden verbeteren..., begrijp je wat ik bedoel?'

Zij begreep het heel goed. Sebastián, die ongetwijfeld wist wat er ging gebeuren, had de laatste ritten naar de weg langs de koffievelden gebruikt om haar uit te leggen hoe de situatie was, om haar te laten begrijpen dat de Beweging in actie moest komen. Hij had het belang om te handelen zo duidelijk gesteld, dat zij zelf tegen hem had gezegd: 'En waarom doen wij niet iets?', wat hem een brede lach had ontlokt.

'Ja', zei zij.

'Ik wilde je ook zeggen,' ging Flor verder, 'dat je voortaan met Sebastián werkt. Ik moet op reis...'

Ondergronds, dacht Lavinia. Van Felipe wist zij dat op reis gaan bij de Beweging betekende dat je onderdook.

'Waarheen?' vroeg zij, wetend dat zij dat niet mocht vragen, maar gedreven door het verlangen te horen dat het deze keer een echte reis was.

'Dat kan ik je niet zeggen,' zei Flor lachend, terwijl zij een hand op haar arm legde, 'maar... nou ja, je weet waar het om gaat', gaf zij toe.

Zij zwegen. Lavinia dacht erover na of zij moest zeggen wat er door haar hoofd en haar hart ging. Flor onderbrak haar overpeinzingen.

'Momenten als deze zijn altijd moeilijk', zei zij. 'Op een of andere manier is het als een afscheid, omdat wij niet altijd het optimisme hebben dat ervoor nodig is. Noch jij noch ik zouden afscheid van elkaar moeten nemen met het idee dat we elkaar misschien niet meer terugzien, maar dat is wat je voelt... Bovendien is het een reële mogelijkheid, net zo reëel als de mogelijkheid dat we elkaar wel terug zullen zien... Weet je nog hoe je het met mij over je angst hebt gehad?' Zij praatte voor zich heen, terwijl zij naar de vogels keek die over het landschap, dat zich vanaf de heuvel van het park voor hen uitstrekte, vlogen. 'Toen ik te horen kreeg dat ik ondergronds moest, was ik bang. Ik dacht aan de dingen die ik tegen je heb gezegd, en die ik tegen verschillende beginnende compañeros heb gezegd, de dingen die Sebastián in het begin tegen mij heeft gezegd. Ik weet dat dit een nieuwe stap is en dat iedere stap zijn dosis angst meebrengt, die overwonnen moet worden. Maar bij elke stap en naargelang de verantwoordelijkheid toeneemt, wordt de mogelijkheid om die angst te delen kleiner. Je staat steeds eenzamer tegenover die zwakheid, terwijl de angst hetzelfde blijft. Ik wilde dit. Voor mij is het een succes. Er zijn niet zoveel ondergrondse vrouwen, weet je. Het is een erkenning van het feit dat wij, net als ieder ander, verantwoordelijkheden kunnen delen en dragen. Maar wanneer je als vrouw nieuwe taken op je neemt, weet je dat je ook een innerlijke strijd moet voeren, een strijd om jezelf van je eigen capaciteiten te overtuigen. In theorie weet je dat je voor gelijke posities van verantwoordelijkheid moet strijden, maar waar het om gaat is dat je, wanneer je die verantwoordelijkheid eenmaal hebt, de angst kwijtraakt om hem uit te oefenen… en dat je bovendien, juist omdat je vrouw bent, heel goed moet oppassen dat je die andere angst niet toont.'

'Ik weet zeker dat het goed zal gaan', zei Lavinia, die zichzelf triviaal vond, maar ook besefte dat zij haar eigen emotionaliteit en angst niet aan die van Flor mocht toevoegen.

'Dat hoop ik', zei zij.

'Een paar dagen geleden zat ik er juist aan te denken dat mannen en vrouwen zich in verschillende kwaliteiten hebben gespecialiseerd. Wij hebben bijvoorbeeld meer affectieve capaciteiten. Zij zijn daar veel beperkter in. Zij zouden van ons moeten leren, zoals wij van hen een soepeler gebruik van autoriteit, van verantwoordelijkheid moeten leren. Er zou een uitwisseling moeten komen', zei Lavinia, om maar iets te zeggen.

'Ik weet het niet', zei Flor peinzend. 'Op dit moment lijkt

het mij eerder nodig het vrouwelijke te onderdrukken en te proberen met hun wapens op hun terrein met hen te concurreren. Misschien kunnen wij ons later de luxe permitteren de waarde van onze kwaliteiten in het geding te brengen.'

'Maar we zouden toch in staat moeten zijn onze omgeving te feminiseren, vooral als wij het over een harde omgeving als de strijd hebben', hield Lavinia aan.

'Volgens mij is die omgeving van de strijd, zoals jij dat uitdrukt, behoorlijk gefeminiseerd. Wij hebben elkaar nodig en om die reden leggen wij stevige gevoelsbanden met de anderen. Ik vind onze mannen gevoelig. Het zijn de dood, het gevaar, de angst, die ons dwingen een verdediging, een noodzakelijke verdediging op te werpen. Zonder die verdediging zou ik niet weten hoe wij verder zouden moeten', zei Flor zacht.

Zij leek in zichzelf verzonken. Haar woorden, dacht Lavinia, waren niet meer dan de ijle contouren van het topje van de ijsberg. In haar ogen dreven herinneringen, belevenissen, waar zij maar een vaag vermoeden van had en die haar ver weg voerden.

'Ik zal je erg missen', zei Lavinia.

'Ik jou ook,' zei Flor, 'maar ik ben blij dat je met Sebastián verder werkt. Hij is gefeminiseerd,' zei zij met een glimlach, 'hoewel je het niet in je hoofd moet halen om dat tegen hem te zeggen, omdat hij zal denken dat je het over iets anders hebt…! Felipe zal je ook helpen, ook al is hij dan zo machistisch… Ik denk dat hij beter bij jou kan zijn dan bij een andere vrouw die nooit tegen hem ingaat. Heel goed, zoals jij zijn plannen hebt omgegooid. Dat heeft voor hem averechts uitgepakt!'

'Soms denk ik dat hij een tegenstrijdige macho is', zei Lavinia. 'Te oordelen naar de vrouwen die hij heeft gezocht, moet er iets in hem zijn dat hem, misschien onbewust, in dat soort situaties brengt.'

'Gek, hè? Dat was nog niet bij mij opgekomen, maar nu je het zegt... Die Duitse was zeker geen gemakkelijke... Ja, Felipe is moedig en wil veranderen, daar ben ik zeker van. In theorie, natuurlijk. Het probleem zit hem in de praktijk...'

'Hij vecht als Yarince', zei Lavinia afwezig, die zich niet op het gesprek kon concentreren omdat zij steeds weer moest denken aan Flors overstap naar het ondergrondse verzet.

'Wie is Yarince?' vroeg Flor nieuwsgierig.

'Wat?' zei Lavinia. 'Wat zei ik?'

'Dat hij als Yarince vocht...'

'Ik weet niet wie Yarince is. Ik weet niet hoe ik daar opgekomen ben.'

'Heb je soms iets over de Spaanse verovering gelezen?' vroeg Flor, maar Lavinia schudde met haar hoofd. 'Er is een Indiaanse Yarince, aanvoerder van de Boaco- en de Caribe-stam, die meer dan vijftien jaar tegen de Spanjaarden heeft gestreden. Het is een prachtige geschiedenis. Er is bijna niets bekend over het verzet dat hier is geweest. Ze hebben ons laten geloven dat de koloniale tijd een idyllische periode was, maar niets is minder waar. Yarince had ook een vrouw die samen met hem de strijd inging, hoewel men niet weet of dat een legende is of echt zo is geweest. Zij was een van de vrouwen die weigerden kinderen te krijgen om de Spanjaarden niet nog meer slaven te geven... Je zou erover moeten lezen. Misschien heb je er ooit iets over gehoord en is de naam in je geheugen blijven hangen, dat gebeurt soms. Er is zelfs een medische term voor: 'déjà vu', iets wat je onbewust onthoudt, zoals wanneer je op een plek komt en denkt dat je er eerder bent geweest.'

'Dat zal het zijn', zei Lavinia. 'Je moest eens weten wat voor vreemde dingen ik beleef en bedenk. Ik vind ze niet belangrijk, maar nu je het zegt, ze hebben altijd met Indianen te maken…, met bogen en pijlen, dat soort dingen… Vreemd, hè?'

'Ik vind het niet zo vreemd. Misschien is er iets dat grote indruk op je heeft gemaakt toen je klein was… Uiteindelijk dragen we allemaal onze Indiaanse herkomst in ons bloed.'

'Best mogelijk. Misschien heeft mijn grootvader erover verteld toen ik klein was.'

Zij probeerde het zich te herinneren, maar tevergeefs. Zij kon zich niet concentreren en Flor bracht het gesprek terug op de meest recente instructies betreffende het huis van generaal Vela.

Zij bleven een hele tijd in het park zitten. De keurige kinderen en de gesteven kindermeisjes wandelden reeds over de lanen en in de verte gingen de schommels heen en weer als de slinger van een klok, die aan het verstrijken van de tijd naar het afscheid herinnert.

'Ik moet gaan', zei Flor ten slotte. 'Het praten met jou heeft mij goed gedaan, ik voel me veel rustiger. Dank je wel.'

'Ik ben degene die dank je wel moet zeggen', zei Lavinia, die de teruggedrongen lust om te huilen weer voelde opkomen. 'Je weet niet wat iemand als jij voor mij heeft betekend.'

'Toe nou,' zei Flor lachend, 'doe niet zo mal. Je praat alsof ik al dood ben. Je blijft me houden, hoor. Zolang jij de Beweging hebt, heb je mij ook, dus dat is nog heel lang…'

'Het wil maar niet tot mij doordringen dat ik je wie weet hoe lang niet zal zien…'

'Het leven is dialectisch,' zei Flor opgewekt, 'alles verandert, alles gaat over in iets anders. Misschien zien wij elkaar al snel weer terug. Wij moeten optimistisch zijn.'

'Dank je voor de eed', zei Lavinia. 'Ik ben blij dat jij het bent geweest die hem afgenomen heeft.'

'Ik ook,' zei Flor, 'en nu ga ik echt. Het wordt laat.'

'Zal ik je wegbrengen?' vroeg Lavinia in de hoop het samenzijn te rekken.

'Dat is niet nodig', zei zij. 'Ik heb hier dichtbij een contact geregeld. Wacht nog een kwartier met weggaan.'

Onder de hoge katoenboom in die hoek van het park omhelsden zij elkaar. Een korte omhelzing, die de indruk van een willekeurig afscheid gaf, en een kus op de wang.

Zij keek haar na en bleef alleen op de bank zitten, luisterde naar de spelletjes van de kinderen en keek naar het nevelig vervagen van de dag tot de vijftien minuten om waren.

17

Ik heb de opmerkingen van haar verstandige vriendin met het zwarte haar en de ronde ogen in Lavinia geblokkeerd. Ik wil niet dat zij mijn verleden bestudeert. Ik wil er samen met haar in mijn eigen ritme aan terugdenken, haar met deze navelstreng van wortels en aarde verbinden.

Het bevreest mij ook aan de dood van Yarince te denken. Die volgde kort na mijn dood. Vanuit mijn verblijfplaats in de aarde zag ik het als in een droom.

Verschrikkelijk was die tijd. Wij waren uitgeput van de lange jaren van strijd en de belegering sloot ons steeds nauwer in. De beste krijgers waren gesneuveld. Een voor een gingen wij dood, zonder de mogelijkheid van een nederlaag te accepteren. Diep in de bergen begroeven wij de lansen van de doden in de hoop dat anderen ze eens tegen de indringers zouden opheffen. Maar elke dode was onvervangbaar en sneed als een vuurstenen mes in onze huid. In elke dode bleef een deel van ons leven achter. Ieder van ons stierf elke keer een beetje tot wij, tegen mijn einde, een leger van schimmen leken. Alleen in onze ogen was de woedende vastberadenheid nog te lezen. Wij leefden zo lang in het oerwoud, dat wij ons als dieren gingen bewegen en de dieren onze bondgenoten werden, die ons waarschuwden voor gevaar. Zij roken hun woestheid in ons zweet. Hoe goed herinner ik mij die dagen van heimelijkheid en honger!

•

Het huis waar de familie Vela woonde, lag in wat eens een van de elegante wijken van de stad was geweest, die tegen-

woordig was gevestigd op de residentiële percelen hoger tegen de heuvels, die de laatste mode op het gebied van goed
wonen waren en waar hun nieuwe huis zou worden gebouwd.

Nadat zij haar binnen had gelaten en terwijl zij haar naar
de zitkamer bracht, legde juffrouw Montes Lavinia uit dat
het huis al was verkocht aan een Amerikaans echtpaar, beiden leraar op de Hogeschool voor Bedrijfskunde, dat nu op
studieverlof was.

'Daarom hebben wij zoveel haast met het nieuwe huis',
zei zij. 'Aan het eind van het jaar komen de nieuwe eigenaren terug.'

De middagzon viel onbarmhartig op de tuin, waarlangs
zich een ruime kamer met airconditioning uitstrekte, die tot
zitkamer diende. Generaal Vela was nog niet gearriveerd,
maar hij kon ieder moment komen. Rinkelend met haar
vele armbanden liep juffrouw Montes naar de glazen deur
van de zitkamer, die zij openhield om Lavinia, die de rollen
met de ontwerpen onder haar arm droeg, binnen te laten.

De woning van de familie Vela was ingericht zoals zij
zich dat had voorgesteld, een mengsel van stijlen, de één
nog bombastischer en dwazer, nog glinsterender en protseriger dan de ander: spiegels in vergulde krullijsten, tafeltjes
tegen de muur, met glanzend damast beklede zware fauteuils, verchroomde tafels en stoelen, enorme gebloemde
vazen, tapijten in vreemde pastelkleuren, aan de wanden
reprodukties van landschappen en schilderijen met geweldige, onnatuurlijke golven. Een van de wanden was geheel
bedekt met de foto van een bos in herfstkleuren.

'Gaat u zitten,' zei juffrouw Montes, 'mijn zuster komt
dadelijk, zij is een jurk aan het passen. Op deze dag van de
week is de naaister er altijd. U weet hoe dat gaat… Wilt u
iets drinken?'

'Een Coca-Cola alstublieft.'

De vrouw stond op en liep naar een gordijn, waarachter zich een ingebouwde kast bevond. Met een sleutel van de bos die aan haar middel hing, opende zij de deur, waardoor tl-buizen begonnen te knipperen die hun licht op een spiegel, glaswerk en flessen drank wierpen. Zij pakte een glas en bukte om de kleine, eveneens ingebouwde koelkast te openen, waaruit zij Coca-Cola en ijs haalde.

'De generaal is gek op ingebouwde kasten', zei zij, terwijl zij terugliep, nadat zij alles weer afgesloten had, en de Coca-Cola en het glas met de ijsblokjes voor haar neerzette.

'Ze besparen ruimte', zei Lavinia, die de bar vond getuigen van een decadente wansmaak.

'Dat zegt hij ook. Hij is erg economisch', zei zij. 'En bovendien houdt hij er niet van dat het personeel overal aan kan zitten. U weet hoe dat gaat... als je de drank binnen het bereik van de dienstmeisjes laat kun je gelijk afscheid van ze nemen. Ze stelen het. Er is altijd wel een verloofde of een familielid aan wie ze het geven. Daarom heeft hij die bar laten maken, met de koelkast eronder, alles op slot. Het is de enige manier. In het begin moest ik er wel aan wennen om iedere keer sloten open te maken als ik iets nodig had... bij mij thuis werd nooit iets afgesloten, maar ja, dat was natuurlijk heel anders...'

'Hoe lang woont u al bij hen in huis?' vroeg Lavinia.

'Eh, vanaf de geboorte van de jongen... dertien jaar. Ja, dertien jaar, wat gaat de tijd toch snel, vindt u ook niet?'

'En waar komt uw familie vandaan?'

'Uit San Jorge. Mijn vader was administrateur van La Fortuna. Die zult u wel kennen, niet? Het is de tabaksplantage van de Grote Generaal. Daar hebben mijn zuster en zwager elkaar leren kennen. Toen was hij pas lijfwacht van de Grote Generaal. Zij kwamen vaak naar de haciënda. De

Grote Generaal nodigde graag mensen uit voor het weekend om paard te rijden en in de rivier te zwemmen, dan ging het er altijd vrolijk toe. Er werden grote feesten aangericht, er werden koeien en varkens geslacht, en ja, mijn zuster was jong en mooi… Florencio werd verliefd op haar. Later trouwden zij. De Grote Generaal was getuige. Als huwelijksgeschenk werd Florencio bevorderd, hij nam hem steeds meer in vertrouwen, en nu is hij generaal… Wie had dat toen gedacht!' Nadenkend hield zij even op met praten.

'Omdat ik nooit ben getrouwd, vroegen zij mij bij hen te komen wonen toen het kind geboren werd, om hen bij de verzorging te helpen. Mijn zuster is niet zo moederlijk aangelegd. En ik was alleen. Mijn vader was al overleden, aan astma, de arme man, en mijn moeder stierf toen ik geboren werd… dus ik was wat blij om hier te komen. Eigenlijk wilde ik graag non worden, maar enfin, in dit huis dien ik God ook… het leven van een non is tenslotte erg hard en ik hou van bepaalde dingen in het leven…, ik ben bijvoorbeeld dol op sieraden', zei zij en wees ondeugend lachend op haar armbanden. 'En ik ga graag naar feesten en dan kijk ik naar al die elegante, goed geklede mensen. Zelf dans ik niet, maar ik vind het leuk om hen te zien dansen… oh ja, hoe was het op het bal?'

Lavinia nam haar laatste slok Coca-Cola. Zij had nooit gedacht dat juffrouw Montes zo'n kletskous zou zijn.

'Oh, heel leuk. Het was een prachtig bal', zei zij. 'Elk jaar zijn die feesten mooier, luisterrijker, met meer versieringen. Ik houd er ook van naar de mensen te kijken, vooral bij dat soort gelegenheden… Ik heb de hele avond gedanst', glimlachte zij, vrolijk over haar eigen sarcasme.

'Het is jammer dat wij er niet naar toe konden,' zei zij, 'maar volgend jaar gaan wij vast.'

'En het bal in de officiersclub?' vroeg Lavinia.

'Oh! Dat was ook heel mooi, maar, weet u, het is niet hetzelfde. Het bal van de Sociale Club is toch het belangrijkst. Het feest waar wij naartoe zijn geweest heeft geen traditie. Ik vond het een goed idee van de Grote Generaal om het aan te bieden en het was heel leuk, heerlijke gerechten, gratis champagne, drie orkesten, een complete show, maar er waren maar vijf debutantes en ze waren niet echt mooi... donkere huid, sluik haar, niet erg gracieus.'

Dit betekende het eind van de illusies van de jongens, dacht Lavinia, die zich hun veronderstellingen over de ongetrouwde zuster herinnerde omdat zij zo stil was en iets achter haar schuchterheid scheen te verbergen. Waarschijnlijk zweeg zij alleen in gezelschap van de zuster en haar man. Nu zij voor het eerst alleen waren, praatte zij zonder ophouden over haar voorliefde voor feesten, mooie kleren en sieraden.

'Zou er wat tussen zijn gekomen bij de generaal?' vroeg Lavinia een tijdje later met een blik op haar horloge.

'Ik geloof het niet', antwoordde juffrouw Montes. 'Hij belde op om te zeggen dat hij wat later kwam. Hij moest nog even langs het bureau van de Grote Generaal, maar zou in ieder geval komen. Hij is er bijna altijd met de lunch, weet u. Alleen als er iets bijzonders is of wanneer hij op een missie de stad uitgaat. Maar anders luncht hij altijd thuis. We hebben een heel goeie kokkin, die zijn smaak kent. Bovendien houdt hij van zijn siësta.'

Het geluid van verschillende auto's die op straat stilhielden, en een dreunend dichtgeslagen portier drongen door de geslotenheid van de airconditioning heen.

'Daar is hij', zei juffrouw Montes, die als door een magneet in tegengestelde richting aan die van de zwaartekracht aangetrokken overeind kwam. 'Neemt u mij niet kwalijk, ik zal hem zeggen dat u hier bent en mijn zuster roepen', en ze verdween snel uit de kamer.

Over enkele ogenblikken zou zij generaal Vela leren kennen. Nerveus streek zij met een hand door haar haar. Het idee hem te leren kennen benauwde haar, maakte haar bang. Die middag in het park had Flor haar op de hoogte gesteld van zijn briljante militaire carrière. De vorige avond hadden Felipe en Sebastián haar allerlei gegevens over zijn persoonlijkheid verstrekt. Verschillende medewerkers van de Beweging, die gevangen hadden gezeten, hadden hem tijdens lange ondervragingen leren kennen. Hij speelde de rol van de aardige, die hen na de martelingen kwam vragen hem niet langer te dwingen hen slecht te behandelen. In de bergen stond hij bekend als 'de vlieger'. Aan hem werd het idee toegeschreven boeren levend uit helicopters te gooien als zij weigerden met de Garde samen te werken of de guerrillero's aan te geven. En de 'moddercellen' in het noorden werden ook op zijn conto geschreven: kuilen met betonnen wanden en een bodem van modder, die met een betonplaat werden afgesloten en maar een heel klein openingetje hadden voor frisse lucht. Daar werden de boeren dagenlang in opgesloten, tot zij van de geur van hun eigen uitwerpselen flauwvielen of hun verstand verloren.

Hij was de rechterhand van de Grote Generaal, zowel vanwege zijn doelmatigheid in het terroriseren van de boeren en het bestrijden van de guerrilla als door zijn bekwaamheid de orde onder zijn ondergeschikten te handhaven. De Grote Generaal waardeerde hem als eenvoudige man die zich opgewerkt had. Hij is door mij gevormd, placht hij te zeggen. Het was ook algemeen bekend dat Vela de functie had de Grote Generaal van mooie, jonge vrouwen voor zijn uitspattingen (de vrolijke feesten, zoals juffrouw Montes ze noemde) te voorzien.

Je moet gebruik maken van je afkomst, had Sebastián

gezegd. Wees serieus, beleefd, maar laat hem merken dat je je boven hem voelt staan, zonder het hem onder zijn neus te wrijven. Wees charmant, in de stijl van een prinses, boezem hem professioneel vertrouwen in, maar begeef je niet op het persoonlijke vlak... Het idee dat zij tegenover zo'n man vriendelijkheid en welwillendheid moest veinzen vervulde haar met afkeer. Zij dacht aan haar gesprek met Flor in het park. Dit was haar eerste opdracht. Zij mocht niet bang zijn. Het moest goed gaan.

De deur werd met een krachtige beweging geopend en generaal Vela, gevolgd door zijn vrouw en zijn schoonzuster, kwam naar haar toe om haar te begroeten, terwijl hij haar met het air van een feodale heer van onder tot boven opnam.

'Dus u bent de fameuze architect?' zei hij op spottend vleiende toon.

Lavinia knikte en gaf hem haar meest raadselachtige glimlach. De generaal drukte haar stevig de hand. Zijn hand was groot en grof, zoals zijn hele lichaam. Hij was een man op wie de bijnaam 'gorilla' uitstekend van toepassing was. Zijn Indiaanse, bijna gebeeldhouwde gelaatstrekken hadden mooi kunnen zijn, als zij niet door het vet en de uitdrukking van arrogante blanke waren vervormd. Zijn verleden en afkomst verloochenend, verspreidde generaal Vela een geur van dure aftershave en ging hij gekleed in een smetteloos kaki uniform, de kleur die aan hoge officieren was voorbehouden. Zijn krulhaar, het produkt van rassenvermenging, was met veel moeite door middel van vet, brillantine en een meedogenloze schaar bedwongen, zodat het tegen zijn hoofd plakte. Hij was niet erg groot en zijn dikke buik getuigde van zijn voorliefde voor een overvloedige keuken.

Hij nodigde haar uit te gaan zitten en nam zelf ook plaats, terwijl de twee zusters, die in aanwezigheid van de heer des huizes geen woord uitbrachten, haar toelachten alsof zij haar wilden bemoedigen of meenden zo de verpletterende aanwezigheid van de generaal wat te verzachten.

'Laat die tekeningen maar eens zien', zei de generaal met dezelfde luide stem waarmee hij haar had begroet, een stem die gewend was bevelen te geven.

Lavinia stond op en terwijl zij zich zelfbewust bewoog en de spottend wellustige blik van de generaal negeerde, pakte zij de rollen, haalde er de tekeningen uit en spreidde deze uit op een ronde tafel, die naast de fauteuils stond.

'Ik geloof dat wij ze beter hier kunnen bekijken', zei zij zelfverzekerd.

'Ja, natuurlijk', stemde de generaal in en stond soepel op, gevolgd door de beide zusters.

Zij begon de verschillende tekeningen en ontwerpen uit te vouwen en toe te lichten: voor- en zijaanzicht, de inwendige verdeling, de dakconstructie, de vertrekken, het meubilair. De generaal onderbrak haar voortdurend met vragen en opmerkingen, maar Lavinia vroeg hem beleefd of zij alle onduidelijkheden aan het eind konden bespreken, omdat de meeste in de loop van haar uiteenzetting zouden worden beantwoord.

'Ik hou niet van die methode', zei de generaal. 'Als ik tot het eind moet wachten, zijn sommige vragen mij weer ontschoten.'

En hij ging gewoon door. Zijn vragen waren irrelevant en dienden meer om haar zenuwachtig te maken dan om zijn nieuwsgierigheid te bevredigen... afmetingen, materialen, kleuren, het voordeel van het in één kamer bijeenbrengen van het biljart, de muziek en de bar, omdat ze alle drie tegelijk gebruikt werden... Toch leek hij er niet al te zeer op gespitst te zijn veranderingen aan te brengen in de door zijn vrouw gemaakte indeling. Ondanks de scherpe toon waarop hij zijn vragen stelde, deed hij maar een paar suggesties voor veranderingen van ondergeschikt belang. Hij volhardde in zijn spottend superieure houding tot Lavinia de tekening van de wapenkamer ontrolde. Toen toonde zijn gezicht opeens werkelijke belangstelling.

Het was duidelijk dat hij iets dergelijks, met de geraffineerde details die Lavinia met veel zorg in het ontwerp had verwerkt – de twee zusters keken elkaar aan en lachten met medeplichtige voldoening –, absoluut niet had verwacht. Zij merkte hoe geboeid de man was, toen zij hem het opschepperige idee van de draaibare wand in de wapenkamer uitlegde. De wand zou uit drie houten panelen bestaan, elk met een stalen as die op een draaipunt rustte in een metalen rail. Een tegen de wand aangebracht mechanisme maakte het mogelijk ze vast te zetten of vrij te maken om ze te laten draaien. Aan de ene kant zouden de panelen de in houders gevatte wapencollectie tonen, aan de andere kant zouden zij een met jaspis ingelegde mahoniehouten wand vormen. Op die manier zou de generaal, al naar gelang zijn wens, met het simpel overhalen van een hendeltje de panelen kunnen draaien en weer vast zetten, zodat de wapens te zien waren of alleen een houten wand. Door de voor deze truc benodigde draairuimte zou de generaal ook over een ruimte achter de wand beschikken, een soort 'geheime kamer', die hij als opslagplaats voor andere wapens en onderhoudsmateriaal zou kunnen gebruiken.

'Of voor wat u maar wilt', zei Lavinia aan het eind van haar uiteenzetting. Zij had de ansichtkaart van het Hearsthuis grondig bestudeerd en zich het hoofd gebroken over de werking van de *secret chamber*. Zij had er zelfs niet met Julián over gesproken. Het was haar troef om de generaal voor zich te winnen. Haar aas. En het werkte. Dat las zij duidelijk in de blik waarmee hij haar nu aankeek.

'U bent erg intelligent, juffrouw', zei hij op aanmerkelijk rustiger toon. 'Ik moet zeggen dat het een voortreffelijk idee is, iets geheel nieuws.' En zich tot zijn vrouw wendend, voegde hij eraan toe: 'Eindelijk doe je eens iets goeds.'

Lavinia lachte als een prinses en verachtte hem tegelijkertijd met elke vezel van haar lichaam. Zij moest hem nog een paar vragen stellen, zei zij, over de wapens die hij ten toon wilde stellen.

'Natuurlijk,' zei hij instemmend, 'maar waarom blijft u niet bij ons eten? Dan kunnen wij na de lunch verder praten.'

Toen zij het huis van generaal Vela verliet, hing de middaghitte zwaar over de stad met een van siësta en slaap doortrokken lucht. Geflankeerd door lijfwachten in witte jasjes en met donkere brillen, die haar in het voorbijgaan vriendelijk aankeken, nam de familie Vela in de deur afscheid van haar. Tijdens de lunch had generaal Vela op een bepaald moment een verholen spottende opmerking gemaakt over de banden van haar familie met de Blauwe Partij. Onze architecte heeft blauw bloed, had hij gezegd. Dat is een familietraditie, had zij geantwoord. Ik geloof niet in de politiek, daar bemoei ik mij liever niet mee. De generaal had gemeend dat zij er goed aan deed: politiek was immers een zaak voor mannen. De blik van de mannen van de generaal gaf aan dat zijn dezelfde mening waren toegedaan. Een van hen hield het portier van haar auto voor haar open. Zij bedankte hem met een vrouwelijke glimlach en met een afscheidsgebaar naar de familie Vela reed zij weg.

Onderweg voelde zij zich misselijk en had zij de dringende behoefte een flinke douche te nemen. Zij besloot eerst langs haar huis te gaan en dan naar kantoor, waar Julián op informatie wachtte. Het was niet makkelijk geweest de uitgebreide, veel te vette lunch met de almaar pratende generaal door te komen, zoals het ook niet makkelijk was geweest naar zijn uitleg over de 'gevechtskwaliteiten' van de verschillende wapens te luisteren, die hij haar, trots op hun vuurkracht en hun dodelijk vermogen, liet zien. Maar zij had haar plicht gedaan. De generaal was zeer tevreden. Met enkele lichte wijzigingen gaf hij zijn goedkeuring aan het voorontwerp, droeg hij haar op het definitieve ontwerp te maken en verzocht hij haar naar eigen inzicht, omdat zij hem vertrouwen inboezemde, het aannemersbedrijf dat zich met de bouw zou belasten, te contracteren. Ook had hij aangeboden voor de vrachtwagens te zorgen, zodat er zo snel mogelijk met de grondverplaatsing kon worden begonnen. Hij wilde dat het huis uiterlijk in december klaar was. Hij was bereid overuren te betalen.

Lavinia hield stil voor een stoplicht en streek met haar hand over haar maag om de misselijkheid te bedwingen. De generaal was gezwicht voor het idee van de wapenkamer, die zij zijn privé-werkkamer zouden noemen, hoewel hij zijn spottende houding niet geheel had laten varen en haar ook nu en dan nog met een begerige blik had aangekeken. Dat hoorde bij het spel, had Lavinia bij zichzelf gezegd. Van deze man kon je geen ander soort gedrag verwachten. Het belangrijkste was dat de Hearst-truc had gewerkt. De Californische miljonair zou vreemd opkijken van de dienst die hij een Latijnsamerikaanse guerrillabeweging had verleend, dacht zij.

Tijdens de lunch waren de beide zusters in een bijna totaal stilzwijgen vervallen, alleen onderbroken om met het oordeel van de generaal in te stemmen of om instructies aan het dienstmeisje te geven dat aan tafel bediende. Slechts met hun blikken hadden zij Lavinia laten weten hoe gelukkig en dankbaar zij waren. De kinderen kreeg zij niet te zien, die aten die dag op school.

De zware handen met de korte vingers en de dikke knokkels doken in haar herinnering op. Onder het eten had zij zich moeten inspannen om haar ogen in bedwang te houden, die, als hadden zij een eigen wil, steeds weer op die vingers bleven rusten die zorgvuldig een stevige portie kip uitbeenden.

Lucrecia deed vrolijk de deur voor haar open. De laatste tijd had zij het zeer naar haar zin en neuriede liedjes, terwijl zij met de bezem en de stokdweil door het huis ging. Uit de radio in de keuken schetterde de muziek van de groep Sonora Matancera.

'Wat een verrassing dat u er nu al bent', zei zij. 'Maar voelt u zich wel goed?' voegde zij er bezorgd aan toe. 'U ziet zo bleek!'

'Ja hoor, er is niets,' antwoordde zij, terwijl zij bijna op een holletje naar de slaapkamer ging, 'ik heb alleen een beetje last van mijn maag en van de warmte. Ik heb een douche nodig.'

Zij gooide haar tas en de rollen tekeningen op het bed en liep door naar de badkamer. Zij kon de braakneigingen niet langer tegenhouden. Zij haatte het wanneer zij moest overgeven. Haar lichaam werd een vijandig wezen dat haar bij de keel greep. Maar nu handelden geest en lichaam eensgezind in een woeste afwijzing van geuren, smaken, dikke handen, rinkelende armbanden, smakeloze grappen, koud glanzende wapens, visioenen, tanden die aan kippebotten knaagden, boeren, kerkers met modder en uitwerpselen, folterkelders... De braakgolven werden afgewisseld door woedend gesnik. Zij wilde niet huilen. Zij moest niet huilen. Nog eerder wilde zij dat deze bittere galwoede haar niet verliet, omdat zij hem nodig had tegen haar twijfels, tegen de bange ogen van de zusters Vela, tegen die smerige wereld waarin zij geboren was. Het was de kracht om de walging kwijt te raken.

Zij waste haar gezicht in de wasbak. Door de gesloten deur hoorde zij Lucrecia: 'Juffrouw Lavinia, juffrouw Lavinia, voelt u zich wel goed? Doet u toch open. Kan ik u helpen?'

Zij droogde haar gezicht af. Gekalmeerd, leeg, haalde zij een paar keer diep adem en deed de deur open.

'Het is al over, Lucrecia', zei zij. 'Het eten is verkeerd gevallen, maar het is al voorbij. Ik ga even liggen, want ik moet nog terug naar kantoor. Dadelijk gaat het wel weer.' En zij liet zich op het bed vallen. Zij sloot haar ogen, terwijl Lucrecia naar de keuken ging om een glas vruchtensap voor haar klaar te maken. Zij begon bij te komen, liet haar lichaam tot rust komen en haar ademhaling zijn kalme ritme hervinden om dadelijk op te kunnen staan en naar Julián te gaan om hem op de hoogte te stellen van de goedkeuring van het ontwerp en maatregelen te treffen om de bouw in december te kunnen voltooien, zoals de generaal wilde.

'Dus hij heeft alles goedgekeurd?'

Julián liep met grote stappen in zijn kamer heen en weer en wreef zich in de handen.

'Ik wist dat je hem zou overtuigen. Zie je wel? Ik had gelijk het ontwerp aan jou op te dragen', zei hij.

'Hij is bereid overuren te betalen, zodat het huis in december kan worden opgeleverd. Hij vroeg zo snel mogelijk met de grondverplaatsing te beginnen. Alsjeblieft, Julián, loop toch niet zo heen en weer, je maakt me duizelig. Ik begrijp niet waarom je zo opgewonden bent.'

'Omdat ik het bijna niet kan geloven dat hij al die krankzinnige dingen die we erin hebben gestopt heeft goedgekeurd... de sauna, de gymnastiekruimte, de bizarre badkamers, de vier salons... Ik heb nog nooit zo'n makkelijke klant gehad.'

'En dan heb ik je nog niet eens over mijn grote vondst verteld', glimlachte Lavinia, die languit in de fauteuil lag.

'Welke vondst?' vroeg Julián, eindelijk tot rust gekomen in de draaistoel achter zijn bureau.

'Een wapenkamer in middeleeuwse kasteelstijl, met een geheime ruimte en al, die ik voor hem heb ontworpen, geïnspireerd op de ansichtkaarten van Hearst die je me hebt gegeven.'

'Maar ik heb alle ontwerpen toch nagelopen...'

'Meer dan een week geleden', zei Lavinia, terwijl zij hem een ondeugende blik toewierp.

'Ja, omdat er alleen nog maar wat kleine veranderingen moesten worden aangebracht.'

'Maar zo'n vijf dagen geleden belde mevrouw Vela mij over dat idee van de wapenkamer. Herinner je je dat er een ruimte voor haar was, een soort naaikamer met zitruimte?'

Geboeid, alsof hij naar een detectiveverhaal luisterde, knikte Julián.

'Nou, ze zei dat ze die afstond, dat zij dit idee had om haar man een verrassing te bereiden... het was bij haar opgekomen terwijl zij in een tijdschrift zat te kijken. In het begin probeerde ik haar ervan af te brengen, maar zij drong er erg op aan, dus heb ik de wapenkamer ontworpen. De generaal vond het prachtig', zei zij zonder verdere details te geven.

'Dat kan ik mij voorstellen', zei Julián met een brede lach.

'De wapenkamer zal op de officiële tekeningen als zijn privé-werkkamer worden aangeduid. Het echte ontwerp zal op een 'geheime' tekening staan. Ik stelde dit komplotaspect voor om het nog aantrekkelijker te maken. Vela leek net een aap die zojuist een horloge heeft gekregen. Maar dit moet alleen tussen ons blijven, kan ik daar op rekenen?'

'Oké', zei Julián met een vrolijke knipoog.

Lavinia wilde niet dat Felipe het te weten kwam. Zij was er niet zeker van of hij het een goed idee zou vinden.

'Julián,' zei Lavinia, gebruik makend van zijn goede stemming, 'je weet dat ik nog nooit een bouwproject heb geleid. Ik wil graag dat je mij de leiding van dit project geeft. Ik vind dat ik dat verdien.'

Hij keek haar nadenkend aan.

'Ik weet het niet, ik weet het niet', zei hij. 'Tegen aannemers en voormannen opboksen is al moeilijk voor een man... Voor een vrouw moet het haast onmogelijk zijn.'

'Hoe kun je daar zo zeker van zijn als je het niet probeert?' vroeg zij, zonder zich op te winden, zonder haar stem te verheffen.

'Omdat ik die lui ken', antwoordde hij.

'Maar ik verzeker je dat het een goeie indruk zal maken op de generaal. Hij is ervan overtuigd dat ik "briljant" ben. Het scheelde weinig of hij had me gezegd dat ik net zo goed als een man ben', zei zij spottend. 'Hij had nog nooit zo'n intelligente vrouw gezien.'

'Ik twijfel er niet aan, maar de generaal hoeft geen instructies van jou te krijgen.'

'Maar ik heb dat huis toch zelf ontworpen, verdomme!' zei zij met stemverheffing. 'Waarom moet een andere architect er dan de leiding over krijgen? Dat hoor ik te doen! En als iemand anders het gaat doen, dan vind ik dat onrechtvaardig, alleen omdat ik een vrouw ben! Die dingen moeten zo langzamerhand eens veranderen in dit land, zoals het in de hele wereld gaat! Ik weet best dat het moeilijk zal zijn, maar als ze inzien dat ik weet waar ik mee bezig ben, dan leren ze mij wel respecteren!'

'Zo gemakkelijk gaat dat niet, denk ik', zei Julián. 'Wat ik kan doen is je tot assistent-supervisor benoemen.'

'Maar…' zei Lavinia, bereid om haar protest voort te zetten.

'Maar wind je niet zo op,' onderbrak Julián haar, 'en wees niet zo idealistisch. Ik kan bijna al het werk door jou laten doen en alleen af en toe komen kijken. Dat is toch het belangrijkste, niet? De rest is theorie.'

'Niks theorie', zei Lavinia. 'Dat is recalcitrant machisme. Je denkt dat ik het werk kan doen, maar durft mij niet te benoemen omdat ik een vrouw ben en dat de andere mannen niet lekker zal zitten! Ik ben net zo goed of beter dan wie ook van de architecten die hier werken…'

'Inclusief Felipe?' vroeg Julián.

'Inclusief Felipe', zei Lavinia. 'Bovendien weet ik dat je Felipe niet het toezicht op de bouw van dit huis zult geven!'

Zij keken elkaar uitdagend aan en zeiden tegen elkaar wat beiden wisten zonder een woord uit te spreken.

'Je kunt mij niet overtuigen,' zei Julián, die deed alsof er niets was gebeurd, 'dus laten we er verder geen ruzie over maken en het succes niet bederven. Als je de regeling die ik je voorstel accepteert, worden we het wel eens. En anders zal ik een andere architect moeten zoeken.'

Zij kwam in de verleiding hem te zeggen dat hij dan maar een andere architect moest zoeken, zijn voorstel ter plekke af te wijzen en de tekeningen voor zijn voeten te gooien, maar zij kon het niet. Zij moest deze regeling accepteren. Deze situaties, waarin je je trots moest inslikken, waren verschrikkelijk. Wat je al niet voor het vaderland moest overhebben!

'Ik wil er even over nadenken', zei zij, om haar opwinding te laten afkoelen, en stond op.

'Denk er over na en laat het me weten', zei Julián. 'Morgen zal ik de bouwkundigen voor een eerste bespreking uitnodigen. Wil je de tekeningen hier laten? En doe niet zo moeilijk. Je weet dat ik het volste vertrouwen in je professionele capaciteiten heb. Het gaat niet om jou, maar om de mensen op de bouw.'

Duidelijk geïrriteerd verliet zij Juliáns kamer. Wat makkelijk, dacht zij, om de schuld op de mensen van de bouw te gooien!

Op donderdag zag zij Sebastián. Tegen de avond bracht zij hem naar de weg door de koffievelden. Zij spraken over haar bezoek aan het huis van de generaal.

'Dus ze willen het in december inwijden...' zei Sebastián, terwijl hij afwezig naar buiten keek.

'Ja,' zei Lavinia, 'en Julián is bereid hem ter wille te zijn. Het is me niet gelukt voor elkaar te krijgen dat hij mij het toezicht op de bouw heeft gegeven, maar hij heeft mij tot zijn assistente benoemd.'

Een poos zwegen zij. Het luide gesjirp van de krekels onderstreepte de rust om hen heen. Op dit tijdstip was er weinig verkeer. Af en toe dwong een grote vrachtwagen haar vaart te minderen.

'En hoe gaat het met Flor?' vroeg Lavinia.

'Heel goed. Ze werkt hard. Flor is een voortreffelijke compañera.'

'Ik mis haar', zei zij.

'Jullie zijn goede vriendinnen geworden', zei hij. 'Ik mis haar ook.'

'Maar jij ziet haar toch?'

'Niet zo nieuwsgierig,' zei hij vriendelijk, 'je vraagt te veel.'

'Je hebt gelijk,' zei Lavinia, 'maar ik dacht dat bepaalde dingen niet zo geheim waren.'

'Door ogenschijnlijk irrelevante dingen kunnen andere, die veel belangrijker zijn, verraden worden.'

'Maar tegen wie ga ik dat nu zeggen?'

'Het is geen wantrouwen, maar wij kunnen nooit de mogelijkheid uitsluiten dat wij gepakt worden. En bij het martelen kunnen we dingen zeggen. Vroeger waren wij heel star. Wie ook maar enige informatie aan de veiligheidsdienst van de dictator gaf, werd als een verrader beschouwd. Nu de foltermethoden steeds verfijnder en wreder worden, vragen wij de compañeros alleen een week weerstand te bieden om ons tijd te geven de mensen die zij kennen weg te halen. Na een week mogen ze het minimale zeggen om nog grotere wreedheid te verhinderen.'

Er ging een huivering door Lavinia heen. Zij probeerde niet aan die mogelijkheid te denken.

'Marteling moet iets verschrikkelijks zijn', zei zij.

'Ja,' zei Sebastián, 'ik sterf liever dan dat die schoften mij levend te pakken krijgen.'

'Toen ik bij de generaal thuis aan de lunch zat, bleef ik steeds maar naar zijn handen kijken en dacht wat hij er allemaal mee zou doen.'

'De laatste tijd doet hij het niet meer zelf. Hij geeft alleen leiding. Maar er zit een compañero in de bergen, die hij persoonlijk heeft gemarteld. Hij begroef hem op een plek in de volle zon en liet alleen zijn hoofd boven de grond uitsteken. Dan kwam Vela met een emmer water en gooide die over zijn hoofd. De compañero kon alleen het beetje water drinken, dat over zijn lippen liep. Het is een wonder dat hij nog leeft. Tijdens een transport is hij ontsnapt en wij hebben hem de bergen in moeten sturen omdat hij aan een ernstige vorm van claustrofobie leed... Je moet goed je best doen,' voegde hij er na een korte stilte aan toe, 'om te zien welke informatie je uit hem kunt krijgen en om het huis in december klaar te hebben.'

'Denk je niet dat het beter is ervoor te zorgen dat het

vertraging oploopt? Dat was ik van plan, daarom heb ik gevraagd mij de leiding over de bouw te geven.'

'Lavinia,' zei Sebastián ernstig, 'je moet leren dat jij in deze zaken niet de plannen hoort te maken. Alleen de bouwplannen', voegde hij er met een glimlachje aan toe. 'Je ideeën zijn welkom, maar zij moeten door de leiding worden goedgekeurd. Je bent gewend in je eentje op te treden in het leven en je moet leren gemeenschappelijk te handelen en gedisciplineerd te zijn. Ik wil je initiatief niet afkappen, maar in de Beweging kan niet ieder van ons maar doen wat in zijn hoofd opkomt, ook al denken we dat het positief is. Ieder is een radertje in het geheel en je moet ook aan de andere onderdelen denken. Daarom moet alles met de direct verantwoordelijke, die een globaler overzicht over de situatie heeft, worden besproken. En wat betreft het vertragen van de bouw, geen denken aan. Voor ons is het belangrijk dat de generaal een groot vertrouwen in je heeft, dus moet je heel efficiënt in je werk zijn en zijn huis in december voor hem klaar hebben.'

'Dat is goed', zei Lavinia schuldbewust, niet op haar gemak.

'Oh ja,' zei Sebastián, 'Flor heeft het met je over een militaire training gehad, hè?' Zij knikte. 'Dat doen we dit weekend. Felipe zal je erheen brengen.'

Zij waren bij de plek aangekomen waar Sebastián achter moest blijven. Lavinia bleef staan en liet de motor draaien. Er blies een harde, koude avondwind, die de koffiestruiken in beweging bracht. Voordat hij uitstapte, keerde Sebastián zich naar haar toe. In het donker zag zijn smalle, kalme gezicht er bezorgd uit.

'Wij hebben grote plannen met je, Lavinia', zei hij. 'De Beweging gaat een heel belangrijke fase in. Maar jij moet ook je aandeel leveren. Niemand van ons is perfect. Het is voor jou een heel leerproces en wij weten dat het niet gemakkelijk is. Wij gaan er allemaal doorheen. Het is onze plicht je te helpen jezelf te vormen, je te leren wat wij hebben geleerd. Daarvoor moet er van jouw kant bescheidenheid en vertrouwen zijn en van onze kant begrip en standvastigheid... Tot gauw dan.'

Nog voor Lavinia kon antwoorden, verwijderde hij zich snel over de smalle weg, dun en rechtop in de harde wind.

Op de terugweg gierde de wind door het halfopen raampje. Zij wist niet wat het was dat haar zo'n leeg gevoel gaf. Voor Sebastián had zij een diep respect en zijn terechtwijzing gaf haar een vervelend gevoel, maakte haar er opnieuw van bewust hoe ver zij nog moest gaan om te worden zoals hij, zoals Flor, zelfs zoals Felipe.

Misschien waren die afstanden wel onoverbrugbaar. Wanneer deed je niet meer alsof de hele wereld van jou was? Wanneer zou zij leren wat zij altijd al schenen te hebben geweten?

Wat miste zij Flor!

De laatste tijd had zij het gevoel tegen de wereld in opstand te zijn. Niet alleen door haar toetreding tot de Beweging, maar omdat haar diepste zelfbewustzijn haar tegenover andere, subtielere realiteiten plaatste, discussies met Felipe, met Julián, de spottende blik van Adrián, de generaal, de terechtwijzing van Sebastián... de wereld van de mannen...

Wat Sebastián heeft gezegd moet je daar niet mee verwarren, zei zij zwakjes bij zichzelf.

18

De rammelende jeep reed met een flink vaartje over de door de pas gevallen regen modderige weg. De chauffeur, een man van middelbare leeftijd met een vriendelijk, goedaardig gezicht, die Felipe Toñito noemde, hield het stuur, dat naar beide kanten ver uitsloeg alsof het niet met de wielen in verbinding stond, stevig omklemd.

Zij waren bij het aanbreken van de dag op weg gegaan, het begon net licht te worden. Zij namen de straatweg naar het noorden, die zij ergens verlieten om een door heuvels omzoomde vallei in te rijden. Het golvende landschap strekte zich in roze en groene pastelkleuren in het nevelige ochtendlicht voor hen uit.

Felipe en zij zaten voorin. Op de achterbank lieten twee mannen en een vrouw slechts af en toe hun aanwezigheid door brokstukken van fluistergesprekken merken. Zij hadden hen op verschillende punten in de stad opgehaald.

Lavinia zweeg, bang dat zij iets verkeerds zou zeggen, iets wat de strikte celverdeling in gevaar kon brengen. Het was de eerste keer dat zij met andere mensen van de Beweging in aanraking kwam en omdat zij de spelregels in dergelijke situaties niet kende, koos zij voor de stilte.

Felipe dommelde. Alleen de chauffeur leek ontspannen, misschien een oude rot in het vak, en neuriede van tijd tot tijd een populair wijsje of oude liedjes van Agustín Lara.

Toen de nevel was opgetrokken, bescheen de zon uitgestrekte, met maïs en uien beplante velden. Zij waren nu ver op het platteland, hier was zelfs geen elektrisch licht. Geen houten palen als grote kruisen langs de weg, geen mussen op de hoogspanningskabels, zoals in de stad. Het rook hier goed, naar zuivere lucht, koeien in de verte, paarden.

'Hoe ver is het nog?' vroeg Felipe, wakker geschud door een kuil in de weg.

'We zijn er bijna', antwoordde Toñito, en beiden vervielen weer in hun stilte.

We zijn er bijna, dacht Lavinia. Zij hoopte dat zij bij de training niet te kort zou schieten. Felipe had haar het een en ander verteld over oefeningen, formaties, het uit elkaar halen en weer in elkaar zetten van wapens, schietoefeningen, dingen die je op een training van een weekend leerde. Hoewel zij nooit erg in sport of atletiek had uitgeblonken en alleen op wat lessen ritmische gymnastiek en ballet in haar schooljaren kon bogen, dacht zij niet dat zij zich al te veel zorgen over de oefeningen hoefde te maken, omdat zij een goede wandelaar was en van nature een sterk lichaam had. Maar over de schietoefeningen was zij minder zeker. Tot de dag dat zij bij generaal Vela had geluncht, had zij nog nooit een wapen vastgehouden. Bij de generaal had zij alleen het metaal aangeraakt, waarbij zij de 'vrouwelijke' afschuw van vuurwapens als excuus had aangevoerd, een afschuw die zij die dag overigens wel degelijk voor die stomme werktuigen voor wie weet hoeveel moorden had gevoeld. Op een keer had tante Inés, die iets van geweren afwist omdat zij als kind met grootvader mee op jacht ging, haar het mechanisme van een oude revolver laten zien, die zij samen met missalen, rozenkransen en liefdesbrieven uit haar jeugd in de la met "gewijde" dingen bewaarde. Zij was onder de indruk geraakt van het ingewikkelde binnenwerk, de toepassing van de fysica op de ballistiek, de geoliede werking van het mechanisme. Het was de eerste keer dat zij een van die voorwerpen, waarvoor haar moeder een heilige angst had, van dichtbij zag.

'Verboden aan te raken, absoluut verboden er ook maar in de buurt te komen, riep zij iedere keer dat haar vader een oude revolver tevoorschijn haalde, wanneer hij dacht dieven te horen.

En nu was zij op weg naar schietoefeningen, wapens uit elkaar halen en in elkaar zetten! Zij ging leren vuurwapens te hanteren. Misschien moest zij in haar huis wel wapens verbergen. Zij kon zichzelf niet schietend voorstellen. Wat zou je voelen, wanneer je de trekker overhaalde?

Haar ouders hadden werkelijk geen flauw vermoeden van deze kant van haar leven! Sinds het bal had zij hen twee keer als een verre kennis bezocht. Dan dronken zij een kopje koffie met een koekje in de zitkamer. Af en toe belden zij elkaar. Haar ouders informeerden naar haar uitgaansleven, maar stelden niet veel vragen. Er was een ruime afstand tussen hen gegroeid en de genegenheid liet zich aan beide kanten af en toe voorzichtig in gecodeerde gebaren en woorden zien. Zo had zij het gewild. Het was beter deze beleefde afstandelijkheid duidelijk vast te leggen. Zij kon zich geen vertrouwelijkheden en onverwachte bezoeken van haar ouders veroorloven.

•

Zij denkt aan de haren. Hun beelden duiken op de meest onverwachte momenten op, zelfs wanneer zij eromheen zou willen. In het gevaar heb ik haar naar de schoot van haar moeder en die van die andere vrouw, die door de tijd vervaagd in haar herinnering verschijnt, voelen verlangen. Het lijkt of er onopgeloste zaken in haar leven zijn. Een diep gemis. Liefkozingen die haar niet ten deel zijn gevallen. Haar jeugd dwaalt als een gebied van nevel en eenzaamheid in haar fantasie rond en vangt haar soms in een verwarde wereld van zwijgende geesten en vervlogen tijden. Zij heeft nooit afscheid genomen. Haar ouders hebben haar niet hun zegen gegeven. Zij hebben haar niet in de verte zien verdwijnen, zoals de boogschutter de ver weg geschoten pijl nakijkt. Zij hebben haar niet vrij gelaten.

*

Toñito gaf Felipe een por.

'We zijn er', zei hij en zette de auto stil.

Zij bevonden zich aan het eind van een zandweg, die abrupt bij de afrastering van een stuk land ophield. Alles was dichtbegroeid, aan beide kanten strekte zich bananenaanplant uit.

Felipe gaf hun een teken dat zij uit moesten stappen dat zij zwijgend opvolgden, terwijl zij niet begrijpend om zich heen keken. Je zag alleen maar bananebomen. Hij gebaarde Lavinia en de anderen dat zij bij de afrastering op hem moesten wachten en wisselde enkele woorden met de chauffeur. De oude jeep reed in een stofwolk achteruit en toen hij gekeerd had zwaaide Toñito naar hen en reed weg.

'Hierlangs', zei Felipe en wees naar een punt van de afrastering. Om de beurt tilden zij de draden op en kropen eronderdoor. Zwijgend liepen zij dicht bij elkaar gedurende ongeveer een half uur, tot zij ten slotte bij een open plek kwamen, waar een oud boerenhuis stond.

Het was al volledig dag, maar uit het huis kwam geen enkel teken van leven. Je zou zeggen dat het huis verlaten was, en toch, die bananenplantage. Felipe liep naar een deur en klopte: drie harde tikken, gevolgd door twee snelle. Dat was het teken. De deur ging open en er kwamen twee jonge mannen in spijkerbroek, op blote voeten en met ontbloot bovenlijf naar buiten. Na elkaar omarmden zij Felipe en wierpen tegelijkertijd een blik op het groepje dat met hem mee was gekomen.

'Zijn dat de leerlingen?' zei de langste van de twee, een goedgebouwde jongen met lange, dunne ledematen, een lichte huidskleur en sluik, bruin haar.

'Ja,' zei Felipe, 'dit zijn ze en ik stel ze aan je voor: Inés, Ramón, Pedro en Clemencia.'

De andere jongen, groot en sterk, keek hen met een twinkeling in zijn ogen aan. 'Zijn jullie klaar om moe te worden?' vroeg hij, en zij lachten wat ongemakkelijk.

'We gaan meteen beginnen', zei René, de langste van de twee.

Zij gingen het huis binnen, waar ze hun een plaats wezen om hun tassen neer te leggen. Met uitzondering van verschillende binnen opgehangen hangmatten zagen zij alleen in een hoek een geïmproviseerde kookplaats en verschillende zakken.

De training begon op de binnenplaats. Lavinia begreep niets van deze situatie. Waar waren de boerenarbeiders, wie woonde hier, dacht zij, terwijl René hen liet nummeren en zei dat zij allemaal, zolang zij daar waren, een nummer als naam droegen. Lavinia kreeg nummer zes, het laatste.

Felipe zat op de oude, vervallen veranda en keek naar hen.

'Wij zullen de lessen verdelen. Ik zal jullie het een en ander over exercitie en militaire tactiek bijbrengen, Felipe doet het uit elkaar halen en in elkaar zetten van wapens, Lorenzo houdt overdag de wacht en 's nachts wisselen we elkaar af', zei René op professionele toon. 'Ik wil geen gelach of gepraat tot we een pauze houden. Begrepen?'

'Begrepen', zeiden de twee mannen en de vrouw, terwijl Lavinia knikte en dacht dat de anderen meer ervaring schenen te hebben dan zij.

De hele morgen bleven zij op die binnenplaats en leerden commando's en de bijbehorende bewegingen: geef acht, rechtsom, linksom, rechtsomkeert, voorwaarts mars, nummeren van voor naar achter…'rechtsooooomkéért', schreeuwde René en allen draaiden met de hakken tegen elkaar. Zij begreep maar niet waar die dingen, die meer voor soldaten dan voor guerrillero's bestemd leken, goed voor waren, maar zij deed goed haar best en transpireerde flink bij de gymnastiekoefeningen, tot René barmhartig het commando 'ruuuust' gaf.

Zij zag hoe Felipe haar wenkte en zich van de groep losmakend volgde zij hem tussen de bananebomen door naar een beekje, dat daar dicht in de buurt stroomde.

'Hier kun je je wat verfrissen,' zei hij, en trok liefkozend aan haar haar, 'je bent behoorlijk vuil.'

'En de anderen dan,' vroeg Lavinia, 'waarom halen we hen ook niet? Die willen vast ook hun gezicht wassen.'

'Die komen ook,' zei Felipe, 'maak je maar geen zorgen. René brengt ze hier naar toe. Ik wilde alleen even met jou alleen zijn. We zijn nog nooit zo op het platteland geweest.'

'En van wie is deze boerderij?'

'Het huis is verlaten, zoals je wel gemerkt zult hebben. Het hoort bij een groot stuk land van mensen die met ons samenwerken. Ze hebben een nieuw huis gebouwd en hier komt niemand meer, omdat de boeren zeggen dat het er spookt. Die komen hier alleen als het strikt noodzakelijk is, in de oogsttijd, maar die is pas geweest… bovendien werken de meesten van hen met ons samen. Deze plek is relatief veilig. Ik vind het leuk om je vies en bezweet te zien', voegde hij eraan toe.

Lavinia lachte. Het water was fris, bijna koud. Het beekje stroomde tussen hoge rietkragen door, voerde steentjes mee en kabbelde zijn waterlied tegen het pad. Terwijl zij water over haar bezwete armen en gezicht gooide, vroeg zij zich af hoe Felipes geest werkte. Gisteren nog leek hij het stilzwijgend oneens te zijn met Sebastián over de wenselijkheid van haar militaire training. Alleen met haar liet hij er zich wel over uit en hield vol dat zij nog erg nieuw in de Beweging was en dat geen enkele van haar taken zo'n soort voorbereiding nodig maakte.

Zij had besloten zich niet door hem te laten provoceren en had naar hem geluisterd zoals je naar de regen luistert, zich ervan bewust dat Felipe zich zijns ondanks aan orders moest houden. Toch, zoals altijd wanneer zij hem in die houding zag vervallen, had zij weer een nare smaak van zijn commentaar gekregen, zoals zij nu opnieuw verbaasd was hem zo opgewekt te zien, alsof er niets tussen hen was voorgevallen.

'Ik heb mij onhebbelijk tegen je gedragen', zei hij opeens, misschien haar gedachten radend. 'Ik weet niet waarom ik mij zo agressief opstel, waarom het mij zoveel moeite kost je meedoen in de Beweging te accepteren.'

'Ik heb er niets aan dat je er steeds spijt van hebt', antwoordde Lavinia en maakte haar haar vochtig. 'Door de herhaling wordt het zelfs een beetje vervelend.' Zij had geen zin in ruzie, lachte liever begrijpend.

Zij hoorden de stemmen van de anderen naderbij komen. Zij lachten zacht en maakten grapjes over reumatiek, pijn in de botten, stijve spieren... schuchtere grapjes van mensen die elkaar niet kennen en voor het eerst bij elkaar zijn in een schipbreuk of een avontuur, aan het einde waarvan het leven of de dood onzichtbaar wacht.

Clemencia, nummer drie, wisselde met haar een blik van verstandhouding, van vrouwen onder mannen. Zij had een olijfkleurige huid, kort haar en een aantrekkelijk gezicht. Haar lichaam was niet dik, maar zag er stevig uit en zij had brede heupen die bij het lopen sierlijk bewogen. Lavinia had al gezien hoe Lorenzo vanaf zijn uitkijkpost regelmatig naar haar keek.

323

Grapjes makend over de spoken, die hen die nacht de voeten zouden komen kietelen, keerden zij samen naar het huis terug om op een houtvuur een karig middagmaal klaar te maken. Het was opmerkelijk hoe er onder deze omstandigheden snel een verstandhouding ontstond tussen mensen die elkaar niet kenden. Je kon geen enkele persoonlijke informatie uitwisselen, maar zij deelden dezelfde levensopvatting en dezelfde stille vastbeslotenheid. Daarom voelden zij zich ook niet als vreemden onder elkaar. Integendeel, zoals zij daar op de veranda van het oude huis zaten te eten, zou je gezegd hebben dat ze elkaar van vroeger kenden. Lavinia onderscheidde zich in haar spijkerbroek, T-shirt en tennisschoenen, met haar paardestaart en zonder make-up alleen door haar fijnere gelaatstrekken, maar ook René had een lichte huidskleur en was lichter gebouwd. In hun gedrag leken ze allemaal op elkaar.

Het eten bestond uit een tortilla met rijst en bonen en een kopje koffie. Lorenzo, René en zelfs Felipe aten met veel vaardigheid en gebruikten zonder veel plichtplegingen hun vingers. Lavinia probeerde haar onbeholpenheid, het probleem om zonder eetgerei haar portie rijst en bonen zonder morsen naar binnen te werken, alleen met behulp van de tortilla, te verbergen. Steels keek zij naar de andere drie en was gerustgesteld toen zij zag dat het voor hen al even ongewoon was zonder vork en mes te eten.

'Jullie moeten vanaf nu meer oefeningen doen', had René gezegd. 'Niemand van jullie houdt een half uur hardlopen vol, laat staan een mars door de bergen.'

Na het eten gingen zij naar binnen en sloten de deuren. Door de ramen viel een bleek middaglicht op de dikke muren van de ruimte. In het huis was het koel onder het hoge dak. Lavinia kende deze typisch Spaanse bouw. De dikke muren hielden de hitte tegen en het hoge dak maakte dat de warmte naar boven steeg en de leefruimte aangenaam bleef. De naar buiten geheel gesloten koloniale huizen in de stad openden zich alleen naar binnen, naar een ruime binnenplaats met veranda's. Het boerenhuis, ontworpen voor het leven op het platteland, beantwoordde aan een heel ander concept: een binnenruimte, die alleen voor rusten bedoeld was, en de veranda aan de buitenkant, die op de velden uitkeek en waar zich het dagelijkse leven afspeelde en waar, in vroeger tijden, de dames en heren in de namiddag in hun rieten schommelstoelen over de plantage hadden uitgekeken.

Nu hadden de tijd en het leegstaan hun sporen op de gebarsten muren achtergelaten. De stoffige spinnewebben hadden hun doorzichtigheid verloren en kleefden als symbolen van verval aan de muren.

Felipe zette een bruine canvas tas in het midden van de ruimte en haalde er het bescheiden arsenaal uit: een M-16 geweer van Amerikaanse makelij en een 9 mm P-38 pistool. Dat was alles. Hij nam de wapens voorzichtig in zijn hand, alsof het geliefde armen of benen waren. Dit is een M-16 automatisch geweer, begon hij, terwijl hij het omhoog hield, erop blies en er zachtjes het stof afveegde. Hij legde de gevechtskwaliteiten uit, het bereik, andere technische gegevens, en begon het langzaam, steeds doorpratend, uit elkaar te nemen, waarbij hij de verschillende onderdelen noemde, de trekker, de slagpin, de loop.

Allen keken zwijgend toe hoe hij de onderdelen ordelijk, met respect, naast elkaar legde. Het is alsof je de dood leert kennen, dacht Lavinia, terwijl zij aandachtig naar de met veel precisie gemaakte stukken metaal keek.

Ondanks alles, ondanks het feit dat zij nu op een andere manier tegen geweld aankeek, bleef het voor Lavinia iets ondoorgrondelijks dat de mens die apparaten maakte om een ander mens uit de weg te ruimen, grote fabrieken die granaten, geweren, tanks, kanonnen produceren... allemaal om elkaar te vernietigen. Al sinds mensenheugenis was het zo geweest: de mens die de ander van zijn grond verjaagt, hem achtervolgt, zich verdedigt tegen andere mensen, en alles uit drang naar overheersing, het begrip bezit, het mijn en het dijn... tot het opgenomen was in de natuurlijke loop der dingen, in de systemen, in het dagelijkse leven: de sterkste tegen de zwakste. In de twintigste eeuw zijn de nomadenpraktijken nog steeds van kracht: met geweld het vuur bij elkaar wegroven. Het stadium van de wilde nog steeds niet ontgroeid en kennelijk niet te ontgroeien. En zij, die hier leerden vuurwapens te gebruiken, zonder ander alternatief dan ze aan te raken, ze te leren kennen, ermee te leren omgaan. Net zoals de tegenstander dat had geleerd.

Er steeg een gevoel van haat in haar op, haat tegen de Grote Generaal, tegen generaal Vela, de rijkdom, de buitenlandse overheersing... tegen alles wat hen dwong hier nu te zijn, in dit verlaten huis, zo jong, op hun knieën voor deze wapens, stil naar Felipe kijkend en hem over vuurkracht horen praten, de vuurstoot en het schot voor schot. Zij wachtte op het moment dat hij het doelwit aanwees, het moment vlak voor het afgaan van het geweer, het holle, droge geluid.

'Nu gaan we richten en droogschieten', zei Felipe.

En dat was wat zij deden. Er werd geen enkel schot afgevuurd. In dit soort trainingen leerde je droogschieten, hypothetische schoten en vuurstoten, een blad papier waarop je het schot noteerde dat je in gedachten had gegeven. Dat had ik kunnen weten, dacht Lavinia, het geluid van de schoten zou de aandacht hebben getrokken, maar het was te fantastisch om zelf te bedenken.

's Nachts sliepen zij geheel gekleed in hangmatten, die

aan de balken van het huis waren opgehangen. Op onderduikadressen, tijdens trainingen en in de bergen sliep je altijd gekleed. Soms mocht je je schoenen uittrekken. Voordat zij in slaap viel, hoorde zij Felipe met Lorenzo en René praten.

René had in de bergen gezeten en had het over de modder, over insektenbeten waarvan je huid opzwol en die een gloeiende jeuk veroorzaakten, over de honger van de guerrillero's. We praatten de hele tijd over eten, over wat we gingen eten als we weer in de stad zouden zijn, wanneer we gewonnen hadden. Hij zei dat het een vreemd gevoel was niet meer in de bergen te zijn en het hem moeite kostte om weer aan het lopen op wegen en in straten te wennen. Na alle modder en het als apen tegen hellingen opklauteren, was hij het trottoir geheel ontwend.

Naar hun stemmen luisterend sliep zij in. Zij droomde dat zij in een soort fort was, gekleed in een jurk met grote witte en gele bloemen. In haar hand had zij een vreemd pistool, dat op een miniatuurkanon leek. Achter haar beval een vrouw met vlechten haar te schieten.

Zij werd wakker, toen Lorenzo haar zachtjes schudde.

'Compañera, compañera', zei hij, 'het is jouw beurt.'

Zij stond op en liep met Lorenzo mee naar een heuveltje tussen de bananebomen niet ver van het huis. Het was koud en een maan in het eerste kwartier gaf nauwelijks enig licht.

Lorenzo gaf haar het pistool en zei dat zij op geluiden van voetstappen en menselijke gedaanten in het struikgewas moest letten. Hij instrueerde haar hoe zij moest fluiten als zij iets ongewoons waarnam. Zij mocht niet schieten, tenzij zij er absoluut zeker van was dat er een serieus probleem was. Als zij een boer zag naderen, moest zij 'wie is daar?' roepen en als er 'Pascual' werd gezegd, was alles in orde. Dat was het wachtwoord.

Hij ging weg. In het begin had zij geen last van angst. Zij voelde zich juist belangrijk, bijna een guerrillera. Maar na verloop van tijd begonnen alle geluiden van de nacht haar verdacht, vijandig voor te komen.' Wie is daar?' fluisterde zij af en toe, maar zij kreeg geen antwoord. Het was de wind of het waren de insekten, de dieren van het bos. Zij kreeg het koud. Haar tanden begonnen te klapperen en de huiveringen liepen over haar lijf. Om zich moed in te spreken dacht zij aan Flor, aan Lucrecia, aan Sebastián en van tijd tot tijd ook aan generaal Vela, zodat de woede en de afkeer haar overeind hielden. Ten slotte kwamen haar gedachten bij tante Inés en nog later bad zij tot de vergeten God van haar kinderjaren dat er maar niemand zou komen, dat zij dat zware pistool, waarvan zij de theoretische werking nog maar net had geleerd, maar niet hoefde te gebruiken. Zij wist dat Lorenzo ergens in de buurt ook de wacht hield. Hij, René en Felipe wisselden elkaar af om de nieuwelingen te begeleiden, maar je zag niets. Zij moest zich tevreden stellen met de wetenschap dat er iemand in de buurt was.

Twee uur later kwam Lorenzo met nummer vier haar aflossen. Rillend, verkleumd van de kou, ging zij terug naar haar hangmat. In de deur liep zij tegen Felipe op, die Lorenzo ging aflossen. Zwijgend omhelsde hij haar even en zei dat ze zijn deken kon nemen om warm te worden. Het werd al licht.

Zij wist niet, terwijl de warmte langzaam in haar lichaam terugkeerde, waar dat lachen vandaan kwam. Het begon met een glimlach omdat zij haar eerste wachtpost had overleefd, en toen lag zij zachtjes te lachen bij de gedachte aan zichzelf hier, in deze hangmat, een andere persoon geworden, deze vrouw, ergens in dit land op een verlaten, alleen door spoken bezochte boerderij, en aan hen, dromers, bereid de stand van zaken te veranderen, geestdriftige, jonge

Don Quijoten met getrokken lans. Of misschien lachte zij wel van de zenuwen, van de angst die zij had gevoeld toen zij tussen de varens en de struiken zat, de vrees voor slangen, het geluid van opvliegende nachtvogels, en die nu plaats maakte voor het gevoel van warmte dat troostend door haar heen trok, van vermoeidheid, de vreemde gewaarwording van kracht, van onoverwinnelijkheid zolang daarbuiten de compañeros wakker rondliepen.

De volgende dag bestond de training uit het 'innemen' van het oude boerenhuis, alsof het om een kazerne midden in de bergen ging. Uitgeput hielden zij om een uur of vier in de middag op, na urenlang gesluip, hinderlagen, overvallen en terugtrekkingen.

Tegen half zes kwam Toñito weer in zijn oude jeep de weg afrijden. Verscholen in het groen zaten zij aan de andere kant van de afrastering op hem te wachten. Zij namen afscheid van René en Lorenzo en stapten in. Op de terugweg werd er nu heel wat afgepraat, opmerkingen over hoe iedereen het er af had gebracht, grappen over wie de beste strateeg was geweest en over de manier waarop Inés aan het prikkeldraad was blijven hangen, zodat de vijand alle tijd had gehad haar gevangen te nemen.

Pas toen zij de stad binnenreden, verstomde het gesprek. De inzittenden stapten weer op verschillende straathoeken uit. Zij namen afscheid (misschien zouden ze elkaar nooit meer terugzien). Ten slotte zette Toñito Lavinia en Felipe op enkele blokken van haar huis af.

'Je hebt geluk gehad', zei Felipe, terwijl zij naar huis liepen. 'Je trof een rustige training onder gunstige omstandigheden. Denk maar niet dat het altijd zo gaat. Een jaar geleden ontdekte de garde zo'n trainingsschool van ons en zijn bijna alle compañeros gedood. Twee wisten er maar te ontkomen.'

'Ja, ik heb geluk gehad', gaf Lavinia toe en vond dat het niet echt moeilijk was geweest, ook al deed haar hele lichaam zeer.

'Sebastián zorgt goed voor je', zei Felipe.

'Denk je?' zei zij, vertederd, zich pas nu bewust van Sebastiáns onzichtbare aanwezigheid in de planning van haar training.

Na een poosje zei zij, als tegen zichzelf: 'Sebastián zegt altijd dat de Beweging grote verwachtingen van mij heeft. Ik denk dat hij dat zegt om mij een goed gevoel te geven, maar ik zou het rot vinden als ik hem teleur zou stellen. Ik weet niet of ik wel zo nuttig zal kunnen zijn.'

Terwijl zij het huis binnengingen en de lichten aanstaken, zei hij, haar ernstig aankijkend: 'Dat hangt van jou af.'

*

19

Juli liep naar zijn eind. Lavinia trok het blaadje van de kalender en raadpleegde haar agenda voor het programma van de volgende dag. Mercedes had een vergadering met Julián en de bouwkundigen om elf uur en een bespreking met de zusters Vela om vier uur opgeschreven. Zij noteerde een paar dingen, die zij tussen de besprekingen in moest nalopen. Zij wierp nog een laatste blik op haar bureau, borg potloden en tekeningen op en sloot de lade af. Sara verwachtte haar om half zes en het was vijf uur. Zij deed het licht uit en verliet het kantoor. Snel liep zij naar de parkeerplaats en al gauw sloeg zij de hoek om en mengde zich in de verkeersstroom van de Avenida Central. Dichte rijen auto's vorderden langzaam, kwamen bij elk stoplicht tot stilstand. Moe en wat afwezig zat zij achter het stuur en dacht aan de vergadering met de bouwkundigen. Het huis van generaal Vela moest op tijd klaar zijn en zij moest ervoor zorgen dat de bouw volgens plan verliep.

Door het zijraampje zag zij de bestuurders van de andere auto's, die nu eens vooruit kwamen, dan weer voor een stoplicht stilstonden.

Opeens zag zij Flor in een auto een stukje verderop. Het kostte haar slechts seconden om haar te herkennen, ondanks het kortgeknipte, lichtbruine, bijna blond geverfde haar. Haar hart sloeg over. Flor, haar vriendin, daar, zo dichtbij. Zij kon haar zien gebaren en lachen met de bestuurder van de auto. Snel dacht zij na over wat zij moest doen om haar aandacht te trekken. Op de claxon drukken? Hen inhalen? Nee, zij kon niets doen. Hoogstens kon zij proberen naast hen te komen in de hoop dat Flor haar zou zien. Maar dat was bijna onmogelijk. Op de vier rijbanen van de boulevard zat nog een rij auto's tussen hen in. Om ernaast te komen moest zij manoeuvres uitvoeren, die niet waren toegestaan en die op een buitenweg misschien mogelijk, maar in dit drukke verkeer nogal riskant waren.

Het licht sprong op groen en de auto waarin Flor zonder haar te zien zat te praten, kwam op de linker rijbaan sneller vooruit. Zij probeerde ook harder te gaan, maar de auto's voor haar schoten niet op. Toen zij bij het volgende stoplicht kwam, was zij hen kwijt. Zij zag de achterkant van de rode auto nog net een hoek omslaan.

Uit teleurstelling liet zij een dof gekreun horen en gaf zij een klap op het stuur. Het was bijna een visioen geweest: haar vriendin zo dichtbij en tegelijkertijd zo ver weg, onbereikbaar. Er kwam een zwaar gevoel van droefheid over haar, opnieuw de gewaarwording van verlies. Het overkwam haar vaak. De meeste van haar warme vriendschappen waren uit haar leven verdwenen, waren op afstand geraakt. Hoewel alleen het verlies van tante Inés onherstelbaar was, gaf de herinnering aan Flor, aan haar Spaanse vriendin Natalia, aan Jerome haar een stekend gevoel van heimwee.

En zij ontkwam er niet aan, zij miste Flor heel erg, betastte voortdurend de leegte die zij had achtergelaten. In haar herinnering, die haar tegelijkertijd deed vervagen, bleven de gesprekken, de wederzijdse gevoelens, de tussen hen ontstane vertrouwelijkheid voortbestaan. De unieke, bijzondere vertrouwelijkheid van geslacht en levensdoel. De vertrouwelijkheid die zij niet met Felipe of met Sara voelde en die ook niet tussen hen bestond. Haar op enkele meters afstand te zien, te voelen, zonder naar haar te kunnen roepen, zonder zelfs maar de voldoening van een verre lach, een geheven hand bij wijze van groet, deed de droefheid in een vlaag van tranen uit de diepte van haar ogen opwellen. Het was hard. Het was allemaal erg hard, dacht zij. Wie berekende bij het schrijven van de geschiedenis deze gevechten, de waarde van deze kleine, grote individuele opofferingen in de vorm van een verlies, een afstand doen? Het lijden, het martelen, het doden werd geteld, maar wie hield zich bezig met de telling van de scheidingen als onderdeel van het gevecht?

Zij parkeerde haar auto voor Sara's huis. Met Sara was het anders geworden. Van Sara, haar jeugdvriendin, verwijderde zij zich elke dag meer, tot het punt dat zij dacht dat zij zich in een onzichtbare toren van Babel bevonden, waar de talen langs elkaar heen gingen.

Sara deed open. Zij zag bleek.

'Kom binnen, Lavinia,' zei zij, 'ik heb een kopje koffie met een paar koekjes voor je klaar staan.'

'Jij lijkt het harder nodig te hebben dan ik', zei Lavinia. 'Voel je je wel goed? Je ziet zo bleek.'

'Ik ben de laatste dagen nogal misselijk geweest.' Zij zei het met een vreemde mengeling van ongemak en vreugde.

Lavinia keek haar vragend aan. 'Je bent toch niet zwanger? Ben je eindelijk ongesteld geworden?'

'Nee. Ik ben niet ongesteld geworden en ik word het ook niet. Vanmorgen ben ik naar het laboratorium geweest en ik ben zwanger!' Zij sprak steeds luider en steeds langzamer om met het triomfantelijke 'ik ben zwanger' te eindigen.

'Wat fijn!' zei Lavinia, oprecht verheugd, en omhelsde haar. 'Gefeliciteerd!'

'Het wordt in februari geboren', zei Sara, gaf haar een arm en bracht haar naar de tafel, waar de koffie opgediend stond.

'En heb je het al aan Adrián verteld?'

'Ach!' zei Sara met een zucht en een droevige glimlach,

'Adrián heeft geen enkel gevoel voor romantiek. Hij zegt al een paar dagen tegen me dat ik zwanger ben. Je bent over tijd, je bent zwanger, dat volgt er bijna mathematisch uit, zegt hij steeds maar. Ik heb hem gebeld om hem de uitslag te vertellen en het enige dat hij zei was dat hij het wel wist en of ik niet meer wist dat hij het de afgelopen dagen steeds al had gezegd. Je denkt er natuurlijk wel aan, maar weet je, de test is de grote gebeurtenis, en wanneer je dan de uitslag 'positief' op het formulier ziet staan... Dat is toch anders dan wanneer je het aanvoelt. En met al die films die ik heb gezien, had ik mij een romantische scène voorgesteld. Ik stelde mij voor dat hij direct thuis zou komen en mij een speciale omhelzing zou geven, een bos bloemen... weet ik veel. Het is natuurlijk stom, maar van dat "ik wist het wel" werd ik triest.'

'Je hebt gelijk', zei Lavinia, die een snelle mentale vergelijking maakte met wat zij in zo'n situatie zou hebben verwacht en verrast merkte dat zij zich daarvan helemaal geen voorstelling kon maken. Zonder te weten waarom, keerden haar gedachten terug naar het beeld van Flor in de auto. Zouden zij ooit kinderen krijgen?

'Nou ja, zoals een vriendin van mij zegt, zwangerschap is een zaak van vrouwen. Mannen voelen niet dezelfde emotie', zei Sara, terwijl zij de witte kopjes met koffie vulde. 'Wil je suiker?'

'Nee, dank je', antwoordde zij. 'Ik heb geen idee wat mannen voelen. Voor hen is het iets mysterieus, dat ons vrouwen overkomt. Zij zijn niet meer dan waarnemers van het proces, wanneer dat eenmaal is begonnen, en tegelijkertijd weten ze zich een deel van het proces. Misschien ondergaan zij tegelijkertijd iets van afstand en nabijheid. Het moet vreemd voor hen zijn. Je zou het aan Adrián moeten vragen.'

'Ik zal het hem vragen, hoewel ik niet denk dat hij veel zal zeggen. Hij zal wel de gewone dingen zeggen, dat hij gelukkig is en dat al het andere speculaties van mij zijn.'

'Ik vind het een raar idee dat je een kind gaat krijgen… ongelooflijk, zoals de tijd vliegt, niet? Ik herinner me nog hoe wij achter een gesloten deur in mijn kamer over al die dingen zaten te praten…' Zij deed haar ogen dicht, leunde met haar hoofd achterover in de bank en zag de twee meisjes voor zich, die gretig de afbeeldingen in een boek van tante Inés met de titel *Het wonder van het leven* bekeken.

'Ja,' zei Sara op dezelfde nostalgische toon, 'we zijn groot geworden… en over een tijdje zijn we oud, hebben we kleinkinderen en zullen we het niet geloven.'

Zou zij ooit kleinkinderen hebben, dacht Lavinia, overmand door heimwee en de onmogelijkheid haar toekomst met Sara's zekerheid voor zich te zien. Misschien zou zij niet eens kinderen hebben.

Zij opende haar ogen en keek, zoals zij zo vaak deed, naar dit huis, de tuin en haar vriendin, die weggezonken in haar stoel van haar kopje koffie dronk. Elke keer was zij weer onthutst bij de gedachte dat zij daar had kunnen zitten, dat dit haar leven had kunnen zijn. Het was het kijken naar de splitsing van wegen, naar de keuzes. Zij had een andere weg gekozen, een die haar steeds meer van deze middag verwijderde, van de bakken met rozen en begonia's, Sara's tere, witte porselein, de tafel bij de tuin, de kleinkinderen, het vooruitzicht van een grijsharige ouderdom. Maar haar keuze verwijderde haar ook van de onverschilligheid, van deze geïsoleerde, beschermde, irreële tijd. Zij wist zeker dat zij zo niet gelukkig zou zijn geweest, ook al zou zij het fijn gevonden hebben aan kinderen, aan een vriendelijke wereld te denken…

'En jij, denk jij nog niet aan trouwen, kinderen krijgen?' vroeg Sara.

'Nee, nog niet', antwoordde zij.

'Lavinia, ik maak mij zorgen om je. Ik weet niet waarom, maar ik ben altijd bang dat je in problemen raakt, dat je je door een van die opwellingen van je laat meevoeren. Hoewel jij mij altijd mystiek vond, denk ik dat jij de meest romantische en idealistische van ons tweeën bent. Jij hebt veel meer moeite de wereld te accepteren zoals hij is.'

'De wereld is niet zus of zo, Sara. Dat is het probleem. Wij zijn het zelf die hem zus of zo maken.'

'Nee, dat vind ik helemaal niet. Wij zijn niet degenen die beslissen. Dat doen anderen. Wij zijn alleen maar massa, gewone mensen... Wil je nog een koekje?' zei zij, terwijl zij haar het schaaltje met kokoskoekjes voor hield.

'Dat is een gemakkelijk standpunt', zei Lavinia, die een koekje pakte en met afwezige blik naar de tuin keek. Zij kwamen vaak in dit soort discussies terecht en zij wist nooit of het de moeite waard was ze voort te zetten. Gewoonlijk liet zij het gesprek doodlopen of kreeg zij er zo genoeg van dat zij er een eind aan maakte.

'Maar wat kun je eraan doen? Hier, bijvoorbeeld, wat kunnen wij hier nou doen?'

'Ik weet het niet,' zei Lavinia, 'maar iets kun je er altijd aan doen.'

'Je wilt het niet accepteren, maar de realiteit is dat je er niets aan kunt doen. Kijk maar naar jezelf, met al je ideeën laten ze je wel het huis van die generaal ontwerpen...'

'Ja, dat is zo, maar wie weet overtuig ik de generaal er wel van dat ze zich meer om de ellende van de mensen moeten bekommeren...' en om een eind aan het gesprek te maken, voegde zij er op vrolijke toon aan toe: 'Kom, Sara, laten we het over je toekomstige kind hebben, hier komen we toch nooit uit.'

Zij bleef nog een poosje met haar vriendin praten. De

volgende zondag waren zij uitgenodigd voor een uitstapje naar de haciënda van een paar kennissen. De gastheer vierde zijn verjaardag. Er was een zwembad en het beloofde erg leuk te worden. Zij spraken af er samen naar toe te gaan.

'Neem je Felipe niet mee?' vroeg Sara.

'Nee. Je weet dat Felipe niet van feestjes houdt.'

'Ik heb nog nooit zo'n asociaal mens meegemaakt als die vriend van jou,' zei Sara, 'maar enfin, zo praten we gemakkelijker onder elkaar.'

Toen zij wegging, kwam Adrián net thuis van kantoor. Zij feliciteerde hem. Hij nam haar felicitaties wat verlegen, als een grappig jongetje, aan. Lavinia moest stilletjes lachen omdat zij haar stelling bevestigd zag dat hij weliswaar zeker gelukkig was, maar zijn aandeel in de gebeurtenis niet erg goed wist te hanteren. Dat hij geen enkele cynische of spottende opmerking had gemaakt was het beste bewijs van zijn emotie. Maar Sara zag dat niet, omdat zij de uitbundige omhelzing uit de films verwachtte.

Zij hield ervan op de maat van muziek te vrijen, zich te laten gaan op de deining van kussen met muziek op de achtergrond, een muziek die even zacht en meegaand was als het soepele lichaam dat zij in bed kreeg. Vreemd, dacht zij, dat het lichaam zo kneedbaar en veranderlijk kon zijn. Overdag een tinnen soldaatje, dat krijgshaftig van kantoor naar kantoor door de straten marcheerde en kaarsrecht op harde, ongemakkelijke stoelen zat, en zodra 's avonds de muziek, het voelen, het kussen begon, gaf het zich licht en meegaand over, dijde het uit bij de gedachte aan het komende genot, likte het de dauw van een ander lichaam, begon het te spinnen.

Zij kon zich niet voorstellen dat zij ooit het gevoel van verwondering en verbazing kwijt zou raken, dat iedere keer

dat twee naakte lichamen bij elkaar kwamen in haar opkwam. Altijd was er een moment van gespannen verwachting, van drempel en vreugde, wanneer het laatste restje stof
en kleding overwonnen naast het bed ter aarde viel en de
gladde, roze, transparante huid tussen de lakens gleed en de
nacht met een eigen licht verlichtte. Altijd was het een aller-
eerst, symbolisch moment. Naakt zijn, kwetsbaar, de poriën
open naar een ander menselijk wezen ook met ontvouwen
huid. Dan de diepe blikken, het verlangen en die verwachte
en in hun ouderdom toch nieuwe handelingen: de toenadering, het contact, de continenten ontdekkende handen,
stukjes bekende en iedere keer herontdekte huid. Zij had
graag dat Felipe in het trage ritme van een tijd zonder haast
kwam. Zij had hem moeten leren te genieten van de slow
motion-beweging van de liefkozingen, het lome spel, tot zij
het niet langer uithielden, tot de dijken van het geduld
doorbraken en het tarten en prikkelen plaatsmaakten voor
de hartstocht, voor de ontketende ruiters van een apocalyps
met een gelukkig einde.

Hun lichamen begrepen elkaar veel beter dan zijzelf,
dacht zij, terwijl zij voelde hoe Felipe zich uitgeput op haar
neervlijde. Al bij het eerste begin ontdekten zij bij elkaar in
de liefde een vrijmoedige zinnelijkheid, waren zij pubers in
bed. In de liefde hielden zij van verkennen, bergbeklimmen,
diepzeeduiken, van het universum van nova's en meteorie-
ten. Zij waren Marco Polo's van saffraan en essence, hun
lichamen en alle functies ervan waren voor hen een natuurlijke bron van genot.

'Iedere keer verbaas je me weer,' zei hij de volgende ochtend tegen haar, terwijl hij liefkozend door haar haar streek,
'je hebt mij er verslaafd aan gemaakt, aan dat gekreun van
je.'

'Jij mij ook', antwoordde zij.

Het bed was hun Volkenbond, de zaal waar twisten werden bijgelegd, de samenvloeiing van hun verwijderingen. Voor Lavinia was het een geheimzinnig verschijnsel dat zij op het niveau van de opperhuid zo goed met elkaar konden communiceren en op het terrein van de woorden zo vaak overhoop lagen. Het leek haar niet logisch, maar zo werkte het. Op dat gebied hadden zij gelijkheid en rechtvaardigheid, kwetsbaarheid en vertrouwen verworven, had de een net zoveel macht als de ander.

'Dat komt omdat praten de dingen vaak ingewikkeld maakt', zei Felipe en zij beweerde van niet. Sterker, zij was ervan overtuigd dat het niet zo was, dat de mensen elkaar pas begrepen door te praten. Dat met de lichamen was iets anders, een uiterst krachtige, primaire impuls, die echter geen meningsverschillen bijlegde, ook al maakte het tedere verzoeningen, het elkaar opnieuw liefkozen mogelijk. Het was juist gevaarlijk te denken dat conflicten zo konden worden opgelost. Die hoopten zich dan onderhuids op, verscholen zich tussen de tanden, tastten het ogenschijnlijk neutrale gebied aan en veroorzaakten barsten in de Volkenbond.

Het was een wonder dat het nog niet was gebeurd als je bedacht hoe vaak zij al waren gebotst. Misschien kwam dat omdat Lavinia, wanneer zij ruzie hadden, in wezen de Felipe van wie zij hield, scheidde van de andere Felipe, degene van wie zij vond dat hij niet voor zichzelf sprak, maar als de belichaming van een betreurenswaardige ouderwetse redenering, de moeilijke jongen in hem, van wie zij hem wilde verlossen, die zij uit de Felipe van wie zij hield wilde verjagen. Flor zei altijd dat zij te optimistisch was als zij dacht dat zij haar Felipe uit de andere Felipe kon bevrijden, maar gunde haar de hoop.

De hoop was misschien het mechanisme, dat haar in

staat stelde de muziek te blijven horen wanneer zij vrijden, ook al was het misschien alleen maar een door haar bedacht verdedigingsmechanisme tegen de desillusie en de onmogelijkheid van een verandering. Hoe kon je zo vurig in de mogelijkheid geloven de maatschappij te veranderen en weigeren in de verandering van de mannen te geloven? 'Het is veel ingewikkelder', meende Flor, maar dat overtuigde haar niet. Zij ontkende niet dat het een ingewikkeld probleem was en was ook niet geneigd in gemakkelijke oplossingen te geloven. Volgens haar was de kern van de zaak een kwestie van methode. Hoe bracht je de verandering teweeg? Hoe trad de vrouw tegenover de man op, wat deed zij om die ander uit hem los te weken?

Van achter Felipes rug sloeg zij een arm om hem heen en terwijl zij de slaap in zich liet neerdalen maakte zij zich los van die onzekerheden.

*

20

Generaal Vela had haar naar zijn bureau ontboden. Tien minuten voor het afgesproken tijdstip verliet zij de hoofdweg en stopte voor de toegangspoort van het militaire complex.

De bewaker liet zijn fluitje snerpen en beduidde haar met een autoritair gebaar dat zij er niet door mocht. Hij zwaaide met zijn arm om aan te geven dat zij naar de hoofdweg terug moest keren. Lavinia stak haar hoofd door het raampje en riep dat generaal Vela haar verwachtte. De bewaker, in olijfgroen uniform en met een gevechtshelm op het hoofd, liet zijn arm zakken en liep langzaam, behoedzaam op de auto af.

'Wat zegt u?' vroeg hij, terwijl hij haar achterdochtig aankeek en snel de auto van binnen inspecteerde.

'Ik zeg dat ik een afspraak met generaal Vela heb. Hij verwacht mij over vijf minuten.'

'Kunt u zich legitimeren?'

'Mijn rijbewijs.'

'Geef hier.'

Zij pakte haar tas. De bewaker ging een stukje achteruit, alsof hij bang was dat er een wapen uit tevoorschijn zou komen. Zij haalde er haar rijbewijs uit en gaf het hem.

'Hier wachten. Staan blijven', en hij liep naar het wachthuisje.

Tevreden stelde Lavinia vast dat zij niet zenuwachtig was. Integendeel, zeker van zichzelf en gestimuleerd door de superioriteit van haar motieven, onderging zij een gevoel van opgewonden vrolijkheid nu zij in die onneembare vesting, tot het terrein van de vijand zelf zou gaan doordringen, als een condor die, zeker van zijn vlucht, van grote hoogte op de nietigheid van zijn tegenstanders neerkijkt. Van het militaire complex zag zij niets. Het was door een stevige, hoge muur, alleen onderbroken door het zwarte, metalen hek waar zij voor stond, aan het oog van voorbijgangers onttrokken.

Ongeduldig trommelde zij op het stuur. Als de bewaker niet snel terugkwam, ging zij weg. Tegen de generaal zou zij zeggen dat de toegang haar was ontzegd en dat hij betere instructies moest geven. Dan zou de generaal ongetwijfeld tegen zijn ondergeschikten uitvaren en hen straffen. De volgende keer zouden ze haar niet tegenhouden, maar haar snel laten passeren.

In het begin was het moeilijk geweest de macht van een zelfverzekerd optreden, die zekerheid van degene die domineert en respect verdient, te beseffen. Het werkte in alle gevallen zeer effectief, vooral als je een vrouw was. Zij zag het bevestigd in de bijeenkomsten met de bouwkundigen en met generaal Vela. Als je je toevlucht tot bekoorlijk zijn en glimlachen nam, werd je seksistisch en beschaafd geringschattend behandeld. In het zakelijke verkeer moest je van de mannen leren, daarin had Flor gelijk. En zij had hen de laatste tijd goed geobserveerd en had het mechanisme nu door.

Zij keek op haar horloge. Er waren bijna vijf minuten voorbij gegaan. Zij besloot niet langer dan vijf minuten te wachten. Een paar seconden later ging de poort open en kwam een andere militair, deze keer met de rang van kapitein, naar de auto toe.

'Juffrouw Alarcón,' zei hij, zich naar het raampje voorover buigend, 'als u mij toestaat stap ik bij u in om u naar het bureau van generaal Vela te brengen.'

'Is het dan niet hier?'

'Jazeker, maar u moet over het complex rijden. Ik zal met u meegaan, zodat u geen enkel probleem heeft', en nadat hij het andere portier had geopend, ging hij naast haar zitten.

Achter de muur vormden verschillende gebouwen en barakken een geheel van straten, waarin militaire voertuigen reden of geparkeerd stonden. Over de trottoirs liepen soldaten in uniform. Zij passeerden nog twee slagbomen, tot zij bij een reeks betonnen gebouwen kwamen. Op kleinere schaal hadden ze dezelfde zware, monumentale architectuur als de bouwwerken van het moderne Rome van Mussolini: gladde, grijze muren met geometrische, rechthoekige vlakverdelingen. Lavinia sloeg de details van de gebouwen en de loop van de straten in haar hoofd op. Zij gaf er de voorkeur aan niets te zeggen om haar concentratie niet kwijt te raken en alle gegevens te onthouden.

'Hier is het,' zei de kapitein, die geen moment zijn keurige kadettenhouding had laten varen, 'hier is het gebouw van de Generale Staf. U kunt daar parkeren.'

Zij stapten uit, liepen over een pad door een grasperk en betraden het hoofdgebouw. De hal werd beheerst door een reusachtig portret van de vader van de Grote Generaal, de stichter van de dynastie. De receptioniste in een blauw uniform groette de kapitein met een hoofdknik.

Via een brede, marmeren trap bereikten zij een nog grotere hal, waarop de deuren van verschillende kamers uitkwamen. Voor iedere deur stond een wacht in gala-uniform. De leren zitmeubelen in het midden werd elke luister ontnomen door de plastic bloemen op het tafeltje.

Het kantoor van generaal Vela vertoonde hetzelfde mengsel van slechte smaak en solide architectonische kilheid. Het dominerende element was een grote kleurenfoto van de Grote Generaal, afgebeeld met een brede lach die al zijn tanden blootlegde. De foto, die vanuit een lage hoek was genomen, had de bedoeling het kleine, dikke mannetje van de ontbrekende statigheid te voorzien. Het meubilair probeerde modern te zijn: chroom en vinyl. De asbakken en siervoorwerpen van schelpen droegen het hunne bij tot de kitscherige inrichting. Op een archiefkast stond een enorme glazen bokaal, waarin de secretaresse luciferdoosjes verzamelde. Zij was een magere, nerveuze vrouw met geblondeerd haar, die er jonger probeerde uit te zien dan zij was. Zij lachte geaffecteerd en verzocht haar te gaan zitten om haar komst te melden. De beleefde kapitein, adjudant van de generaal, trok zich discreet terug.

Zij zat nog niet of de bel van de intercom ging over. De secretaresse nam op, zei 'ja, generaal' op de toon van een ziek vogeltje, liep als een marionet aan een touwtje naar de deur van de werkkamer van generaal Vela, die zij opende om haar binnen te laten.

'Goedemiddag, juffrouw Alarcón', zei de generaal, die achter zijn stevige, houten bureau stond, omgeven door foto's van de Grote Generaal die hem omhelsde, hem decoreerde, met hem viste, in een helicopter of op een paard zat.

'Goedemiddag, generaal', antwoordde zij en liep naar voren om hem over het bureau heen een hand te geven.

'Gaat u zitten, gaat u zitten,' zei hij hoffelijk, 'wilt u een kopje koffie?'

'Graag', zei zij met haar charmantste glimlach.

'Elke dag mooier', zei de generaal met een wulpse blik.

'Dank u', zei zij. 'En, heeft u nieuws? Waarmee kan ik u van dienst zijn?'

'Oh ja,' zei de generaal, weer terug in de werkelijkheid, 'ik heb u laten roepen, omdat ik gisteravond, toen ik de tekeningen van mijn huis doorkeek, bedacht dat ik op het terras voor de grote zitkamer behalve de pergola ook een barbecue wil laten installeren.'

344

'Maar er is er al één bij het zwembad.'

'Ja, ja, dat weet ik, maar ziet u, die is goed voor de zomer, maar in de winter wil ik een overdekte hebben vanwege de regen. Ik heb u toch verteld dat het een van mijn hobby's is, wanneer ik vrienden op bezoek heb?'

Lavinia haalde haar blocnote tevoorschijn en maakte, instemmend knikkend, enkele aantekeningen.

'Wilt u daar net zo'n barbecue als bij het zwembad?'

'Ik denk dat deze wel een beetje kleiner kan zijn, vindt u ook niet?'

'Goed, maar we zullen in ieder geval de pergola moeten verlengen.'

'Dat was ook mijn idee, maar misschien kan hij wel een beetje kleiner worden.'

'Ja, een beetje kleiner zou beter zijn.' Lavinia schreef het op en vroeg zich af waarom generaal Vela haar had laten komen voor iets, dat zij uitstekend per telefoon hadden kunnen regelen.

'Is dat alles?' vroeg zij.

'Ja, ja. Dat is alles, maar drinkt u toch rustig uw kopje koffie. U bent er nog maar net. Vertel eens hoe het met het huis gaat.'

Zij was er zeker van dat de generaal nog iets van plan was. Zij begon erover na te denken wat zij zou zeggen als hij een poging zou doen haar het hof te maken, hoe ze beleefd en tegelijkertijd scherp afwijzend kon zijn. Zij vertelde hem uitvoerig over de afspraken met de bouwkundigen, over de grondverplaatsing, de verschillende materialen, elektrische installaties en de riolering. Zij wilde hem geen gelegenheid geven een ander onderwerp van gesprek aan te snijden.

'En denkt u dat het huis zeker in december klaar zal zijn?' vroeg de generaal.

'Wij zullen er alles aan doen. Ik denk van wel', zei zij.

'Wij willen een inwijdingsfeest geven, bij voorkeur op oudjaar, en al onze vrienden daarvoor uitnodigen... u natuurlijk ook.'

'Dank u', zei Lavinia.

'Houdt u van dansen?'

'Niet erg', zei Lavinia terwijl zij dacht: nu komt het.

'Wat jammer! Ik had u willen uitnodigen voor een feestje dat wij met een aantal officieren organiseren... iets kleins, weet u, om wat afleiding te hebben. Wij hebben het erg druk en ontspannen ons bijna nooit. Ik denk dat u ook iemand bent die hard werkt en zich weinig ontspant, ook al bent u nog jong. U bent erg serieus.'

'Welnee, helemaal niet. Dat denkt u maar. Ik word voortdurend uitgenodigd voor feesten en uitstapjes...'

'Maar u gaat bijna nooit', zei de generaal met kennis van zaken.

'Ja hoor, natuurlijk ga ik. Alleen ga ik niet naar alle feesten. U weet dat het niet gemakkelijk is vroeg op te staan, wanneer het de vorige avond laat geworden is.'

Zij begon zich ongemakkelijk te voelen. Zonder te begrijpen waar de generaal heen wilde, vermoedde zij een nieuwsgierigheid, waarvan zij niet wist of die uit zijn verleidingskunsten of uit iets gevaarlijkers voortkwam.

'En heeft u geen verloofde?'

'Ja..., zo zou je het wel kunnen noemen, praktisch gesproken. Ik ga uit met een architect, een collega op mijn werk.' Zou hij van Felipe afweten? vroeg Lavinia, die zich steeds ongemakkelijker begon te voelen, zich af. Zij besloot de waarheid te zeggen, overwegend dat dat minder verdacht was dan het te ontkennen. Als hij haar gangen na had laten gaan, zou hij vast wel van haar relatie met Felipe weten.

'Ach,' zei de generaal met een onschuldig gezicht, 'daarom kunt u niet naar ons feestje komen... Wat jammer! Ik heb mijn vrienden namelijk verteld hoe efficiënt u bent. U moet mij vergeven, maar je komt maar zelden vrouwen tegen die behalve mooi ook nog intelligent en bekwaam zijn. Ik wilde dat zij u leerden kennen.'

'Dank u', zei zij enigszins gerustgesteld.

'Maar wat zegt u nu? Kunt u of kunt u niet?'

'Wanneer is het?'

'Aanstaande zondag.'

'Dan heb ik al een afspraak… een uitstapje', zei Lavinia, dankbaar dat het waar was.

'Maar dat is overdag en dit is 's avonds.'

'Dat is zo, maar wij komen laat terug en u weet dat je van zoiets altijd moe thuiskomt. Waarom stellen we het niet uit tot een volgende keer?'

'Goed, als het niet anders kan… dan maar een volgende keer!', zei de generaal met een gedwongen lachje. Het hinderde hem duidelijk dat hij niet had bereikt wat hij wilde.

Hij stond op ten teken dat hij het gesprek als beëindigd beschouwde.

'Denkt u er in ieder geval over na, en neemt u mij niet kwalijk dat ik zo aanhoud. Misschien bent u na afloop niet zo moe… Als u besluit toch te komen, kunt u naar mijn bureau bellen. Ik zal instructies geven om een auto te sturen om u op te halen. Zegt u maar tegen uw verloofde dat u een werkvergadering hebt.'

'U bent een vasthoudend man', zei Lavinia, die moeite moest doen om niet laat me met rust te zeggen.

'Ik bereik altijd wat ik mij voorneem', zei de generaal met een uitdagende glimlach.

De welopgevoede, beleefde kapitein stond haar weer op te wachten om haar naar de uitgang van het militaire complex te brengen.

Zwijgend, haar woede en het gevoel betast te zijn onderdrukkend, verliet zij met wat luider geklik van haar hoge hakken het bureau. Zij meende een uitdrukking van medelijden in de ogen van de secretaresse te zien.

'Je had nee tegen hem moeten zeggen, punt uit', zei Felipe, die met grote stappen woedend in zijn kamer heen en weer liep.

'Dat is wat ik hem feitelijk ook heb gezegd', antwoordde Lavinia. 'Je weet dat ik hem niet kan zeggen wat ik denk. Ik moet mij van de domme houden! Ik begrijp niet waarom je je zo opwindt!'

'Omdat ik al zie waar het heen gaat... en het duurt nog maanden voordat dat huis klaar is! Je moet hem zo snel mogelijk duidelijk maken dat je niet bereid bent je te laten verleiden.'

'Felipe, alsjeblieft, bedaar toch. Waarom bedenken we niet hoe we dit moeten aanpakken zonder dat je boos wordt? Zie je dan niet dat het voor mij veel erger is dan voor jou? Je kunt je niet voorstellen hoe ik mij voelde toen ik zijn geile ogen zag.'

'Zie je wel? Zie je nu wel waarom ik je er niet bij wilde betrekken?'

'Ik geloof mijn eigen oren niet', zei Lavinia, die nu ook haar kalmte verloor. 'Iedereen, en jij als eerste, was het erover eens hoe belangrijk deze opdracht voor het huis van Vela was. Kom mij nu niet aan met dat ik mij er niet bij had moeten laten betrekken!'

'Je uitnodigen voor een 'feestje'! Die zijn berucht, die feestjes van de officieren! Wie denkt die schoft wel dat je bent!'

'Een vrouw. Voor hem zijn alle vrouwen hetzelfde', en terwijl zij haar stem liet zakken, voegde zij eraan toe: 'wat denk je dat Sebastián zal zeggen? Denk je dat hij vindt dat ik erheen moet gaan?'

'Nee, je gaat er niet heen.' Hij zei het met een woedende, dominerende blik.

'Felipe, jij bent niet mijn eerste verantwoordelijke man. Dat is hij. Bedaar', zei Lavinia, die probeerde beredeneerd te argumenteren. 'Hoe vaak heb je me niet gezegd dat de Beweging eerst komt en al het andere secundair is... Je reageert als een beledigde echtgenoot.'

'En jij bent erg rustig. Heb je soms zin om erheen te gaan?' zei hij beschuldigend.

'Ik ga weg', zei Lavinia en stond op. 'Ik sta niet toe dat je zelfs maar durft te insinueren dat ik naar dat feest wil. Je moet eens leren om je te beheersen.'

Zij verliet Felipes kamer en gooide de deur met een klap achter zich dicht zonder zich iets aan te trekken van de blikken van de tekenaars, de hoofden die tegelijk van de tekentafels omhoogkwamen en haar nakeken tot zij de deur van haar kamer achter zich sloot.

Bijna een hele week zagen zij elkaar niet. Op kantoor wisselden zij geen woord, ieder verschanst achter zijn eigen stilzwijgen.

Op de zondag van het feestje ging Lavinia met Sara en Adrián mee op het afgesproken uitstapje. Zij was bang dat er bij haar terugkeer een bericht zou liggen of dat er een auto met de complimenten van de generaal op haar zou staan wachten, maar ze trof alleen de normale rust van haar planten en haar boeken, de stilte van haar huis zonder Felipe.

Zij miste hem en was boos. Zij kon hem niet begrijpen, of misschien wilde zij hem niet begrijpen, begrip was een tweesnijdend zwaard. Ten aanzien van Felipes houding vond zij het moeilijk er gewoon haar stelling van de 'andere' Felipe op toe te passen, hem uit naam van een voorouderlijke erfenis van zijn verantwoordelijkheid te ontheffen. Hij had zijn houding al die dagen volgehouden, had haar op kantoor ontlopen, was bij haar weggebleven, verweet haar met zijn stilte een veronderstelde wens van haar kant om aan Vela's feest deel te nemen. Het was belachelijk, ongelofelijk belachelijk en denigrerend dat hij ook maar voor een moment had gedacht dat zij er een persoonlijk belang bij zou hebben naar dat feestje te gaan.

'Het is jaloezie, maak je geen zorgen. Jaloezie is irratio-neel', had Sebastián gezegd.

Een positief antwoord vrezend, had zij hem gevraagd of Felipes houding van invloed was geweest op het besluit dat zij niet naar het feestje van Vela moest gaan. Sebastián legde uit dat dat niet het geval was. De Beweging had er geen belang bij haar aan zo'n moeilijke en onaangename proef te onderwerpen. Zij wilden juist dat haar relatie met de generaal een louter vaktechnische basis kreeg. Er was op geen enkel moment overwogen de voorspelbare verleidingspo-gingen van de generaal te stimuleren, ook al wisten zij dat die zich konden voordoen. Daarom werd haar aanbevolen een afstandelijke houding aan te houden. Felipes gedrag had er niets mee te maken, had hij nog eens herhaald.

In gedachten verzonken opende Lavinia de ramen om de frisse avondlucht binnen te laten en de warmte van de zon-dag te verdrijven. De rust en de stilte van de tuin stonden in scherp contrast met haar innerlijke onrust.

Het ergste was nog, dat zij wist dat dit niet het einde van hun relatie was, dat zij diep in haar binnenste wist dat zij Felipes excuses zou accepteren, wanneer die zouden komen. Zij meende dat Felipe op dit afstand houden gokte om er zekerder van te zijn dat zij door de knieën zou gaan wanneer hij besloot zijn excuses aan te bieden. Dat idee irriteerde haar, maar het maakte haar nog bozer dat zij bij zichzelf vaststelde dat zij hoopte dat dit het was en niets anders, iets donkers en onheilspellends, dat maakte dat zijn veront-schuldigingen uitbleven.

'Wat kan ik doen?' zei zij hardop, terwijl zij naar de sinaasappelboom keek en zich tot hem richtte, zoals zij wel vaker deed. Het leek of zij tante Inés hoorde praten, haar diepe, lichtbruine ogen zag, en haar hoorde zeggen: 'Je moet leren goed gezelschap voor jezelf te zijn.' Zij herinnerde zich haar gesprek met Mercedes op kantoor, de dingen die zij tegen Sara had gezegd. Het was zo moeilijk coherent te zijn, consequent te handelen, wanneer je van iemand hield.

Ga je hem niet op zijn gedrag wijzen, had zij Sebastián gevraagd, waarbij zij had gezegd dat de Beweging toch ook op dit soort weinig revolutionaire houdingen van haar leden moest letten.

Sebastián had een beetje bedroefd geglimlacht en gezegd: de revolutie wordt door menselijke wezens gemaakt, Lavinia, niet door supermensen. De nieuwe mens is nog steeds alleen maar een droom.

En de nieuwe vrouw ook, voegde zij er bij zichzelf aan toe.

•

Arme Lavinia, die verzonken in gedachten over de liefde naar mij kijkt. Zij heeft niet eens mijn nieuwe bloei, de geur die mijn witte bloesem verspreidt, opgemerkt. Afwezig en verdrietig heeft zij zich als een slaapwandelaarster door het huis bewogen.

Haar bedroefdheid is in mij doorgedrongen en heeft zich over al mijn takken verspreid. Hoe aanstekelijk is het verlangen. Vaak denk ik aan de eenzaamheid. De mens is zo alleen. In het leven en in de dood. Gevangen in zijn eigen verwarring, bang de kwetsbaarheid van zijn huid, het absorberende en tere van zijn bloed te tonen. De liefde is slechts een gebrekkige benadering van de nabijheid.

Ik kon Yarince niet bijstaan in zijn teleurstelling wanneer wij weer een slag verloren hadden en het door hen opgelegde isolement zich verdiepte, wanneer zij weer een van onze steden, een van onze stammen in hun macht kregen. Het was verschrikkelijk wanneer wij 's nachts naar plaatsen terugkeerden, waar vroeger de Pipile of de Chorotega ons voedsel gaven om hen nu als Spanjaarden in lange doeken te zien rondlopen, als blanken vermomd, het hoofd gebogen in een houding van slavernij. Weinigen waagden het onze geheimtaalberichten – nagebootste pocoya- of güiseklanken – te beantwoorden. In sommige dorpen kwam al in het geheel geen antwoord meer. Soms hoorden wij alleen een jammerklacht in de nacht, die ons zei dat zij ons niet konden helpen, dat zij niets konden doen. Wanneer wij van die droeve tochten terugkeerden, gingen wij ver van elkaar zitten en gaven ons over aan onze sombere gedachten.

Wij konden niets tegen elkaar zeggen. Niets kon ons troosten.

Wij wisten toen al dat wij zonder hoop streden. Vroeg of laat zouden wij sterven, zouden zij ons verslaan, maar wij wisten ook dat wij tot die dag geen andere keus hadden dan door te gaan.

Wij waren jong. Wij wilden niet sterven, maar wij wilden ook niet de slavernij als redding van de dood accepteren. Als krijgers zouden wij in de bergen sterven, de goden zouden ons met eerbetoon en praal ontvangen. Maar als wij ons, in onze wanhoop om het leven te behouden, zouden overgeven, dan zouden onze lichamen de honden of het vuur ten offer vallen en konden wij niet eens hopen op een in bloesem gehulde dood.

Om ons tegen de nederlaag en de wanhoop te beschermen, kwamen wij 's avonds rond het vuur bijeen om elkaar dromen te vertellen. Maar heimwee maakte ons ziek. Vaak vervielen wij tot stilzwijgen en in eenzaamheid streed ieder op zijn eigen manier tegen de angst en het verdriet. Ons ontbrak de kracht om ons tegen meer dan de onontkoombare spoken teweer te stellen.

Wij werden steeds eenzamer.

*

Het liep tegen het middaguur. Op het bouwterrein van generaal Vela waren tractoren en bulldozers bezig grond te verplaatsen en te egaliseren. De wind blies een fijn, roodbruin stof op, dat de kleren van de arbeiders een terracotta tint gaf. De aannemersmaatschappij had krachtige schijnwerpers opgehangen, zodat 's nachts doorgewerkt kon worden en het huis op tijd werd opgeleverd.

Lavinia stapte uit haar auto en liep naar een loods, waar zij de opzichter en de bouwkundig ingenieur trof. Zij zag hoe de arbeiders verstolen naar haar keken. In het midden van de loods stond een houten tafel met een paar stoelen en tegen de wand een tafeltje met een koffiekan. Twee mannen, van wie de een jong was en de ander tegen de vijftig liep, dronken een kop koffie.

'Goeiedag', zei zij, en zich tot de oudste wendend vroeg zij: 'Bent u don Romano?'

'Ja, dat ben ik. Wat wilt u?' zei de man, die een wit overhemd en een broek van keper droeg en een potlood achter zijn oor had.

'Ik ben Lavinia,' zei zij en stak hem een hand toe, 'de architecte die als assistente de supervisie over het project heeft.'

'O ja?' zei don Romano, die haar nieuwsgierig aankeek.

Hij had een vriendelijk gezicht met ronde wangen, heldere ogen en zware wenkbrauwen, waaruit een paar grijze haren staken.

'Ja,' zei Lavinia, 'ik zie dat de grondverplaatsing al flink opschiet.'

'Deze week is het klaar', zei don Romano. 'Dit is de tweede bouwkundige, mijnheer Rizo.'

'Dus u en ik zullen elkaar hier regelmatig zien', zei Lavinia om de assistent van de bouwkundige voor zich te winnen.

'Daar ziet het naar uit', zei deze, een magere, bedeesde jongeman van wie Lavinia dacht dat hij van haar leeftijd was.

Haar optreden was vlot. Zij wilde niet laten merken dat zij op haar hoede was voor een afwijzing door de mannen op de bouw, waarvoor Julián haar zo gewaarschuwd had. Zij vroeg don Romano haar het verloop van de grondverplaatsing toe te lichten, waarbij zij hem erop wees dat het heel belangrijk was de verschillende hoogten, waarop de fundamenten van het huis zouden worden opgetrokken, aan te houden, als een manier om haar gezag en haar controle over het gehele architectonische concept te laten blijken.

Don Romano beantwoordde haar vragen en opmerkingen rustig. Het viel haar op dat hij haar aandachtig, bijna nieuwsgierig aankeek, maar bij geen van tweeën voelde zij enige antipathie of afwijzing. De tweede bouwkundige was zwijgzaam. Hij hield zijn ogen op de bouwtekeningen gericht en knikte af en toe instemmend tijdens het gesprek tussen Lavinia en don Romano. Wat een geluk dat ik een schuchter type heb getroffen, dacht Lavinia.

Daarna wandelden zij over de bouwplaats en vervolgens nam Lavinia afscheid. Don Romano liep met haar mee naar de auto.

'Komt u morgen terug?' vroeg hij.

'Ja,' zei Lavinia, 'u zult mij elke dag te zien krijgen', voegde zij er lachend aan toe.

'Ik heb een dochter gehad die architect wilde worden, weet u', zei don Romano. 'Maar in plaats daarvan trouwde zij en bij de geboorte van haar eerste kind is zij gestorven... Eigenlijk was ik het er nooit mee eens dat zij ging studeren, maar nu ik u zie...'

Zij had niet goed geweten wat zij moest zeggen, de oude man had haar ontroerd. Zij had hem een paar keer op zijn schouder geklopt, zo is het leven nu eenmaal tegen hem gezegd en was weggereden. De spontane, onverwachtse ontboezeming van don Romano maakte haar weer weemoedig. De verdere dag zocht zij afleiding om niet aan Felipe te hoeven denken, maar ervaringen zoals deze herinnerden haar eraan dat zij overgevoelig was.

Terug op kantoor vond zij een kort bericht van Felipe op haar bureau: Kom even naar mijn kamer wanneer je terug bent. Haar hart ging als een lift in haar lichaam op en neer. Zij besloot even te wachten. Het leek haar niet verstandig op het eerste teken meteen naar hem toe te rennen. Zij riep Mercedes, vroeg een kop koffie en vroeg haar of er in haar afwezigheid nog voor haar gebeld was.

'Kijk maar op uw bureau', zei Mercedes schalks en liep weg om de koffie te halen. Zij kwam bijna onmiddellijk weer terug en terwijl zij het kopje op haar bureau zette en haar tijd nam om er keurig een servetje onder te leggen, zei zij: 'Heeft u gezien wat Felipe voor u neergelegd heeft?'

'Ja', zei zij, haar ergernis over de nieuwsgierigheid van Mercedes verbergend. Het was praktisch onmogelijk ook maar iets wat er op kantoor voorviel voor haar verborgen te houden. Zij beschikte over mysterieuze methoden om alles te weten te komen. In dit geval had zij kennelijk, en zonder enig mysterie, op haar bureau gesnuffeld. 'Je zou die slechte gewoonte om te kijken wat er op de bureaus ligt eens af moeten leren', voegde zij eraan toe.

'Maar ik ben alleen maar binnengekomen om een brief neer te leggen,' zei Mercedes onschuldig, 'en toen zag ik het briefje. Hij heeft het niet eens opgevouwen. Ik loop niet rond te snuffelen, als u dat bedoelt.'

Lavinia gaf met haar hand te kennen dat zij niet in de stemming was om een discussie met Mercedes te beginnen. Met een beledigd gezicht verliet zij heupwiegend de kamer.

Het arme kind, dacht zij en had er spijt van dat zij haar zo hard had aangepakt, maar iedereen klaagde erover. Mercedes' nieuwsgierigheid kende geen grenzen. Haar bemoeizucht met het liefdesleven van de anderen was misschien haar manier om de tegenslagen van haar eigen romance te compenseren. Zij had haar relatie met Manuel weer opgenomen, maar deze keer met een duidelijk zichtbare dosis bitterheid, bijna alsof zij toegaf aan een duistere, onvermijdelijke lotsbestemming.

Lavinia kreeg een leeg gevoel in haar maag toen zij bedacht dat zij, zonder nu een vergelijking te willen trekken, op het punt stond ondanks alles haar relatie met Felipe weer op te vatten. Zij leunde achterover in haar stoel en stak een sigaret op. In de stilte van de middag was het hoge geruis van de airconditioning duidelijk te horen. Het was het uur van de middaghitte. Ondanks de kunstmatige koelte zag je door het raam de hitte trillen en zich als een wit waas over het landschap leggen.

Zij zou dadelijk toegeven, daar maakte zij zich niets over wijs, maar zij moest iets bedenken om Felipe een paar dingen goed duidelijk te maken. Zij wilde deze gelegenheid om hem het absurde en onbehoorlijke van zijn houding te laten zien in geen geval voorbij laten gaan. Zij zou hem niet de victorie van een gemakkelijke verzoening geven. Zij zat te denken wat zij zou zeggen, toen Felipe plotseling in de deur stond en haar deed opschrikken.

'Als de berg niet naar Mohammed komt, komt Mohammed maar naar de berg', zei hij en stak een sigaret op.

Hij komt als de sympathieke verleider, stelde Lavinia vast, terwijl zij probeerde haar houding te hervinden en zonder iets te zeggen weer achterover leunde, niet van plan om het hem makkelijk te maken.

'Zoals je zult hebben gemerkt,' zei Felipe, 'is excuses vragen niet mijn specialiteit...'

Lavinia doorstond zijn blik.

'Maar zo erg was het toch niet', zei hij. 'Trek niet zo'n ernstig gezicht.'

'En als het volgens jou niet zo erg was,' zei Lavinia, 'waarom heeft het dan zo lang geduurd tot je je excuses komt maken?'

'Wat ik al zei, omdat ik erg slecht ben in excuses vragen, vooral wanneer het om zulke evidente stommiteiten gaat. Dacht je soms dat het zo makkelijk is om te zeggen dat je een stommeling bent? Je zult toch moeten toegeven dat het moeilijk is om je eigen zwakheid te accepteren.'

'En vind je dat ik het wel moet accepteren?'

'Nee, natuurlijk niet. Maar zoals je zelf zegt, moeten we een beroep doen op begrip. Het zijn tenslotte dingen die bijna onbewust in jezelf werken... wantrouwen, onzekerheid... machisme als je wilt.'

'Het ergste is om jou mijn eigen woorden te horen gebruiken om je eigen verantwoordelijkheid te ontlopen. Je bent onverbeterlijk! Je bent een meesterspijtbetuiger!'

'Jij wilt als bij toverslag resultaten zien. Jij denkt dat alles zou moeten veranderen door alleen maar over de problemen te praten en ze te erkennen. Maar zo makkelijk is het niet. Tegenover bepaalde dingen heb je nu eenmaal bijna primitieve reacties. Dacht je dat ik toen niet besefte dat ik heel stom deed, dat het onjuist was wat ik zei? Maar ik kon het niet verhinderen. Het kwam eruit voordat mijn wil er tussen kon komen. En jij sloeg de deur achter je dicht. Je gaf me niet de tijd om het op het moment zelf bij te leggen. Je veranderde het in iets gewichtigs, in iets waarvoor speciaal excuus moet worden gevraagd, zoals ik nu doe. En dat valt me niet gemakkelijk, het is moeilijk om je trots te overwinnen. Maar je ziet dat ik je excuus vraag.'

'Ik kan je niet mijn hele leven blijven verontschuldigen omdat je zogenaamd niet verantwoordelijk bent voor die primitieve impulsen. Ik trek mijn woorden in. Ik ben niet langer vol begrip. Want het blijkt dat ik met begrip uiteindelijk al je handelingen moet rechtvaardigen!'

'Ik zit mijzelf niet te rechtvaardigen. Ik zit je te vertellen dat ik erken dat ik als een stommeling heb gehandeld. Wat moet ik nog meer zeggen?'

'Op de een of andere manier heb ik het gevoel dat ik alleen nog maar een soutane nodig heb om pastoor in een biechtstoel te zijn en je op te dragen als boetedoening vijf rozenkransen te bidden.'

'Ik zal ze bidden, Lavinia. Als jij het me vraagt, zal ik ze bidden', zei Felipe, die zich naast haar stoel op zijn knieën wierp.

Zij schoot in de lach en gaf zich gewonnen aan de omhelzing en de zo vrijgemaakte verzoening. Zij kende het mechanisme en liet het hem gebruiken. Er bestonden geen magische middelen tegen het verlangen van haar huid. En des te minder in de huidige omstandigheden, waarin het hele universum aan een dunne draad leek te hangen en elke geleefde dag een dag was die je op de constante mogelijkheid van de scheiding of de dood had gewonnen.

'Laat het je duidelijk zijn dat dit de laatste primitieve impuls is die ik van je begrijp', zei Lavinia voordat Felipe haar kamer weer verliet.

*

21

'Altijd haast. Nooit eens rust', zei Lucrecia, terwijl zij het wasgoed uit de mand in de badkamer haalde.

Lavinia maakte haar gezicht snel op om naar haar werk te gaan. Het enige dat zij bij Lucrecia had bereikt was dat zij haar nu Lavinia in plaats van juffrouw Lavinia noemde en dat zij haar vertrouwelijkheden vertelde over haar nieuwe liefde, die haar de hele dag liet zingen terwijl zij haar werk deed: het was een elektricien, een man van vijftig jaar die de onbezonnenheden van de jeugd achter zich had en haar een huwelijk en een huisje had aangeboden. Het huwelijk zou de volgende maand worden gesloten.

Lavinia zou getuige zijn. Want u bent mijn vriendin, had Lucrecia verklaard. En Lavinia had zich bij die 'vriendschap' neergelegd. Misschien zouden de dingen in een andere tijd, in een ander soort maatschappij, voor hen beiden wel veranderen. Misschien zou zij haar dan wel als gelijke accepteren.

Zij zette het laatste streepje lippenstift, vroeg Lucrecia brood te kopen in de winkel in de buurt en vertrok naar haar werk. Inderdaad was haar werkritme de laatste maanden, sinds de bouw van het huis van generaal Vela begonnen was, ontregeld. Zij moest zoveel verschillende dingen doen dat de vierentwintig uur van de dag niet genoeg waren. Het leek of alles om haar heen had afgesproken het ritme eenparig te versnellen. Zij moest niet alleen tegen Julián, de bouwkundigen, de leveranciers van materialen, de timmerlieden en de binnenhuisarchitecten opboksen, die allemaal de druk ondergingen van de door Vela gestelde

termijn, maar ook de Beweging scheen in een fase van verhoogde activiteit te zijn getreden. Opeens waren er nieuwe
gezichten verschenen, zwijgende, opgewekte mannen en
vrouwen, die zij 's morgens vroeg of 's avonds naar de weg
door de koffievelden moest brengen. Sebastián droeg haar
op allerlei vreemde dingen te kopen, bijvoorbeeld vijftien
perfect synchroon lopende horloges, feestjurken, veldfles-
sen...

Felipe, die kennelijk in allerlei ongewone activiteiten was
gewikkeld, was de weekenden buiten de stad en keerde zon-
dagsavonds uitgeput terug. Zij vermoedde dat hij aan militaire trainingen meedeed, want er zat aarde onder zijn nagels en in zijn haar en hij bracht een tas met kleren mee die
onder de modder zaten en Lucrecia wanhopig maakten.

Zo gingen de maanden in een crescendo van gebeurtenissen voorbij. De droge tijd kondigde zich reeds aan in de
novemberwinden. Sinds oktober had de regen plaatsge-
maakt voor heldere, zonnige dagen en waren zij met de
bouw van het huis flink opgeschoten.

De generaal bleef haar voor feestjes uitnodigen, maar Lavinia had hem duidelijk gemaakt dat de relatie op professioneel vlak moest blijven. Sebastiáns raad opvolgend had
zij hem op vriendelijke, diplomatieke manier gezegd dat hij
haar op haar werkterrein moest accepteren of dat zij anders
zou vragen een andere architect in haar plaats aan te stellen.
Het was een ongemakkelijk moment van spanning geweest,
maar ten slotte leek Vela te zwichten en nam zijn belegering
af tot een niveau dat zij kon hanteren.

Zij kwam op kantoor en besprak snel enkele problemen
met Julián over de levering van de planken met zwaluw-
staartverbinding voor de plafonds, waarmee de volgende
week zou worden begonnen. Nadat zij aan haar bureau de
contracten met de leveranciers van de gordijnen en de tapij-

ten had doorgenomen, gingen haar gedachten naar wat haar die avond te doen stond, welke benadering zij moest kiezen om Adrián ervan te overtuigen dat hij met de Beweging moest gaan meewerken.

Zij was bijna vergeten dat hij het in een bepaalde tijd, die haar nu ver weg scheen, vaak over de Beweging had gehad en er met respect en een stille bewondering over had gesproken. Hij was het geweest die haar tijdens de dagen van de berechting van de gevangenisdirecteur de eerste uitleg over hun doelstellingen had gegeven, toen zij hen heldhaftige zelfmoordenaars had genoemd. Sebastián had haar eraan herinnerd. Op de universiteit waren verschillende toenaderingspogingen gedaan, had hij gezegd, maar die waren in een beginstadium blijven steken. Daarna was hij afgestudeerd en waren zij hem uit het oog verloren.

In de stroomversnelling van gebeurtenissen die tot haar aansluiting hadden geleid, had Lavinia niet meer aan Adriáns opmerkingen gedacht. Het was opmerkelijk dat zij dat was vergeten, dacht zij, vooral nu zij zich gesprekken met Adrián kon herinneren, waarin hij anekdotes over 'de jongens' op de universiteit had verteld. Waarschijnlijk stond zij er in die tijd zo ver vanaf dat zij niet eens met de nodige aandacht naar hem geluisterd had.

Toen zij tegenover Sebastián in een opmerking over Sara's zwangerschap Adriáns naam had laten vallen, had hij haar naar diens achternaam gevraagd en toen Lavinia 'Linares' had gezegd, had Sebastián 'o ja?' voor zich uit gemompeld.

Vorige week had Sebastián haar gevraagd wat Adrián deed, hoe hij leefde, wat hij dacht. Zij probeerde rechtvaardig in haar oordeel te zijn. Wat zijn politieke instelling betreft, nam Sebastián notitie van de positieve opmerkingen die hij over de Beweging maakte, ook al toonde hij zich er in de praktijk zo aan gehecht zich afzijdig te houden, de status quo te handhaven. Hij is net als Julián, zei Lavinia, hij heeft geen hoop. Zij vertelde dat zij zowel met Sara als met hem altijd vermeed over onderwerpen te praten die hen op politiek terrein zouden kunnen brengen. Zij waren tenslotte haar schakel met de uitgaande wereld. Het zou moeilijk zijn geweest de consistentie van haar society-persoonlijkheid met haar nieuwe bewustzijn, dat ongetwijfeld in het vuur van de discussie naar buiten zou treden, te handhaven. Adrián maakte zich zorgen om wat hij haar instabiliteit noemde. Zijn bezorgdheid was begrijpelijk, vond Lavinia. Hij had haar overgang gezien van een duidelijke rebellie, toen zij haar ouderlijk huis, de clubs en al het andere had verlaten, naar een terugkeer in de sociale kringen van feesten en afspraken, waar zij over het algemeen samen naar toe gingen. Die verandering bleef hem bezighouden en overtuigde hem niet.

Tot haar verbazing had Sebastián haar gezegd de mogelijkheid om met de Beweging samen te werken zonder veel omwegen aan hem voor te leggen. Hij weet waar het over gaat, had hij met een verwijzing naar de universiteit gezegd.

Het was haar niet duidelijk wat het hem zonder veel omwegen zeggen precies inhield, bedacht Lavinia, terwijl zij wat papieren op haar bureau ordende. Zij stelde zich Adriáns verbazing voor wanneer zij, de instabiele, erover zou beginnen en dat gaf haar een gevoel van voldoening. Maar zij maakte zich ook zorgen over de manier waarop hij zou kunnen reageren. Adrián had het bijzondere vermogen haar onzeker te maken, ongelukkig te laten voelen. Zij had nooit luchtig op zijn ironie en cynisme kunnen reageren. Zij vreesde hem de spot te horen drijven over het feit dat de Beweging mensen als zij recruteerde, of andere sarcastische opmerkingen van dien aard, waarmee hij haar onzekerheid raakte, de dunne breekbare draad van de identiteit die in haar groeide en die zij nog niet duidelijk voor ogen had. Ondanks de manier waarop de Beweging haar had opgenomen, voelde zij haar klasse nog steeds als een zware last, waarvan zij zich in één keer voorgoed zou hebben willen bevrijden. Hij leek haar een onvergeeflijke schuld, een grens die misschien alleen de dood zou kunnen laten verdwijnen.

Op de feesten en sociale ontmoetingen, waaraan zij de laatste maanden gehoorzaam had deelgenomen, had zij genoeg gerechtvaardigde redenen voor het bestaan van die grens gezien. Het dominerende, paternalistische gedrag van de rijken en de machtigen, die onverschillig bleven onder de dagelijkse onrechtvaardigheid die hen omringde terwijl zij onbezorgd van hun voorrechten genoten, was afschuwelijk en maakte haar woedend. Vaak had zij het gevoel hen nog meer te haten dan haar eigen vriendenkring, juist omdat zij hen zo goed kende en hun drijfveren doorhad alsof zij gedrukt stonden. Er ontging haar niets en zelfs in hen, die van eerlijkheid en bezorgdheid voor de omstandigheden om hen heen blijk gaven, hoorde zij het toontje van medelijden en minachting voor de mensen die niet tot hun kringen van welvaart en luister behoorden. Het erge was dat zij zich niet geheel van die jaren waarin voor haar de dingen ook zo 'natuurlijk' waren geweest, kon losmaken, dat zij die last van een besmette identiteit moest dragen. Zij was bang het legaat van haar 'illustere' voorouders tot haar afgrijzen te zien opduiken en sporen van dat verwerpelijke gedrag bij zichzelf te ontdekken.

Die gedachten, die haar onherroepelijk neerslachtig maakten, bleven de hele dag bij haar, terwijl zij haar werkzaamheden verrichtte, en aan het eind van de middag begaf zij zich naar het huis van Adrián en Sara. Terwijl zij door de straten reed, probeerde zij haar ingezakte stemming te verbeteren. Om zich te troosten dacht zij aan de geschiedenis van mannen en vrouwen die ook uit bevoorrechte kringen waren gekomen en de sprong zonder vangnet naar een dimensie van de toekomst met succes hadden gemaakt.

Misschien ging haar onaangename gevoel over haar acceptatie wel terug tot haar kindertijd, dacht zij, en had het niets met de Beweging te maken. Misschien vertegenwoordigde de Beweging nu de moeder en de vader, wier liefde zij altijd had geprobeerd te winnen, wier acceptatie zo essentieel voor haar was geweest, juist omdat die zo pijnlijk afwezig was geweest. Zonder tante Inés zou iedere acceptatie haar geweigerd zijn of misschien had paradoxaal genoeg de wens van tante Inés om haar als kind naar zich toe te halen juist de afstand en de stille wrok van haar ouders teweeg gebracht... Wie kon dat nu nog nagaan? Er bleef haar niets anders over dan tegen die vroegere, onbewuste spookbeelden te vechten! Haar leven lag nu in haar eigen handen. Het had geen enkele zin voor het vaalgele gerecht van de zich in schaduwen oplossende namiddag naar schuldigen te zoeken.

Tot leven gebracht door de automatische klok, die hen als bij toverslag aanstak, gingen de lantaarns in de straat van Adrián en Sara aan. Zij parkeerde haar auto op de oprit van de garage, achter Adriáns auto, en liep, nog steeds onzeker over hoe zij het onderwerp zou aansnijden, langzaam naar de deur. Pas toen de bel in het huis weerklonk, schrok zij bij de gedachte dat zij geen rekening met Sara's aanwezigheid had gehouden.

Zij trof hen aan het avondeten. Sinds zij zwanger was, zag Sara er gelukzalig uit, alsof zij in het in haar buik groeiende embryo een wonderbaarlijke bron van rust en vredigheid had gevonden. Haar lichaam werd voller en zette in zachte rondingen uit. Iedere keer dat Lavinia haar zag, kon zij niet verhinderen dat zij diep in haar buik een warmte, een bijna dierlijk verlangen naar zwangerschap en een golf van tederheid voelde.

'Hoe gaat het met deze buik?' vroeg zij, terwijl zij er klopjes op gaf en Sara op de wang kuste.

'Die groeit, zoals je ziet', zei deze, terwijl zij hem trots vooruit stak, zodat haar jurk om de bolling spande. Hij was inderdaad dikker geworden. De vijf maanden van haar zwangerschap waren duidelijk te zien.

Lavinia begroette Adrián en ging aan tafel zitten. De drie aten in stilte, onderbroken door opmerkingen over de nadering van december, van Kerstmis, en over Sara's toestand. Gewone conversatie tussen vrienden. Het kostte Lavinia moeite zich te concentreren, omdat zij nadacht over de manier waarop zij met Adrián alleen zou kunnen blijven.

'Adrián,' zei zij, een plotselinge ingeving volgend, 'ik wilde je na het eten een paar dingen vragen over het project waar ik mee bezig ben.'

'Het huis van de generaal?' vroeg Adrián met een ironische glimlach.

'Precies.'

'Natuurlijk, met genoegen...'

'Heb je hier vellen tekenpapier?' Als het haar lukte Adrián naar zijn werkkamer mee te krijgen, had zij het probleem opgelost.

'Jazeker. In mijn werkkamer.'

'Vind je het niet vervelend als wij een poosje in de werkkamer gaan werken, Sara?'

'Nee hoor, maak je niet bezorgd. Als jullie het niet erg vinden ga ik naar bed. Ik heb slaap. Met deze buik heb ik altijd slaap', zei zij, terwijl zij een geeuw onderdrukte.

'Ze is een marmotje geworden,' zei Adrián teder, 'ze zou

een grot moeten opzoeken om als een beer te overwinteren tot de baby geboren wordt.'

Zij lachten hartelijk. Lavinia, opgelucht dat zij zo gemakkelijk een oplossing voor het 'waar' had gevonden, keerde met haar gedachten terug naar het 'hoe'. Even later stonden zij van tafel op. Sara gaf het dienstmeisje instructies de koffie voor Lavinia en Adrián in de werkkamer op te dienen en nam met een kus van allebei afscheid.

Zonder omwegen, had Sebastián gezegd. De uitdrukking bleef maar in haar hoofd ronddraaien. Zij gingen de werkkamer binnen. Het was een klein, gezellig vertrek dat liefdevol door Sara, wie anders, was ingericht. Aan een van de wanden hingen de diploma's en ingenieurstitels van Adrián. Aan een andere ingelijste afbeeldingen van oude stadsplannen die de Spanjaarden in de koloniale tijd gebruikten voor de aanleg van hun steden. Achter zijn tekentafel een boekenplank en foto's van hun trouwdag. In het midden van de kamer twee gemakkelijke stoelen en een tafeltje, waarop het dienstmeisje het dienblad met de koffie zette, waarna zij de kamer verliet. Adrián schakelde de airconditioning in, terwijl Lavinia de koffie in de porseleinen kopjes schonk.

'Je hebt het goed voor elkaar met dit huwelijk...' zei Lavinia op plagende toon.

'Ja, vind je ook niet?' zei Adrián. 'Er gaat niets boven heer des huizes zijn en een goede vrouw hebben...'

'Begin je nu alweer?'

'Ach, je weet toch dat het tussen ons zoiets als een verplichte gesprekstoon is. Omdat we het er toch altijd over hebben, kunnen we er net zo goed meteen over beginnen', lachte Adrián.

'Ik denk dat het daar deze keer niet over gaat', zei Lavinia.

'Ja, ik weet het. We gaan over het huis van generaal Vela

praten… Ik beloof je dat ik niet sarcastisch zal zijn, hoewel je weet hoe ik erover denk.'

'Ik denk er net zo over. Mijn eerste reactie was weigeren het huis te ontwerpen…'

'Waarom doe je het dan?'

'Omdat er mensen waren die het belangrijk vonden dat ik het deed…' zei Lavinia, die zich in een waas van mysterie hulde en daarvan genoot, terwijl zij bedacht dat het aansnijden van het onderwerp makkelijker zou zijn dan zij had gedacht.

'Ja natuurlijk. Julián vond het vast erg belangrijk!'

'Ik heb het niet over Julián. Ik heb het over de Nationale Bevrijdingsbeweging.'

'Wat heb jij met de Beweging te maken?' zei Adrián totaal verrast.

'Ik werk al maandenlang met ze', zei Lavinia ernstig.

'Oh, meisje', zei Adrián. 'Ik wist wel dat je je in de nesten zou werken!'

'Het zijn geen nesten, Adrián. Je zei zelf dat het de enige serieuze, de enige consequente mensen waren', zei zij met licht sarcasme.

'En dat denk ik nog steeds, hoewel jij… Jij bent niet voor dat soort dingen gemaakt, je bent erg romantisch, naïef, je ziet geen gevaar. Je zult het vast wel een groot avontuur vinden.'

'Zo was het misschien in het begin. Maar nu is het anders. Je kunt niet ontkennen dat het leven een leerschool is.'

'Nee, dat ontken ik niet. En je bent een fijngevoelige vrouw, maar… ik weet het niet. Ik kan me jou in dat verband helemaal niet voorstellen.'

'Laten we het nu maar niet over mij hebben. De compañeros hebben mij opgedragen je te vragen mee te gaan werken. Zij zeggen dat er op de universiteit met je over is gepraat, en hoewel er toen niets concreets uitgekomen is willen ze weten of je er nog steeds toe bereid bent.'

Adrián leunde achterover en zei niets. Lavinia stak een sigaret op en blies een dichte rookwolk uit zonder hem aan te kijken, hem de tijd gevend om na te denken.

'Dus ze hebben je over de universiteit verteld?' zei hij ten slotte, terwijl hij naar voren boog om een slok koffie te nemen en haar aankeek.

'Ja.'

'Dat was een spelletje, niets anders dan een beetje gelonk. In die tijd deden we allemaal mee met het drukken en verspreiden van clandestiene blaadjes... Later ging je van de universiteit en moest je je maag vullen, geld verdienen, een goeie baan vinden, trouwen... Je laat je dromen achter je. Je wordt realistischer...' Hij keek haar recht aan.

'Maar we moeten in dromen geloven, Adrián', zei zij vriendelijk. 'We mogen niet voor de verschrikking van de werkelijkheid opzij gaan. Wil jij dat je kind in deze sfeer opgroeit en leeft? Wil je voor hem geen verandering? Wil je dat hij, net als wij, zijn ouders zal moeten verwijten dat zij niets hebben gedaan om deze stand van zaken te veranderen?'

'Wat ik niet wil is dat mijn kind wees wordt, Lavinia. Ik wil het samen met Sara grootbrengen en het alles geven wat het nodig heeft...'

'Dat zouden we allemaal wel willen, Adrián. Denk jij dat ik ook niet een kind zou willen hebben?'

'Maar je hebt het niet.'

'Maar eens zou ik het graag willen hebben, onder andere omstandigheden.'

'Ik feliciteer je met je planning. Mijn werkelijkheid is dat Sara in verwachting is.'

'Maar dat mag geen beletsel zijn, Adrián. Het zou juist

des te meer reden moeten zijn om te helpen.'

Adrián stond op, liep naar de tekentafel en begon nerveus potloden, stukken vlakgom en linealen te verleggen.

'En wat willen ze dat ik ga doen?' vroeg hij.

'Niets bijzonders,' zei Lavinia, 'alleen dat je de komende maand een paar avonden per week je auto uitleent.'

'Weet je wat dat betekent?' zei Adrián, terwijl hij op haar toeliep, 'dat wanneer ze iemand met mijn auto pakken het afgelopen is. Ik word meteen gevangengenomen.'

'Ze vroegen mij je te zeggen dat alleen onbelaste en geen verdachte mensen in je auto zullen rijden. En ze wilden ook weten of je een paar wapens in je huis zou kunnen verbergen.'

'Dat in geen geval', zei Adrián. 'Ik kan dingen doen die mij erbij betrekken, maar hier wapens bewaren betekent Sara erbij betrekken en dat gebeurt niet. Ik wil er niet aan denken wat er zou kunnen gebeuren... Zie je wel', voegde hij er opgewonden aan toe, 'dat is het probleem met jullie. Je begint mee te werken en voordat je er spijt van kunt krijgen zit je in veel moeilijker en gevaarlijker dingen.'

'Goed, goed, rustig maar', zei Lavinia, dankbaar voor het 'jullie'. 'Omdat jullie "schoon" zijn, dachten we dat het huis een goeie schuilplaats zou kunnen zijn... Om eerlijk te zijn, ik heb het zelf bedacht.'

'Dat is het probleem met jou. Je denkt niet goed genoeg na. Je beseft niet tegen wie zij het opnemen. Je hebt de onderdrukking nog nooit van dichtbij gevoeld! Je denkt dat het zoiets als een film is! Ik heb op de universiteit gezien hoe ze medestudenten voor veel minder dan dit meenamen en we hebben ze nooit meer teruggezien. Ze verdwenen! Alsof ze nooit hadden bestaan!'

'Wind je niet op, Adrián,' zei Lavinia, die probeerde niet boos te worden, niet in een discussie betrokken te worden, niet door zijn woorden te worden geraakt, gekwetst, 'vergeet de wapens. Zeg me alleen of je ons je auto kunt uitlenen.'

'Hoe zit dat, dat alleen onbelaste mensen erin zullen rijden?'

'Dat betekent dat je auto niet voor gevaarlijke dingen zal worden gebruikt, alleen om mensen over te brengen. Het risico is minimaal. We hoeven alleen een kopie van je sleutel te maken. Die geef ik aan iemand. Drie keer per week parkeer je hem op een bepaalde plaats en daar haalt iemand hem op, die hem later hier voor de deur zet.'

'En hoe leg ik dat aan Sara uit?'

'Als je wilt, leg ik het haar uit', zei Lavinia opgelucht. Door de richting die het gesprek had genomen dacht zij dat Adrián het niet zou doen.

'Nee. We zullen er haar niets van zeggen. Ik heb liever dat ze van niets weet. Dat is veiliger voor haar.'

'Persoonlijk vind ik dat het beter zou zijn het wel tegen haar te zeggen, maar jij moet zelf beslissen.'

'Ik zeg het haar niet. Ik zeg het haar in geen geval. Het is niet goed haar in haar toestand zenuwachtig te maken. Ik zie wel wat voor excuus ik voor de auto bedenk.'

Deze keer was het Lavinia's beurt achterover te leunen. Zwijgend stak zij nog een sigaret op. Zij keek op haar horloge. Het was negen uur.

'Ik ga,' zei Lavinia, 'het is een beetje laat geworden. Sara zal zich wel ongerust maken, als ze al niet in slaap is gevallen. Ik dank je namens de Beweging.'

'Doe niet zo formeel…'

'Het is geen formaliteit. Je moest eens weten hoe moeilijk het deze dagen is om auto's en medewerkers te vinden.'

Zij stond op, voelde nu pas hoe moe ze was, moe van het kijken naar de innerlijke strijd van Adrián, zijn zwakheid voelen en hem tegelijkertijd begrijpen.

'Tot ziens, en ik vind het nog altijd moeilijk te geloven dat je hier nu in zit', zei Adrián, terwijl hij met haar meeliep naar de deur en een hand op haar schouder legde. 'Wees alsjeblieft voorzichtig. Het is erg gevaarlijk.'

'Ik weet het', zei Lavinia. 'Maak je niet bezorgd, ik weet het heus wel.'

'De Grote Generaal is woedend over wat er in de bergen gebeurt,' zei hij, 'en die strijd om het zakenleven in de stad te monopoliseren bezorgt hem de vijandschap van de hele zakenwereld. Ik geloof niet dat hij de reikwijdte van zijn impulsen nog goed kan beoordelen. Maar hij moet wel iets vermoeden. Heb je gemerkt hoe de waakzaamheid is verhoogd?'

'Ja, natuurlijk heb ik dat gemerkt, maar ik heb een goeie dekmantel. Generaal Vela verdenkt mij in ieder geval niet.'

'Wees daar maar niet al te zeker van. Als hij je zou verdenken, zou jij er in ieder geval niets van merken. Hij is een expert in opstandbestrijding.'

Zij nam afscheid van Adrián. Het was een donkere, maanloze nacht. De sterren aan de hemel konden geen licht op de schaduwen werpen. De neonlantaarns waren uit. De donkere straat had iets bedreigends. De geparkeerde auto's leken vreemde, daar achtergelaten voorhistorische dieren. Zij voelde zich bang. Al heel lang voelde zij niet meer de scherpe angst van de eerste tijd, maar het gesprek met Adrián leek die weer tot leven te hebben gebracht. Wanneer zij de afgelopen maanden van Sebastián of Felipe verhalen hoorde over de onderdrukking van de boeren, had zij vooral woede gevoeld, een woede die haar bij haar dagelijkse taken voortdreef. Tegenover de voortdurende bedreiging waaronder de compañeros in de bergen leefden, waren de risico's die zij in de stad liepen klein en onbelangrijk. Bovendien was de politieke activiteit in de stad in die dagen gering. De Beweging leek zich schuil te houden. Lavinia raakte er steeds meer van overtuigd dat er een grote slag werd voorbereid. Alleen dat kon de stille, koortsachtige activiteit verklaren waarvan zij getuige was, een onzichtbare activiteit voor hen, wier levens zich buiten de wereld van het ondergronds verzet afspeelden.

Hoewel Sebastián haar vragen daarover steeds uit de weg was gegaan, had hij haar de laatste tijd voortdurend uitgehoord om haar oordeel over de mogelijke reacties van het leger en de macht op een gedurfde actie die de Beweging zou kunnen uitvoeren, te vernemen. Uit toespelingen en brokstukken van gesprekken maakte zij op dat het om een ontvoering ging, maar Felipe ontkende die mogelijkheid keer op keer. Bij een ontvoering is de actie uiteindelijk altijd op personen gericht, had hij gezegd, en wij willen de strijd juist veralgemenen.

De gedurfde actie, van welke aard die ook mocht zijn, zou ongetwijfeld een verstikkende golf van onderdrukking ontketenen. Het uitblijven van activiteiten, deze stilte bij de Beweging gedurende de laatste maanden moest ook het leger zorgen baren, ook al kon je denken dat het zwaartepunt van de activiteiten in de bergen lag, waar de gevechten toenamen. De compañeros in de bergen voeren een heldhaftige strijd, zei Sebastián. Bijna zonder wapens en munitie houden zij het leger ten koste van grote offers bezig.

Maar Adriáns opmerking was juist: de waakzaamheid was verhoogd. Overdag en 's nachts patrouilleerden olijfgroene jeeps met gehelmde en met machinegeweren gewapende soldaten door de stad. Wat de bevolking betreft leek het of die afwachtte en energie opspaarde om met vernieuwde kracht de straat op te gaan om autobanden in brand te steken en bussen omver te gooien.

De spanning om haar heen werd bijna fysiek voelbaar, terwijl zij zo in zichzelf gekeerd door de stille, donkere straten reed. Gewoonlijk had zij, steeds druk in de weer met haar dagelijkse bezigheden, geen besef van de dreiging om haar heen. Dan voelde zij geen angst, had zij niet dat gevoel dat haar nu een koude rilling over haar rug bezorgde, terwijl zij de in haar bewustzijn opgeslagen stukjes informatie bij elkaar bracht, de stukjes van de legpuzzel in elkaar paste en haar conclusies trok. Het gevaar lag op de loer, ondanks de verdedigingsmechanismen die haar verhinderden de helderheid van wat naderbij kwam te doorzien en haar in staat stelden als een drukke libelle, zonder plaats voor angst, haar dagen door te brengen. De angst was er niet in geslaagd haar te verlammen, misschien omdat zij nog steeds onbewust het uit haar kindertijd stammende idee had, dat mensen zoals zij in de wereld een speciale bescherming genoten en hen geen gevangenis of dood ten deel zou vallen. Opnieuw bevoorrecht, bedacht zij. Zoals Flor een keer had gezegd, kwam het wel van pas wanneer je een bepaalde graad van paranoia had: een bepaalde graad van paranoia was gezond. Zij haalde diep adem en blies haar longen leeg, probeerde te kalmeren. Zij was blij met het resultaat van haar gesprek met Adrián. Bij het afscheid had hij haar liefdevol en bezorgd omhelsd. Het was een goeie jongen. Misschien konden zij nu echt vrienden worden.

Zij trof Felipe in de slaapkamer aan. Hij had een koffer op het bed gelegd en pakte kleren en boeken in.

'Waar ga je heen?' zei zij, terwijl zij haar tas op de stoel legde en er een schok van schrik, van een voorgevoel door haar heen ging.

'Schrik maar niet,' zei Felipe, die haar bleekheid zag, 'ik ga nergens heen.'

'Maar..., en die koffer dan? Wat betekent dat?'

'Nou ja, op een bepaalde manier ga ik gedeeltelijk weg.'

'Hou op met je raadseltjes', zei Lavinia nerveus, terwijl zij een sigaret pakte.

'Je rookt veel de laatste tijd', zei Felipe. 'Dat is niet goed voor je gezondheid.'

'Mag ik zelf voor mijn gezondheid zorgen? Leg me liever uit wat dat gedeeltelijk weggaan betekent?' zei zij, dichterbij komend om de inhoud van de koffer te bekijken.

'Het betekent dat we het voor jouw en mijn veiligheid niet goed vinden dat ik praktisch in jouw huis woon. Voor de buitenwereld is het beter dat er wat meer afstand tussen ons komt. Dat hadden we al veel eerder moeten doen. Ook al ben ik niet erg verdacht, ik ben ook niet meer zo schoon. En de waakzaamheid is de laatste tijd flink toegenomen. We hebben steeds op jouw dekking vertrouwd. Mensen zoals jij worden over het algemeen niet zo erg gecontroleerd, maar we kunnen nu geen enkel risico meer lopen. Eigenlijk zijn we nogal roekeloos geweest en dat is niet goed. We moeten onze veiligheidsmaatregelen verscherpen. Anders kan alles mislopen.'

'En waarom nu? Wat kan er dan mislopen?'

'Lavinia, alsjeblieft. Heb je dan niet gemerkt dat we met iets bezig zijn?'

'Ja, natuurlijk heb ik dat gemerkt, maar… Wat is het, Felipe? Vertel me wat het is. Ik vind dat ik er recht op heb het te weten.'

'Het is geen kwestie van recht. Het is een kwestie van veiligheid. Het was onvermijdelijk dat je zou merken dat er iets gaat gebeuren. Maar hoe minder je weet, hoe beter. Beter voor jou en beter voor ons allemaal. Niemand van ons mag meer weten dan wat rechtstreeks met het werk dat hij doet te maken heeft.'

'Het heeft met Vela te maken, hè? Gaan jullie Vela ontvoeren?' ging Lavinia koppig door.

'Nee,' zei Felipe, 'het heeft niet met Vela te maken, ik zweer het je. In het begin was Vela een van de projecten, maar wij hebben ervan afgezien.'

'En waarom blijft Sebastián er dan zo op aandringen dat het huis in december klaar moet zijn?'

'Om je op het verkeerde spoor te zetten', zei Felipe. 'En dat zou ik je niet moeten zeggen. Ik doe het omdat ik van je houd, om de band die er tussen ons is, maar ik zou het niet moeten doen. Je mag het niet tegen Sebastián zeggen. Jij moet gewoon door blijven werken en zijn instructies opvolgen. Dit is tussen jou en mij, om je gerust te stellen. Ik herhaal dat ik niets tegen je had moeten zeggen, maar ik wil niet dat je je onnodig zorgen maakt.'

Lavinia ging in de fauteuil zitten en drukte haar sigaret onder haar schoen uit.

'Dus dan zie ik je niet meer', zei zij bijna berustend, verslagen door Felipes vertrouwelijke mededeling.

'Ja, je ziet me heus wel. Je ziet me op kantoor en af en toe kan ik hier komen. We kunnen elkaar ook ergens anders ontmoeten, als we de nodige voorzorgsmaatregelen nemen. Maar ik kan niet blijven doen wat ik nu doe en steeds naar dit huis komen. Als ze mij ontdekken en tot hier volgen zou dat fataal zijn.'

'Maar denk je niet dat ze al van jouw relatie met mij afweten?'

'Dat is best mogelijk, maar tot nu toe konden ze via mij niet zo erg veel ontdekken. In de toekomst gaat dat veranderen. Het is al aan het veranderen. Daarom kunnen wij niet doorgaan alsof er niets aan de hand is.'

'En ga je nu al?' vroeg Lavinia mat, terwijl ze zich steeds vermoeider voelde en zin had om te gaan slapen en niet meer wakker te worden.

'Ja. Over een half uur komen ze me ophalen.'

'Weet je zeker dat je me niet voor de gek houdt, Felipe, dat je niet ondergronds gaat zoals Flor?'

'Nee, Lavinia, je moet me geloven. Als ik ondergronds ging, zou ik het je zeggen.'

Hij liep naar haar toe, pakte haar hand en trok haar overeind om haar in zijn armen te nemen. Lavinia sloot haar ogen en liet zich willoos omhelzen. Zij rook de geur van zijn borst, van zijn overhemd en begon stil te huilen.

'Ik ben bang', zei zij.

'Kom nou', fluisterde Felipe en drukte haar tegen zich aan. 'Alles komt goed, dat zul je zien.'

'Ik wil niet alleen blijven.'

'Je blijft niet alleen, Lavinia. We blijven elkaar zien.'

'Dat is niet hetzelfde…'

'Het is maar voor een tijdje', zei Felipe en haalde troostend een hand door haar haar.

'Ik ben bang', herhaalde zij en drukte zich tegen hem aan. Zij hoorde zijn hart kloppen en werd plotseling bevangen door een irrationeel verlangen hem tegen te houden, bang dat dat hart zou ophouden te kloppen. Zij raakte Felipes huid aan, de spieren van zijn arm, dat vlees dat een kogel krachteloos kon maken, stom en doof voor haar liefkozingen. Zij deed haar ogen stijf dicht en probeerde het beeld van Felipe over niet al te lange tijd weer bij haar thuis op te roepen, zichzelf samen met hem te zien, naast elkaar lezend in de kalme avond. Niets. Het beeld kwam niet. Sinds haar kinderjaren verbeeldde zij zich dat zij de macht had zichzelf in de toekomst te zien. Wanneer haar iets overkwam waarover zij onzeker was, deed zij haar ogen dicht en concentreerde zich om na te gaan of zij zichzelf voorbij het heden kon zien, bijvoorbeeld in het vliegtuig, wanneer het landde (zij was bang om te vliegen). Als het haar lukte, werd zij rustig. Het was haar manier om te weten dat alles goed zou komen, dat zij zonder ongelukken haar doel zou bereiken. Het had altijd gewerkt. Zij had zichzelf talloze keren gezien. Nu zag zij niets.

'Ik zie je niet', zei zij, terwijl zij harder begon te huilen en probeerde de snikken te onderdrukken die van een plek buiten haar borstkas, buiten haarzelf, uit een angst die groter was dan de kleine ruimte van haar borst schenen te komen.

'Natuurlijk zie je me,' zei Felipe zacht, 'hier ben ik toch.'

'Je begrijpt me niet', zei Lavinia. 'Ik zie je niet in de toekomst. Ik zie ons niet samen...'

'Niemand kan de toekomst zien', zei Felipe, hield haar een beetje van zich af en keek haar met een tedere glimlach aan.

Lavinia bedekte haar ogen en huilde nog harder.

'Nou, nou, nou,' zei Felipe, 'je moet het niet zo tragisch opvatten. We moeten sterk en optimistisch zijn. We mogen ons niet door bedroefdheid en pessimisme laten meeslepen. We moeten erop vertrouwen dat alles goed komt. Het is niet goed om de angst de vrije teugel te laten. We moeten vertrouwen hebben.'

Ja, ze moest vertrouwen hebben. Ze kon Felipe niet onder die tranenstroom van haar wanhoop weg laten gaan. Ze moest sterk zijn. Zij haalde diep adem. Zij mocht geen geloof hechten aan kinderlijke, magische hulpmiddelen. Denkbeeldige hulpmiddelen. Bezwijken voor rampzalige voorgevoelens. Het was haar angst. Dat was alles.

'Je hebt gelijk', zei zij. 'Je hebt gelijk. Het gaat al over.'

Zij haalde nog een paar keer diep adem. Alles zou in orde komen. Felipe ging niet ondergronds. Morgen zou zij hem op kantoor zien. Langzamerhand kwam zij tot rust.

Zij ging de badkamer in om haar neus in wc-papier te

snuiten en haar tranen te drogen. Felipe kwam haar een glas water brengen.

'Hoe is het bij Adrián gegaan?' vroeg hij, toen zij met het glas water in haar hand op het bed zat en niet meer huilde.

'Wel goed, geloof ik', zei zij. 'Het kostte mij nogal moeite om hem te overtuigen, maar aan het eind vond hij het goed zijn auto uit te lenen. Ik heb hem ook gevraagd of wij wapens in zijn huis konden verbergen, maar hij zei dat dat absoluut onmogelijk was.'

'Ik kan het mij voorstellen,' zei Felipe, 'maar iets is beter dan niets.'

'Hij zei dat het niet kon omdat Sara in verwachting is en het zou betekenen dat zij in gevaar kwam.'

'Dat is begrijpelijk', zei Felipe. 'Ik neem het hem niet kwalijk.'

Kort daarna ging hij weg. De stilte van het huis lag zwaar en taai om haar heen. Zij deed de lichten niet uit. Zij liet ze aan om op die manier te voorkomen dat zij door zwaarmoedige gedachten en hardnekkige tranen zou worden besprongen zodra Felipe de deur achter zich had dichtgetrokken.

*

22

De tijd, die speelse god, dat iets wat onze astrologen hele dagen en nachten op de hoge bergen navorsten door het zorgvuldig observeren van de bewegingen der hemellichamen, van de sterrenkoepel die ons ondoorgrondelijk en oneindig vanaf het begin der tijden omgaf, trekt zijn spiralen. Het lot weeft zijn net. Zij is op het hoogste punt van de bloeitijd van het leven gekomen. Zij hoedt de dingen van de aarde. Huehutlatoalli zong zo:

Hoed de dingen van de aarde
Doe iets: hak hout, bewerk de grond, plant bomen, oogst vruchten
Je zult te eten, te drinken, te kleden hebben
Daarmee zul je rechtop staan
Zul je waarlijk zijn
Daarmee zal over je gesproken worden
Zul je geprezen worden
Daarmee zul je bekend worden.

In deze nieuwe wereld maken de eenvoudige dingen plaats voor ingewikkelde verhoudingen. Zij heeft niet met de lans in de hand gestreden. Zij heeft met haar eigen hart gestreden tot de uitputting, tot zij haar innerlijke landschap door honderden vulkanen zag beven, tot zij nieuwe rivieren, meren, zich vaag aftekenende steden zag ontstaan. Ik, zwijgende bewoonster van haar lichaam, zie haar bouwwerken leiden, stevige fundamenten van haar eigen substantie leggen. Zij staat nu rechtop en gaat onontkoombaar naar de plaats waar haar bloed zijn rust zal vinden.

•

'Ik heb een verrassing voor je', zei Sebastián de volgende dag over de telefoon.

Het was halverwege de ochtend en Lavinia zat aan haar bureau. De zon brak door het wolkendek en verlichtte de bergen in de verte. Zij voelde zich een stuk beter. De vorige avond waren de tranen door een zware vermoeidheid verdreven en was zij in een diepe slaap gevallen, waaruit zij pas laat was ontwaakt. Het was bijna tien uur toen zij op kantoor kwam.

'Een prettige of een nare?' vroeg zij.

'Een prettige, wat dacht je dan?' zei Sebastián, 'maar ik zeg het je niet over de telefoon. Ik wacht op je bij mijn tante (de tante was een bepaald adres, andere adressen waren mijn neef, de houthandel, eenvoudige telefonische codes). Kom mij om vijf uur ophalen (vijf uur was zes uur).'

'Oké. Tot straks.'

Zij kon zich niet voorstellen wat voor prettige verrassing Sebastián voor haar kon hebben. Zou het iets met Felipe te maken hebben? vroeg zij zich af. Zij dacht van niet. Het besluit om Felipe uit haar huis weg te halen, was juist. Als hij lastige opdrachten moest uitvoeren was het beter dat zij afstand van elkaar hielden.

Zij dacht aan de vorige avond en haar wanhopige reactie terug. De herinnering aan haar angst deed nog pijn in haar buik. Het was natuurlijk allemaal gekomen door haar gesprek met Adrián, haar overpeinzingen op de terugweg in de auto en haar vermoeidheid. Nu schaamde zij zich dat zij zich zo melodramatisch had gedragen. Maar de bedroefdheid bleef. Het zou moeilijk worden aan Felipes afwezigheid te wennen. Toen zij op kantoor kwam was zij naar hem toe gegaan. Hartelijk en teder had hij gevraagd of zij nog wat geslapen had. Hij was bezorgd om haar. Zij had hem gerust-gesteld en het begrip en de kalmte voorgewend die zij graag had willen hebben. Zij had zich geëxcuseerd voor haar eer-ste reactie en die toegeschreven aan haar vermoeidheid, de spanning van het gesprek met Adrián en de verrassing hem zijn koffer te zien pakken.

Zoals gewoonlijk was Lavinia te vroeg op de afspraak. De tante was een stille hoek van de boulevard die langs de cen-trale begraafplaats liep. Er stond een grote amandelboom, waar Sebastián tegen leunde wanneer hij op haar wachtte, terwijl hij op de rijpe amandelen kauwde die hij van de grond opraapte.

De eerste keer reed zij er drie minuten voor de afgespro-ken tijd voorbij. De omroepster van Radio Minuto zei op de bekende, monotone wijze: het is zeventien uur zevenenvijf-tig minuten. Er liep een vrouw op het trottoir toen zij de hoek omsloeg om het rondje te maken dat haar om 'acht-tien uur precies' bij de amandelboom terug zou brengen.

Terwijl zij verder reed, dacht zij dat haar geest in het voorbijgaan iets had geregistreerd. Zij probeerde het beeld van de plek op te roepen om dat nauwelijks waargenomene voor zich te zien. Pas toen zij weer op het afgesproken tijd-stip op de boulevard reed en zij de vrouw tegen de boom geleund op een amandel zag kauwen, zoals Sebastián ook deed, drong het tot haar door dat zij iets eigenaardigs, iets bekends had gezien in de gedaante die zij enkele minuten eerder, toen zij de hoek omsloeg, over het trottoir naar de plek had zien lopen waar zij nu op haar stond te wachten. Het was Flor.

Lavinia zag haar glimlachen, in de auto stappen, haar hand met het rijpe, roze amandeltje naar haar uitstrekken.

'Ik heb iets voor je meegebracht', zei Flor, terwijl Lavinia, nog steeds ongelovig, met plotseling vochtige ogen het

vruchtje van haar aannam en weer die opwelling om onge-
remd te huilen in zich voelde opkomen. Zij omhelsden elkaar en Lavinia gaf een onderdrukte snik. Flor duwde haar
zachtjes van zich af.

'Niet huilen, meid, we kunnen hier niet blijven staan', zei
Flor. 'Kom, we gaan rijden. Je moet mij naar de weg door de
koffievelden brengen. Bijt maar op je amandel, je zult zien
dat de scherpe smaak je zal opmonteren.'

Gehoorzaam stopte Lavinia de amandel tussen haar tanden en reed weg. Het simpele gebaar, het liefdevol aangeboden straatvruchtje, de onverwachte aanwezigheid van
Flor hadden de gedurende de laatste dagen opgebouwde lading onder haar geestkracht tot springen gebracht. Zij kon
niet verhinderen dat dikke tranen over haar wangen vloei-
den. Zij veegde met de rug van haar hand over haar wangen, zoog op de amandel en haalde diep adem, want het
verkeer, de stoplichten, de auto's voor en achter haar eisten
haar aandacht op, en ze sloot opnieuw de sluisdeuren, die
op het punt stonden hun inhoud naar buiten te laten stromen.

'Neem mij niet kwalijk,' zei zij, 'maar de afgelopen dagen
zijn erg onrustig geweest. Ik ben erg gespannen en toen ik
jou zag...'

'Dat hindert niets', zei Flor. 'In dagen zoals deze, wanneer je zoveel dingen moet opkroppen, kan de kleinste aan-
leiding de zondvloed ontketenen... Wat ben ik blij je te
zien!' voegde zij eraan toe, terwijl zij liefkozend op haar
hand klopte.

'Ik had nooit gedacht dat dit de verrassing zou zijn!' zei
Lavinia, stevig uitademend. 'Het overtreft al mijn verwachtingen. Ongelooflijk, die Sebastián... Het is een echte tove-
naar.'

'En je vond het niet moeilijk om mij te herkennen, hè?

383

Nu ik bruin haar heb en het kortgeknipt is?'

'Nee, ik herkende je meteen. Ik had je al een keer gezien, weet je. Zo'n drie maanden geleden zag ik je op de Avenida Central. Je reed in een auto met een man. Het was verschrikkelijk je zo dichtbij te zien en je niet te kunnen waarschuwen, op de claxon te drukken, naar je te roepen, niets…'

'Ik heb je niet gezien. Wanneer ik in een auto zit probeer ik niet naar buiten te kijken.'

'Hoe gaat het met je?'

'Goed. Heel goed. Veel werk. Hele goeie compañeros, hierheen, daarheen… En jij?'

'Ik heb ook veel werk. Het huis van generaal Vela is bijna klaar…'

'En hoe is dat eerste gesprek afgelopen?'

'Uitstekend. Ik heb generaal Vela veroverd met mijn ontwerp voor zijn privé-werkkamer, een vertrek waar ook zijn collectie wapens aan de muur zal hangen. Ik heb het mechanisme van een draaiwand van het huis van een Californische miljonair overgenomen. Hij was in de wolken!'

'Wat is dat dan, die draaiwand?'

'De op het oog vaste wand bestaat uit houten panelen op draaipunten. Op die manier kan hij beslissen of hij de wapens wil laten zien of niet. Zoiets als de geheime wanden die je in films ziet. Het was mijn sterke kaart om Vela voor mij te winnen. Alleen Julián, ik en nu jij weten het.'

'Dus als je geen wapens aan de wand ziet, betekent het dat ze aan de andere kant zitten?'

'Ja, precies.'

'En hoe stel je het mechanisme in werking?'

'Heel eenvoudig. Je haalt alleen een hendeltje over dat aan de buitenkant van de wand achter een lichtknop verborgen zit.'

'Heel vernuftig', zei Flor. 'Nu begrijp ik waarom dat gesprek zo goed is gegaan.'

Zij zwegen. De afstand tussen hen liet zijn aanwezigheid voelen. De avond begon te vallen en de vormen van de bomen aan weerszijden van de weg begonnen te vervagen. Lavinia reed langzaam om het samenzijn met Flor te verlengen. De weg was rustig als altijd. Geen enkel verdacht voertuig in de achteruitkijkspiegel.

'Ik zie dat je voorzichtiger bent geworden', zei Flor lachend, die de voortdurende blikken in de spiegel van Lavinia had opgemerkt.

'Vooral de laatste dagen. Er hangt spanning in de lucht. De waakzaamheid is in ieder geval flink verscherpt.'

'De acties in de bergen zijn toegenomen en de garde wil een indruk van kracht geven. Maar hun theorie is dat wij al vernietigd zijn. Wanneer zij de "haarden van verzet", zoals zij ze noemen, in het noorden hebben opgeruimd, denken ze dat ze ons volledig hebben weggevaagd. Zij hebben er geen idee van dat wij de capaciteit hebben om iets in de stad op te zetten. Zij onderschatten ons.'

'Generaal Vela wordt niet moe te herhalen dat de subversie in het land minimaal is. Kortgeleden zei hij dat nog op een persconferentie.'

'Dat zien we nog wel. Maar het is goed dat je voorzichtiger bent', zei Flor.

'Felipe komt niet meer bij mij thuis', zei Lavinia. 'Er schijnt een risico te zijn dat hij bij een verdachte activiteit wordt ontdekt en dat ze hem tot mijn huis volgen.'

'Zo is het.'

'Ik had er al aan gedacht, maar omdat ik niet wilde dat het zou gebeuren ben ik er niet over begonnen. Ik heb altijd het idee dat iedereen weet wat hij moet doen en dat ik alleen maar moet wachten tot het mij wordt gezegd.'

'Je zit nog in de overdreven eerbied van de beginperiode. Heel wat van ons hebben hetzelfde meegemaakt, het gevoel dat je niemand bent, vooral toen wij tot de Beweging toetraden. En het is nu eenmaal zo dat er tijd voor nodig is om zelfvertrouwen, de autoriteit om te spreken en te oordelen, te krijgen. Wat Felipe betreft, we vonden het niet eerder noodzakelijk. En wanneer je in dit land tot een bepaalde klasse behoort, ben je praktisch boven iedere verdenking verheven. Zelfs de leiders van de traditionele oppositie worden maar weinig gecontroleerd. Ze hebben een erg klassegerichte opvatting over onderdrukking en samenzwering, die tot op zekere hoogte nog juist is ook. Dat zal in de toekomst zeker veranderen, maar zover is het nog niet. Daarom maakten wij ons niet zoveel zorgen. Je afkomst heeft niet alleen maar nadelen! En aan de andere kant is Felipe niet al te verdacht. Hij trad wat meer op de voorgrond toen hij les gaf op de universiteit, maar dat nemen ze niet echt serieus. Ze gaan ervan uit dat alle jonge studenten herrieschoppers en heethoofden zijn. En hun veiligheidssysteem gaat van premissen uit die een hele tijd geldig waren, maar die nu sneller aan het veranderen zijn dan hun eigen mogelijkheden om zich aan die verandering aan te passen. Toch moeten wij ze niet onderschatten. Wij mogen geen enkel risico lopen... zeker nu niet.'

Zij reden de onverharde zijweg op. Spoedig zou zij Flor af moeten zetten.

'Maar we hebben het bijna alleen over mij gehad', zei Lavinia. 'Hoe staat het met de twijfels die jij had?'

'Het is min of meer gegaan zoals ik dacht', zei Flor. 'Ik moest mij krachtig opstellen, een beetje als man zou je kunnen zeggen, maar ondergronds zijn betekent mensen ontmoeten, intimiteit vinden. Soms zit je dagenlang met andere compañeros en compañeras opgesloten in een huis. Je leert elkaar dan heel goed kennen, de verdedigingsmechanismen zwakken af. De mensen praten over hun dromen en hun twijfels... De meeste gesprekken gaan over de toekomst... Het is een verrijkende ervaring geweest. Ik heb nu meer hoop dan vroeger.'

'En je angst ben je kwijt?'

'Ik ga er beter mee om', zei Flor, rustig glimlachend. 'De angst gaat nooit helemaal weg wanneer je van het leven houdt en je het op het spel moet zetten, maar je leert hem beheersen, onder controle te houden en te gebruiken wanneer het nodig is. Het probleem is niet dát je bang bent, maar waarvoor je bang bent. Je mag de irrationele angst geen ruimte geven.'

Zij waren op de weg langs de koffievelden gekomen. Lavinia stopte op de gewone plek.

'Rij nog een stukje door', zei Flor.

Zwijgend reden zij nog wat verder, tot zij bij een pad kwamen dat naar een groot huis leidde, dat aan het eind ervan vaag zichtbaar was.

'Hier', zei Flor. 'Hier stap ik uit. Ik heb je tot dit punt laten komen, omdat je het moet kennen. Als er zich de komende dagen een ernstig probleem voordoet, heel ernstig, bijvoorbeeld als ze je achtervolgen of proberen je te pakken en je kunt ontkomen, moet je al het mogelijke doen om hiernaartoe te komen zonder dat ze dat ontdekken. Je moet er in ieder geval zeker van zijn dat je niet wordt gevolgd, dat je ze van je afschudt. Aan de andere kant, als ze je te pakken krijgen moet je deze plek zonodig met je leven beschermen. Je mag hem onder geen enkele druk, onder geen enkele foltering bekend maken. Nooit.'

Zij knikte, werd even ernstig als Flor. Zij keek naar het huis, naar de omgeving die haar vertrouwd was, ook al was het de eerste keer dat zij tot hier was gekomen. Zij begon een vermoeden te krijgen van de omvang van wat er te gebeuren stond.

'Waarschijnlijk zien we elkaar weer,' zei Flor, 'dus we gaan geen afscheid nemen. Denk aan de veiligheidsvoorschriften, volg ze letterlijk op!', voegde zij eraan toe en stapte uit.

Zij zag hoe zij bleef staan, terwijl zij de auto keerde om naar de stad terug te keren. Zij zag haar ten afscheid geheven hand, de blanke palm als een glimworm in de nacht.

*

Flor is in onze taal *xotchil*. Xotchil herinnert mij aan mijn vriendin Mimixcoa. Zij was een kunstenares op het weefgetouw. Urenlang weefde zij zwijgend prachtige *centzontil-matli*, veelkleurige doeken die haar moeder op de markten verkocht. Op de dag van mijn teken van de dierenriem, *atl*, gaf zij mij een rok en veren voor in mijn haar, waarmee ik mij tooide en de dag vierde.

Samen namen wij aan de *calmeac*-ceremonie deel. Wegens haar ernstige, zachte aard was zij voorbestemd de goden te dienen wanneer zij de volwassenheid had bereikt. Wij leken weinig op elkaar. Zij scheen haar plaats in de wereld altijd te kennen. Ik daarentegen verzette mij tegen de lange uren dat ik de spindel bediende of het maïs op de *metlatl* tot meel maalde. De *ichpochtlatoque*, onze leermeesteres, berispte mij voortdurend, maar Mimixcoa – Noordster – had zij zeer lief. Door deze verschillen zou men denken dat er afstand tussen ons zou moeten zijn. Maar die was er niet. Zij luisterde lief naar mij wanneer ik haar over mijn tochten met Citlalcoatl vertelde, die mij leerde met pijl en boog om te gaan. Zij vroeg mij zelfs het haar te leren, maar de eerste keer viel zij voorover op de grond en daarna heeft zij het nooit meer geprobeerd. Haar blik was diep als de gewijde bron, waarin zij aan Quiote-Tláloc, god van de regen, geofferd werd. De dagen voor de ceremonie praatten wij veel met elkaar. Zij doorbrak haar gewone stilzwijgen om mij haar magische dromen van dansende gesternten en haar visioenen van de terugkeer van Quetzalcoatl te vertellen, de god van wie zij het meest hield en met wie zij zich wilde verenigen wanneer zij eenmaal de ogen van jade van Tláloc onder water had gezien.

Ik was bedroefd en zij begreep hoe zwaar de scheiding mij viel, omdat wij als zusters voor elkaar waren geweest. Maar zij spoorde mij aan mijn leven te dansen. Zij zong verzen voor mij, zoals: 'Iedere maan / ieder jaar / iedere wind / komt en gaat ook. / Ook alle bloed komt op de plek van zijn rust.'

Zij wist dat zij ging sterven. Mij niet meer te zien, de bloemen in het veld, de gouden maïskolven, het purper van het vallen van de avond niet meer te zien maakte haar bedroefd. Maar aan de andere kant was zij blij, omdat zij bij de goden zou wonen, de godinnen-moeders, de Cihuateteo, op hun reis naar de plaats waar de zon ondergaat zou vergezellen. Zij gaf mij wijze raad. Zij zei dat zij altijd bij mij zou zijn. Ik weet dat zij mij bij iedere zonsondergang ziet. Zij zag mij vroeger, zij ziet mij nu. Zij waakt over mij.

Op de dag van de offering liep ik met mijn moeder, tussen de krijgers die met de orde belast waren, naar de gewijde bron. Mimixcoa werd samen met andere kinderen en prachtig getooide meisjes naar de stoombaden gevoerd om hen te reinigen. Mijn moeder en ik wierpen *pom* en jade in het gewijde water.

De priesters ontvingen Mimixcoa op de *nacom*, het offerplatform. Zij namen haar verenmantel van haar af en wierpen haar, slechts gekleed in een eenvoudig witlinnen gewaad, in het water. Voordat zij in de altijd stromende bron wegzonk, keek zij mij lang en innig aan. Toen was zij verdwenen. Zwijgend bleef ik met mijn moeder lange tijd staan en bad de goden haar te redden en als boodschapster terug te sturen. Maar Mimixcoa kwam niet meer naar de oppervlakte en toen heb ik gehuild en geschreeuwd, hoe mijn moeder mij ook probeerde te kalmeren. Ik wilde niet dat zij verdronk. Ik kon er niet in berusten haar aan Tláloc af te staan, die haar op dat moment met zijn ogen van jade zou gadeslaan.

Weinig bevroedde ik toen, dat Tláloc mij jaren later in zijn schoot zou ontvangen en mij naar een tuin zou zenden, naar deze boom die ik nu bewoon en vanwaar ik naar mijn vriendin Mimixcoa verlang.

23

Zij stond voor de bouwplaats. Het huis van generaal Vela was klaar. Mannen waren druk in de weer rond het nieuwe gebouw om alle restanten op te ruimen. De vrachtauto van de bouwmaatschappij bracht overgebleven planken, cement en verfbussen weg. Een andere groep arbeiders was bezig de loods af te breken, die het kantoor van de bouwkundigen was geweest. Daar had Lavinia de laatste maanden vele uren met Rizo en don Romano, met Julián en Fito doorgebracht. Het was 15 december 1973. Het werkschema was met Zwitserse precisie uitgevoerd.

Het huis besloeg een bebouwde oppervlakte van 650 vierkante meter, verdeeld over vier niveaus, in de stijl van de hangende tuinen van Babylon, met grote vensters op de drie bovenste niveaus. De belangrijkste algemene ruimten, de verschillende door mevrouw Vela gevraagde salons, de eetkamer en de muziekkamer van de generaal hadden een weids uitzicht. Alleen de enorme slaapkamer van de heer en vrouw des huizes, de privé-werkkamer en de kamers van de kinderen en de schoonzuster waren uit angst voor dieven en aanslagen aan de binnenkant van het huis gesitueerd.

Het personeel en de werkruimten waren op het laagste niveau ondergebracht. Daar waren geen grote ramen, maar Lavinia had er paneelramen kunnen installeren, die een zeker uitzicht en een goede luchtverversing gaven. De witgeschilderde buitenmuren werden afgewisseld met stukken muur van rode baksteen, die de binnentuinen omsloten.

Ondanks de slechte smaak van de eigenaren was het architectonisch een mooi geheel geworden. Het leek tegen de steile helling van het terrein te hangen. Van binnen was het ruim en helder, met veel licht en veel bewegingsruimte voor de bewoners.

De opzichtige inrichting was het enige dat Lavinia stoorde. Het was onmogelijk geweest mevrouw Vela ertoe te brengen het maken van het meubilair aan meubelmakers van eigen bodem toe te vertrouwen. Alleen de vele ingebouwde kasten waren door plaatselijke timmerlieden gemaakt. Maar alle meubels van de zitkamers, de slaapkamers, de eetkamer, alle tapijten, gordijnen, accessoires, kortom, al het andere werd uit Miami gehaald. De beide zusters waren de laatste maanden voortdurend op reis, werden gefascineerd door de warenhuizen van Florida en stuurden gebloemde kussens, kristallen kandelaars, bronzen vazen en bloembakken, gespikkelde bedspreien, rotan stoelen en parasols voor het zwembad per vliegtuig naar huis.

Maar van buiten, van de plaats waar Lavinia stond, was het huis een visueel genot, een harmonisch adelaarsnest hoog op de heuvel. Het landschap, haar geliefde landschap, gaf zich door de glazen ogen van de vertrekken kritiekloos aan de deze schoonheid onwaardige bewoners van dit paleisje.

Eens zullen we het terugkrijgen, zei zij bij zichzelf. Eens zou in dat huis hopelijk een kunstacademie gevestigd zijn of zou het door sensitieve mensen worden bewoond, wier hart in harmonie met de omringende schoonheid zou zijn.

'Het is bijna niet te geloven, hè?', zei de stem van juffrouw Montes achter haar.

'U laat mij schrikken', zei Lavinia, zich van de schrik herstellend. 'Ik had u niet gehoord.'

'U was helemaal in gedachten verzonken', zei juffrouw Azucena. 'Mijn zuster en ik zijn net aangekomen. Zij is al binnen. Zij heeft de tuinlieden meegebracht om met de inrichting van de binnentuinen te beginnen. We hebben ontzettend veel planten uit Miami meegebracht. Zij gaan ook de buitentuinen doen. Het huis, met tuinen en al, moet op 20 december klaar zijn. Dan wordt het ingewijd. Het zal het eerste grote feest van de kerstperiode worden.'

'In vijf dagen?' zei Lavinia verbaasd.

'Eerst wilden wij het op oudjaar doen, maar dan is de Grote Generaal in het buitenland. Hij brengt zijn vakantie in Zwitserland, in St. Moritz, door en daarom hebben wij besloten het feest eerder te houden. Daarom hebben wij het gras en al die planten in Miami gekocht. Daar koop je gras alsof het tapijt is, je hoeft het alleen maar uit te rollen. U zult eens zien hoe mooi het wordt!'

'Dat zal wel', zei Lavinia, die aan al het geld dacht dat het transport, met dat gewicht, moest hebben gekost, en aan het feit dat generaal Vela haar niets over het vervroegen van de datum had gezegd. De laatste tijd zag zij hem nauwelijks. Een groot deel van zijn tijd zat hij in het noorden van het land.

'U komt toch ook op het feest? U bent eregast.'

'O ja, natuurlijk', zei Lavinia. 'En de generaal, wanneer komt die terug?'

'Ik geloof morgen. De arme man moet steeds maar naar het noorden, weet u. Het is maar goed dat mijn zuster ook steeds op reis was. Zij maakt zich altijd erg ongerust wanneer hij dergelijke opdrachten moet uitvoeren... die subversieven zijn verschrikkelijk... en zij haten hem, weet u. Ze hebben al verschillende keren aangekondigd dat ze hem zullen terechtstellen, zoals zij zeggen wanneer zij mensen vermoorden.'

'Laten we hopen dat hem niets overkomt en dat hij aan het feest kan deelnemen', zei Lavinia. 'Hij is in ieder geval erg voorzichtig. Ik geloof niet dat u zich al te ongerust hoeft te maken.'

'Ik zal uw uitnodiging even halen', zei juffrouw Montes. 'Wij zijn al begonnen ze uit te delen. Ik geloof dat mijn zuster die van u heeft.'

Lavinia volgde haar het huis in. Zij troffen mevrouw Vela in koortsachtige activiteit, terwijl zij een ploeg mannen, die haar overal volgde, voortdurend instructies gaf.

'Juffrouw Alarcón!' zei zij toen zij haar aan zag komen. 'Hoe gaat het met u? Is het niet fantastisch dat het huis klaar is? Het is prachtig geworden! Veel mooier dan ik ooit had gedacht! En nu we overal de planten neerzetten, die ik mee heb gebracht, zal het er helemaal sensationeel uitzien! Heeft mijn zuster u al over het feest verteld? Wacht, ik heb uw uitnodiging in mijn tas.'

Zij was euforisch. Zij praatte aan één stuk door. Het huis en het feest waren zonder twijfel de bekroning van haar maatschappelijke dromen. Hun vrienden zouden hen benijden, het zou de gebeurtenis van het jaar worden, het hoogtepunt van de status van generaal Vela. En zij, als zijn echtgenote, zou de verdienste krijgen haar vrouwenhand in deze salons, in de tuinen, in de hele inrichting te hebben laten gelden.

Terwijl mevrouw Vela haar de uitnodiging gaf, een kaartje van Hallmark-bristolkarton met een huis op de achterkant en haar naam in het steile handschrift van juffrouw Montes aan de binnenkant, verschenen de kinderen van de generaal in de hal. Het meisje van negen, dik, met sympathieke gelaatstrekken, wat verlegen maar van kindsaf gewend aan overdreven aandacht en verwennerij, kwam langzaam dichterbij terwijl zij haar aankeek, en raakte Lavinia's leren riem aan.

'Mag ik die hebben?' vroeg zij met het lieve stemmetje

394

dat zij ongetwijfeld gebruikte om de mensen te bekoren en gedaan te krijgen wat zij wilde. Lavinia glimlachte. Ook al was het een dochter van Vela, ze was aardig, het dikkerdje. Een kind, tenslotte. Je moest er maar niet aan denken wat er later van haar zou worden.

'Zeg juffrouw Alarcón goeiedag', zei mevrouw Vela. 'Wees niet zo onbeleefd.'

'Hallo', zei het meisje lachend.

'En jij, Ricardo, jij ook. Zij is de architecte die het huis heeft ontworpen.'

De jongen, net in de puberteit, onbeholpen, strekte als een verlegen grote vogel slungelig zijn hand uit. Hij leek een beetje op juffrouw Montes, maar had droevige ogen en zag eruit als iemand die bescherming nodig had in een omgeving die te ruw was voor zijn dromen over vliegen. Toen zij zijn kamer ontwierp, had Lavinia zich meer dan eens afgevraagd of hij net als zij dromen had, waarin hij vloog.

'Dus jij bent de jongen die van vliegen droomt?', vroeg zij hem.

De jongen knikte.

'En heb je wel eens dromen gehad, waarin je jezelf echt ziet vliegen?'

'Ja', zei hij en keek haar met glinsterende ogen aan.

'Het is een dromer', zei mevrouw Vela. 'Dat is zijn probleem.'

Het gezicht van de jongen, dat door de vragen van Lavinia voor een kort moment oplichtte, kreeg weer zijn matte, lusteloze uitdrukking.

'Dromen is niet slecht', zei zij, terwijl zij de jongen aankeek. Zij voelde zich solidair met hem en had met hem te doen. Misschien zou hij in een andere omgeving kunnen blijven dromen, dacht zij.

'Goed,' zei Lavinia, die met verwarde gevoelens dit gezinstafereel bekeek, 'ik geloof dat ik moet gaan. Als u mij voor iets nodig heeft, kunt u mij op kantoor bellen. Morgenochtend om elf uur komen Julián en ik met de bouwkundigen om het huis formeel over te dragen.'

'Heel goed', zei mevrouw Vela. 'Ik hoop dat mijn man er bij kan zijn. Hij zou morgenvroeg terug zijn.'

'Anders kunnen wij het ook later doen', zei Lavinia. 'Laat u het ons in dat geval even weten.'

'Uitstekend', zei mevrouw Vela, die met haar naar de deur liep.

'O ja,' zei Lavinia, 'ik zou graag nog even de laatste details van de privé-werkkamer willen nalopen. Laat u zich door mij niet ophouden.'

'Maar natuurlijk', zei mevrouw Vela. 'Ik ga verder met mijn tuinlieden, als u het niet erg vindt.'

Toen zij de wapenkamer betrad, werd zij bevangen door een licht gevoel van onbehagen. Tijdens de bouw van het huis had zij geprobeerd die kamer, die Vela zoveel genoegen had bereid, te vergeten. Hij was niet erg groot, er lagen oranje vloerkleden en er was één raam met gordijnen, dat op een van de patio's uitkeek. De meubels, twee leren fauteuils met een houten tafeltje ertussenin, stonden tegen de wand bij de deur. Er stonden verschillende houten kisten op de vloer. Daar zaten zeker de wapens in, die uitgestald moesten worden.

Op het eerste gezicht scheen de kamer bij de wand tegenover de fauteuils op te houden: de uit drie met jaspis ingelegde mahoniehouten panelen bestaande wand. Zij liep naar de zijkant van de wand, waar zich bijna onzichtbaar het mechanisme bevond dat de panelen vrijmaakte. Zij zette het hendeltje om en duwde zachtjes tegen een van de bladen. Het houten paneel draaide om zijn as en maakte de kleine binnenruimte zichtbaar, de geheime kamer, met planken aan de muur en in het midden daarvan een inge-bouwde brandkast. Aan de eerst aan het oog onttrokken kant van het paneel dat zij zojuist had laten draaien, zaten steunen om de wapens aan op te hangen. Zij zette het paneel vast en liet ook de andere twee draaien, die zij eveneens vastzette. Alles werkte perfect. Nu was in de privé-kamer van de generaal de eerst gladde, houten wand in de andere wand met de steunen voor de verzameling geweren en pi-stolen veranderd. Zij bediende opnieuw het mechanisme voor de draaibeweging en liet in de werkkamer weer de gladde panelen verschijnen. Voordat zij het laatste sloot, bleef zij nog een ogenblik in de kleine geheime kamer. Het was er koud. Het kamertje had de temperatuur van de cen-trale airconditioning en het leek wel een koelkast. Maar dat hinderde niet. Niemand zou er lang in verblijven.

'Droomt u?'

De jongen stond in de deur.

'Ja', antwoordde zij. 'Ik droom dat mijn grootvader mij een stel grote, witte vleugels aandoet en mij vanaf een hoge berg laat vliegen.'

'Ik droom dat ik zonder vleugels vlieg,' zei hij, 'net als Superman. Ik droom ook wel eens dat ik in een vogel ver-ander. Maar mijn vader maakt zich erg boos. Hij zegt dat de enige manier om te vliegen is als je piloot bent. Hij wil dat ik piloot bij de luchtmacht word.'

'Vaders hebben het vaak mis met hun kinderen', zei La-vinia. 'Als ik jou was, zou ik verkeersvlieger worden. Oor-logspiloot zijn is helemaal niet leuk. Je vliegt om mensen dood te maken. Dat heeft niets te maken met je dromen over vliegen.'

Vooral als je piloot van de luchtmacht van de Grote Ge-neraal wordt, dacht zij bij zichzelf, terwijl zij zich afvroeg of zij niet een onvoorzichtigheid beging door zo tegen de jongen te praten.

'Dag', zei hij, rende weg en verdween even plotseling als hij gekomen was.

Toen zij het huis verliet, scheen het helle daglicht in haar ogen. Zij wreef over haar armen om de kilte te verdrijven. Wat een treurige ogen had de zoon van Vela!

Felipe ordende papieren op zijn bureau, toen Lavinia zijn kamer betrad. Het was niet gemakkelijk geweest het ritme van hun relatie te veranderen. Zij ontmoetten elkaar nu als heimelijke geliefden op straat en bezochten vreemde, vieze motels om te vrijen, bijna altijd in de lunchpauze.

'De Vela's hebben besloten hun inwijdingsfeest op de twintigste te houden', zei zij nadat zij hem een lange kus had gegeven en ging op de stoel tegenover zijn bureau zitten, terwijl zij de afschuwelijke uitnodiging uit haar tas haalde.

'Dit is de uitnodiging', zei zij en legde hem op zijn bureau.

Felipe pakte hem op zonder iets te zeggen. Hij las hem en gaf hem aan haar terug.

'Waarom zouden ze dat doen, weet je dat?'

'Omdat zij willen dat de Grote Generaal erbij is. En omdat hij de Kerst met zijn gezin in Zwitserland doorbrengt, moesten zij de datum vervroegen.'

'En hoe is het huis geworden?' zei Felipe, die was gaan zitten met een uitdrukking tussen afwezigheid en bezorgdheid in op zijn gezicht.

'Van buiten ziet het er prachtig uit. Van binnen is het een verschrikking. Echt het huis van een militair, van een nouveau riche. Zelfs het gras hebben ze uit Miami laten komen. Alleen de ingebouwde kasten zijn mooi en een paar kleurencombinaties waar mevrouw Vela zich aan heeft gehouden.'

'Nou ja, dat was te verwachten.'

'Ja, daar doe je niets aan. Terwijl ik naar het huis stond te kijken, bedacht ik dat we het in de toekomst, wanneer de dingen veranderen, misschien als kunstacademie kunnen gebruiken.'

'Optimist', zei Felipe lachend.

'Gaan we samen lunchen?' vroeg Lavinia.

'Vandaag niet,' zei Felipe, terwijl hij op zijn bureau naar een papier zocht, 'ik moet ergens heen.'

'Maar je had gezegd…' zei zij teleurgesteld.

'Ja, maar er is iets tussen gekomen.'

'Iets naars?'

'Nee, nee. Alleen dringend', zei hij en kwam naar haar toe om haar een zoen te geven. 'Tot straks.'

Maar zij zag hem niet meer. Die middag niet en ook de volgende dag niet. Thuis vond zij alleen een briefje, waarin hij zei dat hij gezond was en dat zij hem niet moest zoeken.

Twee dagen zonder dat zij iets van wie dan ook hoorde. Het was avond en de decemberwind blies door de takken van de sinaasappelboom in de tuin. Plotseling stond zij alleen op de wereld. Alleen en bang. Zij besefte tot op welke hoogte de Beweging bijna haar hele leven vertegenwoordigde: haar familie, haar vrienden. Al maanden had zij er niet naar getaald naar de bioscoop te gaan, zich te amuseren. Alle feesten waar zij naar toe was geweest, waren voor haar opdrachten geweest. De liefde en de rebellie waren erin geslaagd haar volledig in beslag te nemen. Zij was met plezier, met een nooit eerder ervaren enthousiasme, in dat netwerk van telefoontjes, contacten, ritten om compañeros te brengen en te halen, gedoken. En nu, plotseling, deze stilte. Zij had geen enkel middel om met hen in contact te treden, geen enkel telefoonnummer, niets. Alleen dat geheimzinnige, in het donker verscholen huis.

Tot overmaat van ramp was er tegelijkertijd een eind gekomen aan het drukke werk van de laatste maanden aan het huis van Vela. De vorige dag had de formele overdracht plaatsgevonden in aanwezigheid van de generaal, zijn vrouw, zijn schoonzuster en de kinderen. De hele familie van kamer naar kamer, van vertrek naar vertrek, lichtknopjes indrukkend, stopcontacten, kranen en andere details controlerend. En de tuinlieden, die planten ingroeven en het gras in de tuin uitrolden, de mannen van het bedrijf dat het zwembad had geïnstalleerd, die het vol lieten lopen en chemische stoffen aan het water toevoegden zodat het kristalhelder zou zijn. En Vela's zoon met een in aanwezigheid van zijn vader nog mattere uitdrukking op zijn gezicht dan anders.

Julián zei haar dat zij een week vrij moest nemen, maar Lavinia wees het aanbod tot later af. Wanneer wist zij niet. Iedere andere week behalve deze zonder Felipe, zonder de anderen. Wat moest zij nu in haar stille huis met alleen de decemberwind, waar de eenzaamheid op haar afkwam? Dan ging zij liever naar kantoor, al deed zij er niets anders dan afwezig, ongerust, afwachtend zitten. Zelfs de naderende Kerst, de kerstsfeer, schenen voor haar in het niets te zijn verdwenen. Zij kreeg het er benauwd van. Het enige dat haar tussen de enorme papiermaché kerstmannen met kunstsneeuw op hun schouders in de etalages van de warenhuizen een beetje opvrolijkte, waren de leuzen die op de muren waren verschenen als resultaat van doorwaakte nachten van onbekende, onzichtbare compañeros. Leuzen die 'een Kerstmis zonder politieke gevangenen' eisten en in een paar weken overal in de stad waren opgedoken.

Haar moeder had haar verschillende keren gebeld en

haar gevraagd of zij bij hen kwam eten. Alsjeblieft, kindje, alsjeblieft. Er zat waarschijnlijk niets anders op dan te gaan eten bij die twee onbekenden, die haar tenslotte hadden verwekt. Zij had zelfs geen ouders, dacht zij, zich beklagend. Zij hadden haar haar liefde voor tante Inés nooit vergeven. En zij had hen eigenlijk nooit vergeven dat zij haar aan die zo van pas komende liefde hadden overgelaten, die hen van hun ouderlijke verantwoordelijkheid onthief, toen zij jong waren en geen tijd hadden om zich aan een nieuwsgierig, speels kind te wijden dat van boeken hield en in haar fantasiewereld van geknutselde huisjes en gebouwtjes opging.

Wat een opeenhoping van onbegrip en misverstand!

En waar zou Felipe zijn? En Flor en Sebastián?

Adrián en Sara hadden haar ook opgebeld om haar uit te nodigen oudejaarsavond bij hen door te brengen. Met Felipe. Sara had haar verteld dat zij tegenwoordig 's avonds minder uitgingen, omdat Adrián goedhartig had besloten zijn auto drie keer per week aan een collega uit te lenen, zodat die een avondcursus kon volgen. En met haar zwangerschap vond zij het niet zo erg om het wat rustiger aan te doen met het uitgaansleven. Zo begreep Lavinia dat Adrián zich aan de afspraak had gehouden. Sinds de dag dat zij hem had gevraagd mee te werken, was er nu eindelijk een stilte van wederzijds respect gegroeid. Hij maakte geen grapjes meer over haar feminisme of haar instabiliteit. Zij miste het bijna. Nu beperkten zij zich tot saaie, inhoudloze gesprekken. Wat paradoxaal, dacht zij, wanneer zij juist meer met elkaar hadden moeten gaan praten, wanneer zij eindelijk op een gelijkwaardiger manier, minder paternalistisch van de kant van Adrián, met elkaar zouden kunnen communiceren... Opnieuw het machisme. Weer die afstand!

De wereld zou veranderen. Hij moest veranderen, peinsde zij, terwijl zij de compañeros zonder gezichten, die in de bergen streden, voor zich opriep, de hoop voor de droefheid die zij in zich voelde. Wat waren deze moeilijke momenten in vergelijking met de dagelijkse heldhaftigheid van anderen? Ergens in de stad maakte een groep zich gereed de klap toe te brengen, de actie waarvan zij zich geen helder beeld kon vormen. Zij benijdde hen. Felipe, Flor en Sebastián waren er zonder twijfel bij, maakten deel uit van de groep. Allemaal, behalve zij, alleen, overgelaten aan haar eenzaamheid, aan het gekreun van de takken van de sinaasappelboom in de wind.

•

Die dag ontwaakten wij toen het nog donker was. Voor zonsopkomst moesten wij de rivier oversteken. De vorige avond hadden Yarince en ik lang gepraat, als twee oudjes bij het vuur, terugdenkend aan de tijden van onze jeugd, aan de jaren van liefde en oorlog, aan de onweerswolken. Wij maakten de balans op van onze levens, een ijle tekening van aaneengeregen woorden.

Misschien zouden wij spoedig sterven, had Yarince gezegd. Hij wilde zich het verleden herinneren nu wij niet langer de zekerheid van de toekomst hadden.

Ik wiegde hem in mijn dunne armen. Met die vleugels zou je de wereld kunnen omarmen, zei hij mij. Wij kropen tegen elkaar aan. Op hoeveel tochten waren onze lichamen niet de bron van onuitputtelijk genot geweest. Zij waren soms de enige kracht die ons restte om ons niet over te geven.

Wij waren nog maar met een groep van tien krijgers overgebleven. Wij waren vermagerd en hadden holle ogen met de blik van vervolgd wild.

Die ochtend was het fris, een zacht windje boog het riet

aan de oever van de rivier. Wij bevonden ons heel dicht bij het kamp van de indringers, dus moesten wij met grote behoedzaamheid naar de overkant om niet ontdekt te worden.

Wij droegen weinig met ons mee, alleen een paar konijnen die wij de vorige dag hadden gevangen, de hangmatten en slaapmatjes die wij gebruikten om ons kamp op te slaan en enkele aardewerk potten. Tixlitl ging voorop, dan volgde ik, dan drie krijgers en Yarince als laatste. Wij waren op weg om ons bij de oude priesters te voegen voor de ceremonie van de aanroeping, voor het lezen van de voortekenen en om te weten wat de toekomst ons zou brengen. Wij voelden de behoefte om te bidden, ons in de gunst van onze totems aan te bevelen om onszelf bij zoveel onheil te vertroosten.

Tixlitl had van Tláloc gedroomd. Hij had hem gezien als een vrouw met vochtige ogen, die glimlachte terwijl het water zich boven haar sloot. Het was een onduidelijke droom, die ik pas later kon duiden.

Tixlitl en ik waren midden in de rivier toen de Spanjaarden tevoorschijn kwamen.

Verborgen in het struikgewas hadden zij ons opgewacht.

Misschien hielden zij ons al vanaf de vorige dag in het oog.

Vertwijfeld, omdat wij weerloos waren, draaiden wij ons in het water om.

Ik hoorde de schoten uit hun vuurstokken die dichtbij in het water neerkwamen. Mijn ogen zochten Yarince, terwijl mijn voeten de bodem van de rivier zochten, de stenen die ons bij de oversteek tot steun waren.

Ik zag hem op de oever rennen. Hij had kunnen ontkomen.

Het verging hem niet als Tixlitl, wiens bloed een rode

vlek om mij heen vormde, wiens lichaam ik stroomafwaarts zag drijven.

Het verging hem niet als mij.

Hij stierf niet als ik.

Ik voelde een harde slag op mijn rug, een zware warmte die mijn armen verlamde. Het duurde maar een ogenblik. Toen ik mijn ogen opnieuw opende, was ik niet meer in mijn lichaam. Ik dreef op korte afstand in het water, zag mijzelf leegbloeden, zag ook mijn lichaam stroomafwaarts gaan. Ik hoorde de kreten van de Spanjaarden en opeens, tussen de bomen op de oever waar ik Yarince voor de laatste keer zag, hoorde ik die lange, diepe schreeuw van mijn door mijn dood verwonde man.

Het was een huiveringwekkend geluid, dat de vijanden tot zwijgen bracht. Het joeg hen grote schrik aan en maakte dat zij snel het water verlieten en zich weer in het struikgewas verborgen.

Ik dreef met mijn lichaam in de stroom de rivier af. Vaag zag ik Yarince, die als een opgejaagd hert langs de oever rende en mijn bloedspoor volgde.

Ik opende mijn mond om te roepen en de wind raasde. Toen begreep ik dat menselijke geluiden en beelden mij reeds voor altijd ontzegd waren. Ik hoorde geluiden en zag beelden, maar het waren slechts gewaarwordingen die mijn geest registreerde, door de herinnering aan het leven gereconstrueerde, vervaagde indrukken. O, goden, welk een smart was het Yarince te voelen zonder dat hij mij kon zien, zonder ook maar een spier te kunnen bewegen om hem aan te raken, om zijn tranen te drogen.

In een bocht van de rivier, waar het water tussen de rotsen minder diep was, kon hij mij bereiken.

Hij en Natzilitl haalden mij uit het water en trokken mij op de kant.

Yarinces liefde viel als een orkaan van kreten en jammerklachten op mij neer. Heftig schudde hij mij bij de schouders, hij omhelsde mij. Hij zei Itzá, Itzá met de verwarde stem der vertwijfeling, van het leven tegenover de dood.

Ik kon het bijna niet weerstaan.

Op dat moment begon ik ook het geluid te verliezen. Ik voelde Yarince nog steeds, maar ik hoorde alleen de golven van het water, het geluid van het water dat tegen de rotsen slaat, van het water dat langs de oever kabbelt.

Ik weet dat Tláloc mij toestond tijdens de ceremonie bij Yarince te zijn, toen de priesters tegen het vallen van de nacht bij mijn lichaam hun gebeden zeiden. De wijze ouden leidden de ceremonie aan de waterkant, tot Tláloc mij aan de tuinen afstond.

Daarna nam Yarince mijn lichaam en bracht mij hier, op deze plek, waar ik eeuwen heb gewacht, volgens de door mijn voorvaderen bepaalde lotsbestemming.

*

24

De volgende dag zou de inwijding van het huis van Vela plaatsvinden en er was niemand met wie zij kon overleggen of zij erheen moest gaan of niet. Zij besloot de middag vrijaf te nemen en naar de bioscoop te gaan of Sara of haar moeder te bezoeken. Zij hield de rusteloosheid van de eenzaamheid, de stilte van haar compañeros niet langer uit. Bovendien wilde zij niet dat Julián haar opnieuw naar Felipe zou vragen. Zij wist niet wat zij hem moest antwoorden.

Zij stapte in haar auto en reed wat door de stad zonder nog te beslissen waar zij heen zou gaan. En opeens zat zij op de straatweg die naar de heuvel van haar jeugd voerde, naar de prent van het meisje dat over een wereld uitkeek die haar geheel toebehoorde. Er behoorde haar niets meer toe, dacht zij. Niet eens haar liefde, haar familie, haar leven. Alles had zij aan dit tijdbomwachten overgegeven. Zij zou blij moeten zijn, dacht zij. Tenslotte had zij haar droom verwezenlijkt het eigen leven aan een veel groter ideaal ondergeschikt te maken. Het was als een vrouw die naar haar eigen bevalling kijkt en wacht tot de weeën van een lichaam, waarvan de natuur bezit genomen heeft, het nieuwe, in maanden van geduldige arbeid van het bloed in stilte gevormde leven baart. Want dat was deze eenzaamheid. Niet de verlatenheid, de vrees dat de geliefde wezens, opgeslokt door een duister lot, zouden verdwijnen. Deze eenzaamheid was niets anders dan het wachten op de geboorte. Ergens maakten haar compañeros zich gereed de zweep van de stemlozen, van degenen die uit het paradijs en zelfs uit hun ellendige krottenwijken zijn verdreven, te laten striemen. Zij hadden haar niet in de steek gelaten, herhaalde zij voor zichzelf. Zij was het die deze moedeloos makende gedachten koesterde. Maar zij moest in staat zijn helderheid te scheppen tussen de werkelijkheid en haar fantasieën. De voorbereidingen van de laatste maanden liepen ongetwijfeld naar hun eind. Wat kon zij weten? Welke andere weg dan te speculeren stond voor haar open? Wie kon weten of Vela toch niet het doelwit was van die hele, lange voorbereiding? Wie kon het weten?

Vandaag, morgen, over drie, vier dagen, de dag die zij zouden uitkiezen zou zij het weten. Via de nieuwsberichten zou zij het weten.

De weg slingerde naar boven. De gele bloemen van december wiegden aan de kant van het asfalt. Zij ging verder omhoog en reed zonder te kijken de zijweg, waarlangs je bij de zandweg door de koffievelden kwam, voorbij. Harder ging het door de scherpe bochten, tot zij de straatweg verliet en de door de regen onregelmatig uitgesleten steenslagweg opreed, die naar de heuvel voerde.

Op dit uur van de dag was er bijna niemand. Er liepen een paar knechten van de naburige haciënda's over de landweg, maar op de heuvel blies alleen de wind. De geliefden kwamen later, tegen de schemering.

Zij stapte uit en liep over het pad door het gras naar de top. Daar ging zij op de steen zitten, die de grens van het landgoed aangaf. Het opschrift was uitgewist, weggesleten door de velen die hier waren komen zitten om over hun liefde, hun plannen of hun dromen te praten.

Het was een heldere dag. Nevelloos strekte het landschap zich aan haar voeten uit. De nietige huisjes, het meer, de rij blauwe, zwijgende, verstijfde, majestueuze vulkanen lagen voor haar. Dichterbij liet de begroeiing van de bergen, die langs de hellingen naar de vallei van de stad afdaalde, zijn rijkgeschakeerde groen zien, de met klimop overwoekerde bomen die gevaarlijk naar de leegte overhellen. Van de koffiedrogerijen in de buurt woei een zoetige koffiegeur over. De wind vermengde het geruis van de bladeren met het gekwetter van de parkieten, die in zwermen rondvlogen.

Zij steunde met haar kin in haar hand en liet haar blik over dit alles dwalen. Het was de moeite waard om voor deze schoonheid te sterven, dacht zij, alleen voor dit moment, voor deze dagdroom waarin dat landschap echt aan allen toebehoorde, te sterven.

Dit landschap was haar besef van vaderland, daar had zij van gedroomd toen zij aan de andere kant van de oceaan was. Door dit landschap kon zij de bijna dwaze dromen van de Beweging begrijpen. Deze aarde zong voor haar vlees en haar bloed, voor haar wezen van verliefde, tegen de overvloed en de ellende opstandige vrouw, die twee verschrikkelijke werelden van haar verdeelde bestaan. Dit landschap verdiende een beter lot. Dit volk verdiende dit landschap en niet de stinkende riolen die in het meer uitkwamen, de straten waarin varkens rondliepen, de afgedreven vruchten, het door muggen van de armoe besmette water.

Waar zouden haar compañeros nu zijn? Door welke straat zouden zij lopen? Wat deed Felipe op dit moment waarop zij zich eindelijk deel van dat geheel voelde?

Voordat zij naar bed ging pakte zij in een opwelling de telefoon en belde haar moeder op.

'Lavinia?' zei de stem aan de andere kant.

'Ja, mama, ik ben het', zei zij vermoeid. Zo begon het altijd, dacht zij, iedere keer weer elkaar herkennen.

'Hoe gaat het met je?'

'Een beetje treurig, om eerlijk te zijn.' Waarom zei ze dat tegen haar moeder, vroeg zij zich af.

'Waarom, meisje, wat is er?'

'Ik weet het niet... Ja, ik weet het wel. Er is van alles. Eigenlijk zou ik willen dat ik mij met veel dingen kon verzoenen.'

'Wil je niet hier komen, Lavinia?'

'Nee, mama, ik heb slaap. Maak je geen zorgen. Ik had alleen zin om even met iemand te praten.'

'We hebben al heel lang niet meer gepraat.'

'Ik denk dat we nooit hebben gepraat, mama. Ik geloof dat jij altijd dacht dat ik alleen maar met tante Inés wilde praten.'

'Nou ja,' zei de stem, die harder werd, 'jij hield alleen van haar.'

'Maar is het nooit bij je opgekomen dat ik van haar hield omdat zij zich zorgen om mij maakte, omdat zij van mij hield, mama?'

'Ik heb het geprobeerd, meisje, maar jij gaf altijd de voorkeur aan haar. Met mij was je erg stil.'

'Het is erg moeilijk om hier over de telefoon over te praten. Ik weet niet waarom ik erover begonnen ben.'

'Maar we zouden erover moeten praten', zei haar moeder, nu in haar rol. 'Ik wil niet dat je altijd met dat idee blijft rondlopen dat wij niet van je hielden.

'Dat heb ik niet gezegd, mama.'

'Maar dat denk je.'

'Ja, je hebt gelijk. Dat denk ik.'

'Maar dat zou je niet moeten denken. Je zou ons moeten begrijpen.'

'Ja, misschien zou ik dat moeten doen. Altijd ben ik het die zou moeten begrijpen.'

'Niet boos worden, meisje. Waarom kom je niet?'

'Goed, een van de komende dagen kom ik langs.'

'Kom morgen.'

'Ik weet niet of ik kan.'

'Doe je best.'

'Goed, mama. Welterusten.'

'Welterusten, meisje, weet je zeker dat er niets is?'

'Ja, mama. Heus waar.'

'Dus je komt morgen?'

'Ja, mama, morgen kom ik langs.'

Zij hing op. Het was het langste gesprek dat zij sinds maanden, misschien wel jaren, met haar moeder had gehad. Eindelijk een gesprek. Zij hadden het verborgene, het fundamentele, waar zij nooit over spraken, gezegd. Misschien zouden zij ooit van elkaar kunnen gaan houden, elkaar kunnen gaan begrijpen, dacht zij. Ooit.

Daar voelde zij zich nu toe in staat. Zij kon haar nu gewoon als een menselijk wezen zien, het produkt van een tijd, van bepaalde waarden. Op haar manier hield haar moeder zeker wel van haar, zoals zij ook van haar zou moeten houden. De opwelling om haar te bellen toen zij zich eenzaam voelde, had een zekere betekenis.

Nooit zouden zij elkaars levenswijze begrijpen. En nu nog minder. Steeds minder. Haar moeder zou de hare nooit kennen.

Zij ging de badkamer in. Zij dacht dat haar moeder, haar vader en zij het altijd op de lange baan geschoven gesprek met elkaar moesten houden, niet zozeer voor hen als voor haarzelf. Ooit zou zij zich met haar jeugd moeten verzoenen. Zij veegde haar make-up af en waste haar gezicht, toen zij het geluid in de zitkamer hoorde. Een dof geluid, als van een neervallend lichaam.

Haar hart bonsde. De angst verlamde haar. Zij zag haar bleke gezicht in de spiegel terwijl zij haar oren spitste en de plotselinge slapte in haar benen de baas probeerde te worden.

Zenuwachtig pakte zij eerst het pistool, dat Felipe haar had gegeven toen hij uit huis ging, uit het kastje en begon op haar tenen naar de kamer te lopen, toen zij 'Lavinia, Lavinia' hoorde zeggen alsof iemand haar onder water riep. Zij had nauwelijks tijd te beseffen wiens stem het was, toen zij al in de deuropening van de slaapkamer stond, toen zij al naar de zitkamer holde waar Felipe voorover op de grond lag.

'Felipe, Felipe', schreeuwde zij bijna, 'wat is er?'

Nog steeds voorover, met een schorre stem, alsof hij zich erg inspande, zei Felipe: 'Ga naar buiten. Kijk goed of er geen vlekken op straat liggen', en sloot zijn ogen.

Helemaal in de war ging zij naar buiten en liep naar het trottoir. Vlekken? Er lag niets op de tegels. Bij de deur zag zij de bloedvlekken.

Zij ging het huis weer binnen en knielde naast hem neer.

'Haal de vlekken weg', zei Felipe. 'Haal eerst de vlekken weg', zei hij vanaf de vloer zonder zelfs zijn hoofd op te tillen.

Zij rende naar de keuken, pakte een doek, maakte hem nat en rende weer naar buiten.

Zij wist niet eens hoe zij de vlekken had schoongemaakt. Op straat was niemand te zien. Het was bijna middernacht.

Zij ging naar binnen en sloot de deur af. Ook de ramen deed zij dicht, terwijl zij steeds weer naar Felipe keek, op de grond, bleek, met een arm dubbelgevouwen onder zijn lichaam. Hij had zich niet bewogen. Zij knielde weer bij hem neer.

'Klaar', zei zij. 'Ik heb de vlekken weggehaald. Ik heb alles afgesloten, Felipe. Wat is er gebeurd?'

'Help me nu me om te draaien,' hijgde hij, 'help me naar je bed te komen. Ik ben geraakt', zei hij hortend. Geraakt. Gewond. Ik moet kalm worden, dacht zij. Zij haalde diep adem en hielp hem zich om te draaien. Zij moest zich bedwingen om hem niet los te laten toen zij zijn borst, zijn buik, zijn van bloed doorweekte kleren, de vloer en het bloed op de vloer zag.

Het kostte Felipe een enorme inspanning om te gaan zitten. Hij kneep zijn ogen dicht en perste zijn lippen op elkaar.

'Ik kan je beter naar de auto brengen, Felipe. Ik weet waar ik je heen kan brengen', zei zij, aan het huis van de koffievelden denkend.

'Nee', zei Felipe. 'Nee. Help me', zei hij, terwijl zijn gezicht van pijn samentrok.

In een tijd die een eeuwigheid leek slaagde Felipe erin overeind te komen. Zich op zijn knieën voortslepend en ondersteund door Lavinia bewoog hij zich naar voren, naar het licht van de slaapkamer. Zonder te weten hoe slaagden zij erin het bed te bereiken. Felipe ging op zijn zij liggen en weer moest zij hem helpen om op zijn rug te komen. Door de inspanning was hij totaal uitgeput.

Met een koelbloedigheid die zij helemaal niet voelde, haalde Lavinia een handdoek uit de badkamer en begon de knoopjes van zijn overhemd los te maken, wat een bijna belachelijk gebaar was want het was helemaal opengescheurd. Felipe hield haar tegen door een hand op de hare te leggen en haar te beduiden dat zij moest wachten.

Er gingen verscheidene minuten voorbij. De gedachten tolden door haar hoofd. Hij moest naar het ziekenhuis gebracht worden. Dit was anders dan dat van Sebastián. Felipe ging dood, hij bloedde dood, zijn buik lag open. Hij zou het niet lang maken als zij er niet in slaagde hem naar een ziekenhuis te brengen. Zij zou de buren moeten roepen. Het maakte nu niets meer uit. Alleen zijn leven redden, al zouden ze daarna de gevangenis in gaan. Het maakte niets meer uit.

'Felipe, dit is ernstig', zei Lavinia. 'Dit is niet iets voor deze kamer, ik moet je naar het ziekenhuis brengen.'

Je gaat dood, wilde zij zeggen, maar hield zich in.

Felipe deed zijn ogen open. De kalmte was in zijn blik teruggekeerd. Hij ademde zwaar. Instinctief legde zij nog een kussen onder zijn hoofd en schouders om hem een beetje op te richten. Zij dacht aan het bloed, de inwendige bloeding, zijn longen.

'Ik moet je naar het ziekenhuis brengen', herhaalde zij, terwijl zij het besluit nam Adrián te bellen. Adrián zou haar helpen.

'Kom dichterbij', zei Felipe. 'Ik ga wel naar het ziekenhuis, maar eerst moet ik met je praten… alsjeblieft…'

'Maar laat mij eerst Adrián bellen,' zei Lavinia, 'laat mij Adrián bellen, dan komt hij hierheen terwijl wij praten, om mij te helpen je naar de auto te dragen.'

'Nee, nee. Eerst dichterbij komen. Er is geen tijd. Daarna. Daarna kan Adrián komen…'

'Maar…'

'Alsjeblieft, Lavinia… Alsjeblieft…'

Hij hield aan. Met zijn ogen, met zijn handen, met wat nog gezond was. Wanhopig boog Lavinia zich over hem heen.

'Luister goed. Morgen is de actie. De actie is in het huis van Vela. Wij gaan Vela's huis bezetten. Het is een commando van dertien mensen. Ik maak deel uit van het commando… maakte', zei hij met een half lachje. Hij sprak met vaste stem, alsof hij krachten had verzameld om met haar te praten, zijn laatste krachten. 'Iedereen is absoluut nodig. Ik wil dat jij mijn plaats inneemt. Jij kent het huis goed. Er is geen tijd meer dat iemand anders het nog zo goed leert kennen als nodig is. Ik wil dat jij degene bent die mijn plaats inneemt. Niemand anders. Ik weet dat je het kunt. Bovendien ben ik het aan je verplicht, omdat ik het was die mij ertegen verzette dat jij meedeed...' Hij haalde adem, sloot zijn ogen, deed ze weer open. 'Ik ben het je verplicht. Je kunt het. Je hebt het bewezen. Je kunt het... Ga naar het huis. Zeg hen dat er op mij geschoten is toen wij de operatie met de taxi's uitvoerden. Zeg hen dat het niet de garde was. Het was de taxichauffeur, toen ik tegen hem zei dat hij mij de taxi moest geven. Hij hield mij voor een dief. Hij schoot van dichtbij. Ik zei te laat dat ik van de Beweging was. Ik werd zenuwachtig. Ik dacht niet dat hij gewapend zou zijn. Ik heb een fout gemaakt. Het was mijn eigen stommiteit. Als ik het eerder had gezegd, had hij niet geschoten. Had het me maar gezegd, dat zei de man tegen me', en Felipe glimlachte spottend om zijn eigen tegenslag, om het paradoxale van het ongelukkige incident. Hij hoestte, sloot zijn ogen, leek moed te scheppen om verder te gaan. 'Hij heeft me zelf gebracht. Hij wilde me helpen. Hij wist niet wat hij doen moest. Hij wilde mij naar het ziekenhuis brengen, maar ik heb hem overreed om mij tot vlak bij je huis te brengen. Ik heb hem gewaarschuwd dat hij niet de politie erbij moest halen. Ik heb hem zelfs gedreigd...,' Felipes stem zakte weg, 'voor het geval dat.'

In haar hoofd reconstrueerde zij Felipes pech. Hij was natuurlijk gewapend toen hij tegen de taxichauffeur zei: 'Dit is een overval, geef mij de auto.' En de taxichauffeur, het geweld, had snel gereageerd en het eerst geschoten. Een fataal duel. Een fout. Een paar seconden.

Een enkele op tijd uitgesproken zin en Felipe zou nu misschien niet gewond zijn. Sommige taxichauffeurs waren zelfs helpers van de Beweging. Misschien zou deze niet op hem hebben geschoten. Allemaal misschien! Zij zouden het nooit weten. En het deed er ook niet meer toe. De vragen verdwenen toen zij naar Felipes gezicht keek en de blik in

zijn ogen in dat bleke gelaat zag. Het was een intense, strakke blik. Zij had het gevoel dat zij bezig was hem te verliezen,
als een zwak radiosignaal dat in de lucht oplost. Zij had
doodstil, bijna verlamd, naast hem gezeten, terwijl zij naar
hem luisterde, hem hoorde zeggen dat hij haar had tegen-
gehouden om zich aan te sluiten en haar nu vroeg zijn plaats
in te nemen. Golven van liefde en wanhoop en kille winden
wisselden elkaar in haar borst af. Maar dit kon niet zo doorgaan. Zij konden niet doorgaan met naar elkaar te kijken,
elkaar met hun blik de dingen te zeggen waarvoor nu geen
tijd meer was om ze op te lossen. De eeuwige discussie hield
hier op, voor de dood, voor Felipes bloed dat uit zijn buik
vloeide en zich over de lakens verspreidde van het bed waarin zij de liefde, het leven, het onverenigbare hadden gekend.

'Laat mij Adrián bellen', zei Lavinia zachtjes, terwijl zij
probeerde zich van Felipes hand los te maken, die haar aan
het bed, waarin hij dood lag te bloeden, gekluisterd hield.

'Je hebt me niet geantwoord', zei Felipe. 'Ga je mijn
plaats innemen? Zul je het doen?'

'Ja, ja', zei Lavinia. 'Ik zal het doen.'

'Je mag ze geen nee tegen je laten zeggen.'

'Nee, Felipe, ik zal ze geen nee tegen me laten zeggen.'

Zij merkte dat zij tegen hem sprak als tegen een klein
jongetje. Haar stem was rustig en troostend, net als die
van tante Inés wanneer zij ziek was.

Felipe sloot zijn ogen en zijn hand verslapte. Hij hoestte
even en zijn borst klonk vreselijk verstopt. Dat geluid bracht
haar tot het besef dat zijn leven voor haar ogen wegvloeide,
een einde dat zij eenvoudig niet kon accepteren, dat zij niet
mogelijk achtte. Zij moest iets doen, dacht zij, zij moest zich
niet blijven verzetten, niet blijven denken dat Felipe ondanks alles zou blijven leven. Zij stond op en liep naar de
telefoon zonder haar blik van Felipe af te nemen. Felipe met

zijn ogen dicht. Felipes bloed dat een rood meer in haar bed maakte.

'Adrián?'

Zijn slaperige stem antwoordde met een schor ja.

'Adrián, ik ben het, Lavinia, word wakker, alsjeblieft.'

Haar dringende stem maakte hem snel wakker. Zij zei alleen dat zij hem nodig had. Meer legde zij niet uit. Het was een noodgeval. Alsjeblieft. Hij moest onmiddellijk naar haar huis komen. Het was uiterst dringend. 'Ik kom eraan', zei Adrián.

Zij berekende de tijd die hij nodig zou hebben om er te zijn. Vijftien minuten op zijn hoogst, dacht zij. Op dit uur was er geen verkeer.

Zij ging naar de badkamer en haalde een schone handdoek. Zij ging naar Felipe toe en knielde bij het bed. Hij opende zijn ogen.

'Lavinia?', vroeg hij en zij schrok van zijn afwezige blik.

'Hier ben ik, Felipe. Adrián komt eraan. We zullen je naar het ziekenhuis brengen. Alles komt goed. Rust maar uit. Wees maar niet bezorgd.'

'Je bent een moedige vrouw, weet je', zei Felipe met een dunne stem, het geluid van de wind door een ravijn.

'Ik denk dat het beter is als je niet praat,' zei Lavinia, 'wees maar rustig, lieveling, mijn lieveling…' Zij kon het verlangen zich over hem heen te buigen, haar hoofd op zijn voorhoofd te laten rusten, hem te kussen en hem door zijn haar te strijken niet bedwingen.

'Lieveling, lieveling', zei Felipe, alsof hij een naam herhaalde en hoestte weer, deze keer heviger en tot Lavinia's ontzetting liep er een straaltje bloed uit zijn mond, terwijl zijn hoofd opzij gleed naar haar borst. Een lichte beweging van het hoofd en hij lag stil.

Lavinia wilde het bloed van zijn wang vegen en zag zijn

onbeweeglijke ogen, zijn half geopende mond. Felipe was dood. Een ogenblik geleden was hij doodgegaan, daar, zo dicht bij haar. Zijn borst, die zojuist nog bijna snuivend op en neer ging, bewoog niet meer.

'Felipe?' zei zij zachtjes, als was zij bang hem wakker te maken, alsof hij in slaap was gevallen. 'Felipe?' zei zij wat luider.

Er kwam geen antwoord. Zij wist al dat er geen antwoord zou komen. Met beide handen leunde zij op Felipes borst en drukte stevig, omhoog en omlaag, zoals zij ziekenbroeders verschillende keren bij eerstehulpdemonstraties had zien doen. Haar handen kwamen vol bloed te zitten. Er gebeurde niets. Felipe was slap en bewoog zich niet.

Hij is dood, zei zij bij zichzelf. Dat kan niet, zei zij. Waar blijft Adrián, vroeg zij zich af, wanneer komt hij, dacht zij. Felipe mag niet doodgaan, zei zij, raakte hem aan, bracht haar gezicht heel dicht bij zijn ogen, bij wat zijn blik moest zijn, de droevige blik die zij er niet meer in zag.

Nee! stond zij op het punt te roepen. Nee! zei zij in de eenzaamheid van de nacht. Zij begon hardop te praten. Het kan niet, zei zij. Felipe. Felipe, je mag niet doodgaan! Felipe, kom alsjeblieft terug, Felipe! En haar stem werd steeds wanhopiger zonder dat hij bewoog, zonder dat hij probeerde haar te kalmeren, Lavinia, wind je niet op, tegen haar zei.

Zij stond op en zonder te weten waarom stak zij de lichten in het huis aan. Zij bewoog zich gehaast. Zij wilde iets met haar handen doen, maar zij wist niet wat. Zij wist niet of zij wilde slaan of zich het haar uit het hoofd trekken of gaan huilen. Maar de tranen kwamen niet. Zij kon alleen maar aan Adrián denken. Adrián moest komen. Zij zou niet geloven dat Felipe dood was tot Adrián was gekomen. Felipe was bewusteloos. Hij lag bewusteloos in haar slaapkamer. Hij had veel bloed verloren. Daar kwam het door. Zij was geen dokter. Zij kon de dood niet herkennen. Adrián moest komen. Alles zou goed zijn wanneer Adrián er zou zijn.

En Adrián kwam. Zij deed de deur open en greep zijn hand. Zonder iets te zeggen bracht zij hem naar de slaapkamer en de ander vroeg niets omdat hij zag dat zij onder het bloed zat, haar jurk, haar handen zaten onder het bloed.

Hij knielde naast Felipe. Hij raakte hem aan, legde zijn hand op zijn voorhoofd. Zij zag hoe hij zijn hand voor zijn mond hield, hoe hij zijn aansteker aandeed en die naar Felipes ogen bracht.

'Geef me eens een spiegel', zei hij tegen haar. Zij gaf hem er één en zag hoe hij die voor Felipes mond hield. Toen zag zij hoe hij Felipes ogen sloot, met zijn hand over zijn gezicht streek, zijn ogen opnieuw dicht deed, zijn half open mond sloot, hem recht legde in het bed en zijn handen over zijn borst vouwde zoals bij de doden. Hij stond op, ging voor haar staan en keek haar aan.

'Er is niets meer aan te doen', zei hij heel zachtjes, alsof het een geheim was. Lavinia keek hem aan zonder het te willen begrijpen. 'Hij is dood. Er is niets meer aan te doen.'

'Hij moet naar het ziekenhuis gebracht worden', zei Lavinia. 'Wij weten niets van die dingen af.'

Adrián legde zijn handen op haar armen en keek haar recht aan.

'Ja, dat weten wij wel, Lavinia. Felipe is dood', zei hij, nam haar in zijn armen en begon langzaam over haar hoofd te strelen.

'Het kan niet', zei Lavinia en maakte zich van hem los. 'Het kan niet', herhaalde zij. 'Het kan niet!' schreeuwde zij.

En Adrián pakte haar weer bij haar armen en drukte haar weer tegen zich aan. 'Lavinia, alsjeblieft, maak het niet nog moeilijker. Alsjeblieft. Het is verschrikkelijk, maar je moet het accepteren.'

Felipe was dood. Zij moest het accepteren. Waarom moest zij het accepteren, dacht zij. Waarom moest zij accepteren dat Felipe dood was? Zij knielde weer bij het bed neer. Zij raakte Felipe aan. Hij was koel. Zijn huid was koel. Hij was niet koud. Alleen koel. Maar hij bewoog niet. Hij ademde niet. Zij moest het accepteren. Hij was dood.

'Felipe?' zei zij. 'Felipe?' en zij bleef geknield zitten, haar hoofd op de borst gezonken, haar armen omlaag, zonder tranen.

Adrián ging weer naar haar toe en legde een hand op haar schouder. Hij hielp haar overeind, bracht haar naar de badkamer, liet haar haar handen wassen, voerde haar uit de slaapkamer naar de keuken en zette haar op de houten bank, terwijl hij hete koffie voor haar klaarmaakte.

'We moeten hem naar het ziekenhuis brengen', zei Lavinia. 'Hoe dan ook.'

'Ken je zijn familie?'

'Nee. Ik weet alleen dat ze in Puerto Alto wonen.'

'En weet je zeker dat we hem naar het ziekenhuis kunnen brengen? Ik weet dat het moeilijk voor je is, maar je moet je best doen. Denk er even goed over na of het verstandig is hem naar het ziekenhuis te brengen. Daar zullen ze vragen stellen. Wat moeten we dan zeggen? Vertel eens wat er is gebeurd? Hoe is het gegaan?'

'Hij stapte in een taxi. Hij moest de taxi meenemen, hem van de taxichauffeur afpakken. Te leen, je kent het wel... Maar de taxichauffeur begreep het niet. Hij dacht dat hij een dief was, dat hij de taxi wilde stelen. Hij schoot van dichtbij op hem. Daarna heeft hij hem hier gebracht. Hij was geschrokken. Hij zei dat hij de politie niet zou waarschuwen...'

'Wat?' zei Adrián. 'Ik begrijp het niet. Hij stapte in een taxi, de chauffeur dacht dat hij een dief was en schoot op hem. Maar hoe komt het dat hij hem daarna hiernaartoe heeft gebracht? En hoe komt het dat Felipe niet eerst heeft geschoten? Was hij niet gewapend?'

'Ik weet het niet. Ik weet het niet', zei Lavinia. 'Ik denk het wel. Ik denk dat hij niet heeft geschoten omdat de ander het eerst schoot, omdat hij niet dacht dat hij zou gaan schieten, weet ik veel! En daarna zei hij dat hij van de Beweging was, dat hij hem niet bij de politie moest brengen. En de man heeft het niet gedaan en hem hier gebracht. Zo is het denk ik gegaan.'

Zij nam een slok van de koffie die Adrián haar aangaf. Hij was heet. Het was goed de warmte te voelen. Zij trilde. Zij had het erg koud. Zou het geregend hebben? Waarom had zij het zo koud? De familie van Felipe... Hoe zou Felipes familie zijn?

Adrián stond op en kwam terug met een deken, die hij om haar heen sloeg.

'Felipes familie woont in Puerto Alto', zei Lavinia. 'Zijn vader is havenarbeider. Denk je dat ze gebeld zouden moeten worden? Moeten we hen bellen en Felipe aan hen overdragen?'

Zij dacht het lijk, Felipes lijk. Dat dacht zij. Maar ze zei het niet. Zij kon het niet. Zij kreeg een verschrikkelijke kramp in haar maag, alsof zij moest overgeven. Zij zette de koffie op tafel en greep naar haar maag. Zij vouwde zich dubbel, legde haar hoofd op haar benen. Zo wilde zij blijven zitten. Haar hoofd niet meer hoeven optillen. Niemand meer hoeven zien. Bij Felipe daar in haar huis blijven.

'Lavinia', zei Adrián.

Zij gaf geen antwoord. Zij begon aan Felipes moeder te denken. Hoe zou zij er uitzien? Zou haar zoon op haar lijken? En wat verschrikkelijk! Met de dode Felipe bij haar aankomen. Zij stelde zich haar gejammer voor, haar smarte-lijke blik. Wat is er met hem gebeurd, zou zij vast vragen. Haar borst kromp ineen.

Adrián raakte haar schouder aan. Hij vroeg of zij zich ziek voelde. Er kwam een lelijk geluid uit haar keel, dat zij bijna niet als van haarzelf herkende, een droge, hese snik.

'Huil maar,' zei Adrián, 'het zal je goed doen.'

Zij tilde haar hoofd op.

'Er is geen tijd', zei zij. 'Er is geen tijd', herhaalde zij. Felipe had gezegd dat zij zijn plaats moest innemen. Er was geen tijd. In het raam begon het al licht te worden. In de verte hoorde je hanen kraaien.

Adrián moest voor Felipe zorgen. Felipe die al dood was. Zij moest daarheen, naar het huis, naar het huis waar Felipe al had moeten zijn. Zij zaten natuurlijk op hem te wachten. Het commando zou zenuwachtig zijn, zich afvragen wat er gebeurd kon zijn. Er kon iets verkeerd gaan als zij er niet snel naartoe ging, als zij hen niet vertelde wat er gebeurd was. De taxichauffeur zou hen kunnen aangeven. Zij ging rechtop zitten.

'Adrián, jij moet voor Felipe zorgen', zei zij. 'Ik moet weg.'

Adrián dacht dat zij in de war was, dat zij niet wist wat zij zei.

'Dat moet je niet zeggen, Lavinia. Je zult zien dat we het samen zullen oplossen. Toe, rustig maar. Neem nog wat koffie.'

'Je begrijpt het niet', zei Lavinia. 'Er is niets met mij. Ik ben rustig. Maar ik moet weg. Ik moet hen waarschuwen.'

'Dat kunnen we later doen, Lavinia.'

'Nee, dat kan niet', zei Lavinia. 'Meer kan ik je niet zeg-gen. Maar later kan niet. Ik moet meteen weg, voordat het licht wordt. Ik moet nu meteen weg.'

'En Felipe? Wat doen we met Felipe?' zei Adrián geschrokken.

'We moeten Julián bellen', zei Lavinia. 'Julián is zijn vriend. Hij weet waar zijn familie woont. En hij moet hier weg zonder dat de buren het merken. Hem hier weghalen en ergens anders heen brengen. Ergens anders heen, maar hem niet hier laten. Dat is erg belangrijk. Ik kan Julián opbellen, maar ik kan niet op hem wachten. Jij moet hier blijven en op hem wachten, hem vertellen wat er gebeurd is en dat ik weg moest. Dat hij verder niets moet vragen. Hij zal je helpen, dat weet ik zeker. Hij was zijn vriend. Zij waren erg op elkaar gesteld', zei zij en weer kreeg zij dat gevoel dat zij daar wilde blijven, dat zij wilde uithuilen, maar daar was geen tijd voor. Zij moest weg.

'Maar je kunt niet zo weggaan, in je eentje. Je voelt je niet goed, Lavinia. Wacht dan tenminste tot Julián er is en dan breng ik je weg.'

'Nee. Ik voel me goed. Er zal me niets gebeuren. Ik moet hen alléén waarschuwen. Echt, geloof me. Je kunt me niet wegbrengen. Niemand kan me wegbrengen. Ik moet er alleen heen.' Zij streek met haar hand door haar haar. Op sommige momenten had zij het gevoel dat zij gek werd. Zij streed tegen zichzelf, tegen de aanvechting naar de slaapkamer terug te gaan en bij Felipe te blijven, te huilen. Maar de tranen kwamen niet. Zij voelde zich erg gespannen. Verscheurd. Zij wilde gaan en ze wilde blijven. Zij moest gaan, zei zij weer tegen zichzelf. Zij moest haar belofte aan Felipe nakomen. Het was het laatste dat hij tegen haar had gezegd, dat zij zijn plaats moest innemen. Zij moest het doen. En bovendien, de anderen zouden ongerust zijn. De actie kon worden afgelast. Alles kon mislukken als zij niet sterk was, als zij ging zitten huilen, als zij bij Felipe bleef. Maar het was verschrikkelijk om hem alleen te laten. Afschuwelijk hem daar helemaal vies, helemaal bebloed in haar bed achter te laten. Maar zij moest gaan.

Zij ging de slaapkamer in, gevolgd door Adrián. Felipe lag nog net zo. Hij had zich niet bewogen. Zij had de hoop gehad dat Felipe op zijn zij zou liggen wanneer zij binnenkwam. Op zijn zij zoals hij graag sliep. Maar hij lag nog op zijn rug, met zijn handen over zijn borst gevouwen, zoals Adrián hem achtergelaten had. Zij liep naar de telefoon, zocht in haar boekje het nummer van Juliáns huis. Zijn vrouw antwoordde slaperig, slecht gehumeurd. Het was nog geen vijf uur in de morgen. Julián kwam aan de telefoon. Zij zei hem dat hij naar haar huis moest komen, dat hij niets moest zeggen maar dat het om Felipe ging. Felipe had een ongeluk gehad. Het was dringend dat hij meteen kwam.

Daarna ging zij naar de badkamer en trok haar bebloede kleren uit. Zij trok een spijkerbroek, een T-shirt en tennisschoenen aan. Zij zag Felipes spijkerjack en deed het over haar schouders. Zij had het nog steeds koud.

Voordat zij de slaapkamer verliet knielde zij bij Felipe neer. Het huilen bleef in haar borst steken als een verdrinking zonder bedding, een pijn die tegen iedere vezel van haar lichaam sloeg.

'Ik ga weg, Felipe', zei zij, zich naar zijn gezicht overbuigend. 'Ik ga weg, compañero', herhaalde zij. 'Een vrij vaderland of de dood', snikte zij, terwijl zij zijn handen kuste en voor het eerst de tranen als ontketende rivieren voelde opkomen. Zij stond op en vluchtte weg van dat vocht in haar ogen, dat dreigde haar te verlammen en haar daar op het bloederige hemd van Felipe te laten liggen.

'Ik ga', zei zij tegen Adrián en rende bijna de kamer uit. Adrián liep met haar mee tot de deur. Zij namen snel afscheid. Een stevige omhelzing. 'Pas goed op hem', zei Lavinia. 'Pas goed op jezelf ', zei Adrián.

Zij keek op haar horloge. Het was bijna vijf uur. Zij veegde met haar hand over de voorruit, die met dauw was bedekt. Zij startte de motor en reed weg. De straten begonnen tot leven te komen met de melkventers en de krantenbezorgers, die op hun brommers de kranten op het tuinpad van de huizen gooiden. Er begon een nieuwe dag. Weer een dag. Alles leek normaal. Zij reed langs huizen met kerstversiering in de tuin, bomen met kleurige lampjes. Kerstbomen achter de ramen. Er scheen niets veranderd te zijn. De wereld huilde niet om de dood van Felipe. Het was of die helemaal niet had plaatsgevonden. Zij begon te huilen. Haar gesnik versluierde de weg die zij nu nam, de vochtige, gele bloemen langs de kant, die wiegden in de frisse wind van de decemberochtend.

Zij voelde hoe het huilen van diep van binnen omhoog steeg en haar een scherpe pijn in haar buik, in haar maag gaf. Zij haalde diep adem. Zij moest kalm blijven. Zij mocht niet huilen. Zij zou niet verder kunnen rijden als zij zo bleef huilen.

Haar gedachten riepen een warreling van beelden in haar op. Felipe met een lachend gezicht, Felipe in bed, Felipe op kantoor, Felipe op de laatste ochtend dat zij hem had gezien, Felipe die zei dat de actie niets met Vela te maken had, die zei dat hij niet had gewild dat zij meedeed, Felipe toen zij hem had leren kennen, Felipe in haar bed, onder het bloed, onbeweeglijk. De wereld zonder Felipe. Er was niets veranderd. Maar voor haar was alles veranderd. De woede, de woede over zijn nutteloze dood, over de dood van zovelen, de dictatuur, de Grote Generaal, generaal Vela en zijn absurde huis, de stupide dames Vela. Zij haatte hen. Zij haatte hen met heel haar wezen, met haar stekende buik, met haar ingewanden die pijn deden. Zij kon hen eigenhandig vermoorden. Met haar blote handen. Zonder weerzin.

En zij moest verder, zij moest doorgaan. Felipe kon niet vergeefs gestorven zijn. Zijn dromen moesten worden verwezenlijkt. De dromen van hem en van alle anderen. Zij moesten voorkomen dat hun dood leeg bleef, tot niets had gediend. Hij mocht niet vergeefs gestorven zijn. Zij moesten overwinnen, er moest nog zoveel worden gedaan. En Felipe lachend op het strand, Felipe op de boot naar Duitsland, Felipe op school... de Felipes die zij kende en die zij niet kende schoten haar te binnen. Felipe de kabouter, Felipe de vogel, Felipe de kolibrie, Felipe de beer, de machistische Felipe, de lieve Felipe. Aan het eind had hij haar gevraagd hem te vervangen. Niet omdat hij het had gewild. Uit noodzaak. Uit noodzaak zouden de vrouwen de geschiedenis betreden. Uit nood van de mannen die het niet alleen afkonden om te sterven, om te strijden, om te werken. Uiteindelijk hadden zij hen nodig, ook al erkenden zij het pas bij hun dood. Waarom? Felipe? Waarom? Waarom ben je doodgegaan? Lieveling, mijn jongen, mijn lieve jongen.

En dan was zij bij het huis in de koffievelden aangekomen. Het donkere huis. Zij reed door tot voor de deur. Er gingen lichten aan. Beweging. Er verscheen een man, de wachtpost. 'Ik ben Inés', zei Lavinia. 'Worden hier planten verkocht?' Het wachtwoord. 'Compañera, zet de auto achter het huis.' Zij deed het. Er stonden nog meer auto's. Taxi's. De Mercedes Benztaxi's. Daar stonden ze, half verborgen. Het waren er twee. Eén in de garage, de ander buiten met een doek erover. En haar auto. Drie auto's. Felipes taxi zou niet nodig zijn.

In de achterdeur, een glazen deur die toegang gaf tot een door een pergola overdekte gaanderij, verschenen Sebastián en Flor. Zij kwamen naar haar toe. Zij hadden een jasje over

hun schouders. Hun gezicht stond bezorgd. Weer dat ver-
scheurende gevoel in haar maag toen zij hen zag. Met de rug
van haar hand veegde zij langs haar neus. Flor en Sebastián
kwamen bijna hollend op haar af. Sebastián legde een arm
om haar heen. 'Wat is er gebeurd?' vroeg hij. En Lavinia
kon niets zeggen. Zij begon te huilen. Zij klemde zich aan
Sebastián vast en huilde zonder een woord te kunnen zeggen. Zij voelde dat zij aangekomen was, dat zij thuis was, bij
haar broers en zusters, bij de haren. Zij brachten haar naar
binnen. Een enorme ruimte, bijna zonder meubelen. Een
paar aluminium stoelen met gebloemde plastic overtrekken. Flor zei iets tegen de wachtpost, die weer naar buiten
ging. De lichten werden uitgedaan. De dag begon al door
het donker heen te breken.

Flor verdween en kwam terug met een glas water in haar
hand, dat zij aan Lavinia gaf. Sebastián had haar op een
stoel gezet. Hij hield zijn armen om haar heen, half geknield
naast haar. Zij bleef maar huilen.

Zij dronk het water op en zei tegen zichzelf dat zij kalm
moest worden. Zij was niet gekomen om te huilen. Zij
moest hen vertellen wat er was gebeurd, maar had het gevoel of Felipe op dat moment doodging. Pas wanneer zij het
hun had verteld, zou Felipes dood echt zijn. En de woorden
kwamen er niet uit. Zij wilde het zeggen en begon weer te
huilen.

'Zijn ze je gevolgd?' vroeg Sebastián. 'Zijn ze je komen
halen? Is er iets gebeurd?'

Zij bewoog haar hoofd, zichzelf tegensprekend, ja en nee
knikkend zonder een woord te kunnen uitbrengen.

'Laat haar eerst tot rust komen', zei Flor tegen Sebastián
en kwam bij haar staan om haar op haar rug te kloppen en
haar meer water te geven.

Zij moest het hun snel zeggen. Zij zag dat de anderen met

de minuut zenuwachtiger werden, voelde het alarm in het huis. Op de eerste verdieping klonken voetstappen, werden dingen verschoven.

'Ik ben niet gevolgd', zei zij eindelijk. 'Jullie kunnen gerust zijn. Ik ben niet gevolgd. Het heeft niets met de garde te maken.'

Zij haalde diep adem door haar mond. Zij moest verder gaan. Zij moest over Felipe beginnen. Op dat moment. Felipe in de ogen van Sebastián en Flor zien sterven. Zij moest het nu doen, nu het snikken minder werd en zij kon praten.

'Het is zo dat Felipe,' zij nam een slok water, haalde diep adem, 'Felipe overviel een taxi. De chauffeur dacht dat hij een dief was. Hij schoot van dichtbij op hem. Felipe is bij mij thuis gestorven. Een uur geleden, twee uur misschien. Dat is er gebeurd.'

Nu stroomden de tranen haar over de wangen, maar het snikken hield op. Zij probeerde Felipe niet voor zich te zien. Elke keer wanneer haar een beeld van Felipe in herinnering kwam, begon het snikken weer. Zij probeerde aan iets anders te denken, aan de stoelen in deze ruimte, aan deze onherbergzame, verlaten plek, de afgebladderde muren. Zij wilde niet naar de gezichten van Flor en Sebastián kijken.

'Je moet rustig nadenken,' zei Sebastián, die voor de stoel op de grond knielde, bij haar knieën, en haar hand in de zijne nam, 'en dan ga je me rustig vertellen wat er is gebeurd.'

Zij vertelde het hem zo goed zij kon, tussen slokken water door terwijl zij de grote, ruwe zakdoek gebruikte die Flor, die naast haar stoel stond en haar over haar hoofd streelde, haar had gegeven. Toen zij klaar was, gingen Flor en Sebastián opzij staan en zeiden iets tegen elkaar.

'We zullen een compañero sturen om te zien hoe het in je huis is', zei Sebastián. En zich tot Flor wendend: 'Blijf jij bij haar.'

'Wacht', zei Lavinia. 'Ga niet weg. Ik moet je nog iets zeggen. Felipe wil dat ik zijn plaats inneem. Hij staat erop. Hij zei dat ik het huis ken. Dat hij vertrouwen in mij heeft. Dat ik het moet doen. Dat ik zijn plaats moet innemen.'

'Goed, goed. Daar hebben we het nog wel over.'

'Nee. Ik moet het doen, Sebastián. Alsjeblieft. Felipe heeft het mij gevraagd voordat hij doodging. Hij zei dat ik erop aan moest dringen.'

'Daar hebben we het nog wel over', zei Sebastián en liep weg zonder haar de tijd te geven verder te gaan.

'Flor, alsjeblieft, je moet mij helpen', zei Lavinia. 'Ik moet het doen. Ik ken het huis beter dan wie ook.'

'Ja, ja, rustig maar. Het komt wel in orde. Wacht maar tot Sebastián terug is. Hij heeft geen nee gezegd. Alleen moeten er nu andere dingen gedaan worden, die dringender zijn. Drink nog wat.'

*

25

Hij stierf bij het aanbreken van de dag. Hij is terug bij de
zon. Nu is hij metgezel van de adelaar, een *quauhtecal*, metgezel van de ster. Over vier jaar zal hij als een ragfijne, glanzende *huitzilin*, kolibrie, terugkeren om in de zoele lucht
van bloem tot bloem te vliegen.

De maïs en de planten worden in het westen geboren, in
Tamonchan, de tuin van de aardse godinnen van het leven.
Daarna maken zij de lange reis van de ontkieming onder de
aarde. De goden van de regen, Quiote, Tláloc en Chaac,
leiden en bemoedigen hen, zodat zij de juiste richting houden en weer in het oosten boven de grond komen, in het
gebied van de opkomende zon, van de jeugd en de overvloed, het rode land van de dageraad waar de zang van de
vogel *quetzalcoxcoxtli* weerklinkt. Mens noch natuur zijn
tot de eeuwige dood veroordeeld. De dood en het leven zijn
niet meer dan de twee kanten van de maan, de ene helder,
de andere donker.

Het leven ontspruit uit de dood als het plantje uit de
maïskorrel, die in de schoot der aarde vergaat en weer geboren wordt om ons te voeden.

Alles verandert. Alles gaat over in iets anders.

De geest van Felipe blies wind in mijn takken. Nu weet
hij dat ik besta, dat ik vanuit Lavinia's bloed over de in het
geheugen van de toekomst geschreven lotsbestemmingen
waak. Hij zal naar haar kijken vanuit de stoet van sterren
die de zon volgen tot hij het zenit heeft bereikt. Hij zal haar
niet uit het oog verliezen. Hij zal mij zijn warmtestralen
toewerpen, zodat ik haar kan ondersteunen.

Lavinia's bloed raast als een opgewonden bijenzwerm. Haar huilen moest met rotsblokken worden bedwongen en haar smart in getrokken lansen worden omgezet, als de smart van Yarince bij mijn verstijfde lichaam.

Twee door droefheid en onrust tot inspanning aangezette mannen hebben het lichaam van de gevallen krijger weggehaald. Zij hebben zijn diepe wonden verbonden en hem schone kleren aangetrokken. Zij droegen hem met zich mee, als een van pulque dronken man.

•

Flor bracht haar naar een kamertje waar twee lange, dunne matrassen op de vloer lagen. Zij zei haar dat zij moest proberen wat te rusten, terwijl zij de anderen van het gebeurde op de hoogte ging stellen.

Even later hoorde Lavinia buiten geroezemoes van stemmen en zich bewegende mensen. Dan een stilte en de stem van Flor, die iets over Felipe zei. Zij kon de woorden niet onderscheiden. Af en toe hoorde zij duidelijk Felipes naam. De rest was onverstaanbaar. Zij keek naar de groenige, gebarsten, afgebladderde muren van de kamer. Het was koud. Zij hield haar armen tegen haar bovenlichaam. Zij huilde niet meer. Zij was meer in een toestand van verdoving gekomen. Zij wist niet of zij in de werkelijkheid leefde of in een door de smart en de dood verwrongen tijd.

Flor keerde terug met een kroes koffie met melk en een met boter besmeerd stuk brood.

'Wil je niet wat eten?' zei zij. 'Het zal je goed doen.'

Zij zette het bij haar neer en ging zelf op de andere matras zitten.

'Ik kan het niet geloven', zei Flor voor zich heen. 'Ik kan bijna niet geloven dat Felipe dood is. Dat heb ik de laatste tijd. Ik kan niet in de dood van de compañeros geloven. Ik reageer niet. Ik weet niet of ik op een dag zal beginnen te huilen zonder op te kunnen houden. Huilen voor degenen voor wie ik niet gehuild heb. Wij zeggen dat je eraan went de dood als onderdeel van dit leven te accepteren, hem recht in de ogen te kijken zonder je eigen ogen neer te slaan, hem als iets natuurlijks te zien. Maar ik denk eerder dat wij hem ontkennen. Wij kunnen hem niet accepteren. Wij verwerpen hem gewoon. Wij blijven verwachten de compañeros levend weer te zien. Wij denken dat wij hen op de dag van de overwinning allemaal zullen aantreffen, dat wij dan zullen merken dat zij niet dood waren, dat zij ergens verscholen zaten…'

Lavinia zat met de armen om haar benen geslagen en steunde haar hoofd op haar knieën. Haar handen bewogen zenuwachtig.

'En was je alleen toen hij stierf? Was je alleen met hem?'

'Ja', zei Lavinia. 'Toen ik hem zag liggen, dacht ik dat hij elk ogenblik dood kon gaan, maar daarna, toen wij met elkaar praatten, weigerde ik te accepteren dat hij dood kon gaan. Ook toen Adrián was gekomen en het tegen mij zei, geloofde ik het niet. Later ging ik zelfs de slaapkamer in om te zien of hij anders was gaan liggen, of hij zich had bewogen. Maar hij lag nog net zo.'

'En heeft hij je gezegd dat de actie vandaag is, in het huis van Vela?'

'Ja. Hij zei dat ik zijn plaats moest innemen, dat hij het aan mij verplicht was omdat hij het was geweest die zich tegen mijn aansluiting had verzet. Je bent moedig, zei hij. Je kunt het. Sta niet toe dat ze nee zeggen.'

'Maar besef je wel dat het moeilijk is je nu nog in te passen? Het hele commando heeft twee maanden lang gezamenlijk getraind en de hele actie nagebootst.'

'Maar ik ken het huis beter dan wie ook. Ik ben er geweest. Jullie niet. Ik heb het ontworpen.'

'Maar dat is niet alles, Lavinia. Wij kennen de bouwtekeningen goed.'

'Ja, dat weet ik. Ik heb een stel tekeningen aan Felipe gegeven, maar daarna zijn er verschillende veranderingen aangebracht.'

'Maar het essentiële is niet veranderd...'

'Nee, maar er zijn een paar veranderingen. Ik kan nuttig zijn. Naar een tekening kijken is niet hetzelfde als er geweest zijn.'

Zij had gelijk, gaf Flor toe, maar ze moesten op Sebastián wachten. Zij zwegen.

'Je voelt je al wat beter, hè?' zei Flor.

'Ik weet het niet. Ik weet niet hoe ik mij voel. Het lijkt of niets van wat er gebeurt echt is.'

'Je moet sterk zijn,' zei Flor, 'vooral als je aan de actie mee wilt doen. Sebastián mag je zo niet zien, zo verslagen. Je moet je best doen jezelf in de hand te nemen en daar niet langer met zo'n afwezige blik te blijven zitten, als een slaapwandelaarster. Dat moet je doen. Doe het voor Felipe. Hij zou het van je verwacht hebben.'

'Het is triest dat hij pas op het eind heeft erkend dat ik mee kon doen, vind je niet?'

Lavinia ging met haar handen door haar haar, stopte haar T-shirt in haar broek. Flor had gelijk. Zij moest zich over de pijn heenzetten als zij aan de actie mee wilde doen. Zij pakte de kroes met koffie en begon eruit te drinken en van het brood te eten.

'Het zou nog triester zijn geweest als hij het nooit had erkend', zei Flor na een lange pauze. 'Lavinia,' vervolgde zij, ernstiger, 'Felipe had zijn problemen. Jij kende ze beter dan wie ook. Maar de Beweging vindt dat je moed en bereidheid hebt getoond. Kort geleden hebben we besloten je als actief lid in de Beweging op te nemen. Het zou je na de actie verteld worden, maar ik denk dat het belangrijk is dat je het nu al weet. Ik wilde je ook zeggen dat je, wat er ook gebeurt, op mij kunt rekenen. Ik houd veel van je, ik houd van je als van een zuster. Ik weet dat je moeilijke ogenblikken doormaakt, maar ik heb het vertrouwen dat je gesterkt uit deze situatie tevoorschijn zult komen. Ik heb gezien hoe je je twijfels en onzekerheden hebt overwonnen en ik weet dat ik redenen heb om vertrouwen in je te hebben en om je te respecteren. Je koos ervoor om je bij ons aan te sluiten, alles te riskeren, en je leven op het spel te zetten. Dat is veel waard en ik beloof je dat ik er voor zal vechten dat ze je vanwege je eigen verdiensten aan de actie zullen laten deelnemen. Niet omdat Felipe het je heeft gevraagd, maar omdat je het verdient.'

Zij omhelsden elkaar innig. Beiden huilden stille tranen zonder luid gesnik. Flor veegde met de rug van haar hand over haar gezicht en liep weg, Lavinia gekalmeerd, rustig en met een gevoel van warmte, van vrede in haar borst achterlatend.

Buiten de kamer maakten de compañeros zich klaar. Alles was een en al opwinding. Twee maanden lang hadden zij op dit moment gewacht. Zij hadden intensief getraind. Niemand wist waar het precies om ging. Zodra Sebastián terug was, zou hij het hen tot in details vertellen. In de tussentijd gaf Flor hen instructies het huis schoon achter te laten. Zij verbrandden papieren, stopten kleren die zij niet zouden gebruiken in een tas, keken hun wapens na. Oorspronkelijk bestond de groep uit vier vrouwen en negen mannen. Nu, met de dood van Felipe, zouden er misschien vijf vrouwen aan de actie deelnemen.

Sebastián kwam terug toen zij net een douche had genomen. Flor had haar naar een kleine badkamer gebracht. 'Het water is erg koud,' zei zij, 'maar je knapt ervan op.'

De waterstraal viel als een zweepslag op haar huid. IJskoud water uit de bergen. Het deed haar rillen, maar gaf haar nieuwe kracht. Zij bleef onder de douche staan en liet het water over haar gezicht en haar lange, dikke haar lopen. Zij wilde de verschrikkelijke beelden van de laatste uren wegspoelen, haar door het huilen gezwollen ogen schoonwassen. Maar de gewaarwording van het water op haar wangen bracht opnieuw de tranen tevoorschijn, nu stil, berustend. Tranen die tegelijkertijd verlangen en voornemen waren.

Zij trok haar kleren weer aan, Felipes spijkerjack. Zij huilde niet meer. Zij mocht niet meer huilen. Niet wanneer zij met Sebastián moest praten. De zon was al warm, maar in dat gebied was het vrij koel, vooral in deze tijd van het jaar.

Zij ging de grote kamer binnen. Zij zag alleen Sebastián en Flor, die over een stel tekeningen op een formica keukentafel gebogen zaten. Sebastián keek op, toen hij haar hoorde komen.

'Je ziet er al heel wat beter uit', zei hij.

Lavinia lachte en zei dat zij zich veel beter voelde, het water had haar goedgedaan. Zij keek hem aan en probeerde uit hun gezichtsuitdrukking op te maken wat er met haar ging gebeuren.

'Hebben jullie al besloten of ik meedoe?' vroeg zij, terwijl zij haar best deed bedaard te klinken.

'Ja', zei hij. 'Het is goedgekeurd. Je doet mee. Wij denken dat je kennis van het huis inderdaad waardevol is. Maar we moeten je wel een spoedtraining geven. We hebben weinig tijd. Ongeveer tien uur. Vijf zal je leren het wapen te bedienen. Jij bent Twaalf. Ik ben Nul en Flor is Een. Vanaf nu spreken wij elkaar alleen bij ieders nummer aan. In bijzijn van de anderen mag je onze namen niet noemen. Dadelijk komen we hier allemaal bij elkaar om de details van de operatie door te nemen', hij had zijn leidinggevende toon weer aangenomen.

Zij zou meedoen, dacht Lavinia. Het was goedgekeurd. Een kort moment voelde zij zich bijna gelukkig.

Sebastián was gespannen. Ernstig. Deze keer zou er zeker geen onderdrukt gehuil, dat klaaglijke, dierlijke, schorre geluid van die al zo verre avond in haar huis, zijn. Deze keer was er geen tijd en geen ruimte om te huilen. En toch voelde Lavinia hoe de pijn hen in een cirkel van scherpe punten omgaf.

'Dank je', zei zij opgelucht. 'Nog één ding. Is het met Felipe in orde gekomen?'

'Ja', zei Sebastián. 'En we hebben ook de taxichauffeur gevonden. Hij zwoer dat hij niet zou hebben geschoten als hij had geweten dat het iemand van de Beweging was. Hij zegt dat hij ons respecteert. Volgens hem heeft Felipe het pas achteraf gezegd. Het is vreemd. Moeilijk te geloven. In ieder geval hebben we de man onder controle. De ellendeling!' Het laatste woord kwam er zacht maar met machteloze woede uit.

Hoe zou de man er uitzien die Felipe gedood had, dacht Lavinia. Zij voelde geen haat jegens hem. Zij wist niet wat zij voelde. Zij zou hem misschien hebben willen ontmoeten. Maar dat was niet belangrijk. Waartoe? Wat voor zin had het nu nog? Wat telde was dat Felipe als slachtoffer van het geweld in het land was gestorven. Het geweld in de krottenwijken, van de dronkaards in de kroegen, van de hutten aan de rand van ongezonde vuilnisbelten, van de misdadigheid, van mensen die midden in de nacht uit hun huis werden gehaald, van foto's van doden in de kranten, van jeeps die door de straten patrouilleerden, van mannen met helmen en ruwe, onbewogen gezichten, de elitetroepen en hun verschrikkelijke strijdkreten, de kaste, de dynastie van de grote generaals.

Het was tegen hen dat de toorn en de woede moesten worden gericht.

Haar gedachten dwaalden af. Flor keek haar aan. De blik van Flor deed haar reageren.

'Kom eens', zei Sebastián en wenkte haar naderbij. 'Ik zou willen dat je deze tekeningen nog een keer goed bekijkt.'

Zij kwam naar hem toe. Zij herinnerde zich de middag dat Felipe ze aan haar had gevraagd. Zij moesten ze uit kantoor meenemen zonder dat iemand er iets van zou merken en ze fotokopiëren. Zij wilde ze hem niet uitlenen. Toen zij het ten slotte goedgevonden had, had zij weer een nieuwe grens overschreden. Felipe had haar niet kunnen zeggen waarvoor hij ze nodig had. Alleen om ze te hebben, had hij gezegd. Je weet nooit wanneer ze van pas komen. We moeten alles verzamelen wat we te pakken kunnen krijgen. Denk maar aan de keer dat je naar Vela's bureau ging, toen hebben we je ook een plattegrond gevraagd.

De tekening op de tafel was correct. Er waren daarna nog wat kleine veranderingen aangebracht: de pergola op het terras was langer, de overdekte barbecue, een naaikamer… Wat niet op de tekeningen stond en wat belangrijk was, was het ingewikkelde systeem van tussendeuren en vergrendelingen dat de generaal had laten installeren om de verschillende niveaus van het huis 's nachts van elkaar te kunnen isoleren. Dat had hij zo willen hebben om te voorkomen dat een mogelijke inbreker van het ene niveau naar het andere kon komen. Ieder niveau kon van de rest worden geïsoleerd door een vergrendeld traliehek.

'Dat is erg belangrijk', zei Sebastián. 'Wij hadden ons al met de toegankelijkheid vanaf andere niveaus en de verbindingen tussen de niveaus beziggehouden.'

'Maar we weten niet of de generaal de hekken zal sluiten', zei Lavinia. 'Het systeem hoort alleen 's nachts te functioneren, wanneer ze naar bed gaan.'

'Maar we kunnen ze zelf sluiten,' zei Sebastián, 'wanneer wij alle mensen op één niveau bij elkaar hebben. En de tuin? Hoe zit het met de tuin?'

De tuin was ommuurd. Daarlangs kon niemand naar buiten. Het huis was een vesting.

'En die truc met de wand waarover je me vertelde?' vroeg Flor, terwijl zij Lavinia aankeek.

Sebastián keek op. Hij fronste geïntrigeerd zijn voorhoofd.

'Dat is hier', zei Lavinia en wees de privé-werkkamer op de tekening aan. 'In deze kamer heeft de generaal zijn wapenverzameling, op steunen tegen de wand. Het is een draaibare wand. Als je de wapens niet ziet, betekent het dat ze aan de andere kant verborgen zitten.'

'Maar hoe zit dat? Het staat niet op de tekening', zei Sebastián.

'Nee', zei Lavinia. 'Het staat op een aparte tekening.'

'We kunnen beter de anderen er ook bij halen', gaf Sebastián Flor te kennen. 'We zullen de laatste gezamenlijke bespreking houden en hen alle instructies geven. Het is belangrijk dat zij dit weten.'

Flor verdween langs een trap die naar de eerste verdieping voerde. Enkele minuten later kwam de groep ordelijk naar beneden.

Het waren zeven mannen en drie vrouwen. Lavinia herkende Lorenzo en René, de instructeurs van de militaire training waaraan zij had deelgenomen. Zij kon haar verbazing niet verhullen, toen zij onder hen Pablito zag, haar jeugdvriend, met wie zij op het feest van de Sociale Club had gedanst en die haar had verteld dat hij op het pas opgerichte Bureau voor Sociaal-Economisch Onderzoek van de Centrale Bank werkte. Pablito, de ongevaarlijke. Volgens Sara had hij het land verlaten om bij een bank in Panama te gaan werken. De verbazing was wederzijds. Beiden stonden op het punt zichzelf te verraden toen zij het ongeloof op elkaars gezicht zagen. Maar hij beduidde haar met zijn blik dat zij niets moest laten merken. De andere vier mannen kende zij niet, net zomin als de vrouwen. Een van haar was klein, goed gebouwd, met lang, sluik, bruin haar en amandelvormige, heel zachte ogen. Een andere was mollig, met een donkere huidskleur, en zag er sympathiek uit. De andere twee waren ernstig, een beetje grimmig, en waren ouder dan de rest van de groep. Het meest opvallende kenmerk tussen zoveel verschillende gezichten was de leeftijd: het grootste deel van de leden van het commando was in de twintig, met uitzondering van twee van de vrouwen, die halverwege de dertig konden zijn.

Toen zij allemaal in de kamer waren, gaf Sebastián het commando aantreden. Zij gingen in twee rijen staan. Flor beduidde haar dat zij bij hen moest gaan staan. Zij ging achteraan staan. Zij was nummer twaalf.

'Geef acht!' en allen gingen rechtop staan en namen de militaire houding aan. 'Nummeren van voor naar achter!' beval Sebastián.

Het nummeren begon. Pablito was Negen. René en Lorenzo waren Twee en Vijf. Het meisje met de amandelvormige ogen Zeven en het aardige dikke meisje Acht.

'Op de plaats rust!' Ontspannen bleven zij op dezelfde plek staan.

Sebastián ging voor de groep staan en begon te spreken. Het was traditie bij de Beweging van iedere actie de politieke uitleg te geven en zijn betekenis nog eens te benadrukken.

Lavinia luisterde, net als de anderen, stil en oplettend naar de vastberaden woorden van Sebastián, die zei dat de Organisatie haar vertrouwen in hen had gesteld, in hun vermogen de operatie Eureka tot een goed einde te brengen. Het vertrouwen, zei hij, dat ieder van hen de naam van de Beweging hoog zou weten te houden en zo bekendheid zou geven aan haar kracht, aan de strijd in de bergen, aan de onderdrukking en het geweld van de dictatuur. Met deze actie, ging hij verder, zou de maandenlang door de Beweging in de steden bewaarde stilte worden doorbroken.

'Een van de leden van dit commando is vanmorgen gestorven, nummer Twee', zei hij na een pauze.

Lavinia zag de bedroefdheid in de ogen van de anderen.

In enkele woorden vertelde Sebastián de omstandigheden van Felipes dood. 'Het zijn de risico's van het vak', zei hij. Felipe moest onder hen blijven leven, voegde hij eraan toe. De actie zou zijn nagedachtenis eren. Er was besloten dat hij zijn naam zou dragen. Felipes dood, de dood van zovele compañeros, gaf hen de plicht de dromen, waarvoor zij hun leven hadden gegeven, tot werkelijkheid te maken.

Sebastián zweeg. Hij keek een ogenblik naar de grond, hief zijn hoofd op en zei met luide, zware stem: 'Compañero Felipe Iturbe!'

'Present!' zeiden allen.

Er was een korte stilte van bezinning en herinnering, waarin Lavinia Felipe niet dood voor zich kon zien, steeds maar dacht dat dit allemaal niet gebeurde. De echo van het 'present' klonk ver en verschrikkelijk in haar oren.

Daarna ging Sebastián verder en zei dat het geweld niet een keuze was geweest, maar hun was opgelegd. De Beweging streed tegen dat geweld, het geweld van een onrechtvaardig systeem, dat alleen door een lange strijd van het hele volk kon worden veranderd. Het ging er niet om dromen voor de korte termijn te verkopen of mensen te veranderen. Zij streefden veel ingrijpender veranderingen na.

Geen illusies over een einde van het regime, waarbij de huidige stand van zaken alleen maar zou worden voortgezet. Dit moest hen helder voor ogen staan, benadrukte hij, om te begrijpen en anderen te laten begrijpen waarom de actie pas zou beginnen wanneer de Grote Generaal het huis had verlaten. Deze operatie was slechts het begin van een nieuwe fase. Hij had tot doel de druk op de compañeros in de bergen, die al maandenlang vervolgd werden en afgesneden waren, te verlichten en nieuwe fronten te openen.

Ten slotte legde hij de eisen uit die zouden worden gesteld: de invrijheidstelling van alle politieke gevangenen, de verspreiding via alle media van het communiqué waarin de motieven van de actie en de onvoorwaardelijke eisen van het commando werden uiteengezet. Het was een operatie, zei hij, van een vrij vaderland of de dood. Zonder terugtocht. Of zij kwamen als overwinnaars naar buiten of zij gingen dood. Wij overwinnen of wij sterven. En dan, met volle kracht: 'Een vrij vaderland...'

'Of de dood!' antwoordden allen in koor.

'Uittreden!' beval Sebastián. Hij was zichtbaar geroerd. De dood van Felipe lag in hun gedachten en in hun ogen.

Het moest verschrikkelijk voor hen zijn, dacht Lavinia, om met die dood vers in het geheugen in actie te moeten komen. Het kostte haar moeite het bevel op te volgen, van haar plaats te komen. Plotseling overviel haar de enormiteit van wat zij gingen ondernemen. En zij, een nieuweling tussen alle anderen. De gedachte dat zij een stommiteit zou kunnen begaan, die hen in gevaar zou brengen, dat zij risico's voor een zo zorgvuldig voorbereide operatie, die zo belangrijk en beslissend was voor de toekomst van de Beweging, zou meebrengen, vervulde haar met ontzetting. Maar het in haar gestelde vertrouwen gaf haar moed, verplichtte haar de uit haar onervarenheid voortkomende twijfel en angst te overwinnen. Zij moest het kunnen, zei zij bij zichzelf.

De compañeros liepen rond. 'Nu maken we een halve cirkel om de tafel', zei Sebastián. 'Ik zal jullie de details van de operatie uitleggen. Compañera Twaalf was betrokken bij het ontwerp van het huis', voegde hij eraan toe en wees op haar bij wijze van introductie. 'Zij zal met ons aan de actie deelnemen en een toelichting geven over de bijzonderheden binnen in het huis.'

De leden van het commando namen haar oplettend en kameraadschappelijk op. Een van hen. Zij stond naast Sebastián, die verder sprak en een vinger op de tekening liet rusten.

'We nemen alles nog één keer door', zei hij, met zijn vinger de verschillende kamers aanwijzend. Zij moeten het huis bijna beter kennen dan ik, dacht Lavinia, terwijl zij naar hem luisterde. 'Het huis heeft een hoofdingang. Je kunt ook door de garages naar binnen. Op het eerste niveau liggen drie salons, die door plantenbakken van elkaar gescheiden zijn, een hal, een eetkamer met een trap om naar het tweede niveau af te dalen, en de badkamer voor gasten en de keuken. In de linker zijmuur is een deur, waardoor je vanuit de garage binnen kunt komen...'

Zij keek naar de bouwtekening zonder hem eigenlijk te zien. Sebastián praatte over het tweede niveau, de slaapkamers, de muziekkamer, de wapenkamer, het naaikamertje. Zij verloor de draad van zijn uiteenzetting. Zij herinnerde zich de maanden dat zij verdiept in haar werk aan de tekentafel had gezeten om dat huis te ontwerpen. Dat huis dat de oorzaak was van Felipes dood. Als de zusters Vela op die middag, die al heel ver weg in haar geheugen lag en waarop Julián haar had geroepen om hen te woord te staan, niet waren gekomen zou Felipe niet gestorven zijn. Het leek haar of zij hen beiden weer terugzag. Zij dacht aan haar eerste indrukken van Azucena, juffrouw Montes. Indrukken die de werkelijkheid later had gecorrigeerd, om het vrolijke, parasitaire profiel te laten zien van de ongetrouwde vrouw, die al haar tijd besteedde aan het beschermen van het comfort dat haar zuster haar verschafte. De zuster met haar obsessie om tot de society te behoren, zoals zij de mensen van naam en hoge afkomst noemde. En aan Vela's zoon, die ervan droomde een vogel te zijn.

'Hoe zei je ook weer dat het systeem van traliehekken was?' vroeg Sebastián, terwijl hij haar aankeek en haar naar deze ruimte en naar de gezichten van de compañeros terugbracht.

'Er zijn twee traliehekken,' zei Lavinia, die deed alsof zij de hele uitleg aandachtig gevolgd had, 'het eerste bevindt zich in de eetkamer en het tweede tussen de privé-werkkamer en de naaikamer op het tweede niveau. Het eerste sluit de algemene, sociale ruimte af van het niveau van de slaapkamers en de privé-vertrekken, en het tweede vormt de scheiding tussen dit niveau en de werkruimten en de kamers van het personeel. Het valt te verwachten dat deze hekken tijdens het feest open zullen staan. Ik denk dat generaal Vela en zijn vrouw het hele huis aan hun gasten zullen willen laten zien.'

'En zijn wapenverzameling?'

'De wapens bevinden zich in Vela's werkkamer. Tegenover de deur is een houten wand. Deze wand is draaibaar. Hij kan de wapens tentoonstellen of verborgen houden, zoals hij wil. Als ze niet te zien zijn moet er een hendeltje worden overgehaald, dat aan de rechterkant van de wand achter een namaaklichtknop zit. Hier', zei zij en allen bogen zich naar voren. 'Om de lichtknop open te maken doe je een schuifje opzij en dan komt het hendeltje omhoog. Daarmee zet je de panelen los. Ik denk dat het het meest waarschijnlijk is dat de collectie tijdens het feest te zien is.'

'Daar wisten wij niets van', zei Lorenzo.

'Niemand wist het', zei Lavinia. 'Zelfs Felipe niet.'

'En de installaties bij de tuin, de sauna, de fitnessruimte en zo?', onderbrak Sebastián gezaghebbend.

'Die zijn hier,' zei Lavinia en wees ze op de tekening aan, 'bij het zwembad. In dit paviljoen zijn twee toiletten met douche, twee kleedkamers, de sauna, een fitnessruimte en in de ruimte die de toiletten en de kleedkamers van de sauna scheidt is een bar met een overdekte zitgelegenheid.'

'Dat is het stuk dat wij niet begrepen', zei Acht, het dikke meisje.

'Er is een directe toegang vanaf het zwembad via dit tegelpad zowel naar het algemene als naar het privé-niveau. Die toegangen hebben ook trailiehekken.'

'Het huis is goed beveiligd', zei Pablito, nummer Negen.

Lavinia ging door met haar uitleg over de hekken, de kamers. Zij sprak zelfverzekerd. Zij kende het huis, het was door haar verwekt en uitgebroed. De anderen bekeken haar met respect.

'En wat voor wapens heeft hij in zijn werkkamer? Weet je dat?', vroeg Sebastián.

'Van alles', zei Lavinia. 'Geweren, pistolen, machinegeweren.' Zij had een verschrikkelijke hoofdpijn.

Flor haalde een vel papier tevoorschijn en legde uit dat zij zich in drie groepjes van elk vier compañeros zouden verdelen. Eén groep zou via de hoofdingang naar binnen gaan, de tweede via de dienstingang naast de keuken en de derde door de garage. Nul hoorde bij geen enkele groep, hij moest ze alle drie leiden. Hij zou met groep twee via de hoofdingang naar binnen gaan.

'Het belangrijkste is binnenkomen', zei Sebastián. 'Wie buiten blijft gaat onherroepelijk dood. Groep twee en ik zullen de wapens uit die kamer halen en ze verdelen.'

Zodra ze binnen waren moesten de groepsleiders iedere toegang afsluiten. Groep een, die via de dienstingang naar binnen zou gaan, moest zich bij groep twee voegen om naar het tweede niveau van het huis te gaan. Groep drie moest de directe omgeving van het huis voor zijn rekening nemen, het zwembad controleren, de daar aanwezige gasten bijeen brengen en door de toegang naar het derde niveau naar binnen gaan, dat doorzoeken en het daar aangetroffen personeel met de gasten naar het tweede niveau overbrengen. Vervolgens zouden zij zich met de uit de werkkamer gehaalde wapens in twee secties verdelen, één om de gasten te bewaken en de ander om het huis te bewaken en te verdedigen. Alle gasten zouden op het tweede niveau bij elkaar gebracht worden, omdat dat het best beveiligd was.

Het moeilijkst en het gevaarlijkst was het moment waarop zij uit de auto's zouden komen. Sebastián zei dat de verkenningsgroep het huis al observeerde. Zij zouden telefonisch doorgeven hoeveel bewaking er voor de andere gasten achterbleef, wanneer de Grote Generaal eenmaal vertrokken was. Uit eigen bronnen wisten zij dat verschillende ambassadeurs het feest zouden bijwonen, evenals hoge officieren van de strijdkrachten, leden van vooraanstaande families in het land en verschillende familieleden van de Grote Generaal.

'Wanneer wij uitstappen schieten we op alles wat beweegt', zei Sebastián. De mensen in de voorste twee auto's banen zich een weg naar de deur, die van de derde geven hen dekking en gaan dan ook naar voren. Wij moeten zo snel mogelijk naar binnen, in wigvorm.'

'Nul,' zei Pablito, Negen, zich tot Sebastián wendend, 'vanaf het begin heb ik gedacht dat wij met erg weinig mensen zijn om alle mensen, die op het feest zullen zijn, onder controle te houden.'

'We denken dat heel wat mensen weg zullen gaan wanneer de Grote Generaal vertrokken is.'

'En zoveel mensen zullen er niet komen', voegde Lavinia eraan toe. 'Generaal Vela is in sociale kringen niet erg populair.'

'Van de Grote Generaal en het aantal mensen hangt het moment af waarop wij in actie komen. Wij mogen in ieder geval niet toestaan dat de hoge pieten ons ontgaan', lichtte Nul toe. 'Jullie moeten goed onthouden dat geen enkele gast mag worden mishandeld of dat er op hen mag worden geschoten, tenzij je wordt aangevallen. Het beste resultaat bereiken we wanneer we allemaal levend naar buiten komen. Wij willen en wij mogen er geen bloedbad van maken. Het is van fundamenteel belang dat de gegijzelden beseffen dat zij met revolutionairen te maken hebben en niet met gewetenloze moordenaars.'

Hoewel het commando doordrongen was van het soort actie dat zou worden uitgevoerd, had het uit veiligheidsoverwegingen pas enkele uren eerder het doel van deze specifieke opdracht te horen gekregen. Maar zoals Flor had gezegd trainden zij al twee maanden op overvallen, gesimuleerde aanvallen, wapenkennis. Nu liepen zij alle details en bewegingen na, stelden vragen, bleven nog lang praten, tot alles volledig duidelijk en iedereen tevredengesteld was. Zij overtuigden zich er zelfs van dat zij stap voor stap konden visualiseren wat er moest gebeuren.

Toen gaf Sebastián het sein dat de voorbereiding op het

gevecht, de fase die onmiddellijk aan het in actie komen voorafging, moest beginnen.

Flor gaf de groep instructies om de rugzakken na te kijken en vast te stellen of alles er was, medicijnen, eten in blik, bicarbonaat, batterijen, water, alles wat zij in geval van een langdurig beleg, traangasgranaten, verwondingen, nodig zouden hebben. Ook gaf zij opdracht de aan ieder van hen toegewezen wapens te controleren. Zij vroeg de compañera die voor de keuken zorgde, een vroege, lichte maaltijd klaar te maken. Het was belangrijk dat het eten verteerd was, wanneer zij in actie kwamen. Buikwonden waren gevaarlijker bij een volle maag. Tegen Lavinia zei zij dat zij met Vijf naar een kamer achter in het huis moest gaan om instructies te krijgen over het gebruik van haar wapen, een oud, al veel gebruikt Madzen machinegeweer.

De koortsachtige activiteit in het huis verliep ordelijk. De jongens controleerden de inhoud van de rugzakken, die zij op de vloer uitspreidden. Sebastián besprak bepaalde details van de operatie met de groepsleiders Twee, Drie en Flor.

Het was twaalf uur.

*

26

De dag is gekomen. De dag die gunstig is voor het gevecht, onder het teken van *ce itzcuitli* staat, en aan de god van het vuur en van de zon is gewijd.

Voor de komst van de indringers trokken wij nooit bij verrassing ten strijde. Onze *calachunis* zonden vele boodschappen naar de omstreden gebieden om tot een minnelijke schikking te komen. Niet alleen gaven wij de tegenstander voldoende tijd om de verdediging voor te bereiden, maar wij verschaften hen zelfs schilden, knotsen, bogen en pijlen. Onze oorlogen volgden de wil der goden, al sinds het begin van de wereld, sinds de vierhonderd wolkenslangen hun opdracht vergaten de zon te eten en te drinken te geven. De oorlogen werden beslist naar het oordeel van de goden en daarom was het noodzakelijk dat hun oordeel niet werd vertroebeld door ongelijke krachtmetingen of onverhoedse aanvallen.

Het waren de indringers die een nieuwe oorlogscode invoerden. Zij waren sluw, onbetrouwbaar. De oorlogen die zij tegen ons voerden waren van begin tot eind ontheiligd. Zelfs de meest elementaire regels werden door hen niet gerespecteerd. Wij beseften dat wij deze vijand 's nachts tegemoet moesten treden, verborgen in het struikgewas, met arglist, met *quimichtin* – vermomde krijgers die wij uitstuurden om het vijandelijk gebied te verkennen – of in terrein dat wij alleen kenden en waar wij hen heen lokten door het *teguizte*, het gulden metaal dat hen fascineerde, te laten schitteren.

Maar hoezeer is de krijgskunst veranderd in de verwarde

wereld van deze tijd. De krijgers rond Lavinia houden zich stil. Zij hebben geen *chimallis* om zich tegen het vijandelijke vuur te beschermen, vergeten zijn de *atlatl*, de pijl en boog, en de giftige *tlacochtli*. Vóór het gevecht smeren zij hun lichaam niet met olie in en ik stel mij voor dat, wanneer zij tegenover de vijand staan, de grote schelphoorns niet zullen huilen, noch de benen fluiten hun schelle, snerpende geluid zullen laten horen.

Ach! Wat zeg ik, wat bedenk ik! Mijn herinneringen zijn oud, zelfs voor mij. De indringers braken al onze wetten. Zij stelden zich er niet, zoals wij, mee tevreden de belangrijkste tempel van het vijandelijke gebied in bezit te nemen om aldus de nederlaag van hun blanke, Spaanse god en de overwinning van Huitzilopochtli te bevestigen. Zij brandschatten alles wat zij op hun weg tegenkwamen.

Zij lieten onze krijgers niet in leven, zoals wij hun soldaten, om hen te offeren, hen de gewijde dood te schenken. Zij doodden hun gevangenen onbarmhartig of brandmerkten hen als beesten, als vee, om hen daarna aan de honden te voeren of als lastdieren te gebruiken. De indringers sloten niet, zoals de gewoonte was, een wapenstilstand met de overwinnaars of de overwonnenen om na de uitspraak van de goden in harmonie de schatting vast te stellen die aan de zegenvierenden moest worden gegeven. Zij maakten zich gewoon van alle goederen meester. Zij lieten geen enkele steen op de andere.

Hun oorlog was totaal.

Hun enige god wreder dan al onze goden, bloeddorstiger.

Hun *calachuni*, die zij koning noemden, had een onverzadigbare dorst naar *teguizte*.

Wij behielden slechts onze dapperheid. Aan het einde konden wij tegenover hen alleen de gloed van ons bloed stellen.

Met dezelfde gloed overwon Yarince de dood. Hij zocht een schild, de harde hoorn waarin slakken een schuilplaats vinden, en kleedde zich in kalk en steen om de veelvoudige eenzaamheid van de nachten het hoofd te bieden.

Nog vele dagen zwierf hij rond, terwijl ik, slapend in mijn verblijfplaats in de aarde, tussen de zachte tred van de jaguars en het vederlichte getrippel van de herten voetstappen hoorde die onmiskenbaar de zijne waren.

Tot de indringers hem omsingelden. Ik zag dat alles in een droom. Hij klom, poema, op de rotsen en vandaar, vanaf de hoge berg, keek hij nog een allerlaatste keer naar het vlechtwerk van de rivieren, naar het zich voor hem uitstrekkende lichaam van de wouden, naar de blauwe horizon van de zee, naar het land dat hij het zijne had genoemd, dat hij als, een man zijn vrouw, had bezeten.

'Jullie zullen mij niet bezitten', schreeuwde hij naar de bebaarden die verschrikt naar hem keken. 'Nog geen vezel van dit lichaam zullen jullie in bezit krijgen.'

'Itzá!' schreeuwde hij, mij voor altijd uit mijn slaap wekkend en wierp zich in de ruimte, op de rotsen die zich barmhartig over zijn lichaam ontfermden en het verstrooiden. Nooit hebben de veroveraars ook maar een spoor van zijn lichaam kunnen vinden: dat land van mijn zangen, dat geliefde grondgebied dat zich de indringer voor altijd onthoudt.

•

Lavinia en Lorenzo volgden Flors instructies op en trokken zich terug in de hen toegewezen kamer. Zodra zij er binnen waren omhelsde Lorenzo haar stevig.

'Het spijt mij zo voor je, meisje', zei hij. 'Ik kan het bijna niet geloven van Felipe. Wat een pech! Hoe kan dat nou, dat de taxichauffeur op hem schoot?'

Met een rustige stem legde zij het hem uit. Om een of andere reden had zij het gevoel dat Felipes dood lang geleden was gebeurd of dat zij niet zij was, dezelfde als gisteren, maar een andere vrouw, sterk en vastbesloten, onwankelbaar tegenover het gevaar of de dood. Misschien kan het mij niet schelen om te sterven, dacht zij even. Misschien kwam deze koelbloedigheid, waarmee zij wat er de komende uren zou gaan gebeuren onder ogen zag, daar wel uit voort.

Lorenzo, die tijdens de weekendtraining in het boerenhuis zo ruw en autoritair was geweest, spreidde nu alle vriendelijkheid en zachtaardigheid ten toon die hij in zijn sterke, gespierde lichaam kon vinden. Hij maakte haar wegwijs in de geheime kamers van het wapen, het uit elkaar nemen en in elkaar zetten, de gevechtseigenschappen, de kenmerken van het Madzen machinegeweer voor een overvalcommando, alsof hij het over het lichaam van een vrouw had, een stevige, zwarte vriendin. Zijn stem was zacht en vertrouwelijk, geruststellend door de overtuiging dat er niets kon misgaan. De operatie zou een succes worden.

Zij bleven er verscheidene uren mee bezig. Lavinia lette goed op en er ontging haar geen enkel detail. Die kamer en Lorenzo's woorden schenen het enige verlichte gebied in de verduisterde wereld van haar geest te zijn. Het mocht niet misgaan, dacht zij. Zij was Felipe, Felipe was haar. Zij versmolten om hun gevechtspositie in te nemen. Felipe zou in haar handen leven, in haar vinger aan de trekker, in haar tegenwoordigheid van geest, in haar vurige bloed en haar koele hoofd, in het 'hard worden zonder de zachtheid te verliezen' van Che.

'Heb je al het gevoel of het een deel van jezelf is?' vroeg Lorenzo. 'Dat is wat je moet voelen. In het gevecht moet je het gevoel hebben dat je wapen je trouw zal zijn, dat het je zal gehoorzamen als een arm of een been, als iemand die van je houdt en je met zijn leven verdedigt. Voelt dat wapen al zo aan?', zei hij, terwijl hij naar haar toe ging en zijn ene hand op haar schouder legde en de andere op het machinegeweer, dat Lavinia voor haar borst hield.

'Ja', zei Lavinia. 'Ik heb het gevoel dat het een zuster van mij is... alsof het Felipe was.'

'Juist. Zo is het', zei Lorenzo. 'Dat moet je denken. Je wapen is je Felipe. Dat moet je denken wanneer je schiet, wanneer je het gebruikt om jezelf te verdedigen.'

Zij kreeg weer aanvechting om te huilen, boven het wapen dat Felipe was. Maar zij moest niet aan de dode Felipe denken. Zij moest hem zich levend voorstellen. Levend en soepel. Levend en moedig. Stevig. Sterk. Zij droogde haar tranen. Lorenzo keek haar met een warme blik in zijn ogen aan.

'Goed zo, meisje', zei hij. 'Sterk zijn.'

Zij zou sterk zijn. De tijd om te huilen kwam nog wel.

Het moment naderde. Sebastián was weggegaan om de laatste berichten van de verkenningsgroep te ontvangen. Volledig voorbereid, als hardlopers in de startblokken, de spieren gespannen, af en toe grapjes makend om stoom af te blazen, zat de groep in de kamer, sommigen op stoelen, anderen op de grond met hun rug tegen de muur. Wat zouden zij denken, vroeg Lavinia zich af, terwijl zij haar blik over hen heen liet gaan. Toen zij zich met Lorenzo weer bij de groep had gevoegd, was Pablito op haar afgekomen. Zij hadden elkaar in een onbeholpen en hartelijk gebaar van herkennen aangeraakt, waarmee zij elkaar vergaven wat zij, dat wisten zij, van elkaar hadden gedacht. Nu, tussen hen in op de vloer gezeten, zag zij hoe hij stil en peinzend voor zich uitkeek. Af en toe glimlachte hij, wanneer hun blikken elkaar kruisten. In tegenstelling tot de anderen hadden zij geen armoede of vernedering hoeven verduren. De leegte van de overvloed, van hun ogenschijnlijk zo rijk van goederen voorziene, comfortabele, zachtverende leven had hen hier gebracht. Zij had nooit gedacht dat zij zich na Felipes dood zo vol zou kunnen voelen. Maar hier te zijn, met haar rug tegen deze muur geleund, te midden van deze mensen die de moed hadden te dromen, gaf haar een zachte innerlijke warmte, de zekerheid zichzelf eindelijk gevonden te hebben, in veilige haven te zijn beland. Zij voelde dat zij haar angst ten slotte had overwonnen. Eindelijk geloofde zij, had zij vertrouwen, wist zij zeker dat zij hier wilde zijn om met hen, met deze mensen en geen andere, wat misschien de laatste ogenblikken van haar leven zouden zijn te delen. Zij was hier, opgenomen in de groep, alsof de nabijheid van het gevaar hen plotseling tot één homogeen geheel had gemaakt. Hier waren wiegen van tule of van hout verdwenen, telden jeugdherinneringen niet meer. Of zij haar in hun binnenste accepteerden of niet zou zij misschien nooit weten. Maar wat zij zeker wist was, dat zij allen op dit moment voor dit tijdsbestek tot wezens van eenzelfde soort versmolten. Hun levens hingen van elkaar af. Zij vertrouwden op elkaar, zij vertrouwden hun levens aan de gemeenschappelijke synchronie, aan de wederzijdse verdediging, aan het functioneren als groep toe. Als één lichaam zouden zij zich verdedigen, door ééenzelfde verlangen geïnspireerd zouden zij handelen.

Na al die maanden had zij het gevoel dat zij een identiteit had gekregen, waarmee zij zich kon toedekken en verwarmen. Zonder achternaam, zonder voornaam, zij was alleen nummer Twaalf, zonder bezittingen, zonder heimwee naar vroeger tijden, nog nooit had zij een zo duidelijk besef van eigenwaarde en belangrijkheid gehad, van op de wereld gekomen te zijn om te bouwen en niet door een grillig toeval

van zaad- en kiemcellen. Zij zag haar bestaan als een zoek-
tocht naar dit moment. Al snuffelend was zij er zonder
landkaart, zonder sterrenatlas, in geslaagd naar deze kamer
te komen, op deze harde, koude grond te zitten, haar rug
tegen deze muur te laten leunen. Alle twijfel, alle pijn, Felipes dood waren daarvoor nodig geweest. Het verlaten van
haar ouders, het afstand nemen van Sara... Zij dacht aan
het kind dat uit haar vriendin voor een hopelijk betere toekomst geboren zou worden.

Tante Inés zou trots op haar zijn geweest. Zij geloofde in
de noodzaak een betekenis aan het verblijf in de wereld te
geven, een spoor achter te laten.

En haar grootvader, verwoed bewonderaar van Indianen-
opstanden, beeldenstormer, advocaat van verloren zaken,
baanbrekend invoerder van de achturige werkdag en gratis
poliklinieken voor de arbeiders nog bijna in de duistere tijden van de slavernij, zou nu naar haar kijken en denken dat
zij eindelijk vleugels had aangedaan en vloog.

Als daar niet de dood van Felipe was geweest, de toekomst zonder hem, dan zou dit wachten een moment van
gelukzalige vreugde voor haar zijn geweest.

Ondanks Felipe had zij zin om te glimlachen – zij glimlachte naar alle ogen die haar in de kamer vonden – en op
een vage manier voelde zij dat, ook al was hij niet bij haar,
zij in de gezamenlijke liefde van deze groep mensen een
diepgaand antwoord zou vinden dat haar uit haar eenzaamheid zou bevrijden.

Verzoend met alles wat haar maandenlang had gekweld,
besloot zij met een gevoel van droefheid het feit te accepteren dat er alleen in haar relatie met Felipe geen verzoening
was gekomen. In de strijd die zij waren aangegaan had alleen de dood hen aan elkaar gelijk gemaakt. Alleen Felipes
dood had haar haar rechten teruggegeven, had haar in staat

gesteld hier te zijn. Het symbool was duister en hartverscheurend. Maar zij kon het niet accepteren als een nood-
lottig voorteken met betrekking tot de liefde of de aloude
vijandigheid tussen Adam en Eva. Felipe was een bewoner
van het begin van de wereld, van de geschiedenis. Een
mooie, behaarde holbewoner. Later zou het anders worden.
Later. Voorlopig wist zij dat Sebastián nu de belofte in handen had.

Zouden de anderen net als zij hun leven de revue laten
passeren, dacht zij, terwijl zij haar blik langs hun gezichten
liet glijden. Sebastián had gezegd dat zij zouden overwinnen
of sterven. Het was een actie zonder terugtocht.

Dit waren misschien de laatste momenten van hun leven.
Daaraan dachten zij, zei zij in zichzelf. Ook wanneer je op
de overwinning vertrouwde was de dood een mogelijke
metgezel op deze reis. Zij wisten het, ook al ontweken zij
haar blik.

Maar de sfeer was kalm. Kalme bomen, dacht zij, terwijl
zij zich het beeld van de sinaasappelboom voor de geest
haalde. Zij voelde zich ook kalm, een kalme boom.

Deze dood werd niet gevreesd als andere doden. Hij werd
niet omgeven door duistere angsten of onbekende spookbeelden. Deze zou op bijna voorspelbare wijze plaatsvinden.
Hij was een ingecalculeerd risico. Hij had geen geheimen.
Als zij stierven, zouden zij geen vage gevoelens van spijt
hebben. Het zou een bewuste beslissing zijn geweest, een
vrije keuze. Zij zouden niet hun dood geven, maar hun leven. Het zou een waardig einde zijn. Geen verval of leegte.
Zij zouden weten waarom en waarvoor zij stierven. Dat was
belangrijk. Dat gaf steun. Hun levens waren geen kale vlak-
tes of lege amforen die naar volheid verlangden. Hun levens
hadden zin. Faguas was niet een wereldstad, waar alles van
tevoren was beslist en geen enkel leven veel te betekenen

had. Hier was geen plaats voor de grote existentiële twijfel. Het was gemakkelijk partij te kiezen. In dit kleine landje van haar, van boetseerklei, waar alles nog gemaakt moest worden, kon je je verantwoordelijkheid niet met in lange filosofische essays moeizaam ontwikkelde argumenten ontlopen. Je koos voor het licht of voor de duisternis.

Hoewel het verschrikkelijk was, dacht zij, je leven op het spel te moeten zetten. Geen andere keus te hebben dan de strijd. Als Felipe in de kracht van je jaren doodgaan. Het was een uiterst middel, zoals Felipe haar eens had gezegd. Een gewelddadige reactie op het door de bevoorrechten als 'natuurlijk' beschouwde geweld. Zij allen zouden recht moeten hebben gehad op een ander soort leven. Zij keek naar de vrouwen en dacht welk leven zij achter zich zouden hebben om hier nu te zitten en te wachten. Haar had het Felipes dood gekost. Felipe had moeten sterven om zijn plaats aan haar af te staan. De vrouwen zouden uit noodzaak de geschiedenis betreden.

Zaklantaarns in het raam. Sebastián kwam terug. Zij gingen staan. Zij deden hun rugzakken om en stopten de nylon maskers in hun zak. Lavinia keek op haar horloge. Alle dertien droegen ze horloges, die exact dezelfde tijd aanwezen. Het was tweeëntwintig uur dertig.

'Wij gaan', zei Sebastián, toen hij binnenkwam. 'De Grote Generaal is al vertrokken. De Amerikaanse ambassadeur en een flink aantal gasten ook. Maar er zitten nog genoeg dikke vissen in de vijver.'

Hij haalde hen in het midden van de kamer bij elkaar om hen te zeggen hoeveel bewaking er nog in Vela's huis aanwezig was: een paar veiligheidsagenten, het escorte van de hoge pieten.

'Er zijn verschillende bewakers en die zitten te kaarten', zei Sebastián. 'Die vermoeden niets, dus wij moeten het element verrassing ten volle benutten. Snel naar binnen! Vergeet niet, wie buiten blijft is ten dode opgeschreven!'

De groep werd gevormd. De groepsleiders, Flor, nummer Een, René, nummer Twee, en Drie, een jongen met een lichtbruine huid en een grote snor, gingen naar de auto's, twee Mercedes-taxi's, niet zo nieuw meer, maar in perfecte staat, en Lavinia's auto.

Iedere groep stapte in een auto. Lavinia maakte deel uit van groep één. Flor was groepsleidster en verder zaten Acht en Lorenzo erin.

'Twaalf,' zei Flor op bevelende toon, 'jij rijdt.'

Lavinia ging achter het stuur zitten. Flor, Acht en Lorenzo stapten snel in. De auto's zetten zich in beweging en snel reden zij de weg door de koffievelden op. Achter hen verdween het grote huis in de lichte avondnevel.

'Wanneer we aankomen zetten we de auto's als een borstwering in de vorm van een open driehoek neer', zei Flor, toen zij de straatweg opreden. 'Elf is de ene schuine kant, jij zet hem recht in het midden neer en Zeven komt schuin aan de andere kant van jou staan. Zo zijn we gedekt wanneer we uit de auto's springen. Begrepen?'

'Ja', antwoordde Lavinia, die met een rustig vaartje reed en zich bewust was van haar verantwoordelijkheid om de auto zonder fouten, die de operatie in gevaar konden brengen, te besturen. Zij hield haar ogen op de weg gericht, bleef vlak achter Elf rijden en verloor Zeven niet uit het oog. De nevel van het hoger gelegen gebied hadden zij achter zich gelaten. De avond was fris en winderig. Een gewone decemberavond.

'Het wordt een mooie Kerstmis', zei het dikke meisje. 'Kerstmis zonder politieke gevangen.'

'En met een lekker maal', zei Lorenzo. 'In Vela's huis hebben ze vast wel wat kalkoen.'

Alle vier moesten zij om zijn opmerking lachen.

'Gaat het goed?', vroeg Flor aan Lavinia.

'Heel goed', antwoordde Lavinia. 'Zonder Felipe zou ik kunnen zeggen dat ik me gelukkig voel.'

'Felipe is bij ons', zei Flor. 'Je kunt ervan verzekerd zijn dat hij ons allemaal zal helpen.'

'Wat moest hij doen?' vroeg zij.

'Hij zou de leider van groep drie zijn geweest', zei Flor. 'Twee, de ondercommandant van de operatie, heeft hem vervangen.'

Lavinia glimlachte en zei niet zonder ironie dat zij Felipe nooit had kunnen vervangen.

'Jij doet niet aan deze actie mee om Felipe te vervangen', zei Flor. 'Denk aan wat ik je heb gezegd.'

Zij was haar dankbaar dat zij haar eraan herinnerde, maar wist ook dat zij, als Felipe niet dood was gegaan, nu nog steeds in haar huis zou zitten wachten, zenuwachtig, buitengesloten, zonder mee te mogen doen.

'We nemen alles nog een keer door', zei Flor, die zich half omdraaide om Acht en Lorenzo te zien. 'Eén. We stappen uit en rennen al schietend in wigvorm naar de rechter zij-deur, de dienstingang. Schiet op alles wat beweegt. Twee. We gaan snel naar binnen en gaan over het pad naar het zwembad naar het tweede niveau van het huis. Als we iemand tegenkomen, nemen wij hem mee naar het tweede niveau, zonder te schieten, tenzij hij gewapend is. Denk er goed aan dat wij alleen met de veiligheidsagenten in gevecht treden. Op het tweede niveau voegen wij ons bij groep één. Denk erom dat wij de maskers aandoen zodra wij in het huis zijn. Is alles duidelijk?'

Zij antwoordden bevestigend. Lavinia deed haar best elk van de fasen voor zich te zien, het pad naar het zwembad dat zij zo vaak was afgegaan om het werk te controleren, smal, van over elkaar gelegde cementen tegels. Zij reden nu in de residentiële wijk, waarin het huis van Vela lag. Zij voelde het gewicht van het wapen op haar benen, onmiskenbaar bewijs van een onvoorstelbare werkelijkheid. Nog nooit had zij een dergelijk wapen afgevuurd. De enige schoten die zij had gelost waren met een pistool geweest, met Felipe op een verlaten strand. Sommigen van ons hebben nog nooit met de wapens geschoten die zij bij zich hebben, had Lorenzo gezegd. Het was bijna niet te geloven, maar zo was het. De actie was meer met durf dan met de vereiste middelen opgezet. Het had geen enkele zin je daarvoor te schamen. Zij hielden wat meer afstand om geen verdenking te wekken bij de veiligheidsagenten die met walkie-talkies op de hoek bij Vela's huis stonden. Zij stonden ontspannen met elkaar te praten. Er reden verschillende auto's door de buurt en zij schonken geen aandacht aan de taxi's.

De verkenningsgroep had gedetailleerde gegevens doorgegeven over waar alle veiligheidsagenten en escortes bij Vela's huis zich bevonden. Op grond van die informatie was aan elk lid van het commando een vuursector aangewezen. Zij moesten schieten, ook als zij niets zagen. Schieten op de toegewezen sector. Dat waren de instructies.

Toen zij vlak bij het huis waren gaf Lavinia op hetzelfde moment als de andere twee auto's volgas.

*

27

Enkele ogenblikken later sprongen zij voor Vela's huis uit de auto's. De veiligheidsagenten die, zoals Sebastián had gezegd, zaten te kaarten, werden volkomen verrast, kregen pas iets in de gaten toen zij gas gaven en op verboden terrein kwamen, en begonnen door elkaar te rennen.

Groep één, met Sebastián aan het hoofd, loste de eerste schoten.

Lavinia moest naar rechts rennen en met haar machine-geweer vuren. Je houdt het stevig vast, had Lorenzo gezegd. Zij stapte uit onder het oorverdovend lawaai van het schieten om haar heen. Zij rende naar voren tot waar zij dacht dat haar vuursector was en haalde de trekker over. Zij had een moment van paniek, toen zij de kracht van het wapen haar handen omhoog voelde duwen en het helse lawaai in haar oren dreunde. Zij herinnerde zich dat zij haar voeten stevig neer moest zetten en de Madzen ter hoogte van haar middel goed vast moest houden. Het salvo had haar een ogenblik uit balans gebracht, maar zij verloor haar even-wicht niet. Als zij daar bleef staan konden ze haar raken, dacht zij. In zigzag rende zij naar voren, zoals René haar had geleerd, zette zich weer stevig neer en gaf nog een salvo. Haar oren tuitten. Kogels vlogen aan alle kanten om haar heen. Zij zag Sebastián en René de deur openduwen. Zij haalde haar vinger van de trekker en rende gebukt en weer zigzaggend naar de dienstingang om zich bij de anderen te voegen. Sebastián en groep één waren al door de voordeur het huis binnengegaan.

'De maskers!', hoorde zij Flor zeggen. 'Maskers aan-doen!'

Haar hart ging ontzettend tekeer en zij was nog helemaal verdoofd van het schieten. Het leek haar allemaal erg verward. Zij wist niet of het goed ging of niet. Zij wilde niet buiten blijven, ten dode opgeschreven zijn. Lorenzo wierp zich met kracht met zijn schouder tegen de deur.

'Snel, Vijf, snel', zei Flor dringend. 'Hij moet open.'

Op korte afstand zag zij twee veiligheidsagenten in zwarte broek en wit hemd dood in het gras liggen. Die hadden de deur bewaakt, die eindelijk openging en waardoor zij eindelijk Vela's huis binnen konden gaan.

Lorenzo sloot de deur. Hij en Acht schoven een grote, zware plantenbak tegen de deur en schoven de grendels dicht. Flor gaf Lavinia een teken dat zij haar moest volgen en zij bewogen zich, om zich heen speurend en hun wapens gereed om af te vuren, naar de ingang van het tweede niveau.

Buiten klonken verspreide schoten. Toen werd het stil op straat. Zij waren in het huis. Zij hoorden een auto starten en in volle vaart wegrijden.

'Snel,' zei Flor, zich naar de anderen omdraaiend, 'dit stuk uitkammen.'

Zij hadden de maskers over hun gezicht getrokken. Hun gelaatstrekken waren vreemd verwrongen onder de nylon kous. Zij herinnerde zich dat zij een grapje tegen Sebastián had gemaakt, toen hij haar vroeg twee dozijn nylon kousen te kopen.

Zij voelden zich al bijna veilig, toen er een kogel langs Lavinia floot. Hij kwam uit het busje in de tuin. Ze lieten zich allemaal op de grond vallen en namen de gevechtshouding aan. Lavinia voelde hoe het bloed uit haar gezicht was weggetrokken.

'Geef me dekking!' riep Lorenzo, terwijl hij schietend en zigzaggend op de struiken af rende. Acht en Flor openden het vuur. Lavinia haalde de trekker over en deed haar ogen in afwachting van het salvo half dicht, maar er gebeurde niets. De Madzen liet alleen een droge klik horen. Zij had geen wapen meer, zij kon zich niet meer verdedigen. Zij schudde het machinegeweer heen en weer.

Lorenzo bereikte met zijn Uzi schietend de struiken. Na een van de salvo's klonk er een kreet van achter het bosje en het geluid van een vallend lichaam. Behoedzaam kroop Lorenzo dichterbij. Hij keek en stond op.

'Die zal geen moeilijkheden meer maken', riep hij en rende naar hen terug.

'Vijf,' zei Lavinia, 'mijn wapen gaat niet af.'

Lorenzo nam het van haar over, keek er een ogenblik naar en zei zo vriendelijk mogelijk: 'Je moet het magazijn verwisselen. Hindert niets.'

In haar zenuwen, de schrik van de kogel die vlak langs haar heen was gegaan, had zij het meest elementaire vergeten. Twee dagen zonder te slapen lieten zich gelden.

Zij gingen verder. Binnen was het gegil van vrouwen en het geluid van omvallende voorwerpen te horen. Het stuk tuin waar zij zich bevonden lag er onheilspellend stil bij in het bleke schijnsel van de lampen en een schuchtere halve maan. Bij het zwembad zagen zij ploeg drie naderen. Twee compañeros voerden twee of drie gasten met de handen omhoog met zich mee. Op het moment van de overval waren er maar weinig mensen in de tuin geweest, ongetwijfeld als gevolg van de koude, winderige, donkere avond.

Zij bereikten het traliehek dat vanuit de tuin toegang gaf tot het tweede niveau. Het was dicht. Afgesloten met een zwaar hangslot.

'Wat nu?' zei het dikke meisje met een vragende blik naar Flor.

'Opzij', zei Flor, die haar pistool op het hangslot richtte

en schoot. Even later was het hek open. 'Vijf,' zei Flor, 'maak de deur open.'

'Met genoegen', lachte Lorenzo en wierp zich met al zijn kracht tegen de gesloten deur. De deur sprong open en zij drongen het tweede niveau binnen.

Het tafereel dat zij daar zagen was even dramatisch als lachwekkend. Mannen en vrouwen in glanzende avondkleding stonden met de handen omhoog tegen de muur. Er stonden ook enkele hoge officieren tussen. Eén lag er dood op de grond. Lavinia kon een huivering niet onderdrukken.

Zeven en Zes waren bezig de gasten te fouilleren, waarbij zij bij de militairen heel voorzichtig te werk gingen. Bij hen kwamen twee of drie pistolen tevoorschijn. Sebastián en René hielden iedereen onder schot. Lavinia zag mevrouw Vela en haar zuster er ook bij staan, bleek, met grote, angstige ogen. En de kinderen. Het meisje huilde hartverscheurend en de jongen stond te klappertanden. Als een verschrikt hertje klemde hij zich aan zijn moeder vast. Het waren ongeveer dertig mensen. Veel voor die ruimte. Zij had medelijden met de kinderen. Zij keek snel naar de open deur van de werkkamer. De wapens waren uitgestald geweest. Sebastián en de anderen hadden ze weggehaald. Zij vroeg zich af of zij de panelen soms hadden omgedraaid.

Op dat moment kwamen Negen en Tien vanaf het derde niveau binnen met zes muzikanten, verschillende kelners en dienstmeisjes en drie gasten.

'Tegen de muur!' schreeuwde Sebastián, tegelijkertijd beseffend dat daar geen plaats meer was. 'Hier!' verbeterde hij, naar het midden van de kamer wijzend. 'Jullie gaan terug naar de tuin', riep hij tegen Negen. 'En neem die daar mee', voegde hij eraan toe met een knik naar de dode officier.

De twee compañeros verdwenen met het lijk.

'Fouilleer ze!' zei Nul nu tegen Flor.

Zij gingen naar hen toe. Lavinia had op straat wel eens fouilleringen gezien. Zij wist hoe de garde dat deed. Zij probeerde het minder ruw te doen met de gedachte dat zij moesten laten zien dat zij anders waren. Zij waren geen gardisten, geen huurmoordenaars.

De muzikanten en dienstmeisjes jammerden, bijna in tranen. 'Doet u ons alstublieft niets, wij hebben er niets mee te maken.'

'Stilte', zei Flor gebiedend.

Nadat zij hen gefouilleerd hadden, keek Lavinia de salon rond. De nu allemaal naar hen toegekeerde gezichten stonden vol angst. De officieren, die op de televisie zo zelfverzekerd glimlachten, keken van de ene kant naar de andere. Als beroepsmilitairen stonden zij nu natuurlijk te bedenken wat zij konden doen. In een hoek hadden de zusters Vela met van angst vertrokken, doodsbleke gezichten hun armen om de kinderen heen geslagen. De jongen stond nu te snotteren. Het meisje huilde nog steeds. Er ging een golf van medelijden met die kinderen door haar heen. Zij hadden ook niet gekozen waar zij geboren waren. Zij droegen de schuld van de meedogenloze vader met zich mee, misschien wel voor altijd. Zij konden het nog niet begrijpen, maar moesten er al onder lijden.

Het drong tot Lavinia door dat Vela er niet was. 'Hij is met de Grote Generaal meegegaan om hem naar huis te brengen', zei mevrouw Vela met bevende stem, toen Sebastián haar ondervroeg. Wat kon je anders van hem verwachten, dacht Lavinia. Hij is het lijfwacht zijn nog niet afgeleerd.

Plotseling waren buiten enkele zware dreunen te horen. De zes keken elkaar aan. De officieren maakten een beweging op het moment dat Flor zachtjes 'mortieren' tegen Lorenzo zei.

'Geen beweging!' beval Flor, die het lichte verschuiven van de officieren had waargenomen. 'Vijf,' zei zij, 'haal die officieren uit de groep en breng ze naar die kamer', waarbij zij naar de slaapkamer van de jongen wees. 'Laat de deur open en blijf bij ze. Acht, jij gaat mee.'

De jongen keek naar zijn kamer. Hij was begonnen te huilen.

Vijf en Acht hielden de officieren onder schot en brachten hen naar de aangewezen kamer.

'Wij verdelen ons in twee groepen', zei Sebastián. 'Twee en Vier gaan naar de tuin om daar het huis te verdedigen.'

Sebastiáns stem was scherp. Hij ging dwars door haar heen en zij ging rechtop staan. Sectie één bestond nu uit Nul, Flor, Lorenzo, Acht en zijzelf.

De snelheid van de gebeurtenissen had haar verdoofd, zij voelde zich duizelig en misselijk. De adrenaline had haar een verschrikkelijk droge mond gegeven. Zij had dorst, haar lippen waren gesprongen, alsof zij een harde, ijskoude winter achter de rug had. Zij keek weer om zich heen en herkende verschillende gezichten. Er was niemand uit de kringen waarin zij zich gewoonlijk bewoog. Zij herkende alleen twee echtparen. Het ene bestond uit de directeur van Esso en zijn vrouw, van het andere, was de man een rijke industrieel, die de houthandel in het land beheerste. Zijn vrouw stond te huilen. Hij maakte zenuwachtige gebaren dat zij stil moest zijn. Sommige gezichten waren haar bekend uit de krant of van het tv-journaal.

Buiten volgden de dreunen elkaar sneller op. Je hoorde auto's rijden en remmen. Dat moesten jeeps zijn, dacht Lavinia. Ze zouden hen omsingelen en iedereen vermoorden.

'Twaalf', zei Sebastián. 'Kom hier!'

Zij liep naar hem toe. Haar lichaam deed pijn. Zij had de gewaarwording dat zij deze scène van buiten zichzelf bekeek. Hij fluisterde haar in het oor dat zij Vela's schoonzuster en twee gasten naar het midden van de salon moest brengen. Zij zouden met een witte zakdoek naar buiten gestuurd worden met de opdracht om het vuren te staken of alle gijzelaars zouden worden gedood. 'Als we dat niet doen, wordt het hier een bloedbad', zei Sebastián.

Zonder een woord te zeggen liep zij naar de hoek waar juffrouw Montes doodsbang Vela's dochtertje tegen zich aandrukte. Zouden zij mij herkennen?, dacht zij, en zei nee, zijzelf had moeite de gezichten van haar compañeros onder de nylon kousen te herkennen.

Zij wilde niet herkend worden. Zij was bang zich ontdekt te weten. Zij pakte juffrouw Montes bij de pols en bracht haar zonder een woord naar het midden van de kamer. Juffrouw Montes keek haar met panische ogen aan.

'Nee, nee, alsjeblieft!' smeekte zij.

'Vooruit!' zei zij en probeerde gezaghebbend te klinken, wat haar ook lukte.

Zij bracht de drie bij Sebastián. Juffrouw Montes had haar niet herkend. Pas toen zij zich omdraaide om de salon weer te overzien, het dicht op elkaar staande groepje in het midden, de gasten langs de muur, viel haar blik op het verbaasde, ongelovige gezicht van de bleke, slungelige jongen. Hij keek haar strak aan. Hij huilde niet meer en leek zijn ogen niet van haar af te kunnen houden. Hij had haar herkend. Zij wist het zeker. Zij wendde haar blik af, geschrokken van haar eigen reactie van alarm en angst.

'U gaat via de garage naar buiten', zei Sebastián tegen juffrouw Montes. 'U gaat hen zeggen dat zij moeten ophouden met schieten of wij schieten iedereen dood. Begrepen? Iedereen!'

Juffrouw Montes knikte. Zij beefde. In de hoek, bij haar moeder, was het meisje niet tot bedaren te brengen. De jongen, die bijna flauw leek te vallen, keek Lavinia als gehypnotiseerd aan.

Buiten werden de geluiden dreigender. Je hoorde gardisten rennen. Mortierexplosies. Schotenwisselingen. De ploeg in de tuin vuurde salvo's af. De gardisten schoten buiten. Zij waren bezig het huis te omsingelen. Er was het geluid van een naderende helicopter.

'Snel!' riep Sebastián. 'Snel! Eén, breng hen naar de deur. Zes, ga met ze mee!' En zich tot de mensen in de kamer wendend beval hij de vrouwen 'niet schieten' te schreeuwen. 'Schreeuwen!' zei hij. 'Uit alle macht "niet schieten" schreeuwen!'

Hij gaf Flor een witte zakdoek. De spanning steeg van moment tot moment. De helicopter vloog boven het huis. Sebastián, Acht, Lavinia en Zeven hielden de groep doodsbange ogen onder schot, terwijl de vrouwen uit alle macht schreeuwden.

Flor ging naar buiten. Er gingen verschillende minuten van grote spanning voorbij. Aan alle kanten klonken schoten en mortierexplosies. Plotseling viel er een stilte. Flor en Zes kwamen terug. Vela's schoonzuster en de twee gasten bevonden zich al buiten het huis. De jongen bleef haar aankijken. Er waren twee uur verlopen sinds het begin van operatie Eureka.

Tegen de muur van de werkkamer geleund hield Lavinia de gijzelaars onder schot en probeerde zij de blik van Vela's zoon te ontwijken. De salon was groot, maar desondanks was het aantal mensen gevaarlijk groot. Te veel mensen, dacht zij, terwijl zij haar greep op het machinegeweer verstevigde. Haar handen en kaken deden pijn van de spanning. Haar hoofdpijn ging niet over. De stilte breidde zich uit.

'Zes,' zei Sebastián, 'ga naar de tuin en rapporteer mij over de situatie van groep drie.'

Sebastián liet zijn blik over de gezichten in de kamer gaan. Hij sprak vlakbij haar met Flor. Het was duidelijk, zei hij, dat Vela met de Grote Generaal mee was gegaan. Wanneer hij terugkwam zou hij zijn huis bezet vinden. Zijn schoonzuster zou hem de details vertellen. Maar zij hadden zijn vrouw en kinderen – zij zouden de kinderen vrijlaten zodra er een bemiddelaar naar binnen mocht – twee grote ondernemers, verschillende leden van de Generale Staf, de ambassadeur van Chili en Uruguay, de minister van verkeer, de minister van buitenlandse zaken, en, nog belangrijker, de zwager van de Grote Generaal, de man van zijn enige zuster, en een van zijn neven... Genoeg belangrijke figuren, alles zou goed gaan. Er waren alleen te veel mensen.

'Wij zullen nog een groep naar buiten laten gaan', kondigde Sebastián aan en begon enkele vrouwen apart te zetten, de muzikanten, de dienstmeisjes. 'Jullie gaan in groepjes van vier naar buiten', zei hij. 'Snel!'

De operatie om hen tot de deur te brengen werd herhaald. De kamer zou leger worden. De helicopter vloog weer over het huis.

'Zeg tegen die klootzakken dat, als die helicopter nog een keer overkomt, wij doden naar buiten gaan brengen!' schreeuwde Sebastián de vertrekkende groep na.

Op dat moment ging de telefoon. De leden van het commando verstijfden.

'Twaalf, neem op', zei Sebastián.

Lavinia ging naar de telefoon. Hij was verschrikkelijk kitscherig, wit met goud, in de vorm van die oude apparaten van het begin van de eeuw. Zij nam de hoorn op. De stem aan de andere kant, autoritair, sinds generaties gewend om te bevelen, liet haar schrikken. Het was de Grote Generaal, die zei: 'Hier de president. Met wie spreek ik?'

'U spreekt met het commando Felipe Iturbe van de Nationale Bevrijdingsbeweging', antwoordde Lavinia met vaste stem.

'Wat willen jullie?' vroeg de Grote Generaal.

Lavinia antwoordde niet. Zij gebaarde naar Sebastián dat hij naar de telefoon moest komen. De helicopter vloog opnieuw over het huis.

'Laat onmiddellijk alle agressie tegen dit huis ophouden of niemand komt er meer levend uit', zei Sebastián. 'Geef uw piloten opdracht niet meer over het huis te vliegen.'

In de kamer was het doodstil. Iedereen luisterde mee.

'Wij willen priester Rufino Jarquín als bemiddelaar. Wij willen ook een dokter, dokter Ignacio Juárez.'

Beiden stonden als niet-politieke, maar rechtschapen mensen bekend. Sebastián luisterde.

'Wij eisen de invrijheidstelling van alle politieke gevangenen en de ongecensureerde verspreiding via alle media van de communiqués die wij aan de bemiddelaar zullen geven', zei Sebastián. 'Gebeurt dat niet, dan bent u de enige verantwoordelijke voor wat er met de gijzelaars gebeurt. U heeft een uur de tijd om de bemiddelaar te sturen.' En hij verbrak de verbinding.

Terwijl Sebastián sprak was Lavinia in het midden van de kamer gaan staan, op enkele meters afstand van de familie Vela. De jongen keek nog steeds naar haar, maar nu op een andere manier. Zij ontweek zijn blik. Toch voelde zij iets vreemds in de manier waarop hij haar maar bleef aankijken. Het leek of hij vastbesloten was te bereiken dat zij hem zag, dat zij hem aankeek.

Flor en de anderen die de tweede groep naar de deur hadden gebracht waren weer terug. Buiten waren stemmen en auto's te horen. Flor ging naar Sebastián. Lavinia hoorde het gefluisterde gesprek.

'Negen is geraakt', zei Flor. 'Hij ligt in de kleedkamer van het zwembad. Hij heeft een schot in zijn dijbeen. Er is een drukverband gelegd, maar hij verliest veel bloed.'

'We moeten op de dokter wachten', zei Sebastián met vaste blik.

Er waren drie uur voorbijgegaan.

De jongen bleef Lavinia strak aankijken. Zijn tanden klapperden niet meer, maar hij zag erg bleek, nog krachtelozer dan anders. Waarom zou hij toch zo naar haar kijken, begon zij zich af te vragen. Het leek of hij haar iets met zijn blik wilde zeggen. Zij had het warm. De kous hinderde haar. Zij voelde de gevolgen van de spanning, van het lange waken. Zij was nog half verdoofd van het schieten. Haar rechteroor bleef zoemen.

Iedere keer dat de deur, waardoor de compañeros van het commando naar de tuin gingen of terugkwamen, openging hield zij haar adem in en wachtte op een salvo. Maar er gebeurde niets buiten. Er hing een gespannen stilte in de nacht, slechts onderbroken door voetstappen, radiogesprekken en het geluid van auto's.

De jongen bleef naar haar kijken. Zij keek terug. Hun ogen ontmoetten elkaar in herkenning. Lavinia stond op het punt hem toe te lachen, hem vertrouwen te geven. Hij hoefde niet bang te zijn, er zou hem niets gebeuren, wilde zij hem zeggen. Maar zij bleef ernstig. Nu hij haar aandacht getrokken had, richtte de jongen zijn blik nadrukkelijk langs haar heen, alsof hij haar op iets achter haar wilde wijzen. Zij bewoog zich niet. Misschien was het wel een truc, wilde hij haar aandacht afleiden. Het was tenslotte de zoon van Vela. Maar de jongen hield aan. Af en toe begeleidde hij de richting van zijn blik bijna onmerkbaar met een beweging van zijn kin. Naast hem lette mevrouw Vela, die het te druk had met haar bij tussenpozen huilende dochter en met haar eigen angst, niet op hem.

De jongen bleef te kennen geven dat zij achter zich moest kijken.

Met een uiterste geestelijke krachtsinspanning probeerde Lavinia zich voor de geest te halen wat zich achter haar rug bevond.

Op bevel van Sebastián gingen de gijzelaars op de grond zitten. Toen ging hij met Zes naar buiten om zich van de toestand van Pablito op de hoogte te stellen.

Lavinia haalde zich de bouwtekening voor ogen. Aan de linkerkant het traliehek naar de tuin, de muziekkamer met de biljarttafel… Aan de rechterkant de privé-werkkamer van Vela, waar de wapens hadden gehangen. Eén en Nul hadden ze onder hen verdeeld. Een stel oude wapens, oude pistolen en jachtgeweren, die zij ook meegenomen hadden, waren onklaar gemaakt. Zonder de wapens van Vela zouden sommigen van hen nu zonder wapen zitten. Nu had iedereen er twee. Lavinia had een Magnum pistool in haar riem gestoken.

Waarom keek de jongen zo naar de werkkamer?

Sebastián keerde terug. Pablito was zwaar gewond. Voor de rest was de situatie in de tuin onder controle.

Lavinia draaide zich om om haar positie weer in te nemen.

*

28

De telefoon ging weer over.

'Twaalf,' zei Sebastián, 'neem op. Als het de Grote Generaal is geef je hem aan mij.'

Het was de Grote Generaal niet. Het was de priester die zij als bemiddelaar hadden gevraagd. De Grote Generaal stemde erin toe te onderhandelen. De priester vroeg instructies om het huis binnen te komen.

Sebastián sprak met hem.

Terwijl zij terugliep om haar plaats weer in te nemen, zag Lavinia de door verschillende panelen gevormde houten wand voor zich. De geheime kamer. Natuurlijk! dacht zij. Nu begreep zij het! Dat was het waarop de jongen zo aandrong, wat hij wilde dat zij zou zien. Maar waarom, dacht zij. De wapens hingen er niet meer. Die waren door Sebastián en Een verdeeld. Maar als zij de geheime kamer eens niet open hadden gemaakt? bedacht zij opeens. Omdat zij geen architect waren, hadden zij misschien alleen gekeken of de wapens aan de draaibare wand hingen…

Zij nam haar positie weer in en draaide zich om. Zij leunde met haar rug tegen de koele muur van de privé-werkkamer van Vela en bleef erover nadenken.

De jongen keek haar nog steeds aan. Hij keek haar met een vragende blik strak aan. Zijn ogen schitterden met dezelfde uitdrukking als die van Sara's broer, wanneer hij tijdens hun vakantie op grootvaders haciënda had ontdekt waar de schat verborgen lag.

En toen drong het tot haar door. Zij wist het. De zekerheid verlamde haar. De jongen zag haar gezichtsuitdrukking, zag hoe haar lichaam zich spande, hoe zij rechtop ging staan alsof de muur haar in haar rug brandde, en gaf haar een bevestigend teken. Hij boog het hoofd als keek hij naar de vloer, in een alleen voor haar waarneembaar ja.

Niemand had iets van die uitwisseling van informatie gemerkt. Zij en hij waren alleen op de wereld en spraken met elkaar in een taal van nauwelijks zichtbare tekens. Vela zat daar! Verscholen in de geheime kamer! Waarom had zij daar niet eerder aan gedacht?

Niemand had vermoed dat mevrouw Vela had gelogen. Niemand! Zelfs zij niet, die de afmetingen van dat kamertje kende! Het was gewoon niet bij haar opgekomen. Net als de anderen had zij de vrouw geloofd. Het paste bij Vela zo gedienstig te zijn, de Grote Generaal naar huis te brengen. Niemand had het vreemd gevonden! En hoe moest zij het zeggen. Vela zat daar. Die zekerheid deed haar verstijven. Hij zat daar te wachten op het juiste moment om eruit te komen en hen allemaal dood te schieten! Schietend naar buiten te komen om hen allemaal dood te schieten! Om de hele operatie te laten mislukken!

Waarom had zij er niet op aangedrongen die kamer te controleren? Zij had doodeenvoudig aangenomen dat de anderen het zouden doen! Zij had er niet aan gedacht dat zij misschien zouden denken dat het alleen maar om een draaiwand ging. Want dat dachten zij natuurlijk. Nu zij aan de uitleg terugdacht, besefte zij dat zij niet in details was getreden over de verborgen ruimte. In het begin van de operatie had Een zelfs gezegd dat de wapens zichtbaar waren en zij was niet op het idee gekomen hem te vragen of hij de panelen had omgedraaid.

Waarom? Door welk duister mechanisme had zij het niet belangrijk genoeg gevonden het bestaan van dat hol te onthullen waar Vela zich als een kwaadaardig dier in afwachting van het juiste moment verscholen hield?

En hoe moest zij het zeggen. Vela zat daar. Daar twijfelde zij geen moment aan. Dat was wat de jongen haar de hele tijd had proberen te zeggen. Hij zat daar.

De gasten zaten op de grond, met hun rug tegen de muur, te wachten. Sebastián praatte over de telefoon met de priester. Nu hoefden zij alleen nog maar te wachten tot hij kwam. Flor en de andere compañeros waren naar buiten gegaan om zijn toegang tot het huis te regelen. Het was een kwestie van wachten. De stilte drukte zwaar op hen.

Lavinia keek naar de jongen. Hij zat op zijn hurken. Afwachtend. Waarom had hij haar gewaarschuwd, vroeg zij zich af. Zij zag hem weer voor zich op de dag dat het huis overgedragen werd, ernstig, bijna grimmig achter zijn vader aan lopend, in zichzelf gekeerd. Hij haatte hem waarschijnlijk. Zijn vader begreep zijn dromen niet. Hij dreef de spot met hem, met zijn dromen van door de lucht vliegen. Voor Vela, die bekend stond als 'de vlieger', was vliegen paradoxaal genoeg boeren uit de lucht naar beneden gooien. Doden.

Zou de jongen dat weten, vroeg zij zich af. Zou het een van die gevallen van verschrikkelijke kinderwraak zijn? Er ging een huivering door haar heen. Je eigen vader uitleveren. En zij, wat moest zij doen?

Vier was binnengekomen. Negen was dood. Zij hoorde het toen hij het tegen Sebastián zei. Negen was Pablito. Pablito was dood.

Zij moest het alleen tegen Vela opnemen, bedacht zij. Er was geen enkele reden waarom een van de anderen meer zou moeten riskeren dan zij. Pablito was gestorven. Er mocht niemand meer sterven. Zij keek om zich heen. Sebastián stond tegen de muur van de grote slaapkamer geleund. Zes en Acht stonden bij de naaikamer. Zeven dekte de trap naar het eerste niveau. Er kon niets gebeuren als Vela daar zat. Hij kon alleen maar op haar richten. Haar handen begonnen te transpireren. Zij greep het machinegeweer vaster beet. Met een langzame beweging controleerde zij heimelijk het magazijn. Het was goed bevestigd. Klaar om leeggeschoten te worden.

De jongen bleef haar strak aankijken. Hij wilde dat zij het deed. Het was verschrikkelijk, maar hij wilde dat zij het deed. Met zijn blik duwde hij haar voort. Zij kon het bijna niet geloven. Misschien hoopte hij dat zij zijn vader zou vinden en zijn leven zou redden. Misschien was dat het. Zij had hem gezegd dat de oorlog helemaal niet leuk was. Mensen doodmaken. Hij zou denken dat zij zijn vader zou beschermen. Zij zou snel moeten handelen. Op het juiste moment wachten.

In gedachten ging zij het mechanisme van de panelen langs. Zij moest het hendeltje tegen de muur overhalen. Daarna kon zij met haar voet tegen het paneel duwen. Het zou opengaan als zij er een flinke duw tegen zou geven. Eén paneel zou genoeg zijn.

Vanaf die plek zou zij Vela onder schot kunnen houden en hem dwingen zich over te geven. Vela zou zich overgeven. Hij zou nu wel weten dat hij verloren zou zijn als hij schietend uit dat kamertje zou komen.

Buiten klonken geluiden. De bemiddelaar was gekomen. Flor kwam binnen om Sebastián op de hoogte te stellen. Hij ging naar buiten. Flor nam zijn plaats in. Zij en Lavinia hadden sinds het begin van Eureka, sinds een eeuwigheid, geen woord met elkaar gewisseld.

Het begon licht te worden. De gezichten van de gasten op de grond waren getekend door de doorwaakte nacht. Vela's dochter was in slaap gevallen. De ogen van de jongen vielen af en toe dicht, konden zich niet langer tegen de slaap verzetten. Hij vocht tegen de slaap, wilde zijn ogen niet van haar af nemen. Wanneer hij zijn ogen na een korte dommel weer opende, keek hij naar haar.

Nu moest zij het doen, dacht Lavinia. Nu. Wanneer de jongen was ingedommeld zou zij het doen. Opnieuw greep zij het zwarte metaal van de Madzen steviger vast.

De ogen van de jongen begonnen weer dicht te vallen. Hij was nog zo jong. Zou de slaap sterker zijn dan de angst, het afwachten wat er ging gebeuren? Wat zou hij voelen, dacht Lavinia.

Zodra zij zag dat hij sliep, bewoog zij zich voorzichtig in de richting van de werkkamer. Flor, Zes en Acht letten op de gasten. Het zou even duren voor zij haar bewegingen in de gaten hadden. Even maar. Maar dat was genoeg. Het bruine tapijt dempte haar voetstappen.

Eenmaal in de kamer gekomen, bewoog zij zich snel. Zij was kalm. Uit een verborgen hoek van haar lichaam kwam een golf koelbloedigheid in haar naar boven. Zij moest hem verrassen, dacht zij. Zij zou heel snel moeten zijn.

Heel voorzichtig, zodat Vela niets zou merken, haalde zij de hendel van het mechanisme over. Zij maakte geen geluid.

Met haar voet duwde zij tegen het eerste paneel.

'Dat kind moet blijven zitten', hoorde zij Flor in de salon zeggen.

En toen, precies op het moment dat Lavinia's ogen de ineengedoken gestalte van Vela zagen, weerklonk de angstkreet van de jongen, het langgerekte, hartverscheurende, 'Neeeeeeee!'.

Lavinia, die haar wapen stevig tegen zich aandrukte en naar de in het donker van die door haar bedachte ruimte ontdekte generaal Vela keek, voelde een huivering van ontzetting door zich heen gaan. De doordringende kreet van de jongen liet hen een seconde lang tegenover elkaar staan. Zij liet het paneel draaien en stapte dekking zoekend opzij. Vela stond gereed om te schieten.

Ongeordende gedachten schoten met de snelheid van sterren in een dolgeworden ruimte door haar hoofd.

'Neeeeeeeee!', gilde de jongen opnieuw.

•

Daar stond die man, als aanvoerder van de indringers, zijn gezicht gehouwen als dat van een kwade god, hij keek naar Lavinia, en herkende haar.

En de kreet van de jongen.

Haar bloed stolde. Ik voelde de beelden samendringen. Heldere en wazige beelden, herinneringen van vroeger en van nu.

Ik zag het gezicht van Felipe. Ik zag grote, metalen vogels mannen uit hun binnenste gooien, verschrikkelijke kerkers en kreten.

Ik zag het ongeboren kind van Sara, het donkere hok van Lucrecia, haar kamfergeur, de schoenen in het ziekenhuis, de vermoorde lijkschouwer.

En ik zag de jongen. De jongen die wilde vliegen. De jongen die zijn vader verraden had omdat hij hem haatte en die pas op het laatste moment, toen hij begreep dat hij van hem hield, hem met zijn gepiep van een gewonde vogel probeerde te redden terwijl hij Lavinia daarmee verlamde. De uit twijfels samengestelde jongen, waarin zij zich op mysterieuze wijze weerspiegeld zag.

Ik twijfelde niet. Ik stormde in haar bloed naar voren, baande mij een weg door de strijdrossen van een eeuwigdurend moment. Ik schreeuwde vanuit alle hoeken van haar lichaam, huilde als de wind die de seconde van aarzeling met zich meesleurt, drukte haar vingers, mijn vingers tegen dat metaal dat vuur spuwde.

In het tumult van haar aderen voelde Lavinia hoe de kracht van alle rebellieën, van de wortels, van de gewelddadige grond van dat onhandelbare, ontembare land zich in haar binnenste bundelde en over de aanblik van de jongen, over het in die jonge ogen, in de liefde en de haat, in het bijbelse gij zult niet doden geprojecteerde beeld van haarzelf, zegevierde. Toen wist zij dat zij de laatste van alle cirkels moest sluiten, het laatste spoor van de tegenstrijdigheden moest uitwissen, voor eens en voor al partij moest kiezen. Zij stelde zich recht tegenover de forse, op haar richtende man op en haalde met strakke, harde vingers de trekker over.

De oorverdovende schoten overstemden de kreten van de jongen. Het salvo uit haar Madzen brak een fractie van een seconde eerder los dan dat van Vela, die, jaren getraind om te doden, zich overwinnaar waande en de duistere haat van zijn kaste op haar afschoot.

Lavinia voelde de slag tegen haar borst, de warmte die bezit van haar nam. Zij zag generaal Vela nog voor haar staan, zich overeind houdend, schietend, zijn uniform met bloed bespat, zijn ogen ijskoud, vergif.

Nog onder de kogels van Vela hervond zij haar evenwicht en rechtop, zonder aan iets te denken, terwijl losse beelden van haar leven als vluchtende herten aan haar geestesoog voorbij snelden, terwijl zij de kogels in haar lichaam voelde slaan en de warmte zich steeds meer voelde verspreiden, drukte zij het wapen tegen zich aan en schoot het hele magazijn leeg. Zij zag Vela dubbelgevouwen in elkaar zakken en pas toen stond zij de dood toe bezit van haar te nemen.

Alles was in enkele seconden gebeurd. Flor en Acht, gewaarschuwd door de kreet van de jongen, bereikten de plek op het moment dat de strijd was beslist.

Enkele ogenblikken later kwam Sebastián.

De boodschapper had de eisen meegenomen.

Er zou worden onderhandeld.

Eureka was goed afgelopen.

Morgen zou alles voorbij zijn.

•

Het huis is stil. De wind in mijn takken is nauwelijks voelbaar, als de adem van wolken over het dovende vuur. Ik ben weer alleen.

Ik heb een kringloop voltooid: mijn lotsbestemming als ontkiemende zaadkorrel, de lotsbepaling door mijn voorvaderen.

Lavinia is nu aarde en humus. Haar geest danst in de middagwind. Haar lichaam bemest vruchtbare velden.

Vanuit haar bloed zag ik de overwinning van de voor rechtvaardigheid strijdende broeders en zusters.

Zij kregen hun medestrijders terug. Zij overwonnen de haat met gemoedsrust en brandende fakkels.

De vlam brandt. Niemand zal haar kunnen doven. Niemand zal het geluid van de slaande trommels doen verstommen.

Ik zie grote menigten optrekken langs de wegen die door Yarince en de krijgers, die van toen, die van nu, zijn gebaand.

Niemand zal dit lichaam van meren en vulkanen bezitten,
dit mengsel van rassen,
deze geschiedenis van lansen;
dit volk dat van maïs houdt
en van feesten bij het licht van de maan;
volk van liederen en veelkleurige doeken.
Zij noch ik zijn gestorven zonder iets na te laten.

Wij zijn naar de aarde teruggekeerd van waaruit wij opnieuw zullen leven.

Wij zullen de lucht van nieuwe tijden met sappige vruchten bevolken.

Kolibrie Yarince

Kolibrie Felipe

zullen boven onze bloemkronen dansen

zullen ons eeuwig bevruchten.

Wij zullen in de schemering van de vreugden leven

en in de dageraad van alle tuinen.

Weldra zullen wij de van blijheid overvloeiende dag zien

en de schepen van de veroveraars voor altijd zien wegvaren.

Ons zullen het goud en de veren

de cacao en de mango

de essence van de sacuanjoche zijn.

Iemand die liefheeft, sterft nooit.

Gioconda Belli bij Uitgeverij De Geus

Dochter van de vulkaan

In een bergdorp in Nicaragua groeit het zigeunermeisje Sophía op tot een eigenzinnige jongedame. Op zoek naar de wortels van haar bestaan komt zij in contact met ingewijden en magiërs, die haar steunen in haar verzet tegen haar macho echtgenoot en de streng katholieke dorpsgemeenschap voor wie zij een vervloekte vrouw is.

Kroniek van liefde en oorlog

Gioconda Belli raakt op jonge leeftijd betrokken bij het georganiseerde verzet tegen dictator Somoza in Nicaragua. Haar activiteiten blijven niet onopgemerkt, en Belli, die inmiddels in het buitenland in ballingschap leeft, wordt door het regime bij verstek veroordeeld. Als strijdende vrouw in een macho-wereld ontmoet Belli grote mannen, onder wie Castro, García Márquez en generaal Giap.

Een hartstochtelijke getuigenis van Belli's strijdlust en haar hang naar vrijheid en onafhankelijkheid.

De schepping van de vlinders

In dit sprookje voor kinderen én volwassenen droomt Arno, de kleinzoon van de man die de regenboog bedacht, over iets dat kan vliegen als een vogel en even mooi is als een bloem. Na veel tegenslagen krijgt Arno een fantastisch idee. Met illustraties van Wolf Erlbruch.

Waslala

De Amerikaanse journalist Raphael reist met smokkelaars mee naar het fictieve land Faguas. Daar leert hij Melisandra kennen, een jonge vrouw met wie hij naar de legendarische stad Waslala afreist. Hij maakt er kennis met een mythe die de dromen en verlangens van een heel volk levend houdt.